W0247966

fv Fehnland-Verlag

Schall, Ute: Kleopatra. Königin am Nil. Geliebte der Götter und Feldherren, Hamburg, Fehnland Verlag 2021

1. überarbeitete Neuauflage
ISBN : 978-3-96971-002-9

Dieses Buch ist auch als eBook erhältlich und kann über den Handel oder den Verlag bezogen werden.
ePub-eBook: ISBN 978-3-86282-339-0

Lektorat : Vera Kühn, Sabrina Claus, acabus Verlag
Umschlaggestaltung : © Marta Czerwinski, acabus Verlag
Umschlagmotiv: © von Eslam17 (Eigenes Werk) [GFDL (http://www.gnu.org/copyleft/fdl.html) oder CC-BY-SA-4.0-3.0-2.5-2.0-1.0 (http://creativecommons.org/licenses/by-sa/4.0-3.0-2.5-2.0-1.0)], via Wikimedia Commons

Bibliografische Information der Deutschen Nationalbibliothek: Die Deutsche Nationalbibliothek verzeichnet diese Publikation in der Deutschen Nationalbibliografie; detaillierte bibliografische Daten sind im Internet über https://dnb.d-nb.de abrufbar.

Der Fehnland Verlag ist ein Imprint der Bedey & Thoms Media GmbH, Hermannstal 119k, 22119 Hamburg.

Ute Schall

KLEOPATRA
KÖNIGIN AM NIL

GELIEBTE DER GÖTTER UND FELDHERREN

fv Fehnland-Verlag

Meinen Enkelkindern
Anna und Gabriel gewidmet

Die schwere Stunde der Geburt

Gespenstische Stille herrschte in dem weitläufigen Palast. Die Sommernacht hatte sich schwarz und schwer auf Alexandria gelegt. Nur ein paar Sterne leuchteten. Niemand war zu sehen. Mitternacht war längst überschritten, und bald würde Helios-Re seinen Sonnenwagen aufziehen und Hausangestellte und Sklaven würden sich an ihre tägliche Arbeit machen.

Ab und zu durchdrang ein schriller Schrei die unheimliche Dunkelheit. Die Königin lag in den Wehen. Sie erwartete ihr erstes Kind, sie war noch sehr jung.

Vor wenigen Monaten hatte Ptolemaios, der Herr über Ober- und Unterägypten, geruht, mit ihr das Lager zu teilen; mit ihr, die nicht königlicher Abstammung und also nicht seines Blutes war, das das Königsgeschlecht auf jenen Ptolemaios zurückführte, den der große Alexander vor undenklichen Zeiten auf den Thron des alten Landes am Nil gesetzt hatte, damit er Ägypten zu seiner einstigen Größe zurückführe. Sie war stolz darauf, dem König mit der Jugend ihres Leibes dienen zu dürfen. Aber sie würde an diesem Hof immer eine Fremde bleiben. Niemals würde sie einen Platz in den Geschichtsbüchern erhalten, ja nicht einmal Erzählungen und Legenden würden ihren Namen an Nachgeborene weitergeben. Das war der Preis, den sie zu zahlen hatte, um ihr Leben an der Seite des geliebten Mannes verbringen zu dürfen. Aber sie beklagte sich nicht. Sie hatte es nicht anders gewollt.

Gewiss, es war nicht leicht, Pharao Ptolemaios, den sie den „Neuen Dionysos“ nannten, zu lieben: Er war von wenig ansprechender Erscheinung, schon in seinen noch jungen Jahren zu Fettleibigkeit neigend und aufgedunsen vom Genuss griechischen Weins, den er stets unvermischt und in reichlichen Mengen zu sich nahm. Ob man ihm deshalb den Beinamen des Weingotts gegeben hatte? Die junge Königin wusste es nicht. Auch „Auletes" nannten ihn seine Untertanen, den Flötenspieler, ein Name, den er besonders schätzte, denn er liebte die Hausmusik. Und oft hörte man im Palast den Klang seiner Flöte und die zarten Töne der Harfe, die sie, die große königliche Gemahlin, anschlug.

Vor einem knappen Jahr war er nach Memphis gekommen, um dort in einem noch immer herrlichen Tempel aus altägyptischer Zeit nach dem Rechten zu sehen und den Gott Osiris-Apis, den verstorbenen heiligen Stier, den die Griechen Serapis nannten, Schutzgeist von Memphis, zu Grabe zu tragen. Mit den Priestern waren die religiösen Feierlichkeiten zu Ehren des Verstorbenen zu besprechen, die Griechen und Ägypter gemeinsam begehen sollten. Traditionsgemäß wurden seit vielen Jahrhunderten die heiligen Stiere einbalsamiert und in gewaltigen Steinsarkophagen im Serapeum bei Memphis beigesetzt. Dann hoffte man ungeduldig auf das Erscheinen eines neuen Apis, der Sonne und Mond, Tag und Nacht und damit Leben und Tod in sich vereinte. Nur ein Tier, das das heilige Zeichen des hellen Dreiecks auf der Stirn trug, konnte dieser Ehre teilhaftig werden ...

Ptolemaios war bestrebt, die alten Kulte beizubehalten und mit den Bräuchen der Eindringlinge zu versöhnen, um so Aggressionen von Einheimischen gegen die Eroberer und von Eroberern gegen die Einheimischen abzubauen. Wie keiner seiner Vorgänger beherrschte er die Politik des Ausgleichs und der hohen Diplomatie.

Der Besuch des Königs war schon viele Wochen zuvor angekündigt worden, und die Apis-Priester hatten dazu aufgerufen, ihm ein herzliches Willkommen und einen angenehmen Aufenthalt zu bereiten. Die Neugier war groß gewesen. Noch hatte keiner den Pharao gesehen. Aber überall wurde die Erinnerung an seine Vorgänger bewahrt; jene Ägypter und gottähnlichen Menschen, die seit vielen Jahrhunderten am Westufer des Nils in gewaltigen Steinburgen wie Osiris ihrer Auferstehung harrten. Pyramiden nannte man die Grabstätten und sie wurden längst zu den Weltwundern gezählt. Die Zeit der großen Pharaonen war freilich vorbei.

Wie Ptolemaios, der Fremdherrscher, mit dem man sich allerdings gut arrangiert hatte, wohl aussah? Erwartungsvoll und von weiblicher Neugier getrieben, fieberte die Tochter des Hohepriesters der Ankunft des Königs entgegen. Hatte ihr nicht ein alter Seher erst kürzlich geweissagt, mit Ptolemaios' Erscheinen stünden ihr ein großes Glück und eine tiefgreifende Veränderung ins Haus? Eigentlich gab sie nichts auf solche Vorhersagen. Jedermann in Memphis bescheinigte ihr neben außerordentlicher Schönheit die Gabe eines scharfen Verstandes, und dass Menschen zuverlässig in die Zukunft sehen konnten, mochten Dümmere glauben als sie. Allzu viele Speichellecker und Möchtegern-Propheten biederten sich ihrer Familie, der vornehmsten weit und breit, immer wieder an, in der Hoffnung, sich persönliche Vorteile zu verschaffen. Doch diesmal war es anders. Nachdem der Alte ihr die günstige Wendung in ihrem jungen Leben vorhergesagt und sie zur Bestätigung den Orakelspruch des Gottes Apoll aus Delphi eingeholt hatte, schwanden alle Zweifel und wuchs ihre Vorfreude, sodass sie das Kommen des neuen Herrschers kaum erwarten konnte. Vielleicht würde er sie ja nach Alexandria mitnehmen und dort seiner Gemahlin als Hofdame zum Geschenk machen!

Sie stand auf der Terrasse ihres väterlichen Palastes hoch über dem golden schimmernden Fluss und bestaunte mit geweiteten Augen den Prunk, mit dem der König seine Ankunft inszeniert hatte. Boote nach Art römischer Trieren, wie sie sie von Abbildungen her kannte, prächtig mit Girlanden, Fahnen und bunten Tüchern geschmückt, begleiteten die königliche Barke, auf der Ptolemaios unter einem purpurroten Baldachin stand, einer Statue des Gottes Osiris gleich, angetan mit einem fließenden weißen Gewand, auf den Schultern ein Pektoral aus Lapislazuli und die

Doppelkrone Ober- und Unterägyptens auf dem stolz erhobenen Haupt. Seine Hände hielten Krummstab und Geißel und waren über der gewölbten Brust gekreuzt.

Das Herz der Priestertochter pochte vor Aufregung. Sie konnte ihren Blick nicht abwenden von diesem verschwenderischen Schauspiel, das ihr die große Vergangenheit ihrer Heimat wiederbrachte, von all der Prachtentfaltung, mit der der Fremde seine Untertanen ehrte. Sie wusste später nicht zu sagen, ob sie sich zuerst in den prunkvollen Auftritt verliebt hatte oder in die erhabene Haltung des Mannes, der einer Gottesstatue gleich auf dem Nil daherkam. Sie wusste nur, dass sie diesem Mann nie mehr von der Seite weichen, mit ihm eins sein wollte, solange die Götter Ägyptens ihr zu leben bestimmt hatten.

Nur wenige Tage nach seiner Ankunft waren sie ein Paar.

Sie traten vor den Vater der Schönen und baten ihn um seinen Segen, den der eitle Priester nur allzu bereitwillig erteilte. Zwar verstand er nicht, was seine Tochter an dem Fremden fand, der nach allgemeiner und auch seiner Ansicht wenig anziehend und noch nicht einmal Ägypter war. Nur seine Augen, tiefe, unergründliche Höhlen, schienen ihren Betrachter zu verschlingen, und wenn man sich ganz in sie versenkte, nahmen sie einen fast dämonischen Ausdruck an. Aber der Hohepriester war keine Frau und so vermochte er auch nicht zu sagen, was im Kopf einer solchen vorging. Sie sollte ihn haben, wenn ihr denn so viel an ihm lag, auch wenn der Brauch verlangt hätte, dass er als Vater den Ehemann für seine Tochter wählte. Schließlich konnte es nicht ganz verkehrt sein, den Inhaber des ägyptischen Thrones an die alteingesessene Priesterschaft zu binden. Und welches Band war stärker als das des Blutes?

Es spielte keine Rolle, dass Ptolemaios bereits verheiratet war, dass seine rechtmäßige Gemahlin, Kleopatra, die ihm die Tochter Berenike geboren hatte und den Beinamen Tryphaina trug, in Alexandria auf ihn wartete. Schon vor geraumer Zeit waren Gerüchte nach Memphis gedrungen, Ptolemaios würde sich nur allzu gern von der unliebsamen Frau trennen, die sich nach Berenikes Geburt als unfruchtbar erwiesen hatte und obendrein als überaus launisch galt. Freilich durfte darüber nur hinter vorgehaltener Hand gesprochen werden. Wie Ptolemaios selbst, entstammte Kleopatra dem edlen griechischen Königsgeschlecht, und die Verwandten jenseits des Meeres hätten eine Trennung von ihr und eine Wiederverheiratung kaum geduldet und schon gar nicht die Verbindung mit einer Ägypterin, mochte die nun dem alten Landesadel entstammen oder auch nicht. Für die Tochter des Hohepriesters kam allerdings ein Zusammenleben ohne eine rechtmäßige Heirat nicht in Frage und sie beabsichtigte auch nicht, am Hof zu Alexandria die Nebenfrau zu spielen. Sollte sie Ptolemaios in die Hauptstadt begleiten, musste Kleopatra weg.

Tatsächlich hatte auch der König schon lange daran gedacht, die große königliche Gemahlin wie auch immer aus seiner Nähe zu entfernen, und so befahl er noch von Memphis aus ihre Verbannung, die unverzüglich zu vollziehen war. Er wollte ihr nicht mehr begegnen, denn er fürchtete sie, was er freilich nie zugegeben hätte. Durfte der große König, Herr über Ober- und Unterägypten, denn Furcht haben vor einem gewöhnlichen Weib? Doch wie würde das Volk, wie würden Griechen und Römer auf die Verbannung reagieren?

Den Römern, die immer größeren Einfluss auf sein Reich am Nil gewannen, wäre es sicherlich gleichgültig. Seine Herrschenden wandten noch ganz andere Methoden an, um sich den Rücken frei zu halten. Den Griechen freilich müsste die Trennung auf geschickte Weise verschwiegen werden. Ein Trick war zu ihrer Täuschung nötig. Niemand durfte von Kleopatras Verbannung erfahren. Die stolze Frau selbst würde stillschweigen, davon war Ptolemaios überzeugt. Denn kaum würde es ihre Eitelkeit zulassen, mit einer derartigen Kränkung an die Öffentlichkeit zu gehen. Zum anderen mochten ein ansehnlicher Geldbetrag und ein angenehmes Exil, das er ihr gewähren wollte, sie davon überzeugen, ihr Schicksal ohne Murren zu ertragen. Ohnehin hatte sie damals ihren Halbbruder Ptolemaios nur widerwillig aus familiären Gründen und im Sinne der Staatsräson geheiratet und sich als Ehefrau des Gottkönigs nie recht wohl gefühlt.

Mit der Tochter des Hohepriesters stand es da anders. Nicht nur, dass die kluge Frau daran dachte, durch eine Heirat mit dem König ihrem Volk eine Aufwertung zu verschaffen, ja es mit den griechisch-makedonischen Herrschern zu versöhnen. Sie beabsichtigte auch, in der Politik ihres Gatten kräftig mitzumischen. Ptolemaios war Wachs in ihren Händen. Zudem liebte sie ihn aufrichtig. So war sie damals auch nach anfänglichen Bedenken bereit gewesen, Kleopatras Platz neben Ptolemaios einzunehmen und namenlos oder besser: auf ihre eigene Identität verzichtend, als Mutter seiner Kinder in die Geschichte einzugehen. Niemand sollte je erfahren, was am Hof vor sich gegangen war. So veränderte sich für die griechische Verwandtschaft nichts und auch nicht für das Volk, das von der Herrin vom Nil ohnehin keine konkrete Vorstellung hatte. Denn das hohe Herrscherpaar pflegte sich kaum in der Öffentlichkeit zu zeigen und wenn, dann verhüllt in der Sänfte oder auf der königlichen Barke am Nil, weit entfernt von den Augen der das Ufer säumenden neugierigen Menge. Und allen Palastdienern, die Zugang zu den Gemächern der Königsfamilie und Schlüssel zu den geheimen Kabinetten hatten, hatte man die Zunge herausgeschnitten, damit sie das Geheimnis um die neue Königin nicht ausplaudern konnten – allen, bis auf einer: Naoma, der treuesten Dienerin, die ihrer Herrin aus Memphis nach Alexandria gefolgt war und ihr nicht von der Seite wich.

„Du musst pressen, geliebte Herrin!“, forderte sie die junge Königin mit strenger Miene auf. Die Anrede ließ eine besondere Vertrautheit erkennen. „Das Köpfchen des Kindes ist bereits zu sehen“, tröstete sie. „Das Schlimmste ist überstanden.“ Dabei streichelte sie der Gebärenden sanft über die schweißnasse Stirn.

Ein erneuter Schrei durchschnitt die nächtliche Stille.

„Warum haben die Götter vor die Freude den Schmerz gestellt?“, hauchte die Königin. „Was denkst du, Naoma?“

„Ich denke, dass sie den Menschen klar machen wollen, dass der Weg zur Ewigkeit kein reines Vergnügen ist.“

„Bist ein kluges altes Mädchen, Naoma“, bemerkte die junge Frau und lächelte gequält. „Ich bin so froh, dass du mich damals nicht im Stich gelassen hast, als König Ptolemaios beschloss, mich nach Alexandria mitzunehmen und zu seiner Königin zu machen.“

„Ptolemaios, Ptolemaios, ich mag ihn nicht, deinen Ptolemaios. Und ich konnte unmöglich verantworten, dich ihm ganz und gar zu überlassen. Habe ich dir nicht Treue bis in den Tod geschworen?“ Die Alte schüttelte ungläubig den Kopf. Wie konnte ihre Herrin auch nur einen Augenblick lang daran zweifeln, dass sie ihrer alten Amme unbedingt vertrauen konnte? War Naoma nicht bei ihr gewesen seit fernem Anbeginn, hatte sie ihr nicht bis heute, so gut sie es vermochte, die bei ihrer Geburt verstorbene Mutter ersetzt?

Die Dienerin watschelte zum Fenster, das sich zum Garten hin öffnete. Die Luft war stickig in der engen Geburtskammer, die ganz am Ende eines langen Ganges in einem Nebenflügel des Palastes lag. Nichts zu spüren von der frischen Meeresbrise, die gewöhnlich nachts die Gemächer durchdrang. Der Atem Poseidons, wie sie die Alexandriner nannten, war heute ausgeblieben. Aber schon nach wenigen Augenblicken schwängerte schwerer Rosenduft den Raum. Frösche quakten im nahe gelegenen Teich, und die Grillen, die im Zirpen miteinander zu wetteifern schienen, kündigten den nahenden Tag an.

Noch einmal nahm die junge Königin all ihre Kraft zusammen. Noch einmal erklang ein markerschütternder Schrei. Dann war alles ruhig und des Pharaos große königliche Gemahlin fiel in einen tiefen, todesähnlichen Schlaf.

„Ruhe dich nur aus, meine kleine Prinzessin, schlaf gut, geliebtes Mädchen! Sie hier wird nicht das einzige Kind sein, das Pharao und deine Stellung von dir fordern. Mögen dir die Götter

Ägyptens auch künftig beistehen!", betete die Alte. „Und die der Griechen", fügte sie leise hinzu. Damit warf sie einen mütterlichen Blick auf die erschöpfte junge Frau und nahm das Kind, das ihre Herrin soeben geboren hatte, in die Arme.

Geburten waren Sache der Frauen und so hatte sich König Ptolemaios schon tags zuvor, als bei seiner Gemahlin die ersten Wehen eingesetzt hatten, heimlich aus dem Palast geschlichen, um sich inkognito in einem Edelbordell der Stadt die Zeit zu vertreiben. Aber er hatte bei all den schönen Damen, die ihn barbusig bedienten und ab und zu sogar ihren knappen Lendenschurz lüfteten, keine rechte Freude gefunden, nicht einmal Ablenkung, sodass er schon am frühen Morgen eher missmutig denn zufrieden das „Haus der Entspannung" wieder verließ und den stummen Sänftenträgern durch Gesten bedeutete, dass er noch ein wenig durch die Stadt getragen, zum Grab seines berühmtesten Vorfahren und schließlich in den Palast zurück gebracht werden wolle. Was war das nur mit der Liebe? Seit gestern Abend ließ ihm diese Frage keine Ruhe. Seitdem ihm die Tochter des Hohepriesters in Memphis über den Weg gelaufen war, gelang es anderen Frauen immer seltener, ihn in Stimmung und sein Blut zum Wallen zu bringen, und oft genug hatte er schon vor fremden Schößen kläglich versagt.

Alexandria kam ihm heute nicht zum ersten Mal wie ein Kleinod vor, ein Juwel, und das sicherlich bedeutendste sichtbare Vermächtnis Alexanders des Großen, wie er inzwischen bei allen Völkern rund um das Meer und wahrscheinlich weit darüber hinaus genannt wurde. Kaum ein Herrscher oder Feldherr, der sich nicht bemühte, ihm nachzueifern, der ihn nicht als größten Heroen, der jemals unter der Sonne gelebt und gewirkt hatte, verehrte. Neugierig sah sich der König um. Rom, dachte Ptolemaios, die viel gepriesene Hauptstadt des Römerreiches, konnte kaum prächtiger sein. Breit waren Alexandrias marmorgepflasterte Straßen, gesäumt von bunten Säulenhallen, die Spaziergänger vor Sonne,

Wind und Regen schützten. Inbrünstigen Gebeten gleich die zum Himmel emporstrebenden Tempel, die der Makedone den Göttern seiner Heimat gewidmet hatte. Vom großen Stadion her hörte er das Grölen der Massen und vom Musiktheater die zarten Töne einer Harfe. In der Ferne grüßte der Leuchtturm von Pharos, mit dem Alexanders Nachfolger die Stadt bereichert hatten und der die Seefahrer bei Dunkelheit sicher in den felsigen Hafen führte. Zu den Weltwundern wurde die gewaltige Anlage mittlerweile gezählt. Schiffe aller Herren Länder ankerten vor Alexandria, wurden entladen und beladen und mehrten mit ihrem Warenfluss den Wohlstand der Stadt, brachten aber auch manchen Neugierigen hierher. „Du kommst als Fremder und du gehst als Freund." Dieses Schlagwort hatten sich die Stadtväter auf die Fahnen geschrieben. Aber auch Gelehrte trieb es in Scharen hierher. Galt doch die Perle am Südufer des *Mare Internum*, wie die Römer - ein wenig überheblich, wie Ptolemaios fand, als gehöre das große Wasser nur ihnen - die Stadt nannten, neben dem viel älteren Athen als Mittelpunkt der Künste und Wissenschaften schlechthin, der all jene anzog, die nach Vervollkommnung in der Kunde des Heilens, der Rhetorik, des Steinhauens und der Jurisprudenz strebten. Nicht umsonst besaß Alexandria die größte Bibliothek der zivilisierten Welt oder zumindest dessen, was Griechen und Römer dafür hielten. Das gesamte Wissen der Menschheit war dort vereint. Ungeheure Schätze hatten sich im Laufe von vielen Jahrhunderten in den Bücherpalästen angehäuft.

Mit stolz geschwellter Brust betrachtete der große König die zu Stein gewordene Herrlichkeit, wenn ihm auch mit einem Mal all die Pracht bedroht und vergänglich erschien. War sie denn echt, die Fröhlichkeit, die auf den Straßen herrschte? War sie ehrlich, die gegenseitige Achtung, mit der hier Griechen, Ägypter, Römer und auch Juden - denen ein eigenes Stadtviertel zugewiesen war, damit sie ihrer besonderen Lebensweise nachgehen konnten - friedlich nebeneinander lebten? Oder war das alles nur ein schöner Schein? Konnte nicht ein einziger Funke genügen, die ganze Stadt in ein Flammenmeer zu verwandeln? Eine Prügelei, ein Mord oder auch nur ein unbedachtes Wort? Ptolemaios war sich durchaus bewusst, dass auch die fast drei Jahrhunderte, die sein Geschlecht inzwischen über Ägypten herrschte - mit viel Fingerspitzengefühl, wie er meinte -, die Kränkung des besiegten Volkes mit seiner vieltausendjährigen Geschichte nicht hatte wettmachen können und dass die Herrschaft der Ptolemäer zu jeder Zeit bedroht war. Waren nicht sogar einige seiner Vorgänger vom Thron gestoßen und gewaltsam ums Leben gebracht worden? Nein, man durfte sich keinen Illusionen hingeben. Er tat, aller Kritik zum Trotz, sicherlich gut daran, sich mehr und mehr an die Römer zu halten, die ihm als einzige geeignet schienen, den ägyptischen Pöbel in Schach zu halten, und die kaum Interesse daran haben konnten, auch das alte Land am Nil ihrem Imperium einzuverleiben. Schließlich wurde es seit Generationen von Griechen beherrscht und jedermann wusste, mit welch großer Bewunderung, ja Hochachtung, Rom der griechischen Kultur begegnete, sie bereitwillig bei sich aufnahm und als heiliges Erbe an die kommenden Generationen weiterzugeben gedachte. Nein, von Rom drohte ihm und den Seinen sicherlich keine Gefahr. Es kam nur darauf an, die Herren der Welt, die die Römer ja längst waren, bei Laune zu halten. Und Ptolemaios wusste, wie das gelang.

Inmitten der Stadt, die seinen Namen trug, ruhte in einer gewaltigen Grabburg in gläsernem Sarg der große Heroe, mit Wachs und Honig einbalsamiert und damit der Vergänglichkeit entrissen. Nicht nur Griechen sah man an der heiligen Stätte inbrünstig beten. Auch viele Einheimische konnten sich der Anziehungskraft, die der Mythos Alexander noch immer ausstrahlte, nicht entziehen.

Ptolemaios bedeutete seinen Dienern anzuhalten. Er zwängte seine Leibesfülle aus dem engen Tragestuhl, befahl allen Bewunderern Alexanders zu verschwinden und näherte sich voll Ehrfurcht dem Toten. Kaum wagte er, den Blick zu heben. Demütig bat er den großen Ahnen um Wohlergehen für sein Geschlecht, die Dynastie der Ptolemäer, er möge die Götter der Griechen bitten, ihnen Gesundheit, ein langes Leben und die immerwährende Herrschaft zu gewähren. Als er aufblickte, meinte er, in den Zügen des Toten ein leichtes Lächeln zu entdecken. Aber er vermochte nicht zu sagen, ob es Freude oder Spott ausdrückte. Dann kehrte er einigermaßen beruhigt, da der Angerufene geantwortet hatte, in die Stille seines Palastes zurück.

Die namenlose Königin hatte sich inzwischen etwas erholt. Sie war aus dem Geburtszimmer, das von eifrigen Dienerinnen mit Weihrauch vom Geruch des Blutes befreit worden war, in ihre eigenen Gemächer gebracht, in ein golddurchwirktes Gewand gesteckt und aufwändig geschminkt worden. Aufrecht in fülligen Kissen sitzend empfing sie ihren Gemahl. Das Neugeborene, das man ebenfalls gebadet und mit dem königlichen Erstlingsgewand bekleidet hatte, hielt sie stolz im Arm.

Die junge Frau schien glücklich zu sein. Selbst unter der dicken Schicht von Bleiweiß konnte man das Strahlen ihres Gesichts erkennen, die leuchtenden schwarzen, nach altägyptischer Art mit Kohlenstaub vergrößerten Augen und den lächelnden Mund mit den aufgeworfenen Lippen. Sachte beugte sich der König über die geliebte Frau und küsste ihr dankbar die jugendliche Stirn. Gewiss, er hatte bereits eine Tochter, jene wilde Berenike, die ihm die Schwestergemahlin Kleopatra geboren hatte. Und da war auch noch Thea, seine Stieftochter, die sich allmählich zu einer blühenden Schönheit entwickelte. Kleopatra hatte sie aus einer früheren Ehe mit einem syrischen Prinzen mit an den Hof gebracht und Ptolemaios hatte sich des kleinen Mädchens angenommen und versucht, ihr ein fürsorglicher Vater zu sein. Jetzt freilich war Thea herangereift und es würde bald an der Zeit sein, für sie eine standesgemäße Verbindung zu suchen. Er hatte selbst schon daran gedacht, sie zu seiner Gemahlin zu machen. Er schätzte ihr sanftes Wesen und die stille Art, hinter der sich dennoch ein hervorragender Geist verbarg. Schon während der letzten Jahre hatte er sie öfter beobachtet und mit Erstaunen festgestellt, dass er Thea anders sah, als ein Vater seine Tochter sehen sollte. Aber dann war ihm sie, die Schöne aus Memphis, über den Weg gelaufen und er hatte sich Hals über Kopf in sie verliebt. In das ebenmäßige Gesicht mit dem Teint, der an die Farbe heller Oliven erinnerte, in die sprechenden Augen, die Liebe und Wärme ausstrahlten, in hoch gewölbte Brauen und langes, seidenglattes, glänzendes Haar. Er betrachtete voller Mitgefühl das von den Strapazen der Entbindung gezeichnete und dennoch zufrieden lächelnde Gesicht, dachte an ihren stolzen, aufrechten Gang, der einer großen Königin würdig war und erinnerte sich ihrer klugen und umsichtigen Ratschläge, mit denen sie Einfluss auf seine Herrschaft nahm. Er hatte wahrlich keinen schlechten Tausch gemacht und seinen Entschluss nie bereut. Kleopatra, die Verbannte, die, wie man ihm berichtet hatte, ihr freies Leben in vollen Zügen genoss, war sich selbst stets genug gewesen, hatte immer nur Sinn für Mode, Schmuck und die neuesten Frisuren gezeigt und sich vor allem dafür interessiert, was bei den römischen Damen gerade gefragt war.

Gewiss, er war etwas enttäuscht. Aber er würde es der Geliebten nie zeigen. Wie alle Herrscher vor ihm hatte er sich sehnlichst einen Sohn gewünscht, einen, der das ruhmreiche Geschlecht der Ptolemäer fortführen und ihn auf dem Thron beerben könnte, doch die Vorsehung hatte ihm nur diese weitere Tochter vergönnt. Dennoch würde er versuchen, ein guter Vater zu sein. Im Übrigen war seine Gemahlin noch jung. So es den Göttern gefiele, würden sie noch viele Kinder miteinander haben. Mit gemischten Gefühlen betrachtete er das kleine runzlige Gesichtchen, die winzigen Hände, den kahlen Kinderkopf. Dann schlug die Kleine die Augen auf, die grün und unergründlich schimmerten und an das Wasser des Nils erinnerten. Da war ihm, als spiegele sich in ihnen sein eigenes Sein. Und mit einem Mal erkannte sich der große König in diesem Kind selbst.

„Nun, ich denke, meine Geliebte, es ist auch in deinem Sinn, wenn wir unser erstes gemeinsames Kind in der Familientradition

Kleopatra nennen. Wir werden sie gemeinsam erziehen. Ich werde ihr die Ideale der griechischen Welt vermitteln und du sollst sie die Sprache deines Volkes, der Ägypter, lehren. So wird unsere Tochter dereinst beiden Völkern dienen können."

Ereignisreiche Jugendjahre

„Ich kenne sie alle", gestand Kleopatra. „Ich habe das Gestern gesehen, ich weiß, was vor 200 Jahren war, und ich kenne das Morgen. Ich sehe in die Herzen der Menschen, denn ich verstehe ihre Sprache."

Das Mädchen war gerade fünf, als sich bereits ihre einzigartige Begabung bemerkbar machte. Ihr wacher Geist fing jedes Wort auf, jede Äußerung ihrer Untertanen, der Fremden, die nach Alexandria kamen, der Juden, die sich hier niedergelassen hatten, und nicht zuletzt die der zahlreichen Delegationen aus Parthien, Syrien und Punt, die vor dem Thron ihres Vaters erschienen, um ihm und seinem Reich ihre Aufwartung zu machen. Und schneller, als es je einem oder einer ihrer Sippe gelungen war, bildeten sich in ihrem Kopf aus dem Wort Silben, Wörter, Sätze und Geschichten, sodass jeder über das kleine Mädchen staunte, das in einem Alter, in dem andere Kinder noch mit Puppen und knöchernen Figürchen spielten, ihrem Vater schon eine große Stütze war. Er konnte sich auf seine Tochter verlassen. Kleopatra übersetzte und es dauerte nicht lange, da entfernte Ptolemaios alle anderen Dolmetscher von seinem Hof.

Die Kleine war nicht schön, was der Vater, der von sich selbst behauptete, ein Ästhet zu sein, oft bedauerte. Warum nur konnte die Natur nicht einmal eine Ausnahme machen und Schönheit und Geist in einem Menschenkind vereinen? Kleopatras Nase war etwas zu lang geraten, der Mund allzu üppig mit einem dennoch herben Zug über einem fliehenden Kinn. Ein wenig zu klein saß der Kopf auf einem langen, dürren Hals. Zudem war das Kind schmächtig geblieben, als weigere es sich zu wachsen. Ihre ganze Erscheinung hatte schon jetzt etwas Reifes, fast Greisenhaftes an sich und Ptolemaios befürchtete, dass sich daran auch nichts ändern würde. Oft hörte man den besorgten Vater seufzen. Ob sich für seine Tochter, die so gar nichts von der äußeren Schönheit ihrer ägyptischen Mutter geerbt hatte, außer vielleicht der olivfarbenen Haut, wohl je ein Mann fände? Andererseits hatten die Götter das Kind mit der Gabe eines überaus scharfen Verstandes gesegnet, vor dem er gelegentlich erschrak. War es denn möglich, dass ein Kind solcher Gedankengänge fähig war, dass ein Kind in Kleopatras Alter schon komplizierte politische Zusammenhänge verstand? Und auch noch ein Mädchen, dem die Gesellschaft doch traditionsgemäß jeden vernünftigen Gedanken absprach? Wenigstens in ihren geistigen Gaben schien sie das verkleinerte Abbild der großen königlichen Gemahlin zu sein und Ptolemaios genoss es, wenn die Kleine dafür von allen bewundert und mit einer gewissen Achtung bedacht wurde.

Nur wenige Jahre nach Kleopatras Geburt wurde die Mutter erneut schwanger. Bald kam Arsinoë zur Welt, die sich im Gegensatz zu ihrer oft nachdenklichen älteren Schwester zu einem fröhlichen, von jedermann geliebten und verhätschelten Mädchen entwickelte, deren silberhelles Lachen durch die weiten Zimmerfluchten des elterlichen Palastes drang. Auch Kleopatra war dem Charme des Kindes verfallen. War nicht die Schwester so, wie sie selbst gern gewesen wäre? Nicht nur, dass sie in Arsinoë eine willkommene Spielgefährtin fand, soweit ihre Bestimmung überhaupt irgendeine Art von Unbeschwertheit zuließ. Arsinoë war es vor allem gelungen, die allgemeine Aufmerksamkeit auf sich zu lenken und damit unbewusst der älteren Schwester eine Freiheit einzuräumen, von der sie sich nie hatte träumen lassen. Kleopatra hasste das höfische Protokoll, das ihr Leben auf so unangenehme Weise einschränkte, sodass sie sich oft wie in einem Kokon gefangen fühlte. Ein Mädchen tut das nicht, ein Mädchen darf jenes nicht. Das geziemt sich nicht für eine Königstochter. Sie hatte zu gehorchen. Naoma, erste Dienerin der großen königlichen Gemahlin, die längst zu einer Art

Haushofmeisterin aufgestiegen war – Kleopatra pflegte sie „Hausdrachen“ zu nennen –, wachte mit Argusaugen über die Sittlichkeit der Königstöchter und wurde nicht müde, der unzähmbaren Älteren die gefügige Arsinoë als leuchtendes Beispiel vor Augen zu führen. Kleopatra mochte die Alte nicht, vor deren runzligem Gesicht sie sich, solange sie denken konnte, fürchtete und deren harte graue Augen unbedingten Gehorsam forderten. Und sie mochte sie mit den Jahren immer weniger, da ihr bewusst wurde, wie sehr die Ägypterin Ptolemaios verachtete, den überaus geliebten Vater, der freilich nicht dem gängigen Ideal eines Herrschers entsprach, des neuen gottgleichen Königs für das vereinigte Reich.

Der übermäßige Weinkonsum und die gewaltigen Berge von Nahrung, die der König zu verschlingen pflegte, ließen seinen ohnehin fülligen Leib immer mehr anschwellen. Dazu kam, dass er von Tag zu Tag bequemer wurde. Selbst innerhalb der Palastanlage ließ er sich mittlerweile tragen, was er mit Schmerzen in den Beinen begründete. Auf die vorwurfsvollen Blicke seiner Tochter hin hob er nur ohnmächtig die Schultern: „Das Alter, mein Kind, das Alter.“

Die Veränderung seines Körpers wirkte sich indes nicht auf die Zuneigung seiner Gemahlin aus, deren Herz auch nach so vielen Jahren des Zusammenlebens noch Freudensprünge tat, wenn sie seiner ansichtig wurde.

Auch in seinem Regierungsstil ließ der König nach. Er war nie ein herausragender Herrscher gewesen und hatte immer wenig Interesse an der Staatsführung gezeigt, und das wusste er auch. Ob seine Bauern genügend zu essen hatten, ob die Nilschwelle rechtzeitig eingetreten war, ob Seuchen seine Untertanen heimgesucht hatten, ja selbst jene religiösen Pflichten, die nach alter Sitte dem Staatsoberhaupt oblagen; das alles schien ihn nichts anzugehen. Zufrieden mit sich saß er in seinem Palast, der einem goldenen Käfig glich, empfing Gesandte, lud Künstler, Gelehrte und Philosophen ein und erfreute sich an gutem Essen, an Musik und Tanz. Schon lange war er dazu übergegangen, seine Tochter, die bei jeder Audienz neben ihm saß, in seine Entscheidungen einzubinden und ihr mehr und mehr Aufgaben zu übertragen. Und wieder bewies das Kind eine erstaunliche Klugheit und erntete allseits Bewunderung. War es normal, dass eine Zehnjährige, nach Art der alten Gottkönige gekleidet, geschminkt und mit Krummstab und Geißel angetan, vom Thron des Königs aus Recht sprach, wobei ihr der Vater nur assistierte? Dass sie es war, die die Abgesandten fremder Völker empfing? Dass sie Gesetze erließ, die bei aller Strenge durchaus vernünftig waren und das Zusammenleben der unterschiedlichen Stämme, die in ihrem Reich lebten, regelten? Bei allen Göttern, Kleopatra hätte das Zeug dazu, seine Nachfolgerin zu werden! Und sie würde eine bessere Regentin sein als er es war. Davon war Ptolemaios mittlerweile fest überzeugt. Aber sie war ja nur ein Mädchen. Offensichtlich hatte da die große Mutter Natur etwas verwechselt. Sie hatte versehentlich den Geist eines Mannes in den Körper einer Frau gesteckt. Doch hatte es im alten Land am Nil nicht auch so manche Königin gegeben, die zum Wohle ihrer Untertanen herrschte?

„Hermes-Thot", empfing die Königin, deren Schönheit durch die Reife des Alterns noch aufgewertet worden war, ihren Gemahl, „nun, er hat mir im Traum mitgeteilt, dass es Amun-Re gefallen habe, meinen Leib erneut zu segnen. Und diesmal, mein König, wird er unsere Ehe mit der Geburt eines Thronerben beglücken. Das hat er mir fest versprochen." Dabei verbeugte sie sich mit gesenktem Blick achtungsvoll vor ihrem Mann. Er sollte nicht sehen, dass sie, die nicht nur in Liebesdingen erfahrene Frau, wie ein junges Mädchen errötete. Mit inniger Zärtlichkeit nahm der König das Gesicht seines Eheweibes in die Hände und hauchte ihr einen Kuss auf die glühende Stirn. Dann schloss er sie fest in die Arme.

„Da bist du ja endlich, mein Kind!" Mit sanfter Gewalt löste sich die Königin aus der Umarmung ihres Gemahls und wandte sich ihrer älteren Tochter zu.

„Mutter!“ Kleopatra klang verstimmt. „Ich habe dich schon so oft gebeten, mich nicht immer ‚mein Kind‘ zu nennen. Denk doch bitte an die Dienerschaft! Nur noch zwei Sommer und ich werde in die Gemeinschaft der heiratsfähigen Frauen aufgenommen werden.“

„Und wenn du dreimal so alt wärest, mein Töchterchen! Du wirst immer mein Kind bleiben.“ Sie zog Kleopatra an sich und blickte ihr liebevoll in die geheimnisvollen grünen Augen. Besonders anmutig war sie auf den ersten Blick nicht, diese Tochter, da musste sie Ptolemaios recht geben. Und dennoch ging von ihr eine Anziehungskraft aus, die jenseits all dessen lag, was man gemeinhin als schön bezeichnete. Kleopatra würde eine faszinierende Frau werden, da war sich ihre Mutter ganz sicher, hervorragend durch Geist und Bildung und die größten Männer ihrer Zeit würden ihr zu Füßen liegen … Erwartungsvoll betrachtete das Mädchen die in Gedanken versunkene Königin.

„Mutter?“ Die Frau blickte auf. „Ich habe dich rufen lassen, um dir eine freudige Mitteilung zu machen. Du bist alt genug zu erfahren, was deinen Vater und mich so glücklich macht.“ Dabei ergriff sie die Hand ihres Gatten und führte sie an die Lippen. „In wenigen Wochen“, fuhr sie fort, „wird dir ein Bruder geboren werden und ich möchte ihn dir ans Herz legen. Wir sind alt, dein Vater und ich. Vielleicht nicht so sehr an Jahren, aber du weißt ja, vor dem Tod ist man niemals sicher. Wobei wir uns diesen natürlich völlig gegensätzlich vorstellen. Dein Vater glaubt an ein Schattendasein im unterirdischen Orkus und versucht, ein guter Mensch und ein gerechter Herrscher zu sein. Denn nur wer auf der Erde rechtschaffen lebt, kann nach seiner Ansicht auch auf ein erträgliches Dasein in der Unterwelt hoffen. Ich hingegen bin davon überzeugt, nach meinem Tod Osiris gleich zu neuem Leben zu erstehen. Durch Umarmung und Mundöffnung wird mich der Totengott Anubis wieder beleben und Isis und Nephtys werden mir zur Auferstehung in Gestalt des Gottes Horus verhelfen. Ptolemaios, dein Bruder, wird für seine Untertanen der neue sichtbare

Horus sein und in ihm, meinem Sohn, werde auch ich in die Ewigkeit eingehen. Du siehst also, welch große Verantwortung ich dir auferlege, meine Kleopatra."

Das Geständnis der Königin, wieder schwanger zu sein und einen Sohn zu erwarten, ließ die Tochter für einen Augenblick einen Anflug von Eifersucht verspüren. Gehörte der Vater nicht ihr allein? Sollte sie ihn etwa mit einem Bruder teilen? Arsinoë war als zweitgeborene Tochter für sie keine Konkurrenz. Aber ein Sohn? Und war es nicht seit alters her Brauch ihrer - zugegeben mütterlichen - Vorfahren gewesen, dass Väter ihre Töchter und Brüder ihre Schwestern ehelichten, um das Blut der Familie reinzuhalten? Die Verbindung von Bruder und Schwester war immer noch erwünscht. War nicht, wenn sie gewissen Gerüchten glauben konnte, Ptolemaios sogar mit seiner Halbschwester Kleopatra, ihrer Namensvorgängerin, verheiratet gewesen, ehe er sich ihrer Mutter zugewandt hatte? Doch ihr Bruder würde noch ein unmündiges Kind sein, wenn sie auf den Thron käme. Undenkbar, ihn zum Mann zu nehmen. Oder würde ihr Vater gar ihn ...? Nicht auszudenken! Eifersucht? Ja, vielleicht.

Sie vertrieb das aufsteigende Gefühl, hatte sich gleich wieder im Griff und versprach, über den Auftrag nachzudenken. Dann wandte sie sich zum Gehen. Doch noch einmal rief die Mutter sie zurück. „Übrigens berichtet mir dein ägyptischer Lehrer Imhotep, dass du Fortschritte machst. Das freut mich, mein Kind!" Freundlich lächelnd blickte sie der Tochter nach, die sich höflich bedankte und das Gemach der Königin verließ.

„Du magst das Herz einer Zehnjährigen haben, Prinzessin, aber du hast den Verstand einer erwachsenen Frau." Imhotep versuchte, das verstörte Mädchen zu beruhigen. Wusste die große Königin denn überhaupt, was sie da von ihrer Tochter verlangte? „Beruhige dich, gehe in dich und bitte Amun-Re um Hilfe und Erleichterung. Und meinetwegen auch die Götter deines Vaters."

„Amun-Re-Zeus", begann Kleopatra schluchzend, nachdem sie sich in einen der kleinen Haustempel geflüchtet hatte, der den Göttern Griechenlands und Ägyptens gleichermaßen als Heimstatt diente. „Wie zahlreich sind doch deine Werke; sie sind dem Gesicht des Menschen verborgen, du einziger erhabener Gott, dem kein anderer gleichkommt …" Dann trug sie dem Gott ihrer Ahnen vor, was ihre junge Seele bedrückte, und endete mit der Bitte, ihr für alles, was das Leben heute und zu jeder Zeit von ihr forderte, den Segen des Himmels zu gewähren. Erst jetzt begann sie zu weinen. Aber sie weinte längst nicht mehr wie ein Kind. Nie hätte sie geahnt, dass sie so viele Tränen barg, denn all die Jahre waren ihre Augen trocken geblieben. Mit verschleiertem Blick stürzte sie nach draußen, stolperte blind in die Arme Nefers, ihrer Dienerin und Vertrauten, und ließ sich von ihr trösten. Sie wusste, dass sie soeben einen Teil ihrer Kindheit hinter sich gelassen hatte und auf dem Weg zum Erwachsenwerden war.

Ganz Alexandria begrüßte die Geburt des neuen Prinzen mit überschwänglicher Begeisterung. Überall in der Stadt waren der Rhythmus der Rahmentrommeln und der hohe Gesang der Rohrflöten zu vernehmen. Ausgelassen tanzten die Menschen auf den hell erleuchteten Straßen. Und selbst aus dem fernen Memphis, wohin Ptolemaios' Boten die freudige Nachricht gebracht hatten, kamen Grüße und gute Wünsche. Die Apis-Bruderschaft werde für das neue Familienmitglied und das Königshaus beten, ließ der Hohepriester den Schwiegersohn wissen. Er hoffe, dass es auch seiner Tochter gut gehe. Gern sähe er sein Kind einmal wieder und natürlich auch die Enkel, die er ja noch nicht kenne. Vielleicht wäre der Familie ja ein Besuch der alten Heimat in naher Zukunft möglich. Der alte Mann ahnte nicht, wie bald sich sein Wunsch erfüllen sollte.

Erneut war die königliche Gemahlin guter Hoffnung. Und der Verlauf der Schwangerschaft, die sich durch nichts von der vorhergehenden unterschied, ließ ahnen, dass auch diesmal ein Prinz geboren würde. Doch sollte seine Geburt unter ganz anderen Vorzeichen als denen bei der Geburt des älteren Bruders verlaufen.

Seit Tagen peitschte ein heftiger Sturm aus südwestlicher Richtung den Sand der nahe gelegenen Wüste auf, trübte die Luft, dass man die Hände vor den eigenen Augen nicht sah, und legte sich als grauer schmieriger Belag wie ein Leichentuch über die erstarrte Stadt. Totenstille überall. Die Bewohner Alexandrias waren aufgerufen, Türen und Fenster zu vernageln und ihre Behausungen nicht zu verlassen. Wie vor einem gefährlichen Feind hatte sich auch die Königsfamilie in ihrem Palast verbarrikadiert. Das schwache Licht weniger Öllämpchen verlieh den dunklen, mit kostbarem Holz getäfelten Räumen, die Ptolemaios und die Seinen bewohnten, ein gespenstisches Aussehen, das die ohnehin schlechte Stimmung noch mehr trübte. Und die Luft stand. Man war es gewohnt, den Großteil des Tages im Freien zu verbringen, außerhalb der beengenden Mauern, in den schattigen Gärten bei den murmelnden Brunnen, den seerosengeschmückten Teichen, in den duftenden Orangenhainen, den herrlichen Papyruswäldern oder unter den silberblättrigen Olivenbäumen. Selten begab man sich tagsüber ins Haus.

Die Geburt ihres vierten Kindes hatte die Königin mehr Kraft gekostet als die ihrer drei älteren Kinder zusammen. Sie schob es ihrem fortgeschrittenen Alter zu. Die alte Volksweisheit hatte schon recht, wenn sie meinte, Kinder solle man in jungen Jahren bekommen. So sei es schließlich von der Natur auch vorgesehen.

„Ich werde dafür sorgen, dass du nicht mehr schwanger wirst", bemerkte Naoma besorgt. Sie hatte sich bereit erklärt, die Pflege ihres Schützlings zu übernehmen, der sich diesmal von der Mühsal des Wochenbetts nur langsam erholte. Naoma war alt geworden. Ihre Beine gehorchten ihr kaum mehr und ihre Hände, die mit hässlichen braunen Flecken übersät waren, zitterten. Sie bemühte sich, wenigstens ihren Kopf ruhig zu halten. Mit all den Gebrechen kostete es die Greisin eine nahezu übermenschliche Anstrengung, ihrer Aufgabe gerecht zu werden, aber sie versuchte es ohne zu murren. Die Königin bestand auf ihrer Hilfe und ihrer Gesellschaft. Sie konnte sich ein Leben ohne diesen guten Geist, der ihr bisheriges Leben so selbstlos begleitet hatte, nicht vorstellen. Die Königin brauchte sie.

„Vier Kinder in einem Jahrzehnt! Mehr kann ein noch so hoch gestellter Mann von seiner Frau nicht verlangen. Du hast deine Pflicht getan. Mehr als das, meine Schöne. Hätte ich geahnt, was dieser Grieche deiner schwachen Gesundheit zumuten würde, glaube mir, ich hätte damals deinen Vater beschworen, dich nicht mit ihm zu verheiraten. Es hat schließlich genügend Anwärter gegeben, junge Männer aus den vornehmsten Familien Ägyptens, die ein Auge auf dich geworfen hatten. Manchmal stelle ich mir vor, was geworden wäre, hättest du einen von ihnen genommen. Wir säßen jetzt bequem in Memphis, fern aller Repräsentationspflichten und vor allem fern von diesem turbulenten Alexandria, wo man nicht einmal seines Lebens sicher ist. Aber du, du musstest ja unbedingt deinen Kopf durchsetzen. So wie immer. Schon als kleines Mädchen …"

„Ich kenne deine Vorwürfe, meine Liebe", unterbrach sie die Königin. „Ich habe sie oft genug gehört. Du bist ja mit ihnen nie sparsam gewesen. Es ist schon alles gut so. Ein jeder hat den Platz einzunehmen, der ihm vom Schicksal zugewiesen wurde. Und mein Platz ist hier, Naoma. Ich habe nie bereut, meine Heimatstadt verlassen und hier ein neues Leben begonnen zu haben, fern von meinem geliebten Vater, meinen Geschwistern und allem, was mir vertraut war. Freilich war es nicht immer leicht und manchmal schnürte mir das Heimweh das Herz zu. Aber Ptolemaios hat mich geliebt, er tut es bis heute, auch wenn mein Gesicht die ersten Spuren des Alters trägt und mein Leib allmählich aus der Form gerät. Und ich liebe ihn. Die Liebe, gute Naoma, erträgt vieles und verzeiht alles. Und wo die Liebe ist, ist man zu Hause.“ Eine Weile schwieg die Königin, als müsse sie über die Bedeutung ihrer eigenen Worte nachsinnen. Dann wandte sie sich erneut an ihre alte Amme.

„Etwas anderes beunruhigt mich, Naoma. Mir ist zu Ohren gekommen, dass sich in Alexandria das Volk zusammenrottet und lauthals Ptolemaios' Tod fordert. Er hat mir nichts davon erzählt, er hält ja alles, was mich aufregen könnte, von mir fern. Aber wie du weißt, haben die Wände unseres Palastes Ohren. Nicht nur der König hat seine Spitzel im ganzen Reich verteilt. Auch meine Vertrauensleute hören sich um. Von ihnen wurde mir zugetragen, dass die Frau, die Ptolemaios vor mir geehelicht hatte, gemeinsam mit ihrer Tochter Berenike das Volk aufwiegle und nach dem Thron lechze. Nur zum Schein habe sie sich mit dem Los der Verbannung abgefunden. Seit geraumer Zeit bereite sie mit Hilfe getreuer Anhänger ihre Rückkehr nach Alexandria vor, wo sie ihre Tochter, nach ihrer Meinung Ptolemaios' einziges legitimes Kind, auf den Thron setzen und sich als große königliche Beraterin aufspielen wolle. Ihrem früheren Gemahl und seiner jetzigen Familie habe sie Rache geschworen.“

Auch Naoma hatte von dem drohenden Aufstand gehört. Im Palast wusste fast jeder davon. Aber sie hatte dem Gerede zunächst keine besondere Aufmerksamkeit geschenkt. Immer wieder war von der Unzufriedenheit des Volkes die Rede und oft genug hatte sich gezeigt, dass sich diese wieder gelegt hatte oder überhaupt nur ein leeres Gerücht war. Als man ihr jedoch berichtete, der König verstärke die Mauern und erhöhe die Anzahl der Wachen, hatte sie sich genauer erkundigt. Doch wie alle anderen, die unbequeme Fragen stellten, hatte man auch sie mit der lapidaren Feststellung abgefertigt, dass die Zeiten unsicher seien und man vorsorgen müsse. Kein Grund zur Beunruhigung! Doch Naoma war nicht dumm. Mochte sie auch nur eine Sklavin sein und niemals das genossen haben, was man in Gesellschaftskreisen eine höhere

Bildung nannte, so verfügte sie doch über Erfahrungen, die keine Bücher vermitteln konnten. Ein langes Leben in unmittelbarer Nähe der Vornehmen und Herrschenden hatte sie geprägt und ihr Weisheit und Weitsicht verliehen, die über jedes Schulwissen hinausgingen. Und es gab Träume, immer wieder Träume! Von dunklen Wolken träumte sie, die sich bleischwer über Alexandria und den Palast legten und dessen Mauern bis in die Grundfesten erschütterten. Von bislang unbekannten Gestirnen träumte sie, die sich blutrot vor die Sonne schoben und alles in undurchdringliches Dunkel hüllten. Sie sah das Gefieder der Ibisse, das sich von einem Augenblick zum nächsten schwarz färbte. Vögel, die Steinen gleich tot vom Himmel fielen. Und Ptolemaios, der jung und schlank im königlichen Ornat auf der Sonnenbarke gegen Westen segelte. Träumte sie? Erlebte sie? Sie vermochte es, sobald der Tag angebrochen war, nicht zu sagen. Nur ihr nächtliches Gewand, das von Schweiß durchtränkt war, verriet, wie sehr sie gelitten hatte.

Bald war sie überzeugt, dass Alexandria und der Königsfamilie turbulente Ereignisse ins Haus stünden, ja dass deren Leben und Stellung bedroht waren. In weiser Voraussicht gab sie Anweisung, alles für eine Flucht ihrer geliebten Herrin und der Kinder vorzubereiten. In Alexandria war die hohe Familie nicht mehr sicher. Memphis würde ein geeignetes Asyl sein, wo sie die Apis-Priesterschaft und vor allem der Hohepriester sicherlich mit Freude aufnähmen. Nur Ptolemaios, der nach ihrer Auffassung so großes Unglück über ihre Prinzessin gebracht hatte, als er sie zunächst ver- und dann entführte, mochte sehen, wo er blieb. Ihm würde sie gewiss keine Träne nachweinen.

Sie sprach zu ihrer Herrin von den dunklen Gedanken, die sie seit einiger Zeit umtrieben und quälten, und weihte sie in ihre Pläne ein. Alles sei vorbereitet. Die Königin müsse nur zustimmen. Aber es sei Eile geboten. Damit warf sie sich, was bisher noch nie geschehen war, der Königin zu Füßen.

Die hohe Frau war verwirrt. Vor allem, dass Naoma Ptolemaios nicht in ihre Rettungspläne einbezogen hatte, so denn diese überhaupt nötig waren, störte sie. Konnte die Alte nicht endlich begreifen, dass es ohne den geliebten Mann auch für sie, die Königin, keine Flucht gab? Durfte sie Ptolemaios so schmählich im Stich lassen? Hatte sie ihm nicht damals, als sie den Krug miteinander zerbrochen hatten, ewige Treue geschworen, ein Ausharren an seiner Seite bis zum Tod? Doch was hatte ihr Göttergemahl vor? Warum redete er nicht mit ihr? Wenn Naoma die Lage in der Stadt durchschaut und erkannt hatte, dass sich die königliche Familie in Lebensgefahr befand, um wie viel mehr musste dann ihm klar geworden sein, dass etwas zu ihrer Rettung geschehen musste? Gewiss, in letzter Zeit hatte auch sie eine gewisse Unruhe im Palast beobachtet. Sie hatte gesehen, dass Ptolemaios an Speisen und Getränken nur vorsichtig nippte, ehe er in gewohnter Weise zugriff, und dass mancher Sklave, dem das Vorkosten der königlichen Mahlzeiten befohlen worden war, schon nach wenigen Bissen oder Schlucken tot zusammenbrach. Aber man hatte Königen nach dem Leben getrachtet, solange Menschen denken konnten, und ebenso lange hatten sich die Herrschenden dagegen zu schützen vermocht. Nein, dachte die hohe Frau, an ein bevorstehendes Attentat glaubte sie nicht. Es waren die üblichen Vorsichtsmaßnahmen, die man traf. Weiter nichts.

Und wenn die besorgte Dienerin doch recht hatte? Nun, sie würde ihren Gatten darauf ansprechen, was an den umlaufenden Gerüchten wahr sei und ob es die Verstoßene und Verbannte tatsächlich wagen könnte, das freilich wegen der hohen Steuerlast nicht ganz zu Unrecht aufgebrachte Volk auf ihre Seite zu bringen und gegen ihren Wohltäter zu konspirieren. Bei Gelegenheit. Eilig schien ihr die ganze Sache nicht.

Doch kaum hatte sich Naoma, verzweifelt ob der Sturheit ihrer Herrin, in ihre Kammer zurückgezogen, wurde die Königin abrupt aus ihren Gedanken gerissen. Ohne die übliche Form der Etikette zu wahren, stürzte Ptolemaios in ihr Gemach, um ihr schwer atmend zu sagen, sie müsse Alexandria mit den Kindern eiligst verlassen und sich in Sicherheit bringen. „Das Volk probt den Aufstand", keuchte er. „Uns bleibt keine Zeit. Kleopatra, meine frühere Gemahlin, hat im ganzen Reich Truppen gesammelt, die sich schon im Anmarsch auf Alexandria befinden. Ich habe bereits befohlen, das Nötigste zusammenzupacken. Du wirst zu deinem Vater zurückkehren und ich werde mich nach Rom unter den Schutz des Pompeius begeben und dort meine Freunde um Unterstützung bitten. Denn die Stärke meiner Truppen reicht gegen die der Verräterin nicht aus, um unseren Anspruch zu verteidigen. Und ich habe nicht vor, den Platz kampflos zu räumen. Zum Glück habe ich mir durch großzügige Geschenke die Römer von Anfang an verpflichtet, wenn man mich auch oft genug getadelt hat, ich verschleudere das Erbe unserer Vorfahren und schände die Ehre des Reiches.

Aber es ist jetzt nicht die Zeit, zu politisieren und philosophische Reden zu halten. Die Feinde der Ptolemäer werden bald vor den Toren des Palastes stehen. Ich fliehe, Liebste, und ich habe alle Vorkehrungen getroffen, dass auch du sofort aufbrechen kannst. Bete zu deinen Göttern und rufe auch die meinigen an! So es ihnen gefällt, werden wir uns bald wiedersehen."

Noch einmal umarmte er die geliebte Frau. Dann eilte er hinaus und strebte zum Hafen, wo ein Schnellsegler bereits auf ihn wartete.

Auf der Reise nach Rom

Die Königin war der Verzweiflung nahe. Sie hatte alle Räume der großzügigen Palastanlage durchsuchen lassen. Keine Abstellkammer, keine Truhe, kein noch so düsterer Winkel war den Augen ihrer Dienerschaft verborgen geblieben. Selbst Zimmer, die seit Menschengedenken nicht mehr benutzt wurden und verschlossen waren, hatten sie aufgebrochen und aufmerksam durchforscht. Aber ihre Tochter Kleopatra war nirgendwo zu finden. Sie war und blieb verschwunden.

Auch weil Naoma zum Aufbruch drängte, entschloss sich die Königin in ihrer Todesangst schweren Herzens, ihr Töchterchen sich selbst zu überlassen. Zwar war gerade ihre Älteste für ihre Klugheit bekannt, aber sie war trotz ihrer beinahe zwölf Jahre noch ein Kind und hatte sich noch nie in einer ähnlich gefährlichen Lage befunden.

Doch draußen randalierte der Pöbel. Schon hämmerten und polterten aufgebrachte Rebellen heftig an die Tore der Residenz und forderten Einlass. Die ersten Griechen lagen erschlagen in den Straßen Alexandrias und immer wieder skandierte der aufgebrachte Mob: „Tod dem König, Tod den Ptolemäern!"

Da befahl die Königin, den Palast auf geheimen Wegen umgehend zu verlassen und eiligst die bereitstehenden Wagen zu besteigen, die sie und die Königskinder in die Sicherheit von Memphis bringen sollten.

Und was geschähe mit Kleopatra? Würde sie alleine zurechtkommen? Würde sie ihr Leben retten können? Es wäre ihr sicherlich ein Leichtes, als einfaches ägyptisches Mädchen verkleidet irgendwo in der Stadt Unterschlupf zu finden. Es blieb nur zu hoffen, dass die Tochter auf diesen Gedanken kam.

Mit tränenverschleierten Augen schlurfte König Ptolemaios indes über das Deck des Schnellseglers. Selbstvorwürfe quälten ihn. Er war ein schwacher König. Und er war ein schlechter Vater und Ehemann. Er hatte die Seinen schmählich im Stich gelassen. Wer konnte sagen, ob auch ihnen die Flucht gelungen war, ob sie sich vor den randalierenden Aufständischen noch rechtzeitig hatten in Sicherheit bringen können? Niemand wusste es, aber ein jeder konnte sehen, wie feige er, der „große König", in Wirklichkeit war. Sollte er vielleicht umkehren und in Alexandria zu retten versuchen, was zu retten war? Sollte er nach Memphis eilen und dort zusammen mit seiner Familie warten, bis sich die Gemüter wieder beruhigt hatten? Aber was könnte er, ein Mann, dem man seine Stellung streitig machte, gegen die Überzahl seiner Gegner ausrichten? Und müsste er nicht in Memphis vor den Hohepriester, seinen Schwiegervater, treten und kleinlaut eingestehen, dass er ein Gescheiterter war? Er, der die Stadt einstmals als großer König besucht hatte, als Wiedergeburt der mächtigen Pharaonen. Als aus den Fluten des Nils auferstandener Osiris? Nein, das verbot sein Stolz.

Oft glaubte er, die verächtlichen Blicke der Seeleute auf sich ruhen zu sehen. Und hatte neulich nicht gar einer gewagt, vor ihm auszuspucken, um ihm seine Verachtung zu zeigen? So weit war es schon mit ihm gekommen. Er hatte hier, nur von einer kleinen Leibgarde bewacht – die meisten seiner Leute hatten sich auf die Gegenseite geschlagen –, der rauen See und den nicht weniger rauen Männern schutzlos ausgeliefert, nicht einmal die Möglichkeit, sich gegen solche Unverschämtheiten zu wehren. Und was das Schlimmste war: Sie hatten recht. Er war ein Verräter, ein Versager. Und er schämte sich dafür. Jetzt war er sogar nahe daran, sein Reich und seine Ehre oder das bisschen, das davon geblieben war, den Römern in den gierigen Rachen zu werfen. Aber konnte er denn anders? Wieder rollte ihm eine Flut von Tränen die feisten Wangen hinab.

Schleichende Schritte, die er hinter seinem Rücken vernahm, rissen ihn aus seinen Gedanken. Augenblicklich vermutete er ein

Attentat. So also rächte sich die verstoßene Gattin. Hier auf dem Schiff, wo sich keine Art des Widerstands bot, ließ sie ihn hinterrücks ermorden. „Gut eingefädelt", sprach er zu sich selbst. „Das hätte ich dir gar nicht zugetraut, Kleopatra." Dann machte er sich auf das bevorstehende Ende gefasst.

Aber nichts geschah. Der König stand klopfenden Herzens auf dem Deck. So mochten Verurteilte auf die Hand des Scharfrichters warten. Die undeutlichen Schritte waren jetzt gänzlich verhallt. Er fühlte nur einen stechenden Blick, der sich in sein müdes Fleisch grub. Langsam drehte er sich um.

Die königliche Familie, jetzt vaterlos, näherte sich unter großen Anstrengungen der alten Stadt Memphis. Immer wieder wurde sie auf ihrem Weg von Aufständischen angehalten und verhört. Doch erkannten diese weder die Frau noch die Kinder. Niemand hätte in der Reisenden, die in Lumpen gehüllt gleich einer einfachen Marktfrau auf einem klapprigen Gemüsekarren saß, die große königliche Gemahlin vermutet.

„Du siehst, liebe Naoma, manchmal hat es auch etwas Gutes, wenn man im goldenen Käfig eingesperrt ist und von keinem gesehen wird. Ich wage nicht, mir vorzustellen, was geschehen wäre, hätte sich von diesen Verbrechern auch nur einer an mein Gesicht erinnert. Arsinoë sieht aus wie ein verdreckter Spatz, und die beiden Kleinen gleichen eher den ungeliebten Ablegern von Straßenvolk als hochgeborenen Prinzen. Und dann dieses Fahrzeug! Ich darf nicht daran denken, was mit ihm vermutlich schon alles befördert wurde: verfaultes Obst und Gemüse, Kuhmist, Kameldung, verendete Tiere, und womöglich hat es auch schon als Leichenwagen gedient. Es ist derart unbequem, dass kein noch so winziger Teil meines Körpers von blauen Flecken verschont geblieben ist. Und meine Knochen! Aber verzeih, meine Liebe! Du bist so viel älter als ich, bist krank und gebrechlich, und dennoch klagst du nicht. Ich muss dir wirklich dankbar sein. Hast du nicht trotz all dieser Beschwerden alles so gut vorbereitet? Hätte ich doch nur eher auf dich gehört! Vielleicht hätten wir uns ja auf einer früheren Flucht nicht so verkleiden müssen. Ich sehe uns an und könnte lachen, wenn die ganze Sache nicht so zum Weinen wäre."

„Wir werden überleben, meine Königin. Das ist das Einzige, was zählt." „Ist es das wirklich?" Die große königliche Gemahlin zweifelte. War denn ein Leben um jeden Preis überhaupt ein Leben? Sie war im Luxus aufgewachsen und ihr Mann hatte ihr jeden Wunsch von den Augen abgelesen. Zahllose Sklaven hatten sich um ihr Wohlergehen bemüht, hatten ihr die kostbarsten Gewänder angelegt und das wertvollste Geschmeide umgehängt, das die Gold- und Silberschmiede in ihrem Reich zu fertigen imstande waren. Sie hatte nur von den edelsten Speisen gekostet. Wie selbstverständlich hatte sie das alles angenommen, ohne auch nur einen Anflug von Dankbarkeit zu zeigen. Und jetzt! Ein wenig konnte sie die Menschen verstehen, die immerzu ertragen mussten, was sie gerade ertrug. Und mit einem Mal verstand sie auch, dass sie versuchten, sich von Zeit zu Zeit mit ihren bescheidenen Mitteln dagegen zu wehren. Doch hatte sich nicht immer wieder gezeigt, dass auch neue Herrscher trotz aller gegebenen Versprechen die Bedingungen nicht änderten oder allenfalls vorübergehend Linderung verschafften? Niemand vermochte sich auf Dauer der göttlichen Ordnung zu entziehen. Einem jeden hatte die Vorsehung seinen Platz zugewiesen. Mehr denn je war sie davon überzeugt.

Sie freute sich auf ihren Vater, der inzwischen sicherlich alt und gebrechlich, aber immer noch eine Autorität war. In den Briefen, die regelmäßig zwischen Memphis und Alexandria hin- und hergegangen waren, hatte er sich zwar nie beklagt, doch zählte er jetzt beinahe 50 Jahre, ein Alter, das zu erreichen den wenigsten Bewohnern des Reiches am Nil vergönnt war.

Wie schön wäre es gewesen, im herrschaftlichen Reisewagen die marmorgepflasterte Straße hinauf zu fahren, die zum künstlich angelegten Hügel mit der unter Palmen versteckten Palastanlage führte! Wie schön, als erhabene Königin, gefolgt von den Blicken zahlreicher Neugieriger, in prächtigem Ornat dem staunenden Vater entgegen zu treten, an der Hand die Kinder, seine Enkel, die auch sein Weiterleben nach dem Tod sicherten! Zwar war ein Bote vorausgesandt worden, um den alten Mann auf seine Tochter und Enkelkinder und das Unglück, das ihnen zugestoßen war, vorzubereiten. Doch wo stand geschrieben, dass der Getreue ungehindert bis Memphis vorgedrungen war? Und wie sollte sie ihrem Vater erklären, weshalb sie ihren Mann nicht mitgebracht hatte, den König von Ober- und Unterägypten, der gerade auf dem Weg war, sein Reich, seine Familie, seine Freiheit und seine Ehre den Römern zu verkaufen? Wie, dass sie Kleopatra im Stich gelassen hatte? Ach, sie hätte das ungehorsame Mädchen länger suchen müssen, hätte nicht aufgeben dürfen. Sie hätte die Sklaven strenger antreiben müssen, alles im Haus umzudrehen, und androhen müssen, die ganze Meute einen Kopf kürzer zu machen, sollten sie das Kind nicht herbeischaffen. Wahrscheinlich hätte sie sich gerade um diese Tochter, die sich so sehr von Gleichaltrigen unterschied, mehr kümmern müssen. Sie machte sich Vorwürfe. Doch war ihr Kleopatra, die von Ptolemaios offensichtlich inniger geliebt wurde als seine anderen Kinder, immer so selbstständig erschienen, ihren Jahren an Klugheit weit voraus, und so hatte sie das Kind leichtfertig, wie sie jetzt wusste, zu oft sich selbst überlassen. Sie hatte schnell festgestellt, dass sich Kleopatra den Erziehungsversuchen Naomas verweigerte, ja gegen diese eine regelrechte Abneigung entwickelte. Nach langer und sorgfältiger Auswahl hatte sie dann Nefer, ein dunkelhäutiges Sklavenmädchen, einige Jahre älter als ihre Tochter, in ihre Familie aufgenommen und Kleopatra hatte sich rasch mit dieser angefreundet. Nefer war, was man von der Prinzessin nicht behaupten konnte, ein lebenstüchtiges, geschicktes und vorausschauendes Persönchen. Es war ihr sogar gelungen, die wilde Königstochter ein wenig zu zähmen. Ihr Einfluss auf die Prinzessin war immer größer geworden. Wie eine Klette hatte die Kleine an der neuen Dienerin gehangen, und wo Nefer gewesen war, war auch Kleopatra bald aufgetaucht. Die beiden waren in kürzester Zeit unzertrennlich geworden. Ach, wenn sie, die Königin, doch nur wüsste, dass Nefer bei ihrer Tochter war! Dann müsste sie sich keine Sorgen machen.

Endlich tauchten in der Ferne aus dem grauen Staub der Straße die ersten Behausungen von Memphis auf: Die einfachen Lehmhütten der Sklaven und die kleinen Geschäfte der Handwerker, dann Palmengärten, in denen die herrlichsten Blumen blühten. In der alten Königsstadt schien die Zeit still zu stehen. Nichts von dem Lärm, der in Alexandria herrschte. Niemand, der ihrem Gemahl und seiner Familie nach dem Leben trachtete. Memphis lag in dumpfem, seit mehr als zwei Jahrtausenden währendem Schlaf.

Der König traute seinen Augen nicht und für einen Atemzug hatte es ihm sogar die Sprache verschlagen. „Du hier?", stammelte er. „Vater!", rief das junge Mädchen, um Verständnis ringend. „Vater, ich konnte nicht anders." Damit warf sie sich ihm um den Hals.

„Ich habe alles versucht, hoher Herr, deine Tochter von dieser Unbesonnenheit abzubringen, aber du kennst sie ja selbst. Was sie sich einmal in den Kopf gesetzt hat …" Nefer fiel Ptolemaios schluchzend zu Füßen. Sie war darauf gefasst, dass der König gleich in Zorn ausbrechen und der Mannschaft des Schiffes befehlen würde, sie zur Strafe über Bord zu werfen. Aber das hatte sie schließlich verdient. Sie hätte Kleopatra härter anfassen, sie hätte sie einsperren und der Mutter übergeben müssen. Das hätte ihr, der Dienerin, jedoch das Herz gebrochen, denn sie wusste, wie sehr ihr Schützling an dem Vater hing. „Niemals", hatte ihr die Prinzessin entgegen geschleudert, „niemals würde ich ihn im Stich lassen, und das weißt du. Wenn er nach Rom geht, gehe ich selbstverständlich mit. Er spricht ja kaum Latein und nur ein wenig Griechisch. Wie soll er sich dort verständigen, wie soll er verstehen, was man ihm sagt, von ihm verlangt? Du weißt selbst, wie unzuverlässig unsere Übersetzer sind. Wo steht geschrieben, dass sie nicht von den Römern gekauft wurden? Und außerdem: Ich könnte es nicht ertragen, ihm so fern zu sein." Nefer, die die junge Herrin liebte, als wäre sie ihre Schwester (was ihr freilich wegen ihres niederen Standes nicht zukam), ließ sich beschwatzen und verschaffte ihnen beiden ein sicheres Versteck auf dem Schnellsegler, auf dem Ptolemaios zu fliehen beabsichtigte. Teuer hatte sie dafür bezahlt. Sie hatte einem der Seeleute eine sie „schon lange quälende, heimliche Liebe" gestanden und ihm ihren Körper verkauft. Dafür hatte sie im Bauch des Schiffes einen engen Verschlag bekommen, ein finsteres, schmutziges Loch, das von Ratten und allerhand Ungeziefer bewohnt war. Kleopatra störte es nicht. Wenn sie nur in der Nähe des Königs sein konnte und ihm ihre Hilfe anbieten durfte! Sie würde jedes noch so große Ungemach auf sich nehmen. Heimlich hatten sich die beiden jungen Frauen nachts auf das Schiff geschlichen, sich in der stinkenden Behausung eingerichtet und ihren Proviant ausgepackt: einen Krug Wasser, Oliven und trockenes Brot. Es war alles, was ihnen in der Eile zusammenzuraffen gelungen war. Voller Ungeduld hatten sie dann auf das Auslaufen gewartet. Wenn sie sich erst auf hoher See befänden, könnte sie König Ptolemaios nicht mehr von Bord jagen, zumindest nicht Kleopatra, wie sich Nefer mit klopfendem Herzen eingestand.

„Aber hast du denn nicht an deine arme Mutter gedacht?", wollte der König von seiner Tochter wissen. Seine Miene war streng, doch insgeheim war er auf dieses Kind stolz. „Kannst du dir nicht vorstellen, welche Sorgen sie sich um dich macht?"

„Was ist mit Mutter, geht es ihr nicht gut? Und meinen Geschwistern?" Angst schwang in der Stimme des Mädchens mit. Nein, an ihre Mutter hatte sie im Augenblick der Flucht tatsächlich keinen Gedanken verschwendet und sie schämte sich dafür. Sie dachte an die hohe Frau, die schon durch ihre übermenschliche Schönheit Abstand gebot, die sie, anders als den Vater, stets mit scheuer Bewunderung betrachtet, deren Harfenspiel sie andächtig gelauscht hatte. Ach, Mutter hatte etwas so Unwirkliches an sich, dass Kleopatra, als sie noch Kind gewesen war, oft geglaubt hatte, ihre Mutter sei gar kein menschliches Wesen, sondern die Göttin Isis selbst, die liebende Schwestergemahlin, die geruhte, zum Wohle der Menschen für eine Weile auf Erden zu wandeln. Glich sie nicht jener Statue der Göttin, die den kleinen Haustempel der Ptolemäer in Alexandria schmückte? Zeigte Isis nicht das gleiche Lächeln, mit dem auch die Königin stets ihren Kindern begegnete? Trug sie nicht das ebenmäßig vornehme Gesicht mit genau den Zügen, die auch der Mutter eigen waren? Es konnte nicht anders sein: Die Mutter war Isis, und Göttern musste man, das hatte sie schon als ganz kleines Mädchen gelernt, immer mit Achtung und Abstand begegnen.

„Was ist mit Mutter?", fragte Kleopatra noch einmal und Ptolemaios sah die Angst in ihren Augen. „Ich weiß es nicht", gestand er. „Aber ich hoffe, dass ihr und deinen Geschwistern die Flucht aus der Hölle von Alexandria gelungen ist. Eigentlich bin ich davon überzeugt. Deine Mutter ist eine intelligente Frau, die mit beiden Beinen fest auf dem Boden steht. Ich habe sie beschworen, Alexandria so schnell wie möglich zu verlassen und bei ihrem Vater Zuflucht zu suchen. Naoma hatte bereits alles zur Flucht vorbereitet. Die Alte ist mit Gold nicht aufzuwiegen, wenn sie mich auch immer verachtet hat. Sofern alles gut gegangen ist, ist unsere Familie längst in Memphis eingetroffen und damit in Sicherheit. Wir sollten uns also keine allzu großen Sorgen machen. Aber ich muss deiner Mutter natürlich mitteilen lassen, dass du dich wohlbehalten mit mir auf dem Weg nach Rom befindest, damit sie sich beruhigen kann. Wir werden in Kürze die Insel Cypern anlaufen, wo wir uns von der Überfahrt ein wenig ausruhen wollen. Von dort wird eines unserer Begleitschiffe nach Ägypten zurückkehren und deiner Mutter die Nachricht überbringen. Nach einem kurzen Zwischenaufenthalt wollen wir so schnell wie möglich Rom erreichen. Je eher wir dort sind, desto früher können wir nach Hause zurückkehren.

Eine Gesandtschaft, die mein Anliegen dem römischen Senat überbringen soll, habe ich bereits vorausgeschickt. Und auch meinem Freund Pompeius Magnus habe ich unsere Ankunft angekündigt. Rom", seufzte er. „Ägyptische Kunstschätze stehen bei den Reichen Roms hoch im Kurs. Sie dekorieren mit ihnen ihre Landhäuser und mit dem alten Schmuck ihre Frauen oder Geliebten. Und überhaupt: Seit die Römer vor Jahren die Cyrenaika so ganz ohne Anstrengung unterworfen und zu ihrer Provinz gemacht haben, fürchte ich ohnehin, dass sie eines nicht mehr fernen Tages ihre Fühler auch nach unserem Land ausstrecken werden, und wir werden ihnen schutzlos ausgeliefert sein. Ägypten ist ein fruchtbares Land und in Rom selbst wird von den Regierenden nichts so sehr gefürchtet wie eine Hungersnot. Zudem wird unser Reich nur allzu gern als Ausgangspunkt für die Eroberungen in Asien gesehen. Es verlangt wohl ein Gesetz der Natur: Der Große frisst den Kleinen und der noch Größere frisst den Großen. Übrigens hat schon vor Jahren Gaius Iulius Caesar - er war damals noch curulischer Ädil - beim Senat beantragt, ihm durch einen Volksentscheid ein außergewöhnliches Imperium zu übertragen, das ihn berechtigen sollte, Ägypten zu besetzen und zur römischen Provinz zu machen. Und nur der Widerstand seiner römischen Gegner und Roms Achtung vor allem Griechischen hat uns vor diesem Schicksal bewahrt. Vielleicht wäre es ja nicht einmal das Schlechteste, sich ganz unter den Schutz Roms zu begeben. Im Augenblick bleibt uns ja nichts anderes übrig, als auf die römische Hilfe zu hoffen. Danach werden wir weitersehen."

Cypern! Wie viel hatte Kleopatra schon von der Insel, die erst vor kurzem dem Römischen Reich eingegliedert worden war, von ihrem griechischen Lehrer Apollodoros gehört. Sie erinnerte sich auch an das enttäuschte Gesicht ihres Vaters, als ihm von der Einnahme Cyperns durch die Römer berichtet worden war. „Dieses Rom kommt unserem Herrschaftsgebiet immer näher!", hatte er die Nachricht kommentiert und war daraufhin in tiefes Nachdenken verfallen.

Hatte er nicht selbst ein Auge auf das seinem Reich so nahe gelegene Eiland mit seinen reichen Bodenschätzen geworfen? Der Traum, dass Cypern einmal zu Ägypten gehören könnte, war ausgeträumt.

Nur wenige Stunden nachdem er auf der Insel angelegt hatte, ließ Cato, der für Rom - wenn auch mit einem gewissen Widerwillen - die Insel annektiert hatte, den König rufen. Ptolemaios konnte sich des Eindrucks nicht erwehren, dass ihn der Römer von oben herab behandelte, ja ihm sogar unverhohlen seine Verachtung zeigte. Es habe sich, so Cato, bereits herumgesprochen, dass Ptolemaios nicht vertrieben worden, sondern aus eigenen Stücken aus Alexandria geflohen sei, ohne seinen Thron auch nur im Geringsten zu verteidigen. Wo käme Rom eigentlich hin, wenn sich ein jeder, der sich selbst zu helfen zu feige sei, seine Hilfe erbitte? Aber gut! Rom schätze die guten Handelsbeziehungen, die zwischen beiden Reichen bestünden, und er wolle sehen, was sich machen ließe. Ptolemaios solle jedoch nicht sofort aufbrechen, sondern sich auf seiner Reise Zeit lassen. Es sei schließlich nicht ganz einfach, den Senat zuhause zu überzeugen, dass die Unterstützung, die man dem Ägypter zuteilwerden lassen wolle, gut angelegt sei. Ohnehin sei die politische Lage in Rom derzeit etwas verworren und viel Fingerspitzengefühl sei nötig, um Ptolemaios' Wunsch den eingeschriebenen Vätern vorzutragen.

„Ich beabsichtige nicht", wandte sich der König an seine Tochter, „noch länger auf Cypern zu bleiben und die Überheblichkeit dieses Römers weiterhin zu ertragen. Da unser Besuch in Rom offensichtlich noch nicht erwünscht ist, werden wir uns zunächst nach Athen begeben. Ich habe es selbst noch nie gesehen. Aber jeder, der der Stadt schon einen Besuch abgestattet hat, preist sie in den höchsten Tönen. Lassen wir uns also überraschen!"

Athen! Kleopatra vermochte nicht zu sagen, wie sehr sie sich über den unvorhergesehenen Umweg freute. Was hatte ihr der griechische Lehrer nicht alles über die Stadt des Geistes erzählt, deren Schutzpatronin keine Geringere als Zeus' Tochter Athene war! Einst sei sie in voller Rüstung dem sich öffnenden Haupt ihres Vaters entsprungen und die kleine Kleopatra hatte sich oft gefragt, ob denn auch sie auf diese Weise zur Welt gekommen sei. Trotz aller Bewaffnung aber galt Athene als friedliebende Göttin, als Inbegriff der Weisheit, deren Symbol die Eule war. Vor Menschengedenken hatte sie im Wettstreit mit Poseidon den Athenern den Ölbaum gebracht, der bis heute am Hang der Akropolis gedieh. Er hatte die Stadt, die von da an den Namen der Göttin trug, wohlhabend und berühmt gemacht. Ja, vielen galt Athen als geistige Hauptstadt des Römischen Reiches schlechthin.

Doch auch als Heilszentrum hatte sie sich einen Namen gemacht. Hier und im nahe gelegenen Epidaurus konnten Interessierte die Heilkunde studieren und es waren nicht nur freie Männer, die davon eifrig Gebrauch machten. Auch Sklaven und Freigelassenen stand das Recht zu, sich in der Kunst des Heilens zu vervollkommnen und im ganzen Römerreich ein weites Betätigungsfeld zu finden. Griechische Ärzte genossen vor allem in Rom selbst einen hervorragenden Ruf. Athen war auch ein begehrter Aufenthaltsort für all jene vornehmen Römer, die Griechisch und Latein fließend nebeneinander sprachen. Es ging sogar soweit, dass in Rom nur der Anspruch auf wahre Bildung erheben konnte, der wenigstens einmal im Leben für längere Zeit in Griechenland gewesen war.

Die Stadt empfing sie unfreundlich. Aus dem wolkenverhangenen Himmel regnete es in Strömen. Dicke Schmutz- und Schlammschichten wälzten sich durch die aufgeweichten Straßen. Kaum jemand nahm Notiz von der Ankunft des Königs und seines kleinen Hofstaats. Als sie am Piräus die Landungsbrücke überquert und festen Boden unter den Füßen hatten, stolperte Nefer über einen Stein und fiel zu Boden. Kleopatra beeilte sich, ihr wieder auf die Beine zu helfen. Nefer war unverletzt. Aber auf ihren bleichen Wangen stand das pure Entsetzen. Sie klagte nicht, aber sie blickte sich furchtsam um und ihr Körper begann heftig zu zittern. „Ich werde diese Stadt nicht mehr verlassen", flüsterte sie. Doch niemand bemerkte die Sorge der jungen Frau.

Die Prinzessin machte sich die heftigsten Vorwürfe. Warum nur hatte sie wieder einmal ihren Kopf durchsetzen und in Begleitung der Freundin die Sicherheit des ihnen zugewiesenen Palasts verlassen und sich dieser Gefahr aussetzen müssen? Hatte der Vater sie nicht ausdrücklich gewarnt und es ihr verboten? Dabei war alles bisher so gut gelaufen. Schon am Tag nach ihrer Ankunft riss der Himmel auf und über der Akropolis strahlte hell die wärmende Frühlingssonne. Kleopatra hielt nichts im Haus und so freute sie sich, als endlich eine Abordnung der Stadtväter kam, um den fremden König willkommen zu heißen. Gern erklärten sich die Abgesandten auf die Bitte des Königs hin bereit, ihm und seinem Gefolge die Schönheiten Athens zu zeigen. Kleopatra machte einen Freudensprung. Was würde sie ihren Geschwistern nicht alles erzählen können, wenn sie erst alle wieder beisammen wären! Voller Staunen bewunderten die Fremden die Sehenswürdigkeiten und die Kunstwerke, von denen Athen mehr aufzuweisen hatte als die meisten anderen Städte des Römerreichs. Auf der Akropolis strahlten die bunt bemalten Tempel mit der Sonne um die Wette: der gigantische Parthenon, der zu Ehren der Göttin Athene errichtet worden war, die mächtigen Propyläen mit den schlanken ionischen Säulen, die zu den Heiligtümern führten, das Erechtheion, dessen Dach keine Säulen, sondern die Statuen junger Korbträgerinnen trugen. Und dann der kleine Nike-Tempel, Haus und goldener Käfig für die Siegesgöttin, der die schlauen Athener die Flügel gestutzt hatten, damit sie aus ihrer Stadt nie mehr wegflöge. Am Fuße des Hügels kroch endlich das gewaltige Theater bergan, die älteste Vergnügungsstätte dieser Art auf der ganzen Welt, und Kleopatra glaubte für einen Augenblick, die Begeisterung der Zuschauer zu hören. Sie hatte gelernt, dass die Athener, anders als die Bürger Roms, Vergnügen geistiger und sportlicher Art besonders schätzten und ihnen die blutigen Gladiatorenkämpfe der Römer höchst zuwider waren.

Die Tage flossen gemächlich dahin. Seit einiger Zeit sprach die Königstochter öfter davon, die Athener auch einmal nachts zu besuchen, Straßen, die sie bisher nur tagsüber oder noch gar nicht gesehen hatte, dunkle, geheimnisvolle Winkel und verrufene Plätze. Nefer wollte davon nichts hören. „Dein Vater hat es ausdrücklich verboten", warnte sie. „Aber er muss ja nichts davon wissen. Wir könnten uns als gewöhnliche Straßenkinder verkleiden. Damit hatten wir doch schon einmal Erfolg. Erinnerst du dich?" Es brauchte keine allzu großen Überredungskünste, um die willige Sklavin von den Reizen eines solchen Abenteuers zu überzeugen. Ohne weitere Begleitung schlüpften die beiden Mädchen auf Schleichwegen aus dem Haus. Ausgelassen, übermütig und unerfahren stürzten sie sich ins nächtliche Athener Getümmel.

Im belebten Händlerviertel näherten sich ihnen wankende Gestalten. Betrunkene übergaben sich an Häuserecken oder schlugen in fremden Gärten das Wasser ab. Zwielichtiges Gesindel kam ihnen grölend entgegen. Dann sprach sie einer an. „Na, ihr beiden Hübschen, wollt ihr euch nicht ein kleines Goldstück verdienen? Ich kenne da einen betuchten Herrn, der steht auf solche Täubchen. Wie wär's?" Unwillkürlich beschleunigte Nefer ihren Schritt. Kleopatra hatte Mühe, der Freundin zu folgen. Da stellten sich ihnen plötzlich, aus einem dunklen Hauseingang kommend, zwei grobe, zahnlose Gestalten in den Weg. „Wohin so eilig, meine Schönen?" Schon ergriff einer Kleopatras Arm und hielt sie fest. Nefer drehte sich um, stürzte sich auf den überraschten Mann, schlug ihm mit den Fäusten ins Gesicht und biss in die Hand, die er ihr abwehrend entgegenstreckte. Von Schmerz gepeinigt, ließ er Kleopatra für einen Augenblick los. „Lauf, Mädchen, lauf!", schrie Nefer der jungen Herrin zu. Dann erhielt sie vom Begleiter des Unverschämten einen Schlag, von dem sie bewusstlos zu Boden sank.

Im Schutz der Dunkelheit kehrte Kleopatra um Luft ringend in die Athener Unterkunft des Königs zurück. Kleopatra hatte nicht bemerkt, was ihrer Freundin geschehen war. Sie hatte sich in ihrer

Angst nicht mehr nach Nefer umgesehen, war aber davon überzeugt gewesen, dass sich diese erfolgreich gewehrt hatte und ihr auf den Fersen gefolgt war. Als sie jedoch feststellte, dass sie allein war, schossen ihr Tränen in die Augen. Wo war ihre Vertraute geblieben? Sollte sie etwa …? Sie wagte nicht, daran zu denken. Nefer war stark. Im Gegensatz zu ihr war sie hochgewachsen und verfügte über eine ungeheure Kraft. Wie oft hatte sie die junge Herrin durch die Luft gewirbelt, als wäre diese eine leichte Feder. Erst als eine Stunde vergangen war, begann sie, sich ernsthaft Sorgen zu machen. Es gab in der Dienerschaft einen jungen Sklaven, der auf Nefer ein Auge geworfen hatte. Zu ihm schlich sich die Königstochter und trug ihm ihre Befürchtung vor. Sie beauftragte ihn, die Vermisste sofort zu suchen. Besorgt machte sich der junge Mann mit mehreren Dienern auch gleich auf den Weg. Brennende Fackeln in den Händen, durchleuchteten sie jeden auch noch so verborgenen Winkel, die finstersten Höfe und die verlassensten Straßen. Von Nefer fanden sie keine Spur. Traurig kehrten sie unverrichteter Dinge nach Hause zurück, um der jungen Herrin den Misserfolg zu melden und sich ihrem gerechten Zorn zu stellen. Doch Kleopatra senkte nur beschämt den Blick. Dann betete sie zu den Göttern, ihre Getreue möge noch am Leben sein und bald zu ihrer Familie zurückfinden. Sie bot den Himmlischen sogar ihr eigenes Leben für das ihrer Freundin an, das sie so leichtfertig aufs Spiel gesetzt hatte. Aber die Götter nahmen das Opfer nicht an.

Am nächsten Morgen fanden Sklaven, die erneut ausgesandt worden waren, das Mädchen zu suchen, vor einer billigen Kaschemme ein verschnürtes Bündel, das einem menschlichen Körper ähnelte. Dem, der es öffnete, starrten zwei gebrochene Augen entgegen. Es enthielt den blutverschmierten Leichnam der bis in den Tod getreuen Dienerin. Sie hatte ihr Leben gegeben, um das ihrer jungen Herrin zu retten.

Bekanntschaft mit Römern

Draußen vor den Toren der Stadt, wie es die ungeschriebenen Gesetze der Griechen und Römer vorsahen, sollte auch Nefer ihre letzte Ruhestatt finden. In seinem Zorn über den Ungehorsam der beiden jungen Frauen hatte Ptolemaios zunächst verfügt, sie zur Strafe in ein Massengrab zu werfen, wie es für Unfreie und das gemeine Volk üblich war, streunenden Hunden, hungrigen Ratten, Raben und Aasgeiern ausgesetzt. Aber Kleopatra hatte sich ihrem Vater zu Füßen geworfen und unter bitteren Tränen und vielfachen Entschuldigungen erreicht, dass er sich zuletzt erbarmen ließ, Nefer eine eigene Ruhestätte zu gewähren. Er kaufte ein Grab und ließ eine schöne Stele errichten, die das Relief einer freundlichen Dienerin zeigte, einer treuen Gefährtin, die gerade dabei war, ihrer jungen Herrin die Haare im Nacken zusammenzustecken. Wenige Worte hielten in den abstrahierten Bildern der ägyptischen Schrift die Umstände ihres Todes fest und drückten Kleopatras Schuldgefühle und Dankbarkeit aus. Weinend stand die Prinzessin vor der noch offenen Grube und flehte zu den Göttern, der geliebten Freundin ein erträgliches Schattendasein in der Unterwelt zu gewähren, wie sie es sich durch ein vorbildliches Leben verdient hatte. Vielleicht, tröstete sie sich, war es ja für eine Sklavin ein Glück, ihr Leben in Griechenland oder Rom auszuhauchen. Wäre Nefer im alten Reich am Nil gestorben, wäre ihre Erinnerung für alle Zeiten ausgelöscht gewesen. Daran hätte selbst ein König nichts ändern können. Denn in Ägypten hatten nur die Reichen und Einflussreichen Anspruch auf Einlass in die Ewigkeit. „Heute“, gestand Kleopatra ihrem Vater, der ihre Trauer schweigend respektierte und dessen anfänglicher Zorn einer tiefen Sorge um den Seelenzustand seiner Tochter gewichen war,

„heute habe ich zum ersten Mal erfahren, was Verlust bedeutet. Nefer wird in meinem Herzen immer einen besonderen Platz einnehmen. Aber ich werde nie mehr ihre Stimme hören, nie mehr ihr silberhelles Lachen …" Damit warf sie sich ihrem Vater an die Brust und ließ ihren Tränen freien Lauf.

„Es ist ein Vorrecht der Jugend, schnell zu vergessen, Herr." Der Bote, den Ptolemaios von Cypern aus nach Memphis geschickt hatte, hatte auch den Auftrag erhalten, Apollodoros in Ägypten einzuschiffen und nach Athen zu bringen. „Ich kann es nicht verantworten", hatte der König zu seiner erstaunten Tochter gesagt, „dass du während unserer langen Reise keinen Unterricht erhältst, obwohl, wie es heißt, das Leben selbst oft die beste Lehrmeisterin ist. Apollodoros wird uns begleiten und dir die Schönheiten der griechischen Kultur, die ja auch ein Teil unserer eigenen ist, noch näher bringen. Was du bei ihm gelernt hast, wird dir die Erfahrung vor Ort noch anschaulicher machen. Übrigens ist unsere Familie in Sicherheit", fuhr er fort, „du kannst also beruhigt sein. Auch weiß deine Mutter, dass du dich bei mir aufhältst. Ich brauche dir wohl nicht zu sagen, wie dankbar ich bin, dass die Götter meine Gebete erhört haben. Bitten wir jetzt noch um die Gnade, uns alle in nicht allzu ferner Zukunft in Alexandria gesund wiederzusehen."

Der König spazierte also mit dem Gelehrten, in philosophische Betrachtungen versunken, über das Deck. Apollodoros war längst zu Ptolemaios' wichtigstem Vertrauten aufgestiegen und nahm unter den Unfreien am Hof von Alexandria eine privilegierte Stellung ein. Kleopatra stand indessen sinnend am Heck des Schiffes und sah mit feuchten Augen zu, wie sie sich immer weiter vom griechischen Festland entfernten. „Leb' wohl, geliebte Freundin!", flüsterte sie gegen den Wind. Ihr Lehrer irrte, wenn er glaubte, sie werde je vergessen. Wahrscheinlich würde mit der Zeit der Schmerz nachlassen – sie hatte es zumindest oft so gehört – und

Nefer würde zuletzt nur eine freundliche Erinnerung sein. Aber noch tat es weh. Wussten die Männer, die ihr am nächsten standen, denn nicht, wie feinfühlig und empfindsam sie in Wirklichkeit war, dass sich hinter ihrer rauen Schale ein ganz weicher Kern verbarg?

Die Götter des Meeres und der Lüfte waren Ptolemaios' Unternehmen gewogen. Nur ab und zu mussten die Ruderer eingreifen. Ansonsten segelte das Schiff lautlos über die flache See, als flöge es nur so dahin. In wenigen Tagen hatte die Reisegesellschaft die Südspitze der italischen Halbinsel erreicht. In Kürze würde sie Ostia anlaufen, die alte Hafenstadt Roms, wo Pompeius sicherlich schon ungeduldig ihr Eintreffen erwartete.

Die Kunde von Ptolemaios' Flucht verbreitete sich in Alexandria wie ein Lauffeuer. Das Volk jubelte. Tücher schwenkend und Freudengesänge anstimmend zogen die Menschen durch die Straßen. Würde nun endlich ein neues Zeitalter anbrechen? Oder hatte man nur den einen Tyrannen gegen einen anderen getauscht, wie das schon so oft geschehen war? Bald hieß es, Kleopatra, die sechste aus der Königsfamilie dieses Namens, sei zusammen mit ihrer Tochter Berenike zurückgekehrt, und Berenike schicke sich an, zusammen mit ihrer ehrgeizigen Mutter die Regierungsgeschäfte zu übernehmen. Kleopatra? Aber wie war das möglich? Erst jetzt erfuhr das Volk, dass Ptolemaios die Schwestergemahlin vor fast eineinhalb Jahrzehnten verbannt und eine andere Frau in seinen Palast und sein königliches Bett geholt hatte. Aber wer war sie, deren Namen niemand kannte? Und wie war es dem König gelungen, die unglaubliche Aktion so lange geheim zu halten und seine Untertanen derart zu täuschen?

Kaum hatten Kleopatra VI. Tryphaina und die Erstgeborene des Königs den Thron bestiegen, stellte sich heraus, dass sie nicht daran dachten, die Zügel der Herrschaft lockerer zu halten. Im Gegenteil! In getreuer Nachahmung ihres Vaters unterdrückte

Berenike das Volk, zwang ihm noch höhere Steuern ab, als Ptolemaios es getan hatte, und verteilte ihre Spitzel im ganzen Land. Ein unbedachtes Wort genügte, der geringste Ausdruck der Unzufriedenheit, und man war ihrer Gerichtsbarkeit ausgeliefert, die sie gnadenlos ausübte. Berenike regierte mit eiserner Hand und errichtete in kürzester Zeit ein Schreckensregiment, das an die schlimmste Zeit der Perserherrschaft erinnerte, die die Bewohner Ägyptens freilich nur aus den Erzählungen kannten. War man etwa dafür auf die Straße gegangen? Der Widerstand gegen Ptolemaios war eine Selbstverständlichkeit gewesen, fast ein Ritual, und niemand, der damals seinem Unmut lautstark Luft gemacht hatte, hatte Schlimmes zu befürchten gehabt. Doch jetzt wagte keiner, seine Unzufriedenheit mit dem Regime öffentlich kundzutun. Nachbar fürchtete sich vor dem Nachbarn, Freund vor dem Freund. Kein Vater war seines Sohnes, kein Sohn seines Vaters sicher. Manche Familienfehde, seit vielen Jahren unterschwellig ausgetragen, fand jetzt ihr blutiges Ende. Und eine Änderung der Verhältnisse war nicht in Sicht. Schon wünschte man sich Ptolemaios Auletes zurück. Doch man wusste ja nicht einmal, wo er war und ob er überhaupt noch lebte.

Bald nach der Übernahme des Thrones fühlte sich Kleopatra Tryphaina müde und verbraucht. Sie wurde von Tag zu Tag schwächer. Zusehends verfiel die einst so starke Frau, sodass immer mehr Aufgaben auf ihre Tochter übergingen. Die Ärzte wussten keinen Rat und auch Kräuterfrauen und Geistheiler konnten sich auf den Zustand der Königin keinen Reim machen. War sie vielleicht von einem bösen Dämon befallen? Gegen ihn wäre freilich mit menschlichen Mitteln nichts auszurichten. Da konnten nur die Götter helfen.

Nur ein Jahr war seit der Flucht ihres früheren Gatten vergangen, da wurde es Kleopatra unmöglich, das Bett zu verlassen. Berenike machte sich weniger Sorgen um die Krankheit der Mutter als um ihren eigenen Stand. Würde Kleopatra jetzt sterben, was würde dann mit ihrem, Berenikes, Anspruch auf den ägyptischen Thron? Es kam jetzt darauf an, diesen von höchster Stelle bestätigen zu lassen. Sie würde unverzüglich eine Gesandtschaft nach Rom schicken, die ihre Interessen vor dem dortigen Senat vertreten sollte. Ptolemaios war schon dort, um die Römer um Hilfe zu bitten. Das hatte sie von ihren Spitzeln erfahren. Wer von ihnen würde es schaffen, die neuen Herren der Welt mit den besseren Argumenten zu überzeugen und auf seine Seite zu bringen? Was sie betraf, so würde sie nicht weniger als 100 Gesandte aufbieten und an Schätzen alles, was sie und ihr noch immer reiches Land aufbringen konnten.

In Rom ging die Sache des Königs kaum voran. Würde es Pompeius, auf dessen Landgut in den Albaner Bergen die Flüchtlinge Aufnahme gefunden hatten, gelingen, im Senat die Mehrheit für die Rückführung des fremden Königs mit römischer Hilfe zu gewinnen? Der große Feldherr war sich nicht sicher. Seine Stellung war geschwächt. Er hatte leichtsinnigerweise nicht nur die Optimaten gegen sich aufgebracht, sondern auch Crassus, seinen Kollegen im Triumvirat, der in Rom vor kurzem eingeführten Dreimännerherrschaft, der auch der aufsteigende Gaius Iulius Caesar angehörte. Ptolemaios, der sich auf Pompeius' Wunsch eigentlich hätte ruhig verhalten und abwarten sollen, begann bald, der Entscheidungsfindung der eingeschriebenen Väter nachzuhelfen. Er hatte bereits eine ganze Reihe führender Römer bestochen, als er gegen die unliebsame Gesandtschaft der ägyptischen Thronräuberin vorging. Bei Puteoli in der lieblichen Campagna hatten die Ägypter angelegt, um von dort aus Rom auf dem Landweg zu erreichen. Schon unterwegs fielen viele durch Mörderhand. Diejenigen, denen es gelang, unversehrt nach Rom zu gelangen, wurden von Ptolemaios entweder durch bare Münze überzeugt, von ihrem Vorhaben abzulassen, oder ebenfalls ermordet, wenn sie sich dem Wunsch des Königs ohne Land widersetzten. Diese

Behandlung von Gesandten, die selbst für römische Verhältnisse ungewöhnlich, ja verwerflich war – in der Regel galten Boten bei vielen Völkern, zumindest bei denen, die Anspruch auf eine gewisse Zivilisation erhoben, als unantastbar – rief im Senat heftige Proteste hervor, blieb aber ungesühnt. Zu viele Senatoren hatten von den Verbrechen profitiert und sich gewissermaßen zu Mittätern oder zumindest Mitwissern gemacht. So schien es besser, es beim Protest zu belassen.

Da Ptolemaios auf die Flucht nur wenig Geld hatte mitnehmen können, nahm er bei reichen Römern Kredite auf, um seine Rückführung und die Bestechungen zu finanzieren. Sein Hauptgläubiger hieß Gaius Rabirius Postumus, ein skrupelloser Mensch, der die Ägypter bald für seine „Großzügigkeit" bestrafen sollte.

Gleich einer Gefangenen wanderte Kleopatra in den Gärten von Pompeius' Landgut umher. All ihre Hoffnungen, die Weltstadt Rom, um die sich so viele Geschichten rankten und die so herrliche Bauwerke aufweisen und Vergnügungen bieten sollte, mit eigenen Augen zu sehen, waren zunichte geworden. Pompeius hatte sie ausdrücklich angewiesen, den Landsitz nicht zu verlassen, um das sensible Vorhaben nicht zu stören. Zu ihrer Zerstreuung hatte er Gaukler und Artisten, Tänzer und Sänger in die Albaner Berge geschickt, fahrendes Volk, das den Fremden keine allzu willkommene Abwechslung bot. Gerade was kulturelle Darbietungen betraf, waren die Mitglieder des ägyptischen Königshauses äußerst verwöhnt.

Langsam verlor Ptolemaios die Geduld. Immer höhere Bestechungsgelder flossen, immer lauter forderte der König die Hilfe Roms. Behandelte man so etwa Freunde und Bundesgenossen des römischen Volkes? Der König war zutiefst enttäuscht. Dann endlich erteilte der Senat Pompeius' Freund Publius Cornelius Lentulus Spinther den Auftrag, nach Ephesus zu reisen und dort die Rückkehr des Königs vorzubereiten. Aber die Götter Roms hatten auch noch ein Wörtchen mitzureden. Als wollten sie das Unternehmen aufschieben, schlug auf dem Mons Albanus in die Statue Jupiters ein Blitz ein, ein denkbar ungünstiges Omen, das nur zur Vorsicht mahnen konnte. Um ganz sicher zu gehen, wie zu verfahren sei, wurden die Sibyllinischen Bücher befragt. „Wenn der Ägypter mit der Bitte um Hilfe kommt", meinte die Stelle, auf die der zuständige Priester zufällig getroffen war, „verweigert sie ihm nicht! Aber hütet euch, ihm eine größere Streitmacht zur Verfügung zu stellen! Denn damit drohten euch nur Ungemach und Gefahr."

Es konnte nicht verhindert werden, dass das römische Volk von der Warnung erfuhr, die in der Öffentlichkeit heftige Diskussionen auslöste. Was gingen die Römer die Belange dieses Flötenspielers an? Sollten sie etwa ihr Leben einsetzen, um diesem unsympathischen Fettwanst zu seinem vermeintlichen Recht zu verhelfen? Der Senat wagte nun nicht mehr, gegen den herrschenden Volkswillen zu entscheiden. Die lästige Angelegenheit wurde vertagt und schließlich ganz von der Tagesordnung gestrichen.

„Ist Ephesus auch von den Griechen gegründet worden?", interessierte sich Kleopatra, die am Arm ihres Vaters in den Straßen der jetzt römischen Stadt flanierte. Der in Gedanken versunkene König antwortete nicht und so wiederholte die Tochter die Frage. „In der Tat", meinte er schließlich, „und sie gehört zu den wichtigsten Städten in diesem Teil der Welt. Ihre Bibliothek genießt bis heute einen gewissen Ruf, der freilich nicht dem der Büchersammlung, die wir in Alexandria haben, gleichkommt. Wie du ja weißt, wird bei uns das gesamte Wissen der Menschheit von ihren Anfängen an bewahrt. Dennoch geschieht hier Bemerkenswertes. Im Theater beispielsweise werden immer die neuesten Stücke aufgeführt. Ephesus ist ein Zentrum der Kultur mit herrlichen Säulenhallen, Basiliken und Tempeln. Überhaupt ein Kleinod ausgezeichneter Architektur."

Auch hier zehrte das lange Warten auf die endgültige Entscheidung Roms an den Nerven der Flüchtlinge und stellte ihre

Geduld auf eine weitere harte Probe. Kleopatra beschloss, sich nicht länger dem Nichtstun und der Langeweile hinzugeben. Am Stadtrand von Ephesus hatten kühne Baumeister auf sumpfigem Gelände der Stadtpatronin Artemis einen Tempel errichtet, wie ihn die Welt zuvor niemals gesehen hatte, ein Heiligtum, das alles bisher Dagewesene an Schönheit und Monumentalität weit übertraf. So jedenfalls hatte es ihr ihr Lehrmeister Apollodoros geschildert. Wenn man ihm glauben konnte, zählte es längst zu den Wundern, die Menschenhand erschaffen hatte.

Mit ungläubigem Staunen betrachtete Kleopatra das erhabene Bauwerk von ferne und fragte sich, wie es Architekten gelungen war, ein derart mächtiges Gebäude auf dem unsicheren Grund zu errichten, obwohl doch jedes Kind wusste, dass man Sümpfe wegen der Gefahr zu versinken am besten mied.

Zum Artemistempel also wanderte die Königstochter, sooft sie glaubte, ihren Vater, der immer stärker an Melancholie und Schwermut litt, allein lassen zu können. Seit Menschengedenken pilgerten Gläubige dorthin, um zu der vielbrüstigen Göttin, die Fruchtbarkeit und Leben spendete, zu beten und ihr Opfer zu bringen. Durch die vielen Geschenke und Gaben, die sie mitbrachten, war der Tempel mittlerweile unermesslich reich geworden. Und auch die nahegelegene Stadt Ephesus profitierte von dem nicht ablassenden Pilgerstrom. Bald, dachte die Königstochter, bald würde auch sie sich ein Herz fassen und das Heiligtum, das sie bisher nur von außen bewundert hatte, betreten, um Artemis ihre vielfachen Anliegen vorzutragen, den Wunsch etwa, bald nach Hause zurückkehren zu dürfen und den richtigen Partner zu finden, um ihm Kinder zu schenken, wenn ihre Zeit gekommen wäre.

„Sei gegrüßt, Kleopatra vom Nil", empfing sie eine junge Tempeldienerin, deren Schädel glatt rasiert war. Kleopatra wunderte sich, woher das fremde Mädchen ihren Namen kannte. Aber sie sagte nichts. Neugierig betrachtete sie die junge Frau, die ihr Leben offensichtlich ganz in den Dienst der Gottheit gestellt hatte, sah das braun geschminkte Gesicht, bemerkte den alles durchdringenden Blick und den schlanken, fast knabenhaften Körper, der sich unter dem durchsichtigen Gewand abzeichnete. „Die Große Mutter erwartet dich schon", fuhr das Mädchen fort, und Kleopatra fiel die tiefe, dunkle Stimme auf, die zu der unwirklichen Erscheinung so gar nicht passte. „Mein Name ist Aphasia, und du darfst mich gern so nennen." Damit nahm sie Kleopatra an der Hand und führte sie ins Innere des Gotteshauses, das von zahllosen Öllämpchen in ein diffuses Licht getaucht war. Schwaden von Weihrauch schlugen Kleopatra entgegen und eine Luft, die ihr schier den Atem nahm. Sie brauchte einige Zeit, bis sich ihre Augen an den geheimnisvollen Dämmer gewöhnt hatten. „Warte einen Augenblick!", bat Aphasia und verschwand in einem Gemach, aus dem sie jedoch gleich wieder zurückkam, in der Hand ein hauchzartes weißes Gewand, das mit Gold- und Silberfäden durchwirkt war und dem Kleid der Tempelfrau glich. „Ehe du dich der Großen Mutter Artemis nähern darfst, um zu opfern und zu beten, musst du dich einer strengen Reinigung unterziehen. So verlangt es der Brauch. Du bist übrigens im richtigen Augenblick gekommen, Königstochter vom Nil. Wir feiern heute das große Fest der Fruchtbarkeit mit Opfern, Gesang, Musik und Tanz. Die Frauen, die auserwählt wurden, haben sich bereits versammelt. Später wirst du dich ihrem Kreis anschließen, später, wenn die Göttin bereit ist, dich zu empfangen." Leiser Gesang drang an Kleopatras Ohr, ein feines Summen, fern und unwirklich, ein gleichmäßiges Murmeln zu sich stets wiederholender Melodie.

Die beiden jungen Frauen betraten ein anderes Gemach, in dem es fast kein Licht gab. Aus einer kleinen Luke in der Decke fiel ein winziger Sonnenstrahl. In der Mitte des Raumes stand ein großes bronzenes Becken, das mit nach Rosenöl duftendem Wasser gefüllt war. Aphasia begann, die Königstochter langsam zu entkleiden. Dann bat sie den Gast, in das Becken zu steigen und ganz unterzutauchen. In kreisenden Bewegungen, sachte und bedächtig, wusch sie Kleopatras Gesicht, fuhr sanft über Brüste und Bauch und kam schließlich bis zu den Füßen. Dabei sagte sie magische Formeln in einer Sprache auf, die Kleopatra nicht verstand. Zuletzt streifte sie der Gereinigten das mitgebrachte Gewand über. Zufrieden betrachtete sie ihr Werk und führte die Bittstellerin schließlich vor die Statue der Großen Mutter, ein Meisterwerk aus Gold und Elfenbein, dessen Anblick Kleopatra fast die Sprache verschlug. „Bete und faste", befahl Aphasia, „damit du dich des Anblicks der Göttin würdig erweist. Ich entferne mich jetzt und werde dich erst wieder holen, wenn Artemis mir ein Zeichen gibt. Aber ich kenne weder den Tag noch die Stunde. Sei also bereit!"

Ehrfurchtsvoll sah sich Kleopatra in dem hohen Saal um, den nur das übergroße Standbild der Göttin schmückte. Von Ferne erklang wieder der eintönige Singsang. "Große Mutter, Spenderin aller Gaben. Du Leben gebende und tötende Göttin. Du, aus der alles wird. Du, mit der alles vergeht. Mit der alles vergeht." Kleopatra stimmte in das unbestimmte Murmeln ein, fand zum Gebet, betete so inbrünstig, wie sie zuletzt gebetet hatte, als ihr der Glaube der Kindheit noch nicht abhandengekommen war. „Heilige Artemis von Ephesus", formten ihre ein wenig zitternden Lippen, „in großer Bedrängnis komme ich zu dir. Erhöre, oh Mutter, mein Flehen." Dann trug sie der Gottheit alles vor, was ihr auf der jungen Seele brannte. „Sichere uns eine baldige Heimkehr, und schenke mir einen liebevollen Gefährten und Kinder, in denen ich weiterleben kann in Ewigkeit! Dir zur Ehre, dir zum Ruhme." Gesenkten Hauptes hatte sie vor der Göttin gestanden. Jetzt erhob sie den Blick und ihr war, als schenke ihr die Große Mutter ein huldvolles Lächeln.

Leise war Aphasia hinter sie getreten. Kleopatra hatte die Tempeldienerin nicht gehört. Wie lange mochte sie vor der Göttin gebetet haben? Sie wusste es nicht. Zeit schien keine Rolle zu spielen an diesem Ort, der mit der Wirklichkeit nichts gemein hatte. „Es hat den Anschein, als habe sich die Göttin deiner gnädig angenommen", flüsterte hinter ihr die dunkle Stimme. Hatte gerade Artemis selbst aus dem Mädchen gesprochen? „Du bist ausersehen, ihr heute das Opfer darzubringen, ein weißes Lamm, das du auf ihrem Altar schlachten wirst." „Töten, ich?", wunderte sich Kleopatra. Das Tierchen wartete schon. Es zitterte, aber es wehrte sich nicht. Es hatte sich mit seinem Schicksal längst abgefunden. Dann ging alles sehr schnell. Blut, das von der Altarplatte tropfte. Das Lecken der Flammen an dem blondgelockten Fell. Der Geruch verbrannten Fleisches, das Knistern des heiligen Feuers. Und wieder Stille. Aphasia bedeutete Kleopatra nun, ihr zu folgen. Wie im Rausch, als hätte sie keinen eigenen Willen mehr, lief die Königstochter dem Tempelmädchen nach, fand die im Reigen tanzenden Frauen. „Sei gegrüßt, Kleopatra!", riefen sie ihr zu. „Willkommen, liebe Schwester!" Aber Kleopatra war unfähig, den Gruß zu erwidern. Als hätte es ihr die Sprache verschlagen. Sie nickte ihnen nur freundlich zu und reihte sich ein in den fröhlichen Kreis, tanzte und sang. Flötenspielerinnen begleiteten den festlichen Akt. Wieder verlor Kleopatra das Gespür für die Zeit. Wann war sie hierhergekommen? Vor einem Tag, vor zwei Monden oder einem Jahr? Alles um sie herum versank. Apollodoros kam ihr entgegen, auch Imhotep erkannte sie, zwei strahlende Jünglinge, beide rank und schlank. Und dann erschien er, Ptolemaios, der nicht länger ihr Vater, sondern – wer war? Sie wusste es nicht. Staunend stand sie neben sich, eine Fremde. Freudig sah sie sich ihm entgegen eilen, auch er ein junger Mann, dessen Augen Wärme und Liebe verströmten. Eng umschlang er sie, berührte sanft ihre Brüste und Scham …

Die rosenfingrige Morgenröte verstreute gerade ihr erstes diffuses Licht, als sich Kleopatra an der Schwelle des Tempels wiederfand. Sie trug die Kleider, in denen sie – wann? – hierhergekommen war. Was war geschehen? „Heute Nacht bist du zur Frau geworden, Königstochter vom Nil." Es war die dunkle, bereits vertraute Stimme, die hinter ihr sprach. „Bald werden dir die mächtigsten Männer der Welt zu Füßen liegen. Du wirst heiraten, Kinder haben und herrschen, Kleopatra. Und die Menschen werden deiner in Ewigkeit gedenken. Die gnädige Göttin hat deine Gebete erhört. Aber vergiss nie, dass das Leben auf dieser Erde ein endliches ist! Und jetzt eile zu deinem Vater und packe deine Sachen zusammen! Denn in wenigen Stunden schon wirst du dich auf den Weg in deine Heimat machen." Kleopatra drehte sich um. Aber niemand war zu sehen.

Was war geschehen? Der römische Senat hatte die Flüchtlinge aufgefordert, Rom zu verlassen und Lentulus nach Kleinasien zu begleiten, um dort die Entscheidung Roms abzuwarten. Widerwillig nur war der König der Aufforderung gefolgt. Es waren bereits zwei Jahre vergangen, seit er sein Königreich verlassen hatte und es hatte nicht den Anschein, als könne er bald dorthin zurückkehren. Erst im folgenden Frühling - in Rom schrieb man das Jahr 698 *a.u.c.* - bat Pompeius den Statthalter von Syrien, A. Gabinius, mit dem er befreundet war, Ptolemaios nach Ägypten zu begleiten. Ein gütiger Himmel hatte die Stellung des großen Generals gestärkt. Er hatte nicht nur das Triumvirat gefestigt, sondern auch zu Beginn des Jahres das Konsulat angetreten.

Dennoch musste Ptolemaios weiterhin Überzeugungsarbeit leisten. Nach der Zahlung von 5000 Talenten und dem Versprechen von weiteren 5000 im Falle des Erfolgs sah der Vertreter der römischen Staatsmacht in Syrien von seinen Plänen, Thronstreitigkeiten im Partherreich zugunsten Roms zu nutzen, ab, um sich der ägyptischen Frage zu widmen. Doch würde die römische Invasion gelingen?

Die Gerüchte von der unmittelbar bevorstehenden Rückkehr des rechtmäßigen Königs waren bis in den Palast gedrungen und raubten der selbst ernannten Königin den Schlaf. Ohnehin war sie nicht beliebt. Die Alexandriner wollten sich mit der Alleinherrschaft einer Frau nicht abfinden, schon gar nicht mit einer, die sie nur unterdrückte. Rat suchen konnte Berenike nun bei niemandem mehr. Ihre Mutter, die mit mehr Recht als sie selbst den Titel „Königin vom Nil" getragen hatte - war sie doch immerhin mit dem König verheiratet und sogar dessen Halbschwester gewesen - war bald nach Berenikes Thronbesteigung den Entbehrungen des ungeliebten Exils und ihrer Schwäche erlegen - manche munkelten auch von ihr heimlich verabreichtem Gift - und hatte die junge Frau schutzlos zurückgelassen. Im Angesicht der Gefahr für Thron und Leben stimmte Berenike der Heirat mit einem Angehörigen der seleukidischen Königsfamilie zu, einem ungehobelten Klotz ohne Manieren und Bildung, dessen sie sich schon bald nach der Hochzeit in bewährter Familientradition entledigte. Sie ließ ihn kurzerhand erdrosseln. Der nächste Bräutigam, Archealos, entsprach mehr ihrem exquisiten Geschmack. Pompeius selbst hatte ihn als Priesterfürsten am Pontus eingesetzt. Er wusste, wie sehr die Menschen am Nil Helden verehrten und so gab er sich stolz als Sohn Mithridates' VI. Eupator aus, des letzten hellenistischen Königs, der die Römer das Fürchten gelehrt hatte. Drei Jahre, nachdem Berenike den Thron bestiegen hatte, wurde ihr Gemahl Mitregent.

Aber diese Lösung gefiel den Römern erst recht nicht. Hier musste Abhilfe geschaffen werden, so viel stand fest. Doch Gabinius zögerte. Der Einmarsch in Ägypten mit römischen Truppen hätte seine Befugnisse weit überschritten. Unter seinen Leuten befand sich jedoch ein junger Reiteroffizier, der schon viel von sich reden gemacht hatte. Er hieß Marcus Antonius und war für seine draufgängerische Art bekannt. Es war für ihn nicht allzu schwer, Gabinius von der Notwendigkeit einer militärischen Intervention zu überzeugen. Schnell und entschlossen stieß der junge General mit seiner Reiterei bis Pelusion vor. In zwei blutigen Gemetzeln besiegte er Archealos, der tot auf dem Schlachtfeld blieb. Berenike wurde gefangen genommen. Damit war der Weg frei für die Wiedereinsetzung Ptolemaios'. Noch ahnte Marcus Antonius nicht, dass er sich mit seinem forschen Vorgehen die Grundlage der eigenen Herrschaft in diesem Teil der Welt geschaffen hatte und eine Ptolemäerin sein Schicksal werden sollte.

Nach unendlichen Mühen und Entbehrungen war die Gefahr nun endlich gebannt und Ptolemaios konnte daran denken, seine Familie nach Hause zu holen. Er hatte zunächst beabsichtigt, sich selbst auf den Weg zu machen. Doch Marcus Antonius hatte davon abgeraten. Die Königin, meinte er, hätte gewiss Verständnis dafür, dass es in diesen unsicheren Zeiten nicht ratsam wäre, Alexandria wenn auch nur für wenige Tage zu verlassen. Denn noch habe man nicht alle Anhänger Berenikes dingfest machen können, und er selbst, Marcus Antonius, werde sich nicht mehr lange um Ptolemaios' Sicherheit kümmern können. Er müsse bald nach Rom zurückkehren, wo sein Freund Gaius Iulius Caesar seiner Unterstützung dringend bedürfe.

So ungeduldig der König auch das Wiedersehen mit den Seinen ersehnte, war er doch froh, nicht seinem Schwiegervater gegenübertreten zu müssen und sich vielleicht noch vorhalten zu lassen, er habe sich feige aus dem Staub gemacht und die Sache Ägyptens zu einer römischen gemacht. Also schickte er eine Gesandtschaft nach Memphis, reich beladen mit Geschenken für das Heiligtum des Apis und mit dem Auftrag, die Königin und seine drei Kinder zu holen. Als sich das königliche Prunkschiff dem Hafen von Alexandria näherte, stand er am Kai. Wenige Augenblicke später fielen sich die Gatten in die Arme und küssten sich leidenschaftlich. Dann nahm Ptolemaios seine Kinder auf den Arm und staunte, wie groß sie geworden waren. Auch Kleopatra warf sich ihrer Mutter entgegen, tränenreich um Verzeihung bittend.

„Wie sagst du, Vater, ist sein Name?“ Kleopatra flüsterte ganz leise an Ptolemaios' Ohr. „Er heißt Marcus Antonius, mein Kind. Und man erzählt sich die wildesten Geschichten über ihn. Man lobt sein militärisches Genie, das überragend sein soll, obwohl er noch so jung ist. Er soll übrigens Gaius Iulius Caesar sehr nahe stehen." Der König lächelte. „Es heißt in Rom, er sei einmal wie ein Verrückter mit seinem Wagen durch die römischen Gassen gejagt und das Gefährt sei von vier Löwen gezogen worden. Viele Menschen seien aus Furcht schimpfend und fluchend in ihre Häuser geflohen. Aber es habe auch welche gegeben, die das einmalige Schauspiel genossen hätten. Er scheint wirklich ein wenig verrückt zu sein, dieser Antonier." Der König, zum ersten Mal seit vielen Jahren wieder glücklich, da ihm sein Königreich und seine Familie zurückgegeben worden waren, prostete dem römischen Gast zufrieden lächelnd zu. „Auf Ägypten und auf Rom!" „Auf Rom und seine Bundesgenossen!", gab Marcus Antonius freundlich zurück.

Gabinius konnte sich nicht lange in Ägypten aufhalten, da in Syrien Unruhen ausgebrochen waren, die seine Anwesenheit erforderten. So entschloss er sich, zur Sicherheit des Königs römische Truppen am Nil zurückzulassen und sie dem Oberbefehl des Marcus Antonius zu unterstellen. Der tüchtige Offizier sollte bleiben, bis Ptolemaios die Hauptstadt wieder ganz unter seiner Kontrolle hätte.

Ptolemaios' Wiedereinsetzung in seine angestammten Rechte wurde mit einem großen Festmahl begangen, bei dem Marcus Antonius einen Ehrenplatz erhielt. Der König wusste, was er der Beharrlichkeit und dem Mut des jungen Mannes zu verdanken hatte. Ab und zu wagte Kleopatra, die während des Essens neben ihrem Vater lag und der kein Wort der lebhaften Unterhaltung entging, dem Vertreter Roms einen verstohlenen Blick zuzuwerfen. Sie hatte schon manchen Römer kennengelernt: einfache Seeleute, die sich im Hafenviertel herumtrieben, Händler, die ihre Waren bis in den Palast brachten, und auch den einen oder anderen Neugierigen, der die Sehenswürdigkeiten ihres Landes besuchte, eines Reiches, dessen Hochkultur schon geblüht hatte, noch ehe ein zivilisierter Mensch seinen Fuß an Latiums raue Gestade setzte. Von ihrem

Lehrer Apollodoros hatte sie erfahren, dass Reisen an den Nil bei den Vornehmen Roms längst zum guten Ton gehörten. Noch nie aber war sie einem römischen Soldaten begegnet, der sich schon in seinem Äußeren so auffällig von den einheimischen Kriegern unterschied. Und dann kam er, der sich Marcus Antonius nannte, und lag mit ihr und ihrer Familie an dieser großen Festtafel, als gehöre er längst dazu, und scherzte und zog die Blicke der Damen auf sich! Ob er sich dessen bewusst war? Wie alt er wohl sein mochte, dieser Römer? Ob er zu Hause Frau und Kinder hatte? Schön war er nicht, so viel stand fest. Für ihren Geschmack waren seine Züge ein wenig zu derb, war seine Gestalt zu untersetzt. Da kannte sie andere, besser aussehende Männer. Und doch! Er strahlte etwas aus, das sie noch nicht einordnen konnte, einen unbeugsamen Willen vielleicht oder eine Autorität, die alles um ihn herum verstummen ließ. Er war zweifellos der Mittelpunkt dieser abendlichen Gesellschaft, die die glückliche Heimkehr des Königs feierte. Und doch blieb er inmitten all dieser Fröhlichkeit ein Fremder mit einem bitteren Zug um den zugegeben schönen Mund.

Sie hatte ihren Blick gesenkt und als sie erneut aufschaute, trafen sich ihre Augen. Schnell sah die Königstochter weg und fühlte, dass eine bisher unbekannte Hitze in ihr aufstieg, fühlte, wie sich ihr Puls beschleunigte und ihr Gesicht errötete. Ich bin jetzt fast 15 Jahre alt, dachte sie bei sich. Die meisten Ägypterinnen sind in meinem Alter schon verheiratet. Und auch in Rom, wie man mir sagte. Aber wie komme ich jetzt darauf? Was hat mein Alter mit diesem Menschen zu tun? Ich spüre, dass er mich ansieht. Und ich kann nicht einmal sagen, dass es mir unangenehm wäre. Nein, ich genieße es. Aber nur nicht zurückschauen. Was bildet der sich überhaupt ein?

Die Freudenhymnen waren verklungen, der Alltag war wieder eingekehrt im alten Reich am Nil. Der Großteil der römischen Truppen war abgezogen, auch Marcus Antonius hatte Ägypten verlassen. Kleopatra hatte ihn längst vergessen. Aber hatte sie das wirklich? Nachts, wenn alles in den weitläufigen Palastanlagen schlief, doch sie selbst auf ihrem Lager keine Ruhe fand, war ihr, als stiege er blutüberströmt aus den Tiefen einer vergangenen Zeit. Tausend Schwerter erhoben sich blitzend gegen ihn, bohrten sich tief in sein Fleisch. Wankend kam er auf sie zu und brach vor ihren Augen tot zusammen. Und mit seinem Ende wurde ihr das eigene schmerzlich bewusst. „Du hast zu schwer zu Abend gegessen, kein Wunder, wenn dich so mancher Albtraum drückt", hätte Nefer gesagt und sie hätte sicherlich recht gehabt. Wie sollte sie ausgerechnet diesen strahlenden römischen Helden je wiedersehen?

Bald machte sich Ptolemaios daran, in seinem Reich kräftig aufzuräumen. Ein fürchterliches Blutgericht erwartete all jene, die es gewagt hatten, sich auf Berenikes Seite zu schlagen. Allen voran sollte die Königstochter selbst hingerichtet werden. Kleopatra versuchte zwar, ihren Vater umzustimmen, die Halbschwester zu verschonen, auch wenn sie für Berenike keine große Sympathie hegte. Aber Schwester blieb Schwester. Daran gab es nichts zu rütteln. Doch alle Bitten Kleopatras halfen nichts. Ptolemaios war nicht davon abzubringen, seine älteste Tochter des Hochverrats anzuklagen und sie ein für alle Mal zu beseitigen. Konnte es nicht sein, dass am Hof noch mancher Sympathisant der Untreuen lebte, der nur auf eine günstige Gelegenheit wartete, den König wieder zu vertreiben und sie erneut zu inthronisieren? Und hätte Berenike gezögert, den Vater aus dem Weg zu räumen, wenn sie gesiegt hätte und seiner habhaft geworden wäre?

Noch hatte Phoebus Apollo seinen Sonnenwagen nicht aufgezogen. Über Alexandria herrschte noch nächtliche Stille. Dämmeriges Halbdunkel lag auch über dem Innenhof des Palasts. Nur die königliche Familie war bereits wach. An der Hand ihres Vaters stolperten die beiden kleinen Prinzen schlaftrunken zum Richtplatz, wo der Scharfrichter mit verhülltem Haupt bereits wartete. Vergeblich hatte Kleopatra Ptolemaios angefleht, ihr und den jüngeren Geschwistern den grausigen Anblick der Hinrichtung ihrer Schwester zu ersparen. Doch der Vater wollte davon nichts wissen. Ptolemaios liebte seine Kinder, gewiss. Und er vermochte sich kaum vorzustellen, dass jemals eines von ihnen … Aber hatte er bei seiner Erstgeborenen je geahnt, wie schändlich sie ihn einmal verraten würde, auch wenn sie wahrscheinlich den bösen Einflüsterungen ihrer Mutter, der verstoßenen und auf Rache sinnenden Gattin, erlegen war? Es bestand immer die Gefahr, höfischen Intrigen zum Opfer zu fallen und zu unbedachten Taten verführt und von ihm verstoßen zu werden, ob seine Kinder nun Kleopatra, Arsinoë oder wie seine Söhne nach dem Vater Ptolemaios hießen. Was einen Verräter erwartete, konnte man ihnen nicht früh genug vor Augen führen.

Am Fuße der Richtstätte stellte sich die Familie auf. Noch hatte Kleopatra die Hoffnung nicht ganz aufgegeben, der Vater werde im letzten Augenblick Gnade vor Recht ergehen lassen und das Todesurteil in lebenslängliche Verbannung umwandeln. Doch die strenge Miene des Königs verriet, dass er nicht daran dachte. Sie warf Arsinoë einen verstohlenen Blick zu. Schön, als wäre sie dem Meißel eines überaus begabten griechischen Künstlers entsprungen, eines Phidias gar, tänzelte das Mädchen von einem Bein auf das andere, betrachtete bewundernd ihre mit Henna gefärbten Handrücken und zupfte an ihrem Gewand, das rot und schreiend vor dieser Kulisse völlig fehl am Platz war und den Eindruck erweckte, als wolle das junge Mädchen nicht gleich einer Familientragödie beiwohnen, sondern zu einer Festlichkeit eilen, wo sie allen Männern den Kopf zu verdrehen gedachte. Für einen Augenblick kam Eifersucht in Kleopatra auf. Nicht nur wegen Arsinoës fast überirdischer Schönheit, sondern auch wegen der unbekümmerten Art, mit der sie durch das Leben ging, ohne sich über irgendetwas ernsthafte Gedanken zu machen. Warum nur konnte die Natur nicht einmal eine Ausnahme machen und Schönheit und Geist in einer Person vereinen? Aber wollte sie wirklich Arsinoë sein, dieses naive Geschöpf, das über die Spiele der Kindheit nie hinauszukommen schien?

Quietschend öffnete sich die schwere Eisentür, die zum unterirdischen Verlies des Palastes führte. Heraus kam als Erste Berenike, dicht gefolgt von zwei Wächtern, grobschlächtigen Kerlen, die das Mädchen festhalten wollten. Unwirsch schüttelte Berenike sie wie lästige Insekten ab. Kleopatra hätte die Schwester beinahe nicht erkannt. Nach der Verkündung des Todesurteils und nur einer Nacht Kerkerhaft schien sie um Jahrzehnte gealtert zu sein. Es sah fast aus, als führe man nicht sie zum Schafott, sondern ihre Mutter, die längst verstorbene Kleopatra Tryphaina. „Tod, Tod und nochmals Tod!", hatten die Ankläger gestern gefordert. Einmal für den Hochverrat, dann für Kleopatra Tryphaina, deren frühem Ableben, so hieß es plötzlich, Berenike mit einem schleichenden Gift nachgeholfen habe, und schließlich für die Ermordung des ungehobelten Seleukidensprosses. Bereitwillig hatten sich die Richter in vorauseilendem Gehorsam dieser Forderung angeschlossen, ohne weitere Beweise zu erheben oder der Angeklagten auch nur Gelegenheit zur Verteidigung zu geben. Hatte doch der König nickend allen Anklagepunkten zugestimmt. Nur die Art der Hinrichtung war in sein Ermessen gestellt worden. Nach langem Überlegen hatte er sich für die ‚menschenwürdigste' Tötung entschieden, den Tod durch das Schwert, auf den auch römische Bürger Anspruch hatten. Ptolemaios wollte die Hochverräterin vernichten, nicht leiden sehen. Dass sie möglicherweise auch seine frühere Gattin auf dem Gewissen hatte, interessierte ihn am allerwenigsten.

Auch angesichts des unmittelbar bevorstehenden Endes hatte die Königstochter ihren Stolz nicht verloren. Hoch erhobenen Hauptes ging sie auf die erhöhte Richtstätte zu und stieg scheinbar gelassen die wenigen Stufen hinauf, als schritte sie nicht zu ihrer Hinrichtung, sondern zu ihrer Hochzeit, sah sich, oben angekommen, interessiert um, als wolle sie die zählen, die an dem Schauspiel teilnahmen, und warf dem Vater einen Blick zu, in dem sich Triumph und Mitleid die Waage hielten. Zum ersten Mal entdeckte Kleopatra in der Schwester die Frau, ihr ebenbürtig von Blut und Geburt, sah die blasse Schönheit, die der Mondgöttin Selene glich, die schlanke Gestalt in dem schwarzen Büßergewand und bewunderte die Haltung, die einer Königin würdig war. Noch einmal schweifte der Blick der Verurteilten in die Runde: zu den Beamten des Hofstaats, die der König ebenfalls zur Anwesenheit verpflichtet hatte, zu ihrer Dienerin, die die Tränen nicht zurückhielt, und zu Kleopatra, der ungeliebten, aber doch eben Schwester, und ein zynisches Lächeln umspielte Berenikes volllippigen Mund. Dann kniete sie nieder.

Kleopatra sah in der jetzt aufgehenden Sonne die silberne Schneide des Schwertes blitzen und schloss ihre Augen. Als sie sie wieder öffnete, rollte Berenikes Haupt über das Blutgerüst. Der Scharfrichter nahm es schnell mit einem schwarzen Tuch auf. Aus dem leblosen Körper spritzte das Blut, sammelte sich in Lachen, schlängelte sich in Rinnsalen und kleinen Bächen. Es war, als verströme die Getötete sich selbst, damit aus ihrem Schoß neues Leben sprieße. Kleopatra betrachtete das Gesicht ihres Vaters. Über Ptolemaios' feiste Wangen rannen Tränen. Sie erinnerte sich nicht, wann sie den König je hatte weinen gesehen.

Neben der verirrten Tochter wurden auch alle ihre Anhänger exekutiert, ja viele der reichsten Männer des Landes. Ptolemaios hatte sich in Rom ungeheuer verschuldet. Seine Gläubiger drängten immer dreister auf Rückzahlung. Und es war von jeher Brauch gewesen, das Vermögen von Verrätern oder solchen, die man dafür hielt, zugunsten der Staatskasse einzuziehen. Auch Ägyptens römische Freunde pflegten so zu verfahren. Doch er mochte sich noch so viel unter den Nagel reißen, allen Forderungen konnte er nicht genügen. Vor allem Rabirius Postumus wollte von einem Zahlungsaufschub nichts wissen.

In weiser Voraussicht war er als Privatmann im Gefolge des Gabinius an den Nil gekommen. Nach dessen Abzug übernahm er - ganz im Sinne der hinter ihm stehenden römischen Großmacht - die Wirtschafts- und Finanzverwaltung Ägyptens und begann, das Land systematisch auszuplündern. Ptolemaios blieb nichts übrig, als diesem Treiben, das von Pompeius selbst gedeckt war, ohnmächtig zuzusehen. Die Einkünfte aus den wichtigsten ägyptischen Exportgütern, Papyrus, Leinen und Glas, flossen nun in die Kassen der habgierigen Römer, die damit einen Fuß in das alte Reich gesetzt hatten. Kein Geringerer als der berühmte Redner Marcus Tullius Cicero rechtfertigte das Vorgehen. Schließlich, verkündete er, habe Ptolemaios selbst Rabirius die Verwaltung der Finanzen nahezu aufgedrängt, um sein, des Königs, Vermögen zu sichern. Denn er habe keine andere Möglichkeit gesehen.

Kleopatra, die auf ihr 16. Lebensjahr zuging, sah dies alles mit großer Sorge. Wie es aussah, würde sie dem geliebten Vater auf den Thron folgen. Arsinoë taugte nicht für ernsthafte Aufgaben und ihre Brüder Ptolemaios XIII. und Ptolemaios XIV. waren noch zu jung. Und der Thronwechsel würde nicht mehr lange auf sich warten lassen. Deutliche Zeichen kündigten Ptolemaios' baldiges Ableben an. Er hatte seit seiner Rückkehr gewaltig an Gewicht zugelegt. Seine Beine trugen ihn kaum mehr und er rang mühevoll nach Atem. Die Aufregungen der letzten Jahre hatten ihm mehr zugesetzt, als er sich und anderen eingestehen wollte. Kleopatras Kummer war groß. Wie lange noch würde er bei ihr sein, der geliebte Vater? Und wie würde sich ihre eigene Zukunft entwickeln?

Erste Regierungsjahre

Nur wenige Jahre nach ihrer Rückkehr aus Memphis wurde die Königin, Ptolemaios' große Liebe, krank. Die Ärzte waren ratlos. „Eine Krankheit der Seele, Herr, nicht des Körpers", meinten sie, „gegen die jede ärztliche Kunst vergeblich ist. Möglicherweise geht der Zustand der Königin auf die Strapazen der Flucht und des jahrelangen Exils zurück." Ptolemaios wich seiner Frau nicht von der Seite. Er hatte Heiler aus dem ganzen Reich an den Hof geholt und jedem eine stattliche Belohnung versprochen, der der Königin ihre Gesundheit zurückgäbe. Er flößte ihr selbst kräftige Brühen und manchen Zaubertrank ein und ermahnte sie immer wieder mit liebevollen Worten, ihn nicht im Stich zu lassen. „Erinnerst du dich?" Mit blumigen Worten breitete er die Vergangenheit vor ihr aus. Und er beschwor sie, des Versprechens zu gedenken, das sie sich einstmals im Haus ihres Vaters gegeben hatten, miteinander alt zu werden. Aber die Kranke lächelte nur und drückte müde seine Hand. „Ich bitte dich, nicht zu verzweifeln, mein Herr und König!", hauchte sie ihn an. „Du weißt doch, gegen das Schicksal kämpfen selbst die Götter vergebens. Wir werden uns wiedersehen. Und nichts, mein Gemahl, wird uns dann je wieder trennen können." Und eines Morgens schlummerte sie, die Gesichtszüge entspannt, vor seinen Augen hinüber in jenes Reich, von dem es keine Wiederkehr gab.

Es hatte lange den Anschein, als verkrafte der König den herben Verlust nicht. Er versuchte zwar, vor seinen Kindern den Schmerz zu verbergen, um ihnen den Abschied von der geliebten Mutter nicht noch schwerer zu machen, aber vor allem Kleopatra ahnte, was in ihm vorging, und sah, dass auch er immer schwächer und ihm die große Verantwortung, die er für das Reich trug, allmählich zur Last wurde.

Ptolemaios fühlte selbst, dass seine Kräfte schwanden. Trotz aller Versprechen, die er den heimischen wie den griechischen Göttern gab, trotz aller Opfer, mit denen er sie gnädig zu stimmen hoffte, wurde ihm doch bald bewusst, dass seine Tage gezählt waren. Er wollte aber diese Welt nicht verlassen, ohne sein Haus bestellt zu haben. So verlieh er den vier Kindern den Titel „Neue geschwisterliche Götter". Dann machte er Kleopatra zur Mitregentin.

Auch das Problem Rabirius Postumus schien vorerst wenigstens teilweise gelöst zu sein. Der habgierige Römer hatte sich mit seinen erpresserischen Verwaltungsmaßnahmen gewissermaßen selbst vertrieben. Der Widerstand in der alexandrinischen Bevölkerung gegen den unbeliebten Mann wuchs und steigerte sich bald zu grenzenlosem Hass. Nur mit knapper Not war es ihm gelungen, dem wütenden Mob zu entkommen, der ihm ans Leben wollte. Ausgerechnet bei Ptolemaios hatte er Schutz und Zuflucht gesucht. Dem König war der Aufstand gegen Rabirius nicht einmal unrecht, festigte die Unzufriedenheit mit dem Fremden doch nur seine eigene Herrschaft. Aus Sorge um Leib und Leben kehrte der Römer Ägypten umgehend den Rücken. Ptolemaios hoffte, die vermutlich letzten Jahre seines Lebens nun ohne die römische Vormundschaft einigermaßen sicher verbringen zu dürfen.

Andere Sorgen quälten ihn. Da war die Frage der Nachfolge, die nach einer Antwort schrie. Kleopatra, gewiss. Sie war klug und er hatte sie längst in die Regierungsgeschäfte eingeweiht. Er war davon überzeugt, dass sie das in sie gesetzte Vertrauen niemals enttäuschen würde. Aber sie war eine Frau. Die Vorbehalte gegen Berenike hatten erst vor einigen Jahren gezeigt, was die Ägypter von einer Frau auf dem Thron hielten. Er hatte zwei gesunde Söhne. Aber sie waren noch jung, zu jung, um Regierungsverantwortung zu übernehmen. Es blieb nichts anderes übrig, als auf einen alten Trick zurückzugreifen, den einige seiner ptolemäischen Vorgänger und vor diesen die ägyptischen Gottkönige bereits bemüht hatten: Kleopatra musste ihren älteren Bruder heiraten, den zehnjährigen Ptolemaios, und mit ihm gemeinsam die Herrschaft ausüben. Nach den Gesetzen Ägyptens war eine Geschwisterehe möglich, ja in den Zeiten der großen Pharaonen sogar üblich gewesen, um das königliche Blut rein zu halten. Aber was würden die Römer dazu sagen? Hatten sie doch ihre begehrlichen Blicke von Ägyptens Reichtümern noch keineswegs abgewandt. Und was hielt Kleopatra selbst von den väterlichen Plänen?

„Eine Heirat mit diesem Kindskopf? Vater, das ist nicht dein Ernst! Würde sie mich doch im ganzen Reich blamieren und meine Autorität untergraben", wetterte sie, als Ptolemaios ihr seine Absicht vortrug. „Nein, Vater, da wirst du dir schon etwas anderes überlegen müssen. Lieber verzichte ich auf den Thron."

„Nun ja, dein Bruder ist ein unmündiges Kind, das lieber mit seinen Schiffchen spielt als sich um seine große Schwester oder gar die Belange des Staates zu kümmern. Gerade deshalb wirst du allein herrschen, ich befürchte aber, unsere lieben Untertanen werden deine Herrschaft nur dulden, wenn dir ein Ptolemaios zur Seite steht. Und auch die Römer werden sich kaum mit der Regentschaft einer Kleopatra, einer so jungen zumal, abfinden. Ich habe ja in Rom selbst gegen die ‚Weiberwirtschaft' gekämpft, als deine Halbschwester auf dem Thron saß. Zwar darf ich mich nicht ohne Stolz, ich gebe es ja zu, Freund und Bundesgenosse des römischen Volkes nennen, aber wie die Römer mit uns trotz aller Freundschaftsbekundung umspringen, nun, das hast du ja selbst erfahren, als wir als Vertriebene auf römisches Wohlwollen angewiesen waren. Diesmal wirst du dich fügen müssen, um unsere Unabhängigkeit von Rom zu retten, mein liebes Kind, so leid es mir für dich tut. Ich sehe dem Ende meines Lebens entgegen. Die Götter haben es mir durch allerlei Vorzeichen angekündigt. Und einen anderen Nachfolger, der Ägypten in meinem Sinne weiterregieren könnte, habe ich nicht." Damit streichelte er seiner Tochter sanft über das pechschwarze Haar und verließ eilig die Gemächer der Prinzessin, ohne Kleopatras Widerrede abzuwarten.

Es kam jetzt nur noch darauf an, die Römer vor vollendete Tatsachen zu stellen. In einem Staatspapier legte Ptolemaios seinen letzten Willen fest. Ein Dokument wurde in Alexandria aufbewahrt, ein weiteres Exemplar nach Rom geschickt, wo sich sein Freund Pompeius höchstpersönlich der Urkunde annahm. Zufrieden blickte der König nun auf sein Leben zurück, das zuletzt doch noch eine so glückliche Wendung genommen hatte. Der Tod mochte kommen. Er war bereit.

Nur wenige Wochen später, im zeitigen Frühjahr, saß seine Tochter Kleopatra, die siebte Ptolemäerin dieses Namens, auf dem Thron; eine trotz ihrer Jugend - sie war gerade achtzehn Jahre alt geworden - selbstbewusste Frau. Zu ihren Füßen kauerte Ptolemaios, der ihr aufgezwungene Brudergemahl, der dreizehnte Namensträger, winzig, unscheinbar, in der einen Hand ein kleines Schiffchen, das er auf unsichtbarem Gewässer gleiten ließ, in der anderen einen aus Holz geschnitzten, bunt bemalten Seemann, der der Mannschaft seine Befehle gab. Kleopatra schämte sich für das Verhalten des kleinen Prinzen. Ob er vielleicht sogar schwachsinnig war? Sie beugte sich zu dem Kind hinunter und nahm ihm das Spielzeug weg, was mit einer lauten Äußerung des Unmuts quittiert wurde. „Das gehört sich nicht für einen ägyptischen König", fuhr sie den Jungen an, womit sie sowohl das Spielen als auch seine Reaktion auf ihren Tadel meinte. „Du wirst dich jetzt gefälligst benehmen, wie es das Hofzeremoniell verlangt." Damit gab sie ihm einen leichten Klaps auf den Hinterkopf. Als sie wieder aufschaute, begegnete sie dem eisigen Blick des Eunuchen Potheinos, eines Menschen übelster Sorte, den noch ihr Vater dem jungen König zur Seite gestellt hatte. Er gehörte im Augenblick neben dem Feldherrn Achillas und dem Rhetoriklehrer Theodotos zu den einflussreichsten Männern des Reiches. Potheinos' Verhältnis zu seinem Schützling war so eng, dass die Römer ausschließlich ihn für den Erzieher des Prinzen hielten. Er gab sich gern selbst als wichtigster Mann Ägyptens aus und tatsächlich hatte er die

Zügel der Staatsverwaltung fest in der Hand. Kleopatra machte sich keine Illusionen. Sie würde es schwer haben, sich gegen diese eingeschworene Dreimännerherrschaft durchzusetzen. Aber sie war fest entschlossen, den Kampf aufzunehmen.

Nach Art der alten Gottkönige gekleidet, geschminkt und mit den Insignien der Macht - Bart, Krummstab und Geißel - angetan, die Krone Ober- und Unterägyptens auf dem stolz erhobenen Haupt, fuhr sie fort, nicht nur die Huldigung der Abgesandten der größten Städte ihres Landes, sondern auch die vieler benachbarter Völker entgegenzunehmen. Man würde einen Weg finden müssen, überlegte sie, sich des lästigen Brudergemahls und seiner verdammten Ratgeber für immer zu entledigen. War denn ihr Vater davor zurückgeschreckt, seine eigene Tochter zu töten, nachdem sie sich gegen ihn gestellt hatte? Die Geschichte ihrer Familie zeigte doch, dass es bei den Ptolemäern Tradition war, sich von machtgierigen Verwandten zu befreien, auch wenn es nur dem Staatswohl und den Interessen des Thrones diente. Doch hatte sie nicht einst ihrer längst verstorbenen Mutter versprochen ...? Zählte überhaupt ein Versprechen, das man gleichsam unter Zwang als Kind gegeben hatte? Nichts würde sie unterlassen, um die Herrschaft ganz an sich zu reißen, und es gab bereits genügend einflussreiche Leute in ihrer Umgebung, die das begriffen hatten.

Nur wenige Monde waren nach Ptolemaios' Tod vergangen, da setzte ihr der Priester Onnophris, der für den Isiskult verantwortlich war, eine Stele, die ausschließlich ihren Namen trug. Von ihrem Brudergemahl war darauf nicht die Rede. Auch auf Verträgen und Münzen sollte künftig Ptolemaios' XIII. Namen allenfalls nach dem der Königin stehen. Das würde helfen, ihren Bruder mit der Zeit im Bewusstsein des Volkes auszulöschen. „Thea Philopator", nannte sie sich jetzt gelegentlich, die vaterliebende Göttin. Noch war sie nicht sicher, ob sie diesen Titel auch offiziell führen sollte. Es musste vorsichtig zu Werke gegangen werden und sie musste erkunden, wie weit sie in ihrem Streben, den Bruder auszuschalten, überhaupt gehen konnte.

Gelegenheit, ihre Lage bis auf den Grund zu erforschen, hatte sie indes vorerst nicht. Die Finanzen des Staates befanden sich in einem desolaten Zustand, die politische Abhängigkeit Ägyptens von Rom verletzte den Stolz ihrer Untertanen. Eine Lösung dieser Probleme sah Kleopatra nicht. Zudem spielte sich vor allem der unangenehme Eunuch Potheinos immer öfter als der wahre Herr des Reiches am Nil auf. Sie wusste, wie gefährlich er war, und sie wusste auch, dass es ihr bei diesem Feind nie gelingen würde, ihn für sich einzunehmen. Manchen anderen, der sich ihr in den Weg gestellt hatte, hatte sie rasch von ihren weiblichen Qualitäten überzeugt. Eine Nacht in den Armen der jungen Königin und die Hoffnung, bald an der Macht teilhaben zu dürfen, trieben ihr viele Gegner zu und sie verstand es, sich die Bewunderung ihrer Liebhaber zu erhalten. Sie mochte nicht besonders schön sein, diese Königin vom Nil, aber sie war heißblütig und leidenschaftlich und wer einmal ihren Verführungskünsten erlegen war, blieb ihr für immer verfallen. Sie verstrickte ihre Opfer in Netze, hieß es, die einer Circe alle Ehre gemacht hätten. Die Kunde von ihrem lebhaften Unterleib drang bis nach Rom, wo man teils über die Methoden Kleopatras schmunzelte, teils sie als unmoralisch und damit verwerflich anprangerte. Bald erzählte man sich in der Hauptstadt der Welt, sie hielte jeden, der sich ihr nicht bedingungslos verschrieben hätte, für einen gefährlichen Gegner. Als Eunuch hatte Potheinos freilich keine Möglichkeit, in den inneren Kreis der Günstlinge Kleopatras aufgenommen zu werden. Er galt der Königin deshalb als besonders gefährlich.

Der Beginn der Überschwemmung des Nils stand bevor und damit der Anbruch eines neuen Jahres, das die Ägypter seit Menschengedenken stets mit großer Freude und Dankbarkeit begrüßten. Brachte die Nilschwelle doch den fruchtbaren Schlamm auf die Felder, und je mehr sich davon in dem schmalen Uferstreifen ablagerte, desto ergiebiger versprach die Ernte auszufallen. Nach dem Vorbild aller ptolemäischen Könige opferte Kleopatra gemeinsam mit ihrem Volk. Oft genug hatte sie ihrem Vater bei den heiligen Handlungen beigestanden, die für die unbewusste Beleidigung der Götter um Verzeihung baten und den Segen des Himmels für die Früchte der Erde erflehten. Doch diesmal erwiesen sich die Götter Ägyptens als nicht so gnädig. Voller Ungeduld erwartete Kleopatra die Boten, die ihr den Beginn des für ihr Land so lebenswichtigen Ereignisses melden sollten: das Anschwellen der braunen, zähflüssigen Fluten, die träge aus dem angestammten Flussbett krochen und sich wochenlang über die staubtrockenen Felder ergossen, die ausgedörrte Erde tränkten und sich langsam wieder zurückzogen. Niemand vermochte zu sagen, woher dieser Segen spendende Fluss kam und welche Macht ihn alljährlich anschwellen, verharren und wieder abnehmen ließ. Ein jeder war fest davon überzeugt, dass es sich um ein Geschenk der Götter handelte, die ihr Geheimnis bewahren wollten. Stand nicht der Nil stellvertretend für den wunderbaren Kreislauf des Lebens, für das immerwährende Werden, Wachsen und Vergehen, war er nicht Sinnbild der Ewigkeit?

„Du erzählst mir nichts Neues, mein Freund. Die Spatzen pfeifen es schon von den Dächern." Apollodoros berichtete, dass die Unzufriedenheit mit ihr in der Stadt wuchs. Aus den tiefen Sorgenfalten von Apollodoros' Stirn tropfte unablässig der Schweiß. Nach dem Tod ihres Vaters war der verdiente Lehrer Kleopatras innigster Ratgeber geworden, ja er hatte geradezu die Rolle des Vaters bei seiner einstigen Schülerin eingenommen. Er blickte allerdings auf eine stattliche Reihe von Jahren zurück und die junge, noch unerfahrene Königin mochte nicht daran denken, dass er ihr womöglich nicht mehr lange zur Verfügung stünde. Sie liebte diesen gebeugten, grauhaarigen Mann, der einen Großteil seines Lebens in ihrer Nähe verbracht hatte und vielleicht gerade deshalb in ihr nicht das Weib sah, die Verführung schlechthin, sondern die Tochter, die ein ungnädiger Himmel ihm selbst versagt hatte.

„Es ist furchtbar heiß heute, findest du nicht?“ Der Alte wischte sich den Schweiß von der Stirn. „Gestattest du, dass ich mich setze?“, keuchte er. Kleopatra zog ihn auf einen Stuhl. „Du hast recht, Apollodoros“, fuhr sie fort, „ich erinnere mich kaum an eine ähnliche Hitze.“ Und nach einer Weile des Schweigens begann sie: „Die Nilschwelle ist diesmal sehr dürftig ausgefallen, um nicht zu sagen, ganz ausgeblieben. Das wolltest du mir doch sagen, nicht wahr? Meine Ägypter werden im nächsten Winter vermutlich hungern müssen. Und sie machen mich dafür verantwortlich, mich, ihre Königin. Als stünde es in meiner Macht, einem Fluss zu befehlen, über die Ufer zu treten oder es nicht zu tun. Nicht das Schicksal oder die Götter seien schuld daran, sagen sie in der Stadt, sondern ich, die die Natur beleidigt, ja verhext habe. Schon gäbe es Stimmen, die meinen Tod fordern …“ Kleopatra wandte dem Alten den Rücken zu und ging langsam zum Fenster. Er sollte ihre Tränen nicht sehen. Im Palastgarten deutete nichts auf die schlechte Stimmung in Alexandria hin. Die herrliche Anlage atmete Frieden. Die hohen Palmen warfen mit ihren mächtigen Fächerkronen dunkle Schatten. Rosen und Jasmin dufteten. Nur das plätschernde Wasser unterbrach die friedliche Stille. Eine Weile schwieg Kleopatra, ganz in die Idylle versunken. Dann nahm sie den Faden wieder auf. „Sie wollen Ptolemaios als ihren alleinigen König. Ausgerechnet meinen kleinen Bruder, der sich übrigens auf seine neue Rolle schon vorbereiten soll. Das jedenfalls verbreitet dieser schmierige Eunuch. Natürlich unterlässt dieser Widerling auch nichts, den Jungen gegen mich aufzuhetzen. Ich schwöre dir, Apollodoros“, drehte sie sich plötzlich um, als wäre ihr alter Kampfgeist wieder erwacht, „wenn ich je als Königin ohne meinen Bruder herrschen werde – und ich vertraue fest darauf, dass mir das eines vielleicht gar nicht mehr so fernen Tages gelingen wird –, dann werde ich mich furchtbar rächen. Es wird ein Blutgericht über Alexandria hereinbrechen, von dem noch unsere Kinder und Kindeskinder mit Schaudern erzählen werden." In ihrem Zorn merkte Kleopatra nicht, wie sehr der Alte bei dieser Drohung erschrak. War das vielleicht das zahme Täubchen, das ihm vor noch gar nicht langer Zeit aus der Hand gefressen hatte? Oder hatte sein Schützling nur einen schlechten Tag? Er antwortete der Königin nicht, sondern beugte demütig das ergraute Haupt und bat, sich für heute entfernen zu dürfen.

Ohne besondere Aufforderung war Potheinos in das Gemach des kleinen Königs getreten, wo er eine lasche Verbeugung andeutete. „Unser Plan scheint aufzugehen, Majestät", wandte er sich an das Kind, ohne zum Sprechen aufgefordert worden zu sein. Ptolemaios sah nicht einmal auf. Er war beschäftigt. Auf einem großen Brett hatte er mit seinen Spielzeugschiffchen zwei Flotten aufgebaut, Griechen und Perser, wie er seinen Erzieher belehrte, rot die einen, schwarz die anderen. Er hatte gerade im Geschichtsunterricht von der Seeschlacht von Salamis gehört und davon, dass es den Griechen gelungen war, die weit überlegene persische Flotte zu vernichten. „Ich bin stolz darauf, griechischer Abstammung zu sein", warf sich der Knabe in die Brust. „Es waren doch meine Vorfahren, die Griechenland und die abendländische Welt gerettet haben, sag, Potheinos, habe ich recht?" „Sehr wohl, Majestät", antwortete der Vormund kühl. Es war nicht zu übersehen, dass er sich über Ptolemaios ärgerte. Hatte man je einen König gesehen, und war er auch noch so jung, der sich nahezu ausschließlich für seine Spielsachen interessierte? Vater Ptolemaios hätte zweifellos eine strengere Hand haben müssen, schoss es dem Eunuchen durch den Kopf. Aber er, Potheinos, der am Hof von so vielen verachtet wurde, würde schon noch dafür sorgen, dass sich der kleine König daran erinnerte, was seine Aufgabe war. Inzwischen musste eben er selbst nach dem Rechten sehen.

„Es kommt unseren Wünschen sehr entgegen“, fuhr er, scheinbar unbeeindruckt von der mangelnden Reaktion des Kindes, fort, „dass sich sogar die Natur mit uns verbündet hat. Gegen die Schwestergemahlin, gegen Kleopatra. Da der Nil nicht so über die Ufer getreten ist, wie das eine ertragreiche Landwirtschaft erfordert, wird im ganzen Reich das Korn knapp“, stellte er nicht ohne eine gewisse Befriedigung fest. „Wir haben uns erlaubt, dein Einverständnis unterstellend, Herr, einen Erlass herauszubringen, dass alles verfügbare Getreide in der Hauptstadt abzuliefern ist. Auch die für die Ernährung unseres Volkes so wichtigen und gesunden Hülsenfrüchte dürfen nicht mehr nach Ober- oder Unterägypten gebracht werden. Alexandria hungert und nichts ist für unser Vorhaben ungünstiger als die Unzufriedenheit des Mobs in der Hauptstadt, wo Unruhen immer zuerst ausbrechen. Und wohin ein Aufstand vor unserer Haustüre führen kann, das haben wir ja in den letzten zehn Jahren immer wieder gesehen. Ich habe übrigens veranlasst, dass jedem, der gegen diese Anordnung verstößt, die Todesstrafe droht. Und ich werde nicht zögern, von ihr Gebrauch zu machen, wenn es die Lage erfordert.“

„Noch etwas? Hast du mir noch etwas zu sagen?“, unterbrach ihn der kleine König, ohne allerdings von seinem Schiffchen-Versenken-Spiel abzulassen. Die beiden feindlichen Flottenverbände hielten inzwischen scharf aufeinander zu. Auf dem imaginären See stand die Entscheidungsschlacht unmittelbar bevor.

„Mit Verlaub, Herr, ich habe den Namen deiner Schwestergemahlin in dem Erlass erst nach dem deinigen genannt. So wird es das Volk von Alexandria dir zugute halten, wenn die ersten Nahrungslieferungen eintreffen. Du allein wirst der große Held sein. Kleopatra ist derzeit ohnehin bei den Alexandrinern nicht sonderlich beliebt. Man schiebt ihr die Schuld an den Launen der Natur zu und einige fordern bereits ihren Tod. Aber soweit ist es noch nicht. Du musst noch ein wenig Geduld haben, Herr! Ich verspreche dir, nichts zu unterlassen …“

„Siehst du, Potheinos!“, unterbrach ihn Ptolemaios überglücklich, „die kleinen roten Schiffe, die der Griechen, sind viel wendiger als die Ungetüme, die die Perser ins Rennen geschickt haben und die sich in dem inselreichen, engen Gewässer nur selbst im Weg stehen. Nur noch wenige Stunden, Potheinos, und wir werden über unsere Feinde einen fulminanten Sieg davontragen. Und ich, Ptolemaios, der dreizehnte Träger dieses Namens, werde auf dem Deck stehen und stolz die Siegesfahne schwingen.“ Der düstere Eunuch deutete eine flüchtige Verbeugung an und entfernte sich eilig und kopfschüttelnd aus den königlichen Gemächern.

Die politischen Ereignisse in Rom erschütterten derweil die Welt und die Wellen der hohen Politik sollten auch bald das alte Land am Nil erreichen. Im Jahr 700 *a.u.c.* war dort das Triumvirat, die gemeinsame Herrschaft der drei mächtigsten Männer des Abendlandes, durch Crassus' Tod zerbrochen. Auf entwürdigende, ja unehrenhafte Weise war Crassus ums Leben gekommen. Nie zuvor war einem Römer, einem der bedeutendsten zumal, derartige Schmach widerfahren. Anders als seine beiden Kollegen hatte sich dieser Crassus noch keinen militärischen Ruhm errungen, sondern seinen Reichtum überwiegend aus dem Handel mit Sklaven geschöpft. Um diesem Mangel abzuhelfen, hatte er beschlossen, den Kampf gegen die Parther, die Erzfeinde Roms, zu wagen. Bei Carrhai in Mesopotamien hatte sich ihm ein gewaltiges Reiterheer des Feindes entgegengestellt. Unerfahren, wie er auf dem Schlachtfeld und in der Einschätzung der heimtückischen Parther war, wurde er vernichtend geschlagen und zu Friedensverhandlungen in einen gemeinen Hinterhalt gelockt. Zeitlebens hatte er wie kein anderer nach Gold gegiert. Jetzt sollte es ihm zum Verhängnis werden. Verflüssigt goss man es ihm in die Kehle. Dann schlug man ihm den Kopf ab. Die blutige Trophäe wurde bei einem Festgelage am Hofe des fremden Königs als Spielball von Gast zu Gast gereicht und verhöhnt, ehe sie im Kuriositätenkabinett der Parther verschwand.

Crassus war es gewesen, der in dem gespannten Kräfteverhältnis der beiden anderen Kollegen immer wieder den versöhnlichen Ausgleich gesucht hatte. Einst hatte der Julier, Caesar, dem großen Pompeius sogar seine Tochter Julia, sein einziges legitimes Kind, zur Frau gegeben, um ihre Beziehung zueinander zu festigen. Aber Julia starb und ihr tragischer Tod löste das letzte Band, das zwischen Caesar und Pompeius bestand, nachdem ihre Freundschaft schon lange zerbrochen war. Der Streit der beiden bedeutenden Männer eskalierte, als sich sein Gegner, was Caesar schon lange befürchtet hatte, der Senatspartei anschloss. Als er im Jahr 701 *a.u.c.* auch noch mit dem Konsulat *(sine collega)* ausgestattet wurde, schien Pompeius am Ziel seiner Wünsche angelangt zu sein. Eine Reihe von ihm initiierter, durchaus vernünftiger Gesetze stellte die Ordnung in der Hauptstadt wieder her, war aber auch, für politisch Interessierte leicht durchschaubar, gegen Caesar und dessen Pläne für die eigene Zukunft gerichtet. Hatte der nicht erst kürzlich öffentlich verkündet, er wolle lieber in jedem Dorf der Erste als in Rom nur der Zweite sein? Eine Äußerung, die viele Stadtväter durchaus ernst nahmen und sogar als Drohung betrachteten. Was war dem fast krankhaft ehrgeizigen Julier nicht alles zuzutrauen! Tatsächlich ließ sein erster Schritt auch nicht lange auf sich warten.

Caesars Statthalterschaft in Gallien neigte sich ihrem Ende zu und er beschloss, sich für das Jahr 705 *a.u.c.* um das Konsulat zu bewerben. Doch war es ihm unmöglich, als Privatmann nach Rom zurückzukehren. Nicht immer hatte er in Gallien im Einklang mit der ungeschriebenen römischen Verfassung gehandelt. Als hoch verschuldeter Mann war er einst in den Norden gezogen, als einer der reichsten Männer des Imperiums würde er in Kürze seine Statthalterschaft beenden. Gewiss warteten in Rom, wo er nicht nur Freunde hatte, schon manche darauf, ihm den Prozess zu machen. So stellte er den Antrag, sich entgegen den Gepflogenheiten als Abwesender um das Amt des Konsuls bewerben zu dürfen.

Aber der heimische Senat lehnte das Ansinnen entrüstet ab. Er möge doch, so ließen ihn die eingeschriebenen Väter wissen, sein Heer entlassen und zur persönlichen Kandidatur in Rom erscheinen. Nach langer Hinhaltetaktik teilte Caesar dem Senat mit, er werde die von ihm eroberten Provinzen abgeben und seine Soldaten entlassen, wenn Pompeius das gleiche tue.

Dieses Angebot löste in Rom derartige Empörung aus, dass Pompeius noch weitere Vollmachten erhielt. Da gab Caesar an seine Truppen den Marschbefehl. Er wusste um die Tragweite dieses Entschlusses und auch, dass es jetzt kein Zurück mehr gab. An der Grenze zwischen der Gallia Cisalpina und dem Mutterland Italien überschritt er den Rubikon. *„Alea iacta est!"*, verkündete er seinen Männern. Der Bürgerkrieg war eröffnet. Angst und Schrecken lähmten die Hauptstadt, als der verwegene Feldherr mit nur einer Legion auf Rom zuhielt. Der größere Teil der ihm unterstehenden Streitkräfte verharrte in Gallien in Wartestellung.

Der Bürgerkrieg und das Ende des Pompeius Magnus

„Hast du es auch schon gehört? Es heißt, der verwegene … " Die Leute auf der Straße flüsterten hinter vorgehaltener Hand. Wem sollte man sich anschließen? Wem recht geben? Was würde aus ihnen, den einfachen Leuten, was aus Rom? Schon kam das Gerücht auf, die Senatorenschaft habe in seltener Einmütigkeit beschlossen, die Hauptstadt zu verlassen. Das sah den Herren ähnlich. Aber konnte man von diesen dekadenten Stadtvätern etwas anderes erwarten? Waren sie nicht schon immer nur auf den eigenen Vorteil bedacht gewesen? „Väter, dass ich nicht lache! Von einem Vater würde man ein wenig Fürsorge erwarten und nicht, dass er sich feige aus dem Staub macht."

Die Empörung in Rom war groß, auch in der Oberschicht. Hatte es je ein römischer Heerführer gewagt, seine Truppen gegen die eigene Vaterstadt zu führen? Man mochte sich noch so sehr darüber aufregen, man wusste, dass man Caesar kaum etwas entgegen zu setzen hatte. Angst und Schrecken lähmten die „Ewige Stadt", wie man Rom allmählich zu nennen begann. Wie würde dieser Konflikt enden? War der Niedergang der über Jahrhunderte geheiligten *res publica* aufzuhalten? Offensichtlich strebten beide Kontrahenten nach der Alleinherrschaft. Nur schien der gemäßigte Pompeius von beiden das geringere Übel zu sein. Vielleicht sollte man sich eher ihm anschließen, wollte man wenigstens Grundzüge der alten und bewährten Staatsform erhalten.

Dass Pompeius über eine größere Anzahl von Streitkräften verfügte und überhaupt von beiden der Mächtigere war, stand zweifelsfrei fest. Nur waren seine Soldaten in Spanien stationiert. Was also konnten sie nützen? Nie hätte er damit gerechnet, dass sein Gegenspieler die Dreistigkeit besäße, das Imperium an seiner verwundbarsten Stelle herauszufordern, an der Hauptstadt selbst, die auf eine derartige Situation alles andere als vorbereitet war. Es bestand kaum Aussicht, die spanischen Einheiten noch rechtzeitig nach Italien zu führen und dem Gegner entgegen zu setzen. Also begann Pompeius, neue Truppen zu rekrutieren. Aber Caesar war schneller.

Nach nur kurzem Widerstand ergab sich die Hauptstadt des mächtigen Reiches und dazu noch einem aus den eigenen Reihen. Die Verwirrung nahm ungeahnte Ausmaße an. In seiner Not forderte Pompeius Magnus den Senat auf, Italien sofort zu räumen, denn er könne das Mutterland des Imperiums mit den ihm zur Verfügung stehenden Soldaten nicht mehr halten. Er selbst werde sich, ließ er die eingeschriebenen Väter wissen, zunächst vor seinem Gegner in Griechenland in Sicherheit bringen und von dort aus unter dem Schutz seiner mächtigen Flotte das verlorene Terrain zurückgewinnen. Hals über Kopf folgten ihm die meisten Senatoren, hohe Beamte und viele Adelige über das Meer und ließen Frauen, Kinder und den Mann auf der Straße im Stich.

Es dauerte keine zwei Monate, da hatte Caesar ganz Italien in Besitz. Da er von seiner bereits sprichwörtlichen Milde Gebrauch machte und sich gegenüber jedermann freundlich und leutselig verhielt, liefen Pompeius' Soldaten in Scharen zu ihm über. Vorerst vermied er eine Verfolgung der Fliehenden. Zum einen drohte in Spanien eine gewaltige feindliche Armee. Zum anderen verfügte er über keine Flotte, die das Übersetzen über die Adria ermöglicht hätte. Auch mussten zunächst die Verhältnisse in Rom selbst geklärt werden.

Es fiel Caesar nicht allzu schwer, das auf der Iberischen Halbinsel stationierte Heer, das nach Pompeius' Flucht führerlos war, zur Kapitulation zu zwingen. Die Getreidezufuhr nach Italien hatte er durch zwei Legionen, die er nach Sizilien, zur Kornkammer des Reiches, abkommandiert hatte, gesichert. Auf dem Rückmarsch nach Italien nahm er Massilia ein und rückte dann in unglaublicher

Geschwindigkeit nach Rom vor, das vor seinem Erscheinen mehr denn je zitterte. Jedermann befürchtete, die schrecklichen Zeiten der Proskriptionen eines Sulla würden sich nun wiederholen. Man war auf ein baldiges Ende gefasst. Doch dann geschah, was einem Wunder gleichkam. Caesar, vor dem man sich so sehr gefürchtet hatte, ließ öffentlich verkünden, es sei genug Blut geflossen. Er begnadigte seine Gegner und rief die Geflohenen zurück. Aus Dankbarkeit wurde er zum Konsul gewählt. Einmal im Amt, besetzte er alle Schlüsselpositionen mit seinen Anhängern.

Ob so großartiger Erfolge seines Gegners sah sich Pompeius Magnus bald in die Defensive gedrängt. Er wollte den Kampf dennoch nicht verloren geben. Noch nicht.

Nachdem Caesar den Rubikon überschritten hatte, war auch Roms Satellitenstaaten rasch klar geworden, dass sein Vorgehen nur Bürgerkrieg bedeutete, aus dem sie sich kaum würden heraushalten können. Ägypten gehörte zu den ersten, die begriffen, was von einem Freund und Bundesgenossen des römischen Volkes erwartet wurde. Es dauerte nicht lange, da erschien eine Abordnung des Pompeius in Alexandria, angeführt von seinem gleichnamigen Sohn, und bat um Militärhilfe für den Kampf gegen Caesar. Vor allem Kriegsschiffe begehrte der Römer, der den jungen König daran erinnerte, wie bereitwillig Pompeius Magnus seinem Vater Ptolemaios geholfen hatte, den Thron zurück zu gewinnen. Zudem wies er diskret auf die hohen Beträge hin, die Ägyptens Staatsführung Rom noch immer schuldete, da die aufgenommenen Kredite in der kurzen Zeit, die nach Ptolemaios' Rückkehr an den Nil bis zu seinem Tod verstrichen war, nicht hatten beglichen werden können.

Gnaeus Pompeius dem Jüngeren entging in Alexandria nicht, wie gespannt die Atmosphäre war. Er traf sich mit der jungen Königin, die ihn tief beeindruckte. Er hatte schon viel von Kleopatra gehört, über die man sich ja in Rom die wildesten Geschichten erzählte. Aber als er sie zum ersten Mal erblickte, verschlug es ihm buchstäblich die Sprache, was die Königin mit nachsichtigem Lächeln zur Kenntnis nahm. Sie saß auf einem goldenen Thron, eine zierliche, in ein hauchzartes Gewand gehüllte Frau, der ein schwarzer, nur mit einem Lendenschurz bekleideter Sklave Luft zufächelte. Als Zeichen ihrer Macht trug sie die Geierhaube über dem pechschwarzen, zu dünnen Zöpfen geflochtenen Haar. Auf ihren Schultern lag ein Pektoral aus Gold und Lapislazuli. Auf Bart, Geißel und Krummstab hatte sie diesmal verzichtet.

„Willkommen in Alexandria!“, begrüßte sie den römischen Gast mit einem leichten Senken des Kopfes. Unwillkürlich zwang es den Römer zu einer tiefen Verbeugung, ohne dass er seinen Blick von Kleopatra abwenden konnte. „Ich höre, du bist zu uns an den Nil gekommen, um unsere Unterstützung im Kampf gegen den Feind deines Volkes zu erbitten“, fuhr die Königin fort. Der junge Pompeius war unfähig zu antworten. Nie zuvor hatte er eine solche Frau gesehen. Gewiss, er kannte viele adelige Damen zu Hause in Rom, die sich stets vornehm und zurückhaltend gaben, die züchtig gekleidet waren und nur sprachen, wenn man sie ausdrücklich dazu aufgefordert hatte. Sie hielten sich auch weitgehend aus dem politischen Geschehen heraus. Undenkbar, dass eine Frau an der Spitze der römischen Staatsführung stünde, wenn er sich auch der Tatsache bewusst war, dass der mittelbare Einfluss vieler Frauen auf das öffentliche Leben gar nicht so gering war, wie es den Anschein hatte. Hatte nicht ein weiser Mann schon vor Zeiten richtig erkannt, dass der Römer zwar die Welt beherrsche, den Römer aber das Weib?

Sein lüsterner Blick blieb auf Kleopatras kleinen, festen Brüsten hängen, die sich unter dem durchsichtigen Gewand verführerisch abzeichneten, und an der dunklen Scham, die ungeahnte Freuden verhieß. „Gewiss, hohe Frau“, stotterte er endlich und trug der Königin mit wenigen Worten sein Anliegen vor. Kleopatra hörte ihn geduldig an. Es entging ihr nicht, welche Wirkung sie auf den Fremden ausübte und für einen kurzen Augenblick erwog sie, ihn endgültig in ihre exotischen Netze zu spannen. Er war ja ein stattlicher Mann, dieser junge Pompeius, und schien viel von der legendären Männlichkeit seines Vaters geerbt zu haben, dem er wie aus dem Gesicht geschnitten war. Allein seine Größe beeindruckte. Kleopatra erinnerte sich gut an Pompeius Magnus, den Vater, den sie auf seinem Landgut in den Albaner Bergen kennengelernt hatte. Und sie hatte sich damals - sie war ja noch ein Kind gewesen - gefragt, ob er das *cognomen „Magnus"* wegen seiner Körpergröße oder wegen seiner Bedeutung trug. Den Kopf des Bittstellers zierte ein Kranz fülliger hellbrauner Locken. Die Sonne der Schlachtfelder hatte seinen Teint goldbraun gefärbt und seine dunklen Augen strahlten wie glühende Holzkohle. Gewiss ein Mann, wie ihn sich jede Frau wünschte, nachts, wenn sie der Schlaf floh oder es schien, als habe sie der Traumgott gänzlich vergessen. Wenn sie seine Blicke richtig deutete, fiele es ihr sicherlich nicht schwer, ihn in ihre Arme und in ihr Bett zu locken, und vielleicht könnte sie sogar einige Vorteile für ihr arg bedrängtes Land herausholen, wenn sie sich ihm hingäbe. Aber wäre es wirklich klug, ihn zu verführen und sich in seine Abhängigkeit zu begeben? Niemand konnte vorhersagen, wie der Bürgerkrieg enden würde. Was wäre, wenn Pompeius auf der falschen Seite stünde? Sie verwarf den Gedanken rasch wieder und beschloss, den Römer seiner wie auch immer gearteten Fantasie zu überlassen.

Mit ihrem Bruder, vielmehr mit dessen Ratgebern, kam sie überein, Gnaeus Pompeius 500 germanische und gallische Reiter, die in ägyptischen Diensten standen, sowie 50 Kriegs- und zehn Transportschiffe zur Verfügung zu stellen. Sie ahnte noch nicht, dass das die vorläufig letzte Entscheidung gewesen sein sollte, die sie als Königin gemeinsam mit ihrem jugendlichen Bruder traf.

Denn unentwegt und beharrlich arbeitete vor allem Ptolemaios' Berater Potheinos an Kleopatras Entmachtung. Die Zahl ihrer Anhänger bei Hofe verringerte sich zusehends. Sie hatte keine Erklärung dafür und sie wusste auch nicht, wie sie dem entgegen wirken sollte. Es schien ihr, als spiele dabei die Garnison von Alexandria, deren Rückgrat sich seit den Tagen der Heimkehr von Kleopatras Vater Gabiniani nannte, also von Gabinius' zurückgelassenen Truppen stammte, eine entscheidende Rolle. In ihren Heimatländern war es nicht üblich, einer Frau eine derartige Machtfülle einzuräumen, wie sie die Ägypter dieser Kleopatra gewährten, eine Unabhängigkeit, von der die Weiber zu Hause nicht einmal zu träumen gewagt hätten. Eine Frau hatte das Haus zu führen, ihren Mann zu bedienen und für den Nachwuchs zu sorgen. Damit erschöpfte sich die ihr von der Natur zugewiesene Rolle. Allen voran wurde der Militärtribun, ein unsympathischer Mann namens L. Severus, nicht müde, gegen die Königin, die sich eine derartige Stellung anmaßte, zu hetzen.

„Man sollte diesen Kerl einen Kopf kürzer machen", wandte sich Kleopatra an ihren Lehrer, der sie wieder einmal in ihren Gemächern aufgesucht hatte und im Augenblick der einzige Vertraute war, den sie an diesem Hof noch besaß. „Und so wahr ich bald ohne meinen lästigen Bruder herrschen werde, werde ich nichts unversucht lassen, ihn zumindest aus meinem Land zu vertreiben." „Das dürfte nicht ganz einfach sein", gab Apollodoros zu bedenken. „Schließlich ist er Römer und du hast selbst als ägyptische Königin keine Macht über ihn. Es sei denn, er ließe sich etwas zu Schulden kommen. Dann allerdings ..." „Mir wird schon etwas einfallen, unsere Freunde davon zu überzeugen, dass er hier unerwünscht ist." Kleopatra gab sich zuversichtlich. „Das darfst du mir glauben, Apollodoros. Doch wenn wir schon bei den Römern sind, was hört man vom römischen Bürgerkrieg?"

„Nichts, wovon du nicht bereits Kenntnis hättest, meine Königin. Es scheint, als bräuchten die Kontrahenten Zeit, sich zu entspannen und über das weitere Vorgehen nachzudenken, ehe sie zum letzten Schlag ausholen. Gaius Iulius Caesar hat mittlerweile ganz Italien unter seine Herrschaft gebracht. Pompeius und fast alle Senatoren sind aus Rom geflohen und halten sich derzeit in Griechenland auf. In Alexandria werden bereits Wetten darauf abgeschlossen, wer von beiden das Rennen machen wird, Caesar oder Pompeius. Noch liegt Pompeius Magnus vorne, aber der Julier holt mächtig auf. Manche räumen ihm schon die größeren Chancen ein. Man darf auf jeden Fall gespannt sein, wie die Sache ausgehen wird."

Derweil hatten die Ressentiments der Gabiniani gegen die Königin ein bislang nicht für möglich gehaltenes Ausmaß angenommen. Behaglich hatte sich die römische Truppe am Nil eingerichtet, und sich an das trockene Klima und die angenehmen Lebensverhältnisse gewöhnt, als sie eine Order des neuen Statthalters von Syrien, Marcus Calpurnius Bibulus, erreichte. Bibulus befahl einem Teil der Soldaten, unverzüglich nach Syrien aufzubrechen und ihn in einem neuerlichen Feldzug gegen die Parther zu unterstützen. Das Ansinnen löste bei den Männern Unruhe und Empörung aus, störte es sie doch in ihrer Beschaulichkeit. Viele von ihnen hatten sich einheimische Frauen genommen, hatten Kinder gezeugt und ihre gemütlichen Behausungen allenfalls ab und zu verlassen, wenn gegen Aufständische in Ägypten selbst vorzugehen oder Präsenz zu zeigen gewesen war. So hatte es ihnen Gabinius befohlen. Einen anderen Kommandanten als ihn oder den hinter ihm stehenden Pompeius erkannten sie nicht an. Was also sollten sie in Syrien? Und was gingen sie überhaupt diese Parther an? Die beiden Gesandten, die Bibulus an den Nil geschickt hatte, um die Forderung zu überbringen, zwei seiner leiblichen Söhne, wurden von den Gabiniani ermordet, und niemand zeigte sich bereit, der Aufforderung zum Heeresdienst Folge zu leisten.

Zu Recht war der Vater vor allem über die Tötung seiner Söhne erzürnt. Er verlangte von Kleopatra die Herausgabe der Mörder, um sie zu bestrafen. Das aber brachte die Königin in eine missliche Lage. Durch ein bloßes Ausdrücken des Bedauerns und der Anteilnahme ließe sich Bibulus nicht besänftigen. So viel stand fest.

Doch die Auslieferung der Schuldigen beraubte sie sicherlich der letzten Sympathien, die sie bei der römischen Schutztruppe noch genoss. Schließlich musste sie erkennen, das ihr keine andere Wahl blieb, als Bibulus' Wünschen zu entsprechen, wollte sie die Römer nicht ganz und gar gegen sich aufbringen. Eine kleine Schutztruppe vor der eigenen Haustüre vor den Kopf zu stoßen war eine Sache. Die Weltmacht Rom herauszufordern eine andere.

Geschickt nutzten Ptolemaios' Berater das Dilemma, in dem die Königin steckte. Sie ließen die über die Entscheidung äußerst aufgebrachten Männer wissen, sie hätten die Auslieferung nicht zu verantworten. Wäre es nach ihnen gegangen, hätten sie sich gewiss schützend vor ihre Gabiniani gestellt. Aber Kleopatra sei nun einmal die alleinige Herrscherin und habe selbstherrlich, wie das so ihre Art sei, die man ja kenne, von ihrer Macht Gebrauch gemacht. Ihr Stern war nun endgültig am Sinken und ihr Sturz in die nahe Zukunft gerückt.

Die Palastanlage der königlichen Familie lag außerhalb der Stadt am Ufer des Meeres, ein einsames Refugium, das die Fröhlichkeit der Welt, den Lärm der Straße und die schlechten Gerüche, die aus den Häusern der Armen kamen, außen vor ließ. Nachts, wenn im Haus alles schlief, hörte Kleopatra das Meer rauschen, es flüsterte, es stöhnte, es lockte, und oft genug schlich sich die junge Königin an den Strand, um das Wasser zu beobachten, das im Mondlicht silbern glitzerte. Fern von hier, wo die Wellen an andere Ufer schlugen, lag Rom, das geliebte, das verhasste Rom, von dem sie so wenig wusste, von dem sie nichts aus eigener Anschauung kannte, weil Pompeius Magnus, der sich als Freund ihres Vaters ausgegeben hatte, sie gezwungen hatte, fern der Hauptstadt in seiner Villa in den Albaner Bergen auf ihre Zukunft zu warten. Immer, wenn sie hierher kam und ihre Sehnsucht über das Meer schickte, schwor sie sich, eines Tages in Rom Einzug zu halten, nicht als arme Bittstellerin, die sie damals gewesen war, sondern als Königin des Reiches am Nil, die gekommen war, ihre römischen Freunde zu besuchen. Oder gar als Herrscherin über die erhabene Roma selbst? Nein, daran war nicht zu denken!

Durch die geschlossenen Läden der wandhohen Fenster drang nichts von dem gleißenden Licht des hohen Sommertags. Schon seit Monaten ging die Dienerschaft gesenkten Hauptes schweigend ihrer Arbeit nach. Jedermann fühlte die unbestimmte Spannung, die in der Luft lag, die drückend, schwer und nahezu unerträglich auf den Gemütern lastete. Verstummt waren Flöten und Schalmaien, deren silberheller Klang früher so oft die Säle erfüllt hatte, die Säulengänge, weitläufigen Flure und Zimmerfluchten und die blühenden Gärten mit ihren Schatten spendenden Feigen- und Ölbäumen, den duftenden Lotusblüten und den hohen Papyrusstauden. Auletes, der Flötenspieler, lebte nicht mehr. Von Tag zu Tag fühlte sich Kleopatra einsamer. Selbst Apollodoros gelang es nicht, ihr die düsteren Gedanken zu vertreiben. Wehmütig erinnerte sie sich an Nefer, die Gespielin ihrer Kindheit, die einzige geliebte Schwester, die alles Unheil von ihr fern gehalten hatte. Bis zuletzt. Bis sie sich selbst geopfert hatte. Ob es in ihrem Leben noch einmal eine Freundin wie Nefer geben würde?

Als vornehme Dame verkleidet, streifte Kleopatra in Begleitung nur einer Dienerin über Alexandrias großen Sklavenmarkt. Es war einer jener Hochsommertage, an denen eine unbarmherzige Sonne in wenigen Wimpernschlägen die Haut verbrannte. Nie zuvor hatte sie sich als Königin in ihrem Land persönlich in das Getümmel der Stadt begeben und unter das gemeine Volk gemischt, das ihr laut und schmutzig vorkam, die meisten Menschen ungewaschen, viele vom Genuss des Bieres, das auch in dieser Stadt so reichlich floss, schon am Morgen betrunken. Eine dicke Schwade von Knoblauchgeruch wehte ihr entgegen. Kleopatra hielt sich die Nase zu. „Warum arbeiten diese Leute nicht?", wandte sie sich an ihre Dienerin, ohne jedoch eine Antwort zu erwarten. Heftiger Vorwurf lag in ihrer Stimme. Auch die Kleine war ja wie ihre Herrin über die Palastmauern nie hinausgekommen. Statt die Königin anzusehen, fing das Mädchen an entsetzlich zu weinen, sodass Kleopatra sanft den Arm um ihre Schultern legte und versuchte, sie mit freundlichen Worten zu trösten. Da stand sie, die menschliche Ware, zitternd, nackt und bloß am Straßenrand, den mehr oder weniger fachmännischen Blicken der Vorübergehenden schutzlos preisgegeben. Ein Schild, das über das ungefähre Alter, den Namen und die Vorzüge ihres Körpers Auskunft gab (und die Mängel verschwieg), um den Hals gebunden. Lautstark priesen die Händler ihr Handelsgut an und machten mit Schellengeläut auf sich und das, was sie anzubieten hatten, aufmerksam.

Aber Kleopatra ließ sich nicht beeinflussen. Doch was suchte sie eigentlich? Oder was hoffte sie zu finden? Mit sicherem Schritt und feinem Gespür ging sie geradewegs auf ein Mädchen zu, das ängstlich und scheu vor der vornehmen Dame den Blick senkte. „Wie heißt du?“, wollte sie von der Kleinen wissen, einem halben Kind noch, das kaum in die Pubertät gekommen war. „Ich habe meinen Namen vergessen, hohe Frau“, flüsterte das zitternde Wesen demütig. „Sieh mich an!“, befahl Kleopatra und erschrak selbst über die Strenge, die sie unbewusst in ihre Stimme gelegt hatte. Langsam erhob die junge Sklavin den Blick und die Königin erschauderte erneut. Noch nie hatte sie in solche Augen gesehen, wissende, geheimnisvolle Augen, die in höchste Höhen und in tiefste Abgründe geschaut und alles bewahrt hatten, Freude, Leid, Entzücken und Qual. Das gesamte Schicksal der Menschheit schien ihr aus diesen Augen entgegen. Angezogen und abgestoßen zugleich, rief sie den Verkäufer heran. „Was verlangst du für sie?“, richtete sie sich an den erstaunten Mann. „Für sie?“, fragte er ungläubig. „Wollt Ihr wirklich …?“ „Habe ich mich nicht deutlich ausgedrückt?“, herrschte ihn die Königin an. Dann befahl sie, der Kleinen die Ketten abzunehmen, die sie an einem Holzpfahl festhielten, und legte ihr um die Schultern ein Tuch, das die Blöße des Kindes bis zu den Fußspitzen verdeckte. „Ab heute gehörst du mir.“ Freundlich nahm sie das Mädchen an der Hand. Ein kleiner, zitternder Vogel, der aus dem Nest gefallen ist, dachte sie. „Ich werde dich Merit nennen, das scheint mir der passende Name für dich zu sein. Ob du Griechin bist oder Ägypterin oder gar Jüdin, es spielt keine Rolle. Fürchte dich nicht, Merit! Du wirst es gut bei mir haben. Denn du wirst nur mir dienen und unter meinem persönlichen Schutz stehen. Nefer, verstehst du, sie fehlt mir so sehr. Du wirst mir eine zweite Nefer sein.“ Aber wie sollte das zitternde Kind die fremde Dame verstehen?

Nach Kleopatras Entscheidung, die Mörder der Söhne des Bibulus auszuliefern, wandte sich die römische Einheit ganz von ihr ab und dem jungen Ptolemaios zu. Sie hatte es nicht anders erwartet. Die Männer verlangten immer entschiedener, Kleopatras Anhänger hinzurichten, die Königin zu verjagen und Ptolemaios als alleinigen Herrscher auf den Thron zu setzen. Die Lage in Alexandria heizte sich derart auf, dass Kleopatra um ihr Leben fürchtete. Mit nur wenigen Getreuen floh sie nach Oberägypten, wo sie nach wie vor beliebt war. Doch sie erkannte bald, dass sie auch dort in Gefahr war. Potheinos' Macht reichte weit. Und er würde weder Mittel noch Wege scheuen, ihr überall im eigenen Land nachzustellen. Doch wohin sollte sie noch fliehen? Sie dachte nicht daran, ihrem einfältigen Bruder das Feld kampflos zu überlassen. Als armselige Pilgerin verkleidet brach sie schließlich Richtung Syrien auf und fand in Askalon, einer Hafenstadt im alten Philisterland, das neben dem Judenstaat lag, eine Bleibe. Mit dem Geld, das sie der Staatskasse entnommen hatte, warb sie Truppen an. Sie gedachte, gegen ihr Heimatland zu ziehen und ihre Stellung zurückzuerobern.

Ihre Entschlossenheit ließ die Berater ihres Bruders aufschrecken. Hatte sich nicht auch in Rom gerade erst einer aus den eigenen Reihen gegen die Staatsführung gestellt? Eilig schickten sie die ägyptische Armee der Königin entgegen. Sie hofften, die bloße

Drohgebärde werde Kleopatra davon abhalten, in Ägypten einzudringen. Und wenn nicht, musste die Sache eben mit militärischer Gewalt geklärt werden. Zu einem Aufeinandertreffen kam es aber nicht. Wieder einmal mischte das Schicksal die Karten anders. Und wieder einmal hieß das Schicksal Rom.

Als Freund des verstorbenen Ptolemaios und Hüter von dessen letztem Willen, der ausdrücklich die gemeinsame Herrschaft der Ptolemäer-Geschwister bestimmt hatte, hätte Pompeius Magnus eigentlich auch für Kleopatra Partei ergreifen und die Durchsetzung ihrer Ansprüche gegen den Bruder erwirken müssen. Aber die politische Lage Roms und die, in der sich Pompeius selbst befand, verlangten, wie er meinte, eine andere Regelung. Sicherlich war der minderjährige König leichter zu lenken als die für ihre Zielstrebigkeit allseits bekannte Schwester. Und auf Ägypten konnte er im Kampf um die Vorherrschaft in Rom nicht verzichten.

So empfahl er den wenigen in der Hauptstadt zurückgebliebenen Senatoren, Ptolemaios als Alleinherrscher anzuerkennen, eine Anregung, der sie geschlossen folgten. Kleopatra schien ausgespielt zu haben.

„Er ist ein Verräter“, wandte sie sich an Apollodoros, „aber er irrt sich, wenn er glaubt, dass ich so sang- und klanglos von der Bildfläche verschwinde. Freilich weiß ich, dass meine Aussichten, jemals wieder in mein Land zurückkehren und dort regieren zu dürfen, äußerst gering sind. Pompeius wünsche ich die Pest an den Hals! Ich kann nur hoffen, dass Caesar aus diesem Zweikampf als Sieger hervorgehen wird. Gaius Iulius Caesar! Man sagt, er sei weiblichen Reizen noch nie abgeneigt gewesen. Und er schätze Frauen, die über einen klaren Verstand verfügen. Dem Manne kann geholfen werden.“

Pompeius regte weiter an, auch Ptolemaios dem Jüngeren den Titel „Freund und Bundesgenosse des römischen Volkes“ zu verleihen. Er selbst gedachte, über den jungen, unerfahrenen König die Vormundschaft auszuüben. Allenthalben nannte man ihn schon „Tutor des Ptolemaios“. Sollten die gnädigen Götter ihm den Sieg gewähren - woran eigentlich kein Zweifel bestand -, hätte er mit Ägypten bereits einen wichtigen Verbündeten. Auch diesem Vorschlag stimmten die eingeschriebenen Väter einstimmig zu.

Der römische Bürgerkrieg hatte Potheinos' Macht erheblich gestärkt. Er führte den Staatsrat an, und Ägypten befand sich dank seiner Voraussicht in einer glücklichen Lage. Wer auch immer den Kampf für sich entscheiden mochte, Alexandria hatte nichts zu befürchten. Würde Pompeius siegen, was freilich für Ägypten die einfachere Lösung wäre, dann wäre der mächtigste Römer durch die eingegangenen Verpflichtungen gegenüber Ptolemaios XIII. gebunden. Doch selbst, wenn der Sieg Caesar zufallen sollte, was Potheinos allerdings für wenig wahrscheinlich hielt - aber wer kannte schon die Launen der Götter? -, dann könnte man sich immerhin darauf berufen, dass man Pompeius sowohl durch das Gastrecht als auch vertraglich verpflichtet gewesen sei und somit gar keine Wahl gehabt hätte. Die Machtverhältnisse im Osten hätten nun einmal für Pompeius gesprochen. Doch würde sich ein Gaius Iulius Caesar von diesen Argumenten überzeugen lassen? Würde er Ägypten nicht gleich zur römischen Provinz und damit einen König überflüssig machen? Er hatte doch schon einmal einen begehrlichen Blick auf das alte Land geworfen, wenn die Sache auch Jahre zurücklag.

Die Königin langweilte sich. „Warum dauert das alles so lange?“, wollte sie von Apollodoros wissen, den sie diesmal in seinen Gemächern aufgesucht hatte. Er bewohnte ein einfaches Arbeitszimmer, in dem auch eine harte Pritsche stand. Ein mit allerlei Schriften belagerter Tisch und ein Holzstuhl waren daneben die einzigen Möbelstücke, die Kleopatra fand. „Wenn es nach mir ginge, dann läge dieser schmierige Eunuch Potheinos längst in Ketten", bemerkte sie und sah sich neugierig in dem kargen Raum um. Unverständlich, dass man in solcher Einfachheit leben konnte, auch wenn dies hier keine Bleibe auf Dauer war und sie vielleicht bald nach Alexandria zurückkehren konnten. Sie hatte sich bisher darüber keine Gedanken gemacht. „Noch ein wenig Geduld, Herrin", entgegnete der Vertraute ruhig. „Ich begrüße dich in meiner bescheidenen Behausung und bitte um Vergebung. Du bist anderes gewohnt, wie ich weiß. Aber mir genügt es. Ohnehin erlaubt mir meine Zeit nicht, meine Gedanken an irgendwelchen Luxus zu verschwenden. Gut, dass du kommst. Ich hätte dich sowieso bald aufgesucht. Es gibt nämlich Neuigkeiten von der römischen Front. Aber ich würde sie dir gern ..." Er warf einen Blick auf Merit, die, in ein edles Gewand gekleidet und die Haare nach ägyptischer Mode glatt frisiert, ihrer Herrin wie ein kleines Äffchen nicht von der Seite wich. Als Kleopatra bei Apollodoros eingetreten war, hatte sie sich vor die Königin gestellt, als müsse sie diese vor bösen Geistern schützen. „Du kannst reden, mein Freund!", meinte Kleopatra lächelnd. „Meine kleine Merit ist mir längst zur liebsten Freundin geworden. Es scheint, als habe ich in ihr wirklich eine zweite Nefer gefunden." Damit streichelte sie dem Mädchen über das braune glänzende Haar und schob es sanft zur Seite.

„Nun", begann Apollodoros vorsichtig, ohne den Blick von der Sklavin zu wenden, „mir wurde zugetragen, dass sich die Verhältnisse wohl zu Gunsten Caesars entwickeln. Gegen Ende des Sommers hat er über Pompeius' Heer in der Ebene von Pharsalos in Griechenland einen entscheidenden Sieg errungen. Dabei scheinen Pompeius' Fußtruppen und auch seine Reiterei denen des Juliers weit überlegen gewesen zu sein. Aber Caesar hatte die geschicktere Taktik. Die kampferprobten Veteranen seiner berühmten zehnten Legion sollen dabei die entscheidende Rolle gespielt haben. Soll er es doch wie kein anderer verstehen, seine Männer an sich zu binden, auch wenn diese längst nicht mehr aktiv dienen. Wie auch immer. Pompeius hätte gut daran getan, an seinem ursprünglichen Plan festzuhalten, die Entscheidungsschlacht zu verschieben. Aber er sei von seiner Umgebung so sehr gedrängt worden, dass er sich entschlossen habe zu handeln. Ein verhängnisvoller Fehler. Ausschlaggebend, seine Streitmacht dem Gegner entgegen zu stellen, sei jedoch ein Traum gewesen: Er habe sich das von ihm erbaute Theater in Rom betreten gesehen, wo eine riesige Menschenmenge seine Ankunft mit tosendem Beifall feierte. Auch habe er im Traum den Tempel der Venus Victrix mit zahllosen Beutestücken geschmückt. Dieses günstige Omen habe letztlich seinen Sinneswandel bewirkt."

Ganz nahe trat Apollodoros an Kleopatra heran, die ihm aufmerksam zuhörte. „Aber ich will dich nicht auf die Folter spannen, meine Königin. Die Geschichte ist noch nicht zu Ende. Pompeius begriff also, dass die Schlacht für ihn verloren war, und zog sich deprimiert in sein Lager zurück. Aber die feindlichen Truppen folgten ihm auf den Fersen. Als Caesars Männer in seine Unterkunft eindrangen, suchte er sein Heil in der Flucht, wobei er seine Leute schmählich im Stich ließ. Er floh Richtung Küste und fand ein römisches Handelsschiff. Dem Kapitän bezahlte er ein hohes Bestechungsgeld und wurde dafür mit den wenigen Getreuen, die ihm geblieben waren, an Deck genommen. In Mytilene auf Lesbos wurden die Flüchtlinge abgesetzt. Dort raffte er einige Schiffe zusammen, nahm seine Frau Cornelia an Bord und reiste weiter nach Pamphylien, wo sich ihm kilikische Flotteneinheiten anschlossen. Als auch noch 60 Senatoren zu ihm stießen, fasste er neuen Mut. In Dyrrhachium aber, wo die Hauptmacht seiner Flotte lag, brach das Chaos aus, als man vernommen hatte, dass der große Pompeius feige geflohen war."

„Was ist mit unseren Leuten?", wollte Kleopatra, die ihren alten Lehrer bislang nicht unterbrochen hatte, wissen. „Was ist mit den Schiffen, die wir seinem Sohn zur Verfügung gestellt haben?"

„Sie scheinen alle unversehrt zu sein", antwortete Apollodoros,

„angeblich liefen sie bereits – wie auch die rhodische Flotte – ihren Heimathafen an. Wir erwarten sie also in Kürze." „Den Göttern sei Dank!" Kleopatra war erleichtert. „So wurden meine vielen Gebete doch erhört." „Noch ist nichts endgültig entschieden, meine Königin", warnte Apollodoros. „Sollte Caesar sein sprichwörtliches Glück weiterhin die Treue halten, so bleibt doch abzuwarten, wie er sich uns gegenüber verhalten wird. Und das Problem Pompeius ist noch keineswegs gelöst. Wie wird Caesar mit ihm verfahren, wenn er seiner habhaft wird? Was werden Pompeius' Anhänger tun? Du siehst, es ist noch viel zu früh, sich zu freuen. Hoffen freilich darfst du."

Als Pompeius mit seinen Anhängern vor der Insel Rhodos ankern wollte, verweigerten ihm die Rhodier die Unterstützung. Seine Gesandten durften den Inselhafen nicht einmal anlaufen. In seiner Verzweiflung wandte er sich mit der Bitte um Hilfe an den Partherkönig. Aber der römische Erzfeind weigerte sich, einem Römer in Not entgegen zu kommen. Warum auch? Seit Menschengedenken bekriegten sich die beiden Völker, auf beiden Seiten waren Ströme von Blut vergossen worden. Dass der große Pompeius nicht einmal davor zurückschreckte, die verhassten Parther um Unterstützung anzuflehen, brachte viele seiner Landsleute gegen ihn auf. Ohnehin war ein Großteil seiner Truppen bereits ins feindliche Lager übergelaufen.

Was sollte er tun? Er wollte auf keinen Fall den Kampf vorzeitig aufgeben und Caesar das Feld überlassen. Noch bestand ja Hoffnung. War er nicht der, den die Geschichte bereits zu Lebzeiten mit dem seltenen Titel „Der Große" ausgezeichnet hatte? Er musste sich dieser Ehre würdig erweisen. Er musste kämpfen bis zum Tod. Ägypten kam ihm in den Sinn. Die letzte Zuflucht und das Reich, von dem aus sich eine Rückkehr an die Macht noch am ehesten organisieren ließe. Hatte er nicht erst vor Kurzem die Alleinherrschaft des Ptolemäerkönigs anerkannt und sich als dessen Tutor bezeichnet? Hatte ihm Ägypten nicht im Kampf gegen Caesar See- und Landstreitkräfte zur Verfügung gestellt? Zuversichtlich ließ er die Anker lichten. Immerhin begleiteten ihn schon wieder 2000 Bewaffnete. In Pelusion, wo sich Kleopatras und Ptolemaios' Armeen noch immer feindlich gegenüber lagen, gedachte er, an Land zu gehen und vom König weitere Unterstützung zu fordern.

Aber Ptolemaios' Beraterstab hatte sich nach heftigen Diskussionen bereits von ihm abgewandt und vorausschauend auf die Seite des Siegers geschlagen.

Theodotos hatte inzwischen von seiner sprichwörtlichen Redekunst Gebrauch gemacht und seine Mitstreiter ohne große Anstrengung davon überzeugt, Pompeius zwar kommen zu lassen, doch sofort umzubringen. Nur so werde man sich Caesar gefällig erweisen. Lächelnd hatte er noch hinzugefügt: „Ein Toter beißt nicht." Eifrig war Potheinos seinem Gesinnungsgenossen beigesprungen. Aus allen Ländern, hatte er argumentiert, sei Pompeius schon vertrieben worden, und jetzt suche er, der kein Vertrauen in die Zukunft mehr habe, ausgerechnet Schutz bei einem Volk, das er in seinen eigenen Untergang mitziehen werde. Die Schatten der vielen im Bürgerkrieg Gefallenen, deren Tod er zu verantworten habe, zögen ihn mit sich hinab.

Doch wie sollte man sich des Verlierers entledigen, wie dessen Beseitigung rechtfertigen? Auch dafür hatte Potheinos Rat gewusst. Man fürchte, so ließ er verbreiten, Pompeius könne das königliche Heer aufwiegeln und versuchen, das alte Land am Nil unter seine Kontrolle zu bringen. Und da gäbe es noch die Gabiniani, die auf ihn eingeschworen waren. Niemand könne vorhersagen, wie sie sich verhalten würden. Am Ende würde noch der römische Bürgerkrieg in seiner entscheidenden Phase auf ägyptischem Boden ausgetragen. Zumindest das zu verhindern rechtfertigte in den Augen der ägyptischen Führungsschicht den politischen Mord.

Nur wenige wurden in die blutigen Pläne des Staatsrats eingeweiht. Zu ihnen gehörten L. Septimius, ein Kommandant, der an Pompeius' Seite bereits im Seeräuberkrieg gekämpft hatte, und Achillas. Beide verfolgten sicherlich auch eigene Interessen. Draußen auf der ruhigen See ankerte Pompeius' kleine Flotte. Er ahnte, was die verschlagenen Ägypter vorhatten. Denn seit geraumer Zeit kreuzten bemannte königliche Schiffe vor dem Hafen, und am Ufer hatte sich bewaffnetes Fußvolk aufgestellt. Als beabsichtigten sie, einen lieben Gastfreund an Land zu begleiten, nötigten einige Männer den großen Römer auf ein kleines Boot. Kurz bevor dieses an Land ging, zog Septimius sein Schwert und stieß Pompeius nieder. Achillas sprang ihm bei. Sterbend zog der Gefallene die Toga über das Gesicht und fügte sich stöhnend in sein Schicksal. Der Leiche schlugen die Attentäter den Kopf ab und warfen sie nackt ins Meer. Der Freigelassene Philippus erbarmte sich seines Herrn, wusch den kopflosen Toten mit Meerwasser und errichtete am Strand aus dem aufgeschichteten Holz gestrandeter Schiffe einen Scheiterhaufen.

Mit Entsetzen hatten Pompeius' Gattin Cornelia und sein Sohn Sextus das Geschehen beobachtet. Es war sinnlos, der großen Überzahl der Mörder entgegen zu treten. Dem Gatten und Vater konnten sie nicht mehr helfen. Sofort ließen sie die Anker lichten und versuchten, das offene Meer zu erreichen, was ihnen nur mit Mühe gelang. Andere aus Pompeius' Begleitung hatten weniger Glück. Die ägyptischen Galeeren holten sie ein, nahmen Besatzung und Passagiere gefangen und töteten sie. Stolz sahen die Ägypter nun der nahen Zukunft entgegen. Sicherlich würde sie Caesar, der die Flüchtigen über das Wasser verfolgt hatte, für ihre Tat reich belohnen. Aber sie hatten sich gründlich getäuscht.

Caesars Ankunft in Ägypten

Zwei Tage waren seit dem frevelhaften Mord vergangen, da tauchten Caesars Kriegsschiffe am Horizont auf, eine kleine Flotte, die weder ausgereicht hätte, Pompeius Magnus das Fürchten zu lehren, noch die ägyptische Armee in Angst und Schrecken zu versetzen. Noch ahnte Caesar nichts von dem, was vor zwei Tagen geschehen war.

Blau und klar war der Himmel über Alexandria. Zu hoch und rein, um nicht zugleich auch falsch zu sein. Und leer. Trügerisch glatt auch das Meer, in dem sich Caesars Schiffe spiegelten. Ob es ein Fehler gewesen war, den fliehenden Pompeius über das große Wasser zu verfolgen?

Wäre das Glück auf seiner Seite, wie es sich ihm schon so oft gewogen gezeigt hatte, dann, ja dann … Aber durfte sich ein Caesar allein auf die Launen des Schicksals verlassen? Durfte er gar wagen zu träumen?

Es war angebracht, vorsichtig zu sein. Noch verbot es die unsichere Lage, in Alexandria an Land zu gehen. Zuerst mussten Späher die Stimmung erkunden, denn irgendetwas war ungewöhnlich, das fühlte der Feldherr, den sein untrüglicher Instinkt noch nie im Stich gelassen hatte.

Über eine Land- und Seekarte gebeugt, arbeitete Caesar am Schreibpult, als Publius Corvinus eintrat. „Ave, Imperator! Mögen dir die Götter gewogen sein!" Mit einem stummen Kopfnicken dankte Caesar für den freundlichen Gruß. „Was bringst du an Neuigkeiten, Centurio?", wollte er wissen. „Wie ist die Lage? Können wir bald an Land gehen?"

Als Corvinus berichtete, was geschehen war, glaubte Caesar zunächst, sein Gegner habe sich einer List bedient, um ihn zu täuschen und vielleicht sogar zum Abzug zu bewegen. Doch Corvinus' Bericht war noch nicht zu Ende, als sich Theodotos melden ließ. Er erschien in Begleitung eines dunkelhäutigen Sklaven, der einen Korb vor sich hertrug. Nach einer kurzen Verbeugung trat der Grieche so nah an den Feldherrn heran, dass sich Corvinus erschrocken vor den Imperator stellte und nach dem Schwert griff. „Willkommen in Ägypten, großer Feldherr!", heuchelte der Grieche und warf einen ärgerlichen Blick auf den verteidigungsbereiten Soldaten. „Willkommen, größter aller Römer! Ägypten fühlt sich durch deinen Besuch geschmeichelt. Ich bin gekommen, um dir zu verkünden, dass du gerettet bist. Deine Feinde sind überwunden. Die Götter haben den römischen Bürgerkrieg zu deinen Gunsten entschieden. Der, der dir so viel Leid zugefügt hat, Pompeius Magnus, ist nicht mehr. Er fiel unter den Schwertern unserer Ägypter. Das Königreich am Nil liegt dir zu Füßen. Es hat sich für dich entschieden. Nicht, dass uns diese Entscheidung leicht gefallen wäre! Ägypten war zwar Pompeius freundschaftlich verbunden und zu Dank verpflichtet. Hatte er nicht vor langer Zeit unserem König Ptolemaios die Herrschaft zurückgegeben? Und dennoch: Dich haben die Götter als künftigen Herrn der Welt ausersehen. Wenn du es trotzdem als Verbrechen betrachtest, dass wir Pompeius getötet haben, so bedenke, dass du uns dafür noch größeren Dank schuldest, weil du die Tat nicht selbst begehen musstest. Gestatte uns also, dich in unserem schönen alten Land nochmals willkommen zu heißen und dir ein Gastgeschenk zu überreichen." Damit bedeutete er dem Sklaven, das Tuch von dem mitgebrachten Korb zu entfernen und diesen Caesar zu überreichen. Der Feldherr erbleichte, als ihn die schreckgeweiteten Augen seines ermordeten Widersachers anstarrten. Unfähig, ein Wort über die Lippen zu bringen, wandte er sich ab und weinte. Niemand sollte seine Tränen sehen. Pompeius und er waren einst Freunde, der Ermordete war sogar eine Zeit lang sein Schwiegersohn gewesen. Ein solches Ende hatte niemand verdient, auch

Pompeius Magnus nicht. Wie sollte er, Caesar, jetzt noch von seiner sprichwörtlichen Milde Gebrauch machen?

Schweigend gab er Theodotos den Korb mit dem grausigen Inhalt zurück und befahl, den Kopf mit allen einem bedeutenden Römer zustehenden Ehren zu bestatten. Dann entließ er Theodotos und wandte sich an den Centurio. „Wir gehen vor Anker, Corvinus. Gib entsprechende Anweisung an unsere Leute! Und", rief er dem Mann, der sich bereits auf den Weg gemacht hatte, nach, „der *ab epistulis* möge kommen. Ich habe Ptolemaios eine wichtige Mitteilung zu machen."

Inzwischen hatte auch Kleopatra, die sich noch immer bei ihren Truppen aufhielt, von Pompeius' Ermordung erfahren. Ihre Lage schien ihr unsicherer denn je. Wie würde Caesar mit ihr verfahren? Immerhin hatte sie seinem Gegner Kriegsschiffe und Landstreitkräfte zur Verfügung gestellt, auch wenn diese unverrichteter Dinge längst wieder in die Heimat zurückgekehrt waren. Mochte sie sich auch auf die Freundespflicht und die Treue zu einem Verbündeten berufen, so stand doch nicht fest, dass Caesar, der aus diesem von ihm nicht verschuldeten Verbrechen als Sieger hervorgegangen war, ihre Beweggründe gelten ließe. Und was ihre weiblichen Reize betraf: War Caesar nicht ein Mann, der sich nach dem allgemeinen Empfinden an der Schwelle des Greisenalters befand? Nicht, dass ihr das etwas ausgemacht hätte, galt es doch, ihr Leben zu retten und, so es den Göttern gefiele, auf den Thron ihres Reiches zurückzukehren. Doch ließe sich ein Caesar überhaupt von so einer jungen Frau um den Finger wickeln? Sagte man ihm nicht nach, über einen äußerst scharfen Verstand zu verfügen?

Sie begann zu zittern, als ein aufgeregter Apollodoros in ihr Gemach stürmte, einen Brief mit römischem Siegel in der Hand. „Verzeihung, meine Königin, dass ich so einfach hier hereinplatze." Er deutete eine flüchtige Verbeugung an und überreichte seiner Herrin die kleine Schriftrolle. Dann wartete er begierig darauf, was der Römer seiner Königin zu sagen hatte. Aschfahl geworden, entrollte sie das Blatt. „Caesar", sagte sie, „der große Caesar befiehlt mir, unverzüglich nach Alexandria zurückzukommen. Unerhört, hat mir etwa ein Caesar zu befehlen?"

„Zur Sache!", herrschte der Feldherr den *ab epistulis* an. Caesar musste sich über etwas sehr geärgert haben, schoss es dem Schreiber durch den Kopf. Denn ansonsten pflegte der Imperator seine Untergebenen freundlich, ja mit ausgesuchter Höflichkeit zu behandeln. „Schreib: Caesar, Konsul und Imperator von Rom, etc., etc., grüßt König Ptolemaios und wünscht ihm Gesundheit! Was dein Lehrer Theodotos soeben vorgebracht hat, darf nicht unkommentiert bleiben und erfordert eine entsprechende Erwiderung. Die Ermordung meines Gegners ist und bleibt eine Ungeheuerlichkeit, die durch nichts zu entschuldigen ist. Nur vermeintlich habt ihr mir damit einen Gefallen getan. Einen Widersacher so heimtückisch aus dem Weg zu räumen, entspricht nicht Römerart. Wir pflegen unsere Konflikte im fairen Kampf auszutragen und die Götter entscheiden zu lassen. Der Ruf der *clementia Caesaris* eilte mir stets voraus, und ich war sehr stolz darauf. Ihr habt dafür gesorgt, dass mein Bild in der Geschichte befleckt ist. Das will und werde ich euch nie verzeihen. Doch was geschehen ist, ist geschehen, so bedauerlich es auch sein mag. Aber ihr solltet nicht glauben, mich täuschen zu können. Ich weiß sehr wohl, dass für mich ein ebensolcher Empfang vorbereitet war wie für meinen glücklosen einstigen Freund. Nur mein bisheriger Erfolg verhinderte, dass er auch ausgeführt wurde. Hätte nämlich Pompeius gesiegt … Nein, daran darf ich nicht einmal denken. Mit einem Besiegten derart umzuspringen und ihn ein zweites Mal zu besiegen ist kein Verbrechen, es ist eine Dummheit, was viel schwerer wiegt …"

„Centurio Corvinus möge den Brief in den Palast bringen", befahl er dem Schreiber. „Und Wachen, er soll Wachen zur Begleitung mitnehmen und dafür sorgen, dass dieses Schreiben nur Potheinos oder Theodotos übergeben wird, hörst du, nur einem dieser beiden. Bei den verschlagenen Ägyptern weiß man nämlich nie."

Einen Tag später ging der römische Sieger mit seinem Gefolge an Land. Zwölf Liktoren schritten ihm mit ihren Rutenbündeln voran, um ihm den Weg frei zu machen und seine Macht zu demonstrieren. Schließlich hatte ihn Rom gerade zum Konsul gekürt, eine Würde, die ihm wie ein reifer Apfel in den Schoß gefallen war. Aber war es rechtens, dass Liktoren eine Stadt betraten, die mit Rom verbündet war? Ganz sicher nicht, meinten die meisten seiner Offiziere, die sich jedoch hüteten, Caesar auf dieses Unrecht hinzuweisen. Hatte sich der Imperator nicht schon ganz andere Eigenmächtigkeiten herausgenommen, ohne sich um Recht und Brauch zu kümmern? Ganz sicher nicht, meinten auch die Alexandriner, die die Ansicht ihrer Obrigkeit nachbeteten und nach den Soldaten riefen, die Ptolemaios kürzlich zum Schutz Alexandrias zurückgelassen hatte. Und auch Caesar muss um das Unerlaubte seines Tuns gewusst haben.

Aber er befand sich in einer zwiespältigen Lage. Er hatte die Toleranz der Ägypter überschätzt. Lebte man hier nicht in einem freien Land, fragten sie? Einem Land, das auf eine lange, ruhmreiche Vergangenheit zurückblickte? Das den Höhepunkt seiner Macht bereits erreicht hatte, noch ehe ein Mensch seinen Fuß an Latiums raue Gestade setzte? Das sich selbst versorgte, das von einem eigenen König nach eigenen Gesetzen regiert wurde und über das die Götter gleich zweier Kulturen schützend ihre Hand hielten? Niemand hatte ihn gerufen, diesen Römer. Niemand brauchte ihn.

Durch die hohen marmornen Hallen des königlichen Palasts klang das Klacken der nagelbewehrten *caligae* von Caesar und seinen

Männern. Kein Mensch zeigte sich. Von den kahlen Wänden der verlassenen Flure klang das Echo vielfach zurück. Der Palast lag scheinbar aufgegeben, wirkte unheimlich, gespenstisch fast und leer. Ob er gut daran täte, den Rückzug anzutreten?, schoss es dem Imperator durch den Kopf. Immerhin hatten es einige der Stadtbewohner, die seinen Einzug misstrauisch beobachtet hatten, gefordert. Leise, fast flüsternd zuerst. Aber gleich einem bösen Gerücht hatte sich dieser Wunsch von Mund zu Mund fortgepflanzt, war hierhin gekrochen und dorthin, war lauter und lauter und fast eine Drohung geworden: „Caesar raus! Caesar raus!", hatte die anschwellende Menge schließlich skandiert und wäre womöglich noch handgreiflich geworden, hätte sich die Leibgarde mit ihren schweren Waffen nicht schützend vor den Imperator gestellt.

Rückzug also? Ganz dumm waren sie ja nicht, diese Alexandriner. Sie wussten sicherlich längst, wie verschwindend gering die Anzahl der Soldaten war, die ihn hierher begleitet hatten. Wären sich Königin, König und Ratgeber einig gewesen, hätten sie ihm gemeinsam die ägyptischen Truppen mitsamt den Gabiniani entgegen geschickt, nicht auszudenken, was dann geschehen wäre. Er hätte wohl nie einen rühmlichen Platz in den Annalen gefunden. Dennoch: Rückzug kam für einen Caesar nicht in Frage. Die Etesien, so ließ er an Hauswände und Stützmauern schreiben, verböten eine baldige Abreise, denn sie seien so stark und die See durch diese Winde so aufgewühlt, dass man kein Segel setzen könne, ohne Gefahr zu laufen, von herabstürzenden Masten und schwerem Segeltuch erschlagen zu werden. Aber wenn sich die Alexandriner ruhig verhielten, werde man schon miteinander auskommen. Im Übrigen gedenke er, die Thronverhältnisse im Sinne des verstorbenen Ptolemaios zu regeln, der, wie jedermann wisse, ein Freund und Bundesgenosse des römischen Volkes gewesen sei.

Doch wollte Caesar mit so vielen versöhnlichen Worten nicht vor allem sich selbst beruhigen? Er hatte, Etesien hin oder her, längst Eilboten nach Rhodos, Syrien und Kilikien entsandt, um dort Verstärkung anzufordern. Aber es würde Wochen dauern, ehe die ersten Helfer einträfen, und es würden Wochen der Unsicherheit, ja der Lebensgefahr werden. Da machte er sich nichts vor. Derweil verschanzte er sich in einem Seitenflügel des königlichen Palasts. Wer zu ihm, dem großen Feldherrn, dem der Ruf von Mut und Unerschrockenheit vorauseilte, vordringen wollte, musste viele Hindernisse überwinden. Da war die schwer bewaffnete Leibwache, die Order hatte, niemanden ohne peinlich genaue Überprüfung vorzulassen. Da waren die fest verschlossenen Fenster zum Garten, die unerwünschten Besuchern den Weg abschnitten. Passwörter, die mehrmals täglich gewechselt wurden. Nachts erhellten zahlreiche Fackeln das Atrium, denn Mörder scheuten das Licht. Sklaven durften nur einen Lendenschurz tragen. Beim Essen, das Caesar von Dienern aufgetragen wurde, verzichtete er auf das Messer. Die Speisen wurden vorgekostet, die Unschädlichkeit des Weins an zum Tode Verurteilten geprüft. Nur jene, von deren unbedingter Ergebenheit Caesar überzeugt war, hatten ungehinderten Zutritt zu seinen Gemächern.

Trotz aller Vorsichtsmaßnahmen schlief der Imperator schlecht. Kein Luftzug kühlte nachts die glühenden Mauern. Der Wüstenwind pochte an Türen, rüttelte an Fensterläden. „Wer da?" Schweißgebadet schreckte Caesar auf aus düsteren Träumen, stieg eilig aus dem Bett, um einem eventuellen Feind von Angesicht zu Angesicht gegenüber zu treten. Aber da war nichts. Nichts als das Jammern des Windes und Wüstenschakale, die in der Dunkelheit heulten. Nichts als fliehende Schatten, vom Licht zahlloser Fackeln und Öllampen an Wand und Decke geworfen, Augen überall, die sahen, und Ohren, die hörten. Wie viele Wochen waren vergangen, seit man ihm Pompeius' abgeschlagenen Kopf serviert hatte wie ein üppiges Mahl? Ihm war, als habe er jedes Gefühl für Zeit verloren. Das Gestern, das Heute und das Morgen waren einerlei. Schwäche durfte er aber nicht zeigen, nicht er, der Unbesiegbare, der einen Ruf, der alles zu verlieren hatte. Und immer wieder diese Schreckensmeldungen, die ihn bis in die tiefe Nacht verfolgten: Da hatten vermummte Gruppen seine Soldaten zusammengeprügelt. Römer lagen in Alexandrias Straßen erschlagen. Andere kehrten mit blutenden Nasen in ihre Unterkünfte zurück. Und dem mächtigen Caesar blieb nichts, als ohnmächtig zuzusehen. Was hätte er auch mit den wenigen Männern, die ihm nach Ägypten gefolgt waren, tun können! Wo nur die angeforderte Hilfe blieb? Ob man sich andernorts vielleicht sogar gegen ihn verschworen hatte? Seine Soldaten erhielten nachts ein Ausgehverbot. Die Wachen vor den Kasernen wurden verdoppelt. Doch jede noch so kleine Vorsichtsmaßnahme schien den Zorn der Alexandriner nur noch mehr anzustacheln.

Endlich schien es, als hätten die Götter Erbarmen. Wieder einmal kam dem verzweifelnden Feldherrn sein schon sprichwörtliches Glück zu Hilfe. Tagsüber frischte der Wind auf und vertrieb die seit Tagen über Alexandria brütende Schwüle. Graue Dunstschwaden waberten über der aufheulenden See. Von der nahen Wüste kommend senkten sich bald Wolken aus Sand auf die Stadt, nahmen ihr das Licht und verdunkelten die Sicht. Kaum konnte man die Hand vor den Augen sehen. Allenthalben Dunkelheit, als herrsche immerwährende Nacht. Selbst gewichtige Männer hatten Mühe, sich auf den Beinen zu halten und schwankten wie Seeleute, die nach monatelangem Dienst auf dem Schiff erstmals wieder festen Boden unter den Füßen hatten. Die Menschen verbarrikadierten sich in ihren Häusern. Die Straßen blieben leer. War der Weltuntergang nahe, wie es Schwarzseher und düstere Propheten schon vor Zeiten verkündet hatten? Jetzt waren die Römer kein Thema mehr. Die Aufregung in der Stadt über die unwillkommenen Eindringlinge verebbte.

Langsam legte sich auch der Sturm. Vorsichtig, als traue sie dem Frieden nicht, lugte eine blassgelbe Sonne unter den grauen

Sandwolken hervor, gab den Dingen alles, ihre Form, ihre Farbe und schließlich ihre Bedeutung zurück. Da beschloss Caesar, seinen Kurs zu ändern. Er war ja gar nicht als römischer Besatzer gekommen, um sich in die inneren Angelegenheiten eines freien Landes zu mischen, sondern als neugieriger Fremder, der die Schönheiten Ägyptens, seine Kunst, seine alte Geschichte und seine Menschen studieren wollte, um das, was er einst aus Erzählungen erfahren hatte, vor Ort bestätigt zu finden und seine Bildung zu vervollkommnen. War das wirklich Caesar, Gaius Iulius Caesar, der am Grab des großen Makedonen auf die Knie gesunken war? War das wirklich Caesar, der in Tempeln und Heiligtümern auf den Altären opferte und den Segen der Götter auf Ägypten und seine Menschen herabrief? Und war er es, der sich gleich einem beliebigen Privatmann zu Händlern, Handwerkern und Bauern auf den Markt begab, hier das Gewicht eines mageren Huhns mit den Händen wog, dort die Reife einer Olive prüfte, und von dem einen oder anderen eine Feige annahm, um die Süße der Früchte zu loben? Begab sich gar ein Caesar unbewaffnet und nur in Begleitung eines Kammerdieners auf die öffentlichen Plätze, in Parkanlagen und stille Hinterhöfe, um den Gedanken der Philosophen zu lauschen und hier und da seine eigenen einfließen zu lassen? Anfangs betrachteten die Alexandriner den offensichtlich harmlosen Reisenden mit Staunen. Doch bald hatten sie sich an Caesars Allgegenwart gewöhnt und das Leben nahm wieder seinen üblichen Gang an. Aber Caesar wäre nicht Caesar gewesen, hätte er hinter dem vorgespielten Interesse sein eigentliches Ziel aus den Augen verloren.

Die Aufforderung, das Heer zu entlassen und in Alexandria zu erscheinen, damit der Streit der Geschwister nicht mit Gewalt, sondern vor ihm als quasi oberstem Richter auf dem Rechtsweg entschieden werden könne, war nicht nur an Kleopatra gegangen. Gleicherweise hatte Caesar auch Ptolemaios vorgeladen. Der aber dachte nicht daran, sich dem Römer schutzlos auszuliefern. Er ließ den größten Teil seiner Streitmacht in Pelusion unter Achillas' Kommando zurück und machte sich mit Potheinos auf den Weg in die Hauptstadt. Wie Caesar bezog auch er im Palast einige Gemächer.

„Ich habe es bereits vernommen", empfing Kleopatra ihren Lehrer, der wieder einmal aufgeregt in ihr Arbeitszimmer gestürmt war und sich vor der Königin nur andeutungsweise verneigt hatte. Kleopatra nahm es ihm nicht übel. Apollodoros war alt, und hieß es nicht immer wieder, alte Leute hätten ihre Eigenheiten? „Es scheint, als sei uns Ptolemaios zuvorgekommen, das wolltest du mir doch sagen, nicht wahr? Was rätst du mir, Apollodoros?" Sie bot dem erschöpften Mann einen Platz an. „Natürlich habe ich mir gleich Gedanken gemacht", keuchte der Alte. „Ich schlage vor, du wendest dich direkt an den Konsul, um ihm deine Ansprüche auf den Thron persönlich vorzutragen. Er wird dich anhören, davon bin ich überzeugt. Und dass du eine Frau bist, dürfte deine Position noch stärken. Caesar ist neugierig, vor allem auf Frauen. Er wird sich kaum die Gelegenheit entgehen lassen, der Königin vom Nil zu begegnen. Und du wirst ihm gefallen, das weiß ich. Aber du darfst nie vergessen, dass er im Augenblick der mächtigste Mann der Welt ist. Du solltest ihn das spüren lassen, das wird seiner Eitelkeit schmeicheln."

„Alles gut und schön, Apollodoros. Aber wir sind noch in Syrien, weit weg von unserem Zuhause. Selbst wenn wir unbehelligt bis Alexandria durchkommen, was schwierig genug werden dürfte, wie sollen wir dort in den Palast gelangen? Mir wurde gemeldet, mein Bruder habe entgegen Caesars Befehl seine Truppen nicht entlassen. Ein Großteil verbleibt in Pelusion in Wartestellung. Er habe aber als angebliche Leibwache eine nicht geringe Zahl seiner Leute mitgenommen. Diese hätten ihr Quartier im Palast bezogen und überwachten dort alle Ein- und Ausgänge. Wie also sollen wir bis zu Caesar vordringen? Mein Bruder, der ja keinerlei Interesse daran hat, mit mir zu teilen, wird mich ohne Zögern umbringen, ehe ich auch nur einen Fuß in mein Elternhaus gesetzt haben werde." „Auch hier wird sich eine Lösung finden, meine Königin. Du musst mir vertrauen", beruhigte Apollodoros, dessen Aufregung einer kühlen Besonnenheit gewichen war.

„Wir werden es nicht zulassen", schimpfte Potheinos, der wie ein aufgescheuchtes Huhn mit den Armen rudernd auf- und ablief. „Wir werden es zu verhindern wissen." Ptolemaios, der wieder einmal ganz in seine Spielsachen vertieft war, zuckte nur mit den Schultern. Er wünsche jetzt nicht gestört zu werden, denn er sei gerade dabei, die Armee seiner Schwester zu vernichten, bedeutete er dem Erzieher. Aber so schnell gab Potheinos nicht auf. Diesmal nicht. Ging es doch für ihn und seinen Schützling um mehr als nur darum, den ägyptischen Thron zu teilen. Wo stand geschrieben, dass sich Kleopatra nicht ihrer beider entledigen würde, sobald sie sich Caesars Vertrauen erschlichen hatte? Da musste etwas geschehen, und zwar schnell. „Ich denke, du bist einverstanden, Ptolemaios, wenn Kleopatra erst gar nicht in den Palast gelangt. Wie wäre es, wenn ihr ein Unglück zustieße, vielleicht schon auf hoher See? Oder wenn unsere Männer ihre Schiffe im Hafen abfingen? Du solltest mir bei der Wahl der Mittel, Kleopatra auszuschalten, freie Hand lassen, Herr. Du wirst es nicht bereuen, das verspreche ich dir, so wahr ich Potheinos heiße." Der kleine König lächelte seinen Erzieher nur an, was dieser als stillschweigendes Einverständnis mit seinen Vorschlägen wertete. Dann wandte sich der Junge wieder seiner Lieblingsbeschäftigung zu, dem gespielten Vernichten feindlicher Armeen.

Dunkelheit hatte sich schützend über Alexandria gebreitet, eine Finsternis, die alles verschlang. Nur das Feuer, das in der Spitze des Leuchtturms auf der Insel Pharos flackerte, wies den sich nähernden Schiffen den Weg. Alexandria schlief. Wachtposten patrouillierten müde an den Kais, lachten und scherzten und drehten unaufmerksam ihre Runden. Es lauerte ja im Augenblick keine Gefahr. Die Spitzel des Königs hatten es ihrem Herrn frohlockend melden können: Alexandria sah einem friedlichen Herbst entgegen. Das immerhin hatte der Römer geschafft: die beiden Thronrivalen davon abzuhalten, mit Waffen auf einander loszugehen. Niemand sah den kleinen Nachen, der sich langsam dem Strand näherte. Nur einer der Wächter blickte kurz auf, als er unweit auf dem Wasser einen Schatten entdeckte und einen monotonen Singsang vernahm. Das Lied, das Alexandrias Fischer seit Jahrhunderten summten, wenn sie mit reicher Beute von ihrem gefährlichen Abenteuer heimkehrten, eine schwere, zu Herzen gehende Melodie und Worte, die von Stürmen, Meerungeheuern und der alles verschlingenden See erzählten. „Nur ein Fischerboot", rief der Mann seinen Kameraden zu. „Weiterschlafen, Leute, ich befehle es euch!", scherzte er und setzte seinen müden Gang fort.

Apollodoros hatte Mühe, das schwere Bündel aus dem Boot zu heben und durch einen geheimen Eingang in den Palast zu tragen. Er verfluchte das Alter, das ihm Kraft und Ausdauer geraubt hatte. Immer wieder musste er, schwer atmend, seine Last absetzen. Dabei sah er sich besorgt um. Hatte ihn trotz aller Vorsichtsmaßnahmen jemand bemerkt? Wurde er gar beobachtet? Viele in diesem Haus kannten ihn, viele wussten, dass er der Lehrer und der Vertraute der Königin war. Und sie konnten sich leicht ausrechnen, dass, wo er war, auch sie war. Er war bei ihr gewesen von fernem Anbeginn. Er hatte ihre Schritte gezählt, ihr erstes Lallen vernommen, ihre Tränen getrocknet und manchen Liebeskummer mit ihr geteilt. In einem großen Wäschesack hatte er die junge Frau versteckt. Er hatte das Bündel mit Riemen verschnürt und von der großen königlichen Galeere in einem kleinen Boot zu Wasser gelassen. Dann hatte er unter größter Anstrengung die

Last darin verstaut und sie ans Ufer gerudert, stets auf der Hut und in Sorge, von Ptolemaios' Wächtern dennoch entdeckt zu werden.

Durch geheime Gänge schleppte sich der Alte, schleppte er Kleopatra und die Zukunft Ägyptens. Und er trug schwer. Erst seine letzten Schritte vor den Gemächern der Königin begleitete ein Wächter, der von ihr bestochen worden war. Im Schlaf- und Ankleidegemach setzte Apollodoros seine Last ab, überzeugte sich, dass ihnen niemand gefolgt war, und verschloss mit eisernem Riegel die Tür. Dann löste er Riemen für Riemen.

„Den Göttern sei Dank!" Kleopatra war erleichtert. „Ich dachte schon, in diesem schrecklichen Panzer ersticken zu müssen. Aber was rede ich? Dir muss ich danken, Apollodoros. Du wirst dich jetzt ausruhen. Ich befehle es dir", fuhr sie fort, da der Alte keine Anstalten machte, der Aufforderung nachzukommen. „Wir dürfen jetzt nicht leichtsinnig sein, mein Kind". Er schüttelte den Kopf. „Uns darf kein Fehler unterlaufen. Nicht auszudenken, wenn die ganze Mühe umsonst gewesen wäre! Wir werden jetzt gemeinsam überlegen, wann wir Caesar mitteilen, dass du eingetroffen bist, und, noch wichtiger, wie du ihm gegenübertreten wirst. Ich befürchte nur, dieses eine Mal wirst du dich alleine zurechtmachen müssen, denn deine geliebte Merit und die ganze Dienerschaft befinden sich noch auf dem Schiff, und das sollte vorerst auch so bleiben. Glaubst du, du schaffst das, dich alleine anzukleiden, zu kämmen und zu schmücken?", fragte er augenzwinkernd.

Kleopatra vor Caesar

Dass auch die Königin in Alexandria eingetroffen war, hatte sich rasch herumgesprochen. Wie hätte man auch etwas verheimlichen können in einem Palast, der alles wusste und nichts verschwieg, in dem selbst die Wände Augen und Ohren hatten? Natürlich war auch Potheinos bald eingeweiht. Und er war wütender denn je. Wie sollte es jetzt gelingen, Kleopatra aus dem Weg zu räumen, ohne Verdacht zu erregen? Wie konnte man ihren Tod hier wie einen Unfall aussehen lassen?

„Schafft sie mir vom Hals!", forderte Ptolemaios lautstark. „Ich ertrage die Frau nicht mehr. Du wirst", wandte er sich an den verblüfften Erzieher, „was du so großspurig zugesagt hast, binnen kürzester Zeit vollenden." Noch nie hatte der Alte den jungen König derart entschlossen gesehen. Es schien fast, als sei Ptolemaios über Nacht zum Mann geworden.

„Wie stellst du dir das vor, mein Herr? Caesar hat längst von ihrer Ankunft erfahren, und es heißt, er hielte bereits seine Hand schützend über sie. Gesehen hat er sie freilich noch nicht, soviel ich weiß." „Dann werden wir sie eben vergiften, ehe sie ihm den Kopf verdreht. Du weißt ja, was man meiner Schwester nachsagt", brüllte der Knabe. Auch Potheinos wurde jetzt laut. „Wie sollen wir das wohl bewerkstelligen?" Wütend schlug er dem König ein Spielzeug aus der Hand. „Das Essen wird geprüft, die Getränke werden vorgekostet, und zu allem Überfluss hat Caesar sogar einen Teil seiner Leibwache zu ihrem Schutz abkommandiert. Möchtest du dich etwa mit denen anlegen? Auch ihre Dienerschaft wurde mittlerweile nach Alexandria zurückgerufen. Sie wird in wenigen Tagen hier eintreffen." Potheinos war bebend ans geöffnete Fenster getreten, als müsse er sich Luft verschaffen, und sein massiger Körper raubte dem kleinen Raum, in dem sich der König tagsüber aufzuhalten pflegte, das Licht. „Es ist alles wie früher", murmelte er in sein Doppelkinn. „Eigentlich hätten wir uns das ganze Abenteuer mit Pelusion sparen können, auch Pompeius' Ermordung. Um unsere Sache stünde es womöglich besser, wenn er noch lebte. Aber hinterher ist man immer klüger. Uns bleibt nichts als abzuwarten, und vor Caesar einen guten Eindruck zu machen", wandte er sich noch einmal an den Throninhaber, der sich wieder seinem Spielzeug gewidmet hatte. „Aber dafür, Ptolemaios, musst du dich endlich benehmen wie ein Herrscher und nicht wie ein schwachsinniges Kind." Mit beleidigter Miene verließ er das kleine Gemach mit dem watscheligen Gang, an dem ihn jedermann im Palast schon von weitem erkannte. „Und nicht wie ein schwachsinniges Kind", äffte der Junge den alten Mann nach und wackelte wie eine Ente in Richtung Tür.

Kleopatra wählte ein schlichtes Gewand aus weißem Leinen, das ihre körperlichen Vorzüge gerade wegen seiner Einfachheit ahnen ließ und ihren olivfarbenen Teint hervorhob. Sie hatte auf ihr Gesicht nur wenig Schminke aufgelegt, auch nur Spuren ihres unverwechselbaren Parfums, das nach Veilchen und Rosen duftete, und hatte auf jeglichen Schmuck verzichtet. „Der einzige Schmuck heute wird meine Jugend sein", belehrte sie Merit, die hinter ihr stand und ganz in das Spiegelbild ihrer Herrin versunken war. Nicht als Königin wollte Kleopatra vor den großen Imperator treten, sondern als Frau, die auf das schändlichste um ihr Recht betrogen worden, deren Stolz aber trotz aller Demütigungen nicht gebrochen war. Vor dem wandhohen Silberspiegel in ihrer Ankleide übte sie ihre neue Rolle ein: Das langsame Zuschreiten auf den Römer, bewusst einen Fuß vor den anderen setzend, den Blick gesenkt, aber das Haupt dennoch stolz erhoben. Caesar, den sie sich auf einem samtroten gepolsterten Stuhl sitzend vorstellte, sie, den Kopf immer noch in den Nacken geworfen, vor dem „Thron" eine leichte Verbeugung andeutend. Dann ein Blick aus ihren nilgrünen in seine schwarz glühenden Augen. Ein zweiter Blick, eine hilflose Geste mit den Armen und ihre ein wenig rauchige Stimme, die ihn im Land am Nil willkommen hieß, seine Größe lobte, seinen Verdienst um das Wohlergehen der Menschheit, auch um ihre Heimat Ägypten, dann von Schmach sprach und von schnödem Verrat. „Dir, Herr von Rom, Herr über die Welt", würde sie sagen, „dir und deiner Großmut überlasse ich die Entscheidung. Und wem auch immer du den Vorzug geben wirst, ich werde es klaglos akzeptieren. In deine Hände lege ich mein Schicksal und die Zukunft Ägyptens." Mit einer weiteren leichten Verbeugung würde sie sich dann verabschieden, das Gesicht ihm zugewandt, wie es sich vor Herrschenden gehört, zur Tür streben, in ihren Gemächern Zuflucht suchen und warten, was er ihr zu sagen hatte, ob der Mächtige sie erhob, sie verachtete oder zertrat.

Aber alles kam anders.

Sie zitterte ein wenig, als ein Bote des Imperators eintraf, der ihr mitteilte, Caesar wünsche sie zur achten Stunde zu sprechen. Es war also soweit. Der Römer würde jetzt seine Entscheidung fällen. Noch einmal drehte sie sich vor dem Spiegel, um ihre Wirkung zu prüfen, noch einmal übte sie jede Bewegung, jede Gebärde und jedes Wort ein. Dann machte sie sich in Begleitung Merits, die wie ein Äffchen an ihr hing, durch geheime Gänge auf den Weg.

Durch schier endlose Säulenhallen, düstere Flure und verlassene Säle strebten die beiden jungen Frauen ihrem Ziel zu, dem Flügel des Palasts, den Caesar für sich und seine Leute beschlagnahmt hatte. Sie hatten noch nicht den großen Empfangssaal erreicht, in dem das erste Treffen zwischen dem Römer und den Ptolemäer-Geschwistern stattfinden sollte, als ein unheimliches Stöhnen an ihre Ohren drang. Gleich einem ängstlichen Tier klammerte sich Merit am Gewand ihrer Herrin fest. Kleopatra aber war neugierig geworden. Sollte der große Feldherr etwa ...?

Vorsichtig schob sie eine kleine Luke auf, die den Blick in die Saalmitte freigab. Ihr Vater hatte überall im Palast solche „Spione", wie er sie nannte, anlegen lassen, um potentielle Feinde immer und überall im Blick und unter Kontrolle zu haben. Einem Herrscher sollte nichts verborgen bleiben, hatte er immer gesagt. Kleopatra erschauderte. Rasch schloss sie die Öffnung wieder, lehnte sich mit dem Rücken gegen die Wand und atmete tief durch. Aber die Neugier besiegte die aufkommende Angst.

Das also war Cesar, der allmächtige Caesar! Die Augen starr und ohne Wimpernschlag. Doch gierig der Blick, ein loderndes Feuer. Wirr die Sprache und zerzaust das schüttere Haar. Schweißperlen auf der gelichteten Stirn. Und Schaum, Berge von gelblichem Schaum vor dem unverständlich brabbelnden Mund. Der große Feldherr wie ein dürrer Baum gefällt. Hingestreckt auf dem steinigen Boden. Arme und Beine seltsam verrenkt, sein Lorbeerdiadem vom knochigen Haupt geglitten. Sechs kräftige Sklaven beugten sich über den zuckenden Greis, rissen ihm die Kiefer auseinander, verkeilten ein Holzstück in das klappernde Gebiss und nagelten ihn wie einen, der zur Kreuzigung vorbereitet wird, mit starken Armen am Boden fest. „Fallsucht", flüsterte sie. „Fallsucht und Fieberkrampf. Die Krankheit derer, die den Göttern lieb sind." Sie erinnerte Gerüchte im Palast. Ihr Leben, schien ihr, hatte damals gerade erst begonnen. Bevor es ihr Vater bei Todesstrafe verbot, hatte man hinter vorgehaltener Hand, als wollte man sich selbst am Sprechen oder wenigstens gesagte Worte am Entweichen und sich verbreiten hindern, noch Jahre nach ihres Großvaters Tod geflüstert, der alte Herr habe an dieser seltsamen Krankheit gelitten und sei ihr zuletzt womöglich erlegen. Die Fallsucht. Wer waren die Menschen, die die Götter auf diese Weise zeichneten?

Wissbegierig hatte sie sich später, als die Erinnerung an jene Geschichten wiedererwacht war, zu den hervorragendsten Ärzten begeben, um bei ihnen Rat zu holen. Denn sie hatte, nachdem das Geheimnis einmal offenkundig und somit keines mehr war, beobachtet, dass derlei Übel in manchen Familien gehäuft auftrat, vom Vater dem Sohn und von der Mutter der Tochter weitergegeben wurden und selbst in Nebenlinien einer Sippe auftraten, fein verzweigt wie Spinnennetze, als folgten sie einer Gesetzmäßigkeit der Natur. Sollte es womöglich einmal einen der Ihren treffen, vielleicht sogar den geliebten Vater, hatte sie vorbereitet sein wollen.

Erneut wagte sie einen kurzen Blick durch die Wandöffnung. Mit roher Gewalt zwangen die kräftigen jungen Männer auf Knien den sich wieder und wieder unter heftigem Zucken aufbäumenden Leib zu Boden. Aber so sehr sie sich auch mühten, immer schüttelte der Gepeinigte, dem die Kräfte eines Bären erwachsen zu sein schienen, die Männer wie lästige Fliegen ab, und das Gliederreißen nahm erneut vom dem Gequälten Besitz.

Kleopatra hatte erfahren, dass die Krankheit selbst den erfolgreichsten Ärzten ihrer Zeit, die die hohe Kunst des Heilens in den weltberühmten Schulen von Alexandria oder Athen studiert hatten und über jahrzehntelange Erfahrung verfügten, immer wieder neue Rätsel aufgab, sich ihren Bemühungen entzog, den Forschungsergebnissen der Lehrenden und der Bücher Hohn sprach, weil sie den einen anfiel, einen anderen über Jahre gefangen hielt und wieder andere ebenso rasch verließ, wie sie ausgebrochen war. Jahrzehntelang waren ihre Behandlungsmethoden die gleichen geblieben. Meist beschränkten sie sich darauf, die größte Not der Heimgesuchten zu lindern. Mit dem scharfen Saft frisch gepresster Kräuter, die in sternenklaren Nächten vor Sonnenaufgang von unbescholtenen Jungfrauen nach althergebrachten Regeln gepflückt werden mussten, gingen sie dagegen an, mit dem schmierigen Öl ausgereifter Samen, besonders des Mohns, der eine beruhigende Wirkung versprach, und dem Sud giftiger, aber nicht lebensbedrohender Pflanzen, einem grünschleimigen, Ekel erregenden Gebräu. Sie banden den Hilflosen an Armen und Beinen mit Lederriemen an Baumstümpfen fest und flößten ihm krampflösende Mittel ein; den Brei zu Pulver gestoßener, mit menschlichem Speichel angerührter Pavianknochen, die getrockneten Hoden junger Zuchttiere, abgestandenes Menstruationsblut oder das gekochte und gemahlene Fleisch bei lebendigem Leib gehäuteter Schlangen. Es gab Heiler, die schlugen mit Stöcken und Peitschen auf die ihnen anvertrauten Patienten ein, wähnend, nur Böses könne das Böse vertreiben. Aber oft genug, so hatte sie erfahren, sprach die Hartnäckigkeit des Dämons jedem Austreibungsversuch Hohn und lehrte die Ohnmächtigen Bescheidenheit, sodass zuletzt jeder zu der Überzeugung gelänge, die Natur müsse sich selbst helfen, der Arzt könne dazu kaum etwas beitragen.

Allmählich schien sich Caesar zu beruhigen. Das unbeherrschte Schütteln seines Körpers legte sich, und der Kranke verstummte. Erinnern würde er sich später an nichts …

Auch Merit hatte die Männer nicht bemerkt, obwohl das Klacken ihrer nagelbewehrten Sandalen eigentlich nicht zu überhören war. Mit stummer Faszination hatte sie ihre Herrin beobachtet, deren Selbstgespräche verfolgt und sich erinnert, dass auch in ihrem Volk diese Krankheit bei dem einen oder anderen ausgebrochen war, man jedoch die Leidenden in eine abgelegene Kammer gesperrt und sich selbst und dem Lauf der Natur überlassen hatte. Ihr Volk? Nie mehr seit damals, hatte Kleopatra sie gefragt, woher sie kam und wer sie war. Nach der schrecklichen Demütigung der Sklaverei war nach und nach ihre Erinnerung zurückgekehrt, an die Eltern, die längst tot waren, die Geschwister, über deren Schicksal sie nichts wusste, und ihr Elternhaus, das dem Palast, in den sie aufgenommen worden war, kaum nachgestanden hatte. Eines Tages würde sie der Königin alles erzählen.

Die beiden jungen Frauen erschraken, als sie den festen Griff der römischen Wachsoldaten spürten. „Ei, wen haben wir denn da?“, grinste sie ein grobschlächtiger Kerl an, der inzwischen auch die kleine Öffnung in der Wand entdeckt und kurz hindurchgespäht hatte. „Gleich zwei Spioninnen. Wie interessant! Was meinst du, Corvinus", wandte er sich an seinen Begleiter, „ob wir sie gleich umbringen, uns erst mit ihnen vergnügen sollen oder Caesar fragen, was mit ihnen zu geschehen hat? Vielleicht sucht er ja noch eine Unterhaltung für die nächste Nacht. Hübsch sind sie ja, die beiden Täubchen, und die Auswahl hier ist wahrhaftig nicht groß." „Lass mich sofort los, du schmieriger Kerl!", fauchte Kleopatra. „Weißt du denn nicht, wen du vor dir hast? Ich bin Kleopatra, die Königin vom Nil, und ich werde dir den Kopf abschlagen lassen, wenn du mir nicht sofort den gebührenden Respekt erweist", behauptete sie trotzig und versuchte vergeblich, sich aus der Umklammerung zu befreien. „Gewiss", lachte er, „und ich bin Alexander der Große. Auf geht's, meine Damen! Unser Feldherr wird sich über die unverhoffte Abwechslung in diesem langweiligen Laden freuen und uns womöglich eine hübsche Belohnung geben."

Da saß er also, dieser Caesar, halb hingestreckt auf einer Kline, einen Teller Trauben und einen zweiten mit Konfekt vor sich auf dem kleinen Tisch. Ein wenig anders, als sie sich ihn vorgestellt hatte. Menschlicher vielleicht. Auch er den Gesetzen der Natur unterworfen, wie sie jetzt wusste. Von dem Anfall, dessen Zeugin sie soeben geworden war, von Caesars Schwäche, war nichts mehr zu bemerken. Er lag lässig und doch ganz Feldherr, sich seiner Macht bewusst, das Haar geordnet und den Lorbeerkranz auf der gelichteten Stirn. Mit unverhohlener Bewunderung betrachtete er die beiden Mädchen, die Corvinus und sein Begleiter vor ihm auf den Boden stießen, und ein verschmitztes Lächeln huschte über seine harten Züge.

„Willkommen, Kleopatra vom Nil!", schmunzelte er und beobachtete mit sichtlichem Vergnügen, wie sich die junge Königin aufraffte, mit ungeschickter Hand ihr völlig zerknittertes Leinengewand zu glätten versuchte – wobei ihr Merit beistand –, und schließlich auch mit den Fingern durch ihr wirres Haar fuhr. „Dein Aufzug ist ein wenig eigenartig, wenn du mir diese Bemerkung gestattest“, spottete Caesar. „Ich habe mir, ehrlich gesagt, die Königin Ägyptens anders vorgestellt.“

„Es ist an mir, dich willkommen zu heißen, Feldherr. Denn es ist mein Palast, wenn du dich erinnerst“, entgegnete sie wütend. „Ich werde es künftig beherzigen, schöne Frau“, versprach Caesar, dann bat er Kleopatra, auf der gegenüber stehenden Kline Platz zu nehmen, und bot ihr von dem Konfekt und den Trauben an. Aber der Königin war nicht nach essen. Zweimal musste Caesar die vor Schreck erstarrten Wachen anweisen, ihn mit seinem Gast alleine zu lassen. Nur Merit entfernte sich schweigend, ohne dass es einer besonderen Aufforderung bedurft hätte.

Das also war Caesar, vor dem inzwischen der Erdkreis erzitterte, der mächtigste Mann der abendländischen Welt, in dessen Händen nun ihre und die Zukunft ihres Volkes lag. Aufmerksam betrachtete sie den Fremden. Jung war er nicht mehr. Wenn sie richtig informiert war, hatte er die fünfte Dekade seines Lebens bereits überschritten. Jahre des Feldlagers und des Kampfes um Anerkennung und Ruhm mochten sein Altern zudem beschleunigt haben. Aber hässlich war er nicht, dieser Römer. Seine herben Züge strahlten etwas Vornehmes und Würdevolles aus, auch die hohe gelichtete Stirn und der schmale, aber sehnige Körper, der unbändige Kraft verriet. Das Gerücht seiner Eitelkeit war ihm längst vorausgeeilt: Wie sehr er etwa unter dem frühen Haarverlust litt, den er stets unter dem Lorbeerkranz zu verbergen suchte. Oder sein Gang, der leicht und federnd war und ihm das Aussehen eines Jünglings verleihen sollte. Ob es ihr je gelänge, diesen Mann in ihre Netze zu ziehen? Wenn man Gerüchten glauben durfte – aber hatten sie nicht immer einen wahren Kern? –, hatten es ganz andere Frauen auf ihn abgesehen, Römerinnen aus vornehmstem Kreis, die schön, reich und bedeutend waren, und er musste, hieß es, nur die Hand ausstrecken, um zu erhalten, wonach immer es ihn gelüstete. Es war die Faszination der Macht, die jedes Frauenherz für ihn entfachte. Aber war sie nicht Kleopatra, die Königin vom Nil, die ein gewaltiges Reich zu bieten hatte? Berühmt für ihren scharfen Verstand und berüchtigt für ihre exotischen Verführungskünste, denen bislang kein Mann lange hatte widerstehen können? Es wäre doch gelacht, könnte sie einen Caesar nicht um den Finger wickeln und ihm ihre Wünsche unterbreiten!

Was aber, wenn diese Gerüchte stimmten, dass nämlich Caesar mehr als den Frauen, dem eigenen Geschlecht zugetan war? Hatte er nicht, wie jedermann wusste, schon in jungen Jahren mit König Nikomedes von Bithynien eine Affäre gehabt? Und machten sich nicht sogar seine Soldaten ungestraft in Spottversen über ihren Anführer lustig? „Caesar hat Gallien unterworfen, doch Nikomedes den Caesar“, sangen sie. Und war da nicht gar ein bedeutender Römer, der behauptete, der Feldherr sei der Mann aller Frauen und die Frau aller Männer? Was wäre, wenn er Gefallen an ihrem kleinen Bruder fände, der, das musste sie neidvoll zugeben, ein außergewöhnlich hübscher Knabe war? Aber wozu darüber jetzt nachdenken? Sie musste, koste es, was es wolle, versuchen, den Römer auf ihre Seite zu ziehen, ehe Ptolemaios dazu Gelegenheit hatte. Nur so wäre ihre persönliche Sicherheit gewährleistet und ihr Anspruch auf den Thron durchsetzbar. Denn dass ihr Brudergemahl sie verschonen würde, falls ihm allein die Herrschaft zufiele, stand nicht zu erwarten.

Ungünstig hatte sich indes Caesars Beziehung zu dem jungen König entwickelt. Der große Feldherr war enttäuscht. Keine Spur von dem Entgegenkommen, das er sich erhofft, das er erwartet hatte. Hatte sich nicht dieses Ägypten mit der Unterstützung des Pompeius in den römischen Bürgerkrieg eingemischt und ihn mit dessen Niederlage verloren? Es hätte allen Grund, Caesar dankbarer zu sein, dass er Ägypten für diese Verirrung nicht büßen ließ. Mit allzu durchschaubaren Motiven hatten die verschlagenen Ägypter seinen Gegner beseitigt, wohl in der Hoffnung, noch größerem Ärger vorzubeugen und Caesar milde zu stimmen. Stattdessen erwarteten sie nun, dass er ihnen dankbar war.

Unverschämt war auch das Benehmen des jungen Prinzen einem so mächtigen Schutzherrn gegenüber. Am Morgen nach Kleopatras Heimkehr in den Palast hatte er Ptolemaios vorgeladen und ihm die testamentarischen Bestimmungen seines Vaters vorgehalten. Kleopatra habe nach dem väterlichen Willen den gleichen Anspruch wie er. Daraufhin hatte der Junge unerwartet heftig reagiert. Wutentbrannt war er nach draußen gestürzt, hatte laut geschrien, er würde verraten, und sich das Diadem vom Kopf gerissen. Ein allgemeiner Tumult war entstanden, den die römischen Wachen allerdings rasch unter Kontrolle gebracht hatten, indem sie Ptolemaios in den Palast zurückgeschafft hatten. Dies wiederum war für die Alexandriner Anlass gewesen, die königliche Unterkunft zu stürmen.

Caesar befand sich also wieder einmal in einer gefährlichen Lage. Wo nur die angeforderten Hilfstruppen blieben? Angesichts der Tatsache, dass sie noch nicht eingetroffen waren, blieb ihm nichts anderes übrig, als zu dem aufgebrachten Volk zu sprechen und seinen Forderungen nachzugeben. Freilich hätte er sich jetzt nicht unter den wütenden Mob gewagt. Von sicherer Stelle aus, begleitet von einer waffenstarrenden Leibgarde, hielt er im Beisein der beiden Königskinder seine Ansprache, verlas Ptolemaios' XII. Testament und gab den Leuten zu bedenken, dass Kleopatra und Ptolemaios XIII. nicht nur Geschwister, sondern nach ägyptischem Recht auch verheiratet waren und ihr Vater ausdrücklich die gemeinsame Herrschaftsausübung gewünscht und das römische Volk gewissermaßen als Testamentsvollstrecker und Vormund eingesetzt habe. Das römische Volk aber repräsentiere im Augenblick er. Deshalb sei es seine Pflicht, die Anordnungen des verstorbenen Monarchen auszuführen.

Um die jüngeren Geschwister Arsinoë und Ptolemaios XIV. zu beruhigen, speiste er sie mit Cypern ab. Die Insel war erst einige

Jahre zuvor dem Römerreich annektiert worden. Diese „Landschenkung" verwunderte seine römischen Zeitgenossen sehr. „Der starke Caesar so schwach, dass er, um endlich Ruhe zu bekommen, sogar römisches Territorium preisgeben muss?", meinten seine Anhänger. Aber was war eine kleine Insel gegen das große und mächtige Ägypten?, fragte er sich. Er ahnte ja nicht, dass die Ruhe, auf die er mit der ungewöhnlichen Maßnahme gehofft hatte, nur von kurzer Dauer sein würde.

Diesmal wollte sie es anders anpacken. In ihr verführerischstes Gewand gehüllt, einen Hauch aus Seide und fein gesponnenem Gold, das pechschwarze Haar zu zahllosen dünnen Zöpfen geflochten, das Gesicht nach Landesart geschminkt und mit den erlesensten Juwelen geschmückt, dem berühmten Familienschmuck der Ptolemäer, einem Meer aus schimmernden Smaragden, die ihre nilgrünen Augen widerspiegelten und zu vervielfachen schienen, begehrte sie Einlass zu Caesars Gemächern. Sie hatte sich bewusst so zurechtgemacht. Wenn dieser Auftritt einen Caesar nicht schwach werden ließ, dann hatte sie wohl das Spiel um Macht und Leben verloren. Dann würden sich Mittel und Wege finden, dieses unwürdige Leben auf ehrenhafte Weise zu beenden. Aber noch bestand ja Hoffnung. „Für Ägypten und seine Königin!", machte sie sich Mut. Dann trat sie ganz nahe an den Imperator heran, warf ihm einen schmachtenden Blick zu und fiel in seine Arme, die die schlanke Gestalt begierig auffingen …

Die Kunde von der zurückliegenden Liebesnacht verbreitete sich wie ein Lauffeuer im Palast. „Diese Schlange!", polterte Potheinos, der seinen Zorn abzureagieren suchte, indem er wieder einmal in Ptolemaios' Gemächern wie ein aufgescheuchtes Huhn hin- und herlief und mit den Armen ruderte, als wären ihm plötzlich Flügel gewachsen. „Habe ich es doch geahnt! Aber sie soll mich jetzt richtig kennen lernen! Und auch ihm, diesem Römer, werde ich zeigen, wer der Herr im Haus ist. Wir hätten auch ihn beseitigen sollen", wandte er sich an Ptolemaios, der sich blass und zitternd in eine Ecke des Raumes verkrochen hatte und sich mit den Händen die Ohren zuhielt. „Dann wäre wenigstens dieses Problem gelöst. Denn ohne ihn ist sie nichts, nichts, nichts. Aber was nicht ist, kann ja noch werden." Offensichtlich beruhigte er sich ein wenig. „Wenn man sich aufraffen könnte, auch Caesar ...", dachte er laut nach, „nun, wäre dann das Römerreich nicht führungslos? Könnte dann nicht mit ein wenig Nachhilfe der römische Bürgerkrieg wieder auflodern, was das überhebliche Rom zweifellos derart schwächen würde, dass man die verhasste Königin ausschalten und Ptolemaios' Alleinherrschaft über Ägypten festigen könnte?" Potheinos' fleischigen Mund umspielte ein geheimnisvolles Lächeln. Er hatte den Stein der Weisen gefunden. Oder er glaubte es zumindest. Ohne den Argwohn der römischen Palastwächter zu erregen, schwärmten seine Boten aus, um Achillas, der noch immer bei Pelusion in Wartestellung verharrte, von seinem Plan zu unterrichten. „Werter Freund", teilte er dem Feldherrn in den verschlüsselten Zeichen der jahrhundertealten ägyptischen Schrift, die kein Römer entziffern konnte, mit: „Untätig wartest du so fern unserer Hauptstadt auf bessere Zeiten, indes sich hier die Ereignisse überschlagen. Die, die sich ‚Königin vom Nil' nennt, hat unser Land ohne Not an die Römer verraten. Um den Thron für sich zu retten, hat sie sich schamlos dem Imperator hingegeben. Die Spatzen pfeifen diese Schande bereits von den Dächern. Sie, die dem Brudergemahl ergeben sein sollte, ergibt sich dem Ehebrecher, dem Fremden. Mit dem Gift der Frauen ist es ihr gelungen, den reifen Mann, dem der Ruf eines scharfen Verstandes vorausgeht, in ihre Netze zu spannen. Nun, allzu scharf kann dieser Verstand nicht sein. Und doch ist Caesar schon Wachs in ihren Händen und begreift nicht, dass sie ihn nur für ihre schimpflichen Zwecke missbraucht, wenn sie ihm auch die schmachtend Liebende vorspielt. Kleopatras einzige Liebe ist die

Macht, wie wir beide wissen, und nur er vermag sie ihr auf Dauer zu sichern. Sie weiß es, und sie nutzt es aus. Oh, sie ist nicht töricht, unsere hohe Frau, sie ist berechnend und gescheit. Und sie weiß auch, dass ihr jeder, der ihre Umarmung einmal genossen hat, für immer verfallen ist. Wenn wir nicht schnell handeln, sind wir verloren, mein Freund. Als Nächstes wird sie meinen Kopf fordern, Achillas, und dann auch den deinigen. Schließlich haben wir genug dazu beigetragen, dass sie uns zu Recht hasst. Und Caesar wird ihren Wunsch nur allzu breitwillig erfüllen, wenn sie ihm nur eine weitere Liebesnacht in Aussicht stellt. Sie haben übrigens begonnen, ihre Liebesbeziehung mit rauschenden Festen wie eine Hochzeit zu feiern, sie also gewissermaßen öffentlich zu machen. Musik und Tanz, große Gelage, Künstler, die unentwegt an unserem Hof auftreten, sollen den Anschein von Normalität erwecken. Dabei leben wir keineswegs in geordneten Zeiten. Die Königin hat uns offensichtlich den Krieg erklärt. Sie soll ihn bekommen. Dafür bitte ich dich, so schnell, wie möglich von Pelusion aufzubrechen. Unser junger König sitzt neben mir und hat diese Zeilen gelesen. Auch er wünscht nichts sehnlicher, als dass du deinen arg bedrängten Freunden rasch zu Hilfe eilst. Hoch lebe der König! Potheinos, erster Erzieher, Hofberater und Freund des erhabenen Pt. XIII."

Schwierigkeiten

Achillas war verunsichert, ja aufs äußerste beunruhigt. Noch ehe die Nachricht seines Freundes eingetroffen war, waren ihm Gerüchte zu Ohren gekommen, die die Besorgnis erregende Botschaft, die ihm Potheinos zukommen ließ, vorweggenommen hatten. Mit geschickten Mitteln, womöglich gar mit Zauberspruch und Hexentrank, war es der skrupellosen Königin angeblich gelungen, den mächtigen Römer an sich zu binden, und es stand nicht zu erwarten, dass sich daran noch etwas ändern würde. Ptolemaios' Sache war wohl schon verloren, noch ehe sie richtig begonnen hatte. Potheinos hatte recht. Wer Kleopatra einmal auf den Leim gegangen war, blieb ihr Zeit seines Lebens verfallen. Insgeheim freilich bewunderte Achillas die junge Frau. Manchmal wünschte sich auch er, in den Kreis ihrer Günstlinge eintreten und vielleicht sogar einmal ihre legendären Liebeskünste genießen zu dürfen, und wäre es nur für die Dauer eines Augenblicks. Aber das durfte natürlich niemand wissen. Schließlich war auch er nur ein Mann und litt als solcher unter mancherlei Schwächen und Begierden. Tapfer kämpfte er gegen aufsteigende Gefühle an. „Zur Sache, Achillas! Für Ägypten und seinen König!", ermahnte er sich. Dann befahl er einem Teil seiner Truppen, gegen Alexandria vorzurücken. Unter ihnen waren auch Gabiniani, Römer, die nun gegen Römer in die Schlacht ziehen sollten.

Caesar schäumte vor Wut, nicht nur über den anrückenden Feind, der sich erdreistete, die Waffen gegen ihn zu erheben, sondern auch und vor allem über sich selbst, seine Furcht und seine augenblickliche Hilflosigkeit. Er wusste, dass die ihm zur Verfügung stehenden Truppen bei weitem nicht ausreichten, seinen Gegnern die Stirn zu bieten. Er, der große Caesar, der noch vor Kurzem einen Pompeius Magnus eingeschüchtert und in die Flucht geschlagen hatte, zitterte jetzt ob der eigenen Ohnmacht angesichts einer Bande von Verbrechern. Sie waren noch dazu im Vergleich zu den römischen Soldaten schlecht ausgebildet und noch schlechter ausgerüstet. Im Grunde hätte ihr Reich, hätte Rom nur früher zugeschlagen - wie er im Übrigen schon vor Jahren gefordert hatte -, längst dem römischen Imperium einverleibt sein müssen. Selten zuvor in seinem umtriebigen Leben war er hilfloser, nie so wie jetzt zur Untätigkeit verdammt gewesen. Er verbarrikadierte sich in seinen Gemächern, verstärkte noch einmal die Wachen und nahm Ptolemaios und Potheinos in seine Obhut - gewissermaßen als Geiseln, als letzte Versicherung seines bedrohten Lebens. Sollte er aus dieser gefährlichen Lage nicht mehr herausfinden, hatte auch der junge König sein Recht zu leben verwirkt.

Eilig ließ er auch Palast und Stadt bis zum Meer hin befestigen. Ohnehin nahm das Areal, das Regierungssitz und Wohngebäude der Herrscherfamilie beherbergte, einen Großteil Alexandrias ein und umfasste sogar einige Vergnügungsstätten, so etwa ein Theater und große Gärten. Geheimgänge, Abwasserkanäle, unterirdische Hallen und Wasserleitungen durchzogen den ausgedehnten Schlosspark.

Nur eine Woche benötigte der tüchtige Achillas, um seine Leute nach Alexandria zu führen, und er setzte ohne Vorwarnung zum Sturm auf die römischen Festungen an. Schwere Geschosse prasselten auf die Gebäude des Palastviertels nieder, erschütterten sie bis in die Grundfesten. Auch wenn die 20.000 Soldaten und 2.000 Reiter, die Achillas mitgebracht hatte, von der Bevölkerung mit stürmischem Jubel als Befreier von den Römern begrüßt wurden, gelang es diesen, zumindest den von ihnen besetzten Teil des Palasts zu behaupten. In kluger Voraussicht hatte Caesar angeordnet, den Zugang zum Hafen besonders zu schützen. Dort lag eine kleine römische Flotte, die die Eingeschlossenen in verzweifelter Lage würde wegbringen können. Mit zäher Verbissenheit kämpften die Römer um ihr Leben. Als es ihnen gelungen war, die ägyptische Kriegsflotte in Brand zu stecken und zu vernichten, ruhte für eine Weile der Kampf. Was war geschehen?

In Pech getauchte Fackeln waren auf die Segel der im Hafen zusammengedrängten ägyptischen Schiffe niedergegangen, Taue und Planken hatten Feuer gefangen, auch die Ruderbänke und die Rahen begannen zu lodern. Rot färbte der Schein des gewaltigen Brandes den Abendhimmel. Wind kam auf, trieb die Flammen wie leichtes Spielzeug vor sich her, vom Meer auf das Land und dort auf die Häuser der Stadt zu. Bald krochen Funken über die Dächer hin, leckten hier, fraßen dort, entzündeten den Inhalt der riesigen Getreidespeicher und zerstörten knisternd gewaltige Kästen mit Büchern, die für den Export in hafennahen Gebäuden gestapelt waren. 40.000 wertvollste Bände wurden Opfer der Flammen, der alles vernichtenden Feuersbrunst. Doch was auch immer geschah, die Aufmerksamkeit der Belagerer wurde abgelenkt. Es galt, zunächst Getreidevorräte und Bücherbestände zu retten. Dann könnte man weiterkämpfen.

Nahezu unheimlich war die Atmosphäre, die im Inneren des Palasts herrschte. Da war Caesar, der wusste, dass er in der Falle saß. Dann Ptolemaios und sein Berater Potheinos, die von der römischen Besatzung als Geiseln gehalten wurden, und schließlich Kleopatra in ständiger Angst um ihr Leben, die verzweifelt versuchte, ihre Beziehung zu Caesar aufrechtzuerhalten und den Anschein der Normalität zu erwecken.

In dem heillosen Durcheinander hatte sich niemand um Arsinoë gekümmert, Kleopatras jüngere Schwester, der es trotz aller Vorsichtsmaßnahmen gelang, mit ihrem Erzieher und Vertrauten, einem Eunuchen namens Ganymedes, aus dem Palast zu entkommen. Wenn sich Kleopatra als Königin vom Nil aufspielte, so ließ sie alle wissen, warum sollte nicht auch sie Königin sein, jünger zwar als jene, aber, wenn man ihren Bewunderern glauben durfte, um vieles schöner als die ältere Schwester.

„Potheinos weiß, dass uns die Flucht aus dieser verdammten Römerhölle gelungen ist", wandte sie sich triumphierend an ihren Erzieher. „Ich bin ihm sehr dankbar, dass er uns geholfen hat. Wenn unsere Rechnung aufgeht und unsere Leute diese Römerbrut mitsamt meiner Schwester ausgeräuchert und in die Unterwelt geschickt haben, werde ich den Thron besteigen. Ptolemaios wird mich nicht daran hindern. Ich halte ihn ohnehin nur für ein schwachsinniges Kind und das wird er Zeit seines Lebens bleiben. Dafür werden wir schon sorgen, was meinst du, Ganymedes? In den letzten Jahren hat sich sein Geist kein bisschen weiterentwickelt. Er tut nichts anderes als Schiffchen zu versenken oder seine hölzernen Armeen gegeneinander zu hetzen. Es wäre unverantwortlich, ihm den Thron unseres alten und erhabenen Reiches anzuvertrauen. Nun, wenn ich erst Königin bin, wird man weitersehen."

„Du hast recht, hohe Frau", schmeichelte der Eunuch. „Auf das Wohlwollen Roms sollten wir uns bei dieser Regelung keineswegs verlassen. Es könnte unseren Plänen kaum zustimmen und würde seine Verwirklichung als Beleidigung und Missachtung einer Weltmacht auffassen. Wir sollten versuchen, uns zu Achillas und seinen Truppen durchzuschlagen. Er weiß sicherlich Rat."

Grenzenlos war die Begeisterung der Truppen, als Arsinoë und ihr Berater bei Achillas eintrafen. Sofort riefen sie Arsinoë zur Königin aus. Das bedeutete, dass sie Kleopatra nicht mehr als ihre Herrin anerkannten. Auch Achillas war zunächst von der unerwarteten Unterstützung durch ein Mitglied der ptolemäischen Dynastie sehr angetan. Als Arsinoë aber versuchte, ihrem Vertrauten Ganymedes das Oberkommando zuzuschanzen, kühlte seine Freude merklich ab.

Arsinoës Flucht hatte Caesar auf Tiefste erschreckt. Wenn es ihr gelungen war, unbemerkt aus dem Palast zu entkommen, könnte dann nicht auch ihr Bruder fliehen und den Belagerern den Rücken stärken? Also verschärfte er die Kontrollen und verdoppelte ein weiteres Mal die Wachen. Unterhändler, die Potheinos zu Achillas sandte, wurden von den Römern abgefangen.

„Ich danke dir für deine Loyalität, Königin." Ungewohnt waren diese Worte aus dem Mund eines Mannes, vor dessen Namen seit Kurzem der Erdkreis erzitterte. „Ohne deine Warnung wäre ich diesem widerlichen Eunuchen nie auf die Schliche gekommen. Es liegt ihm also gar nicht daran, die Sache hier friedlich und im Sinne des verstorbenen Königs zu beenden. Ihm ist vielmehr nach Alleingang und Verrat. Und bei uns pflegen Verräter mit dem Leben zu bezahlen."

Für Potheinos gab es keine Rettung. Es schien fast, als sei Caesar die Gelegenheit, sich von dem mächtigen Mann zu befreien, willkommen. Denn was wäre der junge König ohne diesen alten Fuchs, der schon dem Vater gedient hatte? Caesar ordnete an, die von ihm verhängte Todesstrafe sofort zu vollstrecken. Potheinos wurde enthauptet. Als die Nachricht von dieser in römischen Augen menschlichsten aller Hinrichtungsarten nach Rom gedrungen war, war dort die Empörung groß. Ja, hatte der Feldherr nun endgültig den Verstand verloren? Seit wann durfte ein Nichtrömer in den Genuss einer so raschen und schmerzfreien Tötung kommen? Der Tod durch das Schwert als besonderer Gnadenerweis war doch nur den römischen Vollbürgern vorbehalten.

Geteilt waren die Reaktionen, die die Beseitigung des mächtigen Königsberaters und eigentlichen Herrschers Ägyptens hervorrief. Kleopatra atmete auf, war ihr mit der Hinrichtung doch einer ihrer schärfsten Gegner und damit eine ungeheure Last von den Schultern genommen. Denn ohne Potheinos war ihr Bruder nichts als ein schwachsinniger Knabe, von dem für ihre Stellung keine unmittelbare Gefahr ausging. Anders war hingegen die Stimmung bei den Belagerern. Der gewaltsame Tod eines der Ihren stachelte ihre Wut derart an, dass sich Caesar zum Handeln gezwungen sah. Ptolemaios musste ein Podest besteigen und unter strenger Bewachung an die Alexandriner eine Ansprache richten. Er wünsche keinen Krieg, ließ er seine Landsleute weisungsgemäß wissen. Er könne im Gegenteil dafür sorgen, dass Frieden zustande käme. Der Junge versuchte zu überzeugen. Aber seine Jugend und seine Unerfahrenheit, deren er sich nach Potheinos' Tod schmerzlich bewusst wurde, ließen seine Worte ungehört verklingen. Er ahnte, dass seine Sache verloren war.

Auch Achillas verließ allmählich der Mut. Die von ihm vor Alexandria geführten Streitkräfte wandten sich immer offener von ihm ab und Ganymedes zu, der Arsinoës volle Unterstützung genoss. Viel hatte die junge Frau von ihrer erfahreneren Schwester gelernt. Mochte sie bei Berenikes Hinrichtung noch jenes naiv-unschuldige Mädchen gewesen sein, das sich nur um die angenehmen Dinge des Lebens gekümmert hatte, so hatte sie Kleopatra bald abgeschaut, wie unabhängig und machtbewusst auch eine Frau ihrer Dynastie auftreten konnte. Sie wollte herrschen, unbedingt. Doch ihrem Anspruch stand Achillas im Wege, der Oberbefehlshaber, der noch immer zum Lager ihres Bruders, des Königs, gehörte und auch keine Anstalten machte, die Seiten zu wechseln. Achillas musste weg. So viel stand fest.

Blutrot versank die Sonne über dem ägyptischen Totenreich, färbte den Himmel, ließ das Meer glühen und nahm die Hitze des Tages mit sich. Abgetrennt lag Achillas' Haupt neben dem starren Körper, die Lider fest geschlossen und eine Spur von Blut auf dem trockenen Sand. Ohne die geringste Regung sah Arsinoë auf den gekrümmten Leichnam hinab und betrachtete ihn lange. Endlich sprach sie zu sich selbst: „Jetzt gehörst du mir, Ptolemaios." Dann übertrug sie, schon ganz Herrscherin, Ganymedes den Oberbefehl über die das Palastviertel belagernden Truppen. Ob das zu gewagt war? Ob er ihr eines Tages vielleicht den Thron streitig machen würde? „Nein", entschied sie. „Und nochmals: nein!" Von Ganymedes ging keine Gefahr aus. Auch er war ein Eunuch. Und niemals hätten ihre Ägypter einen Verschnittenen auf dem

Thron geduldet. Und auch das Heer ließe das nicht zu. Einen Eunuchen in schwieriger Lage als Oberbefehlshaber anzuerkennen, war eine Sache, ein Eunuch auf dem Thron eine andere. Schließlich war jedes Volk, dessen Herrscher sich bewährt hatten, daran interessiert, dass die Dynastie fortbestand …

Schwer war das Erbe, das Arsinoë ihrem Lehrer auferlegte. Nicht alle Angehörigen der Truppen waren mit der Neuregelung einverstanden. Viele trauerten Achillas nach, dem sie sich eng verbunden gefühlt hatten. Zu ihnen gehörten auch jene, die er von Pelusion nach Alexandria geführt hatte. Ganymedes musste sich daher sehr anstrengen, die Skeptiker von seiner Legitimation und seiner Tüchtigkeit zu überzeugen.

„Du wirst mit mir zufrieden sein, meine Königin", versprach er Arsinoë, die ihn in seinem Feldherrnzelt aufgesucht hatte, um sich über das weitere Vorgehen unterrichten zu lassen. „Nun, mein Lieber, was gedenkst du zu tun? Ich hoffe, du enttäuschst mich nicht", entgegnete sie und ließ sich auf einem gepolsterten Stuhl nieder. „Wie du weißt, Prinzessin", begann Ganymedes, „ist das unterirdische Alexandria von einem dichten Netz aus Wasserleitungen durchzogen, die alle Haushalte mit Trinkwasser versorgen. Selbst die Stadtviertel, in denen nur Tagelöhner und andere kleine Leute leben, kommen in diesen Genuss. Ich habe mir sagen lassen, dass noch nicht einmal das vielgepriesene Rom über einen derartigen Luxus verfügt", meinte er stolz. „Noch müssen dort Sklaven das in den Häusern benötigte Wasser oft von öffentlichen Brunnen holen, denn nur die Haushalte der Reichsten und Vornehmsten der Stadt verfügen über eine eigene Wasserversorgung. Nun", fuhr er leicht gekränkt, da er auf Arsinoës gelangweilten Blick traf, fort, „ich beabsichtige, die eingeschlossenen Römer von der Trinkwasserzufuhr abzuschneiden. Alle Vorbereitungen sind getroffen. Wenn du dich, verehrte Königin, einmal hierher bemühen wolltest." Nach einer leichten Verbeugung vor der Prinzessin trat er zu einer auf seinem Arbeitstisch ausgebreiteten Karte, auf der alle Kanäle Alexandrias eingezeichnet waren, ein weit verzweigtes Netz, blau die Linien für das Frischwasser und rot die, die das Abwasser ins Meer leiteten. Er zeigte Arsinoë die Stellen, an denen die Wasserrohre, die in den Palast führten, bereits verstopft waren. „Um den Druck auf die Belagerten zu erhöhen, werde ich Meerwasser in die Palastleitungen pumpen lassen. Auch damit haben meine Leute bereits begonnen." Arsinoë nickte anerkennend. Sie war mit ihrem Lehrer zufrieden.

Nicht zufrieden waren indes die eingeschlossenen Römer. Panik brach unter den Mannschaften aus. Man mochte ihnen den Speck verweigern, vielleicht sogar ihr geliebtes Getreide, aber auch nur einen Tag ohne Trinkwasser? Undenkbar! Nur Caesar selbst behielt einen kühlen Kopf. Hatte er nicht schon ganz andere Situationen gemeistert? Das Areal, das sie besetzt hielten, war riesig. Es wäre doch gelacht, wenn sich hier keine Brunnen graben ließen. Zumindest käme es auf einen Versuch an. Zudem würde eine sinnvolle Beschäftigung seine von Langeweile geplagten Männer ablenken. Eilig kommandierte er also einige Leute zum Graben ab. Und tatsächlich blieben Roms unsterbliche Götter und Caesars sprichwörtliches Glück dem Unternehmen gewogen. Schon nach wenigen Spatenstichen stießen sie auf Grundwasser, und die Lage entschärfte sich.

Auch sonst war Roms Sache vom Glück begünstigt. Ungeduldig hatte Caesar Kundschafter ausgesandt, die in Erfahrung bringen sollten, wo denn die angeforderte Verstärkung blieb. Auf Kreta und Rhodos, in Kilikien und Syrien waren diese erschienen, um den dort eingesetzten Legaten einmal mehr vorzutragen, wie dringend ihr Erscheinen vor Alexandria war, zumal sich auch die Versorgungslage der Eingeschlossenen von Tag zu Tag verschlechterte. Endlich erschienen am Horizont die ersten Schiffe einer römischen Flotte, die ein gewisser Domitius Calvinus anführte. Ungünstig erwies sich allerdings der über Tage heftig wehende Ostwind, der ein Einlaufen in den großen Hafen Alexandrias verhinderte. Die von der Natur erzwungene Pause machte sich Ganymedes zunutze. Der kluge und geschickte Stratege hatte rasch erkannt, dass die einzige Hoffnung, den Gegner in die Knie zu zwingen, darin bestand, die von diesem noch immer kontrollierten Verbindungen zur offenen See abzuschneiden. Aber reichten die ihm zur Verfügung stehenden Schiffe dafür aus? Keineswegs, befand er. Also ließ er in aller Eile die königlichen Arsenale öffnen und ausgediente Wasserfahrzeuge wieder seetauglich machen. Innerhalb weniger Tage waren 22 Vierruderer und fünf Fünfruderer einsatzbereit, dazu eine Menge kleinerer Gefährte. Dann rüstete Ganymedes zum Kampf und griff die Römer an.

Tatsächlich gelang es ihm, diesen erheblichen Schaden zuzufügen. Doch längst war es Calvinus' Flotte gelungen, sicher in den Hafen einzulaufen. Caesars Lage hatte sich damit so schlagartig verbessert, dass jetzt er die Initiative ergreifen konnte. Und seine Flotte war der ptolemäischen weit überlegen und fügte Ganymedes und der hinter ihm stehenden Arsinoë eine empfindliche Niederlage zu. Die Schlacht war erfolgreich geschlagen, aber der Alexandrinische Krieg für Rom noch lange nicht gewonnen.

In Ägypten neigte sich der Sommer seinem Ende entgegen. Zwar war es tagsüber heiß, und nichts ließ den bevorstehenden Herbst ahnen. Doch in den Nächten kroch von der nahen Wüste her eine eisige Kälte in die Stadt und brachte darin alles Leben zum Verstummen. Die Menschen verschanzten sich in ihren Lehmhütten, als gälte es, nicht nur den Launen der Witterung, sondern auch den Römern zu trotzen. In diesem Land so selten gesehene Regentropfen fielen auf die Erde herab, als wollten sie diese von dem vielen unsinnig vergossenen Blut reinigen. Und aus den Tempeln drang der monotone Singsang der Priester, die in längst vergessenen Worten die Himmlischen um ihren Beistand anflehten.

Immer weniger zeigten sich die Ägypter der überlegenen Kriegskunst Roms, die eine halbe Welt bezwungen hatte, gewachsen. Caesar ließ die Alexandria vorgelagerte Insel Pharos mit ihrem weltberühmten Leuchtturm angreifen und nahm sie nach schweren Gefechten ein. Auch der Damm, der Pharos mit dem Festland verband, wurde von den Römern besetzt. Doch dann schien sich das Kriegsglück noch einmal zu wenden. Allenthalben griffen jetzt ägyptische Kriegsschiffe die schmale Landverbindung an und brachten die römischen Reihen ins Wanken. Unter den Römern brach Panik aus. Und selbst Caesars persönliches Erscheinen mitten im Kampfgetümmel änderte an der Lage nichts. Seine Soldaten ergriffen die Flucht und versuchten, sich auf die eigenen Schiffe zu retten. Auch der Feldherr erkannte die Ausweglosigkeit seiner Lage und flüchtete sich auf sein Schiff. Wer von den Römern das grausame Schlachten bisher überlebt hatte, sollte bald die Gefallenen beneiden. Nicht nur Caesar versuchte, auf seinem Schiff dem Grauen zu entkommen. Zahllose Flüchtende drängten auf das bald hoffnungslos überfüllte Boot, sodass es sank. Von überall her waren jetzt die Hilferufe der Ertrinkenden und die Schreie der Verletzten und Sterbenden zu hören. Caesar, der das Schicksal so vieler seiner Leute teilte und wie sie ins Meer gestürzt war, gelang es, sich von seinen Purpurkleidern, einem augenfälligen Angriffsziel für die ermutigten Ägypter, zu befreien und schwimmend einen kleinen Kahn zu erreichen, der ihn aufnahm. Er jedenfalls war gerettet. Wichtige Schriftstücke, die er mit sich geführt hatte, hatten keinen Schaden erlitten. Denn er hatte sie mit seiner Linken über das Wasser gehalten. Die Ägypter aber fischten sein Gewand aus den Fluten und hängten es als Siegestrophäe an ein Denkmal, das sie zum Andenken an diesen Sieg eilig errichtet hatten.

„Wir haben heute nicht weniger als 400 Legionäre verloren, die Matrosen und Marinesoldaten nicht mitgerechnet“, beklagte sich Caesar am Abend bei seiner Geliebten. „Ich habe mich deshalb entschlossen, den Kampf vorerst ruhen zu lassen und die Ankunft des Entsatzheeres, das ich angefordert habe, abzuwarten. Ich denke, meine Königin, dass dies auch in deinem Sinne ist. Wir können nicht noch mehr Leben sinnlos aufs Spiel setzen.“

Noch immer standen Kleopatra Tränen in den Augen. Über jede Phase des Kampfes hatte sie sich unterrichten lassen. Als man ihr mitgeteilt hatte, auch Caesar sei wie so viele ein Opfer des Meeresgottes geworden, war sie der Verzweiflung nahe gewesen. Was würde nun aus ihr werden? Und was aus dem Kind, das sie von Caesar empfangen hatte? Ohne Caesar war sie nichts. Ohne ihn bliebe ihr nur der Tod. Auf ein schnelles Ende war sie allerdings gefasst. Auf keinen Fall würde sie ihren Gegnern, Ptolemaios oder Arsinoë, lebend in die Hände fallen. Das Gift, das sie unter ihrem Gewand verbarg und stets mit sich trug, würde ausreichen, nicht nur sie, sondern all diejenigen ihres Hofstaats, die ihr treu ergeben waren, ohne große Schmerzen zu töten. Aber noch war es nicht soweit. Noch einmal hatten, so schien es, die griechischen und ägyptischen Götter ein Einsehen.

Da stand er also vor ihr, Gaius Iulius Caesar, der ihr Freund, ihr Retter, ihr Vaterersatz, ihr Geliebter und nicht zuletzt der Erzeuger ihres ungeborenen Kindes war, scheinbar ratlos, resignierend vor einer ägyptischen Übermacht, mit der er nicht gerechnet, die er zu lange unterschätzt hatte. Ein wenig stolz war sie schon auf ihre Ägypter, die dem übermächtigen Rom die Stirn boten und ihm eine derartige Schmach zugefügt hatten, aber sie war sich doch der Tatsache bewusst, wie sehr ihr Schicksal mit dem des Römerreichs verbunden war.

„Wir werden in diesem Winter viel Zeit miteinander verbringen können", versuchte Caesar, dem ihre Verwirrung nicht entgangen war, die Königin zu trösten. „Und wir werden uns gemeinsam auf unser Kind freuen und Zukunftspläne schmieden", fuhr er fort. „Auf unser Kind, das zur Freude und zum Ruhme seiner Eltern leben möge!", fügte er hinzu und leerte einen Becher Falerner, nachdem er einige Tropfen des edlen Weins als Opfer für Jupiter auf den Boden gesprengt hatte. Dann nahm er die junge Frau in die Arme und streichelte ihr sanft über den gewölbten Bauch.

Caesar spielte also auf Zeit und setzte auf Ptolemaios, den er noch immer als Geisel in seinem Palast hielt. Wenn es überhaupt jemandem gelänge, die Alexandriner zum Einlenken zu bewegen, dann doch ihm, ihrem jungen König, den sie von Tag zu Tag mehr verehrten, zumal in ihrem Lager die Unzufriedenheit mit Ganymedes' harter Regierung und der hinter ihm stehenden Frau wuchs. Caesar hatte sich nicht vergeblich auf das königliche Faustpfand verlassen. Es dauerte nicht lange, da erschien eine Abordnung der kriegsmüden Stadt vor dem römischen Feldherrn, um ihm Folgendes vorzutragen: Er möge doch bitte den jungen König freilassen und ihm die Rückkehr zu den Seinen gestatten. Längst sei man der Herrschaft des von Ehrgeiz zerfressenen Mädchens überdrüssig und sehne sich nach dem Genuss des Friedens. Man sei auch willens, mit Ptolemaios' Hilfe die Freundschaft der Römer zu gewinnen, damit das Blutvergießen ein Ende habe …

„Du weißt, Ptolemaios, was deine Untertanen wünschen", wandte sich Caesar an seinen Gefangenen. „Nun, ich bin geneigt, ihrem Verlangen nachzugeben, denn ich bin davon überzeugt, dass sie es ehrlich meinen. Doch wenn ich dich freilasse und dir gestatte, zu den bewaffneten Feinden zu gehen, so wisse, dass du dem römischen Volk und mir als seinem Vertreter Treue und Gehorsam schuldest. Und auch, dass es keine Möglichkeit gibt, Roms Zorn zu entrinnen. Denn schon ist ein starkes Heer unterwegs, um uns zu Hilfe zu eilen." Mit diesen Worten begleitete er Ptolemaios zum Ausgang, um ihn zu entlassen. Doch der junge Mann, geschickter Schauspieler, der er war, beschwor Caesar unter Tränen, ihn nicht wegzuschicken. Nicht einmal der Thron sei ihm so wichtig wie Caesars Freundschaft und Gegenwart. Aber der Entschluss des Römers stand fest. Er handelte keineswegs aus Milde, wie seine Begleiter und wohl auch Ptolemaios vermuteten, sondern in dem Bewusstsein, dass ihm im Augenblick nichts anderes übrig blieb. Vor allem aber hoffte er, dass sich der junge König genau so verhalten würde, wie es seinen, Caesars, Plänen entsprach.

Ptolemaios und Arsinoë

So und nicht anders hatte es der Feldherr erwartet. Oder hatte er gar vorausgesehen, ja sogar gewusst, dass Ptolemaios sein tränenreiches Versprechen, sich nicht gegen Rom zu wenden, nicht halten würde? Schließlich kannte er die Verschlagenheit der Ägypter. Warum hätte ausgerechnet ihr junger König da eine Ausnahme sein sollen? Kaum hatte Ptolemaios ein wenig die Luft der Freiheit geschnuppert, als er auch schon den Krieg gegen die Römer neu entfachte. In zuvor nicht da gewesener Heftigkeit verbiss er sich in seine Kriegsführung, die alles bisher Geschehene in den Schatten stellte. „Gut so, mein Junge", kommentierte Caesar den Verrat. „Damit gibst du mir Gelegenheit, gnadenlos zuzuschlagen und die leidige Sache für Rom siegreich zu beenden. Wir haben uns lange genug an der Nase herumführen lassen." Mit einem triumphierenden Lächeln auf dem Gesicht wandte er sich an seine Geliebte. „Alles läuft nach Plan. Diejenigen meiner Leute, die mich wegen der Freilassung deines Bruders für meine übergroße Güte schon getadelt und mir meine Führungsqualität abgesprochen haben, sind verstummt. Sie vertrauen wieder ihrem Feldherrn. Was dein Bruder nämlich nicht wissen kann, ist, dass Entsatztruppen nur noch einen Tag von Alexandria entfernt sind. Pelusion befindet sich längst in der Hand unserer Bundesgenossen. Der Sieg ist nahe."

Aufmerksam hörte Kleopatra den Bericht des Geliebten an, ohne ihn zu unterbrechen. So straften die Himmlischen also all diejenigen Lügen, die frech behauptet hatten, Caesar habe die Lage wohl falsch eingeschätzt und sich zu sehr auf seine Menschenkenntnis verlassen, mit der es, wie sich ja soeben gezeigt habe, nicht weit her sein könne. Sie freilich wusste es besser. Wie kaum jemand sonst kannte sie diesen Mann, mit dem sie Tisch und Lager teilte.

Mochte er auch erst vor einigen Monaten in ihr Leben getreten sein, so hatte sie ihn doch von Anfang an durchschaut, ihn, der für andere so undurchschaubar war. Mit dem Herzen sah sie, was den Augen anderer verborgen blieb. In den leidenschaftlichen Nächten, in denen sie in unbeschreiblichem Rausch die Wonne der Lust geteilt hatten, er sie und sie ihn beglückend, hatte er sein Innerstes vor ihr ausgekehrt, ihr seine geheimsten Gedanken offenbart und seine ehrgeizigen Ziele aufgezeigt. Kein einfacher Mensch, dem sie sich da mit Haut und Haaren verschrieben hatte, gewiss. Ein schwieriger Charakter, alle überragend in Denken und Tun. Kaum vorstellbar, dass er sich über die Kunst der Alexandriner, andere zu täuschen, nicht im Klaren gewesen wäre.

Er sagte nichts mehr. Sie verstand ihn auch stumm. Seine Absicht war gewesen, durch Ptolemaios' Entlassung Arsinoës' Macht und Ganymedes' strenges Regiment zu schwächen, denn seine Agenten hatten ihm längst zugetragen, dass die Unzufriedenheit der Alexandriner mit dem selbst ernannten Führungsduo von Tag zu Tag wuchs.

„Was gedenkst du mit Ptolemaios zu tun, wenn wir erst den Sieg davongetragen haben, Gaius?" Nur wenn sie alleine waren, nannte sie ihn beim *praenomen*, was nicht einmal seiner Ehefrau Calpurnia in Rom gestattet war, und betonte das „wir". Nicht, dass sie ihm misstraut hätte. Aber sie war nach dem väterlichen Willen die rechtmäßige Herrscherin Ägyptens, und daran sollte sich, Caesar hin oder her, auch nach einem Erfolg der Römer nichts ändern. Einen berühmten, ja den augenblicklich größten Feldherrn der Welt zum Geliebten zu haben, war eine Sache. Ihr Anspruch auf die Krone eine andere. Für keinen Caesar der Welt wäre sie bereit, auf ihr angestammtes Recht zu verzichten.

„Was also gedenkst du zu tun?", wiederholte sie die Frage, da sich Caesar zu besinnen schien.

„Ich kann es im Augenblick noch nicht sagen", meinte er vorsichtig. „Aber ich denke, es wäre unklug, ihn am Leben zu lassen und damit der Opposition den Rücken zu stärken. Er ist ein Verräter. Und meine Römer hätten wenig Verständnis dafür, dass einer wie er ungeschoren davonkommt. Aber lass uns erst einmal den Sieg erringen. Dann werden wir weitersehen."

Kleopatra insistierte nicht länger. Aber sie wusste, dass der Kampf ihres Bruders gegen die Römer zumindest auf lange Sicht aussichtslos war. Ob Caesar darauf hoffte, der unerfahrene junge König, der sich noch nie einem bewaffneten Feind und schon gar keinem römischen Soldaten gegenüber gesehen hatte, werde in der Schlacht fallen und auf diese Weise das Problem ohne Caesars Zutun elegant lösen? Doch was, wenn die Götter ihren Bruder vor solch einem Ende bewahrten? Keinesfalls durfte Ptolemaios wieder neben ihr auf dem Thron sitzen, denn das vor Kurzem noch so naive Kind war, wie gesagt, gleichsam über Nacht zum Mann gereift und verfügte noch immer über eine ansehnliche Anhängerschaft, die schon wieder zweifelhafte Berater hervorbrachte. Doch Gaius Iulius hatte recht. Sie tat gut daran, ihm zu vertrauen. Die Zeit würde zeigen, was zu tun wäre. Und sie selbst würde nichts unversucht lassen, ihren Liebhaber davon zu überzeugen, dass das alte Reich am Nil für zwei Herrscher nicht groß genug und in ihren Händen am besten aufgehoben wäre.

Ganz leicht würde ihr das gelingen. Noch hatte sie nicht alle Trümpfe ausgespielt, noch lange nicht. Der Römer würde staunen, über welche Künste eine Ägypterin vor allem im Bett noch verfügte. Und sie würde auch Teja befragen, die verschrumpelte alte Hexe, die unten am Strand in einer schmutzigen Lehmhütte hauste. Es würde sie freilich einige Überwindung kosten, die Frau aufzusuchen. Aber Teja bewahrte viel vom Wissen der Alten. Sie kannte Tränke und Zaubersprüche, die Männer gefügig machten. Oh ja, schwach würde er in ihren Armen sein, Wachs in ihren Händen, so schwach, wie selbst sie ihn noch nie gesehen hatte, ganz klein, der große Feldherr Roms. Sie warf Caesar einen geheimnisvollen Blick zu. Dann verabschiedete sie sich mit einer leidenschaftlichen Umarmung.

Im Lager der Alexandriner war die Freude über Ptolemaios' Freilassung grenzenlos. Schon vor dem Palasttor erwartete ihn eine gewaltige Menschenmenge, die ihn jubelnd willkommen hieß. Im Triumphzug geleitete sie den jungen Mann und die Berater, die Caesar berechnend ebenfalls freigelassen hatte, in die Stadt. Durch Alexandrias Prachtstraße wälzten sich die grölenden Königstreuen. Die Säulengänge, die nach griechischem Vorbild den Weg säumten und Spaziergänger vor der glühenden Sonne und dem selten fallenden Regen schützten, waren mit bunten Tüchern geschmückt. Die Türen der Tempel standen offen. Die Bewohner Alexandrias hatten ihre Festgewänder angelegt, ihren Kindern Schmutz und Rotz aus den sonnengebräunten Gesichtern gewaschen und die Läuse aus den Haaren gekämmt. Selbst die Juden hatten das ihnen zugewiesene Stadtviertel, das in unmittelbarer Nachbarschaft zu den Palastgärten lag, verlassen, um an dem gewaltigen Spektakel teilzuhaben, wenn auch Ptolemaios nicht der lange ersehnte Messias war. Wer aber gehofft hatte, das Erscheinen des Königs werde jeden Zwist beenden, sah sich bald getäuscht.

Von dem kürzlich gemachten Friedensversprechen wollten weder Alexandrias Stadtväter noch der König und seine Begleiter etwas wissen. Kaum bei den ägyptischen Truppen angekommen, wurde Ptolemaios der Oberbefehl übertragen. Umgeben von seinen Freunden, war es nicht schwer, die Soldaten an ihre patriotische Pflicht zu erinnern und sie zur erneuten Aufnahme des Krieges zu bewegen. Auch das Schicksal Besiegter wurde ihnen vor Augen geführt: Wie die Römer die Unterlegenen im Triumphzug in den Gassen Roms vorzuführen pflegten, um sie vor der grölenden Menge zu demütigen, wie Besiegte im *Mamertinum*, dem römischen Staatsgefängnis, erdrosselt oder in die Sklaverei gezwungen wurden, was im Falle einer Niederlage mit den ägyptischen Frauen geschähe, mit unschuldigen Kindern und all jenen, die für römische Zwecke zu krank oder zu alt waren. Es bedurfte nicht vieler Worte, die Soldaten davon zu überzeugen, diese Gefahr bis aufs Blut bekämpfen zu müssen und, wenn nötig, sogar ihr Leben dafür zu lassen. „Wir haben nichts zu verlieren", gab der junge König zu bedenken. „Wir können nur gewinnen." Noch einmal rafften sich die kriegsmüden Ägypter auf, um Caesars Nachschubwege zu blockieren, jedoch ohne besonderen Erfolg. Nur der Flottenbefehlshaber von Rhodos, ein gewisser Euphranor, verlor Schiff und Leben. Es war Ägyptens letzter Sieg über den mächtigen Feind.

Inzwischen hatte ein reicher Mann den Schauplatz der Geschichte betreten. Er war ohne seine beiden erwachsenen Söhne Phasael und Herodes, denen er in Judäa wichtige Aufgaben zugewiesen hatte, an den Nil gekommen. Sein Name war Antipater. Er war Idumäer und fühlte sich dem jüdischen Herrscher und Hohepriester Hyrkanos II. so eng verbunden, dass er für diesen antriebsschwachen Regenten Judäas die Regierungsgeschäfte führte. Antipater verfügte über einen untrüglichen politischen Instinkt, der seinem Dienstherrn fehlte. Er rechnete sich aus, dass die Römer die künftigen Herren auch dieses Teils der Welt, Judäa, würden und es deshalb angebracht wäre, sich gut mit ihnen zu stellen. Selbst seine Kinder ließ er in der griechisch-römischen Kultur unterweisen. Im gesamten vorderen Orient hatte Antipater für Caesars Sache geworben und nicht nur syrische Fürsten, sondern auch König Mithradates von Pergamon und den Nabatäerherrscher Malchos für Rom gewonnen. Sogar die Juden Ägyptens schlugen sich auf die Seite der Römer. Mithradates führte das Heer an, das dem ptolemäischen vor Alexandria gegenüber trat.

Caesar selbst war es gelungen, den Palast unbemerkt zu verlassen und mit seiner Flotte Richtung Kanopos, Alexandrias berühmtem Pilger- und Vergnügungsort, auszulaufen. Dort angekommen, ließ er alle Lichter löschen und die Schiffe wenden. Geistergefährten gleich segelten diese nun, unentdeckt vom Feind, an Alexandria vorbei und ankerten westlich der Stadt. Gemeinsam mit den Truppen des Königs von Pergamon erstürmte er ohne große Verluste das ägyptische Lager. Ptolemaios versuchte noch, sich auf eines seiner Schiffe zu retten. Da es ihm viele seiner Landsleute gleichtaten, war dieses bald so hoffnungslos überfüllt, dass es sank. Der junge König ertrank im Nil. Doch wer in den Fluten des Nils sein Leben ließ, erwarb nach dem Glauben der Alten Anspruch auf Unsterblichkeit. Die Ertrunkenen wurden nach überlieferter Sitte einbalsamiert und in prächtigen Grabanlagen feierlich beigesetzt. Aber weder Caesar noch Kleopatra hatten Interesse daran, das Andenken an diesen Toten derart zu erhöhen.

Schlagartig senkte sich die Nacht auf das alte Pharaonenreich. Der Lärm der Schlacht, der tagsüber jedes andere Geräusch verdrängt hatte, war verstummt. Nur die Wellen des Flusses brachen sich murmelnd am Ufer, ehe sie langsam verebbten. Römische Soldaten patrouillierten entlang des Nils, hielten Wache und waren angewiesen, jeden noch so unbedeutend erscheinenden Vorfall zu melden. Aber alles war ruhig. Die Stille des Todes. Nicht einmal Frösche quakten, als trauere auch die Natur um die vielen Erschlagenen, die die Kämpfe des Tages gefordert hatten. Jetzt deutete nichts mehr auf Krieg hin.

Gähnend liefen zwei Wächter auf und ab. „Möchte wissen, weshalb man uns hierher gestellt hat“, meinte missmutig der eine. „Das weiß ich auch nicht“, entgegnete der andere. „Wer dieses Grauen überlebt hat, hat sicherlich keine Lust, noch einmal hierher zurückzukehren. Schau dir den an!“ Er deutete auf einen übel zugerichteten Leichnam, dem der Kopf fehlte. „Was man im Hades wohl meint, wenn der dorthin kommt? Ob er bei den Schatten auch kopflos herumspaziert?“, lachte er. „Oder der“, fiel sein Kamerad ein. „Dem haben sie beide Arme abgeschlagen. Na ja, vielleicht findet sich dort unten ja eine Schöne, die ihn füttert und ihm den Hintern abputzt.“ Dann plötzlich: „Was war das? Hast du es auch gehört?“ „Bin ich etwa schwerhörig?“ Die Männer hielten inne. Etwas Hartes war ans Ufer geschlagen und hatte sich im dichten Schilfwald verfangen, als wolle sich das heilige Wasser des Flusses von einer leidigen Last befreien. Die Männer zogen die Schwerter. Dann tasteten sie sich vorsichtig in die Richtung, aus der das seltsame Geräusch gekommen war. Jetzt war wieder alles ruhig, fast unheimlich. Ein voller Mond wies ihnen den Weg. Dann stockte ihnen vor Entsetzen der Atem. Da lag er, Ägyptens junger König, und rührte sich nicht. Seine gebrochenen Augen starrten ins Leere. Und im fahlen Mondlicht schimmerte der goldene Brustpanzer …

Wie man es ihnen befohlen hatte, erstatteten sie Meldung. Was mit dem grausigen Fund zu geschehen habe, wollten sie wissen. Der Brustpanzer sei, so wurden sie beschieden, dem Leichnam auszuziehen und als Beweis für Ptolemaios' Tod unverzüglich nach Alexandria zu bringen. Die Leiche aber müsse in aller Eile verscharrt und als vermisst gemeldet werden. Keinesfalls dürften dem jungen Mann göttliche Ehren zuteilwerden. Ptolemaios sei ein Verräter, und ein solcher müsse der Vergessenheit anheimfallen.

Wieder einmal hatte sich das Schicksal zu Gunsten Caesars entschieden. Wie von ihm gehofft, war das Problem Ptolemaios von einer höheren Macht gelöst worden. Der Krieg war zu Ende. Denn als man den Alexandrinern den goldenen Brustpanzer ihres Königs zeigte, verzweifelten sie und öffneten den Römern die Tore. Ihr Jubel war allerdings eher verhalten.

Mit seinem *ab epistulis* saß Caesar in seinem Arbeitszimmer „Schreib!", befahl er dem Freigelassenen, der seit Beginn des Krieges sorgfältig Tagebuch zu führen gehalten war. „Aber kein Wort von Ptolemaios und von seiner Rüstung, hörst du?! Es kann nicht im Sinne Roms sein, die Nachwelt wissen zu lassen, dass nicht Tüchtigkeit und Überlegenheit unserer Truppen diesen Krieg beendet haben, sondern ein Zufallsfund, der die Alexandriner kapitulieren ließ. Vermerke, dass die Leiche des Königs nie gefunden wurde und die Feinde, jetzt führungslos, wenn auch unter Aufwendung größter Mühe bezwungen werden konnten! Und lass auch durchblicken, wie zahlreich die Ägypter gegen uns angetreten sind und wie tapfer sie gekämpft haben! Einen mächtigen Feind zu besiegen hat noch immer viel Ehre eingebracht. Übrigens", fügte er noch hinzu, „werden wir den Tag der Unterwerfung im römischen Festkalender vermerken und seiner alljährlich feierlich gedenken. Erinnere mich bitte daran, wenn wir wieder zu Hause in Rom sind!"

„Ja, Merit, liebe Freundin", wandte sich die Königin an ihre ständige Begleiterin, die mittlerweile die Stellung einer Hausdame einnahm und als innigste Vertraute Kleopatras galt, was ihr unter der Dienerschaft viel Neid und Missgunst einbrachte. „Nun ist doch alles nach Wunsch verlaufen, aber ich weiß nicht, ob ich mich darüber freuen soll." Mit beiden Händen umfasste sie ihren hochgewölbten Leib. Die heftigen Bewegungen des ungeborenen Kindes waren oft so schmerzhaft, dass Kleopatra kaum noch Schlaf fand. Die Geburt ihres ersten Kindes stand unmittelbar bevor. „Du wunderst dich, nennst mich sogar unzufrieden. Du darfst mich kritisieren. Einem anderen würde ich es nicht raten. Nein, Merit, ich bin den Göttern durchaus dankbar, dass sie uns ihre Hilfe nicht versagt haben. Aber hast du dir eigentlich schon einmal Gedanken darüber gemacht, was nun werden soll? Caesar ist jetzt frei. Er wird uns bald für immer verlassen. Ihn erwarten andere, weit höhere Aufgaben als die Verwaltung oder Nichtverwaltung eines Reiches, das seine Blüte bereits überschritten hatte, noch ehe ein Mensch seinen Fuß an Latiums raue Gestade setzte, und das Rom so fern ist. Wird er Wort halten, was meinst du? Wird er mir mein Königreich lassen oder Ägypten zur römischen Provinz machen? Ich fürchte mich vor dem Augenblick, da ich vor ihn treten muss, um mir seine weiteren Pläne anzuhören."

„Ich denke, Königin, dass du nichts zu befürchten hast. Du machst dir unnötig Sorgen, wenn du mir diese Bemerkung gestattest. Du solltest lieber an dein Kind denken. Es ist nicht gut für eine Schwangere, wenn sie sich so ängstigt. Nicht nur, dass Caesar in dich verliebt ist. Weniger vielleicht wegen deines Aussehens. Aber wolltest du deswegen geliebt werden? Schönheit ist ein vergängliches Gut. Er bewundert deine Klugheit, deine umfassende Bildung, deine Voraussicht und nicht zuletzt deine Treue gegenüber Rom. Und er ist der Vater deines Kindes, vergiss das bitte nicht! Soviel ich weiß, hat er bislang keinen männlichen Erben, jedenfalls keinen legitimen, und seine Tochter Julia weilt längst bei den unterirdischen Schatten. Freilich wirst du Zeit deines Lebens von ihm oder einem anderen Römer abhängig sein. Aber Rom ist weit, und hier in deinem Land wirst du Königin und unangefochtene Herrscherin sein, glaube mir! Rom hat im Augenblick genügend Sorgen und wird sich nicht mit einer Provinz, die zudem für einen Außenstehenden als äußerst schwierig und unruhig gilt, belasten."

„Aber sie lieben mich nicht, meine Ägypter", wandte Kleopatra ein. „Ich weiß nicht, wodurch ich mir ihre Sympathien verscherzt habe. Sie verehren noch immer Ptolemaios, meinen Brudergemahl, und sie verehren ihn wie einen Gott."

„Sie werden dich lieben, meine Königin", tröstete Merit, drängte die Schwangere auf eine Liege und begann, ihr mit sanften kreisenden Bewegungen den Bauch zu massieren. „Sie werden sich sehr bald an dich gewöhnen und den anderen vergessen. Das liegt in der Natur des Menschen. Wenn sie erst einmal deine Tüchtigkeit und Gerechtigkeit erfahren haben, werden sie sich keine bessere Herrscherin vorstellen können. Du musst nur ein wenig Geduld mit ihnen haben."

„Dein Wort in den Ohren der Götter!", seufzte Kleopatra. Dann entspannte sie sich ganz unter Merits wärmenden Händen, schloss die Augen und schlief ein.

Es kam, wie es Kleopatras Dienerin vorhergesagt hatte. Caesar hatte im Augenblick andere Sorgen, als sich die Verwaltung einer von Rom so abgelegenen Provinz aufzuladen. Es galt, seine Stellung in Rom zu festigen, Pompeius' letzte Anhänger auf seine Seite zu bringen und endlich zu einem neuerlichen Feldzug gegen die Parther zu rüsten, die wieder einmal das Imperium bedrohten. Kleopatra war eine verlässliche Partnerin und sie hatte allen Grund, ihm dankbar zu sein. Auch an ihren herrscherlichen Fähigkeiten bestand kein Zweifel. Weshalb also nicht ihr den Thron Ägyptens überlassen? Als Klientelkönigin würde sie ohnehin auf Rom angewiesen, von ihm abhängig sein. Und wenn sie bei ihrem Volk nicht allzu beliebt war, noch nicht - er war ganz sicher, dass sich das schon bald ändern würde -, so könnten die drei Legionen, die er in Ägypten zurückzulassen gedachte, gute Überzeugungsarbeit leisten - mit dem angenehmen Nebeneffekt, dass sich auf diese Weise auch über die dynamische junge Frau eine gewisse Kontrolle ausüben ließe. Doch wer sollte den Oberbefehl über die hier stationierten Streitkräfte erhalten? Er musste nachdenken. Keineswegs durfte es ein Mann aus altaristokratischer Familie sein, bei dem Gefahr bestand, dass er sich das fruchtbare Land, das für die Ernährung Roms vielleicht noch einmal wichtig werden konnte, womöglich selbst unter den Nagel riss oder gar mit der Königin gemeinsame Sache gegen Rom machte. Aber war da nicht ...? Caesar bohrte in seinem Gedächtnis nach. Wie hieß er noch gleich, der Sohn eines Freigelassenen, der sich als tüchtiger Offizier bewährt hatte? Rufio. Richtig: Rufio. Jener junge Mann verfügte weder über die gesellschaftliche Stellung, die ihn für die Königin interessant machte, noch über die Verbindungen, die es ihm erlaubt hätten, seine Hand nach dem Thron Ägyptens auszustrecken. Zudem galt er als so glühender Anhänger des Imperators, dass böse Zungen früher hinter vorgehaltener Hand geflüstert hatten, die beiden ungleichen Männer verbinde mehr als eine tief empfundene Männerfreundschaft. Caesar musste lächeln. Natürlich entbehrte solches Geschwätz jeglicher Grundlage. Hatte er sich doch nicht einmal sofort an den Namen seines

„Liebhabers“ erinnert. Es geschah jetzt übrigens öfter, dass ihn sein einst sprichwörtliches Gedächtnis im Stich ließ. Dabei schätzten seine Soldaten gerade die Tatsache, dass er sich an beinahe jeden Namen noch nach Jahren erinnern konnte. Ob es das beginnende Alter war, das ihm hier einen Streich spielte?

Einer eingesperrten Tigerin gleich hetzte Arsinoë fauchend in dem kleinen Raum umher, den der Feldherr der Gefangenen zugewiesen hatte. Vor der niedrigen Tür des Gemachs waren Wachen postiert und das schmale Fenster, eine winzige Luke, war vergittert. Die Prinzessin war empört. Eine einzige Zofe hatte Caesar ihr zugebilligt, eine alte, im Dienst der Königsfamilie ergraute Frau, die die meiste Zeit über schlief. Auch von der Gesellschaft einer wachen Begleiterin hätte Arsinoë nichts gehabt. Die alte Frau sprach einen ihr unverständlichen ägyptischen Dialekt und hatte sich Zeit ihres Lebens geweigert, ein wenig griechisch zu lernen. Kleopatra, Kleopatra hätte sie freilich verstanden! Ein wenig bedauerte Arsinoë, dass sie nicht wie die ältere Schwester ihre Jugend mit Lernen verbracht, sondern sich nur den unbeschwerten Dingen des Lebens gewidmet hatte. Sie war in großer Sorge. Was hatte Caesar mit ihr vor? Würde er sie am Leben lassen? Aber pflegten die Römer nicht ihre Feinde grausam hinrichten zu lassen, nachdem diese über Jahre unter unmenschlichen Bedingungen im *Carcer Tullianus* in Rom gefangen gehalten worden waren? Ganymedes, der über fast alles, was im Imperium Romanum vor sich ging, unterrichtet war, hatte ihr davon erzählt und sie davor gewarnt, diesen Römern lebend in die Hände zu fallen. Ihre Schwester Berenike kam ihr in den Sinn und der Tag, an dem diese unter dem Beil des Henkers ihr Leben gelassen hatte. Heftig begann die Gefangene zu zittern.

„Was soll mit Arsinoë geschehen?“, wollte Kleopatra von ihrem Liebhaber wissen. „Entgegen der in Rom üblichen Praxis hast du sie bisher nicht getötet, sondern nur gefangen genommen. Dafür bin ich dir sehr dankbar. Sie mag eine Verräterin sein, aber vergiss bitte nicht, dass sie eigentlich noch ein unmündiges Kind ist, das lediglich den Einflüsterungen zweifelhafter Berater erlag! Ganymedes liegt streng bewacht in Ketten. Von Arsinoë droht uns also im Augenblick keine Gefahr. Denn ohne ihn ist sie nichts. Sie wird uns nicht stören. Vorerst wenigstens. Sie ist meine Schwester und schon einmal musste ich zusehen, wie eine Frau meines Blutes …" Der Königin standen Tränen in den Augen. Das Trauma, das Berenikes Hinrichtung in ihr hinterlassen hatte, hatte sie bis auf den heutigen Tag nicht überwunden. „Um unserer Liebe willen bitte ich dich, Arsinoë zu verschonen", flehte sie.

„Du weißt, Frau, was du von mir verlangst. Aber keine Sorge, ich habe nicht vor, die Prinzessin vorzeitig in den Hades zu schicken. Ich werde sie nach Rom schaffen lassen, wo sie als besondere Trophäe meinen Triumphzug schmücken wird. Meine Römer erwarten derartige Geschenke." „Und danach?" Kleopatra war neugierig geworden. Auch sie wusste, dass die besiegten Gefangenen nach dem Triumphzug im *Carcer Tullianus* erdrosselt wurden und der oberste Priester Jupiter erst opfern durfte, wenn ihm der Vollzug dieser Strafe gemeldet worden war. Hatte sie nicht selbst allen Grund, dem Schicksal dankbar zu sein, das sie vor dieser Demütigung bewahrte? Schwer zu sagen, ob Arsinoë die Schmach eines Triumphes überhaupt überleben würde. Dass sie sich der Vorführung in Roms Gassen entziehen könnte, etwa, indem sie sich selbst richtete, stand nicht zu erwarten. Caesar würde schon dafür sorgen, dass sie bis dahin am Leben blieb und sie Tag und Nacht scharf bewachen lassen. „Danach werde ich sie nach Ephesus verbannen und auch dort ein Auge auf sie haben, damit sie nicht wieder irgendwelche Intrigen spinnt. Von ihrem Verhalten wird es abhängen, ob sie weiterleben darf oder den Weg aller Besiegten gehen muss. So viel aber steht fest: Ein Caesar wird sich auch von einer ägyptischen Prinzessin nicht an der Nase herumführen lassen."

Nie zuvor hatte Kleopatra für ihre jüngere Schwester größeres Mitleid gefühlt. Sie kannte Arsinoë, die doch des gleichen Blutes war wie sie selbst. Sie mochte noch ein Kind sein – eine Tatsache übrigens, die sich mit jedem Tag änderte –, aber sie war eine Ptolemäerin, machtbewusst und ehrgeizig von Geblüt, und sie war schön. Wie auch immer Caesar sich entscheiden würde, Arsinoë war verloren.

Caesar wusste, dass seine Tage in Ägypten an der Seite der jungen Königin gezählt waren. Doch wie würde sich das Volk ihr gegenüber nach seinem Abzug verhalten? Würden die zurückgelassenen drei Legionen ausreichen, die Ägypter und vor allem die Bewohner Alexandrias in Schach und vor einer erneuten Erhebung abzuhalten? Hatten sie nicht schon einmal gegen eine Frau auf dem Thron protestiert? Kleopatra würde es schwer haben, und es galt, ihre Herrschaft durch eine weitere Heirat abzusichern, eine Verbindung, die im Einklang mit der ägyptischen Tradition stand. Kurzerhand verordnete er ihr, die Ehe mit ihrem zweiten Bruder, dem erst elf oder zwölf Jahre alten Ptolemaios, dem vierzehnten Träger dieses Namens, einzugehen. Als geschwisterliebendes Herrscherpaar konnte er nun die frisch Vermählten der Öffentlichkeit präsentieren.

Freilich hatte es einiger Überredungskunst bedurft, Kleopatra, die sich gerade erst ihres ersten Brudergemahls entledigt sah, von der Notwendigkeit dieser Maßnahme zu überzeugen. Aber schließlich war Ptolemaios ein Knabe, mochte er nun mit ihr gemeinsam den Königstitel tragen oder nicht. Herrschen würde sie. Alles andere wäre bloßer Schein. Und wenn ihr Liebhaber erst wieder in Rom wäre, wer hinderte sie dann daran …? Es gab Unfälle, es gab Krankheiten. Wer kannte schon die verschlungenen Wege des Schicksals? Und wer wagte es, sich dagegen aufzulehnen?

Vorübergehende Trennung

„Auch wenn mich Caesar, wie damals mein Vater, genötigt hat, meinen Bruder zu heiraten, wird mir dieser nicht im Weg stehen. Ich sehe nirgendwo einen Potheinos oder einen Achillas, der den Knaben gegen mich aufhetzen könnte, und ich habe mich den Römern so unverzichtbar gemacht, dass ich mir sicherlich nicht nur einbilde, in meinem Ägypten unangefochtene Alleinherrscherin zu sein, sondern sogar einen, wenn auch geringen, Einfluss auf die römische Politik ausüben zu können." Merit hörte ihrer Herrin aufmerksam zu. Sie rechnete es sich als hohe Ehre an, mit der Königin so vertraulichen Umgang zu pflegen. Kleopatra sprach mit ihr wie mit ihresgleichen, und Merit war dankbar dafür. Sie war fest entschlossen, ihr ganzes Leben in den Dienst der hohen Frau zu stellen, die sie - wie viele Jahre war das her? - vom Joch der Sklaverei befreit und in eine glänzende Zukunft geführt hatte. Kleopatra würde ihr Schicksal sein, sie würde mit der Königin leben und mit ihr untergehen. Doch wer konnte schon einen sicheren Blick in die Zukunft werfen? Wer kannte den Ratschluss der Götter?

Die junge Frau schloss die Augen und erschauderte. Sie sah vor sich, was ihr das Schicksal schon lange nicht mehr zu sehen gestattet hatte: Kleopatra, auf ein prunkvolles Lager gebettet, angetan mit güldenem Gewand, die Krone Ober- und Unterägyptens auf dem Haupt, Geißel und Krummstab nach Pharaonenart über der eingefallenen Brust gekreuzt. Die Königin schien zu schlafen, und doch wusste Merit sofort, dass sie tot war. Über dem Leichnam kauerte eine junge Frau, ein Mädchen noch, unbeweglich, steif. Wer war das? Sie, Merit, war es nicht. Hatte sie ihre Gönnerin womöglich doch im Stich gelassen? Oder war sie, wenn Kleopatra starb, selbst längst tot? Was musste geschehen sein, dass sie die Königin nicht auf diesem letzten Weg begleitet hatte? Schweißperlen traten ihr auf die hohe Stirn, und ihre Augen füllten sich mit Tränen. Mit einer ungeschickten Handbewegung versuchte sie, die schrecklichen Bilder wegzuwischen und ihr Gesicht zu trocknen. Aber Kleopatra war die Verwirrung ihrer Vertrauten nicht entgangen. „Was ist mit dir, Liebes? Habe ich dich gekränkt? Verzeihe bitte, wenn dem so ist! Ich habe es nicht absichtlich getan." Merit stürzte sich der Königin zu Füßen, umfing zitternd deren Knie: „Du mich gekränkt? Nein, Königin, niemals. Niemals könntest du mir … Es ist nichts, Kleopatra, eine kleine Verstimmung. Es ist nichts." Schwerfällig raffte sie sich auf, warf der Freundin einen liebevollen, wenn auch traurigen Blick zu, schleppte sich zur Tür und ließ eine ratlose Königin zurück.

„Unsere gemeinsamen Tage in deinem Reich neigen sich dem Ende zu. Du weißt, Kleopatra, dass in Kleinasien Aufgaben meiner harren, die keinen Aufschub dulden. Und nicht nur dort." Kleopatra glaubte, ein wenig Bedauern in Caesars Stimme zu hören. „Aber wisse, dass ich die Zeit an deiner Seite genossen habe – trotz aller Widrigkeiten, die uns den Weg zu deiner neuerlichen Thronbesteigung erschwert haben. Nie zuvor bin ich so glücklich gewesen." Caesar schluckte. „Nun", fuhr er nach einer Weile des Schweigens fort, „ich überlasse dir geordnete Verhältnisse. Ich kann nicht bleiben, auch wenn mir deine Augen verraten, wie sehr du es dir wünschst. Ich habe dir einmal gesagt, ich wolle lieber in jedem Dorf der Erste sein als in Rom nur der Zweite. Jetzt bietet sich mir die Möglichkeit, in Rom der Erste zu werden, und du wirst verstehen, dass ich die Gelegenheit beim Schopfe packen muss. Die Vorsehung wird sie mir nicht noch einmal gewähren. Als so gnädig erweist sich das Schicksal nicht", meinte er nachdenklich.

„Deine Worte klingen nach Abschied, mein Herr und Gebieter", unterbrach ihn die Königin. Sie machte sich bewusst klein, um ihm zu schmeicheln. „Mein Verstand sagt mir, dass ich dich gehen lassen muss, um dich nicht ganz zu verlieren. Mein Herz allerdings, wenn ich den Regungen meines Herzens folge …" Traurig senkte sie den Blick. „Ich denke an die rauschenden Feste, die wir Seite an Seite oft bis zur Morgendämmerung gefeiert haben. Ich denke an die leidenschaftlichen Nächte, in denen die Welt um uns herum versank. Sie gehörten uns, die ganze Zukunft gehörte uns, und ich wünschte mir oft, die Stunden mit dir würden niemals enden. Ich denke auch an unser Kind. Wie soll ich ihm später seinen Vater beschreiben? Wird es dir ähnlich sehen? Wird es dich mir ersetzen können? Oder mich nur erinnern?"

„Du hast recht, meine Geliebte. Ein Kind sollte seinen Vater kennen. Aber auch hier wird sich eine Lösung finden. Wenn es den Göttern gefällt und ich heil nach Rom zurückkehren werde, würde ich mich freuen, dich und Klein-Caesar in Rom als meine Gäste zu begrüßen. Ich werde es dich wissen lassen, wenn die Zeit gekommen ist. Und: Sei nicht traurig! Wir haben von Anfang an gewusst, dass unsere Beziehung nur eine auf Zeit sein würde. Die Götter haben uns andere Aufgaben zugedacht, als den Rest des Lebens in süßem Nichtstun miteinander zu verbringen. Und jeder hat die Pflicht, den Platz, an den ihn die Vorsehung gestellt hat, nach bestem Können und Gewissen auszufüllen."

„Gäste", flüsterte Kleopatra, „Gäste, freilich. Ich hatte ja beinahe vergessen, dass du in Rom eine rechtmäßige Ehefrau hast. Was wird sie sagen, wenn du deine Geliebte und das Produkt deines Ehebruchs in Rom empfängst?" „Calpurnia ist eine weise und würdige römische Matrone, die weiß, was man von einer Ehefrau erwartet. Bei uns ist das ein Titel der Ehre und hat nichts mit Sinneslust zu tun. Sie wird sich fügen, weil sich das für eine Römerin so gehört. Im Übrigen: Sie liebt mich ebenso wenig wie ich sie liebe. Nicht nur bei euch werden Ehen aus anderen Motiven als aus Zuneigung geschlossen. Familienbande, Einfluss, Macht, Geld und Staatsräson spielen dabei eine große Rolle. Calpurnia wird dir freundlich begegnen und ich versichere dir, ihr werdet euch nicht allzu oft über den Weg laufen."

Wenige Tage später brach der Imperator auf. Sie hatten sich in stürmischer Umarmung voneinander verabschiedet, als sie noch alleine waren. Jetzt stand Kleopatra ohne die geringste sichtbare Regung am Strand und sah den auslaufenden Schiffen nach. Die Luft im Hafen stand still. So mochte es Dido, der großen Königin, ergangen sein, als der trojanische Held Aeneas sie verlassen hatte, um nie mehr zurückzukehren. Doch nein! Sie, Kleopatra, war nicht Dido. Sie würde sich nicht wie einst die legendäre Herrscherin auf den Scheiterhaufen werfen und sich auf diese Weise der Verantwortung entziehen. Manchmal wäre das freilich die einfachere Lösung. Es gehörte augenscheinlich mehr Mut dazu, sich dem Leben mit all seinen Herausforderungen zu stellen. Sie würde ausharren und versuchen, ihm, Caesar, keine Schande zu machen. Sie würde ihrem Volk eine gute Königin und ihrem Kind eine liebende Mutter sein, ihm auch den Vater ersetzen. So verharrte sie, die Königin, einer steinernen Statue gleich. Erst als das letzte Schiff der mächtigen Flotte in den Horizont eingetaucht war, raffte sie ihr Schultertuch zusammen, stützte ihren schweren Bauch und ging langsam nach Hause. „Ich wünsche heute nicht mehr gestört zu werden", wies sie Merit an, verschloss ihr Schlafgemach und warf sich schluchzend auf das prunkvolle Ruhebett, das sie so oft und so leidenschaftlich mit Caesar geteilt hatte.

Längst war der Hafen Alexandrias außer Sichtweite. Aber der Imperator stand noch immer am Heck seines Schiffes, angetan mit dem Purpur des Feldherrn, den Schmuckhelm auf dem in den Nacken geworfenen Haupt und das Prunkschwert in der Hand, die Rechte zum Gruß erhoben. Seine Augen bewahrten das Bild: Die schlanke junge Frau, die, scheinbar ungerührt, dort am Kai stand und ihm nachschaute, ein Abenteuer seines späten Lebens, das ihn wohl nie mehr loslassen und sich nie wiederholen würde. Versonnen blickte er auf die Wellen, die das Schiff auf dem Wasser pflügte. Graue Dunstschwaden waberten über der flachen See. Die Sonne kroch über den östlichen Horizont. Es war nichts geworden aus der Vergnügungsfahrt, die sie hätte nilaufwärts führen sollen, die sie sich beide gewünscht und so herrlich ausgemalt hatten und für die Kleopatra die schönsten Barken ihrer Flotte schon hatte herrichten lassen, Schiffe, mit deren Pracht es die Gefährte anderer Länder nicht aufnehmen konnten: Eines, ganz ausgeschlagen mit Gold und Elfenbein, mit Wollbinden, Fahnen und bunten Tüchern geschmückt, seit alters her die Hochzeitsbarke der ägyptischen Könige, auf der Neuvermählte aus dem Herrscherhaus ihre Flitterwochen zu verbringen pflegten und das Volk an ihrem Glück teilhaben ließen. Andere mit blauen, roten und weißen Bändern verziert, die bescheideneren Gefährte des Hofstaats. Das Volk an den Ufern zusammengelaufen, sie bejubelnd. Das alles blieb jetzt nur ein Traum. Denn die römischen Agenten, die gleich nach Kleopatras Hochzeit mit ihrem Bruder an den Nil gekommen waren, hatten Caesars Aufbruch dringend gemacht: Ganz Kleinasien drohe in Aufruhr zu versinken und für Rom verloren zu gehen, wenn der Imperator nicht unverzüglich vor Ort erschiene und für Ordnung sorge. Eine Nilkreuzfahrt? Nein, daran sei im Augenblick sicher nicht zu denken. Denn, wie er ja selbst wisse, seien gerade die Landstriche um den Pontus ein gefährlicher Unruheherd und das Feuer, das sich dort ausbreite, könne schnell einen Flächenbrand entfachen. Selbst in Italien herrsche der Ausnahmezustand, und auch Spanien und Illyricum riefen zum Abfall von Rom auf. Noch sei die Glut eher verhalten. Aber ein winziger Windstoß genüge, das ganze Reich mit Feuer zu überziehen. Wolle er etwa verantworten …?

Nein, Caesar wollte es nicht. Und er bereute nichts. Es gehörte sich so: Wer ein echter Römer war, der hatte sich bedingungslos in den Dienst des Staates zu stellen. Persönliche Gefühle und

Befindlichkeiten spielten dabei nicht einmal eine untergeordnete Rolle. Dennoch: Er war sich nicht sicher, dass er die junge Königin überhaupt liebte. Liebe, was war das eigentlich? War das nicht nur ein Wort? Nur so viel stand fest: Kleopatra übte auf ihn eine Anziehungskraft aus, der auch gegenüber weiblichen Reizen Stärkere als er nicht hätten widerstehen können. Dabei hatte er bei aller Liebelei die Interessen Roms nie aus den Augen verloren. Er wusste, dass er Ägypten nie wiedersehen würde und Kleopatra und ihr gemeinsames Kind allenfalls, wenn es ihm gelänge, die Königin als Gast am Tiber zu empfangen. Und selbst da wäre Eile vonnöten. Denn langsam kündigten sich die ersten Anzeichen des nahenden Todes an: die völlige körperliche Erschöpfung, die er nur mit Hilfe starker Aufputschmittel vor der Welt zu verbergen vermochte, die krampfartigen Anfälle, die früher eher selten aufgetreten waren, ihn in letzter Zeit aber immer häufiger heimsuchten, und nicht zuletzt die Schmerzen in seiner Brust, die ihn manchmal kaum atmen ließen. Neun Monate! Neun Monate hatte ihn das ägyptische Abenteuer gekostet, Zeit, die er wahrscheinlich besser darauf verwendet hätte, das Imperium Romanum nach Pompeius' Tod zu befrieden und sich der Welt als ihr gerechterer Lenker zu empfehlen. Pompeius, sein Kollege, sein Freund, der Schwiegersohn und zuletzt sein erbittertster Feind, verfügte noch immer über eine ansehnliche Anhängerschaft, ja, es schien fast, als sympathisierten mit dem Toten mehr Menschen, als zu seinen Lebzeiten zu ihm gehalten hatten. Ägypten. Es war ja nicht nur die Anziehungskraft der Frau gewesen, die ihn so lange am Nil zurückgehalten hatte. Von Anfang an hatte er die Lage dort falsch eingeschätzt und nicht mit dem organisierten Widerstand der Ägypter gerechnet und erst recht nicht mit der Sturheit der ptolemäischen Herrscher. Freilich hätte er nach dem Sieg seiner Truppen das Land gleich ganz dem Römerreich eingliedern und Kleopatra als wertvollste Beute nach Rom schicken können. Dass er es nicht getan hatte, würden ihm die eingeschriebenen Väter sicherlich vorwerfen. Aber hatte er sich irgendjemandem gegenüber zu rechtfertigen? Was geschehen war, lag hinter ihm, unumkehrbar. Es galt, den Blick nach vorne zu richten.

„Was soll mit den vielen Schiffen geschehen, die unsere Leute für die Nilreise hergerichtet haben? Gedenkst du, Königin, die Reise allein anzutreten?" „Die Reise? Ach ja." Kleopatra erwachte aus ihren trüben Gedanken. Auch sie hatte sich alles so schön vorgestellt: Sie und ihr römischer Gemahl auf dem königlichen Prunkschiff, nilaufwärts segelnd und all die Werke bewundernd, die ihr Reich berühmt gemacht hatten unter den Völkern der Welt. Memphis, die alte Königsstadt, aus der vor langer Zeit ihre Mutter, die namenlose Königin, gekommen war, die Pyramiden, jene großartigen Grabstätten, die an die Blütezeit des alten Reiches erinnerten und die viele Geschichtsschreiber zu den sieben Weltwundern zählten, die herrlichen Tempel, vor allem die für ihre Schutzgöttin Isis, die die Ufer des Flusses säumten, und nicht zuletzt das geheimnisvolle Tal der Könige, in dem in zahllosen unterirdischen Grabkammern, prächtig für die Ewigkeit geschmückt, die alten Gottkönige ihrer Auferweckung harrten. Sie und ihr Liebhaber auf dem Prunkschiff, von unsichtbaren, verschwiegenen Dienern umgeben, Tage und Nächte und Kunstwerke genießend, fern aller Anfeindungen und fern aller störenden Politik. Sie hätte dafür gesorgt, dass diese Reise für Caesar ein unvergessliches Erlebnis geworden wäre und auch ihre Untertanen hätten noch viele Jahre davon gezehrt. Schon einmal war sie als Königin den Nil hinaufgefahren, lange vor Caesars Zeit, nach Hermonthis mit dem heiligen Stier, weiter dann bis Meroe im geheimnisvollen Land Kusch, wo sie mit ihren dunkelhäutigen Schwestern rauschende Orgien der Fruchtbarkeit gefeiert hatte. Sie wusste nur zu gut, welche Bedeutung einer Nilreise zukam: Voller Ehrfurcht hatten ihre Ägypter damals mit staunenden Augen den königlichen Zug verfolgt und sie allenthalben als Fleisch gewordene Göttin Isis begrüßt.

Diesmal wäre die Verehrung noch höher gewesen, hätte ein Erscheinen an der Seite des mächtigsten Mannes der Welt, der Verkörperung der schieren Macht Roms, ihre Autorität gestärkt und ihr Ansehen bei Ägyptens dunkelhäutigen Kindern noch weiter gesteigert. Wie gern hätte sie dem Geliebten ihr Land zu Füßen gelegt, die Fruchtbarkeit seiner Felder, die sich am Fluss dahinzogen, und das staubige Grün der palmengesäumten Ufer. Sie wusste wohl, dass es für ihn ein Leichtes gewesen wäre, Ägypten gleich unter die römische Oberhoheit zu zwingen und ihr Thron und Leben zu nehmen. Dass er es nicht getan hatte, war für sie Beweis genug, wie sehr er sie schätzte und welch großes Vertrauen er in ihre Fähigkeiten setzte. Sich mit dem mächtigen Römer den Untertanen zu zeigen, der Traum zumindest war ausgeträumt.

„Die Schiffe, meinst du? Die Schiffe. Nein, deine Königin gedenkt nicht, die Reise allein zu unternehmen. Die Schiffe mögen wieder ihrem eigentlichen Zweck zugeführt werden. Bis auf die Prunkbarke. Sie bleibt im Hafen", beschied sie dem Aufseher über die königliche Flotte, der eine leichte Verbeugung andeutete und sich ehrfurchtsvoll entfernte.

In vorauseilendem Gehorsam hatte indes Caesars fähigster General und Freund Marcus Antonius versucht, der Lage im italischen Mutterland Herr zu werden. Zeitweise waren die Nachrichtenverbindungen nach Alexandria unterbrochen und überall rumorten Gerüchte. Angeblich hatte Sextus Pompeius, ein Sohn des hingerichteten selbsternannten Seekönigs, den Feinden seines Vaters Rache geschworen und Metellus Scipio und König Juba von Numidien für seine Sache gewonnen. Schon habe er, hieß es, eine ungeheure Armee aufgebaut, nicht weniger als zehn römische und vier königlich-numidische Legionen, eine starke Reiterei und 120 Kriegselefanten. Es nähere sich bereits eine feindliche Flotte den Inseln Sizilien und Sardinien. Auch in Spanien rüsteten pompeiusfreundliche Kräfte gegen Caesar und auf dem Balkan musste

Aulus Gabinius eine schwere Niederlage hinnehmen. Es gelang ihm, sich noch bis Salona durchzuschlagen. Aber sein Misserfolg hatte ihm so zugesetzt, dass er dort bald einer schweren Krankheit erlag.

Und dann die Lage am Pontus! „Du weißt, Imperator, wie dringend dein Erscheinen hier im Reich des Mithradates ist?" Calvinus, der weiterhin die Flotte befehligte, war mit besorgter Miene Caesar entgegengegangen. „Man hat mir berichtet, dass Pharnakes, der Sohn des Mithradates, die derzeitige Schwäche Roms in diesem Teil der Welt nutzt und beabsichtigt, das Pontische Reich seines Vaters zurückzuerobern. Das dürfen wir auf keinen Fall zulassen." Augenblicklich hatte Caesar Kleopatra und das ägyptische Abenteuer verdrängt und war wieder ganz Feldherr. „Mithradates war über Jahrzehnte einer unserer erbittertsten Gegner. Seine Gräueltaten schreien zum Himmel", fuhr Calvinus fort. „Die Feindseligkeiten gegen Rom erreichten ihren Höhepunkt, als er an einem einzigen Tag in der Provinz Asia 80.000 Römer abschlachtete. Die Zahl mag übertrieben sein, fest steht doch, dass diese Bluttat bei uns Römern höchste Empörung hervorgerufen hat, uns noch immer in den Knochen steckt und nach Vergeltung schreit. Leider war es mir nicht möglich, Pharnakes in die Schranken zu weisen. Dafür möchte ich mich bei dir entschuldigen."

„Ich weiß von deiner Niederlage, Calvinus, aber ich trage dir nichts nach. Sein oder Nichtsein, das wird noch immer vom Schicksal bestimmt. Wir werden gemeinsam versuchen, Pharnakes von seinem hohen Ross herunterzuholen. Wie ich höre, musste er sich schon ein wenig zurücknehmen, da in seinem eigenen Herrschaftsbereich Unruhen ausgebrochen sind."

„Dafür danke ich den Göttern", unterbrach ihn der Flottenkommandant. „So bleibt uns ein wenig Zeit, den Feldzug gegen ihn vorzubereiten. Und diesmal, mein Feldherr, diesmal soll er mir nicht ungeschoren davonkommen, so wahr ich Gnaeus Domitius Calvinus heiße."

Nur wenige Tage nach diesem Gespräch fand bei Zela die Entscheidungsschlacht statt. Es war eine der kürzesten, die Caesar je geschlagen hatte. *„Veni, vidi, vici!"*, konnte er stolz den römischen Stadtvätern melden. Als er kurz darauf selbst in Rom eintraf, war dort die Lage völlig außer Kontrolle geraten. In jugendlichem Ungestüm war sein *magister equitum* Marcus Antonius mit so brutaler Gewalt gegen Aufständische vorgegangen, dass Mord und Totschlag mittlerweile an der Tagesordnung waren. Aber nach Caesars Erscheinen beruhigten sich allmählich die Gemüter und er konnte sich den meuternden Veteranen in Campanien zuwenden. Auch hier bewirkte seine bloße Anwesenheit ein Wunder. Mit guten Worten und ausgesuchter Milde, auch den Rädelsführern gegenüber, brachte er die Unzufriedenen rasch auf seine Seite.

Auch in der afrikanischen Provinz ließ Caesar sein sprichwörtliches Glück nicht im Stich. In Numidien hatten die der Schlacht bei Pharsalos entkommenen letzten Anhänger des Pompeius Magnus bei König Juba Zuflucht gefunden und sich den Caesarianern entgegengestellt. Ohne große Mühe konnte er die Auseinandersetzungen für sich entscheiden. Selbst König Juba entging seiner gerechten Strafe nicht. Er wurde von seiner Reiterei in Zama erschlagen. Doch auch nach Caesars Rückkehr hörten in Rom die Unruhen nicht ganz auf.

Mehr als 80 Jahre waren ins Land gegangen, seit in den Straßen der Ewigen Stadt das erste Mal Römerblut geflossen war, römische Bürger einander nach Leib und Leben getrachtet hatten. Mit den Reformbewegungen der Gebrüder Gracchi hatte das gegenseitige Töten begonnen, sie hatten Männern wie Marius, Sulla und später auch Pompeius eine Machtfülle gebracht, wie sie die ungeschriebene römische Verfassung seit dem Ausrufen der *res publica* für einen Einzelnen nie vorgesehen hatte. Jetzt war es an Caesar, längst überfällige Reformen in Angriff zu nehmen und der Stadt und dem Reich den römischen Frieden zurückzugeben, nach dem sich mittlerweile alle Reichsbewohner sehnten. Doch war die altersschwache Republik überhaupt noch in der Lage, der Verwirrungen Herr zu werden? Hatte sie sich nicht längst überlebt?

Nicht zuletzt der Aufenthalt in Ägypten hatte Caesar gezeigt, was ein Monarch zu bewirken vermochte, und mit welcher Verehrung und religiöser Überhöhung ein Alleinherrscher rechnen konnte. Er würde nicht zögern, seiner Stellung in Rom eine neue Form zu geben, zumal auch eine alte Weissagung verkündete, die Parther könnten auf Dauer nur von einem König besiegt werden. Aber er wusste, dass ihm nicht mehr allzu viel Zeit blieb.

Doch zunächst galt es, den Stadtrömern und vor allem der aristokratischen Schicht seine Verdienste um Rom vor Augen zu führen. Der Triumph sollte mehrere Tage dauern und seine Siege in Gallien und Ägypten und über die Könige Pharnakes und Juba feiern.

Das also ist Rom

Das kleine Fenster im Seitenflügel des Palasts, an dessen hinterstem Ende sich seit Generationen das Geburtszimmer befand, gab den Blick auf das Meer frei. In feurigem Rot tauchte die Sonne in den Horizont ein und erlosch. Die Luft kühlte ab und der Abend versprach angenehm zu werden, befreit von der glühenden Hitze des Tages. Kein Fremder, der es nicht selbst erlebt hatte, vermochte sich vorzustellen, wie kalt die ägyptischen Nächte werden konnten, frostig fast, und wie schnell am Morgen die Sonne wieder alles erwärmte. Ohne Übergang fiel die Nacht auf Alexandria herab, schwarz und undurchdringlich. Die Göttin Nut, von Schu gestützt, damit sie nicht auf den Erdgott Geb hinabstürzte, hatte die gealterte Sonne verschluckt, um sie am nächsten Morgen verjüngt wieder zu gebären.

„Sie sollen die Fackeln anzünden", stöhnte Kleopatra, als fürchtete sie sich vor der Dunkelheit. „Hörst du, Merit?", wandte sie sich an die treue Dienerin, die längst nach dem Hausverwalter gerufen hatte. Dann schaute sich die Königin in der kleinen Kammer um. Sie hing im Gebärstuhl, schlaff, mit verzerrtem Gesicht und bemühte sich, den Schmerz zu unterdrücken. Es stand einer Königin nicht an, gleich einem Bauernweib den ganzen Palast an ihrer Not teilhaben zu lassen.

Die Wehen, die nun in immer kürzeren Abständen den schlanken Leib erschütterten, gewährten gerade eine kleine Ruhepause, die Merit dazu nutzte, ihrer Herrin mit einem feuchten Tuch die glühende Stirn zu benetzen. „Es ist seit alters her das Geburtszimmer der ägyptischen Könige", stellte die Gebärende fest. „Auch ich bin hier zur Welt gekommen. Mutter hat es mir oft erzählt und mich auch einmal hierher geführt, um mir meinen Geburtsort zu zeigen. Das erste Kind eines Königspaares, das hier geboren wird, meinte sie damals, werde dereinst selbst König oder Königin sein. Wie recht Mutter hatte, wie recht. Schade, dass du sie nicht kennengelernt hast, Merit, du hättest ihr gefallen und sie sicherlich auch dir. Sie war eine so kluge und selbstlose Frau. Anders als ich", fügte sie leise hinzu. Dann riss sie eine erneute Wehe aus ihren Betrachtungen. „Isis", hauchte sie, „heilige Mutter, Helferin aller Gebärenden, die ich dich mir zur Schutzpatronin erkoren habe, stehe mir bei!"

Der Junge, den Kleopatra zur Welt brachte, ähnelte schon äußerlich seinem Vater. „Hör zu, Merit, und pass genau auf, was ich dir sage!" Die Königin hatte sich erstaunlich schnell von den Strapazen der schweren Geburt erholt. „Nimm meinen Sohn, bringe ihn zu Rufio und sage Folgendes: ‚Du, Rufio, bist in unserem Land der Stellvertreter des großen Caesar. Vor dir lege ich dieses Kind zu Boden, auf dass du es in seinem Namen aufhebst und als das Seinige anerkennst.'" Voller Stolz nahm die junge Mutter Caesar Ptolemaios, wie sie ihren Sohn nannte, von der Brust und überreichte ihn der geliebten Freundin.

Kaum hatte die Nachricht von der Geburt des kleinen Prinzen das Palastgelände verlassen, als das Volk vor dessen Mauern zusammenströmte und in lauten Jubel ausbrach. „Caesarion möge leben!", skandierte die Menge. „Er möge leben!" Kleopatra vernahm es mit Gleichmut. „Sie jubeln immer, ob es Freund oder Feind gilt. Es hat nichts zu bedeuten", bemerkte sie. „Man sollte nicht allzu viel darauf geben. Aber der Name, er gefällt mir: Caesarion, der kleine Caesar. Gewiss würde er auch seinem Vater gefallen. Wir werden ihn also Caesarion nennen, wenn es denn der Wunsch seiner künftigen Untertanen ist." Dann befahl sie, alle, die gekommen waren, um den neuen Erdenbürger zu begrüßen, zu einem großen Festmahl einzuladen.

Eilboten wurden nach Rom gesandt, um dem Vater die frohe Botschaft zu verkünden. Doch so sehr sich Caesar auch über die

Geburt seines Sohnes, auf den er so viele Jahre vergeblich gewartet hatte, freute, überwogen doch seine Bedenken. Wie würden sich die Römer zu seinem Vaterglück stellen? Er war alt und würde nicht mehr lange leben. Undenkbar, dass Rom nach ihm eine Frau, eine fremde noch dazu, und ein Kind an der Spitze der Staatsführung dulden würde. Nicht in Rom und nicht in Alexandria. Selbst wenn es ihm gelänge, in der Zeit, die der Tod ihm noch gewährte, die Römer von den Vorteilen einer Alleinherrschaft zu überzeugen, hieße das noch lange nicht, dass er auch Einfluss auf seine Nachfolge ausüben könnte. Caesarions Leben war bedroht, so viel stand fest. Es wäre wohl am besten, von dieser Geburt nicht allzu viel Aufhebens zu machen und Gerüchten, die bereits in der Stadt umgingen, so etwa, dass er gedenke, Rom seiner privilegierten Stellung innerhalb des Reiches zu berauben und Alexandria zu seinem Regierungssitz zu erheben, ihren Lauf zu lassen. Da war nichts dran. Und es hatte sich immer wieder gezeigt, dass jedes Gerede, dem man die Nahrung entzog, bald verstummte. Als Privatmann und Vater freilich drängte es ihn, seinen Sohn kennen zu lernen und in die Arme zu schließen.

Caesarion war zwei Jahre alt, als er an der Hand seiner Mutter erstmals römischen Boden betrat. Eine stumm staunende Menge empfing den hohen Besuch vom Nil bereits an der Schiffsanlegestelle draußen vor den Toren im Hafen von Ostia. Die zarte Erscheinung des Prinzen, seine klug blickenden Augen und die Art, sich zu bewegen, straften all diejenigen Lügen, die immer noch hartnäckig behaupteten, Kleopatra habe Caesar dieses Kind untergeschoben, um ihn sich gefügig zu machen.

Er hatte sich persönlich nach Ostia begeben, um die hohen Gäste zu empfangen. Kaum hatte das Kind seinen Vater erblickt, als es sich von der Hand seiner Mutter losriss und dem fremden Mann entgegen stürmte, der es mit Tränen in den Augen und offenen Armen auffing und hochhob. „Du also bist mein Sohn", freute sich Caesar und betrachtete staunend das kleine Gesichtchen, das ihm wie ein Spiegelbild aus fernen Tagen erschien. „Und du bist gekommen, deinen alten Vater in seinem Reich zu besuchen." Dann setzte er Caesarion vorsichtig ab, nahm ihn bei der Hand und schritt strahlend auf die Mutter zu, Königin Kleopatra, deren Ankunft in Rom mehr denn je Anlass zu den wildesten Spekulationen gab. War sie wirklich nur gekommen, um den großen Caesar zu besuchen und die Freundschaft der Ägypter zu den Römern zu demonstrieren? Oder gedachte sie, ihn endgültig in ihre exotischen Netze zu ziehen und an den Nil zu entführen, um mit ihm gemeinsam von dort aus die Herrschaft auch über den römischen Teil der Welt anzutreten? Niemand konnte sich auf diesen Besuch einen Reim machen.

„Ungeheuerlich! Ich habe mich über seine Weibergeschichten nie beklagt. Aber was zu weit geht, geht zu weit!" Ratlos wanderte Calpurnia, Caesars unscheinbare, aber rechtmäßige Gattin, in ihrem Schlafgemach auf und ab. „Am liebsten würde ich die Scheidung beantragen", äußerte sie ihren Unmut der jüngeren Schwester gegenüber, die gekommen war, Calpurnia über den neuesten Klatsch, der in der Stadt umging, zu unterrichten. Calpurnia Minor hatte sich auf dem Ruhebett der Älteren niedergelassen und die Beine ausgestreckt. Aufmerksam betrachtete sie ihre gepflegten Hände. „Nichts dergleichen wirst du tun", erwiderte sie. „Aber bitte höre auf, wie eine aufgeschreckte Tigerin hin- und herzulaufen! Das macht mich ganz nervös. Komm, setz dich zu mir und lass uns überlegen, was zu tun ist!" „Nicht bevor du mir noch einmal erzählt hast, was man in Rom über ihn und seine Geliebte spricht. Ich gehe schon lange nicht mehr auf die Straße, denn ich habe das Gefühl, dass mich ein jeder mitleidig ansieht. Zudem werden alle stumm, sobald sie mich bemerken." „Das bildest du dir sicher nur ein", versuchte die Schwester zu trösten. „Wer würde es wagen, die Gattin des ersten Mannes im Reich – und Caesars Verhalten nach wird er der bald sein – zu bemitleiden? Aber gut, ich habe es ja bereits gesagt. Und ich will mich gern wiederholen. Nicht nur, dass er sie und den Kleinen von ihrem Schiff abgeholt hat, mit allen Ehren übrigens, die einem hohen Staatsgast zustehen. Er hat das Kind auch sofort als seinen Sohn begrüßt und ist mit beiden in einem bequemen Reisewagen in euren Sommerpalast jenseits des Tibers gefahren, wo sie, so hört man, umgeben von Höflingen, Dienern, Priestern und Eunuchen für die Dauer ihres Aufenthalts wohnen werden. Es scheint, als habe Kleopatra ihren gesamten Hofstaat an den Tiber mitgebracht, sogar ihren „Brudergemahl", wie die Ägypter ihn nennen, Ptolemaios XIV. Wahrscheinlich hatte sie Angst, ihn in Alexandria zurückzulassen, hatte sich dort doch schon ihr erster Gatte, Ptolemaios XIII., des Thrones bemächtigt. Übrigens soll dein Gemahl seinem ägyptischen Flittchen sogar eine kleine goldene Statue gestiftet und diese im Tempel der Venus Genetrix, der Stammmutter des julischen Geschlechts, unmittelbar neben dem Standbild der Göttin aufgestellt haben – gewissermaßen als bleibende Huldigung und Erinnerung an sein ägyptisches Abenteuer."

Calpurnia schnaufte verächtlich und schüttelte den Kopf.

„Ich würde an deiner Stelle trotzdem nichts überstürzen", riet die Jüngere. „Bedenke, dass sie nicht ewig am Tiber bleiben kann, ohne Gefahr für ihren eigenen Thron! Sie wird sich bald wieder aufmachen müssen und der Klatsch wird mit ihrem Verschwinden verstummen. Wie sehr dein Gatte um Geheimhaltung bemüht ist, mag dir die Tatsache verdeutlichen, dass er sich nur im Schutz der Dunkelheit in einer geschlossenen Sänfte über den Fluss wagt – begleitet von nur zwei taubstummen Sklaven und, du wirst es nicht erraten, von seinem Busenfreund Marcus Antonius."

„Marcus Antonius?", wunderte sich Calpurnia.

„Marcus Antonius", bestätigte die Schwester. „Und es heißt, der habe selbst ein Auge auf die exotische Schönheit geworfen. Man munkelt bereits, er gedenke, Caesars Nachfolge dereinst auch in dieser Hinsicht anzutreten."

„Was du nicht sagst! Was meint seine rothaarige Fulvia dazu, seine wilde Ehefrau? Ehrlich gesagt, wenn das stimmt und sie davon Wind bekommt, möchte ich nicht in Marcus Antonius' Haut stecken."

„Ich auch nicht", stimmte ihr Calpurnia Minor lachend zu. „Übrigens: Die schöne Königin! Ich durfte neulich einen kurzen Blick auf sie werfen. Von Schönheit kann gewiss keine Rede sein. Ihre Nase ist viel zu groß. Ihr Kinn fliehend. Und erst ihre Frisur! So etwas trägt man in Rom seit mindestens 20 Jahren nicht mehr."

„Aber irgendetwas muss dran sein an ihr. Ich kenne doch meinen Gemahl. Sonst hätte er sich nie mit ihr eingelassen. Ihre Stellung kann es nicht sein. Denn sie ist ja nur Königin von Roms Gnaden. Aber da ist ja auch noch der Erbe, den ich ihm leider nicht schenken konnte. Vielleicht wäre unsere Ehe harmonischer, hätten uns die Götter das Geschenk eines gemeinsamen Sohnes gewährt."

„Der Erbe? Mach dich nicht lächerlich, Calpurnia! Die Römer würden niemals zulassen, dass ein Bastard Caesars Nachfolger würde, selbst wenn er sein Sohn wäre. Was nicht einmal feststeht. Die meisten von uns sind ohnehin davon überzeugt, dass der Junge nur untergeschoben ist. Ein geschickter Schachzug, wie wir meinen. Wahrscheinlich hat sie das Kind mit irgendeinem ihrer Sklaven gezeugt in der Absicht, Caesar zum Vater zu machen und hoffend, ein Sohn werde ihn an sie binden. Nein, glaube mir, Schwester, du hast nichts zu befürchten! Es ist auch zu dumm, wenn man in den eigenen Gatten verliebt ist", tadelte sie. „Genieße dein Leben, nimm dir einen Liebhaber! Schau mich an! Ich bin auch Ehefrau und fühle mich dennoch zu nichts verpflichtet. Die Zeiten, in denen eine Römerin still zu Hause sitzen und auf ihren untreuen Gatten warten musste, sind vorbei, den Göttern sei Dank! Ach, es bedarf ja so wenig, um glücklich zu sein", seufzte sie. „Hast du übrigens schon gehört, dass er gleich einen vierfachen Triumph feiern will, dein untreuer Gemahl? In einer der Prozessionen soll auch das besiegte Ägypten vorgeführt werden. Ob ihr das wohl gefallen wird, der ‚Schönen' vom Nil? Na, ich freue mich jedenfalls darauf. Es soll ein Fest der Superlative werden, wie es Rom noch nie erlebt hat. Da fällt mir ein, ich muss noch zum Schneider. Neue Gewänder, du verstehst? Wenn man sich schon vor der ganzen Stadt zeigt … Es täte dir übrigens auch gut, dir 'mal was Neues zuzulegen."

Es traf zu, was Calpurnia Minor aufgeschnappt hatte. Caesar beabsichtigte, seine Siege in einem vierfachen Triumph zu feiern, das größte Geschenk, das je ein Feldherr den Römern gemacht hatte. Die Vorbereitungen dazu waren in vollem Gange und beanspruchten Caesars ganze Aufmerksamkeit. Nur selten ließ er sich in diesen Tagen in Kleopatras Gärten blicken und sie begann allmählich, sich zu langweilen. „Kann es sein, Merit", fragte die Königin, ohne eine Antwort zu erwarten, „dass es ihm wichtiger ist, mir die Macht Roms zu demonstrieren, als mich in den wenigen Wochen, die unserer Liebe noch bleiben, zu besuchen? Er weiß doch, dass mich meine Pflichten bald an den Nil zurückrufen, aber der nahende Abschied scheint ihm nichts auszumachen. Dabei könnte es doch einer für immer sein", fügte sie leise hinzu.

„Betrachte seine Bemühungen als Zeichen seiner besonderen Zuneigung!", versuchte Merit die Freundin zu trösten. „Du wolltest ihm die Schätze Ägyptens zu Füßen legen, auch wenn es die unsterblichen Götter zuletzt verhindert haben. Er möchte dir in dieser Hinsicht nicht nachstehen."

„Ich denke gar nicht daran, mir anzusehen, wie das von ihm angeblich besiegte Ägypten gedemütigt wird. Und wie er meine Schwester zur Schau stellt. Ich liebe Arsinoë nicht, du weißt es. Aber wir sind eines Blutes und so schmerzt mich ihr Unglück, als wäre es mein eigenes."

„Ich an deiner Stelle würde mir dieses Schauspiel nicht entgehen lassen." Merit meinte es aufrichtig. „Wie willst du später deinem, nein, eurem Sohn erklären, dass du das Fest seines Vaters nicht besucht hast? Schau, Kleopatra, niemand kennt dich hier.

Wir könnten uns in entsprechender Verkleidung unter die Menge wagen und die Triumphzüge verfolgen. Ich habe mich bereits nach dem Weg, den die Prozessionen nehmen werden, erkundigt. Es gibt genügend Stellen, an denen wir unerkannt bleiben können, und auch er uns nicht sehen kann. Ohnehin wird er sich in seinem berechtigten Stolz ganz auf seine Rolle als Triumphator konzentrieren und alles um ihn herum vergessen."

Kleopatra war überzeugt. Der Sommer neigte sich schon dem Ende zu, als die Feierlichkeiten in den letzten Tagen des neunten Monats begannen. Dunkle Wolken hatten bereits den nahenden Herbst angekündigt und es hatte tagelang kräftig geregnet. Doch plötzlich war der Himmel aufgerissen und der Sommer noch einmal mit Macht zurückgekehrt. Die Sonne strahlte vom klaren Firmament, als gälte es, mit der festlich geschmückten Stadt um die Gunst eines staunenden Publikums zu wetteifern. Rom im Fahnenschmuck! Roms verwinkelte Gassen vom gröbsten Unrat befreit! Überall freudig erregte Gesichter, Menschen, die die Vorhöfe der Tempel belagerten, sich in Grünanlagen ergingen oder bereits erwartungsvoll die *Via Sacra* säumten, die sich von einem Hügel am Osteingang des Forums durch das Tal hinauf zum Capitol wand. Viele hatten Körbe mit Proviant mitgebracht. Auf der heiligen Straße würde in wenigen Stunden der Zug vorbeiführen, würden den Römern einmal mehr Schätze gezeigt werden, wie sie selbst der älteste Einwohner der Stadt noch nie gesehen hatte. Besorgte Eltern hielten ihre Kinder fest oder hoben sie auf die Schultern, damit sie nicht von der drängenden Menge erdrückt würden. Berittene Ordner entfernten Störenfriede und Betrunkene und hielten die gepflasterte Straße von allzu Neugierigen frei. Eine dunkle Menschentraube klammerte sich gleich Ertrinkenden grölend an die Rostra, die alte Rednertribüne im Herzen des Forums, die mit den Schnäbeln erbeuteter Schiffe geschmückt war. Viele Schaulustige belagerten auch die hölzernen Terrassen, die im Vorfeld des Ereignisses entlang der wenigen bereiten Straßen eilig errichtet worden waren und nach den Festtagen wieder verschwinden würden. Die Fenster und Erker der öffentlichen Gebäude, an denen die Festzüge vorbeiführen sollten, waren für Roms Stadtväter reserviert, denen vor allen anderen die Größe des Feldherrn und seine Verdienste um das Reich vor Augen geführt werden sollten. Fliegende Händler boten lautstark Gebäck, Süßigkeiten und Getränke an. Die zahllosen Liebesdienerinnen, die das Fest anlockte, hielten sich noch im Hintergrund. Erst später würden sie ihre Dienste anbieten, um jedem Römer Gelegenheit zu geben, das Fest völlig entspannt ausklingen zu lassen.

„Ich staune, wie armselig dieses Rom doch ist, wenn ich es mit Alexandria vergleiche", wunderte sich Kleopatra. Nicht einmal ihre Mütter hätten die beiden Frauen erkannt, die zielstrebig auf den Fortuna-Tempel zuhielten, um von dessen obersten Stufen aus das Geschehen zu verfolgen. Beide waren in einfache Tuniken gehüllt, wie sie auch biedere Marktfrauen zu tragen pflegten, beide hatten Tücher um den Kopf geschlungen, um sich vor der sengenden Sonne zu schützen. „Diese verwinkelten dunklen Gassen, der Schmutz, der hier überall herumliegt, und die verwahrlosten Gebäude, deren bröckelnde Fassaden das Mauerwerk freilegen. Streunende Hunde und magere Katzen mit räudigem Fell, die sich mühsam über das Pflaster schleichen. Und dann diese Menschen! Hast du dir ihre Gesichter angesehen, Merit? Nicht einmal unsere einfachsten Sklaven, die draußen auf den Feldern oder in den Steinbrüchen am Oberlauf des Nils schuften, haben derart gewöhnliche Mienen. Wenn ich ehrlich bin, fürchte ich mich ein wenig. Keinem von denen möchte ich nachts begegnen."

„Rom ist ein Schmelztiegel vieler Nationen, Königin", gab Merit zu bedenken. Ein düsterer Mensch, der den Frauen schon eine Weile gefolgt war, überholte sie und betrachtete misstrauisch die vornehmen Gesichter, die die über den Kopf geschlungenen Tücher nur unzureichend verbargen und zu der einfachen Kleidung nicht recht passen wollten. „Miriam, ich heiße Miriam", erinnerte

Kleopatra. „Jüdinnen, wie?“, raunzte der Kerl, biss in einen Apfel und spuckte einige Kerne in die Luft. „Habe ich es mir doch gedacht. Wie richtige Römerinnen seht ihr nicht aus. Wohl noch nie in der Stadt gewesen?“ Ein Zugordner, der die Szene beobachtet hatte, näherte sich, verscheuchte den lästigen Mann, grüßte ehrerbietig und bedeutete den Frauen, weiterzugehen. „Wir müssen vorsichtiger sein, meine Liebe“, mahnte Kleopatra. „Du hast recht, Miriam“, gab eine kleinlaute Merit zurück.

Der erste der vier Triumphzüge gedachte Caesars Eroberung Galliens und seiner Erfolge in Britannien, die zugegebenermaßen kaum spektakulär waren. Über Gallien hatte der Feldherr allerdings einen vollkommenen Sieg errungen. Viele Jahre hatte er dort zugebracht und den Durchhaltewillen und den Freiheitsdrang der einheimischen Bevölkerung völlig unterschätzt. Erst zuletzt, als sich der Hauptanführer der gallischen Stämme, ein tapferer Mann namens Vercingetorix, mit nur wenigen Getreuen, mit Frauen und Kindern, in der Festung Alesia, einer auf einem Hochplateau gelegenen Stadt, verschanzt hatte, über eine lange Zeit vergeblich belagert worden war und schließlich doch aufgeben musste – sechs Jahre war das nun her –, konnte die Eroberung Galliens als abgeschlossen gelten und mit der Einrichtung der römischen Verwaltung begonnen werden.

Der Schall silberner Posaunen leitete den Triumphzug ein, der sich in alter Tradition auf dem Marsfeld aufgestellt hatte. Er zog sich über das Forum Boarium, den alten Viehmarkt, den Circus Maximus um den Palatin-Hügel herum zum Osteingang des Forums und von dort über die Heilige Straße hinauf zum Capitol. Voran schritten Magistrate und Senatoren. Es folgten die Spielleute des Heeres, die weißen Opfertiere und die Wagen mit den erbeuteten Schätzen. Es wurden Abbildungen der eroberten Orte und Festungen gezeigt und schließlich die vornehmen Gefangenen vorgeführt.

„Sieh doch, Miriam!“ Merit, die Mühe hatte, über die Köpfe der Menge das Spektakel aufmerksam zu verfolgen, hatte sich auf die

Zehenspitzen gestellt und den Hals gereckt. „Das muss Vercingetorix sein, der berühmteste aller Gallier. Weißt du, was man sich von ihm erzählt? Als er begriffen hatte, dass er gegen die römische Übermacht nichts mehr ausrichten konnte und die Nahrungsmittel in der Festung Alesia zur Neige gingen, habe er seine Leute abstimmen lassen, ob sie sich ergeben oder bis zum Tod weiterkämpfen sollten. Schließlich sei er nach heftigen Diskussionen beauftragt worden, die Stadt und die wenigen verbliebenen Einwohner - die meisten waren schon an Hunger und Auszehrung gestorben - den Römern zu übergeben. Er selbst begab sich, auf Caesars sprichwörtliche Milde vertrauend, auf seinem weißen Pferd vor das Tor, ein trotz seiner Niederlage nicht gebrochener Mann, angetan mit der Prunkrüstung eines gallischen Fürsten. Dreimal, so sagt man, sei er um den Imperator herumgeritten und habe ihm schließlich Rüstung und Waffen zum Zeichen seiner Unterwerfung zu Füßen gelegt. ‚Du bist tapferer als ich', habe er dabei zu Caesar gesagt, ‚und es ist keine Schande, von einem Tüchtigeren besiegt zu werden'. Aber Caesar dachte nicht daran, von seiner Milde Gebrauch zu machen. Vielleicht war er ja eifersüchtig auf den fast überirdisch schönen Mann, dem auch noch der Ruf ausgezeichneten Edelmuts vorauseilte. Er ließ Vercingetorix sofort in Ketten legen und nach Rom schaffen, wo der Unglückliche bis heute im *Carcer Tullianus* auf sein Ende wartete. Sechs Jahre, Miriam, kannst du dir vorstellen, wie ein Mensch derartige Grausamkeit sechs lange Jahre überleben kann - ohne jegliche Hoffnung, wenigstens mit dem Leben davonzukommen? Schau ihn dir an, Miriam! Auch die lange Kerkerhaft hat ihn nicht gebeugt. Für einen Barbaren hat er erstaunlich edle Züge, und sein Gang ist stolz und erhaben. Ich bin sicher, dass die Nachwelt Caesar für dieses einem römischen Imperator unwürdige Verhalten tadeln wird."

„Du hast recht, Schwester", pflichtete Kleopatra ihrer Freundin bei. „Ein in der Tat ungewöhnlicher Mensch. Fast könnte man Mitleid mit ihm haben."

Der aufbrausende Jubel der Menge, die die Straße vor dem Tempel säumte, kündigte den Höhepunkt des Festzugs an, die lorbeerumkränzte Quadriga des Triumphators, von Schimmeln gezogen und von Liktoren in purpurnen Tuniken begleitet, die ebenfalls lorbeerumwundene Rutenbündel in ihrer Rechten hielten. Auf dem Wagen stand stolz erhobenen Hauptes der Sieger, Caesar, angetan mit der *tunica palmata*, und der Pupurtoga, das Gesicht mit Mennige rot gefärbt und den Lorbeerkranz auf der gelichteten Stirn. In seiner Linken hielt er ein elfenbeinernes Zepter, das von einem Adler gekrönt wurde, in der Rechten einen Lorbeerzweig. Caesar war ein getreues Abbild Jupiters, des höchsten römischen Staatsgottes. Ohne jegliche Regung stand er da, als hätte er Zeit seines Lebens nichts anderes getan. Nichts, was um ihn herum vorging, nahm er wahr. Der Staatssklave, der hinter ihm auf dem holpernden Gefährt stand, hielt ihm die goldene göttliche Krone über das Haupt und erinnerte ihn immer wieder daran, dass er kein Gott, sondern nur ein Mensch war.

Langsam näherte sich der Triumphwagen dem Fortuna-Tempel, als ein lautes Krachen die Menschen aufschrecken ließ. Kleopatra glaubte, ihr Herz stehe für einen Augenblick still. Das Fahrzeug neigte sich, und Caesar war gezwungen, abzusteigen. Eine Achse war gebrochen, ausgerechnet vor dem Tempel der Glücksgöttin. Das unvorhergesehene Ereignis zwang den Feldherrn, für den Rest des Weges das Gefährt zu wechseln. „Welch schlechtes Omen!", klagte Kleopatra. „Es scheint fast, als habe ihn soeben das Glück, das so viele Jahre sein treuester Begleiter gewesen war, für immer verlassen." Nur Merit bemerkte, dass über Vercingetorix' Antlitz ein befriedigtes Lächeln huschte.

Aber auch einige aus der Menge kommentierten den Vorfall. „Erinnert ihr euch, dass vor ein paar Jahren auch Pompeius Magnus den Triumphwagen wechseln musste?", wandte sich ein Zuschauer an die Umstehenden. „Das war doch etwas völlig anderes", bemerkte einer, der sich angesprochen fühlte. „In seiner maßlosen Überheblichkeit hatte sich Pompeius in den Kopf gesetzt, seinen Wagen von Elefanten ziehen zu lassen. Die Tiere blieben mit ihren massigen Leibern in einem Torbogen stecken - sehr zur Freude der Zuschauer, die damals in helles Gelächter ausbrachen. Pompeius musste daraufhin einen gewöhnlichen Wagen anfordern, um seinen Triumphzug fortsetzen zu können. Das wurde als gerechte Strafe für seine Anmaßung empfunden. Aber ein Achsenbruch unmittelbar vor dem Tempel der Glücksgöttin! Ich sage euch, Leute, Fortuna hat hier selbst die Hand im Spiel. Sollte mich nicht wundern, wenn sie sich soeben von ihm verabschiedet hätte." Die Menge, die ob der Erinnerung an Pompeius' Missgeschick noch schallend gelacht hatte, verfiel nun in dumpfes Schweigen. Die Freude an dem aufwändigen Fest, das diese Generation von Römern miterleben durfte, schien zumindest getrübt.

Nur Caesar spielte wieder einmal den Wink des Schicksals herunter. Von der Plattform seines neuen Fahrzeugs aus überblickte er die vielen Gefangenen, die gebunden dem Triumphwagen voranliefen oder getragen werden mussten, wenn sie zum Laufen schon zu schwach oder zu schwer verletzt waren. Tafeln verkündeten in riesigen Buchstaben, auf dass sie jeder sehen könne, die Bilanz des Krieges: Eine Million Gallier waren den römischen Schwertern zum Opfer gefallen, eine weitere Million hatte Caesar in die Sklaverei verkauft. Auch denjenigen, die überlebt hatten, drohte das gleiche Schicksal: Nach dem Triumphzug Tod oder ein Leben in Unfreiheit.

Dem Triumphwagen folgten Reiterschwadronen, die das Erscheinen der siegreichen Armee ankündigten. *„Io triumphe!"*, sangen die lorbeergeschmückten Legionäre und stimmten auch Spottlieder auf ihren Feldherrn an. Träge wälzte sich der Zug Richtung Capitol. Am Ende des Forums, in Höhe des Saturn-Tempels, wurden die Gefangenen zur Hinrichtung herausgeführt. Am Fuße des Hügels endlich stieg der siegreiche Feldherr vom Wagen herab, verbeugte sich tief und erklomm auf Knien die Stufen des

Tempels, der der Götterdreiheit von Jupiter, Juno und Minerva geweiht war. Hier verrichtete er das vorgeschriebene Gebet und legte den Lorbeerzweig vor der Jupiterstatue nieder.

Inzwischen war auch Vercingetorix weggeführt und erwürgt worden. Als ein Bote die Nachricht vom Tod des fremden Heerführers überbrachte, durfte Caesar unter dem brausenden Beifall der Menge das rituelle Opfer der weißen Stiere zu Ehren des höchsten Gottes darbringen. Gastmähler und festliches Treiben beherrschten danach die Stadt. Auch das Volk war zu dem großen Festmahl eingeladen. An diesem Abend ging kein Römer hungrig zu Bett.

Nur ein paar Tage später wurde das große Fest fortgesetzt. Es galt, den Triumph über Ägypten zu begehen. Um nichts in der Welt war Kleopatra zu bewegen, diesmal selbst bei der Siegesfeier anwesend zu sein. Merit sollte alleine hingehen und der Königin danach berichten. „Das kannst du nun wirklich nicht von mir verlangen, meine Liebe“, hatte sie auf den Vorschlag der Freundin, sie auch zu diesem Triumphzug zu begleiten, reagiert. „Soll ich etwa der Demütigung meiner Schwester zusehen? Soll ich Zeuge werden, wie jeder gemeine Römer eine Ptolemäerin schamlos anglotzt? Niemals, Merit! Es würde mir gewiss das Herz brechen. Ich will hier in meinem Palast geduldig warten, bis du zurück bist, und mich mit Caesarion beschäftigen, den ich ohnehin, seit wir in Rom sind, ein wenig vernachlässigt habe. Das Wetter ist immer noch herrlich und ich will mit ihm im Garten spazieren gehen und ihm die Tiere zeigen, die sein Vater für ihn angeschafft hat. Und natürlich werden wir auch die Enten füttern. Du weißt ja, das gehört im Augenblick zu seinen Lieblingsbeschäftigungen.“

Für Kleopatra war das anstehende Siegesfest kein wirklicher Triumph, der nach den römischen Gesetzen einem Feldherrn nur zustand, wenn mindestens 5.000 auswärtige Feinde getötet worden waren. Caesar hatte ja nicht gegen Feinde Roms gekämpft, sondern helfend in einen Bürgerkrieg eingegriffen und für eine der streitenden Parteien oder gemeinsam mit ihr einen Sieg errungen. Das Land, in dem er so erfolgreich gekämpft hatte, war eine selbstständige Nation geblieben - mit eigenem Herrscher, eigener Verwaltung, Gesetzgebung und Gerichtsbarkeit und seiner Schutzmacht allenfalls zur Treue verpflichtet. Sie war deshalb gespannt darauf, was ihr Geliebter den Römern zu zeigen gedachte. Er hatte, soweit sie wusste, weder die Paläste noch die Häuser der Reichen und Einflussreichen ihrer Schätze beraubt, auch nicht die Museen, die Bibliotheken, die Tempel oder die heiligen Stätten ihres alten Reiches. Ungeduldig fieberte sie deshalb Merits Bericht entgegen.

„Du hattest recht in der Annahme, es würde diesmal ein ganz anderer Triumphzug sein, Herrin", begann Merit. „Kein fremder Heerführer, der getötet werden musste, keine Gefangenen, die dem Triumphwagen voranschritten. Was Caesar den Römern vorgeführt hat, war grandios und zeigte doch durch die Blume, wie rückständig die Hauptstadt der abendländischen Welt verglichen mit unserem Alexandria ist. Und wer ganz feinsinnig veranlagt ist, hat sicherlich bemerkt, was Caesar mit diesem Schauspiel zu demonstrieren bezweckte: Er bereitete seine Römer darauf vor, dass Neuerungen in allen Bereichen anstanden, dass Rom, verglichen mit anderen Metropolen der Welt, ziemlich rückständig ist. Was unbedingt geändert werden müsste, will die Stadt ihrem hohen Anspruch gerecht werden."

„Du spannst mich auf die Folter, Merit. Ich kann es kaum erwarten zu hören, wie seine Römer diese Feier aufnahmen."

„Eigentlich war es ein Fest der Freude, Königin, bei dem kein Blut floss und niemand wirklich zu Schaden kam. Man könnte fast sagen, Caesar hat die uralte Kultur der Ägypter an den Tiber getragen und hier verherrlicht. Auf mehreren Wagen lag, lässig hingestreckt, eine monumentale Statue des Flusses Nil, umgeben von zahlreichen Krokodilen aus Stein, geschmückt mit mächtigen Palmen, echten Palmen, die auf schattigen Wiesen standen, und zwischen ihnen die uns heiligen Ibisse, natürlich angebunden, damit sie nicht wegflögen. Auf einem anderen Gefährt mit mächtigen Rädern, die unter der Last ächzten, stand ein Modell des Leuchtturms von Pharos, an dessen Spitze echtes Feuer brannte. Auch die Pyramiden konnte man auf riesigen Schautafeln bewundern. Eine gigantische Vorstellung für all jene, die das Schicksal nicht so großzügig bedacht hat, dass sie sich einmal all die Schönheiten unseres Landes vor Ort ansehen könnten."

„Und Arsinoë, hast du auch sie gesehen?", fragte Kleopatra ungeduldig.

„Ich werde dir alles berichten, Königin, und nichts auslassen. Aber gib mir bitte etwas Zeit! Also: Auch deinen ägyptischen Feinden wurde im Umzug ein Platz eingeräumt. Riesige Tafeln trugen die Bilder des erschlagenen Potheinos und des getöteten Achillas, beide lebensecht dargestellt. Dann, unmittelbar vor dem Triumphwagen, Ganymedes, der, wie du dich sicher erinnerst, versucht hat, das Trinkwasser der im Palast eingeschlossenen Römer zu vergiften. Und nach dem Triumphator schließlich ein Prunkwagen, der alle Blicke auf sich zog. Auf hoch erhobenem Thron saß Arsinoë, keine Besiegte trotz der Ketten, die man ihr angelegt hatte, sondern eine stolze Frau, dein vollkommenes Spiegelbild, Herrin, geheimnisvoll, fast rätselhaft und verführerisch. Man hatte sie in ein spinnwebzartes Gewand gehüllt, das die Reize ihres jungen Körpers eher betonte als verhüllte, und ihr eine Nachbildung der Doppelkrone Ober- und Unterägyptens auf das Haupt gesetzt. Unbeweglich saß sie da auf ihrem erhabenen Thron, als sei sie kein menschliches Wesen, sondern eine zu Stein erstarrte Frau, ohne Regung, ohne eine einzige Träne, mit der sie ihr Schicksal beweint hätte, eine wahre Königin von Geblüt. Mehr noch: Eine Göttin, die geruhte, für eine Weile unter den Sterblichen zu wandeln."

„So hat uns meine Schwester keine Schande gemacht, Merit. Dafür danke ich den Göttern, die ich so oft um ihren Beistand angefleht habe."

„Ich bin mit meinem Bericht noch nicht am Ende", unterbrach Merit. „Wenn Caesar je beabsichtigt hatte, Arsinoë vor dem römischen Pöbel zu demütigen, ist ihm das gründlich misslungen. Sobald die Römer der jungen Frau und ihrer fast überirdischen Schönheit ansichtig wurden, verstummten alle Stimmen. Kein schadenfrohes Lachen mehr, das soeben noch die Bilder von Potheinos und Achillas begleitet hatte und die Spottverse, die Caesars Legionäre über ihn und seine Liebe zu dir sangen. Eine fast gespenstische Stille breitete sich über den Menschenmassen aus, kein Laut war zu hören. Mit ungläubigem Staunen beobachteten die Schaulustigen die gefangene Königin, und Mitleid, ja fast ein wenig Abscheu für Caesars Verhalten zeichnete sich auf ihren Mienen ab. Ich glaube, Rom hat nie Ähnliches gesehen. Caesar konnte seinen Unmut über die Reaktion seiner Quiriten kaum verbergen. Seine Miene verfinsterte sich. Er hatte wohl damit gerechnet, dass die Menschen beim Anblick der besiegten Königin in lautstarken Jubel ausbrechen. Sichtlich verärgert befahl er den Pferdeknechten, die Tiere, die seinen Wagen zogen, zu schnellerem Trab anzutreiben. Und auch der Dank an Jupiter, der die Feierlichkeiten nach alter Gepflogenheit beendete, fiel diesmal kürzer und vor allem so aus, als hätte der Feldherr nicht allzu viel Grund, den Himmlischen besonders dankbar zu sein. Anders als bei seinem Triumph über die Gallier war er nach dem Opfer schnell verschwunden. Und auch die Freude der Stadtbewohner hielt sich diesmal in Grenzen. Als ich auf dem Pons Fabricius den Tiber überquerte, waren die Straßen schon fast menschenleer. Aber was macht mein kleiner Caesar? Hat er den Spaziergang mit seiner Mutter genossen?"

„Er hat ein wenig Fieber und ich habe ihn vor einer Stunde zu Bett gebracht. Seine Amme meint, das sei bei Kindern nicht weiter schlimm, ich solle mich nicht beunruhigen. Mögen ihr die Götter recht geben!"

„Veni, vidi, vici!" Unter diesem Motto stand der dritte Festtag, der Caesars raschen Sieg über Pontus feierte. Er hatte weit weniger Menschen auf die Straße gelockt als die ersten beiden Triumphzüge. Beim vierten großen Ereignis dieser wenigen Tage im Spätsommer des Jahres 707 *a.u.c.* waren sie wieder sehr neugierig. Gedacht wurde der Bezwingung der letzten Anhänger des Pompeius in Afrika. König Jubas kleiner Sohn wurde vorgeführt und es gab verschiedene Bilder zu sehen, die die Geschehnisse dieses Feldzugs festhielten. Laut stöhnten die Zuschauer auf, als die Grausamkeiten des Krieges vor ihren Augen noch einmal lebendig wurden. Wer allerdings gehofft hatte, er könne Pompeius' Bildnis begegnen, sah sich getäuscht. Bewusst hatte Caesar darauf verzichtet, denn er wusste, wie tief die Trauer um den getöteten Rivalen noch saß.

Um das Volk weiterhin bei Laune zu halten, beendeten diesen letzten Triumphtag üppige Bankette. An die Armen wurden kostenlose Lebensmittel verteilt. Tierhetzen und eine nachgestellte Schlacht, an der auch 20 Kriegselefanten beteiligt waren, dienten der Unterhaltung der Massen. Der siegreiche Feldherr hatte weder Kosten noch Mühen gescheut. Neben dreitägigen sportlichen Wettkämpfen wurde auf einem künstlichen See auch eine Seeschlacht ausgetragen, bei der tyrische und ägyptische Schiffe mit zwei, drei und vier Ruderreihen aufeinander trafen. Wegen des hohen Aufwands waren nachgestellte Seegefechte nicht sehr häufig zu sehen. Von überall strömten deshalb so viele Neugierige herbei, dass Zelte als Schlafplätze aufgeschlagen werden mussten. Und der Andrang war mitunter so gewaltig, dass Menschen auch totgequetscht wurden.

Hoch war der Blutzoll, den Caesars Fest der Superlative forderte. Noch immer war er in Feierlaune. Seine Sucht nach Ruhm und Anerkennung war noch nicht gestillt. Nach der Abendmahlzeit des letzten Feiertages begab er sich in den neu erbauten Tempel der Venus Genetrix, die er als Stammmutter des julischen Geschlechts verehrte. Führte er doch seine Herkunft auf keinen Geringeren als

Iulus Ascanius zurück, den Sohn des trojanischen Helden Aeneas, dessen Mutter wiederum Venus, die Göttin der Schönheit und der Liebe, war. Der Tempel mit seinen schlanken Säulen, den herrlichen korinthischen Kapitellen und den Verzierungen nach griechischer Art schmückte das neue Forum, das er oberhalb des alten Marktes hatte anlegen lassen, da dieser für Caesars Selbstdarstellung zu klein und zu eng geworden war. Mit Blumen bekränzt weihte er in feierlicher Zeremonie das neue Heiligtum ein, huldigte der Göttin und kehrte dann, begleitet von einer jubelnden Bevölkerung und mit sich sichtlich zufrieden, nach Hause zurück. Elefanten, die Fackeln trugen, wiesen ihm den Weg. Denn es war längst dunkel geworden über Rom.

„Das Volk hat Anstoß daran genommen, dass du im Tempel unseres Geschlechts eine Statue von Königin Kleopatra aufgestellt hast", empfing ihn eine mehr als mürrische Ehefrau. „Wer behauptet das?", wollte Caesar wissen. „Ich bin mir keiner Schuld bewusst. Als Sieger über Ägypten habe ich der dort verehrten Göttin Isis eine kleine goldene Statue gestiftet, kaum der Rede wert, und sie damit gewissermaßen in den römischen Götterhimmel aufgenommen, wie wir Römer das von alters her zu tun pflegen. Du weißt ja, es zeichnet Rom aus, allen fremden Göttern gegenüber tolerant zu sein, wenn sie den unsrigen die gleiche Duldsamkeit entgegen bringen. Du kannst doch nicht ernsthaft glauben, der Mob ließe zu, dass ein römischer Tempel mit Standbildern fremder Herrscher entweiht wird."

„Ich glaube nur, was die Spatzen von den Dächern pfeifen" entgegnete Calpurnia sichtlich beleidigt. „Du bist dieser Frau verfallen, mein Herr und Gebieter. Ich bitte dich nur, dafür Sorge zu tragen, das sie mir nicht über den Weg läuft. Wenigstens diese Demütigung solltest du mir ersparen."

Fast zärtlich legte Caesar seiner Frau den Arm um die Schulter und küsste sie sacht auf die Stirn.

Abschied

Die Posaunen und die frohen Lieder, die die Triumphtage begleitet hatten, waren verstummt. Schon kurze Zeit nach den grandiosen Festlichkeiten hatte Rom seine Fröhlichkeit verloren und war zur Tagesordnung zurückgekehrt. Caesar begann nun, seine Reformvorhaben in die Tat umzusetzen.

Seit Jahrhunderten hatte das stolze Volk der Römer seinen Kalender nach den Mondphasen ausgerichtet und das Jahr in 355 Tage eingeteilt. Ab und zu war dabei ein zusätzlicher Monat eingeschoben worden, damit Kalender und Jahreszeiten wieder übereinstimmten. Aber zu lange hatte der Bürgerkrieg die Menschen davon abgehalten, sich um die praktischen Dinge des Lebens zu kümmern. Der Kalender war völlig aus dem Ruder gelaufen und hinkte dem Jahreslauf hinterher.

„Ich grüße dich, Sosigenes, und danke dir, dass du mit deiner Königin an den Tiber gekommen bist." Der berühmte Astronom aus Alexandria lächelte geschmeichelt und deutete vor Caesar eine leichte Verbeugung an. „Dein Ruf eilt dir voraus", fuhr der römische Imperator fort. „Ich habe dich hierher bestellt, damit du unseren Kalender in Ordnung bringst. Wenn meine römischen Gelehrten nicht irren, haben sich mittlerweile Kalender und Jahreszeit um nicht weniger als 88 Tage verschoben."

„Ich habe mich bereits mit deinen Leuten in Verbindung gesetzt, hoher Herr, und mir auch selbst Gedanken gemacht. Wir sind übereingekommen, das Jahr mit 365 ¼ Tagen festzulegen, wenn du einverstanden bist. Der siebente Monat sollte übrigens - das entspricht auch dem Willen des Volkes - in „Iulius" umbenannt werden, ist es doch der Monat, in dem du geboren bist." Wieder deutete er eine leichte Verbeugung an.

Jetzt war es Caesar, der geschmeichelt lächelte. Nicht nur in den Annalen war ihm nun ein Platz sicher. Auch der einfache Mann auf der Straße würde fortan immer an ihn erinnert werden. Was bedeutete es da, dass man dem Tod längst in die Augen sah? Sein Name würde bleiben. Im Ruhm würde er fortleben, und noch in 2.000 Jahren und mehr würden die Menschen seiner gedenken.

Caesar begnügte sich indes nicht mit der Kalenderreform. Es war an der Zeit, dass die Hauptstadt des Weltreichs auch hinsichtlich Bildung und Kultur an die großen Metropolen anschloss. „Rom besitzt keine breiten, schattigen Boulevards wie dein Alexandria, das noch jung und auf dem Reißbrett entstanden ist." Caesar stattete seiner ägyptischen Frau einen seiner seltenen Besuche ab. „Meine Stadt ist alt. Vor 700 Jahren und mehr ist sie von den Höhen des Palatins in die Täler hinabgekrochen und von dort wieder hinauf zu den anderen Hügeln geklettert. Ihre Gassen sind schmal und finster, und meine Quiriten haben es nicht gelernt, ein wenig Ordnung zu halten. Es ist fast unglaublich, dass sie im Feld so diszipliniert waren und eine halbe Welt bezwingen konnten. Aber es gibt einen Anfang, meine geliebte Kleopatra." Caesar hatte seinen Sohn auf den Arm genommen und Caesarion streichelte mit seinen kleinen Händchen über den nur spärlich behaarten Schädel seines Vaters. „Ich habe den Bau großer Bibliotheken in Angriff genommen, kaum dass ich an den Tiber zurückkam und dem Aufseher, einem überaus gebildeten Mann namens Varro, ist es bereits gelungen, die wichtigsten griechischen und lateinischen Bücher zu erwerben. Du siehst, wir machen Fortschritte. Übrigens auch in anderen Bereichen. Mein Aufenthalt in deinem Reich hat mir zahlreiche Anregungen gegeben. So lassen meine Ingenieure gerade Kanäle zum Tiber ziehen, die die Pontinischen Sümpfe trocken legen sollen. Du hast von diesem malariaverseuchten Gebiet gehört, das sich südlich von Rom erstreckt? Ich weiß nicht, wie viele Römer Jahr für Jahr der Malaria zum Opfer fallen. Aber das muss aufhören. Es ist unseres Zeitalters unwürdig, Menschen an Krankheiten sterben zu lassen, die wir mit etwas Aufwand verhindern können. Zudem werden wir nach der Trockenlegung wertvolles Ackerland gewinnen." Kleopatra sagte nichts. Aber sie hing mit stolzem Blick am Mund ihres Geliebten und bedeutete ihm, fortzufahren.

„Du kennst doch auch die felsige Landenge bei Korinth, die zwei Teile des *Mare Internum* voneinander trennt, sodass die Schiffe um die gesamte Peloponnes herumfahren müssen, um meinetwegen Athen zu erreichen?" Kleopatra hatte davon gehört. Immer wieder hatten sich ägyptische Kaufleute darüber beschwert, dass sie so viel Zeit verlören, wenn Waren vom Adriatischen Meer an die Küsten des Lichts, die griechischen Kolonien in Kleinasien, zu befördern waren oder umgekehrt. Auch den Weg von Rom nach Ägypten hätte man abkürzen können, hätte man nicht die gesamte Halbinsel umfahren müssen. Sie klagten zudem, dass das Umsegeln der Peloponnes sehr gefährlich war. Klippen, zahllose kleine Inseln, von denen oft nur die Spitzen aus dem Wasser ragten, und Untiefen machten die Schifffahrt in den griechischen Gewässern zu einem Abenteuer mit ungewissem Ausgang. Immer wieder forderte Neptun-Poseidon von den Verwegenen Opfer.

„Ich gedenke, die Halbinsel durch einen Kanal vom Festland zu trennen. Er muss so breit und so tief sein, dass Schiffe, auch schwer beladene, mühelos hindurchfahren können. Weißt du übrigens, wie man Seeleuten bisher den weiten Umweg um die Halbinsel erspart?" Kleopatra verneinte. „Nun", fuhr Caesar fort, sichtlich stolz darauf, die Königin an seinem Wissen teilhaben zu lassen, „man zieht die Schiffe, nachdem sie entladen wurden, über einen schmalen steingepflasterten Landweg, den die Griechen ‚Diolkos' nennen, von einem Meeresteil zum anderen. Keine ungefährliche Arbeit, denn die Schiffe werden auf Rollen mit Ochsen- und Menschenkraft über Land gezogen. Und dennoch nimmt man alle Gefahren und Kosten in Kauf, um Zeit zu sparen und konkurrenzfähig zu bleiben. Freilich sind es vor allem kleine Frachter und Kriegsschiffe, die man auf diese Weise befördern kann. Alle Ansätze, den Durchstich zwischen den beiden Meeren zu wagen, sind bislang gescheitert."

Doch alle Pläne, die Caesar mit großer Begeisterung anging, stießen bei seinen Zeitgenossen auf wenig Gegenliebe. Unzufriedenheit breitete sich in der Stadt aus. Aber Caesar hatte keine Gelegenheit, den Menschen die Vorteile seiner Reformvorhaben zu erklären. Noch gab es zahlreiche Anhänger des Pompeius, die sich nach Spanien zurückgezogen hatten, um von dort aus ihre Rückkehr nach Rom zu organisieren. Sie galt es nun unschädlich zu machen, das hieß, auf Caesars Seite zu ziehen oder zu töten. Nur zwei Monate nach den großen Triumphzügen brach er mit seinen Legionen zur Iberischen Halbinsel auf.

Auch für Kleopatra wurde es Zeit, an den Nil zurückzukehren. Die aufkommenden Herbststürme würden die Segel ihrer Schiffe blähen und ihre Heimkehr beschleunigen. Mit einem üppigen Festmahl und einer leidenschaftlichen, gemeinsam verbrachten Nacht nahmen Caesar und Kleopatra voneinander Abschied - nicht ohne das Versprechen eines baldigen Wiedersehens, sofern es die politischen Verhältnisse beider Reiche zuließen. Nur Caesar ahnte, dass ihm nie mehr ein Besuch am Nil vergönnt sein würde. Wenn überhaupt, würde sich Kleopatra noch einmal an den Tiber bemühen müssen. Aber selbst das könnte die Vorsehung verhindern. Denn immer häufiger zeigten sich ihm die Vorboten eines nahen Todes.

Obwohl der Herbst erneut sein baldiges Eintreffen angekündigt hatte und die ersten Stürme über Rom hinweg gegangen waren, erschütterte ein schweres Unwetter, wie es die Römer ansonsten nur von heißen Sommertagen kannten, die erhabene Hauptstadt. In dichten, undurchsichtigen Vorhängen platschte das Wasser auf die sieben Hügel herab, fing und sammelte sich in den Tälern, überflutete das Forum und schob gewaltige Schlammmassen durch die *Cloaca Maxima* in den Tiber. Trüb schossen die Fluten in dem sonst ruhigen Fluss dem Meer zu und zerrten Unrat, Tierkadaver und verwesende Leichen mit sich. Ungläubig starrten die Menschen auf die entfesselte Natur und es schien, als färbe sich das wütende Wasser rot. „Blut", ließen einige der Zuschauer des makabren Schauspiels entsetzt vernehmen. „Rot wie Blut. Uns steht Unglück und erneuter Bürgerkrieg ins Haus", warnten sie. „Wir täten gut daran, nach Hause zu gehen." Viele schauderte es. Hatten sie nicht in der jüngsten Vergangenheit genug gelitten? Was hatte all das wirklich zu bedeuten? Und was bedeutete es für Caesar, der ihr Wohltäter war, der ihnen Brot und Spiele in so reichlichem Übermaß schenkte? Wieder einmal begann die Gerüchteküche zu brodeln. Und viele ahnten, dass Rom erneut schlimmen Zeiten entgegen ging.

Die Alexandriner bereiteten ihrer Königin einen überaus herzlichen Empfang. Als die Flotte mit großem Pomp in den Hafen einfuhr, stand Kleopatra an Deck, Söhnchen Caesarion fest an der Hand. Die Menschen jubelten ihr zu, schwenkten bunte Tücher und hatten die Anlegestelle des königlichen Schiffes mit bunten Fahnen geschmückt. Die junge Königin war so gerührt, dass ihr Tränen in die Augen traten. Sie fand alles geordnet vor. Mehrere Monate hatte sie in Rom zugebracht. Und sie hatte allen Grund, jenen zu danken, denen sie vor ihrer Abreise wichtige Posten und Aufgaben übertragen hatte.

Vom Meer her wehte eine frische Brise, die die schlechte Luft vertrieb und die Hauptstadt ihres Reiches zu einem Ort machte, in dem es sich gesund leben ließ. Kein Wunder, dass die Menschen in Alexandria so alt wurden, schoss es der Königin durch den Kopf. Wie sehr hatte sie ihr Zuhause vermisst! Das wurde ihr erst jetzt bewusst. Die vertraute Umgebung, die breiten Straßen und die modernen Neubauten, von denen einige noch Caesar in Auftrag gegeben hatte und die jetzt ihrer Vollendung entgegen sahen.

Überall strahlend weißer Marmor. Überall Pracht und Glanz. Vor allem ein neuer Komplex, mächtiger als alle bisherigen Bauwerke der Stadt, erregte ihre Aufmerksamkeit und ließ ihr Alexandria noch prächtiger erscheinen. „Caesarion" nannten ihre Untertanen das Wunderwerk, das Menschenhand in so kurzer Zeit geschaffen hatte und das für immer an Ägyptens Wohltäter erinnern sollte. Gegenüber dem Hafen gelegen, begrüßte es die Ankommenden, verabschiedete es die Scheidenden. Es würde sicherlich bald zu einem weiteren Wahrzeichen der Stadt aufsteigen und Alexandrias Ruhm in der Welt noch erhöhen. Stolz ließ sich die Königin durch die neue Anlage führen und von den Architekten Raum für Raum erklären. An nichts war gespart, an alles gedacht worden. Ganz aus wertvollem weißem Marmor war es gebaut. Freilich hatten die Baumeister auch die Reste der Gebäude verwendet, die wenige Jahre zuvor bei Caesars Besuch in dem spätherbstlichen Feuersturm abgebrannt waren. Säulenhallen schmückten die riesigen Bibliotheken. Offene Terrassen, lauschige Höfe und Gärten mit den seltensten Pflanzen, mit Seerosenteichen, Palmenhainen und Papyruswäldern luden zum Verweilen ein. Eine ausgedehnte Badelandschaft, die nach römischem Vorbild und den altüberlieferten Gesundheitsregeln der Griechen angelegt war, versprach Entspannung von den Mühsalen des Alltags. In mehreren Tavernen wurden exotische Speisen angeboten. Die Königin kam aus dem Staunen nicht heraus. Konnte man dem Volk eindrucksvoller vor Augen führen, dass Ägypten und Rom, Caesar und Kleopatra, eine für beide Reiche so heilsame Verbindung eingegangen waren? „Dieses Gebäude mit all seinen Einrichtungen, den großen Sälen, den schattigen Laubengängen und den Gärten soll jedem Ägypter jederzeit zugänglich sein. Ich wünsche mir, dass sich meine Untertanen hier wohlfühlen und wenigstens für ein paar Stunden ihre Sorgen vergessen." Auch Kleopatra hatte von den Römern gelernt. „Wer satt und zufrieden ist, denkt nicht an Revolution", gestand sie lächelnd ihrer Gefährtin.

Doch mehr noch als für den Prunk, der mit ihrer Heimkehr verbunden war, begeisterte sich das Volk für die Mutter Kleopatra, die den kleinen Caesarion, der gerade die ersten Worte zu brabbeln begann, stolz ihren Untertanen präsentierte. Hatte man je einen hübscheren Knaben gesehen? Lächelnd und ohne Scheu strahlte der Kleine die Menschen an, die sich vor dem Palast eingefunden hatten, um Mutter und Kind willkommen zu heißen und er winkte den Menschen zu, wie es ihm seine Mutter beigebracht hatte. Glich diese Königin nicht aufs Haar der Muttergöttin Isis, die so oft mit ihrem Sohn, dem unsterblichen Horus, abgebildet war? „Isis-Kleopatra, Isis-Kleopatra", skandierte die Menge. Der Ruf pflanzte sich fort über Länder und Meere und gelangte auch nach Rom. Es schien, als habe Ägyptens Königin endgültig ihren Platz in den Herzen ihrer Untertanen gefunden. „Sie verehren dich wie eine Göttin", bemerkte Merit, „überhaupt, seitdem wir aus Rom zurückgekehrt sind." „Es ist mir nicht entgangen, Merit. Und ich weiß, welche Verantwortung das für mich bedeutet. Von einer Göttin erwarten sie mehr, als ein Mensch je zustande bringen könnte. Andererseits wird kaum jemand wagen, eine Göttin auch nur mit Worten anzugreifen. Ich weiß natürlich, dass ich nur ein Mensch bin, unvollkommen, fehlbar und wie jedes Lebewesen den Gesetzen der Natur unterworfen. Aber sie sollen ihre Göttin haben, wenn sie sie schon wollen. Ich werde Bildnisse von mir anfertigen lassen, Kleopatra und Caesarion als Isis und Horus, in unvergänglichen Stein gemeißelt, für alle sichtbar. Und ich werde im großen Kultzentrum von Hermonthis einen Geburtstempel errichten lassen, auf den in den Buchstaben der ägyptischen Schrift mein neuer Name zu lesen sein wird: ‚Mutter des Ra'. Über meinen Erstgeborenen aber wird ein Skarabäus wachen, das Symbol des Sonnengottes, und es wird bedeuten, dass mein Sohn der Gott der aufgehenden Sonne ist. Denn wie sich der Käfer aus der Erde zum Licht erhebt, steigt Tag für Tag die Sonne über dem östlichen Horizont auf, um uns allen Leben zu spenden."

Die treue Dienerin musste über den Eifer ihrer Herrin lächeln. Kleopatra schien glücklich zu sein, anders als in Rom, wo sie oft eine Königin mit Tränen in den Augen überrascht hatte. „Du wirst dich wegen Caesarion gar nicht allzu sehr bemühen müssen", meinte sie. „Die Ägypter haben ihn längst in ihr Herz geschlossen. Es macht ihnen nicht einmal etwas aus, dass sein Vater Römer ist. Im Gegenteil! Instinktiv erkennen sie, dass Caesar ihr Wohltäter ist, da er dir den Thron verschafft und für dein Volk den Bürgerkrieg und die Unsicherheit so vieler Jahre beendet hat. Und der, so es den Göttern gefällt, auch weiterhin dafür sorgen wird, dass Ruhe und Frieden in Ägypten Bestand haben werden. Du bist, du weißt es ja selbst, in ihren Augen für alle Zeit mit Caesar verbunden."

Der Kontakt zwischen der ägyptischen Königin und dem römischen Imperator brach auch während der Zeit nicht ab, die Caesar in Spanien damit zubrachte, seine Gegner aus dem Lager des Pompeius unschädlich zu machen. Briefe gingen zwischen den Liebenden hin und her. Es lag Kleopatra vor allem daran, Caesar wenigstens mittelbar an der Entwicklung seines Sohnes teilhaben zu lassen. Aber bald genügte ihr der briefliche Austausch nicht mehr. Ihr Verlangen, den Geliebten wiederzusehen und ihre Sehnsucht nach den schattigen Gärten jenseits des Tibers, nach den üppigen Festgelagen und den gelehrten Gesprächen wuchs. Auch Caesar verlangte es immer mehr, die Königin wiederzusehen. Freilich waren seine Motive nicht nur freundschaftlicher Art. Er plante einen weiteren Feldzug, diesmal gegen die Parther, die vor einigen Jahren nicht nur seinen einstigen Kollegen in Triumvirat, Crassus, so ehrenrührig getötet, sondern auch den Legionsadler erbeutet hatten und allen diplomatischen Versuchen trotzten, dieses für Roms Selbstwertgefühl so wichtige Symbol zurückzugeben. Es war also einmal mehr Krieg gegen diesen römischen Erzfeind angesagt. Caesar gedachte, so ihm das Schicksal noch so viel Zeit ließ, dieser Gefahr nun ein für alle Mal ein Ende zu setzen. Aber dazu brauchte er die Königin, brauchte ihr Getreide, ihre Schiffe, ihre Soldaten und nicht zuletzt ihr Geld. Nachdem er sich mit seinen Offizieren beraten hatte, sandte er einen Boten zum Hof von Alexandria. Er lud Kleopatra ein, ihn erneut in Rom zu besuchen.

Draußen machte sich Ra gerade daran, den Sonnenwagen zu besteigen. Die zahlreichen Paviane, die bald nach der Gründung Alexandrias von Theben her ins Delta eingewandert waren, tanzten fröhlich auf den Tempeldächern, um den jungen Tag zu begrüßen. Von allen Frühaufstehern waren die den Göttern heiligen Tiere zuerst auf den Beinen. Bis zum Abend, wenn der Wagen des Gottes in die Unterwelt eintauchte, würden sie die Menschen mit ihren lustigen Späßen erfreuen. Trotz der frühen Stunde herrschte Aufregung im Palast. Gleich aufgeschreckten Hühnern hetzten die zahlreichen Diener hin und her. Es wurde gekocht, gebraten und gebacken. Bald zog der Duft edler Speisen durch die hell erleuchteten Räume. Es wurde sortiert und gepackt. Selbst der kleine Caesar ließ es sich nicht nehmen, seine Lieblingsspielsachen zusammenzutragen, kleine Figürchen aus Elfenbein, Würfel und Steine mit den passenden Spielen und eine winzige Sonnenuhr, die ihm einer der Sklaven in seiner Freizeit gebastelt hatte. Auch seine kleine Katze sollte mit auf die Reise gehen. Es fand sich sogar ein luftiger Korb, in dem das Tier sicher transportiert werden konnte. Und immer wieder brabbelte das Kind ein paar lateinische Wörter. Kleopatra verstand nur *„pater, pater"* und freute sich, dass ihre Bemühungen, dem Kleinen auch die Sprache seines Vaters beizubringen, offensichtlich auf fruchtbaren Boden fielen. Caesarion war jetzt drei Jahre alt, und er wurde nicht müde, seiner Mutter mit kindlichen Worten zu beteuern, wie sehr er sich auf Rom und das Wiedersehen mit seinem Vater freue. Aber Kleopatra konnte sich nicht vorstellen, dass er sich an Caesar und den römischen Aufenthalt, der immerhin ein Jahr zurücklag, wirklich erinnerte.

Kaum hatte der ägyptische Hofstaat die Villenanlage jenseits des Tibers bezogen, als auch schon wieder die Gerüchteküche Roms brodelte. Musste man jetzt immer mit der Königin rechnen, wenn Caesar in der Stadt war? Hatten diejenigen recht, die behaupteten, sie gedenke jetzt doch, den Imperator nach Alexandria zu entführen und Rom seiner privilegierten Stellung als Hauptstadt des Imperiums zu berauben? Auch das war zu hören: Caesar beabsichtige, Troja-Ilion zum neuen Mittelpunkt des Römerreichs zu erheben, um gewissermaßen zu seinen Wurzeln zurückzukehren. Wenn man doch nur wüsste, was er wirklich vorhatte! Auch ein weiterer Triumph, der seine Siege in Spanien feierte, ließ die Spekulationen nicht verstummen.

Kleopatra führte indessen wieder ein offenes Haus. So misstrauisch die erhabene römische Gesellschaft hinsichtlich der Absichten der Ägypterin auch war, die Königin schien mittlerweile in Rom eine feste Größe zu sein, und es gehörte schon beinahe zum guten Ton, sich bei ihr einzufinden. Es konnte auch nicht schaden, sich mit ihr zu arrangieren, hatte sich doch ihr Einfluss auf Caesar bereits in vielen Lebensbereichen gezeigt. Ging nicht sein Erneuerungsprogramm auf ihre Anregung zurück? Mischte sie nicht die stets rückwärts gewandte römische Gesellschaft tüchtig auf? In Modedingen gab sie längst den Ton an. Kaum hatte sie ein Jahr zuvor der Stadt den Rücken gekehrt, hatte die römische Damenwelt schon begonnen, sich nach ihrem Vorbild zu kleiden, sich nach ägyptischer Art zu schminken und zu frisieren, und hier und dort hatte sogar ein Skarabäus aus wertvollem Edelstein den Weg in die römischen Schmuckkästen gefunden.

Auf Kleopatras bald berühmten Festen und Banketten gab sich die vornehme römische Gesellschaft ein Stelldichein, und die Gastgeberin ließ es sich nicht nehmen, die bedeutendsten Künstler und berühmtesten Philosophen einzuladen, um ihren Gästen die Zeit angenehm zu vertreiben. M. Tigellinus Hermogenes, der beliebte Sänger, gab dabei Proben seiner Kunst. Und auch Philistratos, der Freund der Weisheit und derzeitige Modephilosoph Roms, war mit von der Partie. Er stieß mitunter heftige Diskussionen an, an denen sich die junge Königin lebhaft beteiligte, was bald Stadtgespräch wurde. Die hohen Herren staunten, dass eine junge Frau aus dem Orient ihnen geistig nicht nur gewachsen, sondern in vielen Bereichen sogar überlegen war. War sie doch so ganz anders als die langweiligen Damen Roms, die man schon als kleine Mädchen dazu erzogen hatte, sich auf die eher praktischen Dinge des Lebens zu beschränken und Höhenflüge des Geistes den Männern zu überlassen, die man ohnehin als von der Natur dafür einzig berechtigt hielt. Luxus, Reichtum, ein verschwenderischer Lebensstil, die Beschäftigung mit Literatur und Philosophie – es gab nicht nur Bewunderer für die Königin vom Nil. Neid und Missgunst breiteten sich aus und heizten die Diskussion um Kleopatra weiter an.

Zu den Gästen, denen sie hin und wieder eine Audienz gewährte, gehörte auch Marcus Tullius Cicero, der aufgeblasene Redner und Rechtsanwalt, der schon manchen seiner Zeitgenossen ans Messer geliefert hatte. Er mochte die Königin nicht, woraus er keinen Hehl machte, aber seine Neugier übertraf die Abneigung, die er für sie hegte. Wagte sie doch, ihn auf Caesars Gütern mit diesem Hermogenes zusammentreffen zu lassen, diesem in seinen Augen dummen Einfaltspinsel, dessen überragender Erfolg ihm ein Dorn im Auge war. Und dann ihr Einfluss auf Caesar, der Cicero ebenfalls nicht geheuer war! Gedachte dieser Mensch, der unverfroren wie keiner zuvor seine Herkunft auf die Götter selbst zurückführte, wirklich daran, die von ihm, Cicero, geliebte und mit viel Herzblut verteidigte *res publica* abzuschaffen und sich zum Alleinherrscher aufzuschwingen? War er wirklich im Begriff, die fremde Königin zu seiner rechtmäßigen Ehefrau zu machen und mit ihr eine neue Dynastie zu gründen, die julische Gens mit der ptolemäischen zu verbinden? Ein Mann, dessen Vorfahren aus der Unterstadt kamen, aus der schmuddeligen *Subura*, die kein

Römer von Rang ohne Not auch nur betrat? Mit mehr Recht hätten die Römer diesen Caesar einen *homo novus* genannt als ihm, Cicero, dessen Ahnen immerhin unbescholtene Landadlige waren, diesen Makel vorzuwerfen. Aber die Welt war ungerecht. Sie würde schon sehen, was sie an einem Gaius Iulius Caesar hatte. Der würde noch für manche Überraschung gut sein. Arme Calpurnia, konnte man da nur sagen, und armes Rom, das sich bald in den Fängen dieser orientalischen Circe befinden wird.

Fast fünf Jahrhunderte war Rom nun schon von keinem König mehr regiert worden. Und das war gut so. Damals, als Tarquinius Superbus mit Schimpf und Schande vertrieben worden war, hatte man sich geschworen, das Schicksal des aufstrebenden Stadtstaats nie mehr in die Hände eines Einzelnen zu legen, sondern für alle Zeit den Ersten und Besten anzuvertrauen, ein Prinzip, das sich bewährt und Rom zu ungeahnter Größe geführt hatte. Sollte das jetzt alles aufs Spiel gesetzt werden? Caesar war gefährlich, das stand zweifelsfrei fest. Und er, Cicero, der große Wächter der republikanischen Freiheit, stand mit dieser Ansicht keineswegs allein. Viele von Roms eingeschriebenen Vätern, Vertreter der patrizischen Oberschicht, dachten wie er und wie er suchten sie nach einer Möglichkeit, die bewährte Ordnung wiederherzustellen. Und es war Eile geboten. Denn Iulius Caesar gerierte sich immer unverhohlener wie ein Monarch. Die unangefochtene Stellung, die er auf dem Schlachtfeld genoss, war ihm offensichtlich zu Kopf gestiegen und übertrug sich auf die Innenpolitik. Man sah ihn fast nur noch im Purpurgewand des siegreichen Feldherrn durch Roms Straßen spazieren, begleitet von einem aufgeblähten Sicherheitsapparat, den er wie einen Hofstaat hinter sich herschleppte. Der *consul sine collega*, wie ihn der Pöbel mittlerweile ein wenig spöttisch nannte, saß im Senat auf einem goldenen Thron. Seine Statue reihte sich wie selbstverständlich in die Standbilder der alten Könige und im Zirkus führte ein Zeremonienwagen sein Bildnis spazieren.

Die aufwändigen Vorbereitungen zum Partherfeldzug waren fast abgeschlossen und es verstärkten sich Gerüchte, der römische Erbfeind könne nur von einem König dauerhaft besiegt werden. Schon sprachen Bürger Caesar mit ‚König' an und seine Standbilder waren morgens mit Lorbeerkränzen geschmückt. Ein ganz Mutiger hatte gar auf den Sockel einer Statue geschrieben: *Der erste Konsul Roms wurde Brutus, der einst die Könige vertrieb. Jetzt wird endlich der König, der die Konsuln vertrieb.*

„Was gibt es Neues in der Stadt?", wollte Kleopatra wissen, die ihren Palast seit Tagen nicht verlassen hatte.

„Die Leute reden viel", gab Merit zur Antwort. „Die Götter allein wissen, was davon wahr ist und was nicht. Aber es liegt Gefahr in der Luft. Ich spüre es genau. Und auch in meinen Träumen sehe ich unruhige Zeiten voraus. Du weißt, ich irre mich selten. Wir sollten uns aus dem Staub machen, Kleopatra, ehe es zu spät ist."

„Du machst mir Angst, meine Liebe, wenn ich auch nicht wüsste, wovor wir uns fürchten sollten. Caesars Stern steht so hoch wie nie. Und solange er seine schützende Hand über uns hält, können wir uns doch sicher fühlen. Allerdings sind auch die Prophezeiungen meiner Wahrsager düster."

„Wo große Höhen sind, da sind auch große Tiefen", gab Merit zu bedenken. „Das ist eine alte Weisheit. Vielleicht ist ja die Lage gerade deshalb gespannt, weil Caesar so hoch gestiegen ist. Er lässt sich überall als König feiern, ein Verhalten, das nicht jedem gefällt. Zudem soll er sich die Erlaubnis erwirkt haben, so viele Frauen zu heiraten, wie er will. Damit er bestimmt einen Nachkommen hinterlasse, der sein Erbe antreten könne, sagen die Leute."

„Da habe ich Anderes gehört", wandte Kleopatra ein. „Neulich bei den Lupercalien, du weißt, jenem Fruchtbarkeitsfest, das die Römer gegen Ende des Winters feiern, soll er sogar die Krone, die ihm sein Kollege im Konsulat aufgedrängt habe, beiseite gelegt und später dem Jupiter Optimus Maximus auf dem Capitol geschenkt haben."

„Ein schlauer Schachzug, fürwahr! Mehr aber auch nicht. Gerade du solltest ihn besser kennen. In Wirklichkeit genießt er die Aufmerksamkeit, die man ihm allenthalben entgegen bringt. Wenn auch ein Schatten über ihm schwebt, den er wohl mehr als jeder andere sieht. Es würde mich nicht wundern, wenn er den Feldzug gegen die Parther gar nicht mehr antreten könnte. Ich habe da so ein Gefühl ..."

Kleopatra erbleichte. Schon in wenigen Tagen sollte ihr Geliebter in den Osten ziehen und es bestand kein Anlass, während seiner Abwesenheit in Rom zu bleiben. Der Ausgang eines jeden Feldzugs war ungewiss. Er konnte siegreich enden oder auch scheitern. Wie könnte sie Caesarion, den kleinen Sohn, in Rom schützen, sollte sein Vater, aus welchen Gründen auch immer, nicht an den Tiber zurückkehren? Nein, sie würde Caesar überraschen und mit ihm gemeinsam aufbrechen. Ein kurzes Stück der Reise könnten sie auf diese Weise gemeinsam zurücklegen. Später würde man weitersehen. Ein Glück, dass Merit, vorausschauend wie immer, die Dienerschaft bereits angewiesen hatte, die Kisten zu packen. Sie selbst würde Caesar eine Nachricht zukommen lassen und ihn von ihren Plänen unterrichten.

Sie ahnte nicht, dass die Götter bereits anderes beschlossen hatten.

Königsmord

Sie ertrug die Erscheinungen der Nacht nicht mehr: Das unaufhörliche Klicken der nagelbewehrten Stiefel der Wachsoldaten, die Caesar zu ihrem Schutz in seiner Sommerresidenz stationiert hatte, den Gesang der Mägde, der ihr aus scheinbar unendlichen Fernen ans Ohr drang, traurige, herzerweichende Weisen, deren Sinn sie nicht verstand. Und auch nicht Merits tröstende Worte, die den kleinen Prinzen im Zimmer nebenan in den Schlaf wiegen sollten, in dieser Nacht aber ihre Wirkung verfehlten. Caesarion wimmerte, als geschähe ihm großes Leid, wälzte sich in seinem Bettchen herum, schlug wild um sich und stieß ab und zu furchterregende Schreie aus, die tierischen Laute von Schlachtvieh, die seiner Mutter das Blut in den Adern gefrieren ließen.

Auch sie selbst fand in dieser Nacht keine Ruhe, hatte noch kein Auge zugetan. Immer wieder drängte sich Caesars Bild in ihren Sinn, der Mann, der so lange an ihrer Seite gestanden, sie jetzt aber schon seit Tagen nicht mehr aufgesucht hatte. Er mochte aufgehalten worden sein, sie verübelte ihm die mangelnde Aufmerksamkeit nicht. In wenigen Tagen stand der Aufbruch in den Osten an, zu dem ungeliebten, aber notwendigen Feldzug gegen die Parther, die diesmal endgültig in die Knie gezwungen werden sollten. So hatte Caesar es ihr kürzlich erklärt und sie um Hilfe, Geld und Soldaten gebeten, die sie ihm nur allzu gern zur Verfügung stellen wollte. Denn sie war froh, ihm endlich vergelten zu können, was er für sie getan hatte, ihm zu danken für seine Freundschaft, ja die Liebe, mit der er sie umsorgte. Sie fühlte sich tief in Caesars Schuld. Gleich morgen würde sie ihm einen Boten schicken, um ihm mitzuteilen, dass er nicht allein wäre auf dem beschwerlichen Weg in den Osten, dass sie ihn, soweit es eben ging, begleiten würde, aller Unkenrufe seiner Männer zum Trotz. Waren die doch immer noch der Auffassung, mit einer Frau ziehe das Unglück in das Heerlager ein und kein Feldzug sei mit einem solchen ungebetenen Gast zu gewinnen. „Frauen sorgen für Unheil", meinte ein einfacher Soldat und spuckte verächtlich auf den Boden. „Zum einen wollen sie selbst auf dem Kriegsschauplatz nicht auf ihren gewohnten Luxus verzichten und wecken damit bei unseren Leuten allerhand Begehrlichkeiten. Zum anderen sind sie von Natur aus ängstlich und untergraben mit ihrem schlechten Vorbild den Kampfgeist der Truppen." „Willst du damit etwa sagen, dass die Königin Ägyptens eine Frau ist, die sich fürchtet? Ich wüsste nicht, wovor", empörte sich sein Kamerad. Und wenn schon, sie würde sich doch ohnehin unterwegs von Caesar und seinen Männern trennen, um in ihre ägyptische Heimat zurückzukehren, wo man sie längst erwartete, meinte er sachkundig.

Schwerfällig erhob sich Kleopatra aus dem königlichen Prunkbett. Das Jahr war noch jung und doch lastete schon eine fast sommerliche Schwüle über dem hohen Raum und erinnerte an die glühenden Stunden des römischen Sommers. In wenigen Tagen würden sie hier das Fest der *Liberalia* feiern und zahllose Knaben würden ihre Kinderkleider ablegen und die *toga virilis* empfangen, das Gewand des Mannes, und damit in den Kreis der Erwachsenen und der wehrfähigen Bürger aufgenommen werden. Die Vorbereitungen zu diesem großen Frühlingsfest waren in der Stadt bereits voll im Gange. Da wurden die Vorstufen der Tempel vom Schmutz des langen Winters befreit, die Straßen gekehrt und aller Unrat entfernt. Die Bewohner der *insulae* wurden angehalten, die Produkte ihrer in der Nacht verrichteten Geschäfte morgens nicht aus den Fenstern auf die gereinigten Straßen zu kippen, sondern in den Amphoren zu entsorgen, die vor den Haustüren aufgestellt waren und von der Stadtreinigung regelmäßig abgeholt wurden. Wollbinden, Fahnen und Blumengirlanden schmückten die öffentlichen Gebäude. Und überall verströmten Blüten einen verführerischen Duft. Nach den Festlichkeiten begann gewöhnlich die neue Feldzugsaison und es war nicht verwunderlich, dass dieser dritte Monat des Jahres dem Kriegsgott Mars geweiht war. Dann würde auch sie Rom verlassen, wie sie es schon lange geplant hatte, mit einem weinenden und einem lachenden Auge. Einerseits verging sie fast vor Sehnsucht nach den heiligen Wassern des Nils und den Annehmlichkeiten ihres eigenen Palasts. Auf der anderen Seite bedeutete ihr Aufbruch vielleicht einen Abschied für immer. Ihre Sterndeuter hatten jedenfalls vorausgesagt, sie würde nie mehr hierher zurückkehren. Und wenn sie auch wenig geneigt war, alles, was diese Leute zum Besten gaben, für bare Münze zu nehmen und ihr Leben danach auszurichten, so mochte es ihr doch diesmal gut anstehen zu glauben, was ihre Wahrsager andeuteten. Denn auch Merit hatte gewisse Vorahnungen und auf ihre Visionen war Verlass. Oh, nicht dass sie dieses Rom mit seinen engen Gassen, den schlammigen Straßen, den stinkenden Kanälen und den schmutzigen Menschen besonders lieb gewonnen hätte! Aber die Zeit hier bedeutete ihr viel. Die Nähe zu ihrem Geliebten, der Geschmack von Macht, an der er sie hatte kosten lassen, die erbauenden Gespräche, die die Gebildeten der Stadt mit ihr suchten. Ohne sich an uralte überkommene Regeln halten zu müssen, konnte sie hier ihr Leben wie ein Privatperson gestalten und niemand hinderte sie daran.

Barfuß trat die Königin ans Fenster, schob den schweren Vorhang zur Seite und erschrak. Der Garten lag stumm und gespenstisch. Und drohend funkelten die Sterne. Kleopatra schloss die Augen und trat ein paar Schritte zurück. Dann öffnete sie das Fenster. Doch statt der erhofften frischen Nachtluft schlug ihr eine ungeheure Hitze entgegen und raubte ihr für wenige Augenblicke den Atem. Eilig schloss sie das Fenster wieder und warf sich stöhnend auf ihr Bett. Was hatte das zu bedeuten? Was hatte sie soeben gesehen? Einen Scheiterhaufen, ein göttliches Strafgericht? Mitternacht war längst vorüber und doch! Unglück lag in der Luft, das hätten weniger einfühlsame Menschen als sie gespürt. Aber warum diese seltsame Beleuchtung? Angst befiel sie. Das gespenstische Licht, das den nächtlichen Himmel verbrannte, kam näher, drang durch den dicken Stoff der Gardine, erfüllte den geschlossenen Raum und kroch über Boden, Decken und Wände. Dort tauchten plötzlich Bilder auf, die sie längst aus ihrer Erinnerung verbannt hatte. Das Gesicht der Mutter, einst so lieblich anzusehen, doch jetzt fratzenhaft verzerrt, die füllige Gestalt des Vaters, schmerzgekrümmt, und schließlich Gaius' Antlitz, die herben Züge, die ihm eine gewisse Strenge verliehen, das magere Haupt mit der Toga verhüllt, nicht Priester, der den Göttern huldigt, sondern Opfer, geschlachtet auf dem Altar einer fragwürdigen Staatsräson. Jäh tauchten sie aus den Tiefen der Vergangenheit empor, die lange vertrauten und jetzt so fremden und abstoßenden Gestalten, krochen aus allen Winkeln hervor, trieben mit ihr ein gemeines Spiel, lockten sie, stießen sie von sich, entschlüpften blutverschmiert ihren greifenden Händen, kamen näher, nahmen Form an und drohten und sie vermeinte, auf dem Gesicht des Vaters einen warnenden Ausdruck zu erhaschen, während die Mutter händeringend ohnmächtig daneben stand. War da nicht auch eine kaum vernehmbare Stimme, die sie aufforderte zu fliehen, heim in ihr ägyptisches Reich, dieses feindliche Rom so schnell wie möglich zu verlassen? Kleopatra lauschte. Doch nein, all das vollzog sich still, tobte nur in ihrem Kopf, kein Laut war zu hören, kein Flüstern drang aus dem Reich dieser Spukgestalten. Doch plötzlich war ihr, als zerrisse ein schriller Schrei die gespenstische Nacht. Dann lösten sich die Schreckensbilder langsam auf und die düsteren Schatten verblassten.

„Merit", flüsterte Kleopatra. „Merit, wo bist du?" Die treue Dienerin hatte die Not ihrer Herrin längst bemerkt. Auf Zehenspitzen war sie in das königliche Gemach geschlichen, hatte sich still neben die zitternde, in Schweiß gebadete Frau gelegt und deren Kopf auf ihren Busen gebettet. „Ein Traum, meine Königin. Nichts weiter. Schlafe jetzt, Mädchen vom Nil! Wir werden bald in unsere Heimat zurückkehren. Zuvor aber …", spann sie den Gedanken fort, nein, sie wagte nicht, an das zu denken, was ihr zweites Gesicht sie hatte schauen lassen, und sie würde ihre Herrin heute davor bewahren. Sie hatten ja morgen noch einen ganzen Tag …

Müde tauchte Auroras Rossgespann aus den Schluchten der Berge empor und der Himmel über Rom spie loderndes Feuer. Aber nur diffuse Helle sprenkelte Gott Sol auf die Erde hinab und die Gesichter der Menschen erbleichten. Es roch nach Blut, ein Gestank, der aus den faulenden Fluten des Tibers aufstieg, über Forum und Palatin waberte und bis in Caesars Gärten in *Transtiberim* kroch. Blut leckte an sterbendem Gestirn, beschmutzte den Sonnenwagen der Zeit und trieb ihn in nächtliche Gefilde zurück. Wann würde es wieder Tag werden? Oder würde diese Nacht ewig währen?

Die Zeichen der Zeit standen schlecht. Angst lähmte die siebenhügelige Stadt. Menschenleer dehnte sich das Forum selbst in den mittäglichen Stunden. Schon lange verunsicherten nachts vermummte Gestalten und zweifelhaftes Gelichter die Straßen. Ein Ausgeraubter hier, ein Erschlagener dort. Hilferufe, die ungehört in der Dunkelheit verhallten. Morgens grässlich entstellte Leichen nackt im Tiber treibend, gesichts- oder kopflos, das Gedärm nach außen gekehrt. Köpfe, die, tränenlos und unbewimpert, von den Gemonien rollten. Schnödes Verbrechen blieb ungesühnt.

„Weißt du es schon? Hast du es auch gehört?" Unheimliches Flüstern im Palast. Nur hinter vorgehaltener Hand. Man wollte ja nicht als Klatschmaul erkannt werden. Aber was wäre, wenn das alles stimmte? In Etrurien wurde ein Kalb mit drei Köpfen geboren. Hafer wuchs dort aus den Kronen der Bäume. Seltsame Vögel, für die niemand einen Namen kannte, kreisten über Städten und Dörfern. Man sah auch eine Schlange, die sich vom Schwanz her selbst verzehrte. In Capua gar stießen Siedler beim Bau ihrer Hütten auf uralte Gräber. In einem fand sich eine eherne Tafel.

In den gestelzten Lettern einer vielhundertjährigen Schrift stand darauf geschrieben:

„Unbekannter, der du die Gebeine des Capys entdeckest,
melde in Rom, ein Enkel des sagenumwobenen Gründers
werde dort durch verwandte Hand heimtückisch fallen.
Dies aber werde Italien mit großer Heimsuchung büßen."

Es bestand kein Zweifel: Großes Unheil kündigte sich an, Zeiten, die die Menschen endgültig würden verstummen lassen.

Nur einer achtete der ungünstigen Vorzeichen nicht: Gaius Iulius mit dem Beinamen Caesar, der in maßloser Überheblichkeit sein Geschlecht auf die Göttin Venus selbst zurückführte. Was sollte einem, der Götter zu seinen Ahnen zählte, schon geschehen?

„Hüte dich vor den Iden des März!", hatte ihm erst kürzlich Spurinna im Senat zugerufen, der alte Seher, der blind war und doch mehr als andere sah. Aber der heimliche König von Rom, Diktator auf Lebenszeit, hatte darüber nur gelacht: „Es liegt im Interesse der Allgemeinheit, dass ich am Leben bleibe. Wenn mir nämlich etwas zustieße, würde das Rom erneut in heftige Bürgerkriege stürzen."

„Er wird immer unvorsichtiger", beklagte sich Kleopatra. „Es ist fast, als fordere er das Schicksal geradezu heraus. Er verlässt sich zu sehr auf den Schutz seiner Ahnen und bemerkt nicht, dass die Zahl seiner Freunde von Tag zu Tag schrumpft, wohingegen die seiner Feinde in weit größerem Maße wächst. Aber jede noch so gut gemeinte Warnung schlägt er in den Wind."

Der volle Mond streute diffuses Licht durch den hauchdünn geschliffenen Travertin des ehelichen Schlafgemachs. Es kam nicht mehr oft vor, dass Caesar das Schlafzimmer mit seiner Gattin teilte, aber am Abend zuvor hatte sie ihn händeringend gebeten, sie nicht zu verlassen. Eine unerklärliche Angst hatte sie plötzlich befallen. Aber auch Caesar litt an seinen Träumen. Immer wieder diese Träume! Da war der Zaunkönig, der, einen Lorbeerzweig im Schnabel, zur Kurie des Pompeius flog. Doch sollte er sie nie erreichen. Schon unterwegs stürzte sich ein Schwarm von Raubvögeln auf ihn, um ihn zu zerreißen. Wie er sich, über Wolken schwebend, wiederfand und Jupiter die Hand reichte! Und dann Calpurnia, die schlafwandelnd durch Gemächer, Hallen und Flure schlich, die nachts schrie und um sich schlug, ohne sich morgens an ihr Verhalten zu erinnern. Wie sie sich drehte und wand, wenn sich das fahle Mondlicht auf ihr Antlitz legte. Dann wieder lag sie still und steif neben ihm, kaum atmend, als wäre sie in den ewigen Schlaf gesunken, eine Tote.

Wie von Geisterhand angestoßen, sprangen Fenster und Türen auf. „Wer da?", wollte Caesar wissen, obwohl er es längst ahnte. Aber eine Antwort erhielt er nicht. Und er schüttelte Calpurnia, beschwor sie, zu sich zu kommen. Aber erst anderntags sollte er erfahren, dass ihr gewesen war, als hielte sie den Gatten ermordet in den Armen. „Ich bitte dich inständig, heute nicht in den Senat zu gehen", flehte sie ihn an. „Darf denn nicht auch ein Caesar einmal krank sein?" Händeringend warf sich die stolze Römerin vor ihm zu Boden und umfing zitternd seine Knie. Nur diesen einen Wunsch möge er ihr noch erfüllen. Dann werde sie nichts mehr erbitten. Aber Caesar schüttelte sie unwirsch ab. „Ich bitte dich, Frau, reiß dich zusammen! Was soll denn die Dienerschaft denken? Ist dir die Fassung abhanden gekommen?" Vergeblich ihre Tränen. Was gab der große Diktator auf Weibergeschwätz!

Einen Augenblick lang sah er sie an. Und schaute in Augen, die Ratlosigkeit, nein, Verzweiflung widerspiegelten, schattenumrandet über eingefallenen, fast hohlen Wangen. In einer Nacht schien sie ihm um Jahre gealtert zu sein. Dünn spannte sich über Knochen gelbe Haut. Und unter dem durchsichtigen Gewand bebte eine magere Brust. Da dauerte sie ihn. „Nun", versprach er begütigend, „ich werde, ehe ich gehe, noch die Auguren befragen. Damit du beruhigt sein kannst." Dabei drückte er ihre knochige Hand. Als er dann seinem Herzen einen Stoß gab und die von Roms Männern Kundigsten zu Rate zog, konnten auch sie, das

Gesicht nach Süden gewandt, wie es den uralten ungeschriebenen Gesetzen entspricht, kopfschüttelnd und achselzuckend nur Zeichen von rechts, also von der Seite des Sonnenuntergangs und damit des Unheils, erkennen. Und als sich sogar die heiligen Hühner weigerten zu fressen, da wurde auch Roms stärkster Mann für einen Augenblick schwach. Täte er vielleicht doch gut daran, die Warnungen seiner Frau ernst zu nehmen? Hieß es nicht, Frauen hätten mitunter das zweite Gesicht?

Aber die Verschwörer hatten vorgesorgt. Sie hatten Decimus Brutus, einen der Ihren, ins Haus des Diktators geschickt. Er hatte den Auftrag, ihn heute, koste es, was es wolle, in die Kurie zu schleppen. Zu umfangreich waren die Vorbereitungen für diesen Tag gewesen, einen Triumphtag für die *res publica*, wie man meinte. Die Nerven lagen allenthalben blank. Denn längst war der geplante Anschlag kein Geheimnis weniger Eingeweihter mehr. Schon pfiffen ihn die Spatzen von den Dächern. Es gab zu viele Mitläufer, Mitwisser und potentielle Verräter.

Decimus Brutus war ein redegewandter Mann. Nicht zufällig war die Wahl auf ihn gefallen. Oft genug hatte er die Kunst des Redens und Überredens vor den versammelten Vätern bewiesen, und auch jetzt machte er seine Sache geschickt: „Seit wann, mein Feldherr, achtest du auf das Geschwätz einer Frau? Du selbst hast für heute den Senat einberufen. Was werden die Väter denken, wenn sie erfahren, sie sollen nach Hause gehen und wiederkommen, wenn Calpurnia besser geträumt hat? Schöne Genugtuung für deine Feinde! ‚Caesar', werden sie sagen, ‚der große Caesar, dem wir für den Partherfeldzug sogar das Königsdiadem angeboten haben, fürchtet sich vor den Hirngespinsten eines einfältigen Weibes'. Ich höre schon ihr schadenfrohes Lachen. Aber wenn du die Sitzung durchaus verschieben willst, nun, dann ist es wohl das Beste, wenn du es den versammelten Vätern selbst sagst."

Die triumphierenden, lachenden Gegner: Ein Argument, das auch einen Caesar überzeugte. Freilich waren nicht alle Bedenken zerstreut. Aber durfte er sich ohne Not eine Blöße geben, sich dem öffentlichen Spott aussetzen? Nicht für alle Calpurnias der Welt! Die Tränen seiner Frau missachtend, verließ er das Haus, um als Lebender nicht wiederzukehren.

Auf der Straße dann das gewohnte Bild: Man belagerte ihn, man bedrängte ihn, man feierte ihn. Aufdringliche Bittsteller begleiteten die Sänfte. Aber das war man als Caesar gewohnt. Kaum vermochten die Liktoren, einen Weg durch die drängende Menge zu bahnen. Einem der Verfolger, er hieß Artemidoros und war ein griechischer Gelehrter, gelang es, ihm eine kleine Pergamentrolle in die Hand zu drücken. Sein Anliegen, keuchte er, sei besonders dringend: „Lies!", beschwor er ihn, „aber bitte, lies bald! Der Inhalt ist für dich von größter Bedeutung." Aber Caesar kam nicht zum Lesen. Er lehnte sich entspannt zurück. Wie angenehm war doch das Bad in der Menge! Gleich einem Fischschwanz zog eine anschwellende Menschenschar hinter ihm her. Hatte er es nicht schon immer verstanden, die Massen für sich zu begeistern? Jubelrufe. „Ave! Es lebe Gaius Iulius Caesar!"

Im Senat dann lächelte er spöttisch zu Spurinna hinüber. „Du siehst, Alter, die Iden des März sind gekommen!" „Sie sind gekommen, aber sie sind noch nicht vorüber", gab der alte Mann zurück. Alles war ruhig, gewiss. Nur die Verschwörer konnten wissen, dass der Tag nicht halten würde, was der Morgen versprach.

Dann die übliche Begrüßung. Ein Kopfnicken zur Linken, ein Handgruß nach rechts. Ehrerbietig erhoben sich die Senatoren, weniger vor dem Mann als vor dem Amt, das er auf schmächtigen Schultern trug. Nichts deutete auf etwas Ungewöhnliches hin, im Gegenteil. Brutus und seine Freunde waren heute besonders zuvorkommend, geleiteten den Diktator sogar zu seinem Sitz. Nur einige Plätze in der ersten Reihe waren leer. Aber Caesar fiel das nicht einmal auf. Da trat, wie auf ein verabredetes Zeichen hin, Tillius Cimber an ihn heran …

Draußen hatte indes Trebonius, einer der Verschwörer, Caesars Freund Marcus Antonius in ein Gespräch verwickelt. Denn bei Antonius wusste man nie. Manche Schlacht hatte er mit dem Imperator geschlagen, längst wurde er in der Stadt als dessen Nachfolger gehandelt. Es stand zu befürchten, dass der erfahrene General, hielte man ihn nicht auf, die Pläne der Attentäter noch im letzten Augenblick durchkreuzte und seinem Freund zu Hilfe eilte. Zudem verfügte gerade er über eine stattliche Anhängerschaft im Senat …

Schon hatte Cimber den noch immer Ahnungslosen an der purpurverbrämten Toga ergriffen. Er bat um Gnade für seinen verbannten Bruder, den er so lange nicht gesehen hatte, griff nach Caesars Händen, bedeckte ihm Haupt und Brust mit verräterischen Küssen. Der Bedrängte sprang auf. Von Gnade wollte er heute nichts wissen. Da riss ihm der Bittsteller die Toga vom Leib. „Was zögert ihr, Freunde?" Es war ein gewisser Casca, der mit gezücktem Dolch hinter dem Opfer auftauchte und den ersten Streich führte. Aber die Waffe prallte an einem Halswirbel ab. „Das ist ja Gewalt!", wehrte sich der Angegriffene, stach seinerseits zu und durchbohrte Cascas Arm mit einem Schreibgriffel, versuchte auch noch tapfer, die anderen Attentäter zurückzudrängen. Aber zu viele hatten ihre Messer gewetzt. Das scharfe Eisen bohrte sich in sein müdes, verdorrendes Fleisch. Fest hielt er die ihm von Artemidoros zugesteckte Rolle in der Hand. Zum Lesen war er nicht gekommen. Das Schriftstück enthielt einen Abriss der Verschwörung und die Namen aller, die in sie verstrickt waren …

Unmittelbar bevor ihm der Stich versetzt wurde, von dem die Ärzte später sagen werden, dass er von dreiundzwanzig der einzige tödliche war, sah der Gemeuchelte auf und schaute mit schreckgeweiteten Augen in die Gesichter seiner Feinde, die er noch vor wenigen Minuten für seine Freunde gehalten hatte. Dann entfernte sich in der kurzen Zeit, die der Tod ihm noch gewährte, der Blick, und er erkannte sich im Feldherrnmantel wieder, ein strahlender Held, vor dem sich alle ehrfurchtsvoll verneigten. Noch einmal ritt er durch die Weiten Galliens, setzte über in die unheimlichen Wälder der germanischen Völker, überschritt, alles auf eine Karte setzend, den Rubikon und entdeckte sein Spiegelbild in den Wellen des Nils, dessen Grün den Augen der Königin glich, Kleopatras, der einzigen Frau, die in der Lage gewesen war, ihm wenigstens vorübergehend die Sinne zu rauben. Ein letztes Mal kostete er den Geschmack der Macht, der ihm jetzt jedoch bitter erschien, sodass ein leises Seufzen seiner gemarterten Kehle entfuhr: „Auch du, mein Sohn?“, wunderte er sich, als er Brutus gewahr wurde, an dem er so lange Vaterstelle vertreten hatte. Nein, dachte er, nein. So viel Aufhebens hätte es nicht bedurft. Wisst ihr Narren denn nicht, dass ich aus dem Partherkrieg nicht mehr heimgekehrt wäre, dass das Schicksal meine Tage ohnehin gezählt hatte? Dann griff er nach seiner blutüberströmten Toga und zog sie sich über den Kopf. Niemand sollte sagen können, ein Gaius Iulius Caesar, der große Caesar, verstünde nicht, mit Würde zu fallen. Sterbend umfing er die Statue des Pompeius, als suche er Halt an jenem Mann, der sein Freund und sein Feind gewesen war. Und ein augurenhaftes Lächeln umspielte seinen schmallippigen Mund.

In Windeseile war die Kunde von Caesars Fall aus dem Senatsgebäude gedrungen. Das Rad der Weltgeschichte stand für Augenblicke still. Angst lähmte das siebenhügelige Rom. Ein jeder stürzte Hals über Kopf aus der Kurie ins Freie. Menschenleer gähnten die römischen Straßen. Wer sollte das Ungeheuerliche erfassen? Was sollte nun werden? Ungehört verhallten die Rufe von Freiheit und Republik. In dieser Lage wäre wohl auch einem Cicero, dessen fast schon sprichwörtliche Beredsamkeit sogar einen Catilina ans Messer geliefert hatte, das Wort im Munde gestockt. Mit Bedacht jedoch hatten die Attentäter den alten Zauderer nicht in ihre blutigen Pläne eingeweiht.

Niemand vermochte später zu sagen, wie lange der Ermordete in seinem Blute lag. Stunden der Ungewissheit vergingen. Dunkelheit senkte sich schon über Rom, als sich drei von Caesars Sklaven – der vierte war in der allgemeinen Verwirrung geflohen – des blutüberströmten Leichnams erbarmten. Vorsichtig hoben sie ihn auf und betteten ihn in die Sänfte, mit der sie den Lebenden am Morgen in den Senat gebracht hatten. Ein Arm des Getöteten baumelte lässig herab. Wer es sah, wandte den Blick erschaudernd zur Seite. Dann wankte die kleine Gruppe heimwärts, um Calpurnia ihren Mann zurückzubringen oder das, was von ihm übrig geblieben war.

Es war Marcus Antonius, der als erster die Fassung wiederfand. Er eilte zur Königin, um sie von den schrecklichen Geschehnissen zu unterrichten. Aber es stellte sich heraus, dass ihr schon alles bekannt war. Hatte sie selbst auch in Rom kaum Beziehungen knüpfen können, keine Verbündeten gefunden, so war es Merit ein leichtes gewesen, unter den Bediensteten der Stadt, den Sklaven und Unfreien, manchen Freund zu gewinnen. So war sie stets über alles, was in Rom vorging, unterrichtet.

Marcus Antonius trieb die Fremden zur Eile an. Niemand könne auch nur halbwegs zuverlässig voraussagen, wie sich die Dinge entwickeln würden und er selbst sei nicht in der Lage, sie vor den Launen der Menge und den Nachstellungen von Caesars Feinden ausreichend zu schützen, meinte er. Zumal er nicht sicher sei, ob er als Caesars getreuester General und Freund auch dessen Nachfolge anträte. Denn schon werde gemunkelt, der Diktator habe seinen Großneffen, einen blassen Jüngling zweifelhaften Charakters namens Gaius Octavius, zum Alleinerben und Vollender seiner Politik bestimmt. Was er, Marcus Antonius, sich allerdings kaum vorstellen könne.

Im Schutze der Dunkelheit der dem Mord folgenden Nacht geleitete er die Fremden auf ihr Schiff, trug selbst Caesars kleinen Sohn auf seinen starken Armen und gab der Mannschaft Anweisung, unverzüglich auszulaufen. Die Königin und ihren Hofstaat empfahl er dem Wohlwollen der Götter. Dann verabschiedete er sich, nicht ahnend, dass die Vorsehung längst beschlossen hatte, diese Frau zu seinem Schicksal werden zu lassen.

Unsicherheiten

Wieder einmal wälzte sich Kleopatra schlaflos im königlichen Prunkbett. Sie dachte an den überwältigenden Empfang, den ihr die Alexandriner einmal mehr bereitet hatten, ein Volksfest, das die Hauptstadt ihres Reiches nicht alle Tage sah. Was Beine hatte zu laufen, war auf die Straße, war zum Hafen geströmt, um das Einlaufen der königlichen Flotte gebührend zu begrüßen. Aufrecht und mit den Insignien der Macht angetan, hatte Kleopatra an Deck gestanden, reglos, ohne eine Miene zu verziehen. Das Volk mochte jubeln, gewiss. Aber es würde sich bald anders besinnen und an sie die Frage richten, ob es nicht gar ein Fehler gewesen war, das Schicksal des alten Nilreichs so eng an Rom zu binden, jetzt, da Caesar tot war. Und was würde sie antworten? Sie wusste es nicht. Musste sie doch schon dankbar dafür sein, dass sie und Caesars Sohn am Leben geblieben waren, und erst jetzt wurde ihr so richtig bewusst, in welcher Gefahr sie geschwebt hatten. Wenn sich ihre in Rom als Einheimische getarnten Spitzel, die längst an den Nil zurückgekehrt waren, nicht irrten, war dort bald nach Caesars Ermordung das Gerücht durch die Gassen gekrochen, auch sie habe nach dem Attentat den Tod gefunden, sie und ihre Brut, wie es ein wenig respektlos hieß, und die Mächtigen der Stadt, allen voran der redegewandte Cicero, habe die Freude über das Ende der Königin unverhohlen öffentlich zum Ausdruck gebracht. Wenn Kleopatra doch entkommen wäre, so habe man weiter gehört, sei es ihr dennoch nicht gelungen, in ihr altes Reich zurückzukehren, denn ihr Schiff sei auf der Überfahrt mit Mann und Maus untergegangen.

Kleopatra staunte immer wieder, wie schnell sich solche Nachrichten über das Meer verbreiteten, mochten sie nun falsch sein oder auch nicht, und sie zweifelte keinen Augenblick daran, dass sich die Alexandriner ihren eigenen Reim darauf machten und fragten, ob man Rom überhaupt noch vertrauen könne. Sie musste also Selbstbewusstsein zeigen, auch wenn es ihr in ihrer Trauer noch so schwer fiel. Und ihr Kind durfte keinen Augenblick unbeaufsichtigt bleiben. Denn auch in ihrer Stadt lebten Römer, die sich nur scheinbar den ägyptischen Verhältnissen angepasst hatten, und niemand konnte wissen, ob sich unter ihnen nicht ein von den neuen Herren Roms gedungener Meuchelmörder befand.

Marcus Antonius: Wäre er nicht gewesen! Kleopatra mochte sich nicht ausmalen, welches Schicksal sie womöglich ereilt hätte, wäre er ihr nicht spontan und selbstlos zu Hilfe geeilt. Die Königin lächelte. Sie erinnerte sich daran, wie er vor vielen Jahren an der Festtafel des königlichen Palasts gesessen hatte und ihm die schmachtenden Blicke aller Damen zugeflogen waren, und wie sie selbst den schneidigen jungen Offizier verstohlen bewundert hatte. War nicht er es gewesen, der ihrem Vater, dem unvergessenen Ptolemaios Auletes, die Rückkehr auf den Thron Ägyptens ermöglicht hatte? Aber das war ja noch längst nicht alles gewesen. Unerschrocken, wie sie ihn kennengelernt hatte, hatte er, wie man ihr berichtet hatte, schon drei Tage nach Caesars Ermordung eine Senatssitzung einberufen und versucht, mit den Attentätern Frieden zu schließen. Dabei war es ihm angeblich gelungen, alle Anordnungen, die Caesar in seinen letzten Lebenswochen getroffen hatte, von den eingeschriebenen Vätern bestätigen zu lassen, und er hatte für ein aufwändiges Staatsbegräbnis des Gemeuchelten gesorgt. Nur wenige Stimmen hatten sich gegen Antonius' Begehren ausgesprochen. So habe er, ohne Mühen und Kosten zu scheuen, für seinen getöteten Freund vor der Rostra, der altehrwürdigen Rednertribüne auf dem Forum, ein Modell des Tempels der Venus Genetrix, Caesars Stammmutter, aufstellen lassen. Im Inneren befand sich eine Liege, die mit Purpur und Goldbrokat geschmückt war. Am Kopfende trug ein

Siegeszeichen das blutgetränkte Gewand, in dem Caesar getötet worden war.

Alles, so ließ sich die Königin von ihrem Beobachter weiter berichten, sei haargenau nach Antonius' Anweisungen abgelaufen. Vom Westen her näherte sich der Trauerzug, der sich auf dem Marsfeld aufgestellt hatte. Die höchsten Magistrate Roms trugen die Bahre mit dem blutverkrusteten Leichnam und stellten sie auf der Rednertribüne ab. Damit war Antonius' große Stunde gekommen. Gleich einem Schauspieler pries er den Verstorbenen wie einen Gott, berichtete von dessen Schlachten und Siegen und den unvergleichlichen Verdiensten, die er sich um Rom erworben hatte. Noch einmal wurde die Eroberung Galliens lebendig, die Ausflüge über den Rhein zu den wilden Barbaren, den Volksstämmen Germaniens, das kurze Übersetzen nach Britannien. Veteranen hatten ihre Schilde mitgebracht und trommelten auf ihnen Beifall. Die gesamte Bevölkerung der Stadt hatte sich eingefunden, um diesem Theaterstück beizuwohnen. Antonius' Worte ließen keinen Zuhörer unberührt. Klagerufe wurden laut. Tränen flossen. Seufzer durchdrangen die feierliche Handlung. Und hier und da machten einige ihrer aufgestauten Wut Luft. „Mörder, Verbrecher!" konnte man hören, Bekundungen des Missfallens, die zu einem mächtigen Chor anschwollen und die verantwortlichen Stadtväter in Angst und Schrecken versetzten.

Hatte sich Antonius seine Anregungen gar von der griechischen Tragödie geliehen? Für viele bestand daran kein Zweifel. Eine lebensgroße detailgetreue Wachsfigur des Getöteten wurde gezeigt, alle 23 Dolchstöße waren darauf zu erkennen. Und immer lauter forderte die nun völlig aufgebrachte Menge: „Mörder, Tod den Mördern!" Bald hatte auch der engagierte Redner die Gefühlsregungen des Volkes nicht mehr unter Kontrolle. Vergeblich rief er zu Ruhe und Besonnenheit auf. Aber die Stimmung heizte sich immer stärker an, eskalierte. Von überall her schleppten die Menschen jetzt Tische, Bretter und Bänke herbei und schichteten einen gewaltigen Scheiterhaufen auf. Darauf legten sie den Toten, und ehe sich Antonius versah, stand das riesige Gebilde in Flammen. Flötenspieler und Klageweiber zerrissen ihre Gewänder und nährten mit ihnen das Feuer. Die Frauen der Noblen warfen ihren Schmuck in die Glut. Rom war außer Rand und Band. Abseits des Forums suchte ein entfesselter Mob die Häuser derer auf, die an der Verschwörung beteiligt gewesen waren, um Rache zu nehmen. Aber man fand die Wohnungen der Attentäter leer. Über die heftigen Reaktionen auf ihre Tat selbst erschrocken, hatten sie längst das Weite gesucht. Zuletzt fand sich ein Zeuge, der unter Eid bekundete, er habe die Seele des Toten in den Himmel auffahren sehen. Caesar waren damit göttliche Ehren gewiss. Niemand erinnerte sich, dass je zuvor einem Römer im Gedächtnis der Menschen ein ähnliches Denkmal gesetzt worden war …

Antonius selbst, so berichtete der königliche Agent weiter, sei indes maßlos enttäuscht worden. Hatte er insgeheim gehofft, ja in keiner Weise daran gezweifelt, Caesar, sein bester Freund, werde sich seiner erinnern und sich für den unerschrockenen Beistand in mancher Schlacht dankbar erweisen – wie oft hatte Antonius selbst ohne Rücksicht auf Gesundheit und Leben den Feldherrn aus brenzligen Situationen herausgeholt–, so wurde er durch das Testament völlig überrascht. Es ging nicht um die üblichen Schenkungen an das Volk, die traditionell jeder Politiker mehr oder weniger vornahm. Aber Caesar hatte nicht den altbewährten Kämpen und Mitstreiter als seinen Erben und Nachfolger eingesetzt, ja nicht einmal Caesarion, sein eigenes Fleisch und Blut, sondern einen gänzlich unerfahrenen, ja unbekannten Jüngling namens Octavius, mit Caesar entfernt verwandt, jedoch von ihm an Sohnes statt angenommen, allein die Götter mochten wissen, weshalb, schwach, kränkelnd und noch keine 19 Jahre alt, der sich zudem noch in Apollonia jenseits des Meeres in Ausbildung befand. Konnte Caesar das wirklich gewollt haben? Hieß es von ihm nicht, er ließe nie einen Freund im Stich?

„Gaius hat mir einmal von diesem Octavius erzählt“, erinnerte sich Kleopatra, „kurz nur, aber es fiel mir auf, dass er den Jungen keineswegs lobte. Im Gegenteil! Von Unreife und mangelnder Lebenserfahrung war die Rede, aber auch von Octavius' Rücksichtslosigkeit, ja Grausamkeit. Er schien von diesem Knaben alles andere als begeistert zu sein. Es wundert mich, dass er ausgerechnet ihn zu seinem Nachfolger bestimmte. Armer Marcus Antonius, der sich sicherlich mehr versprochen hatte und wohl mehr Recht auf eine Spitzenstellung im römischen Staat hätte als dieser unbekannte Jüngling. Caesarion konnte er ja leider nicht bedenken“, fuhr die Königin traurig fort, „denn nach den römischen Gesetzen ist er Ägypter und hat als solcher kein Recht auf die Übernahme von Verantwortung im römischen Staat.“

„Man weiß nicht, wie sich die Dinge entwickeln werden“, versuchte der Berichterstatter Kleopatra zu trösten. „Das Volk scheint außer sich. Es würde mich nicht wundern nach allem, was ich gesehen habe, wenn Rom bald wieder in einen Bürgerkrieg verfiele, zumal Marcus Antonius und Octavius gegensätzlicher sind, als man es sich vorstellen kann. Niemand vermag Caesars letzten Willen zu verstehen, niemand weiß, was ihn dazu bewogen haben mag. Nur Spekulationen. Vielleicht hat sich Marcus Antonius Caesars Ungnade ja selbst zuzuschreiben. Ich habe mich in der Stadt ein wenig umgehört. Das Verhältnis der beiden Feldherren soll in letzter Zeit nicht ganz ungetrübt gewesen sein. Es ging wohl in erster Linie um ein Haus, das einst Pompeius Magnus gehörte und von beiden als Eigentum beansprucht worden sei. Nachgegeben hat, soviel ich weiß, keiner. Außerdem die vielen Skandale, in die Antonius immer wieder verwickelt war und ist, und seine unbeschreibliche Ausschweifung. Möglicherweise konnte sich Caesar nicht vorstellen, dass ein derart vergnügungssüchtiger Mensch geeignet wäre, die *res publica* in ruhigen Bahnen zu lenken. Was aber auch möglich sein kann: Caesar hat dieses Testament in einem Augenblick aufwallenden Zorns verfasst und ist nicht mehr dazu gekommen, es zu ändern. Er mag wohl gewusst haben, dass die Götter seine Tage gezählt hatten, er fühlte sich ja schon seit längerer Zeit elend und krank, aber mit einem so raschen Ende hatte er wohl doch nicht gerechnet. Allem Anschein nach hatte er sich ja mit Marcus Antonius ausgesöhnt und sogar mit ihm zusammen zu Jahresbeginn das Konsulat angetreten, worauf er sich sicher nicht eingelassen hätte, wenn sie sich noch spinnefeind gewesen wären. Böse Zungen in Rom behaupten freilich, er habe bewusst einen unerfahrenen, äußerst unbeliebten Jüngling zum Nachfolger bestimmt, damit das Volk umso mehr spüre, was es mit ihm verloren habe."

„Die Zukunft wird zeigen, was wir von diesem Octavius zu erwarten haben und auch, was Antonius zu tun gedenkt. Es bleibt uns wieder einmal nichts als abzuwarten", bestätigte die Königin, die dem Vortrag aufmerksam gefolgt war und sich ihre eigenen Gedanken machte. „Hier in Ägypten werden wir tun, was getan werden muss", fuhr sie geheimnisvoll fort.

Es war ihr gleich nach ihrer Rückkehr nicht verborgen geblieben, wie problemlos ihr Reich während ihrer Abwesenheit geführt worden war. „Es scheint fast, als sei ich hier am Nil überflüssig, Merit. Wir haben nach unserer Ankunft alles geordnet vorgefunden: Reich beladene Schiffe, die zum Auslaufen bereit lagen, um die Erzeugnisse unseres fruchtbaren Landes übers Meer zu bringen, zufriedene Untertanen und eine einwandfrei funktionierende Verwaltung. Natürlich freue ich mich über Frieden und Wohlstand, die nach den vielen Jahren der Wirren hier eingekehrt sind. Aber ein wenig stimmt es mich auch traurig, dass ich nicht vermisst wurde", beklagte sich Kleopatra bei ihrer Vertrauten.

„Sie haben dir einen begeisterten Empfang bereitet, Königin, das solltest du nicht vergessen."

„Sie würden auch jedem anderen einen begeisterten Empfang bereiten, wenn man es ihnen befiehlt", entgegnete Kleopatra verächtlich. „Was besagt das schon?"

„Du darfst nicht vergessen, dass auch dein Bruder Ptolemaios, der vierzehnte dieses Namens, König ist", gab Merit zu bedenken.

„Er ist 15, meine Liebe. Was vermag schon ein 15-Jähriger zu bewirken?"

„Vergiss seine Berater nicht!", warnte die Dienerin. „Es geht übrigens das Gerücht ..." Merit biss sich auf die Zunge. Das hatte sie nicht preisgeben wollen.

„Welches Gerücht? Merit, du verschweigst mir etwas, was ich unbedingt wissen sollte. Also, was wird hier schon wieder geredet? Ich befehle dir zu sprechen!"

Die übereifrige Sklavin wand sich. „Man muss nicht alles für bare Münze nehmen, was im Palast die Runde macht", versuchte sie die inzwischen erzürnte Königin zu besänftigen. Aber sie wusste, wann sie nachgeben musste. „Nun, da du es unbedingt wissen möchtest: Man sagt, dein Bruder oder vielmehr seine Berater spinnen schon wieder Intrigen – gegen dich, meine Königin. Aber glaube mir, wenn ich nur die geringste Gefahr für dich gesehen hätte, hätte ich längst gehandelt! Das Ganze ist wohl nur bösartiges Gerede einiger Wichtigtuer und wir sollten es einfach ignorieren."

Wenige Tage nach diesem Gespräch war der junge König tot. Kleopatra war damit Alleinherrscherin, aber sie konnte es nicht sein, ohne dass wiederum wilde Spekulationen diesen Herrschaftsantritt begleiteten. „Ptolemaios war krank", erklärte sie dem versammelten Hofstaat, wobei sie bittere Tränen vergoss. „Und die Götter haben beschlossen, unseren geliebten Bruder zu sich zu nehmen. Wir werden ihm ein Begräbnis ausrichten, wie es einem ägyptischen König gebührt." Nur Merit wusste, welchen Anteil die Königin selbst an dem frühen Tod des unglücklichen Jünglings hatte.

Es war Zeit, das weitere Schicksal Ägyptens in die Hand zu nehmen, soweit es von menschlicher Seite aus zu beeinflussen war. „Caesarion muss mit mir auf dem Thron sitzen", beschloss die Königin. „Er ist das einzige überlebende männliche Mitglied der

Ptolemäischen Dynastie. Nur wenn auch er König von Ägypten ist, wird Rom ihn und mich anerkennen und zumindest vorerst die Finger von unserem friedlichen Reich lassen. Die Krönung, Merit. Wir müssen meinem Sohn ein Fest ausrichten, das nicht nur unsere Untertanen nie vergessen werden, sondern von dem man auch in Rom und über das ganze *Mare Internum* hin noch lange bewundernd erzählen wird. Ich bitte dich also, gemeinsam mit den Verantwortlichen in unserem Palast die Feierlichkeiten vorzubereiten. Ich lasse dir freie Hand. Den Kleinen, die Hauptperson, werde ich mir persönlich vornehmen. Er ist für seine noch nicht einmal vier Jahre erstaunlich vernünftig und wird sich benehmen, wie man es von einem König erwartet.

Auf einem duftenden, mit Bergen von Blumen übersäten Weg schritten die Königin und ihr kleiner Sohn zum Tempel, in dem seit Generationen ihre Vorfahren gekrönt wurden. Am Eingang des Heiligtums empfing sie mit ernster Miene der Oberpriester, ein zu Fettleibigkeit neigender Mann in mittleren Jahren, und geleitete sie unter dem Jubel des Volkes, dem der Zutritt zu der heiligen Stätte verwehrt war, ins Innere des Gotteshauses. Dort warteten die Priesterschaft und der Hofstaat schon neugierig auf das ungleiche Herrscherpaar. Posaunen erschallten. Schalmeien und Zimbeln erklangen im Rhythmus der Schritte, mit denen sich Mutter und Sohn dem Thron näherten, der im Hintergrund der weiten Halle aufgebaut stand. Dann wurde es still und der Oberpriester erhob seine gewaltige, sonore Stimme …

Über viele Stunden stand der Knabe unbeweglich an der Hand seiner Mutter, ohne die Miene zu verziehen, als wäre er zur Salzsäule erstarrt. Ein wenig hatte er sich vor der Mutter gefürchtet, die heute so streng aussah und so fremd wirkte mit diesem eigenartigen riesigen Ding auf dem Kopf und den königlichen Abzeichen in der Rechten, während sie mit der Linken seine Hand festhielt und jedes Mal, wenn er zur kleinsten Bewegung ansetzte, so fest zudrückte, dass er am liebsten laut aufgeschrien hätte. Aber das durfte er nicht. Hatte sie ihm nicht immer wieder eingebläut, ein König kenne keinen Schmerz? Und hatte sie ihm nicht erst heute Morgen ein kleines Pferd versprochen, wenn er sie nicht vor all den Großen des Reiches blamiere? Ein richtiges Pferdchen, ein lebendiges, nicht so eines aus Holz und Stoff, wie es in seinem Spielgemach stand, das man zwar besteigen und ziehen konnte, das aber nicht im entferntesten daran dachte, sich selbst zu bewegen oder gar vor Freude zu wiehern, wie es die vielen Reittiere im königlichen Marstall taten, die er mit Merit ab und zu besuchen durfte. Wenn das alles hier vorbei war, dann würde auch ihm so ein Tier gehören, ein kleines nur, das zu ihm passte und das ihm ganz alleine gehörte.

Wieder und wieder sangen die Amun-Priester ihre Litaneien, flehten den Segen der Götter auf den Kindkönig herab. Und auch die Priester der Griechen stimmten in die Bittgesänge ein. Leopardenfelle bedeckten die nackten, geölten, sonnengebräunten Körper und die kahl geschorenen Schädel glänzten in der erbarmungslosen Mittagshitze. Dem höchsten Priester lief der Schweiß in Strömen herab, als die Zeremonie mit dem Schächten der Opferlämmer ihren Höhepunkt erreichte. Die verzweifelten Schreie der Tiere durchdrangen den düsteren Raum. Der süßliche Geruch des warmen Blutes, das langsam den aufgeschlitzten Kehlen entrann, waberte in der Luft. Brennendes Harz, dessen Duft die Sinne berauschte, überdeckte Hitze und Dunst.

Auch die Höflinge verfolgten starr und aufmerksam die heilige Handlung. Sie hatten ihre Prunkgewänder angelegt, Roben aus schwerer Seide und golddurchwirktem Brokat, besetzt mit Schmuckborten, Perlen und Edelsteinen, Hände, Arme und Brüste mit Pretiosen geschmückt. Aber ein jeder hatte peinlich darauf geachtet, nicht aufwändiger gekleidet und herausgeputzt zu sein als die Königin. In ihrem dunkelblauen, mit Goldfäden durchwirkten Gewand, das an den nächtlichen Sternenhimmel erinnerte, angetan mit dem Smaragdgeschmeide ihrer Vorfahren, die Doppelkrone Ober- und Unterägyptens auf dem schwarzen glänzenden Haar und Goldreifen mit Schlangenköpfen um die schlanken Oberarme gewunden, wirkte sie wie die Inkarnation von Isis selbst, die ihren Sohn Horus stolz dem Volk zeigte und die Huldigung der Menschen für sich und das Kind gnädig entgegen nahm. Dann lockerte sich endlich ihr fester Griff. Der Kleine atmete auf, und seine Mutter bedeutete ihm, sich jetzt mit ihr in einen stillen hinteren Raum des Tempels zurückzuziehen, zwei Könige unter sich, um noch einmal den Göttern zu danken und ihr Wohlwollen zu erflehen.

Das ganze Reich feierte die Krönung seines jungen Königs mit. Bier und Wein flossen in Strömen. Und der Palast sorgte dafür, dass an diesem Tag kein Ägypter hungrig zu Bett ging.

Nach diesem denkwürdigen Ereignis wurden Ägypter und Fremde, die dieses Land besuchten, allerorten daran erinnert, dass in Ägypten nun ein Königspaar herrschte, Isis mit ihrem Sohn Horus, deren Statuen immer zahlreicher die vielen Tempel zierten, die sich entlang des Nils gleich Perlen auf einer Schnur reihten. Man mochte ein einfaches, ungebildetes Volk mit derartigen Symbolen über die wahren Verhältnisse hinwegtäuschen können, Kleopatra wusste nur zu gut, dass ihre Herrschaft nach wie vor bedroht war und ihr Reich ohne den Schutz Roms keinen Bestand haben konnte. Doch wie würde es in Rom weitergehen? Und was geschähe mit Ägypten? Es hatte sich doch erst kürzlich gezeigt, wie rasch Aufstände in Italien über das Meer schwappten und die Existenz ihres friedliebenden Reiches bedrohten.

Ein halbes Jahr nach der spektakulären Krönung von Caesars Sohn zeigte sich, dass Kleopatras Befürchtungen nur allzu begründet waren. Besorgniserregende Nachrichten gelangten nach Ägypten. Von heftigen Auseinandersetzungen zwischen Marcus Antonius und Cicero war die Rede und von Antonius' Rachefeldzug gegen die geflohenen Mörder seines Freundes, von denen er einen sogar aufgefordert hatte, die Kontrolle über eine Provinz dem Senat zurückzugeben. Am schlimmsten aber gebärdete sich jener unmündige Knabe, den Caesar in einer wohl launigen Anwandlung, so viel stand für Kleopatra mittlerweile fest, mit der Nachfolge und der Vollendung seiner Politik betraut hatte: Octavius, der sich jetzt selbstbewusst Octavian nannte.

Nach dem Bekanntwerden der Bestimmungen in Caesars Testament hatte sie sich nicht vorstellen können, dass dieser Octavius der an ihn gestellten Aufgabe je gewachsen wäre. Aber es zeigte sich bald, dass er Caesars Erwartungen sogar bei weitem übertraf. Mit einem für seine jungen Jahre erstaunlichen Weitblick gelang es ihm, nicht nur den Senat hinter sich zu bringen, sondern sich auch die Unterstützung Ciceros zu sichern, nicht etwa mit dem Ziel, die Mörder seines Verwandten zu vernichten, sondern Marcus Antonius, Ciceros größten Widersacher, zur Strecke zu bringen. Er riss das *imperium* an sich, das militärische Oberkommando über Roms Streitkräfte, und sorgte dafür, dass Marcus Antonius zum Staatsfeind erklärt wurde.

Am Nil wuchs indes die Verwirrung. Was sollte man noch glauben? Die Nachrichten, die über das Wasser nach Alexandria kamen, wurden immer widersprüchlicher. Konnte es sein, dass Antonius' und Octavians Truppen in zwei Schlachten weit oben im Norden aneinander geraten waren und der unerfahrene Jüngling aus den blutigen Begegnungen als Sieger hervorgegangen war? Konnte es sein, dass Marcus Antonius, Caesars erfahrenster General, feige über die Alpen geflohen war, um sich in seiner italischen Heimat in Sicherheit zu bringen? Schon begannen Kleopatras Beobachter in Rom, für den Sieger Octavian Glückwünsche zu formulieren. Doch dann wendete sich das Blatt. Jetzt ging es gegen die Caesarmörder Cassius und Brutus, und Marcus Antonius und Octavian hatten sich zu deren Verfolgung angeblich zusammengetan, unterstützt von einem gewissen Marcus Lepidus, von dem man bislang in Alexandria noch nichts gehört hatte. Ja, es hieß, man habe sogar ein zweites Triumvirat geschlossen, wie einst Caesar, Pompeius Magnus und Crassus, um mit vereinten Kräften die Attentäter der Iden des März zur Verantwortung zu ziehen und zur Strecke zu bringen. Dieser Dreimännerbund zur Rettung des Staates, wie er sich geschickt nannte, besäße durchaus diktatorische Vollmachten und nutze diese bereits schamlos aus.

Kleopatra wusste, was das bedeutete: Rom stand, wie es der Vater ihres Sohnes vorhergesagt hatte, vor einem neuerlichen Bürgerkrieg. Und dessen Auswirkungen würden die des vorhergehenden, dessen Wunden noch lange nicht vernarbt waren, weit überreffen. Einmal mehr fürchtete sie um den Bestand ihres Reiches, zumal sie hörte, dass die von den Caesarmördern aufgestellten Armeen im östlichen Mittelmeer lagerten und ihre Blicke bereits auf Ägypten richteten, das ihrem derzeitigen Aufenthalt so nahe lag und über schier unermesslichen Reichtum verfügte.

Rache für Caesar

Unfreiwillig wurde Kleopatra nun auch in diesen Bürgerkrieg hineingezogen und wieder einmal wusste sie nicht, auf welche Seite sie sich schlagen sollte. Durfte sie aus Eigeninteresse diejenigen Männer unterstützen, die ihr den Geliebten und ihrem Sohn den Vater geraubt hatten? Oder war es doch besser, sich zu Octavian und Antonius zu bekennen – Lepidus, den Dritten im Bunde, kannte sie nicht –, um gemeinsam mit ihnen Caesars gewaltsamen Tod zu rächen? Nur eines kam nicht in Frage: Sie durfte die Sache nicht aussitzen. Dankbar erinnerte sie sich, wie einst Marcus Antonius ihr Land vor einem blutigen Bürgerkrieg gerettet hatte. Antonius also, er war der Mann, der ihre Hilfe am ehesten verdiente. Ihm beizustehen, wäre wohl auch im Sinne Caesars gewesen, überlegte sie. Also sandte sie vier Legionen gegen den Attentäter Cassius, der bereits die syrische Provinz besetzt hatte. Aber ihre Leute ergaben sich der gegnerischen Übermacht, ohne überhaupt zu kämpfen, wechselten sogar die Fronten und überließen Syrien dem Mörder. Der forderte nun von Ägypten Geld und Nahrungsmittel, doch Kleopatra war nicht bereit, seinem Ansinnen nachzukommen. Sie berief sich auf eine Missernte und befahl, eilig die Segel zu setzen. An der Spitze ihrer Flotte fuhr sie Richtung Griechenland, um der gewaltigen Armee, die Caesars Rächer dort zusammengezogen hatten, beizustehen. Aber die Götter waren ihrem Vorhaben nicht gewogen. Schlechtes Wetter verhinderte, dass ihre Bemühungen Erfolg hatten. Unverrichteter Dinge musste sie umkehren. Der Krieg wurde ohne ihre Beteiligung geführt.

Die nächsten Monate wurden für die Königin und ihre Berater zur Qual. Vergeblich warteten sie auf günstige Nachrichten von Antonius. Dazu kam die Angst, Cassius' Armee könnte jederzeit bei Pelusion in Ägypten einfallen. Und dann eine Nachricht, die ihr viele schlaflose Nächte bereitete.

„Und du bist sicher, dass du dich nicht verhört hast?", wollte sie von dem Boten wissen, der in Eilmärschen von Ephesus nach Alexandria gehetzt war.

„Ganz sicher", bestätigte der Mann, dem der Schweiß in Strömen über das Gesicht lief.

So stimmte es also tatsächlich, was im Palast nur hinter vorgehaltener Hand geflüstert wurde. Arsinoë, die falsche Schlange, die Caesar nach seinem Triumphzug in den Tempel der Artemis nach Ephesus verbannt hatte, intrigierte wieder einmal gegen sie. Kleopatras Vertreter auf Cypern hatte sich hochverräterisch von der Königin abgewandt und mit den Caesarmördern gemeinsame Sache gemacht, und nun gedenke Arsinoë, mit deren Hilfe erneut den Thron Ägyptens an sich zu reißen. Die Verräterin sei sich ihrer Sache bereits so sicher, dass sie sich allenthalben als „Königin" ansprechen ließ.

Kleopatra unterschätzte keineswegs die Gefahr, die von der ehrgeizigen Frau ausging, und zum ersten Mal seit Jahren bedauerte sie, dass Caesar Arsinoë nach dem Triumphzug nicht hatte hinrichten lassen, wie es in Rom ansonsten üblich war und wie es ihr Vater einst mit ihrer Schwester Berenike getan hatte. Wollte sie aus diesem „Schwesterkrieg" als Siegerin hervorgehen, wofür sie die Götter um Hilfe anflehte, würde sie überlegen müssen, was mit der Verräterin zu geschehen hätte …

Die Entscheidungsschlacht, die auf griechischem Boden ausgetragen werden sollte, wo sich Heerscharen bis an die Zähne Bewaffneter feindlich gegenüber standen, ließ auf sich warten. Und Kleopatra blieb nichts, als sich ohnmächtig in Geduld zu üben. Nach wie vor war sie fest davon überzeugt, dass vom Schicksal Roms auch dasjenige ihres Reiches und damit ihre eigene Zukunft abhingen. Würde sich die Lage überhaupt klären, bevor der Winter einbräche, die Zeit, in der die Waffen schwiegen?

Die ersten Herbststürme fegten bereits über das Mittelmeer hinweg, als die unversöhnlichen Gegner bei Philippi in Griechenland endlich aufeinander trafen. Aber ein eindeutiger Sieger war nicht auszumachen, obwohl sich Cassius, der infolge eines Sehfehlers die Lage für sich wohl als hoffnungslos eingeschätzt hatte, das Leben nahm. In einer weiteren blutigen Schlacht gelang es den Truppen Octavians, die feindlichen Reihen, die nun von Brutus befehligt wurden, Schritt für Schritt zurückzudrängen, bis die Triumvirn schließlich als Sieger auf dem Schlachtfeld blieben. Auch Brutus fand sich unter den Toten. Als man Kleopatra die erlösende Nachricht brachte, traten ihr Tränen in die Augen. „Er hat es seinen Mördern vorausgesagt", flüsterte sie. „Er hat diesen Krieg für sich entschieden. ‚Bei Philippi sehen wir uns wieder'."

Ohne die übliche Etikette zu wahren, stürzte Merit voll Freude in Kleopatras Gemächer. „Sieg, Sieg!", hauchte sie, völlig außer Atem. „Antonius hat die Feinde Caesars in die Flucht geschlagen." Stürmisch fiel sie der geliebten Freundin um den Hals.

„Beruhige dich, Liebes! Meine Boten haben mich bereits von den Geschehnissen unterrichtet. Weißt du übrigens, wie sich Octavian verhalten hat? Nun, man erzählte mir, er habe sich vor jedem entscheidenden Gefecht in die Büsche geschlagen. Der Feldherr sei krank, hieß es. Sein Busenfreund Marcus Vipsanius Agrippa war mit dem Oberbefehl betraut. Kein Wunder, dass die Römer diesen Octavian nicht besonders mögen. Feigheit vor dem Feind hat vor ihren Augen noch nie Gnade gefunden. Dafür soll sich Antonius umso mutiger ins Schlachtengetümmel gestürzt haben. Nun, ich denke, der unfähige Jüngling wird gegen den alten Fuchs in Rom keine Chance haben. Antonius wird ihn wie lästiges Ungeziefer zerdrücken. Davon bin ich fest überzeugt."

„Mögen die Götter deinen frommen Wunsch erhören!", entgegnete Merit. Doch ihr war, als sähe sie den tapferen Feldherrn verblutend in Kleopatras Armen liegen.

Das Schicksal, dem selbst die Götter unterworfen waren, bestimmte, dass bei der Verteilung des gewaltigen Römerreiches Octavian den Westen erhielt, Lepidus mit Sizilien und der Provinz Africa abgespeist und Antonius im Osten eingesetzt wurde, wo er zunächst in der altehrwürdigen Hauptstadt Griechenlands, Athen, seine Residenz aufschlug. Die Metropole des Ostens war ihm nicht unbekannt. Gleich vielen anderen vornehmen Römern hatte er dort einige Lehr- und Studienjahre verbracht, um sich in der Redekunst und der Philosophie zu vervollkommnen. Überall traf er noch alte Freunde, mit denen es sich in Erinnerung an alte Zeiten schwelgen, hervorragend lachen, scherzen, feiern und trinken ließ. Aber bei allem Lebensgenuss, den er sich nach den ungeheuren Strapazen der letzten Jahre verdient hatte, durfte man doch die nahe Zukunft nicht aus den Augen verlieren. Was erwarteten die Römer von einem, der mit der Herrschaft über die östlichen Reichsteile betraut war?

Über ein Jahrzehnt zuvor war Crassus, einer der reichsten und einflussreichsten Männer des Imperiums, in völliger Verkennung seiner Fähigkeiten und maßloser Selbstüberschätzung gemeinsam mit seinem Sohn nach Parthien aufgebrochen, um Kriegsruhm zu erlangen, der in seiner Biografie noch fehlte. Auch in dieser Hinsicht wollte er seinen Kollegen im Triumvirat, Caesar und Pompeius Magnus, die sich auf dem Schlachtfeld bereits große Verdienste erworben hatten, nicht nachstehen. Seit alters her galt Parthien als der Erzfeind Roms und es hätte jedem Feldherrn zur Ehre gereicht, das Reich ein für alle Mal von dieser Gefahr zu befreien. Aber das Unternehmen war gescheitert. Wie die Ochsen ins Schlachthaus waren Vater und Sohn in eine Falle der Parther gestolpert und hatten auf eine Weise, die für einen römischen Ehrenmann mehr als unwürdig war, ihr Leben verloren. Was den Crassi aber am meisten angekreidet wurde, war, dass die Parther bei dem fehlgeschlagenen Feldzug den römischen Legionsadler erbeutet hatten, für die immer noch aufstrebende Weltmacht eine

Schande, die, koste es, was es wolle, nach Vergeltung schrie. Aller Augen richteten sich deshalb auf Marcus Antonius, der als fähiger Feldherr bekannt und allseits geschätzt war.

Er wusste am besten, was Rom von ihm erwartete. Und er wusste auch, dass er der parthischen Gefahr keineswegs allein begegnen konnte, sollte sein Vorhaben von Erfolg gekrönt sein. Er brauchte zuverlässige Verbündete. Also begann er, sich nach solchen umzusehen. Er bereiste die Hauptstädte der östlichen Provinzen, ließ da seinen sprichwörtlichen Charme spielen, demonstrierte dort seine nahezu unumschränkte Macht. Die Reise begann am Bosporus und setzte sich an der Küste des östlichen Mittelmeeres fort. Bereits in Griechenland hatte man ihn wie Dionysos gefeiert. Die leicht entflammbaren Orientalen sahen in ihm sogar die Inkarnation des Gottes selbst, der zur Erde herabgestiegen war, um die Herzen der Menschen zu erfreuen. Überall wurden zu seinen Ehren Bacchanalien gefeiert, ausschweifende Tanzfeste und Trinkgelage abgehalten. Der ganze Osten geriet aus dem Häuschen. Die Fröhlichkeit erreichte in Ephesus, einer der reichsten Küstenstädte, ihren Höhepunkt. Als der „König des Ostens" dort Einzug hielt, war die ganze Stadt auf den Beinen. Straßen und Plätze waren in den Duft von Weihrauch gehüllt. Frauen, als Bacchantinnen verkleidet, empfingen den sinnlichen Römer bereits am Hafen und verhießen in ihren Kostümen, die von den geschmeidigen Körpern mehr entblößten als verhüllten, ungeahnte Freuden. In ausgelassener Prozession, unter dem Klang von Flöten und Psaltern, führten Männer und Knaben, die als Satyrn und Pan verkleidet waren, den überwältigten Römer in die Stadt. Ephesus hatte sich für den hohen Besuch wie eine Braut herausgeputzt, die ungeduldig ihren Bräutigam erwartet. Efeuranken und Myriaden von Blumen schmückten die öffentlichen Gebäude. Die Plätze vor den Tempeln waren sauber gefegt, die Bettler aus der Stadt vertrieben worden. Einladend standen die Tore offen. Neugierig waren die Bewohner aus ihren Häusern gestürmt, um den bunt-fröhlichen Zug und den Wohltäter und Menschenfreund zu begrüßen. In ihren Festgewändern jubelten sie ihrem Dionysos zu, der gekommen war, die Sorgen des Alltags von ihnen zu nehmen und sie in eine bessere Zukunft zu führen.

Doch nicht alle Städte durften sich der Gunst des Fleisch gewordenen Gottes erfreuen. Marcus Antonius hatte auch ein zweites Gesicht. Er vergaß nie, wer ihn gekränkt oder gar beleidigt hatte und was in seinen Augen Unrecht war. Seine Rache war bitter. Irgendwann auf seiner Fahrt nach Süden kam ihm Kleopatra in den Sinn. War es denn möglich, dass die vier Legionen, die sie gegen Cassius ausgesandt hatte, desertiert waren? Und weshalb hatte die Flotte, die sie angeblich selbst befehligt hatte, um ihm und seinen Verbündeten zu Hilfe zu eilen, ihr Ziel nie erreicht? Stürme, gewiss, die gab es im Mittelmeer, und sie waren oft unberechenbar. Kein Römer, der auch nur über ein wenig Verstand verfügte, hätte sich bei bewegter See dem feindlichen Element anvertraut. Aber die Häufung von Misserfolgen, wenn es darum ging, die neuen Herren Roms in ihren berechtigten Interessen zu unterstützen, konnte doch kaum Zufall sein. Je länger er darüber nachdachte, desto mehr war er davon überzeugt, dass Kleopatra überhaupt nicht daran dachte, sie anzuerkennen und sich ihnen gegenüber loyal zu erweisen. Andererseits kam ihm das junge Mädchen in den Sinn, das ihn einst – wie lange mochte das her sein? – an der Festtafel des königlichen Palasts in Alexandria mit ihren nilgrünen Augen angeschmachtet hatte, und die junge Frau, die er gemeinsam mit Caesars kleinem Sohn nach der Ermordung ihres Liebhabers aus dem aufgewühlten Rom nach Ostia gebracht und aufs Meer befördert hatte, obwohl er sich der Gefahr für sich selbst durchaus bewusst gewesen war. Denn hätte beispielsweise Cicero, der ihn wie sonst kaum einer hasste, davon erfahren, hätte Marcus Antonius sein Leben verwirkt.

Eine seltsame Welle von Genugtuung und Freude durchströmte seinen Körper, wenn er an die Ägypterin und ihre Rettung dachte, ein Gefühl, das für ihn aufregend, weil unbekannt war, das er aber in vollen Zügen genoss. Mit einem gewissen Recht konnte er sagen, dass er Kleopatra und Caesarion mit seinem beherzten Eingreifen womöglich das Leben gerettet hatte. Umso mehr hätte die Königin Grund, ihn jetzt nicht im Stich zu lassen. Die Vorfälle der letzten Monate verlangten also eine Klärung. Es war an der Zeit, mit der Herrscherin über Ägypten, deren Reichtum übrigens nicht zu verachten war, ein ernstes Wort zu sprechen. Dellius, er würde Dellius, den zuverlässigsten seiner Boten, nach Alexandria schicken, um Kleopatra seine Vorladung zu überbringen. In Tarsos sollte sie vor ihm erscheinen.

„Caesarion möchte zu den Tieren!" Immer energischer forderte der kleine König von Merit einen Spaziergang zu jenen Wildgehegen, die seine Mutter zur Freude der Palastbewohner und zur Unterhaltung der Alexandriner hatte anlegen lassen. Jedermann hatte zu dem Wildpark ungehindert und kostenlos Zutritt. Elefanten und Giraffen, Zebras und Antilopen, Löwen, Gnus und noch manch andere Tiere wurden dort gefangen gehalten. In künstlich angelegten Sümpfen räkelten sich Krokodile im Schlamm. Auf den sattgrünen Wiesen weideten Kühe mit ihren Kälbern. Ibisse und Störche stolzierten auf Nahrungssuche umher und in den Volieren flatterten exotische Vögel. Von dicken Holzpfählen aus beobachteten Falken mit scharfen Augen den Besucherverkehr. Die Tierpfleger hatten ihnen die Flügel gestutzt, um sie am Wegfliegen zu hindern. Auch Kamele und Maultiere stolzierten von allen Lasten befreit in der Sonne. Am liebsten aber beobachtete Caesarion, wie die Pferde aus den königlichen Ställen ausgelassen über die weitläufigen Felder galoppierten, die bis an den Rand der Wüste reichten.

„Caesarion möchte Tiere schauen!" Das Kind gab nicht nach, und die treue Erzieherin wusste, dass es sich nicht beruhigen würde, zumal sie ihm einen Ausflug vor die Palastmauern erst vor Kurzem versprochen hatte. „Es ist zu heiß heute. Die Tiere schlafen alle“, versuchte sie den Kleinen abzulenken. Sie hatte sich vor ihn gehockt und ihm fest in die Augen gesehen. „Tiere schauen“, beharrte er. Merits Einwände verstand er nicht. Kleopatra sah es nicht gern, wenn sich die Freundin mit dem Kind ohne Leibwache außerhalb des geschützten Palasts aufhielt. Es war gefährlich, bestand doch immerhin die Möglichkeit, dass jemand dem Kindkönig etwas antat oder ihn entführte, denn er war, wie jedermann wusste, Caesars Sohn und damit nur zur Hälfte Ägypter und die Vorbehalte gegen die einstige Besatzungs- und jetzige Schutzmacht waren längst nicht aus allen Köpfen verschwunden. Und auch Römer gab es ja hier, die von Caesarions Existenz keineswegs begeistert waren. „Wir werden deine Mutter fragen, mein Schatz“, schlug Merit vor. „In Ordnung?“ „In Ordnung“, strahlte der Junge und seine nachtblauen Augen leuchteten wie die Sterne.

Nur widerwillig stimmte Kleopatra Merits Bitte, ihren Schützling in den Tierpark zu entführen, zu. „Du weißt, dass ich es eigentlich nicht möchte“, gab sie der Freundin zu bedenken. „Andererseits hast du es ihm versprochen. Ich denke noch mit Entsetzen daran, was mein Sohn neulich anstellte, als er seinen Willen nicht durchsetzen konnte. Er warf sich zu Boden und strampelte und schrie so laut, dass die halbe Dienerschaft erschreckt zusammenlief, weil sie befürchtete, der Kleine befände sich in größter Gefahr.“

„Das ist Kinderart, hohe Frau. Das Trotzalter, das vergeht. Wir müssen nur ein wenig Geduld mit unserem Liebling haben. Caesarion hat keine schlechten Anlagen. Er ist ein lieber Junge, wenn auch ein wenig eigenwillig. Aber steht das einem König nicht zu?“

„Das Trotzalter, gewiss. Musst du ihn eigentlich immer verteidigen? Nun, ich werde dennoch dafür sorgen müssen, dass die Zügel seiner Erziehung etwas angezogen werden. Für den künftigen Alleinherrscher Ägyptens sollten solche Launen tabu sein. Und das kann ihm nicht früh genug beigebracht werden. Na gut“, fuhr sie nach kurzer Überlegung fort. „Ich weiß, dass du meinen Sohn liebst als wäre er dein eigener. Dennoch: Kleide ihn wie einen Straßenjungen und auch dich bitte ich, ein einfaches Gewand anzulegen! Ihr solltet keinesfalls als Angehörige des Palasts auffallen. Ach ja, nimm Ramur mit! Nur ihn, hörst du? Keine weiteren Wachen. Der junge Mann ist Caesarion herzlich zugetan, fast wie ein Vater, eine Zuneigung, die auf Gegenseitigkeit beruht. Ihr werdet aussehen wie eine junge Familie, ein verliebtes Elternpaar, das seinem Kind die Schönheiten der afrikanischen Tierwelt zeigt."

Merit konnte ihre Freude darüber, dass ausgerechnet Ramur sie begleiten sollte, nicht verhehlen. Röte schoss ihr ins Gesicht, was Kleopatra mit einem nachsichtigen Schmunzeln zur Kenntnis nahm. Ihr war nicht entgangen, dass die beiden jungen Menschen eine tiefe Zuneigung zueinander gefasst hatten, gleich, nachdem der Sklave vor einigen Wochen in den königlichen Haushalt gekommen war. Ramur war ein großer, stattlicher Mann mit hellolivfarbenem Teint, dunklem Kraushaar und kräftigen Armen. Caesarion hatte ihn sofort ins Herz geschlossen und mit seinen strahlenden Kinderaugen die Mutter überzeugt, den „Neuerwerb" in seinen Dienst, den des jungen Königs, zu stellen. Nur allzu bereitwillig war sie dem Wunsch des Kleinen nachgekommen. Vielleicht, so hatte sie überlegt, wäre es von Vorteil, wenn ihr Sohn nicht ausschließlich ohne männlichen Einfluss aufwüchse, vaterlos, wie er nun einmal durch die Schuld hinterhältiger Mörder war, zumal Merit dazu neigte, ihn über die Maßen zu verwöhnen und er sich stets zu ihr flüchtete, wenn die Mutter zu hart mit ihm ins Gericht ging. Bald konnte sie über die Menschenkenntnis, über die das Kind verfügte, nur staunen. Wo andere ihren Verstand einsetzten und oft genug irrten, sah Caesarion mit dem Herzen. Ramur war ein Schatz. Nicht nur, dass er sich in jeder freien Minute mit dem Thronfolger beschäftigte. Kleopatra hatte erfahren, dass er überaus gebildet war. Er war der Sohn eines reichen Kaufmanns aus Athen, wo er selbst seine Ausbildung in den väterlichen Betrieben absolviert und sogar an der Universität Rhetorik und Philosophie studiert hatte. Piraten hatten ihn während einer Geschäftsreise nahe der Insel Kreta aufgebracht und von seinem Vater ein hohes Lösegeld gefordert. Aber Aristolos, so sein eigentlicher Name, wollte nicht nach Hause zurückkehren. Jedenfalls noch nicht. Froh, der väterlichen Aufsicht für eine Weile entronnen zu sein, fügte er sich in sein Los. Er gedachte, seinem jugendlichen Wissensdrang nachzugeben und das Leben als Unfreier einmal am eigenen Leib zu erproben. So beschwor er seinen Vater, den Seeräubern das Lösegeld zu verweigern. Er werde, so ließ er ihn wissen, eines Tages auch ohne Bezahlung unversehrt nach Hause zurückkehren. Und er hatte Glück. Das Schicksal schien ihm trotz allem gewogen, nachdem ihn die Menschenfänger auf dem Sklavenmarkt von Alexandria zu einem stattlichen Preis verkauft hatten. Der königliche Sklaveneinkäufer war auf ihn aufmerksam geworden, wobei ihn mehr Aristolos' körperliche Vorzüge als dessen geistige Gaben ins Auge stachen. Wer über derart kräftige Muskeln verfügte und Augen hatte, die so wach und offen in die Welt blickten, gewährleistete, dass er tüchtig zupacken konnte. Dass der junge Mann tatsächlich etwas Besonderes sein musste, hatte er spätestens dann begriffen, als sich der Sklavenhändler beharrlich weigerte, von dem überhöhten Preis, wie es dem Käufer schien, abzurücken. Da half alles Feilschen nichts.

„Ich werde dich Ramur nennen. Wie du bislang geheißen hast, interessiert mich nicht", empfing er den Unfreien, der, anders als seine Leidensgenossen, dem fremden Mann fröhlich und erwartungsvoll folgte. Als der königliche Bedienstete Anstalten machte, Aristolos zu fesseln, bat dieser: „Es ist nicht nötig, dass du mir den Strick anlegst. Ich werde nicht weglaufen. Aber ich bitte dich, nicht wie ein Sklave vor dir hergetrieben zu werden, sondern neben dir gehen und mich mit dir unterhalten zu dürfen. Ich kenne Ägypten noch nicht und ich wüsste gern alles über dieses wunderbare Land, das bei uns zu Hause die Dichter besingen. Kannst du mir vielleicht auch verraten, ob du mich für dich oder für einen anderen Herrn erworben hast und was mich in meinem neuen Lebensabschnitt erwartet?“ Der Einkäufer staunte über die seltsamen Wünsche des jungen Mannes und auch darüber, welch gehobener Sprache sich dieser bediente und schüttelte verwundert den Kopf. Aber er schwieg. Es gehörte sich einfach nicht, dass sich ein königlicher Beamter seines Standes mit einem dahergelaufenen Sklaven auf offener Straße wie mit seinesgleichen unterhielt.

„Was bildet sich dieser arrogante Affe eigentlich ein?“ Wie von Furien gehetzt stob Kleopatra in ihrem Schlafgemach umher, wohin sie sich zurückgezogen hatte. Wenigstens war es ihr gelungen, vor dem Boten des unverschämten Römers das Gesicht zu wahren. Mit unbeweglicher Miene, ganz Königin, hatte sie ihn empfangen und seinem Vortrag zugehört, wie sie es von Vater Ptolemaios Auletes gelernt hatte. Doch kaum hatte sie ihn entlassen, ohne ihm eine Antwort zu geben, hatte sie wutentbrannt die verdutzten Höflinge verscheucht und war mit hochrotem Kopf aus der großen Halle gestürmt, um ihre Privatgemächer aufzusuchen. „Was bildet sich dieser Kerl nur ein?“, schnaubte sie, außer sich vor Zorn. „Wer darf es wagen, der ägyptischen Königin Befehle zu erteilen?“ Es gelang Merit nicht, ihre Herrin zu beruhigen. Im Gegenteil. Je besänftigender sie auf Kleopatra einzureden versuchte, desto wütender wurde die junge Frau. Sie schimpfte inzwischen so heftig, dass Caesarion laut zu weinen begann und sich in Merits Arme flüchtete. „Da siehst du, was du mit deinem Geschrei angerichtet hast“, tadelte die Dienerin. „Nein, mein Schatz“, streichelte sie dem Kleinen über das weiche Haar, „Mama ist nicht böse auf dich. Du hast nichts angestellt, du bist Merits liebes Kind.“ Sanft schaukelte sie den Jungen auf ihren starken Armen.

„Gewiss, Königin, er hat kein Recht, dir zu befehlen, vor ihm zu erscheinen. Aber denke doch nach! Hast du eine Wahl? Stelle dir nur vor, du ignoriertest seinen Wunsch, dich zu sehen! Es dauerte sicher nicht lange und seine Truppen erschienen vor Alexandria. Wie solltest du das vor deinen Untertanen verantworten? Wieder Krieg? Haben sie nicht in den letzten Jahren genug gelitten? Und das alles nur, weil dein Stolz verletzt ist? Immerhin ist er inzwischen einer der mächtigsten Männer des Imperiums, wenn nicht sogar der mächtigste. Es ist keine Schande, sich ihm zu fügen und damit die Gesundheit und das Leben deines Volkes und die Freiheit deines Reiches zu bewahren. Und überhaupt! Warum solltest du aus einer Begegnung mit ihm nicht sogar Kapital schlagen? Du bist schön, du bist intelligent. Über deinen Reichtum erzählt man sich Geschichten und du bist die Königin Ägyptens. Was also hält dich davon ab, ihm den Kopf zu verdrehen? Ist er doch dafür bekannt, weiblichen Reizen nie lange zu widerstehen."

Langsam beruhigte sich die aufgebrachte Frau. Merit hatte recht. Sie ist die praktischere von uns beiden, gestand sich Kleopatra ein. Was täte ich nur ohne sie? Und doch würde sie eines vielleicht gar nicht mehr so fernen Tages auf sie verzichten müssen. Denn Ramur ... Aber daran wollte sie jetzt nicht denken. „Du meinst wirklich?", überlegte sie. „Und du bist sicher, er fiele darauf herein?" „Ich bin fest davon überzeugt, bei allem, was man so über Marcus Antonius hört", bestätigte Merit. „Wir werden ihm eine Begegnung bereiten, die nicht nur ihn bis ans Ende seiner Tage beschäftigen wird. Noch in 2000 Jahren und mehr werden die Menschen bewundernd dieses Ereignisses gedenken. Es wird dich berühmt machen und dir ewigen Ruhm und Unsterblichkeit verleihen." Bei diesen Worten begann Merits Körper heftig zu zittern und ihr war, als triebe sie mit ihrem Rat die geliebte Freundin in den Tod. Aber hatte sie im Augenblick eine andere Wahl?

Schon tags darauf ließ die Königin den römischen Boten in knappen Worten wissen, sie sei bereit, sich mit Marcus Antonius zu treffen. Doch werde sie selbst den Zeitpunkt der Zusammenkunft bestimmen. Unmittelbar darauf begann sie mit den Vorbereitungen für die große Reise, von der womöglich ihr Schicksal abhing. Sie würde nicht allein fahren, so viel stand fest. Eine Reihe ausgesuchter Höflinge sollte sie begleiten. Mindestens zwölf Schiffe wären auszustatten, wobei auf ihre Prunkbarke besondere Aufmerksamkeit zu verwenden wäre. Marcus Antonius, der sie bisher nur als Mädchen, als Tochter des Königs, und als Geliebte Caesars gesehen hatte, sollte den ersten Eindruck, den sie als Königin auf ihn zu machen gedachte, nie mehr vergessen.

Über Wochen zogen sich die Arbeiten hin. Über Wochen legte Kleopatra Gewänder an, um ihre Erscheinung darin zu prüfen, Kleider aus Gold, aus Silber und aus schwer fallender Seide. Sie ließ sich Frisuren vorschlagen, begutachtete wieder und wieder den Inhalt ihrer Schmuckkästen. Dann endlich glaubte sie, gefunden zu haben, was dem überheblichen und, was Frauen betraf, sicherlich verwöhnten Römer den Verstand rauben sollte.

„Ich habe dir schon mehrmals befohlen, aufzupassen", fauchte sie die dunkelhäutige Sklavin an, die geschickt mit Nadel und Faden an Kleopatras Königsrobe letzte Hand anlegte. „Wenn du mich noch einmal stichst, bekommst du die Peitsche." Ungeduldig und schlecht gelaunt verfolgte die Königin die letzte Anprobe des Gewands, das Merit für die erste Begegnung mit Marcus Antonius entworfen hatte.

„Wenn ein Mann da nicht schwach wird", bemerkte die Dienerin bewundernd, „dann weiß ich auch nicht, was wir uns noch einfallen lassen sollen. Du siehst atemberaubend aus, Königin. Selbst Göttin Isis würde vor so viel Schönheit vor Neid erblassen. Wäre ich ein Mann, ich würde mich sofort in dich verlieben", lachte sie. „Zum Glück bist du es nicht, meine Liebe. Was sollte ich denn ohne dich anfangen?" Langsam schritt Kleopatra auf die stolze junge Frau zu und küsste sie leidenschaftlich auf den Mund, der sich weich und warm anfühlte. „Ich habe den Eindruck, dass du schon übst", scherzte Merit. „Aber vielleicht wäre es besser, wenn du dir deine Zärtlichkeiten noch eine Weile aufsparst."

Erste Eindrücke

Die Sonne hatte den Zenit des Sommers bereits überschritten, als sich Kleopatra aufmachte, Antonius' Aufforderung, zu ihm nach Tarsos zu kommen, zu entsprechen. Rom zählte das Jahr 712 *a.u.c.*, und niemand ahnte, dass es sich bald zu einem Schicksalsjahr der römischen Geschichte entwickeln sollte.

Ein aufgeblasener Hofstaat, der einmal mehr ihren Anspruch unterstreichen und ihre Macht demonstrieren sollte, begleitete die junge Frau über das Meer. Das Auslaufen der Schiffe stand unter einem günstigen Stern. Tagelang trübte kein Wölkchen den Himmel. Weiße durchsichtige Nebelschleier waberten über der gespenstisch ruhigen See. Ja, es schien, als wäre der Meeresgott Poseidon selbst dem Unternehmen gewogen. Rasch hatten erfahrene Ruderer die prächtig herausgeputzten Schiffe aus dem trüben Wasser des Hafens gesteuert, da spiegelte sich schon das kühle Blau eines makellosen Himmels auf der glatten See, die nur ab und zu ein kühlendes Lüftchen kräuselte. Ruhig glitten die Boote der königlichen Flotte dahin. Die Kapitäne und Steuerleute ließen die Purpursegel setzen und lehnten sich müßig und zufrieden an der Reling zurück. Mochte Aeolus mit der Harfe dafür sorgen, dass man möglichst bald das Ziel erreichte. Aber der Herr der Winde ließ sich Zeit, als beabsichtige er, die Spannung auf diese Begegnung zu erhöhen.

Den prächtigen Schiffszug führte die königliche Prunkbarke an, ein aufwändig geschmücktes Gefährt mit kunstvollen Holzschnitzereien und marmornen Säulen, die mit Blattgold verziert und mit Efeuranken und Wollbinden umwunden waren. Kleopatra hatte es vor Jahren in einem anderen Leben, wie ihr schien, für eine Fahrt nilaufwärts bauen lassen, als sie ihrem Geliebten Caesar die

Schönheiten und den Reichtum ihres Landes vorzuführen und zu Füßen zu legen gedachte. Wehmütig erinnerte sie sich daran, dass der Neid der Götter diese Reise damals verhindert hatte. Die Galionsfigur, eine barbusige Schönheit mit schlangenumwundenem Gorgonenhaupt, sollte Piraten, Meeresungeheuer und andere Feinde abschrecken. Auf dem obersten Deck befand sich der goldene Thron, zu dem eine Reihe breiter, mit einem roten Teppich ausgelegter Stufen hinaufführte. Zum Schutz vor der Sonne schwebte über dem Königssessel, von vier gedrehten bronzenen Säulen gehalten, ein purpurfarbener Baldachin, an dessen Rändern Goldquasten und Edelsteine funkelten.

Noch konnte die Königin auf dem Deck ihres Prunkgefährts ungezwungen wandeln. Noch war Tarsos weit und ihr blieb immer noch die Möglichkeit, umzukehren und den überheblichen Römer sich selbst zu überlassen. Aber durfte sie wirklich unverrichteter Dinge in ihr geliebtes Alexandria zurücksegeln? Durfte sie diesen Affront gegenüber einem Mann wagen, der augenblicklich der mächtigste der Welt war? „Reiß dich zusammen, dumme Ziege!", ermahnte sie sich selbst. „Woher nimmst du das Recht, deinem Volk zu schaden, deinem Sohn den Thron zu rauben und letztlich dir selbst? Und all die Vorbereitungen? Sollten sie etwa umsonst gewesen sein? Vergiss deinen Stolz! Was hat Merit neulich gesagt? ‚Es ist keine Schande, vor dem bedeutendsten Römer das Haupt zu beugen.' Wo sie recht hatte, da hatte sie recht." Wo war sie überhaupt, ihre Merit? Sie hatte die Dienerin heute kaum zu Gesicht bekommen. Und ohne die junge Frau an ihrer Seite fühlte sie sich einsam und leer. Antonius also! Ihr Schicksal und der Bestand ihres Reiches lagen wieder einmal in römischer Hand. An ihm war es, ob er sie huldvoll in die Arme nahm oder sie zertrat und vergaß.

Tief in Gedanken versunken starrte die Königin auf das Meer und beobachtete die Wellen, die sich neben dem Schiff türmten, flach wurden und verschwanden, bis nur noch zarte Schaumkronen auf der Wasseroberfläche tanzten. Glichen sie nicht dem Leben des Menschen, sinnierte sie? Spiegelten sie nicht das Werden, Wachsen und Vergehen wider, und das, was bleibt, ein wenig Schaum, der zusammenfällt, eine Spur von Erinnerung, einen Traum, ein Nichts?

Fröhliches Kinderlachen holte sie in die Wirklichkeit zurück. Mit ausgebreiteten Armen stürzte Caesarion auf sie zu. Dahinter Ramur, in einer tiefen Verbeugung verharrend. „Ramur, oder soll ich besser sagen Aristolos, was führt euch beide hierher?" Sie nahm den Kleinen auf den Arm und bedeutete dem Mann, sich aufzurichten. „Wir sind hier unter uns, mein Lieber. Lassen wir doch die strengen Regeln der Hofetikette!" Der Fremde bedankte sich. „Der Unterricht, königliche Hoheit", stotterte er. „Verzeiht, wenn ich mich ein wenig schwer tue. Wir Athener sind es nicht gewohnt, zu Königen zu sprechen. Wie Ihr wisst, herrscht bei uns seit Jahrhunderten das Volk, alle Bürger sind gleich, es gibt nicht Herr, nicht Untertan."

„Und doch gibt es Sklaven wie bei uns", erwiderte Kleopatra. „Und man sagt, dass sie von euch besonders schlecht gehalten werden. Wir hingegen schätzen unser Eigentum. Nun, ich kenne euer System und es wundert mich, dass es so gut funktioniert. Meine Ägypter sind es hingegen gewohnt, dass ihnen jemand sagt, was sie zu tun und zu unterlassen haben. Sie kennen es seit Jahrtausenden nicht anders. Sie sind wie Kinder, die an der Hand genommen und geführt werden wollen. Aber lassen wir das! Du bist sicher nicht gekommen, um mit mir über die Vorteile oder Nachteile der Volksherrschaft zu philosophieren."

„Uns führt, wie gesagt, der Unterricht hierher, Königin. Ich war gerade dabei, Eurem Sohn zu erklären, wie Schiffe gebaut werden und wie man sie auf dem Wasser bewegt. Aber der junge Herr wollte sich mit meinen trockenen Erläuterungen nicht zufrieden geben. Er bestand darauf, alles, was ich für ihn aufgezeichnet habe, vor Ort zu kontrollieren. Also haben wir uns auf den ungewöhnlichen Spaziergang durch das Schiff gemacht, zu den Ruderbänken, den Vorratsräumen, den Mannschaftsunterkünften und zu den Segeln. Schließlich sind wir hier gelandet. Ich ahnte ja nicht, dass Ihr …"

„Ich freue mich über jede Minute, die ich mit meinem Sohn verbringen darf. Leider lässt mir meine Regierungsarbeit zu wenig Zeit, mich so um ihn zu kümmern, wie es einer guten Mutter anstünde. Deshalb bin ich umso dankbarer, dass er in dir einen so tüchtigen Lehrer gefunden hat, den er allem Anschein nach auch noch von Herzen liebt."

„Zuviel der Ehre, Königin vom Nil! Es ist an mir, dankbar zu sein. Auch ich habe den Kleinen in mein Herz geschlossen. Er ist ein so aufgeschlossenes, neugieriges Kind, so liebevoll, ein Sohn, wie sich ihn jeder Vater wünschen würde. Sollte ich je als freier Mann in meine Heimat zurückkehren dürfen und eine zu mir passende Frau finden, hätte ich nichts lieber als einen kleinen Caesarion."

„Du wirst nach Hause zurückkehren, Aristolos! Eines Tages wirst du es. So wahr ich die Königin Ägyptens bin. Das Schicksal hält für alle von uns viele Überraschungen bereit und es sind, den Göttern sei Dank, nicht nur die bösen, die das Leben ausmachen." Kleopatras Mund zuckte schmerzlich. Ja, sie würde ihn seinem Vater zurückschicken müssen. Ihn und Merit, denn die beiden waren füreinander geschaffen. Aber nicht gleich. Nicht jetzt.

Auf dem Marktplatz von Tarsos herrschte buntes Treiben. In der quirligen Provinzhauptstadt war Gerichtstag angesetzt und Marcus Antonius saß auf einem erhöhten Podest inmitten der Menge, die sich um seinen „Thron" versammelt hatte. Es galt, über kleinere und größere Verfehlungen der städtischen Bürger zu entscheiden, über Beleidigungen, Diebstähle und Vatermord, über Nachbarschaftsstreitigkeiten und Schadensersatzforderungen. Schon wurde der erste Delinquent im Schindkarren vorgefahren, einer, der die römische Staatsmacht geschmäht und zum Widerstand aufgerufen hatte. Ein Hochverräter also und Marcus Antonius war es unbehaglich zu Mute, kannte er doch das Urteil, noch ehe er dem Beschuldigten Gelegenheit gegeben hatte, sich zu verteidigen, wie es römischem Rechtsempfinden entsprach. Es gefiel ihm nicht, seinen ersten öffentlichen Auftritt in dieser Stadt gleich mit einer Hinrichtung zu „krönen", obwohl er nur allzu gut wusste, wie sehr das Volk hier wie anderswo nach Blut lechzte und den Todeskampf eines Menschen genoss. Waren nicht zu allen Zeiten öffentliche Hinrichtungen eine beliebte Volksbelustigung gewesen? Im Grunde seines Herzens freilich verabscheute er jegliches Blutvergießen, selbst das auf dem Schlachtfeld, wenn er auch einsah, dass es oft notwendig war. Er war ein friedliebender Mensch, der eher den sinnlichen Genüssen des Lebens, Wein, Weib und Gesang, zugetan war als dem blutigen Kampf.

Der Mensch, den man vor ihn schleppte, dauerte ihn: Ein gebrochener Mann, an dem die grausame Kerkerhaft tiefe Spuren hinterlassen hatte. Die Glieder verrenkt, sodass der Mann nicht mehr stehen, geschweige denn gehen konnte. Das Gesicht unter einer dicken Blutkruste verborgen. Um den ausgezehrten Leib schlotterte ein raues, beflecktes Gewand, und das verlauste Haar fiel ihm in zottigen Strähnen auf die Schultern herab. Nur die Augen verrieten ein alles verzehrendes Feuer …

Der Mann bot einen erbarmungswürdigen Anblick. Wenn ein Mensch, schoss es Marcus Antonius durch den Kopf, jemals für das, was er getan hatte, büßen musste, hatte es diese gequälte Kreatur längst getan. In den Augen des Fremden erkannte er bald ein Flehen, diesem unwürdigen Zustand so rasch wie möglich ein Ende zu bereiten.

Doch wem nützte Marcus Antonius' Mitleid? Die römischen Gesetze waren streng, und es musste ein Exempel statuiert werden, wollte die Weltmacht nicht ihr Gesicht verlieren, so viel stand fest. Der Aufwiegler gehörte, wie der Richter den umfangreichen Akten entnahm, einer vornehmen Sippe an. Dass sich sogar die

Angehörigen dieser Kreise gegen die römische Staatsmacht erhoben, bewies doch nur, wie unsicher die Verhältnisse in diesem Teil der Welt für Rom noch immer waren. Erst zwei Generationen zuvor hatte Marcus Antonius' Großvater Kilikien und damit auch Tarsos unter römische Oberhoheit gebracht. Und schon um des vergossenen Blutes so vieler römischer Legionäre willen, musste den Unterworfenen ein für alle Mal vor Augen geführt werden, wer Herr in diesem Lande war. Rom zeigte sich ohnehin sehr tolerant. Unterworfene Völker durften ihre Sitten und Gebräuche weiter pflegen, solange diese den römischen Interessen nicht zuwider liefen. Dabei galt gerade der Osten als äußerst unzuverlässig, und der kleinste Aufschrei konnte hier zu einem verheerenden Flächenbrand ausarten, wie sich schon öfter gezeigt hatte.

Der Römer hatte kaum das Urteil gesprochen, als eine wilde Bewegung die Menge erfasste. Das Interesse an der Gerichtsverhandlung schien mit einem Mal geschwunden. Ohne Beteiligung des Volkes wurde der verurteilte Verbrecher zum Richtplatz geführt. Immer mehr verliefen sich die Menschen, verloren sich in den engen Gassen und strömten wie auf ein verabredetes Zeichen hin Richtung Meer. Marcus Antonius wollte von seinen Leibwächtern wissen, was es mit dem plötzlichen Verlust der Begeisterung für seine Verhandlung auf sich habe, und was die Ursache für die Aufregung sei. „Ja, weißt du denn nicht, Herr, dass sich soeben Aphrodite selbst dem Hafen von Tarsos nähert? Einer alten Weissagung zufolge ist sie gekommen, um sich hier vor unseren Augen mit dem Fleisch gewordenen Dionysos zu vermählen."

„Was soll der Quatsch?", wetterte der Feldherr und sah seine Männer ungläubig an. Aber sie beharrten darauf: Endlich erfülle sich dieser alte Menschheitstraum und es brächen für sie alle friedlichere und glücklichere Zeiten an.

„Na, diese Aphrodite will ich mir anschauen!", meinte Marcus Antonius schließlich verächtlich und befahl, sein Pferd zu satteln.

Zuerst entdeckten die Zuschauer, die zu Hunderten staunend die Kais umstanden, den Bug des Schiffes, das langsam wie eine Täuschung des morgendlichen Lichts den Fluss Kydnos hinaufglitt. Die purpurnen Segel waren eingezogen, silberne Ruder schlugen im Takt der Melodien von Flöten und Lyren auf das Wasser. Dann zeigte sich die Königin selbst, sich auf einem Prunkbett räkelnd, wie es die Bürger von Tarsos noch nie gesehen hatten. Die von der Sonne beschienene purpurfarbene, goldbetresste Markise tauchte die zarte Gestalt in ein warmes, fast überirdisches Licht. Nahezu nackte Knaben, allesamt als Eroten verkleidet, fächelten der Liegenden Luft zu. Nie war Kleopatra ihrer Freundin Merit verführerischer erschienen. Sie war in ein aus Goldfäden gewirktes hauchzartes Gewand gehüllt, auf dem bei der kleinsten Bewegung Rubine und weiße Saphire glitzerten. Zurückhaltend war der Schmuck, den sie angelegt hatte. Nicht das schwere Familiengeschmeide aus Gold und Smaragden, das sie bei offiziellen Anlässen üblicherweise trug, sondern ein feines Collier, besetzt mit Rubinen, die denen ähnelten, die auf ihr Kleid gestickt waren. Ihr pechschwarzes Haar war zu einer kunstvollen Frisur aufgesteckt und mit einem ebenfalls zarten Rubin-Diadem geschmückt. Die zierlichen Füße steckten in goldenen Pantoffeln. Gleichsam gelangweilt griff die Königin nach dem Konfekt, das auf einem vor ihr stehenden Teller angerichtet war, und steckte es genussvoll in den volllippigen Mund. Überall auf dem Deck tummelten sich die schönsten ihrer Sklavinnen, als Nereiden und Grazien verkleidet, in kurzen Röcken, die Beine nackt und die vollkommenen Körper nur leicht bedeckt. Je mehr sich das Schiff der Stadt näherte, desto durchdringender wurde der Duft, der sich von den unzähligen Tellern mit Weihrauch, die um die junge Frau herum aufgestellt waren, entlang der Ufer ausbreitete. „Fürwahr", staunte der Römer, vom ersten Eindruck dieses Schauspiels überwältigt, „Isis-Aphrodite ist vom Himmel herabgestiegen, um uns Menschen mit ihrer Schönheit zu verwöhnen." Dann verschlug es ihm vorerst die Sprache. Erst nach einer Weile besann er sich. Wenn das die Frau war, die er vor Monaten nach Tarsos zitiert hatte, dann hatte sie diesen Auftritt wahrhaftig meisterlich inszeniert. Schon erkannte er, dass er ihr verfallen war, dass sie künftig die Regeln ihres gemeinsamen Spiels bestimmen würde und sein Traum von der alleinigen Herrschaft über die Welt zerronnen war, noch ehe er überhaupt richtig begonnen hatte.

Zwischen Marcus Antonius, ihrem Dionysos, und Kleopatra, der Fleisch gewordenen Liebesgöttin, blickten die Menschen immer wieder hin und her, als ließe sich durch ihre Blicke das Schicksal beschwören. Dabei hatte es längst entschieden. Hoch erhobenen Hauptes, ganz Königin, stand Kleopatra jetzt vor ihrem goldenen Thron, die Augen starr geradeaus gerichtet und die Arme, in denen nun Geißel und Krummstab lagen, nach Pharaonenart über der Brust gekreuzt. Das zierliche Diadem hatte sie gegen die Geierhaube, die sie als Königin auswies, getauscht. Besonnenen Schrittes, bewusst einen Fuß vor den anderen setzend, stieg sie die wenigen Stufen hinab. Sie ging an Land und langsam auf Marcus Antonius zu, der, er vermochte später nicht mehr zu sagen weshalb, vor der Königin auf die Knie sank und sie stotternd willkommen hieß. Huldvoll bedeutete sie ihm, aufzustehen. Sie wusste, dass sie ihn bereits überwältigt hatte. Dieser Mann, der gerade seine Sprache mühsam wiederfand, würde Wachs in ihren Händen sein. Der mächtigste Mann der Welt und sie, die Königin des reichen Landes am Nil, würden fortan gemeinsam die Zukunft der Völker gestalten und allen Menschen den lange ersehnten Frieden und anhaltenden Wohlstand bringen.

An der Hand ihres neu gewonnenen glühenden Verehrers betrat Kleopatra mit ihrem engsten Gefolge das Gästehaus, das seit Langem für ihren Besuch bereit stand. Es war einfach im Vergleich zu der Pracht ihres alexandrinischen Palasts. Keine Spur von jenen glatten Marmorwänden, die jede Bewegung widerspiegelten. Kein Ausblick auf kunstvoll angelegte Gärten und murmelnde

Wasserspiele, die ihr alexandrinisches Zuhause schmückten. Und nirgendwo jene Schar dienstbarer Geister, die ihr am Nil jeden Wunsch von den Augen ablasen. Das ihr in Tarsos zugewiesene Haus erschien ihr so nüchtern wie der Gastgeber selbst. Und für einige Augenblicke war sie dankbar, nicht den Rest ihres Lebens in derart bescheidenen Verhältnissen zubringen zu müssen.

Kaum hatte sie sich einigermaßen eingerichtet, erschien ein Bote Marcus Antonius', der sie zu einem Gastmahl einlud. „Melde deinem Herrn", beschied sie den verblüfften Mann, „dass es an mir ist, ihn zum Essen zu bitten! Denn als Königin von Ägypten stehe ich über einem römischen Triumvir. Ich werde Marcus Antonius zu gegebener Zeit meine Einladung zukommen lassen." Sie wusste, dass sie sich mit dieser Absage auf gefährliches Terrain begab, aber sie war sich dennoch sicher, dass sich der Römer ihrer Ansicht fügen würde, so verliebt, wie er sie bereits angesehen hatte. Hatte er nicht hochroten Kopfes versucht, ihr mit den Augen die Kleider von Leib zu reißen? Hatte nicht seine Hand wie ein Opfertier angesichts seines Schlächters gezittert, als er sie in ihr vorübergehendes Heim geleitete? Er war bereits verloren und sie wusste es. Aber sie wusste auch, dass es mit der Verliebtheit so eine Sache war. Es kam darauf an, die Flamme beständig am Lodern zu halten und was sie betraf, so kannte sie durchaus Mittel und Wege, einen Menschen zumindest für kurze Zeit an sich zu binden. Aber noch würde sie sich ihm nicht völlig ausliefern. Es galt, seine Sehnsucht zu schüren und sein Verlangen bis zur Selbstaufgabe zu steigern.

Man muss die Feste feiern ...

Unruhig warf sich die Prinzessin auf der kargen Bettstatt herum. Hatte sie überhaupt ein Auge zugetan? Ein schwerer Traum hatte sie aufgeschreckt, eine jener Visionen, die sie jede Nacht verfolgten und am nächsten Tag nicht unterscheiden ließen, ob sie Traum oder Wirklichkeit erlebt hatte. Kündigten sie vielleicht nahendes Unheil an? Oder wie sollte sie die stets wiederkehrenden Bilder sonst deuten? Sie, Arsinoë, befand sich dabei auf einer langen Reise ins Nirgendwo. Am Ende des Weges sah sie sich von allen Dienern verlassen. Selbst die anderen Priesterinnen waren auf geheimnisvolle Weise verschwunden. Sie war allein und sie fand keinen Weg mehr zurück. Wie von unsichtbaren Mächten gezwungen, musste sie immer weitergehen. Immer lauter forderten unbekannte Stimmen in ihrem Kopf, sich in die unergründlichen Tiefen zu stürzen, die sich vor ihren Augen auftaten. Und sie fühlte sich so schrecklich verlassen ...

Es war heiß in dem unherrschaftlichen Schlafgemach. Die grauen, nur grob verputzten Wände starrten sie an. Das fahle Mondlicht, das gelegentlich durch die Schlitze der zugezogenen Vorhänge drang, zauberte schattenhafte Gestalten auf das dunkle Mauerwerk in der ansonsten undurchdringlichen Nacht. Die Priesterin wider Willen stöhnte. Sie warf die schwere Seidendecke zur Seite, um ihren glühenden Körper der erfrischenden Nachtluft auszusetzen. Aber sie verspürte keine Linderung. Es hatte kaum abgekühlt, obwohl der Himmel wolkenverhangen war und nur ab und zu kurz aufriss. Ein heftiger Fieberanfall schüttelte sie. Ihr Kopf schmerzte, als hätte sie am Abend zuvor zu gierig dem Wein zugesprochen. Ihre Glieder zitterten und das Klappern ihrer Zähne, das sie nicht zu unterdrücken vermochte, verursachte ein unheimliches Geräusch in dem ansonsten totenstillen Haus. Für Augenblicke fürchtete sie, den Verstand zu verlieren. „Heilige Mutter von Ephesus", flehte sie, „was hat dieser schreckliche Traum zu bedeuten? Habe ich dich erzürnt, hohe Herrin, dass du mir ständig derart bizarre Trugbilder schickst? Du darfst mir nicht verdenken, dass ich den Dienst an dir nur widerwillig erfülle. Ich bemühe mich ja. Aber du weißt, ich bin keine geborene Priesterin. Sie haben mich gezwungen, zu dir an diese Küste zu kommen und sie haben mich damit zu einem Tod auf Raten verurteilt. Meine Schwester Kleopatra hat auch nach Caesars Tod meine Gnadengesuche nicht erhört. Offenbar fürchtet sie mich mehr, als sie zugeben möchte. Aber sie soll sich nicht umsonst fürchten, mein Schwesterlein. Noch kennt sie meine Sehnsucht nicht, das Verlangen nach meiner alexandrinischen Heimat, nach dem Grab von Vater und Mutter und nach dem Anblick unseres Ahnen, des großen Alexander, der jedem, der sich ihm ehrfürchtig nähert, ungeheure Kraft verleiht. Was jedem gemeinen Ägypter erlaubt ist, haben die Römer mir, der Tochter des Königs, versagt: jederzeit am Grab unseres Urvaters zu beten. Hilf mir, gnadenvolle Mutter, und erlöse mich von meinen Qualen."

Arsinoë glaubte, einen zarten Lufthauch zu verspüren, der sanft durch den Raum strich. Aber da regte sich nichts. Unbarmherzig brütete die sommerliche Hitze über ihrem Schlafgemach. Verzweifelt rief sie nach ihrer Dienerin, aber niemand eilte ihr zu Hilfe. Konnte es sein, dass aus ihrer Kehle gar kein Laut gedrungen war? Konnte es sein, dass sich ihre Lippen nur stumm geformt hatten? „Artemis", flüsterte sie, „bitte verlasse wenigstens du mich nicht! Bin ich nicht auch dein Kind?" Dann drehte sie sich zur Seite, fand aber keinen Schlaf.

Bilder stiegen in ihr auf, Szenen aus den Tiefen einer feindlichen Vergangenheit. Sie hatte nicht wie ihre große Schwester den mächtigen Caesar zu beeindrucken vermocht, obwohl sie doch nichts unversucht gelassen hatte, seine Aufmerksamkeit zu erregen und wie jedermann bestätigen konnte, die weitaus Hübschere von ihnen beiden war. Doch hatte er wohl den Geist und die raffinierte Klugheit der Schwester mehr zu schätzen gewusst als den vollendeten Schnitt ihres, Arsinoës, Gesichts, das Edle ihrer Züge und die Makellosigkeit ihrer Glieder. Oder war Caesar nur berechnend gewesen? Die gierigen Blicke, die er in anscheinend unbeobachteten Augenblicken auf sie geworfen hatte, waren ihr keineswegs entgangen. Vielleicht hatte ja nur die Tatsache, dass Kleopatra die Ältere und sie selbst fast noch ein Kind war, seine Wahl beeinflusst. Würde er sich heute noch so entscheiden?

Aber es gab Hoffnung. Bald würde sie Königin sein, wie es ihre Seher schon vorausgesagt hatten. „Königin Arsinoë", wie das klang! Wie gern sie das noch immer hörte, obwohl sie längst daran gewöhnt war, dass viele hier in Ephesus sie so nannten.

Langsam erhob sie sich, öffnete die Tür, die zum Garten des Tempels führte, und trat ein paar Schritte ins Freie. Der dichte Wolkenvorhang hob sich gerade ein wenig, und ein voller Mond tauchte den Park in ein gespenstisches Licht. Nur schemenhaft waren Bäume, Sträucher und Wasserspiele auszumachen, graue, unheimliche Schatten. Tamarisken und verblühende Rosen schwängerten die Luft der heißen Nacht mit einem schweren Duft. Arsinoë schüttelte das schweißnasse Haar aus der Stirn und sah an sich hinab. Gewiss, sie trug noch immer das schlichte Gewand der Tempelpriesterinnen, unter denen sie nur eine von vielen war. Hatte der große Caesar auch versucht, ihr alles zu nehmen, was ihr Leben ausgemacht hatte, Stolz und Würde hatte er ihr nicht zu nehmen vermocht. Es sei ein Privileg, im Tempel der Artemis, der zu den sieben Weltwundern zähle, zu dienen, hatte er ihr bei der Verkündung des Verbannungsedikts einzureden versucht und sie solle dafür dankbar sein. Doch Arsinoë wusste es besser. Er hatte sie zu langsamem Tod zu verurteilen gehofft. Aber er sollte sich getäuscht haben. So viel stand fest.

„Ja, ist denn dieses Weib jetzt völlig verrückt geworden?", polterte der General, als ihm ein Bote Kleopatras die Absage zu seinem Gastmahl und gleichzeitig eine Einladung zum königlichen Abendessen überbrachte. Rastlos und mit hochrotem Kopf jagte er dabei in seinem Audienzsaal auf und ab, die zitternden Hände auf dem Rücken verborgen. „Was bildet sie sich überhaupt ein? Wie kann sie es wagen, diese Kl..., Kleo...?" Er spuckte die wenigen Silben geradezu aus. Aber weiter kam er nicht, da ihm die Stimme versagte. Hilflos blickte er zu Eros, seinem langjährigen Kammerdiener und Waffengefährten, der taub und stumm war und doch mehr als andere hörte. Aber sein Eros rührte sich nicht.

„Ich danke Königin Kleopatra für die Ehre", beschied er schließlich dem Boten, der den Zornausbruch des Römers ängstlich verfolgt und schon um sein Leben gefürchtet hatte. (Wie oft hatte man schon gehört, dass mancher hohe Herr einen Abgesandten, der unliebsame Botschaft brachte, auf die Streckbank binden, foltern und manchen sogar hinrichten ließ!) Aber das war nicht Marcus Antonius, der dem Zorn anheimgefallen war. Es sprach aus ihm mit dünner, unsicherer Stimme, Laute, deren Herr er nicht war. Noch einmal ein hilfesuchender Blick zu dem Begleiter vergangener Tage. Aber so oft der himmlische Eros seinen Wünschen nachgekommen war, der irdische versagte ihm seinen Dienst. Der Jüngling mit dem Namen des Gottes, der dem hitzigen Römer stets so wohlgesonnen war, gab diesem kein ermunterndes Zeichen. Das starre Gesicht zeigte nur tiefe Verachtung.

Die Tage kamen, die Tage gingen, und mit ihnen vollendete sich das Schicksal Marcus Antonius'. Und das Schicksal war sie, Kleopatra, die vaterliebende Königin vom Nil, die gekommen war, den derzeit mächtigsten Römer in ihre feingeknüpften Netze zu spannen.

Als er das Haus betrat, das den Gästen des Vertreters der römischen Staatsmacht und kürzlich auch der Königin als Bleibe zugedacht worden war, stockte ihm beinahe der Atem. Ja, war es denn möglich, dass sich in wenigen Tagen eine einfache Wohnstatt in einen luxuriösen Palast verwandeln konnte, gleichsam von unsichtbaren Mächten erschaffen und doch ein vollkommenes Meisterwerk aus Menschenhand? Er hätte es wissen müssen. Niemals konnte sich Kleopatra mit einer Wohnung begnügen, die einem römischen Soldaten, der das Feldlager liebte, gut genug war. Eine unbeschreiblich große Zahl von Lampen und flachen, mit brennendem Öl gefüllten Schalen erhellte die Räume. Angeordnet in Viereck und Kreis, ließen die Lichter das Haus erstrahlen und verdoppelten den Glanz des Goldes, mit dem die zierlichen Säulen geschmückt waren. Die Nacht schien zum Tag geworden zu sein. Aber es war kein gewöhnliches Leuchten, dem der Römer entgegenging. Alles war geheimnisvoll, unwirklich, gespenstisch fast, und es erregte auf unbestimmte Weise die Sinne. Golddurchwirkte Teppiche verhüllten die Wände, die Marcus Antonius als ganz und gar schmucklos in Erinnerung hatte. Betörende Düfte waberten durch die Räume, und von fern war leise Musik zu vernehmen. Am auffälligsten aber war die Königin selbst, die nicht nur Antonius' Blicke magisch anzog. In ein Nichts von Gewand gehüllt, das in seiner mit Edelsteinen bestickten Kostbarkeit das ihres ersten Auftritts auf dem Schiff weit in den Schatten stellte, trat sie dem verblüfften Römer entgegen, der verlegen, fast ein wenig scheu, näher kam und nicht wusste, ob er seine Augen zunächst in die ihrigen, deren Farbe dem Grün des Nils glich, tauchen oder sich an ihrem jugendlichen Körper weiden sollte, den aufgerichteten Brustwarzen oder der unter dem hauchfeinen Stoff dunkel schimmernden und alle Wonnen der Lust verheißenden Scham.

Kleopatra entging die Verwirrung ihres Gastes nicht. War er nicht im ganzen Reich dafür bekannt, dass er die Frauen liebte und ihren Reizen nie lange widerstehen konnte? Nun, sie würde ihn zappeln lassen. So viel stand fest. Falls sie sich ihm überhaupt hingäbe. Aber das stand noch in den Sternen. Es wäre ja immerhin möglich, dass sie ihr Ziel auch ohne körperlichen Einsatz erreichte.

Oder doch nicht? Konnte sie sich eine Liebesbeziehung mit diesem Mann überhaupt vorstellen? Schön war er nicht, dieser Marcus Antonius, den die Frauen angeblich so sehr begehrten. Ein wenig gedrungen seine Gestalt, das Haar etwas wirr. Und dann sein Auftreten! Wo in aller Welt war sein Selbstbewusstsein geblieben? Sie hatte ihn anders in Erinnerung. Als forschen, schneidigen Römer, der es gewohnt war, anderen zu befehlen. Der hier, dieser Marcus Antonius, schien eingeschüchtert und unsicher zu sein wie ein unreifer Jüngling, der gerade erst seine *toga virilis* empfangen hatte. Seine Stimme? Vielleicht seine Stimme. Hatte er hinter dieser wenig beeindruckenden Fassade vielleicht etwas zu bieten, was Frauen um den Verstand brachte? Nun, sie würde den ihren behalten. Niemals sollte ein Mann so viel Macht über sie gewinnen, dass sie sich vergaß.

„Willkommen in meinem bescheidenen Heim, König des Ostens!", begrüßte sie ihn, wohl wissend, wie sehr diese Anrede seiner Eitelkeit schmeichelte. „Ich danke dir, dass du mir diese Unterkunft zur Verfügung gestellt hast und heute gekommen bist, mit mir die Belange unserer beiden Reiche zu besprechen." Sie sah, wie es in seinen Mundwinkeln zuckte, als habe er auf ihr Ansinnen die entsprechende Antwort bereit. Aber er sagte nichts. „Doch bevor wir uns an die Arbeit machen, darf ich dir ein kleines Abendessen anbieten, das mein Leibkoch heute für uns zubereitet hat", fuhr sie scheinbar unbeirrt fort. Dabei bedeutete sie Marcus Antonius, sich auf einer der prächtigen goldenen Clinen niederzulassen, die nach römischer Sitte in Dreiergruppen um jeweils einen edelsteinbesetzten kleinen Tisch angeordnet waren. Sie selbst nahm gegenüber dem hohen Gast Platz und klatschte dreimal in die Hände.

Auf dieses Zeichen hin erschien wie aus dem Nichts kommend ein Zug männlicher und weiblicher Sklaven, deren vollendete Körper im Schein der hundertfachen Fackeln glänzten. Keiner schien älter als 20 Jahre zu sein. Sie waren alle nackt. Nur ein knapper Lendenschurz bedeckte ihr Geschlecht. Lautlos näherten sie sich aufgezogenen Puppen gleich den einzelnen Tischen, um die köstlichsten Speisen aufzutragen. Da erschien ein gebratener Pfau, den man nach der Zubereitung wieder in sein schwarzgrünes Federkleid gesteckt hatte. In Honig gegrillte Krammetsvögel verbreiteten einen süßlich-sinnlichen Duft. Wildbret wurde aufgetragen, wie es nur die Wälder Germaniens hergaben. Hummer, Langusten und anderes seltenes Meeresgetier schwammen in gläsernen Schalen, die mit türkisfarbenem Wasser gefüllt und mit zarten Goldfäden durchwirkt waren. Erlesene Früchte, Kuchen und herrliches Konfekt luden zum Genießen ein. Gerichte wurden aufgetischt, die Marcus Antonius zuvor nie gesehen, geschweige denn gekostet hatte. Alles war auf raffinierte Weise zubereitet. Jeder Bissen, den der Römer zu sich nahm, verlangte nach mehr. Dazu füllten eigens dafür abgestellte Sklaven den besten Falerner, den Marcus Antonius je getrunken hatte, in goldene Becher. Samtig lief der rote Traubensaft seine durstige Kehle hinab. „Kompliment, Königin!" Marcus Antonius setzte sich auf und beugte sein Haupt. „Und ich dachte, bei euch Ägyptern wird nur Bier getrunken, das ihr ja angeblich erfunden habt. Aber dieser Wein ist der köstlichste, der mir je kredenzt wurde."

„Ja, hältst du uns etwa für Barbaren?" Die Königin schien auf diese Frage keine Antwort zu erwarten. „Natürlich lieben wir den Wein, wie auch ihr ihn liebt. Wir bauen ihn natürlich nicht selbst an. Reben gedeihen im alten Land am Nil nicht. Es ist wohl zu heiß und zu trocken. Wir beziehen unsere Weine vor allem aus Griechenland. Meinen Alexandrinern schmeckt der griechische Wein am besten. Sie sagen, der dortige Boden brächte den feurigsten Tropfen hervor, das Blut der Erde, in der wir, die Ptolemäer, unsere Wurzeln haben. Wir trinken ihn übrigens meistens unverdünnt. Ich weiß, dass es in Rom heißt, eine anständige Frau genieße ihn, wenn überhaupt, niemals ohne Wasser. An meiner Tafel weiß man ihn pur zu schätzen. Das Bier, von dem du sprichst, ist das Getränk der arbeitenden Untertanen. Oder ist es bei euch üblich, das einfache Volk mit Wein zu verwöhnen, es betrunken zu machen und so von der Arbeit abzuhalten?"

„Unser großer Octavian ist gerade dabei, in Rom neue Wasserleitungen zu bauen, damit niemand Durst leiden muss", erwiderte Antonius ein wenig versonnen. „Oder vielmehr: Er hat, wie ich gehört habe, seinen Busenfreund Vipsanius Agrippa damit beauftragt. Wie mit allem, was er nicht selbst zuwege bringt", bemerkte er leise, als spräche er zu sich selbst. Dann verstummte er und ließ seine Blicke bewundernd über die goldenen Schüsseln und Platten schweifen, über hauchzarte, mit glitzernden Edelsteinen besetzte und mit Goldfäden umsponnene Gläser, in denen der Falerner purpurfarben funkelte, und über die Pracht, mit der dieses Triclinium ausgestattet war. Herrliche Blumenarrangements schmückten Tische und Konsolen. Wasserspiele plätscherten und spendeten angenehme Kühle. Wie mochte es der Königin wohl gelungen sein, in der heißen Jahreszeit, in der die Natur allenthalben verdorrt war, frische Rosen, Chrysanthemen, Akanthusblüten und so viele andere, für die der Römer keinen Namen kannte, herzuzaubern? Er, Marcus Antonius, hatte schon immer den Prunk geliebt und dank seiner hochadeligen Herkunft, die ihm nahezu jeglichen Luxus ermöglichte – immerhin hatten seine Ahnenforscher das Geschlecht der Antonier bis auf den Heroen Herkules zurückführen können –, in Rom in keineswegs bescheidenen Verhältnissen gelebt. Aber was ihm die Königin Ägyptens hier vor Augen führte, sprengte jede Vorstellungskraft. Wie reich musste ihr altes Land sein, wenn sie sich das alles leisten konnte? Über welche Zauberkünste musste sie verfügen?

Dabei schien für sie diese Herrlichkeit nicht einmal etwas Besonderes zu sein. Sah jetzt so der Alltag eines ägyptischen Herrschers aus? Wie bescheiden war es dagegen an der Tafel ihres Vaters zugegangen, damals, als er, Marcus Antonius, dem Flötenspieler den Thron gerettet hatte? Hatte sich Ägypten in der verhältnismäßig kurzen Zeit von den Entbehrungen des damaligen Bürgerkrieges so rasch erholt? Über welche verborgenen Schätze musste dieses Land doch verfügen!

Die Königin sah ihren Gast an und begriff sofort, wie tief sie ihn beeindruckt hatte und was hinter der niedrigen, in Falten gelegten Stirn vor sich ging. Ihre Rechnung war aufgegangen. Sie lächelte. „Das alles mache ich dir zum Geschenk, verehrter Antonius", bedeutete sie dem sprachlosen Mann, der längst den eigentlichen Zweck seines Besuches, die Königin wegen ihrer offensichtlichen Unentschlossenheit bei der Bekämpfung der Feinde Caesars zur Rede zu stellen, vergessen hatte. Da lagen sie sich also gegenüber, der Herr des römischen Ostens und die Königin vom Nil, satt und wohlgelaunt und eher in tiefes Schweigen denn in beredte Gespräche versunken. Es gelang Marcus Antonius immer weniger, die Augen von seiner Gastgeberein zu lassen, die sich ab und zu bewegte und dabei geschickt ihre Beine entblößte. Anders als in ihrem Gesicht war deren Haut von einem makellosen Weiß. Er hatte in seinem Leben gewiss schönere Frauen gesehen, ging es dem Römer durch den Kopf. Aber niemals war er einer begegnet, die anziehender war, deren Augen so klug blickten wie die eines Mannes, deren Bewegungen katzenhafter, ja aufreizender wirkten. Ob sich Kleopatra dessen bewusst war? Ob sie es tatsächlich darauf angelegt hatte, ihn, den, wie er glaubte, vernunftbegabten Römer, gerade dieser Eigenschaft zu berauben und in ihre exotischen Netze zu ziehen, bis er sich in ihnen verfangen hätte ohne die Möglichkeit einer Flucht?

Als das Festmahl nach Musik, akrobatischen Darbietungen und Tänzen beendet war, begleitete die Königin selbst den Gast zu seiner Sänfte. „Ich wünsche dem Herrn aller Römer eine angenehme Nacht", hauchte sie mit rauer Stimme. „Ich werde übrigens morgen für meinen hohen Gast ein weiteres Festgelage ausrichten lassen und freue mich schon auf deinen Besuch." Marcus Antonius nickte nur, als hätte er nichts anderes erwartet. Er würde kommen, gewiss. Dann verbeugte er sich. Er wusste längst, dass er dieser Frau nie mehr einen Wunsch würde abschlagen können.

Ließen sich die Pracht des Vorabends, die Erlesenheit der Speisen und die Art der Zubereitung und Präsentation überhaupt noch steigern? Der Römer hätte es kaum für möglich gehalten, hätte er es nicht mit eigenen Augen gesehen und am eigenen Leib erfahren. In Weiß und Gold war das Triclinium diesmal gehalten. Geflochtene Körbe aus dem kostbaren Metall, mit weißen Rosen üppig bestückt, hingen von der Decke herab. Weiße Kerzen, die in goldenen Kandelabern steckten, erhellten den Raum. Auch auf den weiß gedeckten Tischen glänzte das edle Gelb. Merit empfing an diesem Abend den römischen Gast und führte ihn zu der Liege, wo er sogleich den gleichen Platz wie am Vorabend einnahm. Sehnsüchtig richtete er seine Blicke auf die Flügeltür, hinter der er die Privatgemächer der Königin vermutete. Er kannte zwar dieses Haus, das seit Beginn seines Aufenthalts in Tarsos Staatsbesuchen zur Verfügung stand, aber er wusste nicht, wie es Kleopatra für ihre Zwecke eingerichtet hatte. Wenn seine Wahrnehmung ihn nicht trog – und alles sprach dafür, dass das nicht der Fall war –, hatte sie alles umgestaltet, hatte sie eine zweckmäßige Unterkunft in einen Palast verwandelt, der es hinsichtlich Ausstattung und Komfort mit den berühmtesten in der Hauptstadt des Imperiums aufnehmen konnte. Und was hatte die Königin gestern gesagt? Sie mache dies alles ihm, Antonius, zum Geschenk? Was sie damit wohl gemeint hatte? Und wenn dies nun alles nach ihrem Willen für ihn bestimmt sein sollte, womit könnte er ihr seine Gewogenheit zeigen? Ihm fiel im Augenblick nichts ein, was der Großzügigkeit solcher Gaben entsprochen hätte. Und er fühlte, wie ihm ob dieser Erkenntnis die Schamesröte langsam ins Gesicht stieg.

Noch immer starrte er gedankenversunken zu der Tür, als sich diese wie von Geisterhand öffnete und Kleopatra den Raum betrat, keine Frau von dieser Welt, sondern eine überirdische Erscheinung, eine Göttin, die von den Höhen des Olymp herabgestiegen war, um die Menschen für eine Weile mit ihrer Anwesenheit zu erfreuen. Augenblicklich war alles verstummt. „Aphrodite“, flüsterte er. Kein Künstler von Rang hätte sie aus bleibendem Marmor vollendeter erschaffen, kein Gott vom Nil ihr mehr Leben einhauchen können. Langsam verstand er die Bewohner des Ostens, die in ihr die Fleisch gewordene Liebesgöttin verehrten.

Die Königin trug diesmal ein einfaches Kleid aus weißem Leinenstoff. Ihren Hals schmückte nicht das üppige Geschmeide, das sie tags zuvor angelegt hatte. Ein Collier aus schwerem Gold mit Köpfen in Schlangenform gab ihrem Auftritt einen besonderen Reiz. Das schwarze Haar war im Nacken zu einem schlichten Knoten geschlungen. Obwohl sie so scheinbar unauffällig gekleidet war, erschien sie Antonius verführerischer denn je. Wo hatte es diese Frau nur gelernt, sich derart geschickt in den Mittelpunkt der Aufmerksamkeit zu rücken? Oder verfügte sie gar über ein angeborenes Talent, den Männern den Kopf zu verdrehen? Marcus Antonius, der die Frauen liebte, vermochte es nicht zu sagen. Er bemerkte nur, dass auch seine Begleiter von der ungewöhnlichen Erscheinung tief beeindruckt waren und ihre Augen nicht von ihr lassen konnten.

In vollen Zügen genoss er Speise und Trank und seine Blicke labten sich einmal mehr an ihrer Erscheinung. Als die Nacht über dem Horizont erschien und Marcus Antonius' Gefolge zum Aufbruch mahnte, bereitete die Königin ihren Gästen die nächste Überraschung. Wiederum erhielt ihr römischer Gönner alles, was sich an prachtvoller Dekoration im Triclinium, was sich auf Tischen und Clinen befand, zum Geschenk. Draußen standen für die höherrangigen Offiziere Sänften bereit. Auf andere warteten gesattelte Pferde, die sie nach Hause bringen sollten. Und dunkelhäutige Sklaven aus Nubien standen mit Fackeln bereit, um den Heimkehrenden als Lampenträger den Weg zu weisen. Noch zwei weitere Abende verbrachte Marcus Antonius mit seinen

Leuten in Kleopatras vornehmer Gesellschaft. Zuletzt hatte sie das Stockwerk, in dem sich die Speisesäle befanden, kniehoch mit Rosen bestreuen lassen. Ihren Gästen sollte das Gefühl vermittelt werden, sie gingen auf Wolkenpfühlen.

Wie nur sollte sich Marcus Antonius, der zumindest in diesem Teil des Reiches die Weltmacht Rom vertrat, für all diese Aufmerksamkeiten revanchieren? Er wusste es nicht. Sein Versuch, die gemeinsam verbrachten Stunden in seinem Haus ebenfalls zu einem unvergesslichen Erlebnis zu machen, scheiterte kläglich und er war in seiner unübertroffenen Art der Erste, der sich darüber lustig machte. In Spottreden und Ironie erging sich Caesars sonst so stolzer General, und Kleopatra begriff sehr schnell, mit wem sie es in Wahrheit zu tun hatte. Er war im Grunde ein einfacher Mann, gestählt im kargen Feldlager, weit entfernt von jener feinsinnigen Kultur und Sitte, die am Hof von Alexandria herrschten und auf die sie zurecht so stolz war. Aber wie auch immer, er war der übermächtige Vertreter Roms, dem sie auf Gedeih und Verderb ausgeliefert war. Sie würde sich anpassen müssen.

Irgendwann in dieser aufregenden Zeit, in der die beiden Herrschaften das Leben in seiner erfreulichsten Fülle kennengelernt und ihre Herrscherpflichten verdrängt hatten, erinnerte sich der Feldherr, warum er die Königin gerufen hatte.

„Bei aller Sympathie, die ich für dich hege, Kleopatra, darf ich den eigentlichen Zweck deines Besuches in Tarsos nicht vergessen", wandte er sich eines Tages an die Königin. Die aufregende Zeit des gegenseitigen Kennenlernens war einer tiefen Freundschaft, ja heftiger, noch nicht eingestandener Zuneigung gewichen. „Die eingeschriebenen Väter in Rom wünschen zu erfahren, weshalb du dich an dem Feldzug gegen Brutus und Cassius nicht beteiligt hast. Es dürfte dir nicht entgangen sein, dass wir, Caesars Freunde, damit beabsichtigt hatten, den feigen Mord an unserem Feldherrn, der uns allen so lieb und teuer war, zu rächen." Wahrheitsgemäß berichtete Kleopatra, dass sie durchaus versucht hatte, sich den Rächern des Diktators anzuschließen, dass sie aber durch widrige Umstände, die sie nicht zu verschulden hatte, daran gehindert worden war, ihre gute Absicht auch in die Tat umzusetzen. „Du weißt selbst, mein lieber Antonius, wie nahe wir uns standen, Gaius und ich. War er doch nicht nur der Beschützer meines Thrones, sondern, was viel mehr zählt, auch Caesarions Vater. Schon seinetwegen hätte ich Caesars Mördern das Verwerfliche ihrer Tat gern vor Augen geführt, nicht nur als Königin, sondern auch als liebende Mutter. Aber die Himmlischen haben mir diese Gnade nicht gewährt. Nachts, wenn mich der Schlaf flieht, steigt Caesars Bild vor mir auf, aus dem tiefen Brunnen der Vergangenheit, sein geschundener Körper, seine blutdurchtränkte Toga. Glaube mir: Tausendmal habe ich den geistigen Urhebern der Tat, Brutus und Cassius, Rache geschworen, tausendmal sind sie in meiner Fantasie tausend Tode gestorben! Du hast kein Recht, Marcus Antonius, mir etwas vorzuwerfen, wofür ich nichts kann."

Tränen standen der jungen Frau in den Augen, Tränen, die den harten und doch so warmherzigen Mann zutiefst rührten. Voll Mitleid näherte er sich der Unglücklichen und schloss sie verständnisvoll in die Arme. In der folgenden Nacht wurden sie ein Paar.

„Weißt du es schon?", flüsterte der Mob am folgenden Morgen in Tarsos' Straßen. „Aphrodite hat sich heute Nacht mit Dionysos zum Wohle der Menschheit vermählt. Hast du es auch schon gehört?" Einem Lauffeuer gleich verbreitete sich die Neuigkeit im gesamten Mittelmeerraum und bald schon gelangte sie auch nach Rom, wo sie im Senat die heftigsten Debatten auslöste.

„Ihr erinnert euch gewiss, eingeschriebene Väter, dass ihr, Kleopatra, schon der jetzt vergöttlichte Gaius Iulius verfallen war", meldete sich einer von den jüngeren Senatoren, der vielen alteingesessenen Mitgliedern des hohen Rates aus dem Herzen sprach. „Es gibt sogar Gerüchte, meine Herren, sie habe Marcus Antonius vorgeschlagen, den Reichssitz von unserer geliebten Roma in den Osten zu verlegen, nach Antiochia oder gleich nach Alexandria, damit sie uns besser beherrschen kann, diese ägyptische Zauberin."

„Hört, hört", ließen sich einige Senatsmitglieder vernehmen.

„Wir dürfen nicht zulassen, meine Freunde", fuhr der Redner fort, „dass unsere altehrwürdige Hauptstadt ihrer privilegierten Stellung beraubt wird, nur weil ein Marcus Antonius seine Lenden nicht unter Kontrolle hat." Allgemeines Gelächter und frohe Zustimmung begleiteten diese Bemerkung. „Ich schlage vor, dem Antonier die Herrschaft über den Osten wieder zu nehmen, auch den Oberbefehl über die Truppen, und den Undankbaren nach Rom zurückzubeordern, ehe er weiteren Unfug anrichten kann. Es hat doch ganz den Anschein, als hätte er seinen Auftrag, das Imperium von der parthischen Gefahr endgültig zu befreien, völlig vergessen. Vielleicht sollte man sogar daran denken, ihn erneut zum Staatsfeind …"

Weiter kam der junge Mann nicht. Zustimmung wie Ablehnung, ja Empörung begleiteten jetzt seine flammende Rede, Reaktionen, die er offensichtlich so nicht erwartet hatte. Er blickte kurz zu Octavian, der ihm durch kurzes Nicken zu verstehen gab, seinen Auftritt zu beenden. Der Tumult legte sich erst, als der Jüngling wieder seinen Platz eingenommen hatte und der Vorsitzende die Versammlung bat, sich zu beruhigen und die Angelegenheit sachlich anzugehen. „Noch ist nichts geschehen, was unserer *res publica* schaden könnte", trat er vor die versammelten Väter. „Gerüchte, gewiss. Wer gibt schon etwas auf das Gerede des Volkes! Wir alle kennen doch Marcus Antonius. Wir alle wissen doch, dass er noch nie in der Lage war, weiblichen Verführungskünsten lange zu widerstehen. Aber auch, meine Herren, dass ihn diese nie auf Dauer zu fesseln vermochten. Gönnen wir unserem Freund doch dieses harmlose Vergnügen! Noch hat er ja nichts offiziell an uns herangetragen. Warten wir ab, wie sich die Dinge entwickeln werden. Oder wollt ihr mir ernsthaft weismachen, die erhabene Roma fürchte sich vor dem Ehrgeiz einer schönen, aber doch von unserer Gunst abhängigen jungen Frau? Und denkt bitte auch an seine Gattin Fulvia, die noch immer mit ihm rechtmäßig verheiratet ist. Ja, haltet ihr es denn für möglich, eine Fulvia, die nicht ohne Grund in der ganzen Stadt ‚die Feuerwanze' genannt wird, sähe tatenlos zu, wie sich ihr Gemahl in den Armen einer anderen verliert? Ich denke, wir sollten das Problem Kleopatra den Eheleuten Marcus Antonius und Fulvia überlassen und uns nicht einmischen. Ich bin davon überzeugt, dass die temperamentvolle Römerin Mittel und Wege finden wird, ihren Mann zur Vernunft und auf den rechten Weg zu bringen. Ich danke euch für eure Aufmerksamkeit. Die Sitzung ist geschlossen."

Niemand beachtete Gaius Octavius, der sich seit Kurzem Octavian und Sohn des Vergöttlichten nannte. Kein leibliches Kind Caesars, gewiss. Aber stellten nicht immer wieder weise Männer fest, die Annahme an Sohnes statt habe durchaus ihre Vorzüge? Es sei leicht möglich, sagten sie, günstige Eigenschaften zu erkennen, aber ausgeschlossen, sie zu vererben. Octavian lächelte zufrieden. Er hatte den Reden in der Kurie aufmerksam zugehört, ohne sich einzumischen, obwohl er doch Antonius' Kollege im Triumvirat war. Alles war zu seiner Zufriedenheit gelaufen. Ein Anfang war gemacht. Der Antonier mochte sein Kollege sein. Sein Freund war er deshalb noch lange nicht. Und er würde es nie werden.

Eros …

Allmählich neigte sich der Sommer. An der Küste Kleinasiens setzten die ersten Stürme ein, Regenfälle, die den nahenden Herbst sicher ankündigten. An einen Feldzug gegen Parthien war nicht mehr zu denken. Auch wenn, wie Marcus Antonius zuverlässig wusste, die Winter hier verhältnismäßig mild waren und in keiner Weise vergleichbar mit denen an den Nordrändern des Imperiums, hätte es doch erhebliche Nachschubschwierigkeiten gegeben. Denn auch hier waren viele Wege infolge der Nässe unpassierbar. Nicht ohne Grund vermied es Rom, während der kalten Jahreszeit Krieg zu führen. Erst nach der Mitte des Monats, der Mars geweiht war, wenn das Fest der *Liberalia* vorbei war, wurde regelmäßig die neue Feldzugsaison eröffnet. Marcus Antonius musste sich also gedulden und auf den Winter vorbereiten, der einem gestandenen Soldaten wenig Abwechslung und viel Langeweile bescherte.

„Was hat meine Königin auf dem Herzen?" Nahezu lautlos hatte Kleopatra die Gemächer ihres Geliebten betreten, ohne auf irgendeine Etikette zu achten. Seitdem sie mit dem Römer das Bett teilte, lebten sie wie Mann und Frau zusammen und Kleopatra schmiedete schon Pläne, den ihr ganz offensichtlich von Tag zu Tag mehr verfallenden Römer noch stärker an sich zu binden. Würde es ihr erst einmal gelingen, ihn nach Alexandria zu locken, gäbe es für ihn kein Entrinnen mehr. Sie kannte Mittel und Wege, ihn dort zu ihrem rechtmäßigen Ehemann zu machen, zumindest nach ägyptischem Recht, das die in Rom anerkennen mochten oder auch nicht. Ihre Untertanen jedenfalls würden Marcus-Dionysos mit offenen Armen empfangen, denn allenthalben, so hatte man ihr berichtet, waren schon Stimmen laut geworden, die Königin möge nun endlich einen Gatten wählen, denn es sei wider Brauch und Gesetz, dass eine junge Frau, zumal an der Spitze des Staates, ohne jeglichen männlichen Beistand lebte. Auch verlange die Natur, dass sich ein Mensch in jungen Jahren vermähle.

„Ich habe tatsächlich einiges auf dem Herzen", begann sie vorsichtig. „Und ich weiß nicht recht, wie ich es meinem hohen Gemahl vortragen soll. Es ist mir nicht verborgen geblieben, dass du dich mit dem Gedanken trägst, den Winter hier in Tarsos oder in Griechenland zu verbringen. Leider ist es mir unmöglich, dich dorthin zu begleiten oder auch nur länger hier zu bleiben. Die Abgesandten meiner Stellvertreter in Alexandria drängen auf meine Rückkehr. Schon heißt es in meinem Land, ich wolle wohl auf den Thron für immer verzichten, da ich nicht mehr an Heimkehr dächte." Marcus Antonius erwiderte darauf nichts. Nur die blaue Ader an seiner Schläfe, die immer dann zum Vorschein kam, wenn er scharf nachdachte, trat gleich einer dicken Schnur hervor. „Ich habe mir überlegt, Geliebter, dass du mich nach Ägypten begleiten könntest. Es spielt doch keine Rolle, wo du deinen Winter verbringst. So bliebe uns wenigstens vorerst eine Trennung erspart. Ich kann mir ein Leben ohne dich nicht mehr vorstellen", schmeichelte sie. Dabei trat sie ganz nahe an Antonius heran. Sie schlang ihre mit Goldreifen verzierten Arme um seinen Hals, blickte ihm fest in die Augen und küsste ihn leidenschaftlich.

Der verliebte Römer schien auf dieses Angebot längst gewartet zu haben. Sie hatte kaum ausgesprochen, da rief er schon seinen Kammerdiener herbei mit dem Auftrag, packen zu lassen und das Schiff, das ihn und sein Gefolge über das Meer bringen sollte, bereitzustellen.

Aber die berechnende Frau hatte weitere Wünsche. Wie leicht gelang es ihr inzwischen doch, dem Römer ihren Willen aufzuzwingen, ohne dass es ihm bewusst wurde. „Da ist noch etwas, was mir auf der Seele brennt, mein Gemahl, und mir die Lebensfreude vergällt. Du erinnerst dich gewiss, dass Gaius Iulius, nachdem er in Rom den großen Triumph über Ägypten gefeiert hatte, darauf verzichtete, meine Schwester Arsinoë, die sein Schauspiel gekrönt hatte, hinrichten zu lassen, wie es römischem Brauch entsprochen hätte. Nun, ich muss sagen, dass ich an der Entscheidung nicht ganz unbeteiligt war. Ich hatte damals bereits eine Schwester, Berenike, an den Scharfrichter verloren und der Gedanke, mit Arsinoë könnte das gleiche geschehen, schreckte mich. Sie lebt seitdem - bar jeglicher Dankbarkeit, immerhin wurde ihr das Leben geschenkt - im Tempel der Göttin Artemis, der sie als Priesterin dient."

Marcus Antonius hörte sich geduldig die Geschichte an, an die er lange Zeit nicht mehr gedacht hatte. Aber er sagte nichts. Er forderte Kleopatra nur mit unmissverständlichen Blicken auf, in ihrer Rede fortzufahren. „Mir ist zu Ohren gekommen", sprach sie also weiter, „dass sich Arsinoë mittlerweile als rechtmäßige Königin Ägyptens geriert, ihre angemaßte Stellung über Gebühr genießt und in ihrer Haltung von vielen einflussreichen Ägyptern unterstützt wird. Du weißt, mein geliebter Gemahl, ich habe viele Feinde und nicht nur, weil ihnen eine Frau auf dem ägyptischen Thron verdächtig ist. Sie versprechen sich von einem Herrscherwechsel eine weichere Hand und mancherlei Vorteil. Warum, fragen sie, sollte Arsinoë, das Lämmchen, das Täubchen, nicht ebenso gut, nein, besser regieren als ihre große unnachgiebige Schwester. Auf jeden Fall ließe sie sich leichter lenken, ließe sie sich bezüglich gewissen Wünschen und Einflüsterungen ihrer Untertanen leichter gefügig machen. Verstehe mich bitte nicht falsch! Ich habe nichts gegen Arsinoë. Begnügte sie sich mit der Rolle, die ihr von deinem Freund, dem großen Caesar, als einzige zugewiesen wurde, dürfte sie meinetwegen bis ans Ende ihrer Tage in Ephesus unbehelligt weiterleben."

„Du willst mir doch nicht sagen ...?" Marcus Antonius tat entsetzt. Er hatte sich zwar nie gescheut, Mord als Mittel der Politik einzusetzen, wenn er es für erforderlich hielt, sich aber doch nie so weit verstiegen, sich an einer Frau zu vergreifen, die ihm doch schon allein wegen ihres Geschlechts kaum gefährlich werden konnte und ihm im Übrigen nichts getan hatte. In der ungeschriebenen römischen Verfassung war eine Frau als Staatsführerin nicht vorgesehen. „Es ist sicherlich ein Sakrileg, seine Hand gegen eine Priesterin der Artemis zu erheben, überhaupt, wenn man sich nur auf Gerüchte berufen kann, und eine böse Tat, die nach den Gesetzen des Schicksals auf ihren Urheber zurückfallen muss."

„Und dennoch nötig ist, mein Gemahl", beharrte die Königin und drückte ihre kleinen festen Brüste noch enger an den verunsicherten Mann. „Es geschähe doch nur zu unserer aller Sicherheit. Solange Arsinoë lebt, werde ich keine Ruhe finden, werden mein Thron und mein Reich ständig bedroht sein. Und das, mein lieber Marcus, ist bestimmt nicht in unserem und schon gar nicht im Interesse Roms. Es ist doch auch dir nicht entgangen, dass Arsinoë für die Weltmacht niemals die treue und verlässliche Bundesgenossin sein könnte, die ich bin. Sie macht aus ihrem Hass gegen Rom, wo sie im Elendsgang dem kreischenden Pöbel vorgeführt wurde, keinen Hehl. Sie würde auf jeden Fall versuchen, sich für diese Demütigung zu rächen, ihr Reich von dem euren wieder unabhängig zu machen und wahrscheinlich nicht einmal vor einem neuerlichen Krieg zurückschrecken. Ich kenne doch meine Schwester. In den vergangenen Jahren hat sie sich stark verändert. Aus dem einstigen verspielten, dümmlichen Modepüppchen ist eine ehrgeizige und entschlossene junge Frau geworden, die nie davor zurückschrecken würde, alles, was sich ihr hindernd in den Weg stellt, erbarmungslos zu vernichten. Auch uns, mein Geliebter, auch uns. Wir kämen ihr also nur zuvor."

Mit wachsender Aufmerksamkeit hatte Marcus Antonius seiner Frau zugehört und es bewusst vermieden, sie zu unterbrechen. Kleopatra hatte sich Gedanken gemacht und was sie vorbrachte, war nicht von der Hand zu weisen. Wie würde man in Rom auf einen neuerlichen Putsch in Ägypten reagieren? Die Geduld mit diesen Leuten war aufs Äußerste gespannt. Und auf welche Seite sollte er sich stellen, wenn denn einträte, was Kleopatra befürchtete? Sollte er womöglich sogar die Frau, in der er seine Zukunft sah, auch die politische, so einfach im Stich lassen? Erst neulich hatte sie angedeutet, dass es doch keineswegs undenkbar wäre, den Mittelpunkt der römischen Welt nach Alexandria zu verlegen oder vielleicht sogar ein eigenes Ostreich zu gründen mit ihnen beiden als gleichberechtigten Königen. Ein scherzhafter Gedanke, gewiss. Und doch! Waren nicht Kleopatra, ihre Macht und ihr Ansehen und der hinter diesen stehende Reichtum inzwischen seine einzigen Stützen? In Rom gewann, so hatte man ihm berichtet, Octavian, Caesars unangenehmer Großneffe und „Sohn", immer stärkeren Einfluss und es würden bereits hier und da Wetten darauf abgeschlossen, wer in einem möglichen Streit zwischen ihm und dem Julier den Kürzeren zöge ...

Er versprach der sichtlich aufgebrachten Frau, die Sache zu überdenken. Sie möge sich aber keine allzu großen Sorgen machen. Noch sei sie die unangefochtene, da rechtmäßige Königin vom Nil und so es den Göttern gefiele, würde sich daran auch in nächster Zeit nichts ändern.

Es gab ein weiteres, kaum weniger schwer wiegendes Problem. Auf der Insel Arados vor der syrischen Küste war ein junger Mann aufgetaucht, der behauptete, Ptolemaios XIII., Kleopatras Brudergemahl und König von Ägypten, zu sein. Wie sich ein jeder erinnerte, war vor sechs Jahren oder mehr an den Ufern des Nils der goldene Brustpanzer der königlichen Majestät angeschwemmt worden. Caesar und Kleopatra hatten angeordnet, diesen dem neugierigen Volk als Beweis für den Tod des jungen Königs zu zeigen. Die Leiche aber, die unter dem Panzer gesteckt hatte, sollte sofort verscharrt werden. Man wollte keinen Märtyrer. Niemand hatte den Toten identifiziert.

War es denkbar, dass Ptolemaios die Niederlage seiner Armee überlebt und sich an die Küste Kleinasiens gerettet hatte? Er hätte sich im Eifer des Gefechts seines Panzers, der ihn als König auswies, entledigen können, um nicht erkannt zu werden. Er hätte ihn verlieren und ein anderer sich diesen Schatz aneignen können. Wer vermochte das schon zu sagen? Spione, die Kleopatra auf die Insel geschickt hatte, wussten jedenfalls zu berichten, der gleichsam aus dem Nichts Aufgetauchte ähnle in der Tat stark Ptolemaios, den die meisten von ihnen noch gut in Erinnerung hatten. Doch ob es sich nun um den König handelte oder nicht: Der Junge musste weg. Nicht auszudenken, wenn er sich mit Arsinoë verständigte oder gar selbst nach der Krone griffe! Und alles musste schnell gehen, denn es hatte sich längst bis nach Alexandria herumgesprochen, dass Ptolemaios XIII. aus den Fluten des Nils auferstanden und zu neuem Leben erwacht war. Schon begannen viele Ägypter, in ihm die Inkarnation des Gottes Osiris zu sehen, der vor Zeiten, von seinem eifersüchtigen Bruder Seth getötet, ebenfalls mit Hilfe seiner liebenden Schwester Isis zu neuem Leben erweckt worden war. Viele zweifelten allerdings daran, dass Kleopatra die Schwester wäre, die großes Interesse an der Wiederkehr des ihr lästigen Bruders hatte. Sicherlich wäre die Artemis-Priesterin dafür geeigneter.

Antonius versprach Kleopatra, auch in dieser Sache mit seinem Beraterstab eine Lösung zu finden. So es den Göttern gefiele, würde man sich dieser beiden Probleme in Kürze entledigt haben.

Arm in Arm saßen sie am Ufer des Meeres und lauschten den Wellen, die in gleichmäßigem Takt an den Strand schlugen und verebbten. Helios verließ gerade am westlichen Horizont mit dem großen Wagen seine tägliche Bahn. Auch in Ägypten kündigte sich allmählich der Herbst an. Zwar brannte tagsüber nach wie vor die Sonne auf die ausgetrockneten Felder und die Wüste war feiner Staub. Aber die Abende wurden bereits kühl, sodass sich die Menschen von der Hitze erholen konnten. Auch im Winter würde hier das Wetter kaum anders sein: Die Sonne glühend, besonders um die Mittagszeit, die Nächte kalt, frostig fast, und nur ab und zu ein paar Tropfen Regen, kaum der Rede wert, der nur den Staub von den schmutzigen Palmen, von Papyrusstauden und Lotosblüten wusch. Die Seitenarme des Nils in dem gefächerten Delta hatten sich auf wenige Ellen Breite zurückgezogen und das Wasser, mit dem die Ägypter ihre Felder am Leben erhielten, musste in unzähligen Kanälen über große Entfernungen herangeschafft werden. Es war ein besonders trockenes Jahr und mit der Ankunft der Nilschwemme musste man sich noch viele Monde gedulden.

Wie immer, wenn ihnen ihr aufopfernder Dienst in unmittelbarer Nähe der Königin und des kleinen Prinzen ein wenig Zeit für einander ließ, erzählten sich die Liebenden, Merit und Aristolos, von ihrer Heimat, wobei die junge Frau glaubte, Griechenland schon ganz gut zu kennen. Vor wenigen Tagen erst waren sie im Gefolge Kleopatras nach Alexandria zurückgekehrt, ohne Marcus Antonius, den, wie Merit wusste, ihre Herrin von ganzem Herzen herbeisehnte. Aber der Römer hatte, aus welchen Gründen auch immer, darauf bestanden, noch eine Weile in Tarsos zu bleiben, dringende Staatsangelegenheiten vorschützend, aber mit dem Versprechen des Ehrenmannes, seiner Geliebten so schnell wie möglich in ihr altes Reich zu folgen und mit ihr dort den Winter zu verbringen.

Merit war Aristolos, seine Worte immer in den Ohren, in ihrer Fantasie in vielen Reisen über das Meer gefolgt, hatte staunend und mit sprachloser Bewunderung auf der Akropolis von Athen gestanden und die herrlichen Tempel betrachtet; den der Stadtpatronin Athene, den sie Parthenon, den der jungfräulichen Geweihten, nannten, das Erechtheion mit seinen Korbträgerinnen, denen die Last des Tempeldaches leicht zu sein schien, und schließlich das kleine Heiligtum mit der Statue der Siegesgöttin Nike. Ein wenig musste sie lachen, als ihr Aristolos erzählte, dass die Athener dieser Gottheit doch tatsächlich die Flügel gestutzt hatten, damit der Sieg von ihrer Stadt nie mehr wegflöge. Welch seltsames Volk diese Griechen doch waren!

In Delphi war sie die Prozessionsstraße hinaufgestiegen, die zum Heiligtum des Gottes Apoll führte, zu seinem weltberühmten Orakel, das die Menschheit, wie ihr Geliebter versicherte, schon vor mancher Dummheit bewahrt hatte. In Olympia endlich war sie Zeus persönlich begegnet, dem Vater aller Himmlischen und Irdischen, in Gestalt der überlebensgroßen Statue, die kein Geringerer als der begnadete Bildhauer Phidias der Welt geschenkt hatte.

Wie sehr sie sich doch unterschieden, die Bauwerke Griechenlands, von denen ihrer ägyptischen Heimat! Dort bestanden fast alle Gebäude aus bleibendem Stein, selbst die Unterkünfte des einfachen Volkes, die Tempel mit ihren schlanken, bunt bemalten Säulen, lichtdurchflutet und farbenfroh. Wie düster und geheimnisvoll nahmen sich hingegen die Gotteshäuser in Kleopatras Reich aus! Viele dunkle, kleine Kammern, in denen Priester, Tempeldiener und Hetären hausten, und alle Wände mit unzähligen Zeichen übersät, Schriften aus grauer Vorzeit, deren Sinn und Bedeutung kaum noch jemand verstand. Aber am meisten beschäftigte sie Aristolos' Bemerkung, dass es im Land der Griechen keinen König gab.

„Keinen König?" Merit glaubte, sich verhört zu haben. „Und wer sorgt für Recht und Ordnung, wenn es keinen König gibt? Wer kümmert sich um die Menschen, wenn die Götter ihr Antlitz von ihnen abgewandt haben, wenn der Himmel Plagen schickt oder die Ernte ausfällt? Wenn die Erde bebt und droht, alles zu verschlingen? Wenn Feuersbrünste über die Städte rasen oder ein mächtiger Feind seine Horden vor die wehrhaften Mauern führt? Keinen König? Priester? Werden die Griechen etwa von Priestern regiert?

„Auch nicht von Priestern, mein Liebes. Bei uns zu Hause herrscht das Volk. Wir haben Priester und Priesterinnen, gewiss. Aber ihnen obliegt nur der Dienst für die Götter, das Sprechen von Gebeten, die heiligen Gesänge und die Darbringung von Opfern, um die Himmlischen versöhnlich zu stimmen. Kein Volk der

Welt kann ohne Götter und die, die ihnen dienen, leben. Götter sind nützlich für uns."

„Du sagst, bei euch regiert das Volk. Wie kann das sein?" Konnte es denn angehen, dass sich der gemeine Mann auf der Straße, der zumeist nicht einmal lesen und schreiben konnte, gewissermaßen selbst verwaltete? Dass ihm niemand sagte, was er zu tun und zu lassen hatte, was Recht und was Unrecht war? Das war unvorstellbar! Wie es wohl wäre, wenn man die Alexandriner sich selbst überließe? Es würde gewiss nicht lange dauern, dann bräche das Chaos aus. Da gingen die Menschen aufeinander los, da gäbe es Totschlag und Mord. Nein, es entsprach schon einer wohl überlegten göttlichen Ordnung, das Volk vor sich selbst zu schützen, indem ihm ein König gegeben war. Sie liebte ihre Königin und es war undenkbar, dass Ägypten auch nur einen Tag ohne sie zurechtkäme.

„Wollen wir nicht lieber von unserer eigenen Zukunft sprechen als über Staatsformen nachzudenken, auf die wir ohnehin keinen Einfluss haben?" Es war noch hell genug, dass Merit das Leuchten in Aristolos' Augen erkennen konnte, das ihr wie das Strahlen der aufgehenden Sterne erschien. „Ich habe dich neulich etwas gefragt", fuhr der Grieche fort und zog das Mädchen liebevoll an sich. „Du hast dir ein paar Tage Bedenkzeit erbeten. Darf ich wissen, ob ich schon heute mit einer Antwort rechnen kann?"

Merit senkte den Kopf. Was sollte sie dem geliebten Mann denn sagen? Er hatte sie gebeten, seine Frau zu werden, auch nach ägyptischem Recht, das noch ab und zu angewandt wurde, einschließlich des gemeinsamen Zerbrechens des Kruges, so sie es denn wünsche. Und ob sie bereit sei, ihm in seine Heimat zu folgen, um gemeinsam im Haus seines Vaters mit den Kindern, die ihnen ein gnädiger Himmel zahlreich schenken möge, bis ans Ende ihrer Tage zu leben. Merits Herz tat einen Sprung, aber gleichzeitig verfiel sie in tiefe Traurigkeit. Sie zweifelte nicht daran, dass Königin Kleopatra sie beide unverzüglich freiließe, wenn sie sie darum baten. Aber eine Heirat bedeutete auch die Trennung von ihr, der geliebten Freundin, die sie – wie lange war das her? – aus der demütigenden Sklaverei befreit und ihr ein zweites Leben geschenkt hatte. Zur ersten Hofdame war sie aufgestiegen und zur engsten Vertrauten der königlichen Majestät. Käme ein Verlassen des Hofes von Alexandria nicht einem Verrat gleich? Auf jeden Fall wäre es gegenüber der Königin eine grobe Undankbarkeit, für die sie sich ein Leben lang schämen müsste. Abgesehen davon: Konnte eine wie sie daran denken, zu heiraten? Wäre sie in der Lage, einen Mann glücklich zu machen? Und hatte sie überhaupt einen eigenen Anspruch auf Glück? Sie hatte sich deshalb bei Aristolos einige Tage Bedenkzeit erbeten. Aber sooft sie an die Enttäuschung dachte, die auf seinem schönen Gesicht geschrieben stand, blutete ihr das Herz.

„Du weißt so wenig von mir, Aristolos“, versuchte sie sich herauszureden. „Ich könnte in eine Ehe nicht einmal eine Mitgift einbringen, da ich keine Eltern mehr habe.“

„Ich weiß freilich nicht allzu viel von dir“, entgegnete der junge Mann. „Aber ich kenne dein gutes Herz, ich sehe deine Schönheit und ich durchschaue deinen edlen Charakter. Genügend Voraussetzungen für eine den Göttern gefällige Verbindung, denke ich. Du bist die einzige Frau der Welt, die mich glücklich machen kann“, flehte er. „Im Übrigen liegt es an dir, mir von deiner Kindheit und frühen Jugend zu erzählen. Ich weiß immerhin, dass dein Volk an der nordwestlichen Küste Afrikas lebt.“

„Ich habe in der Tat wenig erzählt, weil ich mich selbst nicht erinnerte, nicht erinnern wollte“, seufzte sie. „Über viele Jahre habe ich meine Herkunft verdrängt. Lange war ich nicht mehr ich selbst, sondern nur noch das Alter Ego der Königin, und im Grunde wollte ich das bis an mein Lebensende auch bleiben. Aber dann bist du in mein Leben getreten, und ich begann nachzudenken. Ja, Geliebter, ich will dir berichten, woher ich komme und wer ich bin. Niemand an diesem Hof kennt meine wahre Identität und ich hoffe, daran wird sich auch nichts ändern. Ich vertraue auf deine Verschwiegenheit. Aber eines solltest du bedenken: Wenn du meine Geschichte gehört haben wirst, wirst du selbst einsehen, dass man eine wie mich nicht heiraten kann."

Merit sprach langsam und bedächtig und wählte die Worte, um nichts Falsches zu sagen. Aber wer, wenn nicht er, der sie liebte, der mit ihr sogar den Krug zerbrechen wollte, hatte ein Recht, jede Kleinigkeit aus ihrem früheren Leben zu erfahren?

„Ich wurde als Tochter eines hohen Stammesfürsten geboren, bin also, wenn du willst, ebenso königlichen Blutes wie meine Freundin Kleopatra", begann sie vorsichtig und vermied es, ihren Geliebten dabei anzusehen, dessen Atem sie jedoch auf ihrer Stirn spürte. „Das Volk meines Vaters war angesehen und wohlhabend. Es handelte mit Salz, Gold und Edelsteinen, die schwarze Sklaven aus den Tiefen der Erde gruben. Fast täglich kehrten unsere Karawanen, reich beladen, von ihrem Zug durch die große Wüste zurück. Und genauso oft verließen andere unsere Stadt durch das breite Tor in Richtung der Straße, die nach Osten führt. Unsere Handelsschiffe durchkreuzten die Meere und mehrten unseren Glanz. Wir handelten auch mit Ägypten: Gold gegen Getreide – unsere Felder geben nur wenig her –, Hülsenfrüchte gegen Salz, Datteln und Fleisch für den herrlichsten Edelstein. Oh, du darfst nicht denken, dass unsere Städte mit den ägyptischen vergleichbar sind! Es gibt keine Gebäude aus Stein. Wir verwenden Lehm, den wir von weit her holen müssen, und ein wenig Stroh und vermischen beides mit dem kostbaren Wasser, das es in unserem Land nur in den grünen Oasen gibt. Einige von uns leben auch dort. Unter schattigen Feigenbäumen, zwischen duftenden Rosenbeeten und in herrlichen Palmenhainen, daneben die geheimnisvoll murmelnden Brunnen, kühlendes Nass." Merit wurde ganz still. Sie schwelgte in Erinnerungen, und Aristolos bemerkte Tränen, die über ihre hübschen Wangen liefen. Zärtlich ergriff er ihre Hand. Nicht weinen, Mädchen. Aber er sagte nichts, kostete mit ihr das Schweigen. Nach einer Weile wischte sie sich mit der Hand über das feuchte Gesicht und setzte ihre Erzählung fort. „Du musst wissen, dass die meisten Untertanen meines Vaters keinen festen Wohnsitz haben. Sie ziehen an den Rändern der Wüste entlang, immer auf der Suche nach einem Stückchen fruchtbarem Land, wo sie ihre Schafe und Ziegen weiden lassen und einige Knollen anbauen können. Und wenn der Boden verbraucht ist, brechen sie ihre Zelte ab und ziehen weiter. Denke nicht, geliebter Aristolos, welch erbärmliches Leben! Sie sind es gewohnt, solange es Menschen auf Erden gibt, und sie können sich etwas anderes gar nicht vorstellen. Sie wissen, dass ihr König seine schützende Hand über sie hält, wo immer sie sich befinden, und dass er immer und überall gegenwärtig ist.

Ich lebte mit meinen Eltern und zahlreichen Geschwistern und Halbgeschwistern in einem prachtvollen Palast, der in der schönsten Oase unseres Reiches stand. Seine weißgekalkten Mauern strahlten mit der immerwährenden Sonne um die Wette. In den verdunkelten Räumen war es angenehm kühl. Wunderschöne Teppiche, aus feinster Seide geknüpft, schmückten die Wände und mit brennendem Öl gefüllte goldene Schalen warfen ein geheimnisvolles Licht und wunderbare Schatten. Mein Vater hatte zehn Frauen, das ist bei uns erlaubt, eine schöner als die andere. Entsprechend viele Kinder lachten und tobten in den herrlichen Gärten, naschten von den süßen Feigen und brachen die voll erblühten Rosen. Noch heute höre ich, eine unbestimmte Sehnsucht im Herzen, das Plätschern der Wasserspiele, die den Park unseres Hauses schmückten und angenehme Kühle spendeten. Wasser, für uns das lebenswichtigste Element.“ Wieder hielt Merit inne und ihr hübsches Gesicht nahm erneut einen traurigen Zug an. „Hätte es jemand gewagt, meinem Vater vorherzusagen, dieses beschauliche Leben könnte mit einem Schlag ein Ende haben, er hätte ihn auspeitschen und in die feindliche Natur jagen lassen. Wir waren ein friedliebendes Volk und taten keinem etwas zu leide. Aber Wohlstand ruft immer auch Neider auf den Plan. Eines Tages wurde unser Reich von wilden Nomadenstämmen überfallen. Auf feurigen Rossen sprengten sie heran, Wüstensöhne ohne Erbarmen, die der Wind gehärtet und die Entbehrung ausgezehrt hatte. Allzu leichtsinnig hatte mein Vater in den Tag hinein gelebt. Er hatte es versäumt, seine Männer auf einen auswärtigen Feind vorzubereiten. Sie raubten unsere Schätze, stachen nieder, was sich ihnen in den Weg stellte, stahlen unsere Kamele und Pferde und entführten und schändeten unsere Frauen. Nach zähen Verhandlungen zogen sie ab. Mein Vater hatte sie mit Gold bestochen, mit unseren letzten Reserven, die ihnen bislang verborgen geblieben waren, mit Gold und mit mir, seiner einzigen Tochter, einer Geisel unter vielen, wenn auch einer, die ihm besonders am Herzen lag. Ich war gerade zwölf Jahre alt. Sie verschleppten mich und die anderen in die Wüste, missbrauchten uns in ihren Zelten oder unter freiem Himmel, wann immer sie ihre Lust dazu trieb. Eines Abends vergaßen sie, mich zu fesseln. Sie waren betrunken. Eine unserer Frauen hatte ihnen aus mancherlei Kräutern ein Getränk gebraut, das sie in einen tiefen, todesähnlichen Schlaf sinken ließ. Vorsichtig erhob ich mich und griff mir ein Pferd, das sie ebenfalls nicht festgebunden hatten. Ich hatte mir die Richtung gemerkt, aus der wir gekommen waren. Wo die Sonne unterging, lag an den Rändern der Wüste mein Zuhause.

Ich weiß nicht, wie lange ich unterwegs war. Tagsüber verbarg ich mich in ständiger Furcht vor meinen Peinigern, die mich sicherlich verfolgten, hinter großen Felsen. Die Nächte verbrachte ich im Sattel. Mein Magen knurrte und der Durst raubte mir beinahe den Verstand. Aber ich zwang mich, durchzuhalten. Ich hatte meine Heimat vor Augen, das herrliche Haus, das wir bewohnten, die Fröhlichkeit, die dort unter uns Kindern immer geherrscht hatte, und die liebevolle Fürsorge der Eltern und meiner alten Amme. Als ich endlich am morgendlichen Horizont die Silhouette der vertrauten Palmenhaine sah und das schimmernde Grün der Gärten, hüpfte mein Herz. Noch wagte ich nicht, meinen Sinnen zu trauen. Zu viele Trugbilder hatten mich auf meiner

Flucht schon genarrt. Erst als ich näher kam, die ersten Wächter erkannte und den Gesang des Wassers vernahm, hell, klar und unverwechselbar, wusste ich, ich war daheim.

Und war es doch nicht. Immer wieder hatte ich mir die Freude vorgestellt, die Vater und Mutter empfinden würden, wenn sie mich wiedersahen. So schnell meine wunden Füße mich trugen, stürzte ich zu den Privatgemächern meiner Familie. Der Palast hatte seinen alten Glanz zurückerhalten, seidene Teppiche, Wandbehänge und goldenen Zierrat. Mein Vater saß auf seinem erhabenen Thron, eine Schar spielender und schreiender Kinder zu seinen Füßen. „Hier bin ich, Vater, hier bin ich!" Aber er beachtete mich nicht. Er sah geradewegs durch mich hindurch. Er habe keine Tochter, ließ er mich wissen. Ich hatte meine Ehre verloren. Ich hatte kein Gesicht mehr.

An das, was danach geschah, erinnere ich mich nicht. Ich muss wohl für viele Tage das Bewusstsein verloren haben. Als ich wieder zu mir kam, das Schicksal verfluchend, das mich dem Tod entrissen hatte, fand ich mich in den Fängen eines alten Sklavenhändlers wieder. Nachdem er mich mit triefenden gierigen Augen verschlungen und mit fetten Fingern überall betatscht hatte, brachte er mich auf den Sklavenmarkt von Alexandria. Er kannte wohl meinen Wert. Die weitere Geschichte ist dir bekannt.

Ich verdanke Königin Kleopatra mein Leben oder das, was davon übrig blieb. Es gibt sogar Stunden, da blicke ich freundlich zurück. Aber sag' selbst, Aristolos: Ist es nicht eine Sache, die Geliebte eines ehrbaren Mannes zu sein und eine andere, seine Frau? Ich habe meine Ehre verloren. Ich habe kein Gesicht mehr."

Sie stand langsam auf und verbeugte sich kurz. „Ich wünsche dir eine gute Nacht." Dann ging sie eilenden Schrittes auf das Haus zu, das still geworden war und in dem die letzten Lichter erloschen.

… und Thanatos

Arsinoë ertrug die Enge des Tempelinneren nicht mehr, den Geruch von Weihrauch, der in den düsteren Räumen waberte und ihr die Luft zum Atmen nahm, das gespenstische Licht, das die Cella in geheimnisvollen, ja Angst einflößenden Dämmer tauchte, und die dunklen Schatten auf den Wänden, vom Schein zahlloser Öllampen hingeworfen, Furcht erregende Gestalten, die einander aufzulauern, sich zu verfolgen und schließlich wie von Mörderhand gefällt zusammen zu sinken schienen. Auch war ihr, als riefen sie ihr unbekannte Stimmen von hier weg, süße Töne, die lockten, nicht losließen und ihr den Verstand verwirrten. So mochte einst Odysseus dem Gesang der Sirenen gelauscht haben.

Hilflos blickte sie zum Standbild der Göttin, hoffend, die Große Mutter werde ihr beistehen, sie von der quälenden Angst befreien. Aber Artemis zeigte nur ihr gewohntes Lächeln, als spotte sie über die Sorgen der jungen Frau.

Schweißperlen traten Arsinoë auf die Stirn. Die Decke des Gotteshauses drohte über ihr einzubrechen. Ihr schwindelte. Mit einem leisen Aufschrei stürzte sie ins Freie. Mochten ihre Mitschwestern in ihren Gebeten und frommen Weisen zu Ehren der Göttin fortfahren, Artemis würde es ihr gewiss verzeihen, wenn sie die heilige Handlung für einige Augenblicke verließ, um Luft zu holen und die Gedanken in ihrem wirren Kopf zu klären.

Der späte Abend war kühl. Schon vor Tagen hatte sich mit heftigen Regenfällen der Herbst angekündigt und ein langer und einsamer Winter stand vor der Tür. Die Pilgerströme, die zur warmen Jahreszeit nicht abrissen, waren verebbt. Nur noch wenige junge Frauen verirrten sich hierher, dazu vereinzelte Paare, die nicht bis zum nächsten Frühjahr warten wollten, um der Göttin ihre Bitten vorzutragen, etwa den lang gehegten Kinderwunsch doch endlich zu erfüllen, ihre Ehe zu retten oder der Hochschwangeren zu einer leichten und schmerzlosen Geburt zu verhelfen. Ansonsten aber lag der Tempel verlassen, bewohnt nur von wenigen Priesterinnen, die nach wie vor den Dienst an der Göttin versahen.

Auch das nahe Ephesus ging einer ruhigen Zeit entgegen. Das Theater war geschlossen, die berühmte Bibliothek verwaist. Erst in Monaten würden wieder Gelehrte eintreffen, um ihr Wissen in den gewaltigen Büchersälen, die den Vergleich mit denen von Alexandria nicht mehr scheuen mussten, zu erweitern. Ephesus' Straßen waren wie leergefegt. Nur unten am Hafen dümpelten ein paar Schiffe vor sich hin und einige Fischer boten ihren kärglichen Fang an. Der Himmel, der tagsüber bedeckt gewesen war, klarte auf und ein voller Mond verstreute ein blasses Licht auf die Erde. Alles war still, auf beängstigende Weise lautlos. Arsinoë ließ sich auf den Stufen nieder, die zum Eingang des Gotteshauses führten. Ein paar Augenblicke nur wollte sie verweilen, sich erholen und ihre Ängste abschütteln. Wovor fürchtete sie sich überhaupt? Was sollte ihr noch geschehen? Schon bald würde sie, wie es ihre Anhänger immer wieder versicherten, als Königin nach Alexandria zurückkehren, in die Stadt ihrer Geburt, in der das ganze Jahr über fröhliches Treiben herrschte, deren Theater, Bäder und Bibliotheken während der Wintermonate nicht schlossen und deren Königspalast für seinen Prunk in der gesamten zivilisierten Welt berühmt war. Doch nicht nur ihre Gefolgsleute, auch die von ihr bemühten Wahrsager hatten ihr eine große Veränderung prophezeit. Und was sonst konnten sie gemeint haben als die feierliche Besteigung des ägyptischen Thrones, auf den sie kraft ihrer Geburt den gleichen Anspruch wie ihre Schwester Kleopatra hatte. Doch warum nur erschien ihr diese Zukunft mit einem Mal so unwirklich, so fremd? Sie versuchte, das ungute Gefühl, das in ihr aufstieg, zu überlisten. Und gedachte der Zeit, zu der sie als Königstochter stolz erhobenen Hauptes durch Alexandrias Straßen spazierte, von jedermann gegrüßt und geachtet, oder, damals ein Kind noch, mit ihrem Vater im zweispännigen Wagen durch die Wüste jagte, der untergehenden Sonne entgegen.

Viele Jahre waren vergangen, in denen sie das Los aller Verbannten teilte, Bitterkeit, alles verzehrendes Heimweh und tiefen Schmerz. Wie viele Jahre? Sie zählte die Zeit nicht zurück. Fernab jeglichen Lebensgenusses, gefangen in den starren Regeln einer veralteten, ihr fremden Religion, war ihr hier ein Tag wie der andere erschienen. Caesar hatte damals mit ihr, seiner wertvollsten Beute, den Triumph über Ägypten zu krönen versucht, aber er hatte sich nur lächerlich gemacht. Seine Quiriten spielten das perfide Stück nicht mit. Noch immer sah sie, eine gewisse Genugtuung im Herzen, sie vor sich, die Bürger von Rom, die seiner Absicht missbilligend begegneten und mit ihr Mitleid zeigten. Es hätte nicht viel gefehlt, da hätten sie ihren Feldherrn sogar ausgepfiffen. Doch wer hatte ihr damals das Leben gerettet? Waren es diese ihr dennoch verhassten Römer, die begriffen hatten, dass das Blut einer unschuldigen Frau stets über die kommt, die es vergossen? Oder verdankte sie gar dieses erbärmliche Leben ihrer Schwester Kleopatra? Nein, daran durfte sie nicht einmal denken. Sobald sie selbst Alexandrias Boden betreten hätte, musste Kleopatra weg. So viel stand fest. Ein Reich wie das ihres Vaters hatte für zwei Königinnen keinen Platz.

Ihr Vater: Es kam jetzt immer seltener vor, dass sie seiner mit Verachtung gedachte. Vielleicht heilte die Zeit ja doch manche Wunden. Sie mochte zwölf oder dreizehn Jahre alt gewesen sein, als er sie in sein Schlafgemach befahl. Freudestrahlend folgte sie damals dieser ungewöhnlichen Gunst. Hatte sie nicht immer seine Nähe gesucht? Und unter der Bevorzugung ihrer älteren Schwester, die dem väterlichen Herzen so viel näher stand, gelitten? Sie und ihr Vater! Wie selten waren die Stunden, in denen sie ihn für sich alleine hatte, wie kostbar jeder Blick, den er ihr zuwarf, jedes Wort, das er an sie richtete.

Ihr Vater war allein, sie hatte es nicht anders erwartet. Lässig hingestreckt lag er auf seiner prunkvollen Bettstatt, vor sich einen goldenen Teller reifer Datteln, von denen er mit spitzen Fingern naschte, kandierter Früchte und teuren Naschwerks. Sie konnte sich nicht vorstellen, was er von ihr wollte, aber sie war neugierig. Zögernd, voll Hochachtung vor dem König und voll Zuneigung für den Vater, näherte sie sich der liegenden Gestalt. Sie möge sich zu ihm setzen, bedeutete er ihr, und von den herrlichen Früchten kosten. Ptolemaios war nach Griechenart gekleidet, ein leichtes Gewand, eine Art Chiton, das vorne offen war und einen knappen Lendenschurz freigab. Arsinoë hatte ihren Vater noch nie so gesehen und wandte beschämt das Gesicht ab. Aber Ptolemaios zog seine Tochter näher an sich heran und begann, mit süßen Worten auf sie einzureden, Worte, die sie aus seinem Mund noch nie vernommen hatte. „Du wirst bald eine Frau sein, mein Täubchen!", säuselte er und dem jungen Mädchen strömte ein penetranter Weingeruch aus seinem halb geöffneten Mund entgegen. Sie antwortete nicht, sondern glaubte, vor Scham im Boden versinken zu müssen. Da sie sich nicht rührte, fuhr er nach einer Weile fort: „Ich muss mir allmählich Gedanken machen, für dich einen geeigneten Bräutigam zu suchen." Arsinoë erschrak. Sie hatte sich noch nie vorgestellt, Vater, Mutter und ihre Geschwister verlassen zu müssen und an einem ihr unbekannten Ort zu leben, dazu womöglich mit einem Mann, den sie nicht kannte und noch weniger liebte. „Aber Kleopatra", wandte sie endlich ein, „sie ist doch so viel älter als ich und auch sie hat noch keinen Mann gefunden." „Kleopatra wird eines Tages Königin sein, mein Kleines. Da kann sie im Augenblick noch keine Gedanken an eine Heirat verschwenden. Du hingegen ..." Immer näher begann er die Tochter an sich zu ziehen. Dabei öffnete er langsam ihr Gewand, sodass es von ihren zarten Schultern glitt, und betrachtete mit sichtlichem Wohlgefallen ihre bereits erblühten Brüste, den flachen Bauch, und die dunkle Scham. Das Mädchen begann zu zittern wie ein aus dem

Nest gefallener kleiner Vogel. „Es ist an der Zeit, mein Kind, dich in die Wonnen der Lust einzuführen. Du sollst in deiner Hochzeitsnacht vor bösen Überraschungen sicher sein." Noch heftiger zitterte jetzt das völlig verwirrte Mädchen. „In unserem Land ist es üblich, dass der König selbst seine Töchter mit dem Liebesakt vertraut macht, und da du bereits im heiratsfähigen Alter bist, halte ich den Zeitpunkt für gekommen. Deine Mutter weiß übrigens Bescheid. Sie ist seit Wochen leidend und kann das Lager mit mir im Augenblick nicht teilen. Sei du also ihre würdige Stellvertreterin, mein Kind!" Arsinoë dachte für einen kurzen Augenblick daran zu fliehen, aber sie verwarf den Gedanken rasch wieder. Sie würde nicht weit kommen. Selbst wenn sie die Wachen vor dem Schlafgemach überlisten könnte, hätte man sie gewiss bald eingeholt. Es blieb ihr also nichts anderes übrig, als sich in ihr Schicksal zu fügen.

Bei den letzten Worten hatte der König seine Jüngste ganz auf sein Lager gezwungen, wo sie nun in unschuldiger Nacktheit vor ihm lag. Langsam begann auch er, sich der beiden Kleidungsstücke zu entledigen, wobei er die Augen nicht vom Körper seiner schönen Tochter ließ. Arsinoë erschrak. Sie hatte in Ptolemaios, der so vollendet die Flöte spielte, immer nur den Vater, den Freund oder allenfalls den König und Künstler gesehen, aber in ihrer kindlichen Unschuld nie auch den Mann. Zwar hatte sie längst bemerkt, dass es da einen wesentlichen Unterschied gab zwischen Männern und Frauen – viele Sklaven liefen im Palast nahezu unbekleidet herum, und die schmalen Lendenschurze waren kaum dazu geeignet, ihr Geschlecht zu bedecken. Aber sie hatte sich keine großen Gedanken darüber gemacht. Jetzt sah sie sich mit einem Mal einem alten Mann gegenüber, der nicht nur völlig nackt, sondern auch von abstoßender, ja geradezu Ekel erregender Gestalt war. Und das sollte ihr Vater sein? Seine Brust war über und über mit grauem, stark gekräuseltem Haar bedeckt, das Fell eines Tieres, eines Esels vielleicht, das den gesamten Körper nach unten hin überzog. Der Bauch, eine unförmige Kugel, wankte auf spindeldürren Beinen, dazwischen ein hängendes, runzliges Geschlecht. Arsinoë schloss die Augen, als sie die Hände dieses Fremden spürte, die tastend und liebkosend über ihre Brüste strichen, ihren flachen Bauch begutachteten, ihre Beine spreizten und schließlich zwischen ihnen ausruhten, als müssten sie sich von einer anstrengenden Forschungsreise erholen. Keuchendes Atmen begleitete das entwürdigende Spiel. Wieder und wieder suchte der König, jetzt mit feuchten Lippen und nasser Zunge, ihren widerstrebenden Körper heim, wobei er ihr Liebesworte zuflüsterte. Endlich schien er genug erkundet zu haben. Sie hoffte schon, er würde jetzt von ihr ablassen. Da spürte sie einen heftigen Stoß, der ihren Unterleib aufriss, und hörte einen entsetzlichen Schrei …

Am Morgen danach erwachte sie in ihrem eigenen Zimmer. Die Sonne schien hell und warm durch die geöffneten Fenster. Am Bettrand saß ihre alte Amme und tupfte ihr mit einem feuchten Tuch die Stirn. „Du hast schlecht geträumt, Kindchen. Alles ist gut. Alles ist gut. Ich werde dir jetzt einen Kräutertee machen." Arsinoë standen Tränen in den Augen. Sie wusste, dass nichts gut war. In der vergangenen Nacht war sie zur Frau geworden, aber nicht, wie es sich jede ihrer Geschlechtsgenossinnen wünschte, durch die Liebe eines von ihr erwählten Mannes. Es würde lange dauern, das, was ihr widerfahren war, zu verarbeiten. Vergessen würde sie nie. Sie betete inständig zu den Göttern, dass sie nicht empfangen hatte. Dann fiel sie in einen todesähnlichen Schlaf, aus dem sie erst nach Tagen erwachte.

Sie konnte sich nicht erklären, warum sie sich gerade jetzt erinnerte, alles wieder vor sich sah, als wäre es erst gestern geschehen, hier, auf den Stufen des herrlichen Tempels, den die Welt zu ihren Wundern zählte, und der ihr dennoch nie Heimat geworden war. Erinnerungen nach all den Jahren, die sie verdrängt hatte, die gierigen Blicke des alten, erschlafften Mannes, über sie gebeugt, aber jetzt nicht mehr als Schänder, sondern längst wieder Vater, Vertrauter und Freund. Oft meinte sie sogar, das, was er ihr angetan hatte, wirklich nur geträumt zu haben, wie es ihr die Amme versichert hatte, damals in ihrem Zimmer, als die Sonne hell und warm auf ihren beschmutzten und wehen Leib schien, ohne ihre geschundene Seele zu erreichen. Da sich das schreckliche Ereignis nicht wiederholte, hielt sie es manchmal tatsächlich für eine Erscheinung aus einer anderen fernen Welt. Doch dann kamen Zittern und Schweißausbrüche …

Die Nacht war fortgeschritten. Es war noch kühler geworden. Arsinoë beschloss, zu ihren Schwestern, die noch immer in Gebet und Gesang verharrten, zurückzukehren. Vermisst hatte sie ohnehin niemand. Sie gehörte nicht zu denen, deren Fernbleiben man bemerkte. Sie zog das Schultertuch fester und begann, die wenigen Stufen hinaufzuschreiten, langsam und ehrfurchtsvoll, wie sie es gelernt hatte. Man näherte sich den Göttern nicht im Laufschritt. Das hatte man ihr schon beigebracht, als sie noch ein kleines Mädchen gewesen war. Da vernahm sie plötzlich ein Rascheln im Gebüsch, dem ein schriller Pfiff folgte. Schneller stieg sie hinan, dem rettenden Tor entgegen. Sie hatte plötzlich das Gefühl, verfolgt zu werden. Starr vor Angst und unfähig, sich weiter zu bewegen, blieb sie auf der obersten Stufe stehen. Die Tempelwachen waren verschwunden, und das schwere Eisentor war verschlossen. Einen Augenblick lang dachte sie daran, ihre Mitschwestern zu rufen. Aber keine hätte sie gehört. Alle waren in Gebet und Meditation versunken. Da wurde sie von einem langen, unheimlichen Schatten eingeholt …

Kleopatra stand am Kai und sah dem Schiff nach, das sich vor einer Stunde aus dem engen Hafenbecken gequält hatte und gerade das offene Meer erreichte. Einen Teil ihres Lebens nahm es mit, dieses Schiff, das jetzt auf dem unendlichen Wasser trieb, einer ungewissen Zukunft entgegen. Es wäre ihr ein Leichtes gewesen, Merit und Aristolos in Alexandria festzuhalten und niemand hätte sie dafür zur Rechenschaft gezogen. Aber bedeutete Liebe nicht auch Verzicht? Durfte sie sich dazwischen stellen, wo die Götter so eindeutig entschieden hatten? Niemals würde sie das Strahlen in Merits Augen vergessen, als sie den Stab brach, ihr die Freiheitsurkunde übergab und beide, die Schwester und deren Geliebten, in ein gemeinsames Leben entließ. Ohnehin waren die Freigelassenen eher Freunde denn Sklaven gewesen. Zuvor hatte sie ihnen eine Hochzeit ausgerichtet, von der nicht nur der Hof noch lange sprechen würde. Kaum hätte sich Kleopatra für sich selbst den schönsten Tag im Leben einer Frau, wie allgemein bekannt war, aufwändiger vorzustellen vermocht. Einer Königin gleich war Merit auf den Stufen des Isis-Tempels erschienen, wie eine Königin die wenigen Stufen emporgeschritten, gehüllt in ein silbern glitzerndes Gewand, eine Krone weißer Rosen und duftender Lilien in ihrem dunklen Haar. Gegen Tränen kämpfend verfolgte sie mit träumerischem Blick die heilige Zeremonie und schaute bewundernd zu dem Mann auf, der sie von nun an durch das Leben begleiten würde. Kleopatras Mitgift für das junge Paar würde ausreichen, ihm ein Leben im Überfluss bis ans Ende seiner Tage zu sichern. Kaum vermochten die Laderäume des Schiffes, das die beiden Verliebten in ihre neue alte Heimat begleiten sollte, all die Schätze aufzunehmen, die die Königin ihrer treuen Dienerin eingepackt hatte.

Nachdem das Schiff beladen und ein großes Abschiedsfest gefeiert worden war, begleitete Kleopatra die geliebte Freundin zum Kai. An einer Hand Merit, an der anderen den wimmernden Caesarion führend, schritt sie dem Zug, der die Reisenden zum Hafen geleitete, voran. Dort dann eine stumme Umarmung, die alle Gemüter zutiefst bewegte. Noch immer tränenlos, vor Schmerz unfähig, sich auch nur zu rühren. Nur das Kind weinte immer lauter. Es wollte nicht einsehen, dass es Merit, die es wie eine zweite Mutter liebte, und Aristolos, den Ersatzvater, nicht begleiten durfte. Immer wieder rief es deren Namen und deutete mit seinen kleinen Fingern auf das Meer hinaus. Als das Schiff am Horizont verschwunden war, drehte sich die Königin um und kehrte mit dem inzwischen schreienden Jungen langsam in ihren Palast zurück. Dort übergab sie den Sohn einer Dienerin und stürzte in ihr Schlafgemach, das sie hinter sich fest verschloss, warf sich auf ihr Bett und ließ den aufgestauten Tränen freien Lauf. Nefer, Merit, flüsterte sie. Brachte das Leben denn nur Verlust? Sie erinnerte sich der ersten Reise ihres Lebens nach Athen, wo sie die treue Nefer zurücklassen musste, tot durch ihre, Kleopatras, Schuld. Sie hätte damals nie zu hoffen gewagt, für die Vertraute je Ersatz zu finden. Und doch hatte sich das Schicksal in dieser Hinsicht gnädig gezeigt, hatte ihr ihre Rücksichtslosigkeit verziehen. Merit war für sie, die heranreifende Frau, beinahe ein zweites Ich geworden. Doch würde ihr die Vorsehung nie mehr derart gewogen sein. Vielleicht gab es ja für jeden Menschen im Leben eine zweite Chance. Auf eine dritte hoffte man sicher vergebens. Sie war allein. Und sie würde es bis ans Ende ihrer Tage bleiben.

„Wenn du gekommen bist, mich zu töten", schleuderte Arsinoë, jetzt wieder ganz Königstochter, dem Mann, der plötzlich aus dem Schatten heraus mit gezückten Schwert vor ihr stand, mutig entgegen, „dann melde meiner Schwester Kleopatra, ich verzeihe ihr den schnöden Mord. Aber ich sage ihr den feigsten aller Tode voraus, den von eigener Hand. Denn es erfordert mehr Mut, sich dem Leben zu stellen, als es wegzuwerfen. Sie wird einem großen Mann begegnen, der die Welt von Grund auf verändern wird, einem Mann, der, anders als Marcus Antonius, ihren Verführungskünsten tapfer widerstehen wird, all den Zaubersprüchen und Hexentränken, mit denen sie, der es an wahrer Schönheit mangelt, Männer in ihren Bann zieht. Erbarmungslos wird er sie vernichten. Ihr Weg bis dorthin aber wird steinig und von Rückschlägen und Enttäuschungen geprägt sein. Richte ihr das aus, Fremder!

Für mich selbst bitte ich nicht um Gnade. Ich winsle nicht um dieses erbärmliche Leben. Ich flehe dich nur an, mich rasch zu töten, mein Freund, und mir unnötige Schmerzen zu ersparen."

Wolken waren aufgezogen, die den vollen Mond verschleierten und die Augen der Vielbrüstigen verdüsterten, damit sie nicht unfreiwillig Zeugin werde des heimtückischen Mords.

Als zwei Priesterinnen am nächsten Morgen wie gewöhnlich das schwere Eisentor öffneten, stießen sie Schreie des Entsetzens aus. Von den Tempelwächtern keine Spur! Doch vor ihnen lag auf den Stufen des ehrwürdigen Gotteshauses inmitten einer großen Blutlache ihre Schwester Arsinoë, die schöne Arsinoë vom Nil, die einst Tochter des Königs aller Ägypter gewesen, seit Jahren aber eine der Ihren war. Ihr vollendeter Körper gekrümmt, auf dem bleichen Antlitz der Schatten des Todes, Ringe unter den gebrochenen Augen, aber ein geheimnisvolles, augurenhaftes Lächeln um den volllippigen Mund. Neben der Leiche ein Schwert, an dem getrocknetes Blut haftete, eine Waffe, wie sie die Römer vor Ort zu tragen und zu benutzen pflegten. Blut, überall Blut, das in einem kleinen Rinnsal die Treppe hinunterlief, das die heilige Stätte entweihte und zum Himmel schrie. Blut, das auf die zurückkommen würde, die es so sinnlos vergossen hatten.

Tränenden Auges und Gebete auf den blassen Lippen trugen sie den Leichnam ins Haus, entkleideten, wuschen und salbten ihn, wie es die Göttin befahl. Dann zogen sie der Toten das königliche Gewand an, das sie getragen hatte, als sie nach Ephesus gekommen war, und bahrten sie vor Artemis' Standbild auf. Klagelieder singend, zog die Schar der Tempeldienerinnen an der Bahre vorbei. Nur die Große Mutter schien von all dem unberührt. Ohne sichtliche Teilnahme, lächelnd wie immer, sah sie auf das Schauspiel, das sich da zu ihren Füßen abspielte, herab.

Erst als die vorgeschriebenen Riten vollzogen, die Totengebete gesprochen und die Klagelieder verstummt waren, meldeten die

Tempelfrauen den Vorfall der römischen Führung von Ephesus, die ihrerseits bei Marcus Antonius in Tarsos anfragen ließ, was mit Arsinoës Leiche zu geschehen habe. Der Römer tat erschreckt und beteuerte, mit dem Tod der jungen Frau nichts zu tun zu haben. Er habe die Schwester Königin Kleopatras wegen ihrer Schönheit und ihres wachen Geistes geschätzt. Dann ordnete er an, einen Scheiterhaufen zu errichten und die Tote darauf zu verbrennen, wie es römischer Sitte entsprach. Die Asche aber solle in einer Urne nach Alexandria geschafft werden, wo der so früh Verschiedenen ein Platz in der Familiengruft neben ihren Ahnen zuteil werden möge. Er selbst werde sich des Falls annehmen und nach den Mördern fahnden, die selbstverständlich ihrer gerechten Strafe zugeführt werden müssten.

„Aber sie war Ägypterin“, wandte der Centurio ein, der Marcus Antonius die Nachricht überbracht hatte. „Und die Ägypter pflegen ihre Toten doch …“

„Habe ich mich etwa undeutlich ausgedrückt?“, fauchte der General. „Die Frau wird verbrannt.“

„Sehr wohl, mein Feldherr!“, gab der Soldat nach, schlug sich mit der rechten Faust gegen die Brust, neigte leicht den Kopf und verließ eilig den Raum.

„Eine Hochverräterin nach ägyptischem Brauch in einem Sarg, der ihre Gestalt perfekt nachformt, bestatten!“, murmelte der Römer verächtlich vor sich hin. „Zu guter Letzt ließen sie die naiven Alexandriner wieder auferstehen wie diesen, diesen … Ptolemaios.“ Er spuckte den Namen geradezu aus. „Das fehlte gerade noch! Als hätte ich keine anderen Sorgen, als auf veraltete Bräuche Rücksicht zu nehmen. Nein, nur die alles verzehrende Macht des Feuers gewährleistet mir, dass der Feind auch wirklich vernichtet ist.“ Dann widmete er sich dem letzten Problem, das einem angenehmen Aufenthalt in Alexandria an der Seite seiner Geliebten im Wege stand. Er rief den Mann zurück, der ihn vor wenigen Augenblicken verlassen hatte. „Hör zu!“ Er sah den erstaunten Soldaten an: „Auf der Insel Arados …“

„Wer da?“ Kleopatra schreckte aus einem wirren Traum auf. Undurchdringlich war die Dunkelheit im königlichen Schlafgemach. Das Feuer der Öllampen war ausgegangen. Ein kühler Luftzug durchströmte den Raum. Schon am Abend zuvor waren, selten genug in diesem Land, dichte Wolken aufgezogen und hatten die schwindende Sonne verhüllt. Dicke Tropfen waren gefallen, zäh wie vom Himmel regnendes Blut. Und in der Ferne hatten Wüstenschakale ein Klagegeheul angestimmt, das einem durch Mark und Bein gefahren war und das Blut in den Adern gefrieren ließ.

Kleopatra erschauderte und sprang aus dem Bett. „Bist du es, Arsinoë? Warum bist du zurückgekommen, Schwester?“ Sie trat näher an die helle Erscheinung heran, die sich vor dem Fenster im schwachen Licht der sternenlosen Nacht abzeichnete. „Ich werde die Wachen rufen“, drohte sie, doch es klang, als wolle sie sich selbst Mut zusprechen. Dann aber blieb sie wie erstarrt stehen, vor sich Arsinoës zarte Gestalt. Stofflos, durchsichtig fast, stand die Totgeglaubte da, in ein durchsichtiges weißes Gewand gehüllt, trunken vor Tränen und Schmerz. Sie war es und war es auch nicht. Es muss früher Morgen sein, ging es Kleopatra durch den Kopf, denn schon schimmerte ein erster Lichtschein am fernen Horizont, und die Vögel im Palastgarten begannen zaghaft, den neuen Tag zu begrüßen. „Du bist tot, Schwester, warum kannst du nicht tot sein?“, schluchzte sie.

Es waren nur wenige Laute, die die unwirkliche Schöne von sich gab.

„Es weinen die Seelen von Kindern,
die an der Schwelle des Lichts,
eh’ sie des Daseins Süße gekostet,
raffte der finstere Tag,
und im frühen Grab sie versenkte.“

Kleopatra hielt sich die Ohren zu. Es war die Stimme der Schwester. Unter Tausenden hätte sie sie wiedererkannt, anklagend, verzweifelt, die Hoffnungslosigkeit einer, für die es keine Hoffnung mehr gab. „Hinweg, hinweg!", versuchte sie die Erscheinung zu bannen. Doch als sie allen Mut zusammenraffte und nach der Unglücklichen greifen wollte, fiel der Spuk in sich zusammen, schwand die vermeintliche Wiedergängerin durch die Wand, leicht wie ein Vogel, der sich scheinbar schwerelos in die Lüfte erhob. Zurück blieb ein angenehmer Duft, Rosen und Jasmin, der Geruch, den Arsinoë so sehr geliebt hatte.

Hätte die Königin die gemeuchelte Schwester doch mit der gebotenen Feierlichkeit in die Unterwelt befördern sollen? Wann immer ein Angehöriger des Königshauses oder der ägyptischen Nobilität starb, bedeutete das ein großes gesellschaftliches Ereignis für Alexandria. Bildhauer, Steinmetze, Gold- und Silberschmiede, die Bestatter, Einbalsamierer und ihre Gehilfen in den Totenhäusern, auch die Priester hatten wochenlang zu tun. Alle vornehmen Familien waren zum Leichenschmaus eingeladen, auch die Bevölkerung bekam reichlich zu essen und zu trinken. Ein jeder trug seine Trauer öffentlich zur Schau. Sie aber hatte die sterblichen Reste dieser, die doch ihres Blutes war, wie die einer unbedeutenden Sklavin in einer Urne in aller Eile heimlich verscharrt und ihr damit die Aussicht auf ein ewiges Leben genommen. Sie wollte Arsinoës Grab nicht zur Pilgerstätte, Arsinoë nicht zur Märtyrerin machen. Rächte sich etwa die Ermordete, indem sie die Schwester des Nachts heimsuchte? Es war ja nicht das erste Mal gewesen, dass die Getötete in Kleopatras Privatgemächern erschienen war, dass die Königin die vertraute und ihr dennoch so unheimliche Stimme gehört hatte. Und immer dieser gleiche monotone und nicht deutbare Singsang: „Es weinen die Seelen von Kindern ..." Sie beschloss, Isis ein weiteres Opfer darzubringen und für die Erlösung der Unglücklichen zu beten. Zudem sollten die Wachen vor ihrem Schlafraum am nächsten Abend verstärkt werden.

Auf der Insel Arados vor der Küste Syriens ging indessen der, der sich für Ptolemaios XIII. ausgab, seinen täglichen Pflichten nach. Er hielt Hof, als hätte er den Thron bereits zurückerobert, er betete und opferte den Göttern, die allerdings immer weniger geneigt waren, seine Gaben anzunehmen. In dunklen Vorzeichen hatte sich Unglück angekündigt und der junge Mann wäre kein Kind seiner Zeit gewesen, hätte er die Warnungen der Himmlischen nicht ernst genommen. Er hatte seine Leibwache verdoppelt und die Tore des von ihm bewohnten Palasts verstärkt. Aber die Vorsehung ließ sich nicht überlisten. So überlebte etwa neulich das Opfertier, ein prächtiger Widder mit ausladendem Gehörn, den Schlag, den ihm der Priester mit dem Beil zwischen die Augen versetzt hatte. Laut brüllend und stark blutend rannte er durch die Menge, die betend um den Altar stand, alle und alles mit seinem Blut bespritzend. Am meisten aber wurde der Mann besudelt, der behauptete, Ptolemaios zu sein, dessen Brustpanzer vor Jahr und Tag nach dem Sieg Caesars über Ägypten an den Ufern des Nils angeschwemmt und als Beweis seines Todes gewertet worden war. Ein gnädiges Schicksal habe ihn seinerzeit vor dem Ertrinken bewahrt, ließ er verbreiten, und auch die Krokodile, die damals reichlich Nahrung erhielten, hätten ihn wunderbarerweise verschmäht. Ein anderes Mal opferte er ein Lamm. Willig ließ es sich schlachten. Zu willig? Es hatte nur ein wenig gezittert, ehe ihm der Priester die Kehle durchschnitt und es auf den brennenden Altar legte. Rauch stieg auf, weißer Rauch, der jedoch bald ins Schwarze mutierte. Und wie alle gebannt der ungewöhnlichen Veränderung folgten, den grässlich süßen Geruch verbrennenden Fleisches in den Nasen, stieg aus den Schwaden ein Vogel auf, der aufgeregt flatterte und sich schillernd und kreischend in die Lüfte erhob. Auch Eingeweidebeschauer, die sich auf ihr Handwerk verstanden, schüttelten bedauernd den Kopf. Sie konnten in den Opfertieren nichts finden, was auf eine positive Zukunft hinwies. Und selbst das Orakel von Didyma, das der junge Mann befragt hatte, sagte nur Verworrenes und nichts Deutbares voraus.

Der Tag war kühl, aber es hatte aufgehört zu regnen. Eine blassgelbe Sonne lugte zwischen Wolkenfetzen hervor. Ptolemaios erhob sich schwerfällig von seiner Ruhestatt. Seine Glieder waren schwer wie Blei. Eine seltsame Unruhe breitete sich in ihm aus. Er schob seinen Zustand der Schlaflosigkeit der vergangenen Nacht zu, in der er wieder einmal kein Auge zugetan hatte. Immer dieses Grübeln, ohne zu einem Ergebnis zu gelangen, ohne sich eine glückliche Zukunft auch nur vorstellen zu können. Beim ersten Hahnenschrei hatte er, noch vom Bett aus, seine Diener angewiesen, das Nötige herbeizuschaffen, um ein Opfer darzubringen, bei dem an nichts gespart werden durfte. Noch hatte er die Hoffnung nicht ganz aufgegeben, die Götter versöhnlich stimmen zu können, wenn er nur in seinem Bemühen, in seinen Gebeten und heiligen Handlungen, nicht nachgab. Er ließ sich von seinem Kammerdiener, einem treuen Alten, der im Dienste so manchen Herrschers ergraut war, das Priestergewand anlegen, das ihn jedoch fast zu Boden drückte. Auch das schrieb er seiner unendlichen Müdigkeit zu.

Doch auch dieses Opfer erreichte die Himmlischen nicht, obwohl er alle vorgeschriebenen Riten peinlich genau beachtete. Der Gottesdienst war fast beendet, als er in seinem Rücken heftigen Lärm, Hufgeklapper und Schreie des Entsetzens vernahm. Er hatte sich kaum umgedreht, da zerrte ihn ein römischer Soldat vom Altar weg und ehe er, verblüfft über den frechen Störenfried, auch nur ein Wort herausbrachte, durchbohrte ihn ein Schwert.

Einer Trophäe gleich wurde der blutüberströmte Leichnam herumgezeigt und der Römer ließ alle Zeugen dieses unwürdigen Schauspiels wissen, dies sei ein Gruß des großen Feldherrn Marcus Antonius und dieser lasse allen ausrichten, so werde es jedem ergehen, der es wage, sich fälschlich als König vom Nil auszugeben. Kleopatra allein sei nach dem Willen ihres Vaters und mit Billigung Roms die wahre und einzige Herrscherin Ägyptens.

Mit Erleichterung nahm Kleopatra die Nachricht von der Beseitigung ihres vermeintlichen Bruders auf. Ein schlechtes Gewissen hatte sie nicht. Warum auch? Hätte der Hingerichtete Erfolg gehabt, wäre er mit ihr nicht anders verfahren. Und sicherlich wäre auch noch ihr kleiner Sohn, Mitkönig und potentieller Nachfolger Caesarion in Gefahr gewesen. Alles war gut. Niemand würde ihr mehr den Thron, um den sie so verbissen gekämpft hatte, streitig machen. Die vaterliebende Königin hatte keine Geschwister mehr.

An der Küste Kleinasiens fieberte indes Marcus Antonius wie ein liebestoller Jüngling seinem Aufbruch entgegen. Er hatte getan, was getan werden musste. Jetzt konnte er sich wieder den angenehmen Seiten des Lebens zuwenden.

Liebeswinter

Senmut, erster Bildhauer am Hof von Alexandria, dem Kleopatra diesen Namen gegeben hatte, gab sich große Mühe, ohne auch nur einen Schritt weiterzukommen. Er musste sich beherrschen. Wutausbrüche würde Kleopatra nicht hinnehmen, aber ihm war nach Anderem als nach Beherrschung zu Mute. Die große Königin hatte ihn beauftragt, von ihr und dem Mitkönig Ptolemaios-Caesarion ein offizielles Bildnis zu fertigen, das als Relief auf die wichtigsten Tempel im Reich übertragen werden sollte. Vor allem auf den von Dendera, den ihre Vorfahren der Göttin Hathor, ihrem Gemahl Horus, dem Falkengott – der eigentlich in Edfu, weiter nilaufwärts zu Hause war – und ihrem gemeinsamen Sohn Ihi geweiht hatten. Sie als liebende Muttergottheit, die ihrem Sohn die Brust reicht, und er, der kleine König, als Knabe mit Jugendlocke, wie es altägyptischen Vorbildern entsprach. Isis, Fleisch geworden in Kleopatra, die andernorts vor Hathors Kultbild opferte, und Caesarion.

Zum einen gedachte sie, durch die Darstellung auf den äußeren Tempelwänden für ihre Untertanen im gesamten Reich immer präsent zu sein und jedem überall zu bedeuten, dass sie die Isis war, die gleich einer Mutter für alle Menschen sorgte. Zum anderen wollte sie die Zeit bis zu Marcus Antonius' Ankunft sinnvoll überbrücken, der sein Eintreffen für die nächsten Tage angekündigt hatte. Einen genauen Zeitpunkt hatte er freilich nicht zu nennen vermocht. Wichtige Staatsangelegenheiten hatten ihn länger als erwartet an der Küste Kleinasiens festgehalten und er war erst – wie ein Vorbote, der mit einem Schnellsegler eingetroffen war, der Königin berichtete – vor wenigen Tagen aufgebrochen, als die ungünstige Witterung eigentlich keine Reise über das stürmische Wasser mehr zuließ. Mit Genugtuung nahm Kleopatra zur Kenntnis, dass er es dennoch gewagt hatte, was nicht nur auf seine allseits bekannte Verwegenheit hinwies, sondern auch darauf, dass er sich wohl so sehr nach ihr sehnte wie sie sich nach ihm.

Es war eine Sache, sich auf Metall, das sich verhältnismäßig schnell abgriff und obendrein die Züge der Dargestellten nur unzuverlässig wiedergab, abbilden zu lassen – mehrere Münzen mit ihrem Bildnis waren bereits geprägt worden – und eine andere, sich im unvergänglichen Stein verewigt zu wissen, gleichberechtigt mit den Göttern, vornehmlich der Göttin Isis, die Kleopatra nicht nur als Muttergottheit, sondern auch als ägyptische Aphrodite verehrte.

Vor dem Bildhauer lag ein Stapel Papyrusblätter, der schon beträchtlich geschrumpft war. Viele Skizzen waren unbrauchbar gemacht und auf den Boden geworfen worden. Es war schwierig, die Königin zufriedenzustellen oder auch nur das zappelnde Kind für eine Weile zu beruhigen und es mit der Kohle auf dem Papier einzufangen. Mit spitzen Fingern nahm Senmut Maß. Die Königin stand in aufrechter Haltung vor ihm, ohne sich zu bewegen, aber der Junge tanzte von einem Bein auf das andere, ohne auf die Ermahnungen seiner Mutter zu hören.

„Mit Verlaub, königliche Hoheit", begann der Künstler vorsichtig, „es ist außergewöhnlich schwierig, heute von deinem Sohn ein Bildnis zu entwerfen, das den vornehmen kindlichen Zügen auch nur im geringsten entgegenkommt. Wäre es nicht besser, in unseren Bemühungen fortzufahren, wenn König Ptolemaios-Caesarion weniger unruhig ist? Wie soll ich an Hand meiner Skizzen, wenn diese schon ungenau sind, euer Abbild auf den harten Stein übertragen und gewährleisten, dass die Darstellung deiner Schönheit und der Anmut deines Sohnes auch nur annähernd gerecht wird?"

„Du hast recht, Senmut“, ging Kleopatra auf den Vorschlag des Bildhauers ein. „Mich rufen ohnehin meine königlichen Pflichten. Lass uns morgen weitermachen. Das heißt“, fügte sie hinzu, „sofern Marcus Antonius bis dahin noch nicht eingetroffen sein wird.“ Damit entfernte sie sich, Caesarion, der sich an diesem Tag tatsächlich nicht königlich benahm, mit sich fortzerrend. Ich glaube, dachte Kleopatra, mein Sohn hat wieder eine starke Männerhand nötig. Ich lasse ihm zu viel durchgehen, vielleicht weil ich ein schlechtes Gewissen habe, dass mir mein Amt kaum Zeit gibt, mich wie eine gute Mutter um ihn zu kümmern. Ich werde ihm einen neuen Erzieher suchen, oder besser gleich zwei. Denn er soll doch in der griechischen Tradition und in der ägyptischen Überlieferung gleichermaßen erzogen werden. Und eigentlich sollte er auch ein bisschen vom Römertum erfahren. Das würde seinem Vater gewiss gefallen. Nur mit einer umfassenden Bildung wird er einmal König aller Untertanen seines Reiches sein und die Sorgen und Nöte aller verstehen können. Ach ja, und die Juden! Ich darf die Juden nicht vergessen, die mit ihrem Fleiß und ihrer Gelehrsamkeit so viel zur Blüte unseres Reiches beitragen. Wie viele Angehörige dieses Volkes wohnen eigentlich am Nil? Ich muss gestehen, ich weiß es nicht. Eine schöne Königin bin ich! Da lebe ich mit ihnen seit meiner Geburt Tür an Tür und kenne sie kaum. Sie haben eigene und eigenartige Bräuche, habe ich mir sagen lassen, und sie verehren einen einzigen Gott, von dem sie sich kein Bild machen, ja nicht einmal seinen Namen aussprechen dürfen. Wie langweilig das sein muss! Nun, da lobe ich mir doch unseren Götterhimmel, der bunt und vielfältig ist und in dem jede Gottheit ihre Zuständigkeit hat. Dennoch: Ich denke, es ist Zeit, dass ich auch über dieses Volk etwas erfahre. Vier Lehrer also für Caesarion. Und von einem wird sogar seine Mutter profitieren. Allein die Suche wird mich Wochen kosten. Ich muss zu den Göttern beten, bei der Auswahl ein glückliches Händchen zu haben. Bewerber wird es genügend geben. Wer ließe es sich nicht zur Ehre gereichen, dem künftigen Alleinherrscher Ägyptens eine umfassende Bildung zu vermitteln? Aber es werden Männer sein müssen, die auch mein Sohn akzeptiert. Er ist ein wenig eigensinnig, scheint mir, wenn es um die geht, die mit seiner Erziehung beauftragt sind. Noch immer spricht er von Merit und Aristolos und glaubt, sie würden bald in unser schönes Land zurückkehren. Wie oft steht er an einem der Fenster, die den Blick zum Meer hin freigeben, und begrüßt jedes Schiff, das in den großen Hafen einläuft, immer hoffend, es werde endlich die zurückbringen, die er so schmerzlich vermisst. Armes Kind, das so früh erfahren muss, was Verlust bedeutet! Die Wahrsager haben ihm bei seiner Geburt kein schönes und kein langes Leben vorausgesagt. Möge ein gütiger Himmel verhindern, dass sie recht behalten!

Nie würde er bei seiner Ankunft in Alexandria mit dem Schauspiel mithalten können, das die Königin den Bewohnern von Tarsos bei ihrem Eintreffen in der Stadt vor einigen Monaten geboten hatte. Also versuchte er es gar nicht. Ohne besondere Aufmerksamkeit zu erregen, lief das Schiff im Hafen ein. Der Höflichkeit gehorchend, stand Marcus Antonius an Deck, die Rechte zum Gruß an die Brust gedrückt. Doch es galt nicht, irgendwelche Einwohner der Stadt zu beeindrucken. Er wollte nur seine Geliebte so bald, wie möglich wiedersehen, die gewiss gekommen war, ihn in Empfang zu nehmen. Und er täuschte sich nicht. Schon von fern sah er sie am Kai stehen, auffallend schlicht gekleidet, begleitet nur von ihrer Leibwache, die jedoch respektvoll Abstand hielt.

Alles zog ihn zu Kleopatra hin: Ihr Geruch, der an blumengeschmückte Gärten und blühende Orangenhaine erinnerte, die Weichheit ihrer olivfarbenen Haut, ihr wacher Geist, der den Dingen auf den Grund ging, ja sogar ihre Art zu sprechen, die rauchige Stimme, die seine Sinne verwirrte, und die vollen Lippen, die sich nur einen winzigen Spalt öffneten und eine Reihe blendend weißer Zähne sehen ließen, kostbare Perlen auf einer Schnur. Er liebte den eigenwilligen Geschmack, mit dem sie sich kleidete, die Frisuren, die sie täglich neu erfand und die sie immer wieder anders und geheimnisvoll aussehen ließen, und die Art und Weise, wie sie sich fortbewegte, den Rücken gerade, das Haupt stolz erhoben, der Gestus einer wahren Königin. Und er verzehrte sich nach ihrem geschmeidigen und doch so festen Leib, der ihm willig entgegenkam, wann immer ihm danach verlangte, ihn in sich aufnahm und mit dem seinen eins wurde, wie die Natur es gebot.

Hatte er diese Frau schon immer geliebt, schon damals, als er, junger Reiteroffizier, der er war, unter Gabinius am Hofe ihres Vaters weilte und eine Zeitlang in Ägypten nach dem Rechten sah? Zu jener Zeit war Kleopatra ein junges Mädchen gewesen, ein Kind noch, und er erinnerte sich nur schemenhaft an sie: Ein schmales Kindergesicht mit spitzer, ein wenig lang geratener Nase, ein fliehendes Kinn, ein Menschlein von magerer Gestalt, nicht Mann, nicht Frau, das niemandem auffiel. Keine Spur von Sinnlichkeit auf fleckiger Haut. Und doch wurde er nicht müde, ihr jetzt zu beteuern, sie habe ihn schon damals tief beeindruckt und seine große Zuneigung sei bereits damals begründet worden, als sie noch nicht die Königin Ägyptens, sondern eine unbedeutende kleine Prinzessin war. Nur allzu gern glaubte Kleopatra seinen schönen Worten. Sie sei seinerzeit sehr schüchtern gewesen, bemerkte sie, habe kaum gewagt, den hohen Gast aus Rom auch nur anzusehen, geschweige denn, das Wort an ihn zu richten. Er aber hätte sich ja schon damals gern um sie bemüht, log er, und nur mit Rücksicht auf ihren Vater, seinen Freund Ptolemaios, habe er im wahrsten Sinne des Wortes die Finger von ihr gelassen.

„Wir haben viel nachzuholen", säuselte er der Schönen ins Ohr, die seinen Wunsch lächelnd quittierte. „Gewiss", stimmte sie zu. „Und du wirst sehen, dass Alexandria dafür der richtige Ort ist. Danke, dass du gekommen bist!" Sie hakte sich bei ihrem Freund unter. Gemeinsam und vom Volk unbeachtet verließen sie Arm in

Arm den Hafen und strebten der Residenz zu, wo Marcus Antonius seine Gemächer bezog, die unmittelbar neben den Privaträumen der Königin lagen und für viele Jahre seine Heimstatt werden sollten.

Alexandria hatte in der Tat an Vergnügungen zu bieten, was immer das Herz begehrte: von den gewöhnlichen sinnlichen Abenteuern bis zum höchsten kulturellen Genuss. Spelunken, Bordelle, Bäder und Spielstätten hatten beinahe rund um die Uhr geöffnet, aber auch Theater und Bibliotheken waren Interessierten jederzeit zugänglich. Hier trafen sich Gelehrte zu wissenschaftlichem Austausch, hierher pilgerten Ärzte aus aller Welt, um sich in der Heilkunst zu vervollkommnen. Längst hatte die medizinische Fakultät von Alexandria die große Rivalin Athen in der Vermittlung der Heilkunde überflügelt, und selbst das weltberühmte Epidaurus sandte seine Ärzte zum Studium hierher. Marcus Antonius schien die ägyptische Hauptstadt weit weltoffener zu sein als das in Konventionen erstarrte Rom, wo das Leben seit Jahrhunderten immer im gleichen Trott verlief. Gewiss gab es auch dort Ausschweifungen und Laster und die Alten wurden nicht müde zu klagen, dass die Sitten zusehends verfielen und die Gesellschaft verdorben sei. Aber behauptete nicht jede Generation, dass die Jugend verrohe und die *mos maiorum* keine Beachtung mehr fände? Marcus Antonius gab nichts auf derlei Geschwätz. Man lebte nur einmal. Und hatte man etwa kein Recht, dieses Leben zu genießen? Auch Rom hatte an Gelehrtenstätten einiges zu bieten. Es gab Rhetorikschulen, es gab private Salons, in denen sich berühmte Literaten, Philosophen und Künstler regelmäßig trafen. Auch kannte die Hauptstadt des Imperiums die allgemeine Schulpflicht, die sogar Mädchen Aussicht auf eine, wenn auch bescheidene, Bildung bot. Der Besuch höherer Lehranstalten blieb Frauen freilich versagt.

Und doch frönte Rom eher dem Geschmack der Massen. Besonders beliebt waren dort Gladiatorenspiele und Tierhatzen, die möglichst blutig zu erfolgen hatten, dicht gefolgt von den Wagenrennen im Zirkus. Die Theater, eher unscheinbar und klein, zogen die Aufführung schlüpfriger Komödien der ernsten Tragödie vor, die wiederum in Athen sehr beliebt war. Kleopatra hatte sich von den Vorlieben der weltbeherrschenden Römer selbst überzeugen können, als sie für Monate jenseits des Tibers in Caesars Palast gewohnt hatte. Dabei hatte sie des Öfteren bemerkt, dass ein dauerhafter Aufenthalt in Rom für sie nicht in Betracht käme. Denn schon bald würde sie die geistigen Zerstreuungen, die ihr Alexandria in so reichem Maße bot, schmerzlich vermissen.

Es war für die Königin nicht ganz einfach, sich dem Lebensstil ihres neuen Liebhabers anzupassen. Wie gegensätzlich war doch sein Charakter zu dem seines Vorgängers Gaius Iulius! Jener war mit aufmerksamem Blick und nüchternem Verstand durch Alexandrias Straßen gegangen, hatte die Schönheiten der Stadt in sich aufgesogen und Anregungen und Ideen gesammelt, die er dann in Rom umzusetzen gedachte. Freilich war es ihm vom Schicksal nicht vergönnt gewesen, seine Vorstellungen zu verwirklichen. Er hatte, nachdem er aus Gallien heimgekehrt war, eine Stadt aus Ziegelstein vorgefunden und gehofft, eine aus Marmor hinterlassen zu können. Doch bei seinem gewaltsamen Tod waren noch viele Ziegel übrig geblieben. Immerhin war ein Anfang gemacht worden. Denn auch das war der Königin bei ihrem Besuch nicht entgangen: dass aus der verstaubten Siedlung am Tiber allmählich die moderne Hauptstadt eines Weltreichs entstand.

Nur unzureichend beleuchteten die Pechfackeln Alexandrias mitternächtliche Straßen, in denen sich zwei vermummte Gestalten tummelten. Von der Statur her ein Mann, kräftig gebaut und leicht untersetzt, und eine zierliche Frau, deren Züge trotz allen Bemühens, ihnen ein gewöhnliches Aussehen zu verleihen, etwas Edles und Vornehmes ausstrahlten. Sie waren in schmutzige Lumpen gehüllt, als gehörten sie dem fahrenden Volk an, und ihre Füße steckten in derben Holzpantinen. Niemand kannte sie oder hatte sie zuvor jemals gesehen. Ab und zu blieben die beiden stehen, fielen sich in die Arme und küssten einander leidenschaftlich, als hätten sie ein ganzes Leben nachzuholen. Keine Schenke, keine üble Spelunke entging ihrem scharfen Blick. Lachend, mit geröteten Wangen drangen sie ein, wirbelten die wein- und bierseligen Gesellschaften auf, leerten hier ein Glas, dort ein anderes, entfernten sich auch nicht, wenn ihnen Prügel angedroht wurde. Nichts und niemand konnte sie aufhalten. Die mit dem ebenmäßigen Gesicht einer Königin, das sie vergeblich unter schwarzer Schminke zu verbergen suchte, setzte sich betrunkenen Männern auf den Schoß, schlang gleich einer Liebestollen die Arme um manchen feisten Hals, küsste leidenschaftlich den oder jenen zahnlückigen Mund, ohne sich um die keifenden Weiber zu kümmern, die machtlos gegen die Unbekannte anschimpften. Ihr seltsamer Begleiter benahm sich nicht besser. Kein Weiberrock war vor seinen Händen sicher, kein wogender Busen blieb unberührt. Seine Hände waren überall. Nicht eine Schöne, die in dieser Nacht ungeküsst zu Bett gegangen wäre! Oft sahen sich die Wirte der billigen Kaschemmen gezwungen, dem Treiben ein Ende zu bereiten und die ungebetenen Gäste hinauszuwerfen. Doch nicht, dass das denen etwas ausgemacht hätte! Fröhlich tanzten sie auf der Straße weiter, weckten in den vornehmen Stadtvierteln die längst schlafenden Bürger, indem sie heftig an Fenster und Türen klopften und die Hausbewohner auf übelste Weise verspotteten. Stellten sich ihnen Torwächter oder Türsteher in den Weg, tauchte sofort, gleichsam aus dem Nichts, ein Schlägertrupp auf, der die, die diese nächtlichen Umtriebe störten, rasch zur Vernunft brachte, als hätten die beiden Anspruch auf jegliche Rücksichtslosigkeit. Auch am Hafen sah man das seltsame Paar. Es lachte, scherzte und betrank sich mit den Seeleuten, geriet in Schlägereien, wobei sich der Fremde zu wehren wusste, wie es kaum einer erwartet hatte. Mit kräftiger Faust schlug er zu, brach manches Nasenbein und schickte den oder jenen mit einem blauen Auge nach Hause. Bis vor wenigen Wochen hatte niemand die beiden fremden Gestalten, die das nächtliche Alexandria verunsicherten, gesehen. Aber die Alexandriner waren ein kluges Völkchen. War nicht vor Kurzem ein Schiff angekommen, das einen Römer an Bord hatte, der kein Unbekannter war? Man ahnte bald, wer hinter den selten blutigen, meist eher lustigen Streichen steckte, besonders hinter jenen, die Alexandrias Oberschicht gespielt wurden. Es konnten nur die sein, die dort, tagsüber abgeschirmt vor allzu neugierigen Blicken, im Palast wohnten und sich nur nachts verkleidet unter das Volk mischen durften: der sinnenfrohe Dionysos-Antonius und die Fleisch gewordene Isis-Kleopatra.

Immer neue Vergnügungen dachte sich die Königin aus, um ihrem Liebhaber die Zeit zu vertreiben, um ihn noch fester an sich zu binden. Sie begleitete ihn, wenn er auf die Jagd ging, sie verfolgte scheinbar gespannt die Waffenübungen, die er in einem der Palasthöfe absolvierte, sie löste mit ihm Rätsel, erfand neue und richtete ihm üppige Ess- und Trinkgelage aus. Hatte nicht Pasherenptah, der oberste Priester, der einst die Krönung von König Ptolemaios mit geistlichem Beistand begleitet hatte, allen Nachkommenden seine Lebensmaxime auf seinem Grabstein hinterlassen?

„Lasse nicht nach im Essen und Trinken", stand dort geschrieben, *„Genieße die Wonnen der fleischlichen Lust! Befreie dich von deinen Gelüsten, und folge immer den Regungen deines Herzens! Verdränge die Sorgen, und denke daran, wozu du eigentlich lebst."*

Oft stand Kleopatra vor dem Grab des geistlichen Führers, an dessen Fröhlichkeit sie sich noch lebhaft erinnerte, und beschloss, jeden Tag zu leben, als ob es der letzte wäre, wie der große Mann es vorgemacht hatte.

Antonius, der durchaus auch zu ernsthaften Beschäftigungen fähig war, nahm alles dankbar an, was Kleopatra zu bieten hatte, und versuchte seinerseits, der Angebeteten zu gefallen. Besaß sie nicht neben ihrer Anziehungskraft auch Macht und Reichtum, auf die er sich eines Tages vielleicht würde stützen müssen? Er war sich sicher, dass ihn mancher in Rom um die Beziehung beneidete, die ihn mit der Herrscherin verband, mochte sich die Stimmung gegen ihn und die Königin in Rom auch zum Schlechteren wenden, seit der blasse Octavian immer mehr Ansehen gewann. Sollte er, Antonius, vielleicht doch daran denken, mit Kleopatra ein eigenes Ostreich zu gründen, wie sie es scherzhaft schon öfter vorgeschlagen hatte? Irgendetwas sagte ihm, dass jener dreiste Jüngling ihn niemals als gleichberechtigten Regenten neben sich dulden würde, Triumvirat hin oder her. Ein Reich mochte noch so groß sein, mochte von den Küsten des Nordmeeres bis an die Ausläufer der großen Wüste Afrikas, vom Ozean im Westen bis in die Weiten Asiens reichen, für zwei Caesaren böte es dennoch keinen Platz.

Allmählich freundeten sich die Alexandriner mit dem Lebensgefährten ihrer Königin an, als wäre er einer von ihnen. Sie schätzten seine ungezwungene Art, seine Ausgelassenheit. Selten zuvor hatte in der Hauptstadt Ägyptens eine derart gelöste Stimmung geherrscht, allenfalls gelegentlich zu Zeiten des Flötenspielers, der in mancherlei Hinsicht dem sympathischen Römer ähnlich und ebenfalls von ansteckender Fröhlichkeit gewesen war. Bald sprachen die Menschen davon, Antonius setze für die Römer seine tragische Maske auf, für sie aber die komische. In diesem Winter, der sich hinzog, was Kleopatra nicht unlieb war, wussten die Alexandriner über den hohen Gast allerlei Geschichten zu erzählen. Da hatte er etwa einen Kreis von Lebemännern um sich geschart, dessen Mitglieder sich gegenseitig einluden und die wildesten Orgien feierten. Gastmähler mit den exotischsten Speisen und den extravagantesten Unterhaltungen wurden abgehalten, bei denen ein jeder die Veranstaltung seines Vorgängers zu übertreffen suchte. Einem jungen Arzt namens Philotas, der an der medizinischen Fakultät studierte, gelang es, sich in diesen erlauchten Kreis einzuschmuggeln. Er entstammte einem alten griechischen, wenn auch bürgerlichen Geschlecht, hatte sich aber trotz seiner jungen Jahre als Mediziner bereits einen Namen gemacht. Er durfte einen Blick in die Palastküche werfen und staunte nicht schlecht, als er unter den vielen teuren Gerichten (dabei solche, die er noch nie gesehen, geschweige denn gekostet hatte) auch acht Wildschweine entdeckte, die der Koch gerade zuzubereiten begann. Verwundert fragte der junge Mann, ob man denn so viele Gäste erwarte, oder wer sonst das alles essen solle. Da meinte der Küchenmeister lachend, es kämen nur zwölf, aber man müsse auf alle Wünsche der Eingeladenen und besonders des Herrn gefasst sein. Möglich, dass Antonius sofort essen wolle, dass er erst später zu speisen gedenke, wenn die Unterhaltung beendet sei, oder dass er noch auf einen besonderen Gast warte, der sich aus welchen Gründen auch immer verspätet habe. Das Essen müsse stets auf den Punkt genau gekocht sein und vorgelegt werden und da genüge es nicht, ein einziges Mahl zuzubereiten.

Jedes Haus hatte Augen und Ohren. Da machte auch die königliche Residenz keine Ausnahme. Was dort getrieben wurde, gelangte schnell nach draußen. Sklaven berichteten auf den Märkten von den Ausschweifungen, denen sich ihre Herrschaft hingab. Angestellte, Hausverwalter, Mundschenke und Freigelassene, die sich um die Finanzen kümmerten, hatten ihre Wohnungen oft in anderen Vierteln der Stadt und prahlten dort mit ihrem Wissen. Bemerkungen fielen, wurden in der Fantasie des Volkes aufgebauscht, Unzufriedenheit machte sich breit.

So schlug besonders ob der verschwenderischen Gastmähler die Stimmung langsam um. Ägypten war von mehreren Missernten heimgesucht worden und das Volk begann zu hungern, während sich die Herrschenden die Bäuche vollschlugen. Es kam sogar das Gerücht auf, Antonius benutze neuerdings für seine Notdurft goldene Gefäße. Kleopatra entging der steigende Unmut ihrer Untertanen nicht. Hie und da wurden Forderungen laut, der Römer möge sich nun wieder davonmachen. Die Menschen strömten aufgebracht auf die Straßen und erschienen sogar vor dem Palast. Eine undurchdringliche Mauer ausgezehrter Leiber baute sich drohend davor auf, Menschen, die die Not zusammengeschweißt hatte. Und aus schwarzen Mündern war immer wieder die gleiche Aufforderung zu vernehmen: Antonius möge endlich in seine Heimat zurückkehren und sie in Ruhe lassen. Man werde nicht geduldig zusehen, wie er mit seiner extravaganten Lebensweise ihr Land und ihre Königin zugrunde richte. Es war genug.

Kleopatra, deren Spitzel im ganzen Reich verteilt waren und sie über die Stimmung im Volk stets genauestens unterrichteten, dachte nach. Sie hatte erreicht, was sie erreichen wollte, zielstrebig, wie sie vorgegangen war. Es war wohl wirklich an der Zeit, dass der Römer so langsam wieder aus ihrem Leben verschwand, zumal auch der Winter zu Ende ging. Es musste ja nicht für immer sein, denn zu ihrer Schande musste sie, die sich so viel auf ihren klaren Verstand zugutehielt, sich eingestehen, dass sie eine tiefe Zuneigung zu ihm gefasst hatte, die er auch noch allem Anschein nach erwiderte. Noch nie war sie glücklicher und unbeschwerter gewesen als in den vergangenen Monaten, die sie mit ihm hatte verbringen dürfen, von ihm verwöhnt, bewundert und begehrt, wie sie kein Mann zuvor, nicht einmal Caesar, begehrt hatte. Aber es war eine Sache, das Leben als umschwärmte Frau zu genießen, und eine andere, als Königin einem ganzen Reich verpflichtet zu sein. Sie durfte nicht nur einem Menschen gehören. So viel stand fest. Antonius würde sie also verlassen müssen. Aber wie sollte sie ihm das beibringen, ohne ihn vor den Kopf zu stoßen, ohne ihn zu verletzen? Er selbst machte doch keinerlei Anstalten, seine Zelte abzubrechen, und die Wünsche des Volkes, das nicht das Seine war, kümmerten ihn offensichtlich nicht. Es würde sie einiges an Fingerspitzengefühl kosten, ihm durch die Blume zu verstehen zu geben, dass die gemeinsame Zeit der Fröhlichkeit beendet war.

In all den Monaten, in denen er Rom den Rücken gekehrt hatte, hatte Marcus Antonius kaum daran gedacht, dass er eine Ehefrau hatte, die zu Hause auf ihn wartete, Fulvia, die in dritter Ehe mit ihm verheiratet war. Die wegen ihrer roten Haarpracht und ihres aufbrausenden Temperaments als ‚Feuerwanze' betitelte Frau hatte sich während der Abwesenheit ihres Gemahls mit Hilfe von dessen Bruder Lucius, der einer der beiden Konsuln des Jahres 712 *a.u.c.* war, eine Machtfülle angeeignet, die die römische Verfassung für eine Frau nicht vorsah. Ihr erster Ehemann, der gewalttätige Clodius, hatte sich vor Jahren als Caesars Mann fürs Grobe unrühmlich hervorgetan und mit seinen Schlägertrupps ganz Rom tyrannisiert. Die zweite Ehe war sie mit dem wohlhabenden Scribonius Curio eingegangen, der zu Caesars wichtigsten und tüchtigsten Offizieren gezählt hatte. Bei Kämpfen in Nordafrika war er im Jahr 704 *a.u.c.* gefallen. Dann war Marcus Antonius in ihr Leben getreten und sie hatten eine kurze, aber heftige Leidenschaft miteinander durchlebt. Sie hatte ihn nicht nur von seinen Schulden befreit, sondern auch nach einem großen Streit mit Caesar dafür gesorgt, dass sich die beiden wieder einander annäherten und die frühere Freundschaft wiederaufleben ließen. Einflussreich war diese Fulvia. Ihre Tochter aus erster Ehe, Clodia, war sogar mit Octavian verheiratet.

Es war wohl ein Versehen der Natur, dass die überaus Begabte als Frau zur Welt gekommen war, für die die ungeschriebene Verfassung Roms keinerlei politische Verwendung hatte. Längst waren viele ihrer Zeitgenossen davon überzeugt, dass an ihr nichts Weibliches war außer ihrem Geschlecht. Sie liebte ihren Mann noch immer abgöttisch, obwohl ihr bekannt war, dass er sie mit der ägyptischen Königin betrog. Dennoch war sie bestrebt, seine Interessen in Rom würdig zu vertreten und seinen Platz im politischen Leben für ihn freizuhalten. Eines Tages würde er zu ihr zurückkehren. Davon war sie fest überzeugt. Wehe dem, der es wagte, den fernen Gatten zu verunglimpfen! Als man ihr den abgeschlagenen Kopf des ihr verhassten Cicero brachte, löste sie ihre Haarnadeln und durchstach mit großer Schadenfreude die

Zunge des Getöteten. Der bissige Redner hatte sich in wüsten Beschimpfungen gegen ihren Mann vergangen, jenen als ‚Philippika' bekannten Schmähreden, die Marcus Antonius auf üble Weise beleidigt hatten. Es galt, Cicero an jenem Organ zu treffen, mit dem er Caesars General geschadet hatte.

In ihren Absichten und Zielen war sie Kleopatra nicht unähnlich. An Spinnen und Weben, den Kardinaltugenden der römischen Matrone, an die Beaufsichtigung der Sklaven und die Aufsicht über den Haushalt verschwendete sie keinen Gedanken. Darum mochten sich andere einfachere Gemüter kümmern. Auch Männer, die keinerlei öffentliche Bedeutung besaßen, interessierten sie nicht. Sie wollte herrschen, unbedingt. Und sie wollte, dass sich ein jeder, der auf der politischen Bühne Roms eine Rolle spielte, ihrem Willen unterwarf. So war Antonius, der einstmals wilde Jüngling, bereits gezähmt, als er der willensstarken Kleopatra begegnete, und er war es gewohnt, dass eine Frau das Sagen hatte.

Doch auch für eine Fulvia war die Zeit noch nicht reif. Mochte sich Roms Pöbel mit ihr abfinden, der Staatsführung war sie ein Dorn im Auge. Überall mischte sie sich ein, überall sollte alles nach ihrem Willen geschehen. Besonders Octavian hatte die rührige Schwiegermutter satt. Also schickte er Clodia den Scheidebrief und befahl ihr, ins Haus ihrer Mutter zurückzugehen. Diese ließ er wissen, dass die Tochter noch Jungfrau sei (er versicherte sogar unter Eid, er habe sie nicht angerührt), ein Affront, der Fulvia zum Rasen brachte.

„Es ist denkbar", bemerkte sie in einem Brief an den fernen Gemahl, „dass dein feiner Herr Kollege die ganze Zeit über geplant hat, sie mir unberührt zurückzuschicken, als wolle er mir deutlich machen, dass meine Familie einer Verbindung mit der seinen nicht würdig sei. Auch für dich, mein geliebter Marcus, dürfte das als Stiefvater nur schwer zu ertragen sein, und ich bitte dich, dir Gedanken darüber zu machen, wie wir darauf reagieren sollen."
Dass Marcus Antonius untätig blieb, fachte Fulvias Zorn noch

mehr an. In ihrer Wut bat sie ihren Schwager Lucius Antonius um Hilfe. Die politische Lage in Rom nach dem blutigen Bürgerkrieg brachte sie auf allerlei Gedanken, die sie mit dem Konsul zu teilen gedachte. Zudem machte sich wieder einmal Unzufriedenheit im Reich breit und diese galt es für die Zwecke des „Siegers von Philippi", wie man Marcus Antonius in Rom nannte, weil er dort die Mörder Caesars vernichtet hatte, zu nutzen.

„Wenn sie mir auch vorhalten werden, ich sei nur eifersüchtig wie eine ganz normale Bürgersfrau, weil mein Gemahl schon so viele Monate in einem fremden Bett verbringt", wandte sie sich an den jüngeren Antonius, „so ist das nur die halbe Wahrheit. Es geht mir darum, diesem aufgeblasenen Jüngling auf dem Palatin seine Grenzen zu zeigen. Er mag im Testament seines Onkels als dessen Erbe und Nachfolger genannt sein - wer wüsste nicht, dass ihm Caesar für gewisse Gefälligkeiten verpflichtet war - zu einem guten Staatsmann macht ihn das noch lange nicht. Der rechtmäßige Platz an der Spitze der Staatsführung gehört deinem Bruder, der mit seinem Freund Caesar so viele Schlachten geschlagen und so oft sein Leben für Rom aufs Spiel gesetzt hat. Oder hast du etwa gehört, dass Octavian im Kampf gegen die Caesarmörder auch nur einen Schwertstreich selbst geführt hätte? Wir müssen etwas tun, ehe uns der Grünschnabel auf der Nase herumtanzt, ehe die *res publica* völlig vor die Hunde geht."

Lucius Antonius war Wachs in den Händen der willensstarken und überaus attraktiven Frau. Gemeinsam zog das Paar aus, um die Octavian feindliche Stimmung in Perusia unweit von Rom tiberaufwärts zu erkunden. Sie hatten aus Enteigneten und Rechtlosen eine Armee rekrutiert, die sie in dem Vorhaben, Octavian aus dem Amt zu drängen, unterstützen sollte.

Malerisch zeigte sich die Etruskerstadt, von deren langer Geschichte noch zwei alte Stadttore kündeten, den anrückenden Truppen. Sie war auf einem hohen Felsen angelegt. Ihrer abschüssigen Steilhänge wegen galt sie als uneinnehmbar, bot die natürliche Beschaffenheit des Berges doch die Möglichkeit einer leichten Verteidigung. Zudem verriet der weit über das umbrische Land schweifende Blick sich nähernde Feinde schon lange vor ihrer Ankunft. Doch niemals hatte Perusia eine überragende strategische Bedeutung erlangt. Vielleicht wegen der nahe gelegenen Hauptstadt, auf die sich seit jeher die Interessen von Römern und Feinden gleichermaßen gerichtet hatten. Und selbst in den unsichersten Tagen des Bürgerkrieges hätte keiner geahnt, dass die bislang eher unbedeutende Stadt schon bald zum Schauplatz eines der verbrecherischsten Gemetzel werden sollte.

Kaum hatten die Truppen von Lucius Antonius und Fulvia das Städtchen erreicht, als sie die Legionen des Octavian-Freundes Marcus Vipsanius Agrippa anrücken sahen. Lucius Antonius gelang es gerade noch, Boten zu seinen verbündeten Heerführern Asinius Pollio und Ventidius Bassus zu schicken mit der Bitte, ihm mit ihren Truppen zu Hilfe zu eilen. Aber er wartete vergebens. Als sich der Konsul der Aussichtslosigkeit seiner Lage bewusst wurde, verschanzte er sich hinter Perusias Mauern. Ihm blieb lediglich die Verteidigung.

Inzwischen war auch Octavian selbst an den Schauplatz des Geschehens geeilt. Er ließ um die Stadt einen ausgeklügelten Belagerungsring errichten und wandte sich gemeinsam mit Agrippa nach Norden, um die vom Konsul angeforderte Verstärkung zu stellen. Aber die beiden Anhänger der Sache Marcus Antonius' mieden den Kampf und zogen sich hinter den Apennin zurück. Octavian hatte freie Hand.

Es war für Lucius Antonius schwer, seine Leute bei Laune zu halten. Immer wieder musste er sie daran erinnern, dass man für seinen Bruder, den Sieger der Schlacht von Philippi, kämpfe. Doch die Moral der Truppen war dahin, zumal Marcus Antonius nichts von sich hören ließ, geschweige denn Anstalten machte, seine Anhänger zu unterstützen. Der Kampf war endgültig verloren, als die Eingeschlossenen von Hunger gequält wurden. Warum sollten sie

Entbehrungen auf sich nehmen und sich für einen Feldherrn aufopfern, wenn nicht einmal dieser selbst Interesse am Ausgang dieses Unternehmens hatte? Nur wenige Monate, nachdem sie sich in die Festung zurückgezogen hatten, musste sich Lucius Antonius Octavian auf Gnade und Ungnade ergeben.

Entgegen seinen sonstigen Gepflogenheiten behandelte der Sieger den Konsul und seine Unterführer mit übermäßigem Großmut. War er plötzlich milde geworden? Wohl kaum. Aber eine strenge Bestrafung oder gar Hinrichtung des Bruders seines Kollegen im Triumvirat hätte zu diesem Zeitpunkt das ohnehin gespannte Verhältnis noch mehr belastet. Und es nahm sich in Rom nie gut aus, einen amtierenden Konsul hinrichten zu lassen. Umso unerbittlicher ging der Sieger gegen die Bewohner Perusias vor, die sich in seinen Augen des Hochverrats schuldig gemacht hatten. Er gab die stolze Stadt seinen Soldaten zur Plünderung frei. Und während die wilde Soldateska in den Straßen wütete, geschah ein Unglück, dessen schlimme Folgen alle Einwohner zu spüren bekamen.

Um den Untergang seiner geliebten Vaterstadt nicht mit ansehen zu müssen, setzte ein vornehmer Bürger seinem Leben selbst ein Ende. Als man die Leiche auf dem Scheiterhaufen verbrennen wollte, griffen die Flammen auf die Umgebung über und verursachten eine Feuersbrunst, die Perusia einäscherte, noch ehe die entfesselten Männer ihre Beute in Sicherheit bringen konnten. Octavian war außer sich vor Wut. Verärgert über die Milde, die er gegen den Konsul zwangsläufig hatte walten lassen müssen, ließ er seine Grausamkeit jetzt an den vornehmsten Gefangenen aus.

Man schrieb das Jahr 713 *a.u.c.* Die Iden des März waren gekommen, der Mord an Caesar jährte sich zum vierten Mal. Octavian ließ dem Vergöttlichten in der Stadt einen Altar errichten, auf dem er nun, einem längst abgeschafften etruskischen Brauch folgend, 300 edle Bürger wie Opfertiere schlachten ließ. Sein *moriendum est* auf die Bitte eines Alten, wenigstens den Sohn zu verschonen, hallte schauerlich wider in den dunklen Gassen. „Der Rächer von Perusia“ flüsterten die, die davongekommen waren. Aber den Wüterich störte das nicht. Er eignete sich die verwaisten Güter der Hingerichteten an und verteilte das Land an seine treuen Veteranen.

Fulvia, die enttäuschte Kämpferin, floh nach Griechenland. Octavian setzte ihr nicht nach. Er mochte ahnen, dass sie ihr Leben verspielt hatte. Lucius Antonius hingegen wurde als Statthalter nach Spanien entsandt. Aber er verkraftete die zweifache Demütigung nicht, als Besiegter vom Platz gegangen und von einem Octavian begnadigt worden zu sein. Nur kurze Zeit später war er tot.

Schon länger litt Fulvia an einer nicht näher bekannten Krankheit. In Griechenland wartete sie dem Tode nahe auf ihren untreuen Gatten, für den sie zuletzt sogar ihr Leben aufs Spiel gesetzt hatte. Würde er kommen und sich wieder zu ihr bekennen?

Marcus Antonius

Noch immer plagte Kleopatra die Sorge, wie sie ihrem Geliebten zu verstehen geben sollte, dass er bei den Alexandrinern nicht länger erwünscht war. Da kam ihr der Zufall zu Hilfe.

Er hatte es ich wieder einmal in den Kopf gesetzt, angeln zu gehen. Und wie gewöhnlich in den letzten Monaten begleitete sie ihn auch zu diesem Zeitvertreib. Leider war ihm das Anglerglück nicht hold und er schämte sich sehr, zumal sein Pech oder sein Unvermögen der Königin nicht entgangen war. In einem von ihr unbeobachteten Augenblick befahl er deshalb einem Sklaven, ins Wasser zu tauchen und einen bereits gefangenen Fisch an seinem Haken zu befestigen. Auf diese Weise konnte er wenigstens einen bescheidenen Fang vorweisen.

Aber Kleopatra hatte seine List durchschaut. Sie tat zwar, als bewundere sie seine Geschicklichkeit. Gleichzeit aber lud sie für den nächsten Tag einige Freunde ein, ihrem Gast bei seinem Freizeitvergnügen zuzusehen. Die fröhliche Gesellschaft bestieg die Fischerboote. Sobald Antonius die Angel ausgeworfen hatte, wies die Königin nun ihre Diener an, einen eingesalzenen Fisch aus dem Schwarzen Meer am Haken zu befestigen. Als Antonius seinen Fang begutachtete, brach heiteres Gelächter aus. „General", wandte sich Kleopatra daraufhin an ihren Geliebten, „du solltest das Angeln lieber den Fischern von Pharos und Kanopos überlassen. Deine Aufgabe ist es, Städte und Reiche an Land zu ziehen."

Antonius hatte verstanden. Er hatte vom Schicksal einen Auftrag zugewiesen bekommen, den es zu erfüllen galt. Und dieser bestand nicht darin, in Alexandria einem unverdienten Luxusleben zu frönen. Von den Vorgängen in Rom hatte er nicht viel mitbekommen, denn während der Wintermonate verkehrten auf dem

Mare Internum nur wenige Schiffe. Er war froh um den Abstand, den er zur Hauptstadt des Römerreiches und zu seinen Senatskollegen gewonnen hatte. Ohne Gewissensbisse konnte er sich darauf berufen, von nichts gewusst zu haben. Doch selbst wenn er etwas erfahren hätte: Was hätte er von Alexandria aus unternehmen sollen? Eine tagelange Überfahrt über das stürmische winterliche Meer kam für einen, der nicht lebensmüde war, nicht in Frage. Und er, Marcus Antonius, war alles andere als das. Er strotzte im Augenblick geradezu vor Lebensfreude. So viele Jahre hatte er als Caesars Untergebener dessen Befehle ausführen müssen. Jetzt, da er selbst Macht besaß, lag es an ihm, ob und auf welche Weise er sie nutzte. Nein, er bereute nichts. Er hatte Monate unbeschwerter Freiheit gekostet und die Zeit, die er der Königin gewidmet hatte, war nicht verloren. Er hatte sie zweifelsfrei noch fester an Rom zu binden vermocht und damit der Weltmacht einen großen Dienst erwiesen. Und das war gut so.

Wieder einmal beobachtete Kleopatra vom Kai aus, wie ein Schiff die Anker lichtete, sich aus dem engen Hafenbecken zwängte und die Purpursegel setzte, sobald es das offene Meer erreicht hatte. Sie hatte sich längst in die Notwendigkeit des Abschieds gefügt. War ihr doch schon vor Tagen gewesen, als sei ihr Liebhaber bereits entschwunden. Kleopatra lächelte. Irgendetwas sagte ihr, dass dies kein Abschied für immer war. Doch selbst wenn sie Marcus Antonius nie wiedersehen sollte, würde sie doch Zeit ihres Lebens an ihr gemeinsames Glück erinnert werden. Sie trug sein Kind. Aber er wusste es noch nicht. Es war noch zu früh gewesen, ihm zu eröffnen, dass sie Elternfreuden entgegensahen.

Die stolze Königin versuchte, ihre Tränen zurückzuhalten. Als das Römerschiff in den fernen Horizont eingetaucht war, bestieg sie die Sänfte, die sie hergebracht hatte, und ließ sich nach Hause tragen. Doch trotz der freudigen Gewissheit, ein weiteres Kind zu erwarten, und obwohl ihr Caesarion versicherte, er wäre nun groß und stark genug, seine Mutter zu beschützen, fühlte sie die Leere, die sich in ihr ausgebreitet und über den weitläufigen Palast gelegt hatte. Sie begab sich in ihre Privatgemächer, um über die vergangenen Monate, ihr bisheriges Leben und ihre Zukunftsaussichten nachzudenken. Caesar war sie mit dem Respekt der so viel jüngeren Frau für den erfahrenen Staatsmann, den mächtigsten der Welt, begegnet. Die Beziehung zu ihm war vom Verstand geprägt gewesen. Antonius hatte sich hingegen auch in ihr Herz geschlichen ...

Und doch war bisher alles nach Plan verlaufen. Es gab keinen Ägypter mehr, der an ihren königlichen Fähigkeiten zweifelte oder ihr gar den Thron streitig machte. Und auch die römische Schutzmacht hatte sie überzeugt. Die Allianz mit einem der drei mächtigsten Römer konnte für die Sicherheit ihres Landes nur von Vorteil sein. Das Schicksal hatte es gewollt, dass dieser Römer ausgerechnet Marcus Antonius war. Aber sein Platz war nicht an ihrer Seite. Noch nicht. Und würde es vielleicht niemals sein. Sie durfte nicht zulassen, dass er, der im Stande war, eine ganze Welt zu unterwerfen und sie zu beherrschen, seine Talente in Ägypten verschleuderte. Überall im großen römischen Reich musste er beweisen, dass er die beste Wahl war, fähiger als jener Grünschnabel, der nicht einmal ein Schwert so halten konnte, wie es von jedem kriegsfähigen Römer erwartet wurde. Nur wenn es Antonius gelänge, die Alleinherrschaft zu erringen – mit welchen Mitteln auch immer –, bedeutete dies auch für ihr Land den sichersten Schutz. Das Schicksal Ägyptens lag also in seiner Hand. Und wenn er seine Ziele erreicht hatte, würde man weitersehen ...

Fast schien es, als wollte Antonius den Schwierigkeiten, die ihn zu Hause ganz sicher erwarteten, noch eine Weile ausweichen. Er suchte zunächst Syrien auf, um von dort nach Athen weiter zu segeln. In Griechenland war Rom schon gefährlich nahe, und allenthalben wurde er an das gestörte Verhältnis zu Octavian erinnert, dem er sich irgendwann würde stellen müssen.

Das unbedachte Treiben seiner Frau und seines Bruders und ihre Niederlage im Perusinischen Krieg hatten seine Beziehung zu dem jungen Aufsteiger noch mehr belastet, wenn sie auch glücklicherweise keine schlimmeren Folgen nach sich gezogen hatten. Wie leicht hätte ein neuer Bürgerkrieg entfacht werden können, wo sich Rom doch von dem gerade erst beendeten kaum erholt hatte. Alles, was Marcus Antonius einstmals für die aufregende Fulvia empfunden hatte, war mit einem Mal verflogen. Er hatte sich gleich nach seiner Ankunft in Athen noch einmal mit ihr getroffen und ihr die heftigsten Vorwürfe gemacht. Und sie hatte schnell begriffen, dass sich die Zeit nicht zurückdrehen ließ. Antonius' einstige Leidenschaft für sie war erloschen. Völlig enttäuscht verlor sie allen Lebensmut. Ihr Tod kam Marcus Antonius sehr gelegen, konnte er doch seine Frau für alle Zwistigkeiten verantwortlich machen.

Auch Marc Antonius' Mutter Julia bereitete ihm große Sorgen. Sie hatte sich mit dem derzeit größten römischen Staatsfeind zusammengetan, Sextus Pompeius, einem Sohn des Pompeius Magnus. Dieser rühmte sich nicht nur, der eigentliche Nachfolger Caesars zu sein, da er als Sohn eines überragenden Vaters ein genuines Recht auf eine Führungsrolle im römischen Staat zu besitzen glaubte. Er verfügte auch noch über eine ansehnliche Anhängerschaft und hatte bereits Sizilien, die Kornkammer des Römerreiches, unter seine Kontrolle gebracht. Damit hatte er Rom in der Hand. Denn eine Behinderung der Getreidelieferungen hätte die Millionenstadt in eine große Hungernot stürzen und damit in die Knie zwingen können, ein Albtraum für jeden Regierenden.

Julia trat zwischen ihrem Sohn und Sextus Pompeius als Vermittlerin auf. Dieser schlug vor, Antonius solle sich mit ihm verbinden und gegen Octavian ziehen. Auch viele Überlebende des Perusinischen Krieges boten ihre Unterstützung an. Aber Marcus Antonius zögerte. Sollte er auf das Angebot eingehen? Er war sich nicht sicher. Seine Stellung als Octavian gleichrangiger Triumvir war einigermaßen gefestigt. So schlecht war das Verhältnis zu seinem Kollegen doch nicht, dass er einen endgültigen Bruch befürchten musste. Er würde sich die Sache gründlich überlegen müssen. Im Übrigen war er des Kämpfens müde. Hatte sich nicht soeben erst in Ägypten gezeigt, dass es auch ein Leben jenseits des Schlachtfelds gab?

Inzwischen brach sich sein leichtfertiger Charakter wieder Bahn. Vergessen waren die Versprechungen, die er seiner Geliebten gegeben hatte. Er sehnte sich einmal mehr nach den Wonnen der Gewöhnlichkeit, die er in Ägypten genossen hatte, ja, es schien, als hätte er jeden Bezug zu Anstand und Realität verloren. Auch Athen bot einem Genusssüchtigen ein weites Betätigungsfeld. So ließ er etwa das Theater mit einem Pavillon überbauen, den er wie eine dionysische Grotte ausstattete. Das Dach wurde aus grünem Holz gefertigt, die Wände schmückten Rehfelle und Trommeln. Schon am Morgen begab er sich mit seinen Freunden dorthin, um sich den ganzen Tag über zu betrinken. Musiker, die eigens aus Italien angereist waren, bereicherten sein „panhellenisches Fest". Dann wieder stieg er nachts auf die Akropolis, um der von Tausenden Lampen erhellten Stadt zu verkünden, dass er kein Geringerer als Dionysos selbst sei und wünsche, im ganzen Land mit dem Namen der Gottheit angesprochen zu werden.

„Herr", hielt ihm eines Tages einer seiner verdientesten Gefolgsleute, der dem wüsten Treiben nicht länger zusehen wollte, vor, „erinnerst du dich, was dir vor Kurzem die ägyptische Königin mit auf den Weg gegeben hat?" Der sinnenfrohe Römer bekam einen hochroten Kopf. „‚Dir, Marcus Antonius, ist es bestimmt', hat sie gesagt, ‚Städte und Reiche zu angeln.'" Da endlich wurde sich der Triumvir seiner Verantwortung bewusst.

In wenigen Tagen war das Ionische Meer durchquert, und Antonius gedachte, in Brundisium, dem Hafen, der Schiffe und ihre kostbare Fracht in die östlichen Reichsteile entließ und ankommende dort auch aufnahm, die Anker zu werfen. Er war verärgert, dass er keine Erlaubnis erhielt, an Land zu gehen, und begann augenblicklich, die Stadt zu belagern. Das italische Brundisium gehörte zum Herrschaftsgebiet Octavians und so war der Konflikt vorauszusehen. Der Aufsteiger sammelte seine Truppen und marschierte auf der Via Appia Richtung Süden. Und bald standen sich die Heere der beiden Kontrahenten gegenüber. Schon gingen Teile der Kavallerie aufeinander los. Aber im Grunde hatte kein Römer Lust, schon wieder gegen einen Römer zu kämpfen. War nicht genug Blut geflossen? Mochten die da oben ihre Meinungsverschiedenheiten auf andere Weise austragen! Was gingen den römischen Soldaten die Eifersüchteleien und Streitereien ihrer Führer an? Der einfache Mann hegte gegen niemanden Groll.

Unter dem Vorwand, dass es ja Fulvia gewesen war, die ohne Auftrag ihres Ehemannes den Perusinischen Krieg angezettelt hatte, lösten sich die Spannungen langsam auf, ohne dass eine der Parteien das Gesicht verlor. Sie war tot und damit jeglicher Verantwortung enthoben.

Um ihre erneuerte Freundschaft zu besiegeln und ihren guten Willen zu bekunden, veranstalteten Octavian und Marcus Antonius für die jeweils andere Seite Festmähler. Da wurde an beiden Tafeln an nichts gespart. Und doch war das, was Octavian seinen Gästen vorsetzte, eher bescheiden, verglichen mit den Köstlichkeiten, die Marcus Antonius auftischte. Es stellte sich heraus, dass er in Alexandria, zumindest, was die Üppigkeit und den Glanz von Festgelagen betraf, viel gelernt hatte. Was auch immer an erlesenen Gerichten vom Nil in der Kürze der Zeit herangeschafft werden konnte, teilte er stolz mit seinen Gästen. Und der Schmuck der Speisesäle, die Vielzahl der Lichter, die die Nacht zum Tag werden ließen, stellten Octavians nüchterne Gastlichkeit weit in den Schatten.

Es schien ihnen ernst zu sein mit dem Bemühen, dem Reich durch einen dauerhaften Frieden Stabilität zu verleihen. Vor vier Jahren hatte der große Caesar ein so schreckliches Ende gefunden. Nun bestätigten seine Erben in einem neuen Vertrag, dass Octavian Herr des Westens bleiben, Marcus Antonius weiterhin den Osten beherrschen und gegen die Parther ziehen und Lepidus, der damit erneut in eine Art Nebenrolle gedrängt wurde, die Provinzen Nordafrikas behalten sollte. Sogar für den Rebellen Sextus Pompeis fand sich eine Lösung. Mit ihm wurde ein allerdings wenig befriedigender Waffenstillstand geschlossen.

„Du solltest dich nicht sperren, Herr", meinte einer der Offiziere Marcus Antonius', der eilig seinen Beraterstab einberufen hatte. „Es ist seit alters her Brauch, politische Bündnisse durch familiäre Bande zu festigen. Da erzähle ich dir nichts Neues."

„Jedermann weiß", fiel ihm ein anderer Ratgeber ins Wort, „wie viel Octavia ihrem Bruder bedeutet. Ein ganz besonderes Verhältnis verbindet dieses Geschwisterpaar, eine Art Seelenverwandtschaft, die weit über die üblichen Beziehungen zwischen Bruder und Schwester hinausgeht. Octvia ist so viel älter als er. Sie hat, wie man hört, an seiner Erziehung erheblich mitgewirkt und er ist ihr sehr dankbar dafür. Es bedeutet also eine ganz besondere Wertschätzung, wenn er dir Octavias Hand anbietet, und es wird ihn eine erhebliche Überwindung gekostet haben. Sei deshalb nicht so töricht, seinen Wunsch auszuschlagen!"

„Aber die ihr vorgeschriebene Trauerzeit ist noch nicht beendet. Ihr Gatte Marcellus ist erst wenige Monate tot", wandte Antonius ein, dem plötzlich Kleopatra in den Sinn gekommen war. Wie würde sie auf eine solche Heirat reagieren? Im Grunde hatte er ja schon eine Ehefrau, wenn auch nicht nach römischem Recht, eine Gattin, zu der es ihn hinzog, und sie war stolz, eifersüchtig und von einer beinahe erdrückenden Leidenschaft. Keineswegs würde sie über seinen Treuebruch schweigend hinweggehen. Hatte er ihr nicht unter Eid versprochen, an den Nil zurückzukehren, sobald es die Staatsgeschäfte erlaubten? Hatte er ihr nicht in mancher Liebesnacht geschworen, dass er sie liebe und den Rest seines Lebens mit ihr verbringen wolle? Dass sie die einzige und er an keiner anderen Frau mehr interessiert sei?

Er hatte gehofft, mit seinem Einwand die Antwort auf Octavians Angebot hinauszögern zu können, aber er hatte nicht mit der Hartnäckigkeit derer gerechnet, die es gut mit ihm meinten und eine Rückkehr nach Alexandria unter allen Umständen verhindern wollten.

„Octavia hat vom Senat die Sondererlaubnis erhalten, sich vor Ablauf des Trauerjahres erneut zu vermählen, sofern es dem Staatswohl dient“, wusste Antonius' Kammerdiener Antonianus zu berichten. „Im Übrigen ist sie eine überaus angesehene Frau, die weit über Rom hinaus für ihre Sittsamkeit und Tugendhaftigkeit bekannt ist. Es gibt viele Römer, die dich um die schöne Octavia beneideten. Mit Verlaub, Herr“, fügte er etwas unsicher hinzu, „sie ist gebildet, schön und intelligent und steht der ägyptischen Königin in keiner Weise nach. Wer ließe es sich nicht zur Ehre gereichen, sie zur Frau zu nehmen? Du solltest dir die Sache also noch einmal durch den Kopf gehen lassen und möglichst rasch Octavians Angebot annehmen, bevor es ein anderer tut. Ein zweites Mal wird er es dir nicht machen, das verbietet sein Stolz. Und es wird bei einer Zurückweisung möglicherweise wieder Krieg geben. Gegen den Mann seiner geliebten Schwester würde er vermutlich nichts unternehmen. Es wäre also auch im Interesse des Staates …“

Antonianus wusste nicht, ob er zu weit gegangen war. Aber er durfte sich rühmen, der engste Vertraute des Generals zu sein, dazu der älteste, hatte er Marcus doch schon betreut, als der noch in den Windeln lag. Im Laufe der Jahrzehnte hatte sich zwischen den beiden Männern ein so tiefes Vertrauensverhältnis entwickelt, dass Marcus Antonius kaum eine Entscheidung traf, ohne zuvor den Rat des erfahrenen Alten einzuholen. Was machte es da für einen Unterschied, dass Marcus das Glück gehabt hatte, in eine Sippe hineingeboren zu werden, die zu den höchsten Hoffnungen berechtigte, und der Kammerdiener dem Sklavenstand entstammte, wenn ihn sein Herr auch schon vor Jahren freigelassen hatte mit der Möglichkeit, den Haushalt des Generals zu verlassen und eine eigene Familie zu gründen. Aber Antonianus hatte auf Frau und Kinder verzichtet, war geblieben und hatte sich in treuer Fürsorge um seinen Zögling in dessen Umfeld eine Stellung erarbeitet, die die manchen Beraters aus dem Senatorenstand übertraf. Auch jetzt war es oft angebracht, dem Hitzkopf seine Grenzen aufzuzeigen, und manchmal fragte sich der alte Mann, ob er denn in seiner Erziehung etwas falsch gemacht habe und sein Mündel niemals erwachsen würde.

Marcus Antonius runzelte die Stirn wie immer, wenn er scharf nachdachte. Der Alte hatte recht, wie so oft. Wer war denn ein Marcus Antonius, dass er sich in egoistischer Weise verweigern durfte, wenn es um das Wohl und Wehe des Römerreiches ging? Er würde sich Kleopatra aus dem Kopf schlagen oder es zumindest versuchen. Und überhaupt: Zählte ein Versprechen, das man im Anflug blinder Leidenschaft einer exotischen Frau und Nichtrömerin gegeben hatte? Musste es nicht auch in ihrem Interesse sein, wenn in Rom wieder ruhigere Zeiten und stabilere Verhältnisse anbrächen? Eine zerstrittene römische Staatsführung barg auch für die Sicherheit Ägyptens manche Gefahr.

Er erinnerte sich gut an Octavia, auch wenn er sie schon viele Jahre nicht gesehen hatte. An ihre makellose Haut, das blonde Haar, das sie nach Römerinnenart im Nacken zu einen Knoten geschlungen trug, und an die schlanke Gestalt, die sie sich trotz mehrerer Schwangerschaften bewahrt hatte. Soweit ihm bekannt war, hatte von ihren Söhnen nur Marcellus das Kindesalter überlebt und es verwunderte kaum, dass man der Mutter eine geradezu abgöttische Liebe zu diesem Kind nachsagte. Marcellus war noch klein und doch glaubte die ganze Stadt, in ihm die Züge und den edlen Charakter des leider viel zu früh verstorbenen Senators zu erkennen, dem er in der Tat ähnlich sah. Nun, von edlem Charakter würde Octavias zweiter Gatte nicht sein. Damit konnte Marcus Antonius nicht dienen. So viel war ihm bewusst. Aber er wusste ebenso, dass eine echte Römerin sich in alles fügte, was dem Staatswohl entsprach. Im Übrigen war es nicht seine Aufgabe, ihr diese Ehe schmackhaft zu machen.

Die Hochzeit des ungleichen Paares wurde mit allem erdenklichen Pomp gefeiert. Octavian versuchte, dem großen Fest, an dem die ganze Stadt mit kostenlosen Getreidelieferungen, aufwändigen Spielen und reichen Geschenken teilnehmen durfte, den Anschein eines bedeutenden Staatsakts zu verleihen, und der Erfolg gab ihm recht. Wie Umfragen in der Bevölkerung ergaben, war Marcus Antonius' Ansehen nach dem Fest sprunghaft gestiegen und alle Kritik über seinen leichtfertigen Lebenswandel an den Ufern des Nils bald verstummt. Was bisher noch keiner Frau gelungen war, schien für die tugendhafte Octavia leicht zu sein. Es dauerte nur wenige Wochen und der vor Kurzem noch so ausschweifende Mann hatte sich zu einem braven Ehegefährten entwickelt. Mit Geduld und großem Einfühlungsvermögen arbeitete die kluge Frau daran, die auf reine Vernunft gegründete Ehe in ein harmonisches Miteinander zu verwandeln. Sie wusste, dass von dem Bestand des ihr verordneten Bündnisses auch die Festigkeit des Bandes, das die Triumvirn zusammenhielt, abhing. Und jedermann staunte über die sichtbare Verwandlung, die mit Antonius vorgegangen war.

Eher misstrauisch hatte er den Ehevertrag unterzeichnet und sich Mühe gegeben, die Feierlichkeiten, die sein neuer Schwager ausgerichtet hatte, mit Anstand zu überstehen. Er achtete auf seine Tischmanieren, beherrschte sich beim Essen und sprach nur in kleinen Schlucken dem Wein zu. Lautes Lachen vermied er ebenso wie die schlüpfrigen Scherze, die bei Kleopatras Festgelagen von ihm zu hören gewesen waren. Ab und zu warf er sogar einen Blick auf die schöne Braut, die in sich gekehrt mit schamhaft niedergeschlagenen Augen Zeremonie und Feierlichkeiten über sich ergehen ließ. Ob sie noch an den erst kürzlich verstorbenen Marcellus dachte und an ihre Hochzeit mit ihm, den sie sehr geliebt haben soll? Wie es wohl sein würde, wenn er mit dieser Frau schliefe?

Nicht ungern lag Marcus Antonius seiner Frau in den ersten Wochen ihres Zusammenlebens bei. Freilich besaß sie nicht das

Feuer und die Anziehungskraft, die ihn an Kleopatras Bett gefesselt hatten. Aber ihre stille Art und die Duldsamkeit, mit der sie seine Umarmung ertrug, hatten ihren eigenen Reiz. Er wusste, wie wichtig ein Erbe war, und er würde, soweit es an ihm lag, seinen Schwager Octavian, dem bisher kein Sohn geboren worden war, nicht lange warten lassen. Schon nach kurzer Zeit hatte die sanfte Octavia sein Interesse geweckt. Sie war so schön in dem hellen Haarkranz, der sich nachts auflöste und wie flüssiges Gold bis zu ihren Hüften rann. Sie war so schön mit ihrer hohen Stirn und den strahlenden blauen Augen, in den pastellfarbenen seidenen Gewändern, die die noblen römischen Hausfrauen trugen, dem unauffälligen, aber edlen Schmuck, den sie sparsam anzulegen pflegte, und in ihrer ganzen keuschen Natürlichkeit. Keine Frau zuvor war ihm so zart, so duldsam und so zerbrechlich erschienen. Und es dauerte nicht lange, da war seine Liebe für sie entfacht. Er war ein Mann, sagte er sich. Wer wollte es ihm verübeln, wenn er sich auch als solcher benahm, wenn er den Regungen der Natur ihren Lauf ließ? Schon bald sprach man in der ganzen Stadt über das glückliche Paar und die Leute auf der Straße gratulierten sich gegenseitig, dass Octavians kluge Heiratspolitik so erfolgreich und der Frieden in Rom und seinem Reich endlich sicher waren.

Doch es hielt sich nicht lange, das unbeschwerte Glück. Die Vorboten des Herbstes hatten gerade an die Türen geklopft, da traf aus Ägypten ein Schnellsegler ein. Boten der Königin hatten unglaubliche Nachrichten zu überbringen.

Kleopatras Verbindungen reichten weiter denn je, und sie hatte vorausschauend dafür gesorgt, dass sich daran nichts änderte. Sie hatte ihre Spitzel neuerdings nicht nur in Ober- und Unterägypten verteilt. Es war genauso wichtig, auch Marcus Antonius zu beschatten, um zu verhindern, dass er Dummheiten machte. Mit jedem Tag ihrer Trennung wurde ihr schmerzlicher bewusst, wie sehr sie den Partner an ihrer Seite vermisste. In den ersten Wochen hatte sie es zwar genossen, ohne römische Einmischung zu regieren, und gestaunt, wie gut ihr das gelungen war. Sie war längst eine erwachsene selbstbewusste Frau. Ihre Stellung war unangreifbar und sie war stolz auf die Erfolge, die ihrem Bemühen beschieden waren. Aber sie war sich auch der Tatsache bewusst, was sie den beiden mächtigsten Römern ihrer Zeit verdankte. Alles, was zum Gelingen ihres Lebens und ihrer Politik beitrug, hatte sie von ihnen gelernt. Im Grunde hatte sie Marcus Antonius' Anwesenheit nie gestört, denn er hatte sie nach eigenem Gutdünken schalten und walten lassen. Und sie verstand immer weniger, dass sie ihn ermutigt hatte, sich wieder seinen eigentlichen Aufgaben zuzuwenden. Was wäre, wenn das Schicksal ihnen ein gemeinsames Leben und eine gemeinsame Herrschaft vorbestimmt hätte?

Ihr hochgewölbter Bauch schmerzte. Mit beiden Händen hielt sie ihn umfangen, als trüge sie bereits ihr neugeborenes Kind. Wenn sich der Hofarzt nicht irrte, sah sie gleich doppelten Mutterfreuden entgegen. Aber was wussten die Ärzte schon! Sie hatte zwar gehört, dass Zwillingsgeburten in manchen Familien vorkamen, aber eher selten waren. Die Veranlagung hierzu wurde von der Mutter auf die Tochter und von dieser wiederum ihrer Tochter vererbt, fein verzweigt wie Spinnennetze, als folgte sie einer Gesetzmäßigkeit der Natur. In den Stammbüchern, die seit Generationen von den Archivaren bei Hofe geführt wurden, fand sich kein Eintrag über eine Zwillingsgeburt. Dennoch: Diese Schwangerschaft verlief ganz anders als die mit Caesarion. Aber vielleicht lag das ja auch daran, dass sie nicht mehr das ganz junge Mädchen von damals war.

Wieder einmal wurde das Geburtszimmer im entlegensten Teil des Palasts Zeuge des Beginns neuen Lebens und es stellte sich heraus, dass sich Kleopatras Leibarzt nicht geirrt hatte. Die Königin schenkte einem gesunden Zwillingspärchen das Leben, dem sie die Namen Kleopatra und Alexander gab. Alexander sollte nicht nur an den legendären Vorfahren erinnern, sondern auch für Vater Antonius Ansporn sein, ein zweiter Alexander zu werden. Wie

Zwillinge aneinander seit frühem Anbeginn gebunden sind, gehörten auch Alexander in der Gestalt des Antonius und Königin Kleopatra schicksalhaft zusammen. Sie war fest davon überzeugt, mit diesen Kindern ihren Partner endgültig an sich zu binden. Sie wusste, wie sehr er Kinder liebte, war er doch schon Caesarion ein fürsorglicher Vater gewesen. Doch würde er zu ihr zurückkehren? Gerüchte waren ihr zu Ohren gekommen, dass Octavian von Marcus Antonius verlangt hatte, dessen Schwester zu heiraten, dass sich der Vater ihrer Kinder aber Bedenkzeit erbeten hatte. Er würde es nicht wagen, den ihr, einer Königin, gegebenen Schwur zu brechen und anderswo eine feste Bindung einzugehen, wo er doch schon mit ihr verheiratet war. Freilich würden die in Rom anders darüber denken. Doch was immer man über ihn im Reich auch verbreiten mochte, wortbrüchig würde ein Marcus Antonius nie. Das widerpräche seiner Ehre als Römer. Er würde kommen, davon war sie jetzt überzeugt. Wer einmal vom Wasser des Nils getrunken hat, hieß es, der sehne sich an seine Ufer zurück. Kein anderes Wasser auf Erden könne seinen Durst mehr löschen.

Als dann doch die überraschende Nachricht eintraf und von ihren Kundschaftern bestätigt wurde, Marcus Antonius habe sich mit Octavia vermählt, erlitt sie einen Tobsuchtsanfall. Schreiend warf sie sich zu Boden und schlug mehrmals mit dem Kopf auf, bis sich ihr zarter Körper verkrampfte. Diener bemühten sich um die verzweifelte Frau. Der Leibarzt flößte ihr bitteren Mohnsaft ein, dessen beruhigende Wirkung sie bald spürte. Ihr lautes Schreien ging in ein klagendes Wimmern über und er befahl, sie in ihre Gemächer zu bringen und auf ihr Lager zu betten. Für die nächsten Tage verbot er jeden Besuch. Schweigend sollten ihre Diener die Mahlzeiten auftragen, schweigend die Tafel abräumen. Er selbst bezog einen Raum neben dem Schlafgemach der Kranken, um ihr jederzeit beistehen zu können. Kleopatra wand sich indes in heftigen Fieberkrämpfen. Nachts durchdrang die leeren Flure ihr markerschütterndes Klagegeschrei. Und dann die sich stets wiederholenden Träume! Sie und Antonius auf einem stürmischen Meer. Aufgewühltes Wasser, soweit das Auge reicht. Ihr unbekannte kreischende Vögel mit ausladenden Schwingen über ihrem Schiff. Niemand kennt ihren Namen. Schon stürzt sich eines der Ungeheuer mit ausgefahrenen Krallen auf den geliebten Mann. Antonius ist machtlos, versucht vergeblich, sich zu wehren, und auch sie muss ohnmächtig zusehen, wie man ihn in der Luft zerreißt.

Die Traumdeuter bei Hofe wurden befragt. Aber sie konnten nichts sagen zu den nächtlichen Seelengängen der verlassenen Frau. „Träume, Königin", beruhigten sie. „Nichts weiter. Ausblühung deiner im Augenblick etwas verwirrten Fantasie." Und es befremdete sie sehr, dass sich eine vernunftbegabte erwachsene Frau derart über ihre Nachtgespinste ängstigen konnte.

Der tiefe Schmerz, der die Königin bei der niederschmetternden Nachricht getroffen hatte, wich bald heftigem Zorn. Kleopatra fand ihre Besinnung wieder. Einmal mehr meldete sich ihr nüchterner Verstand. So behandelte man eine Königin nicht und schon gar nicht sie, durch die Antonius doch nur größtes Entgegenkommen, Zuneigung und Wohltaten empfangen hatte. Früher als erwartet hatte sie sich erholt. Ihre Wut hatte sie noch anziehender gemacht. Auf ihrem Gesicht stand Entschlossenheit. Niemals würde sie sich so leicht abfertigen lassen. Die tugendhafte Octavia! Sie ließ sich die Rivalin um die Gunst des mächtigen Römers in Einzelheiten beschreiben. Doch wer immer von ihren Spähern die Römerin schon von Angesicht zu Angesicht gesehen hatte, wusste nur das Beste zu berichten. Sie befände sich im gleichen Alter wie Kleopatra, erfuhr die Königin, und sie sei schön. Auf eine andere Weise zwar als die Frauen vom Nil, ihre Anziehungskraft sei eher von verborgener Natur. Jeder Mann müsse sie sich zweimal ansehen, um ihre Vorzüge zu erkennen, etwa das fein geschnittene Gesicht über dem eleganten Hals, die weiße weiche Haut und das helle Haar, das sie sittsam nach Art der römischen

Matronen am Hinterkopf zusammengebunden trage. Doch wer sie genau betrachte, sei ihrem natürlichen Reiz blind verfallen. „Es wundert mich nicht, meine Königin", bemerkte der Berichterstatter, „wenn du mir diese Bemerkung gestattest, dass auch Marcus Antonius ihrem Liebreiz nicht widerstehen konnte." Dabei übereichte er Kleopatra eine Münze, die Octavian anlässlich der Hochzeit seiner Schwester mit dem Bildnis des Brautpaares hatte prägen lassen.

Gemächlich schritt die Königin durch den voll erblühten Palastgarten. Alles war ihr vertraut. Der kleine Orangenhain, dessen Bäume Blüten und Früchte gleichzeitig trugen, das Gemurmel der Brunnen, deren kühlendes Nass die Hitze des späten Sommers erträglich machte, der Duft vergehender Rosen, der ihre Sinne noch immer betäubte. Lotusblüten, die ihre Kelche der untergehenden Sonne entgegen reckten. Sie lauschte dem wehmütigen Gesang der Sklaven, der von fern her zu ihr drang. Im roten Schein des schwindenden Tages glaubte sie seine Gestalt zu erblicken und ihr Mund formte sich zu stummem Laut. Kleopatras Herz blutete. Dort, über das Meer, hatte sein Weg von ihr fortgeführt. Dort würde sie ihn wieder willkommen heißen. Es kam nur darauf an, ihm bewusst zu machen, dass die Ehe, die man ihm aufgezwungen hatte, ein verhängnisvoller Irrtum war. Sie würde schon Mittel und Wege finden, diesen Mann an ihre Seite zurückzuholen, wo sein von der Vorsehung bestimmter Platz war. Eine tugendhafte Octavia war auf Dauer nichts für einen so leidenschaftlichen Liebhaber.

Fast täglich besuchte Marcus Antonius neuerdings seinen Schwager Octavian. Der tapfere General, der sich zuletzt in alle Forderungen des Jüngeren gefügt hatte, wollte nichts unversucht lassen, den römischen Frieden zu wahren. An ihm sollte ein mögliches Scheitern nicht liegen. Sooft er den unscheinbaren Jüngling betrachtete, kamen Zweifel in ihm auf. Konnte sein Freund Gaius

Iulius wirklich beabsichtigt haben, diesem Knaben die Verantwortung für die halbe Welt zu übertragen? Oder hatte er mit einem so frühen Ableben nicht gerechnet und gehofft, den ungeliebten Neffen noch unterweisen zu können? Hatte er vielleicht gar sein Testament in einer launigen Anwandlung verfasst und war nicht mehr dazu gekommen, es zu ändern, wie er bereits früher vermutet hatte? Er mochte die Sache drehen und wenden, wie er wollte. Zu einer befriedigenden Antwort kam er nicht.

Octavian klatschte schadenfroh in die Hände. „Ich habe dich schon wieder geschlagen, Schwager. Was sagst du dazu"? In seiner Stimme klang Genugtuung mit. Die beiden Männer saßen wie so oft über dem Würfelspiel und es entging Antonius nicht, dass er gegen Octavian ständig verlor. Ob das ein ungünstiges Omen war? Gleich einem gerügten Schuljungen saß er dem Aufsteiger gegenüber. Erstaunt stellte er fest, wie sehr dieser Junge doch seiner Schwester Octavia glich. Da waren die gleichen strahlenden Augen, deren Blick man nicht lange standhalten konnte. Da war das gleiche strohblonde Haar, das sich in lichtem Kranz um den schmalen Kopf legte. Nur Octavians Zähne waren anders. Wo sie sich bei der Schwester wie Perlen auf einer Schnur reihten, hatte der Bruder kleine abstoßende Gebilde, die obendrein noch lückenhaft waren.

Ein „Gewonnen!", unterbrach Marcus Antonius' Gedanken. Unwillkürlich kamen ihm die Warnungen des ägyptischen Wahrsagers in den Sinn, den er sich vor seiner Abreise von Kleopatra als Begleiter erbeten hatte. „Wenn du auch sonst selbstbewusst daherkommst", hatte dieser orakelt, „so fürchtet sich dein Schutzgeist doch vor Octavian. Und du wirst demütig und feige, sobald er in der Nähe ist."

Marcus Antonius wusste, dass der weise Mann, der in die Zukunft sah, recht hatte. Er würde etwas ändern müssen. Er würde Rom verlassen, um weiteren Demütigungen aus dem Weg zu gehen.

Meinungsverschiedenheiten

Einmal mehr erwies sich Kleopatra als Meisterin der Inszenierung. Eine Prunkbarke lief im Hafen von Ostia ein, die die Arbeiter von ihrer Tätigkeit aufschauen ließ. Was wollte ein ägyptisches Schiff schon wieder in Rom? War vielleicht sogar die Königin selbst gekommen, um dem jungen Paar ihre Glückwünsche zur Vermählung zu überbringen? Doch es ging nur eine Abordnung von wenigen Leuten von Bord, darunter ein Priester, der besonders auffallend gekleidet oder besser unbekleidet war: Der bronzefarbene Oberkörper war nackt, über die linke Schulter hatte er lässig ein Leopardenfell geworfen, und von seinen Lenden floss ein weißes Leinengewand bis zu den Knöcheln hinab. Am bemerkenswertesten aber war sein kahlgeschorener Schädel, der mit Öl eingerieben war und in der goldenen Oktobersonne wie ein Säuglingspopo glänzte. Die Hafenarbeiter schüttelten verständnislos den Kopf. Sie hatten so etwas noch nie gesehen. Was wollten diese Männer in Rom? Waren sie etwa gekommen, der Weltmacht den Krieg zu erklären? Jedenfalls schienen sie es eilig zu haben, denn sie bestiegen die immer am Kai auf Reisende wartenden Sänften, und befahlen den Trägern, sie im Schnellschritt nach Rom zu bringen.

In trauter Zweisamkeit saßen Marcus Antonius und seine junge Gemahlin vor dem glühenden Kohlebecken, vor sich goldene Becher mit feurigem Falerner. Sie waren gerade dabei, ihre nähere Zukunft zu planen, und Antonius gab seiner Frau zu bedenken, dass es für ihn und das Kind, das sie erwartete, das Beste wäre, die nächsten Monate in Athen zu verbringen, um bei der Eröffnung der Feldzugsaison im nächsten Frühjahr näher an den Parthern zu sein, die wieder einmal westwärts gezogen waren, bereits in

Syrien einfielen und den römischen Vasallenstaat Ägypten bedrohten. Er verriet nichts von seiner beginnenden Abneigung gegen Octavian, die der eigentliche Grund der beabsichtigten Flucht war. Denn er wollte die Schwangere nicht beunruhigen.

„Es wird der letzte Rache- und Eroberungsfeldzug gegen diese verdammten Feinde sein" versprach er seiner Frau. „Ich werde den Legionsadler, der vor Jahren durch Crassus' Versagen in der Schlacht von Carrhae verloren ging, wieder zurückholen und damit die Schande Roms auswetzen und ich werde die verdammten Parther mitsamt ihrem König in die Weiten Asiens zurücktreiben, damit sie uns endlich in Ruhe lassen. Die Sache ist mit deinem Bruder bereits abgemacht", fuhr er ein wenig verunsichert fort, da Octavia nichts erwidert hatte. Er griff zum Becher und nahm einen kräftigen Schluck des edlen Weins. „Unser Kind wird also zunächst in Griechenland leben. Du wirst sehen, wir werden in der griechischen Metropole eine schöne Zeit verbringen, ehe ich dann im nächsten Frühjahr gegen die Parther ziehen werde." Wie es sich für eine römische Matrone geziemte, fügte sich Octavia widerspruchslos in die Pläne ihres Gatten, wenn es ihr auch Kummer bereitete, die drei Kinder aus ihrer ersten Ehe in der Obhut ihrer Schwägerin, die demnächst wohl Livia Drusilla hieße, zurücklassen zu müssen. Vielleicht ließe sich ja Marcus Antonius überreden, wenigstens Marcellus, ihren Jüngsten, auf die Reise über das Meer mitzunehmen. Sie würde nicht nur ihre Mädchen, sie würde auch all ihre Freunde schmerzlich vermissen, Maecenas vor allem und Vitruvius, mit denen sie sich in regelmäßigen Abständen traf, um die neuesten Bücher, die auf den Markt kamen, zu besprechen und Künstler und Literaten einzuladen, sie bekannt zu machen und ihnen mit Geld unter die Arme zu greifen. Auch die hohe Politik interessierte den erlauchten Kreis. Der augenblickliche Liebling der Gebildeten hieß Publius Vergilius Maro. Er sagte Rom gerade den Anbruch eines goldenen Zeitalters voraus. Octavias literarischer Salon war weit über die Stadtgrenzen hinaus berühmt.

Nicht zuletzt würde ihr auch der Bruder fehlen, Octavian, der gerade dabei war, eine große Dummheit zu begehen, vor der sie ihn nur allzu gern bewahrt hätte.

Um den von vornherein brüchigen Waffenstillstand mit dem selbsternannten Seekönig Sextus Pompeius zu festigen, hatte Octavian eine gewisse Scribonia geheiratet, eine entfernte Verwandte des Rebellen. Die Braut hätte den Jahren nach seine Mutter sein können und dennoch schien die Ehe anfangs nicht unglücklich zu sein, was wohl mehr an ihr als an ihm lag. In ihrer bescheidenen Art war Scribonia ihrer Schwägerin sehr ähnlich. Möglicherweise lag es daran, dass sich die beiden Frauen so gut verstanden. Dies umso mehr, als Scribonia bald nach der Hochzeit schwanger wurde, und ganz Rom dem neuen Erben entgegenfieberte, der, wollte man der Vorhersage des Dichters Vergil glauben, schon vom Himmel herabstieg. In wohlklingende Verse hatte dieser die Erwartungen eines ganzen Volkes gefasst. *„Iam nova progenies caelo dimittitur alto* – schon steigt ein neuer Erbe vom Himmel herab." Bis in die letzte Bürgerstube drang diese Hoffnung vor.

Doch noch vor der Geburt ihres Kindes war ihr Bruder Livia Drusilla über den Weg gelaufen, einer stadtbekannten Schönheit, die mit dem Senator Claudius Tiberius Nero verheiratet und von diesem hochschwanger war. Octavian hatte sich auf der Stelle in die schöne Livia verliebt, und das nicht nur, weil sie der höchsten Gesellschaftsschicht in Rom entstammte und er als Ehemann einer Angehörigen des römischen Hochadels von deren Status für die eigene Stellung zu profitieren hoffte. Mit Octavians und ihren, Octavias, Vorfahren, die früher in der *Subura,* der schmuddeligen Unterstadt, zu Hause gewesen waren, war nämlich im wahrsten Sinne des Wortes kein Staat zu machen. Octavian bemühte sich gerade, Tiberius seine Frau abzuschwatzen. Und es hatte den Anschein, als würde es ihm gelingen. Auf jeden Fall hatte er Scribonia trotz ihrer Schwangerschaft schon den Scheidebrief geschickt und Livia dachte bereits daran, in sein bescheidenes Haus auf dem Palatin einzuziehen.

Octavia mochte Livia Drusilla nicht. In sich stets wiederholenden Träumen sah sie die verhasste Schwägerin, die ihren, Octavias, Sohn Marcellus aus dem Weg räumte, um ihren eigenen Erstgeborenen Tiberius dem Herzen ihres neuen Gatten näher zu bringen. Schweißgebadet hielt sie in verzerrten Traumbildern den sterbenden Marcellus in den Armen. Livia war für die ganze Familie ein Unglück. Octavia ahnte es und verstand die Verblendung ihres geliebten Bruders nicht, der sonst meistens auf ihren Rat hörte, diesmal aber seine Ohren vor ihren Warnungen hartnäckig verschloss. Sie hatte zudem kein Verständnis für eine Frau, die ihren Ehemann, dessen Kind sie trug und dem sie vor einigen Jahren bereits einen Sohn geboren hatte, ohne Notwendigkeit verließ. Zudem war Livia von strenger, unerbittlicher Natur. Sie war die schlichte Verkörperung weiblicher römischer Tugend, verbrachte ihre Tage mit Spinnen und Weben und der Überwachung der zahlreichen Sklaven, die sie in ihrem herrschaftlichen Anwesen wie Haustiere hielt. Jedermann wusste, wie sehr sie Frauen verachtete, die versuchten, es den Männern gleichzutun und wie diese intellektuelle Ansprüche verfolgten. Niemals wäre sie auf den Gedanken gekommen, sich mit den neuen Strömungen der Literatur zu beschäftigen und schon gar nicht, die ausschließlich von Männern verantwortete Politik in Frage zu stellen. Octavias unkonventionelle Beschäftigung würde ihr also ein Dorn im Auge sein.

Ausgerechnet diese Frau hatte ihrem Bruder, der sich eines so klaren Verstandes rühmte, den Kopf verdreht. Und es stand zu befürchten, dass Octavian dem Drängen seiner Lenden nachgeben und sie zur Frau nehmen würde, allen öffentlichen Protesten und der Schande, die er damit über den angesehenen Tiberius brachte, zum Trotz.

Antonianus, der Anweisung hatte, das hohe Paar nicht zu stören, pochte sachte an die Tür und zögerte, einzutreten. Sein Herr kannte ihn gut genug, um zu wissen, dass der treue Alte in dringender Angelegenheit kam, die keinen Aufschub duldete.

Antonius erschrak, als er hinter dem Hüter seines Hauses einen ägyptischen Boten eintreten sah, der eine Urkundenrolle in der Hand hielt. Nach altägyptischem Brauch, der am Hof der Ptolemäer längst aus der Mode gekommen war, legte der Fremde das Dokument zu Boden und streckte die Hände in Kniehöhe aus. „Ich entbiete dir die Grüße der Königin von Ägypten, edler Antonius", begann er. Der Römer starrte ihn mit vor Schreck geweiteten Augen an, unfähig, das Wort an den ungebetenen Gast zu richten. „Meine Königin lässt dir ausrichten, dass dir vor wenigen Wochen Zwillinge geboren wurden, Alexander und Kleopatra. Mutter und Kinder sind wohlauf. Die Geburt und deine Vaterschaft sind auf diesem Papier protokolliert, wie es dem Gesetz unseres Landes entspricht. Gestatte mir, hoher Herr, dich zu dem freudigen Ereignis zu beglückwünschen!" Damit überreichte er dem noch immer sprachlosen Antonius die Urkunde und kleine von Meister Senmut gefertigte Medaillons, die zwei niedliche Kindergesichter zeigten. Dann verbeugte er sich und trat zurück.

Sichtlich verlegen wegen der überraschenden Nachricht verbarg Marcus Antonius das Dokument, das ihn als Vater auswies, und die Bilder in den Falten seiner Toga und wandte sich wieder seiner Frau zu, die die peinliche Situation mit gesenktem Blick doch scheinbar unberührt verfolgt hatte.

Kleopatra wusste, dass der Vater des Fremden, der ihr soeben angekündigt worden war, ihrem Vater Ptolemaios Auletes manchen Dienst erwiesen und in mehreren Schlachten, die er für Ägypten geschlagen hatte, viele Wunden empfangen hatte. Er war ein wahrer Freund des Königs gewesen, jener tüchtige Heerführer namens Antipater, der Jude und doch kein Jude war, weil für die Juden nur der als ihresgleichen galt, der einer jüdischen Mutter entstammte. Antipater hatte sich erst in fortgeschrittenen Jahren zum Judentum bekannt, aber seine Kinder desto strenger nach den Gesetzen Jahwes erzogen. Sie hatte gehört, dass der edle Mann kürzlich Opfer des gemeinen Giftanschlags an der Tafel eines neidischen Verwandten geworden war. Jetzt also kam sein Sohn und Kleopatra war neugierig, was diesen an den Nil geführt hatte.

Nun waren die frechen Parther bereits in Judäa eingedrungen und hatten den regierenden Fürsten namens Hyrkanos II. aus der Hasmonäer-Dynastie gefangen genommen und an einen unbekannten Ort verschleppt. Zwei Söhne Antipaters, die dieser in seiner Eigenschaft als engster Vertrauter des schwachen Judenherrschers als Vizeregenten eingesetzt hatte, konnten fliehen. Der ältere, Phasael, kam auf der Flucht unter tragischen Umständen ums Leben. Herodes hingegen konnte sich nach Pelusion retten, der östlichen Grenzfeste des Ptolemäerreiches am Mittelmeer, wo auch ein Teil der ägyptischen Flotte lag. Deren Befehlshaber schickte den Flüchtling nach Alexandria. Er wusste nicht, wie er Herodes begegnen sollte, und es war schließlich Sache der Königin, sich des Fremden anzunehmen.

Eigentlich hatte die Herrscherin keinen Grund, Herodes besonders freundlich zu empfangen. So wenig wie ihre Vorfahren konnte sie vergessen, dass der Judenstaat bis vor weniger als 200 Jahren noch zum Ptolemäerreich gehört hatte. Aber die drohende Parthergefahr, die bereits vor Ägyptens Grenzen lauerte, verdrängte solche Überlegungen. Man musste sich vielmehr zusammentun, um ihr überhaupt wirksam begegnen zu können, verfolgte man doch gleiche Interessen. Freilich hätte sie sich auch mit den Parthern – und damit gegen Rom – verbünden und versuchen können, die beiden Weltmächte gegeneinander auszuspielen. Aber schon ihr Vater hatte auf Rom gesetzt, das zumindest der ptolemäischen Kultur so viel näher stand, und war damit nicht schlecht gefahren. Warum also sollte sie diese Politik, die sicherlich vorausschauend gewesen und von ihr bereits erfolgreich fortgeführt worden war, nicht weiter verfolgen?

Sie kannte diesen Herodes nicht, hatte aber schon einiges von ihm gehört. So etwa, dass er Marcus Antonius, mit dem er eng befreundet war, nicht unähnlich, ein wahrer Draufgänger war, der alles, sogar sein Leben, aufs Spiel setzte, um seine Ziele zu erreichen. Männer dieser Art gefielen ihr. Vielleicht ergäbe sich ja sogar die Möglichkeit, den unfreiwilligen Aufenthalt des Halbjuden in Ägypten dazu zu nutzen, ihn in ihr Bett zu ziehen. Was ihr bei einem Caesar und einem Marcus Antonius gelungen war, dürfte auch bei einem Herodes nicht allzu schwer sein.

Sie trat ihm also freundlich entgegen und hieß ihn in ihrem Land willkommen. Sie zeigte ihm die Schönheiten der Stadt und den träge dahinfließenden Fluss, ihren Strom des Lebens, wie sie Herodes, dessen Land über keinerlei bedeutenden Wasserlauf verfügte, schwärmerisch erzählte. Doch alle Versuche, dem 32-Jährigen auch persönlich näher zu kommen, scheiterten. Selbst die Kommandostelle in ihrer Armee, die sie dem Fremden anbot, um ihn zum Bleiben zu bewegen, wurde ausgeschlagen. Herodes war mit der Hasmonäerprinzessin Mariamne verheiratet, die als schönste Frau ihrer Zeit galt und die er bis zur Raserei liebte. Er sah keinen Grund, sich mit einer Kleopatra einzulassen, die ihn keineswegs anzog und zudem viel älter als seine Ehefrau war.

„Ich danke dir von ganzem Herzen, Königin", schmeichelte er. „Ich weiß dein großzügiges Angebot zu schätzen. Aber mir steht nicht der Sinn nach einer militärischen Laufbahn. Ich habe meine Familie auf der uneinnehmbaren Festung Masada am Toten Meer in Sicherheit gebracht und möchte so bald wie möglich in mein Land zurückehren, dort die Parther hinauswerfen und die Ordnung wiederherstellen. Dafür benötige ich deine Unterstützung und die Hilfe Roms, von dem ich mir die Königskrone Judäas erhoffe."

Kleopatra wusste, wann sie verloren hatte. Doch gewiss würde Herodes den Winter in Alexandria verbringen und ihr, wenn schon nicht als Bettgenosse, so doch als gebildeter und gleichwertiger Gesprächspartner dienen. Nur ein Verrückter würde sich jetzt noch aufs offene Meer begeben und der attraktive Mann schien ihr alles andere als das zu sein. Aber Herodes wollte keine Zeit verlieren. Schließlich überredete er sie, ihm ein Schiff zur Verfügung zu stellen, das ihn so schnell wie möglich nach Rom bringen sollte, wo er unverzüglich seinen Freund Marcus Antonius aufzusuchen gedachte.

„Ich hoffe, dass wir Freunde bleiben, Königin. Ich danke dir für deine Hilfe. Möge der Tag kommen, an dem ich dir deine Großzügigkeit vergelten kann", verabschiedete er sich von der Ägypterin.

Herodes war kaum ihren Augen entschwunden, da begannen die Königin heftige Zweifel zu plagen. Ob sie zu verblendet gewesen war? Was, wenn es diesem zielstrebigen jungen Mann tatsächlich gelänge, die Römer zu überreden, ihm die Königskrone aufzusetzen und mit römischer Hilfe wieder einen starken Judenstaat zu errichten? Sie mochte nicht daran denken. Andererseits: War ein wiedererstarktes Judäa nicht immer noch besser als eine Besetzung durch die Parther, die in ganz Vorderasien gewütet und alle Bewohner, die sich zum griechisch-römischen Kulturkreis bekannten, abgeschlachtet hatten? Wie sie die Sache auch drehen und wenden mochte, es war durchaus möglich, dass sie einen Fehler gemacht hatte, wahrscheinlich den entscheidenden Fehler ihrer noch jungen Regentschaft, der sie gerade um diese bringen könnte.

Niemand in Rom hatte Herodes erwartet. Es war Winter und die Millionenstadt war, wie immer in dieser Jahreszeit, in eine Trägheit verfallen, die man sich in der warmen Jahreszeit nicht vorstellen konnte. Menschenleer lagen Plätze und Straßen, verwaist die herrlichen Tempel, als hätten auch die Götter eine Ruhepause von den immerwährenden Opferfeiern der Sommermonate verdient. Kaum ein Schiff legte in Ostia an und auf der Via Appia war kein Getrappel von Pferdehufen zu hören, kein Klingeln der Geschirre. Selbst die Gerechtigkeit schien Pause zu haben. Wenn möglich, wurden Hinrichtungen aufgeschoben und die wenigen Kreuze, die in Stadtnähe entlang der berühmten Straße aufgestellt waren, trugen nur die Fleischfetzen derer, die im vergangenen

Herbst noch rasch zur Verantwortung gezogen worden waren. Keine Geier kreisten über der schaurigen Richtstatt. Ihre Tafel war zu mager gedeckt. Nur in den frühen Morgenstunden, wenn sich die Nebel der Nacht lüfteten und die Stadt allmählich erwachte, hörte man das Rattern der eisenbeschlagenen Wagen, die aus dem Umland Nahrungsmittel für das römische Volk heranschafften, Obst und Gemüse, Fleisch, Getreide und Wein.

Lediglich für die nötigsten Besorgungen wagten sich die Römer aus dem Haus, in wollene Tuniken und schwere Umhänge gehüllt, die Kapuzen tief in die Gesichter gezogen. Es kam zwar selten vor, dass in Rom Schnee fiel, von dem Soldaten und weit in den Norden gereiste Kaufleute all denen berichteten, die in ihrem ganzen Leben noch keinen gesehen hatten. Aber für den sonnenverwöhnten Bewohner Italiens genügten schon einige Tage Regen, begleitet von auffrischendem Wind, um sich unbehaglich zu fühlen. Nicht ohne Grund murrten die Legionäre, wenn es zu Feldzügen jenseits des großen Gebirges ging. Niemand schätzte den immer grauen Himmel Germaniens, der einem nur die Laune verdarb.

Umso größer das Erstaunen, als in diesen Tagen Herodes in Rom erschien, der Sohn jenes tapferen Mannes, der einst Gaius Iulius Caesar ein so verlässlicher Partner gewesen war. Von Rhodos war er angereist, wo er das ihm von Königin Kleopatra geliehene Schiff verlassen und nach Ägypten zurückgeschickt hatte. Dann hatte er sich von Freunden, die auf der Insel wohnten, ein anderes Gefährt erbeten.

Der draufgängerische Jude wurde vom Senat freundlich empfangen. Das Interesse daran, mit einem erneuerten Judenstaat einen Puffer gegen die nicht nachlassenden parthischen Angriffe zu schaffen, war groß. Zudem konnte es nicht verkehrt sein, ein Gegengewicht zum mächtigen Ptolemäerreich – mächtig von Marcus Antonius' Gnaden – zu erhalten. Herodes war jung, dynamisch und ehrgeizig. Wenn einer in der Lage war, den schmalen Küstenstreifen am östlichen Mittelmeer im Sinne Roms zu schützen, dann er. So wurde der Vorschlag, Herodes mit der Königskrone Judäas auszustatten, nahezu einstimmig angenommen. Nur sein Freund Marcus Antonius hielt sich zurück. Wie sollte er sich verhalten? Einen Freund im Stich lassen, der unter Lebensgefahr den weiten Weg von Jerusalem nach Rom bewältigt hatte, oder die Frau verraten, der er sich in den heißesten Liebesnächten seines Lebens ausgeliefert hatte? Zuletzt siegte die Vernunft des Staatsmanns. Alle Bedenken, die er wegen Kleopatra hegte, wurden verdrängt. Als strahlender Sieger verließ Herodes, begleitet von Octavian und Marcus Antonius, zufrieden den Senat. Er würde gleich die Segel setzen lassen und nach Judäa zurückkehren, um seinem Volk zu verkünden, dass er, Herodes, Sohn des Antipater, sein neuer König war.

Marcus Antonius hatte indes in Rom keinen leichten Stand. Der Vertrag, den er mit dem Seekönig Sextus Pompeius geschlossen hatte, war das Pergament nicht wert, auf dem er geschrieben stand. Der Aufrührer hatte inzwischen auch Sardinien erobert und setzte seine Raubzüge unbekümmert in den Gewässern des *Mare Internum* fort. Mehr denn je hatte er Rom in der Hand, ein Triumph, den er bis zum äußersten auskostete. Was sollte Antonius mit diesem Seeräuber tun, der, ungeachtet seiner feindlichen Gesinnung gegen Roms Führungsschicht, noch immer über eine stattliche Zahl von Anhängern verfügte? Was sollte mit Pompeius geschehen? Fest stand nur, dass ein neuer Bürgerkrieg unter allen Umständen zu vermeiden war, und so beschlossen die Triumvirn, dem Rivalen seine Inseln und dazu noch Korsika zu überlassen, ja, Marcus Antonius war bereit, ihm noch den Peloponnes draufzugeben. Man glaubte in Rom, einen nahezu vollkommenen Sieg errungen zu haben. Antonius war der gefeierte Mann. Er sollte sobald wie möglich in den Osten aufbrechen und sich dort endlich auch als militärischer Erbe des großen Diktators erweisen. Die Wogen schienen geglättet. Auf Münzen, die im nördlichen Kleinasien auftauchten, fand man die Porträts der beiden führenden römischen Politiker in trauter Eintracht nebeneinander. Nur an Kleopatra dachte niemand. In Rom fiel schon lange kein Wort mehr darüber, dass Caesar einen leiblichen Sohn hinterlassen hatte, dem es vor allen anderen zukam, das Erbe seines ermordeten Vaters anzutreten.

„Unsere Sache steht nicht zum Besten, Königin", stellte Senmut fest, der sich nach Merits Abreise nach und nach zum engsten Vertrauten Kleopatras entwickelt hatte. „Octavian hat doch tatsächlich diese Livia Drusilla geheiratet und ganz Rom macht sich über die Ehe lustig. ‚Wer Glück hat, bekommt auch noch ein Dreimonatskind', spottet der Pöbel auf den Straßen. Denn bald nach der Hochzeit kam Livias zweiter Sohn Drusus auf die Welt und der Knabe wurde, wie vereinbart, dem Vater zurückgegeben, der übrigens über den schändlichen Verlust seiner Frau in eine tiefe Traurigkeit gefallen sein soll."

„Und was ist mit Marcus Antonius, dem Vater meiner beider jüngeren Kinder?", wollte Kleopatra wissen. Sie war jetzt keine ganz junge Frau mehr. Wer sie genau betrachtete, konnte sehen, dass sich die ersten Fältchen in ihre Augenwinkel geschlichen hatten und ihr Mund öfter einen bitteren Zug annahm. Aber sie war noch immer aufreizend gekleidet in edle, halb durchsichtige Gewänder, die die Vorzüge ihres straffen Körpers, der sich seine Jugendlichkeit bewahrt hatte, ahnen ließen. Für ihre sexuellen Bedürfnisse suchte sie sich die schönsten Sklaven aus, die ihr umfangreicher Haushalt zu bieten hatte, und schickte sie in die Steinbrüche Oberägyptens, sobald sie ihrer überdrüssig geworden war. Kaum ein männliches Wesen buhlte deshalb um ihre Gunst.

„Was weißt du von Marcus Antonius zu berichten?", insistierte sie. „Tu dir keinen Zwang an, Senmut! Ich bin auf alles gefasst." Der Hofbildhauer schluckte. Er wollte seine Königin nicht verletzen. Seit langer Zeit liebte er sie schon, doch sie schien von seinen Gefühlen nicht einmal etwas zu ahnen. Für eine einzige Nacht mit ihr wäre er gern in die Steinbrüche von Philae gegangen. Aber das durfte natürlich niemand wissen. Die Welt war ungerecht, sagte er sich. Da trauerte sie einem Mann nach, der ihr allerhand versprochen und sie verraten hatte, und da war er, der bereit war, sein Leben für sie hinzugeben. „Es heißt", berichtete er, „Antonius habe Rom fluchtartig verlassen, vorgeblich, um sich in Griechenland auf den Partherfeldzug vorzubereiten. Doch die Spatzen pfeifen es längst von den Dächern: Er ging in Wirklichkeit, um den Launen Octavians zu entkommen, die ihm von Tag zu Tag unerträglicher wurden. Octavians Stimmung hatte sich noch verdüstert, als ihm die verstoßene Scribonia eine Tochter und keinen Sohn gebar. Man sagt, er habe sich das Kind nicht einmal ansehen wollen. Marcus Antonius hingegen lebt jetzt mit seiner jungen Frau glücklich in Athen ..." Hier schwieg Senmut, aber Kleopatra forderte ihn auf, auf ihre Gefühle keine Rücksicht zu nehmen. „Octavia hat ihrem Gatten eine Tochter geboren", fuhr er leise fort. „Antonia. Seitdem, sagt man, sei er der sanften und stets auf Ausgleich mit dem launischen Bruder bedachten Frau noch mehr verfallen. Und jedermann wundere sich über den fürsorglichen Ehemann und Familienvater. Übrigens", ergänzte er nach längerem Schweigen, „soll Octavia auch in Athen einen Kreis von Gelehrten, Philosophen und Künstlern um sich versammelt haben und wenigstens in dieser Hinsicht Rom nicht allzu sehr vermissen. Ja, ja", seufzte er, „wer hätte das gedacht! Unser Antonius. Er und seine Octavia sind in Griechenland derzeit das am meisten umjubelte Paar. Sie haben ihren Bund sogar mit einer ‚himmlischen Hochzeit' bestätigt, er als der gefeierte Dionysos und sie als die Verkörperung der Stadtgöttin Athene."

„Also hat er unsere Hochzeit mit mir als Fleisch gewordener Aphrodite vergessen", stellte Kleopatra traurig fest. Dann bedankte sie sich bei Senmut und bat ihn, sie allein zu lassen.

Ein jeder, der nicht ganz blind war, hätte vorhersehen können, dass es mit Sextus Pompeius keinen endgültigen Frieden geben konnte. Zu besessen war der Sohn des großen Pompeius von der Idee, als einziger rechtmäßiger Erbe die Nachfolge seines Vaters anzutreten. Es kam zu bewaffneten Auseinandersetzungen mit Octavians Truppen, bei denen diese in Schwierigkeiten gerieten. Octavian rief seinen Kollegen aus Athen zu Hilfe, hielt ihn dann allerdings hin. Er vertraute plötzlich darauf, dass sein Freund Marcus Vipsanius Agrippa, der mit ihm schon die Schulbank gedrückt und für ihn bisher selbstlos alle Schlachten geschlagen hatte, das Problem auch allein lösen könne. Zuletzt aber kam es doch zu einer Einigung mit Marcus Antonius, der von Octavian Soldaten für den Partherfeldzug brauchte. Im Vertrag von Tarentum, an dessen Zustandekommen Octavia maßgeblich beteiligt war, stellte er dem Kollegen 120 Kriegsschiffe für den Kampf gegen Sextus Pompeius zur Verfügung. Im Gegenzug sollte er von Octavian 20.000 Bewaffnete erhalten, vier Legionen, die zusammen mit Marcus Antonius' eigenen Leuten gegen die Parther eingesetzt werden sollten. Auch dieser Vertrag wurde mit einem Familienband gefestigt, der Verlobung von Marcus Antonius' neunjährigem Sohn Antyllos aus der Ehe mit Fulvia mit Octavians erst zweijähriger Tochter Julia. Dann verließ Marcus Antonius mit seiner Familie Italien wieder und begab sich erneut Richtung Griechenland.

Er ließ sich zunächst auf der Insel Korkyra nieder, wo er über den Beginn des Feldzugs zu entscheiden gedachte. Keinesfalls durfte er, so viel stand fest, seiner erneut schwangeren Frau weitere Strapazen zumuten. Kaum einem von Roms großen Feldherrn war es bisher eingefallen, Frau und Kinder auf einen entbehrungsreichen und lebensgefährlichen Kriegsschauplatz mitzunehmen. Er bat Octavia deshalb, nach Rom zurückzukehren und sich dort nicht nur ihrer beider Kinder, sondern auch derer, die aus Octavias erster Ehe und aus der Verbindung Antonius' mit Fulvia stammten, anzunehmen. Sie möge besonders letzteren die verstorbene Mutter ersetzen, bat er sie. Gehorsam kehrte die junge Frau nach wenigen Tagen heim. Ihr Gatte reiste weiter nach Syrien.

„Er wagt es", polterte die Königin. „Wie kann er sich jetzt noch erdreisten, mir Befehle zu erteilen?" Ihre Enttäuschung war erneut blinder Wut gewichen. Völlig außer sich warf sie goldene Schalen und reich ziselierte Gläser an die Wand, und ihr Geschrei war bis in den hintersten Winkel des Palasts zu hören, sodass sich Hausangestellte und Sklaven zitternd vor Angst in den verborgensten Ecken verkrochen. Noch nie hatten sie ihre Herrin so aufgebracht gesehen, obwohl sie von ihr manches gewohnt waren.

„Ich bitte dich, dich zu beruhigen, Königin", schlug Senmut vor. „Was soll denn die Dienerschaft denken? Du solltest viel lieber darüber nachdenken, ob es nicht tatsächlich sinnvoll wäre, seiner Einladung zu folgen."

„Sag du mir nicht auch noch, was ich zu tun habe, Senmut. Ich darf dich daran erinnern, dass du nur ein Untergebener bist. Einer von vielen", bemerkte sie spitz. Aber sie hatte die Worte kaum ausgesprochen, als sie ihre Überheblichkeit schon bereute. Senmut bemühte sich so sehr um sie und er war im Augenblick der einzige wirklich Verlässliche an ihrem Hof. Sie beruhigte sich ein wenig, als sich der Bildhauer ehrfurchtsvoll verneigte und zum Gehen wandte. „Bleib!", forderte sie ihn auf. Und dann, etwas versöhnlicher: „Ich bitte dich zu bleiben. Vergib mir, wenn ich dich verletzt habe! Aber dieser Mensch bringt mich zum Rasen. Ich hätte gern, dass du mir seine Einladung noch einmal vorliest. Dann werden wir gemeinsam beraten, was zu tun ist."

Nachdem Gattin Octavia seinen Augen entschwunden war, entsann sich Marcus Antonius wieder der Zeit, die er am Königshof von Alexandria verbracht hatte, und ihn verlangte danach, Kleopatra wiederzusehen und seine Zwillinge Alexander und Kleopatra, die jetzt fast drei Jahre alt sein mussten, endlich kennen zu lernen. Freilich wollte er die Königin in erster Linie bitten, ihm Geld und Truppen für den großen Partherkrieg zur Verfügung zu stellen. Ägypten war reicher als alle anderen Vasallenstaaten hier im Osten, und es war politisch stabil. Überhaupt hatten sich in seinen Augen die Verhältnisse in Kleinasien zu aller Zufriedenheit entwickelt. Selbst Herodes, dem vor drei Jahren die Krone Judäas aufgesetzt worden war, hatte endlich mit Hilfe des von Antonius beauftragten Truppenführers Gaius Sosius den Thron bestiegen und sein Land in Besitz genommen. Neben Kleopatra und zwei weiteren Klientelkönigen sollte auch er Rom unterstützen. Auf die im Vertrag von Tarentum zugesicherten vier Legionen wartete Antonius hingegen noch immer vergebens. Ob Octavian sie ihm absichtlich vorenthielt oder Octavias Vermittlungsversuche diesmal erfolglos geblieben waren, vermochte er nicht zu sagen. Würde sich sein Triumviratskollege weigern, seinen vertraglichen Verpflichtungen nachzukommen, wäre es umso wichtiger, sich auf die Hilfe der Klientelstaaten verlassen zu können. Kleopatra würde ihn nicht im Stich lassen. Davon war er fest überzeugt. Und es würde ein unbeschreibliches Wiedersehen geben.

Antiochia

Von Sehnsucht nach dem Wiedersehen mit der königlichen Geliebten getrieben, näherte sich Marcus Antonius der syrischen Küste. Er befahl den Ruderknechten, die Fahrt zu beschleunigen, und gab ihnen selbst den Takt vor. Sein Innerstes war aufgewühlt wie das Meer, das sich mit hohen Wellen dem Gleiten des leichten Zweiruderers entgegenstellte, als wolle es ein Ankommen um jeden Preis verhindern. Schaumkronen, die aufstiegen und gleich wieder in sich zusammenfielen. „Mit Verlaub, Herr", sprach der ägyptische Wahrsager den Römer an, dem er nicht von der Seite wich. „Kein günstiges Omen für unseren Aufenthalt im Osten. Es scheint, als hätten sich die Elemente gegen uns verschworen." Einen kurzen Augenblick dachte Antonius daran, umzukehren. Aber dann ließ er die Fahrt fortsetzen. Was gab ein starker Mann wie er auf solches Geschwätz!

Endlich fuhr das Schiff in die Mündung des Orontes ein und steuerte den Hafen Antiochias an und sie lag vor ihm, die einstige Hauptstadt des Seleukidenreiches, die in der römisch-griechischen Welt ebenso berühmt wie berüchtigt war, strahlend, in prunkvollem Glanz, über dem jedoch der Hauch der Vergänglichkeit schwebte. „Du siehst, Alter", wandte er sich spöttisch lächelnd an den besorgten Ägypter. „Wir sind sicher im Hafen von Antiochia gelandet." „Wir sind gelandet, Herr", gab der Unheil verkündende Prophet zurück. „Aber angekommen sind wir nicht." Wankenden Schrittes begab sich der Feldherr auf festes Land. Doch wie die launische See in ihm flacher und ruhiger wurde, stieg die Sehnsucht umso stürmischer in seinem Herzen empor.

Fern und unbeeindruckt von dem bunten Treiben der Masse auf den lärmerfüllten Straßen lag auf einer Insel inmitten der turbulenten Fluten des Orontes der herrschaftliche Palast, den sich Marcus Antonius für seinen Aufenthalt als Domizil und Gästehaus ausgesucht hatte. Dort fieberte er der Ankunft Kleopatras entgegen.

Es kostete Senmut einige Mühe, seine Herrin zu überreden, es sich mit dem mächtigen Römer nicht zu verderben. Kleopatra hatte ihren eigenen Kopf. Einerseits tat es dem königlichen Vertrauten weh, die beiden früher so Verliebten wieder zusammenzubringen. Er litt Qualen, wenn er sich ausmalte, dass die alte Liebe wieder aufflammen könnte, und er wagte nicht, sich vorzustellen, was dann geschähe. Andererseits war ihm nur zu gut bewusst, wie notwendig der unbedingte Gehorsam gegenüber der römischen Schutzmacht war. Es ging um den Bestand und die größtmögliche Unabhängigkeit Ägyptens, die nicht umsonst zu haben waren. Wenigstens was die Sicherheit seines Landes betraf, hatte sich Senmut einen kühlen Kopf bewahrt - trotz aller Gefühle, die er heimlich für Kleopatra hegte.

„Ich werde dir für deine guten Ratschläge ein Leben lang dankbar sein." Die Königin hatte ihren Berater in seinen Arbeitsräumen aufgesucht und staunte über die Berge von Akten, die sich auf seinem Schreibpult türmten. „Wenn ich mich recht erinnere", lächelte sie, „habe ich dich als meinen Hofbildhauer eingestellt. Hast du bei dieser vielen Arbeit überhaupt noch Zeit, deiner eigentlichen Aufgabe nachzukommen?" Senmut antwortete darauf nicht und sie schien es auch gar nicht zu erwarten. „Ich werde dir einen weiteren Schreiber zuteilen", überlegte sie. „Es ist schade, wenn dein künstlerisches Talent mit einfacher Verwaltungstätigkeit vergeudet wird." Bescheiden senkte der Bildhauer das Haupt, Röte stieg ihm ins Gesicht. So viel Anerkennung hatte er von seiner Herrin noch nie erfahren.

„Doch lass uns bitte auf den eigentlichen Grund meines Besuches kommen!", fuhr sie fort. „Ich habe mir deinen Ratschlag zu Herzen genommen. Du hast natürlich recht. Ich werde reisen, doch diesmal werde ich nicht als Bittstellerin vor Marcus Antonius treten, die um die Sicherung ihres Thrones bettelt. Ich habe in den vergangenen Jahren viel gelernt", fügte sie leise hinzu und ließ ihren Blick in den sonnenbeschienenen Palastgarten schweifen, „auch, dass man gut daran tut, sich auf niemanden zu verlassen. Er braucht mich", wandte sie sich nach einer Weile wieder an den schweigenden Berater. „Aber es wird ihn einiges kosten. Ich werde übrigens die Zwillinge nach Antiochia mitnehmen. Sie werden meine Forderungen unterstützen. Und auch du wirst mich begleiten, Senmut." Der Berater bedankte sich mit einem zufriedenen Kopfnicken. „Ohne deinen männlichen Schutz käme ich vielleicht noch auf dumme Gedanken", flirtete sie. Dann forderte sie ihn auf, von Antiochia zu berichten. Sie wusste, dass Senmut schon oft in dieser Stadt gewesen war. Und er begann.

Die Stadt am Fluss, die größte der Metropolen im östlichen Römerreich, erzählte er mit verträumtem Blick, sei für ihre einzigartige Prachtentfaltung bekannt. Wie sie ja wahrscheinlich wisse, sei Antiochia erst im Jahr 689 *a.u.c.* von Rom erobert und dem Imperium einverleibt worden. „Schachbrettartig sind ihre Straßen angelegt, wie es der neuesten Städteplanung entspricht", erzählte er. „Tausende mit Öl gefüllte Lampen und zahllose Fackeln lassen die Nächte Antiochias zum Tag werden. Überall laden üppig blühende Gärten und weitläufige Parkanlagen mit plätschernden Wasserspielen zum Verweilen ein. Ein ausgeklügeltes Bewässerungssystem sorgt selbst in der heißesten Jahreszeit allenthalben für sattes Grün. Golden schimmern die Säulen der Tempel und der schattigen Wandelhallen. Antiochias Theater, Bäder, Basiliken und Prachtbauten sind Meisterwerke der Architektenkunst. Aus vielen Teilen der Welt kommen Menschen dorthin, um sich auf Dauer niederzulassen, weil der Stadt der Ruf anhaftet, nicht nur gut bezahlte Arbeitsplätze zu bieten, sondern auch eine Stätte immerwährenden Vergnügens zu sein. Einträchtig leben hier Römer, Griechen, Juden und Syrer nebeneinander, und die Straßen hallen wider von Lachen, Gesang und fröhlichem Kindergeschrei." Von den weißen Nächten erzählte er ihr, vom Blumenschmuck auf Straßen und Plätzen schwärmte er und von der Allgegenwart der Götter, die in den herrlichsten Tempeln verehrt würden. „Tag für Tag zieht die rosenfingrige Aurora den Sonnenwagen der Zeit aus den Schluchten der Berge empor" fuhr er fort, „um das östliche Firmament in ein vielfältiges, geheimnisvolles Licht zu tauchen. Gelb schimmert es, rosa und türkisfarben, bis der beginnende Morgen langsam in ein strahlendes Blau übergeht. Abend für Abend wiederholt sich in umgekehrter Reihenfolge das Spiel: Das feurige Rot wechselt die Farbe, verblasst, bis das Rossegespann ins Reich der Schatten eintaucht, in Unterwelt und ewige Finsternis." Aufmerksam hatte die Königin ihrem Vertrauten zugehört, ohne ihn auch nur einmal zu unterbrechen. Jedes Wort hatte sie in sich aufgesogen, wie die Schwämme, die auf dem Markt feilgeboten wurden, das Wasser aufsaugen. So geschah es, dass Kleopatra nach Antiochia kam, lange bevor sie dort eintraf.

Vor einigen Wochen hatte sich die Einwohnerzahl der Hauptstadt des Ostens noch erhöht, die Gesellschaft war noch bunter, noch ausgelassener geworden. Entlang der beiden Ufer waren in den Flussauen des Orontes unzählige Zelte für die riesige Armee aufgestellt, die Marcus Antonius im nächsten Frühjahr gegen Parthien zu führen gedachte, Soldaten jeden Standes, soweit das Auge reichte, die nachts betrunken durch die zahlreichen Schänken torkelten, auf den Straßen ehrbare Frauen belästigten und die Lupanare füllten, an denen es in Antiochia keinen Mangel gab.

Mit einer leichten Wehmut im Herzen blickte Kleopatra zurück. Vier Jahre zuvor war sie schon einmal in Richtung Kleinasien aufgebrochen, um Antonius' Aufforderung nachzukommen, sich für ihr Verhalten im Kampf gegen die Caesarmörder zu verantworten. Wie anders doch damals alles gewesen war! Antonius ein Mann, dessen Ehe gerade in die Brüche ging, und sie als Fleisch gewordene Isis-Aphrodite, die sich mutig und verführerisch dem mächtigen Römer näherte und ihn in ihren Bann zog. Damals war er für seine Sinnlichkeit im ganzen Reich bekannt gewesen. Jetzt wurde er für seine Bodenständigkeit als braver Ehemann gerühmt. Und auch sie hatte es nicht mehr nötig, ihn wie eine gewöhnliche Dirne durch ihre körperlichen Vorzüge zu überzeugen. Im Grunde hatte sie erreicht, was die wenigsten ihrer Vorgänger erreicht hatten, und könnte sich zufrieden zurücklehnen. Und doch ließe sich vielleicht noch mehr gewinnen, für Ägypten und für sie, für ihren Platz in den Geschichtsbüchern und die eigene Unsterblichkeit. Sie könnte versuchen, das alte Ptolemäerreich wieder zu errichten, das für Jahrhunderte das östliche Mittelmeer beherrscht hatte und bei seinen Nachbarn so gefürchtet gewesen war. Es müsste ihr eigentlich gelingen, jetzt, wo Antonius so sehr auf ihr Wohlwollen und ihr Geld angewiesen war.

Ihre Kundschafter hatten zuverlässig berichtet, wie schwierig das Verhältnis des einstigen Geliebten, des Vaters ihrer beiden jüngeren Kinder, zu Octavian geworden war, trotz der Ehe, die jener dem älteren Triumvir aufgezwungen hatte und die sich, wenn man den Gerüchten glauben konnte, zu einer mustergültigen Verbindung entwickelt hatte. Ihr stürmischer Liebhaber, wilder noch als die Wasser des Orontes, gezähmt? Das war kaum zu glauben! Sie war gespannt, was und wer sie da in Antiochia erwartete. Ob der strenge Schwager in Rom von dieser Begegnung überhaupt wusste? Ob er vielleicht sogar damit einverstanden war? Sicherlich hätte Marcus Antonius die Einladung nicht ausgesprochen, hätte er den Unmut seines Kollegen befürchten müssen. Auch er musste schließlich daran interessiert sein, das ohnehin gestörte Verhältnis nicht noch weiter zu belasten.

Schwer hing der Himmel über der ägyptischen Hauptstadt. Wieder einmal hatte ein verheerender Sturm die Sicht getrübt. Ein kräftiger heißer Südwind trieb Sandwirbel wie Federn vor sich her, gewaltige Trichter, die an Vulkane erinnerten, trieb sie auf die Küste zu, als wolle er die Wüste in die Stadt tragen, und begrub Alexandria unter einer dicken braunen Staubschicht. Kein menschlicher Laut war zu hören, nur das Heulen der Wüstenschakale, anklagend, schaurig, markerschütternd. Die Straßen waren menschenleer. Alexandria glich einer Geisterstadt, die von ihren Bewohnern vor undenklichen Zeiten verlassen worden war. Es würde Tage dauern, die Schäden zu beseitigen und der Stadt ihren alten Glanz zurückzugeben, Tage, in denen sie in ihrem Palast gefangen wären, wie Verbrecher in einem düsteren Verlies.

Eigentlich war sie froh, ihrem Land für ein paar Wochen den Rücken zu kehren. Schon als Kind hatte sie das Reisen geliebt. Sie erinnerte sich dankbar an die erste große Fahrt über das Meer, das ihren Vater und sie zuerst nach Athen und dann weiter bis vor die Tore Roms getragen hatte, an den Aufenthalt in Caesars Gärten jenseits des Tibers Jahre später, als sie schon Königin gewesen war. Freilich tat sie als solche gut daran, Ägypten nicht allzu häufig zu verlassen. Ihr Thron war zwar gesichert und die Verwaltung lief nahezu von selbst, sodass sie die Führung ihres Reiches problemlos für eine Weile aus der Hand geben konnte, und das Volk war ruhig und zufrieden, aber selbst eine Königin konnte nicht alles wissen. Es mochte dunkle Mächte geben, die ihr das Glück missgönnten, das Glück des Tüchtigen, um das sie mit allerlei Mühen und Verzicht über viele Jahre gerungen hatte. Ja, wenn sie ehrlich war, fürchtete sie manchmal sogar den Neid der Götter. Dann flüchtete sie sich in den kleinen Isis-Tempel, der sich in der ummauerten Palastanlage befand, befahl den überraschten Priesterinnen, ein Opfer vorzubereiten, überwachte selbst den Brand, warf sich zu Boden und schluchzte. Und schrie. Und weinte, betete. Und schwieg.

Nicht als Fleisch gewordene Liebesgöttin trat sie diesmal auf Antonius zu. Sie hatte ihn bereits vom Schiff aus entdeckt. Ungeduldig von einem Fuß auf den anderen stapfend wartete er am Kai, nur von seinem alten Kammerdiener Antonianus begleitet, der sich jedoch diskret im Hintergrund hielt. Er war noch ein wenig fülliger geworden, ihr geliebter Marcus, man sah ihm das Luxusleben geradezu an. Vergeblich versuchte er, die beginnenden Wölbungen seines Leibes unter der Paradeuniform des römischen Feldherrn zu verstecken. Sie wusste von ihren Spionen, dass er sich während seines Aufenthalts in Athen fast nur mit dem Chiton gekleidet hatte, dem wollweißen Traditionsgewand der Griechen, das lose um Brust und Hüften flatterte und so mühelos körperliche Unzulänglichkeiten und die ersten Spuren des Alters verbarg. Als sie näher kam, entdeckte sie Silberfäden in dem sorgfältig gewellten Haar. Für einen kurzen Augenblick tat er ihr leid. Sie kannte seine Eitelkeit und sie wusste um die Angst, die ihn immer befiel, wenn er an spätere Jahre oder an Krankheit und Sterben dachte. Manchmal wunderte es sie, dass es ein solcher Mensch aushielt, sich mitten ins Kampfgetümmel zu stürzen und sich möglichen Verletzungen und dem Tod so hautnah auszusetzen.

Die Zwillinge, die die Königin an der Hand führte, den Jungen an der rechten, das Mädchen an der linken, rührten Marcus Antonius' Herz. Nie zuvor hatte er schönere Kinder gesehen. Der Teint der ebenmäßig geschnittenen Gesichtchen war heller als der der Mutter, die Gestalt der Kleinen elfenhaft. Die kindliche Stirn krönte ein Kranz braun-goldener Locken. Töchterchen Kleopatra war nach römischer Art gekleidet. Sie trug eine knielange Tunika aus feinstem silbern glitzerndem Stoff, der um die schmale Taille von einem bunten Band gehalten wurde. Die Füßchen mit den rot lackierten Zehennägeln steckten in silbernen Sandalen. Ihr Bruder war in das Gewand des ägyptischen Prinzen gehüllt. Sein weißes Leinenhemd wurde in Hüfthöhe von einer breiten Schärpe gehalten. Es ergoss sich wie ein Wasserfall bis zu den zierlichen Knöcheln. Um seinen Hals lag ein Pektoral, das mit Gold und Lapislazuli geschmückt war und Geißel und einen winzigen Krummstab zeigte, die Zeichen seiner königlichen Herkunft. Von der rechten Schläfe des Jungen baumelte keck die Jugendlocke bis auf die kindliche Schulter hinab. Zart wirkten diese Kleinen und äußerst zerbrechlich.

Ein wenig ängstlich blicken sie aus schwarzen Augen den fremden Mann an, der zuerst Alexander, dann seine Schwester hochhob und mit feuchten Lippen auf Stirn und Wangen küsste. Er hatte die Kinder, deren bloße Erscheinung schon Beschützerinstinkte in ihm weckte, sofort ins Herz geschlossen. Wer sie sah, musste sie einfach lieben, mochte er nun der Vater sein oder auch nicht.

Bewusst hatte Octavia ihren Bruder nach ihrer Rückkehr aus Athen noch nicht besucht. Es drängte sie nicht, unfreiwillig mit Livia Drusilla zusammenzutreffen, zu der sich ihre Einstellung auch in den langen Monaten der Trennung nicht geändert hatte. Auch Octavia hatte zuverlässige Informanten. Livia, so hatte sie erfahren, spiele sich mittlerweile als Herrin des Palatins auf, vor der selbst Octavian kusche. So wage er beispielsweise kaum noch, das Wort an sie zu richten. Was er auch mit ihr zu bereden hätte - und angeblich legte sie plötzlich Wert darauf, selbst in politischen Dingen mitzumischen -, schriebe er zuvor sorgfältig auf, um nichts Unbedachtes oder gar Falsches zu sagen. So sehr fürchte er, der, wenn man die Zeichen der Zeit richtig deutete, allmählich der alleinigen Herrschaft über das Römerreich zustrebte, die Launen dieser unberechenbaren Frau.

Gleich nach ihrer Ankunft in Rom hatte Octavia nach ihren Kindern geschickt und ihren Bruder bitten lassen, sie vorerst nicht zu besuchen. Sie sei von der langen Reise völlig erschöpft. Liebevoll hatte sie dann ihre Töchter in die Arme geschlossen. Marcella Maior und Marcella Minor beklagten sich heftig über die Strenge, der sie im Haus des Onkels ausgesetzt gewesen waren, den eisigen Blicken der angeheirateten Tante, der nur dann aufzutauen schien, wenn ihre erstehelichen Söhne Tiberius und Drusus zu Besuch kamen, was allerdings selten geschehen sei. „Tiberius, den älteren, scheint Tante Livia besonders zu lieben“, bemerkte

Marcella Maior. „Vielleicht täusche ich mich auch. Denn es fällt schwer, ihn zu mögen. Drusus ist wohl noch zu klein, als dass man schon etwas von ihm erwarten könnte. Aber dieser Tiberius! Ich bin froh, liebste Mutter, dass ich nicht ständig mit ihm zusammen sein muss. Ein unangenehmer Junge, sogar ein bisschen unheimlich. Immer schaut er alle so finster an. Er spricht wenig, eigentlich nur, wenn er etwas gefragt wird, und er ist ein gemeiner Spielverderber. Es macht ihm Spaß, andere Kinder zu erschrecken. Er lauert ihnen auf in dunklen Ecken, stürzt hervor, schneidet fürchterliche Grimassen und stößt ebenso fürchterliche Laute aus. Und er quält Tiere, eine seiner Lieblingsbeschäftigungen, wie mir scheint. Ich habe selbst gesehen, wie er einer kleinen Katze die Augen ausstach, die Schreie des Tieres werde ich nie vergessen, und ihr die Barthaare abschnitt, sodass sie keine Mäuse mehr fand und elend verhungerte. Aber ich konnte nichts tun. Er drohte uns, seiner Mutter zu sagen, wir, meine Schwester und ich, seien die Tierschänder. Das hätte eine harte Strafe nach sich gezogen, denn Tante Livia glaubt ihm einfach alles. Gelegentlich hat uns Tiberius auch mit einem Stock geschlagen. Aber auch das durfte natürlich niemand wissen. Zum Glück sind wir nicht verwandt." Octavia strich ihrer Tochter, der mittlerweile Tränen in die Augen getreten waren, über das seidenweiche Haar. „Meine armen Kinder, ich werde euch gewiss nicht mehr der Obhut dieser Hexe überlassen, das verspreche ich euch." Dann bat sie die Mädchen, sich in die Frauengemächer zurückzuziehen. Später wolle sie noch mehr über den Aufenthalt auf dem Palatin erfahren. Sie konnte nicht glauben, dass der kleine Tiberius wirklich schlechte Anlagen hatte. Aber wie mochte es einem Kind ergehen, dessen Mutter mit einem grünen Jüngling davongelaufen und dessen Vater zum Gespött einer ganzen Stadt geworden war?

Schwierig gestaltete sich die Suche nach den Kindern ihres Gatten. Mit dem Tod Fulvias und der Abreise Marcus Antonius' nach Athen hatte sich deren Haushalt langsam aufgelöst, Sklaven und

Hausangestellte waren nach und nach verschwunden und die Kinder sich selbst überlassen worden. Antonius' Söhne streunten auf den Straßen umher und bettelten brave Bürger an. Sogar von Diebstählen und kleinen Räubereien war die Rede. Nur ab und zu nahmen barmherzige Verwandte sie für kurze Zeit bei sich auf. Doch nirgendwo hielten es die Jungen aus und auch die Angehörigen der Sippen waren froh, die unbändigen Knaben wieder los zu sein. Dem musste abgeholfen werden. Octavia erinnerte sich, wie sehr die Sorge um die Halbwaisen ihren Gatten umgetrieben hatte, und es war für sie selbstverständlich, den Wunsch, sich auch um seine und Fulvias Kinder zu kümmern, zu respektieren. Sie schickte Sklaven aus, um nach Antyllos und Iullus Antonius zu forschen, die bald gefunden und in ihr Elternhaus zurückgebracht wurden. Octavia nahm sie streng ins Gebet. Straßenjungen, schimpfte sie sie. Sie sollten sich schämen, ihrem Vater diese Schande anzutun. Was aus ihnen wohl werden solle, wenn sie sich schon jetzt, Kinder noch, an keinerlei Regeln und Anstand hielten. Aber Octavia mochte noch so empört ein, es zeigte sich, dass die beiden Knaben viel von der Wildheit ihres Vaters geerbt hatten. Es würde sie einige Mühe und Aufregung kosten, die vernachlässigten Burschen wieder an ein geregeltes Familienleben zu gewöhnen, in dem jeder auf jeden Rücksicht zu nehmen hatte. Aber man durfte nichts unversucht lassen.

Die junge Frau, deren Schwangerschaft nun offensichtlich war, hatte sich kaum eingerichtet und den Haushalt der Antonier wieder einigermaßen im Griff, als sich ihr Bruder melden ließ. „Kommt Octavian mich alleine besuchen oder …?" „Er steht ohne Begleitung vor der Tür, Frau Octavia", beeilte sich der Majordomus, sie zu beruhigen. Er wusste, wie wenig seine Herrin mit der des Palatins verband. „So möge er eintreten", gestattete Octavia. „Er ist mir herzlich willkommen." „Ich bitte dich, über meinen Besuch Stillschweigen zu bewahren!", rief Octavian dem Hausverwalter nach, der sich bereits entfernte. Dann ging er mit ausgebreiteten Armen auf seine Schwester zu.

Auch Octavia breitete die Arme aus. Es war so rücksichtsvoll von ihrem Bruder, seine unsympathische Frau zu Hause zu lassen, obwohl er doch genau wusste, was ihm blühte, sollte sie von seinem Ausflug erfahren. Denn er hatte, wie es schien, ohne ihr Einverständnis gehandelt. Freilich würde ihm Livia keine Vorwürfe machen. Auf das Niveau böser Worte ließ sie sich nicht herab. Es gab andere Mittel und Wege, sich Genugtuung zu verschaffen.

Nach der herzlichen Umarmung der beiden Geschwister sah Octavian die ältere Schwester neugierig an. „Du siehst gut aus", bemerkte er, „offensichtlich ist die Ruhe in Athen deiner Gesundheit bekommen. Eurer Gesundheit", verbesserte er sich, als er Octavias neuerliche Schwangerschaft entdeckte. „Recht so", lobte er. „Rom braucht Nachwuchs. Die Geburtenzahlen sind in den letzten Jahren auffällig zurückgegangen. Und wer, wenn nicht seine Führungsschicht, sollte da Abhilfe schaffen und der Masse mit gutem Beispiel vorangehen? Leider kann ich von meiner Gattin in dieser Hinsicht noch keinen Erfolg melden." Octavians Miene verzog sich schmerzlich und die besorgte Schwester glaubte, eine kleine Träne in seinen strahlend blauen Augen zu entdecken. Sie wusste, wie sehr sich Octavian ein Kind wünschte, einen Sohn vor allem – Scribonia hatte ihm ja nur eine Tochter geboren, eine unnötige Kostgängerin, wenn man ihn fragte – einen Sohn also, der seinen Stamm, die Gens der Iulier, weiterführen würde bis in alle Ewigkeit. Aber die Götter kümmerten solche Überlegungen nicht.

„Ich bin nicht nur gekommen, um dich zu Hause zu begrüßen, sondern auch, um mit dir über deinen Gatten zu sprechen, dessen Verhalten mich doch sehr verwundert. Wie kann er es wagen, dich nach Rom zurückzuschicken?"

„Er bat mich zu gehen und ich war einverstanden", fiel ihm Octavia ins Wort. „Es ging darum, uns, meine Antonia, das Ungeborene und mich, vor den Strapazen und Gefahren des Feldlagers zu schützen. Über kurz oder lang hätte ich ihm selbst den Vorschlag gemacht, uns in Sicherheit zu bringen. Und wo wären wir sicherer als in unserer geliebten Roma unter dem Schutz meines Bruders?", schmeichelte sie. „Wie dir sicherlich schon zugetragen wurde, steckt Marcus Antonius mitten in den Vorbereitungen für den großen und hoffentlich letzten Krieg gegen die Parther. Dabei würden wir doch nur stören. Glaube mir, es ist alles in Ordnung. Du denkst doch nicht etwa, er habe mich und natürlich auch dich mit dieser Entscheidung kränken wollen?"

Octavian schüttelte missbilligend den Kopf. „Es ehrt dich ja, dass du deinen Mann so leidenschaftlich verteidigst. Aber glaube mir, Schuft bleibt Schuft! Ich hätte es wissen müssen. Du hast gehört, dass er in Antiochia sein Winterquartier aufgeschlagen hat? Und du weißt auch, wer ihn dort besucht?"

„Er braucht die Königin oder vielmehr ihr Geld für den Feldzug. Da ist es doch ganz natürlich, dass er sich mit ihr bespricht. Ich bin nicht eifersüchtig, Octavius. Schon, weil ich fest davon überzeugt bin, dass mein Ehemann nichts tun wird, was unserer Verbindung oder gar Rom schaden würde. Dafür ist er zu klug, und dafür sind wir zu glücklich miteinander."

„Dein Wunsch in den Ohren der Götter!", seufzte der besorgte Bruder, warf einen Blick auf die kleine Antonia, die sich hinter dem Gewand ihrer Mutter verkrochen hatte, und verabschiedete sich mit einem: „Na ja, du kannst ja nichts dafür."

„Mein Wunsch in den Ohren der Götter!", wiederholte Octavia, als ihr Bruder außer Hörweite war, runzelte die Stirn und wandte sich wieder ihrer Arbeit zu, denn noch waren nicht alle Spuren der langen Abwesenheit von Rom beseitigt.

Die Nächte am Orontes waren hell und lang. Sobald der Tag sich neigte, leuchteten in den Straßen und auf den Plätzen Lichter auf, Öllampen und zahllose Fackeln, gleichsam von Geisterhand entfacht, und auch der Inselpalast erstrahlte in festlichem Glanz. Von überall her hörte man jetzt Musik und das unbeschwerte Lachen fröhlicher Menschen. Antonius und Kleopatra hatten rasch wieder zueinander gefunden, ihr altes Liebesleben wieder aufgenommen und festgestellt, dass es nichts von seiner Anziehungskraft verloren hatte. Mit dem Feiern waren auch die tiefen Gefühle zurückgekehrt, die sie schon verloren geglaubt hatten. Noch immer war die Königin für den sinnlichen Römer die Verführung schlechthin, noch immer verstand sie es, oft mit Hilfe von Liebestrank und Zauberspruch, sich diesen Mann gefügig zu machen. Schon bald hatte sie wieder fast jeden Vorteil auf ihrer Seite. Antonius schmolz in ihren Armen wie Wachs dahin, sog sich fest am Duft ihres Körpers und an der Wärme, die dieser ausstrahlte. Sie begehrte viel. Ein Königreich wollte sie jetzt, das sich demjenigen zur Glanzzeit der Herrschaft ihres Geschlechts näherte, ja über dieses hinausging. Ihren endgültigen Platz in der Geschichte wollte sie. Phönikien gehörte zu ihrem Glück, Teile Syriens und Kilikiens, Zypern und auch Gebiete Judäas, ungeachtet der Freundschaft, die ihren Geliebten mit dem Herrn des Judenreiches, Herodes, verband. Ihn, den sie einmal hätte lieben können, hasste sie jetzt. Sie gedachte der Tage, an denen sie ihm ihre Zuneigung angetragen hatte, die er jedoch zurückwies, als wäre sie nicht mehr als ein lästiges Insekt. Niemand durfte es ungestraft wagen, eine Königin vom Nil so zu behandeln, niemand.

Aus jeder Nacht mit dem seiner Sinne beraubten Römer ging sie gestärkt hervor. Jede Nacht brachte sie ihrem Ziel ein Stückchen näher. Gleich nach ihrer Rückkehr würde sie ein Edikt erlassen, das die Jahre ihrer Herrschaft neu zu zählen begann: Das Jahr 1 der Herrschaft Kleopatras. Denn ihr war, als würde ihr der Thron erst jetzt wirklich gegeben.

Auch im privaten Bereich war noch manches zu regeln, wenn sich bei Königen überhaupt Privates von ihrem hohen Amt trennen ließ. Da waren die Zwillinge Kleopatra und Alexander, dem Gesetz nach noch vaterlos, und Kleopatra gelang es, Antonius dazu zu bewegen, sich öffentlich zu den Kindern zu bekennen. Er wusste, dass sie nach seinem Abschied von Alexandria manchen schönen Sklaven in ihr Bett geholt hatte, und viele glaubten, die hübschen Kinder entstammten womöglich einer ihrer heißen Liebesnächte mit einem der Unfreien. Mit kritischem Blick betrachtete Marcus Antonius immer wieder die Gesichter der Kleinen, Spuren des eigenen Spiegelbilds suchend. Aber da war keine Ähnlichkeit zwischen ihm und den zarten Geschöpfen, zwischen den feinen, vornehmen Zügen und seinem derben, zerfurchten und von der Sonne gegerbten Feldherrngesicht. Umso wichtiger war es für die Mutter, die Öffentlichkeit an der feierlichen Zeremonie teilhaben zu lassen, während der sich der Vater zu den Kindern bekannte. Das große Theater Antiochias, das bis auf den letzten Platz besetzt war, wurde Zeuge, wie man Alexander und Klein-Kleopatra vor dem Vater nach römischem Brauch auf den Boden legte, er sich den Kleinen näherte, sie nacheinander aufhob und sie an seine breite Brust drückte. „Ich gebe euch die Namen Alexander Helios und Kleopatra Selene", verkündete er den Zuschauern stolz und erfreute sich einmal mehr an der allgemeinen Aufmerksamkeit. Keinem entging die Symbolik, die hinter den Namenszusätzen steckte: Sonne und Mond gehörten seit jeher zu den wichtigsten Göttern hier im Osten und sie verfügten auch in Rom über eine stattliche Anhängerschar. Als Fleisch gewordene Gottheiten sollten die Kinder angesehen werden.

Viele Gläubige verbanden sowohl in Ägypten als auch in der griechisch-römischen Welt Sonne und Mond mit der Siegesgöttin Nike, deren unverzichtbare Attribute sie sogar waren. Die kleine Prinzessin erhielt den Beinamen aber auch in Erinnerung an eine Vorfahrin, die ihn ebenfalls geführt hatte. Nicht zuletzt war der Mond das Gestirn der Göttin Isis, die wiederum in Mutter Kleopatra ihre irdische Gestalt angenommen hatte. So schloss sich der Kreis.

Und was verband die Welt mit dem Namen Alexander? Kein Kind im gewaltigen Römerreich, ja im gesamten zivilisierten Erdkreis, dem dieser Name nicht geläufig gewesen wäre. Jungen spielten „Alexander gegen die Perser" und Mädchen träumten von Kindertagen an davon, wenigstens einmal im Leben einem solchen Heroen zu begegnen. Was war mit dem Doppelnamen Alexander Helios nicht alles verbunden! Alle Sehnsüchte der Menschheit drückten sich in den wenigen Silben aus. Kein Feldherr von Rang, der nicht bestrebt war, dem großen Makedonen nachzueifern. „Der Kleine tut mir leid", bemerkte Senmut einem der königlichen Erzieher gegenüber. „Er wird es nicht leicht haben, alle Erwartungen, die sich mit seinem Namen verbinden, zu erfüllen. Ich möchte nicht in seiner Haut stecken."

Die Sonne stand für das Leben schlechthin. Hatte nicht der Philosoph Posidonios erst vor wenigen Jahrzehnten erklärt, Helios sei das brennende Herz der Welt und ihr intelligentes Licht? Hatte nicht vor Jahrhunderten der große Pharao Echnaton den Sonnengott Re als den einzig wahren verehrt und alle anderen Götter aus seiner Glaubenswelt verbannt? Er hatte eine Hymne an Re gedichtet, die noch immer die religiösen Rituale der Sonnenreligion beherrschte. Und schließlich verbanden Griechen wie Ägypter, Römer und Syrer die Herrschaft der Sonne mit dem Beginn eines goldenen Zeitalters, in dem sich alle Träume der Menschheit erfüllten: Frieden, Wohlstand und immerwährendes Glück.

Um auch die Bewohner entfernter Regionen an ihren Plänen teilhaben zu lassen, ließ Marcus Antonius Münzen schlagen, die seinen kleinen Sohn als Fleisch gewordenen Sonnengott darstellten, Münzen, die in alle Welt gelangen und den gesamten Mittelmeerraum von diesen Ideen unterrichten sollten.

Auch der feindliche König der Parther brachte sich gern mit Sonne und Mond in Verbindung, als deren ‚Bruder' er sich bezeichnete, ein Anspruch, der dem seines westlichen Gegners widersprach. Es gab nur eine Sonne und nur einen Mond und also nur ein Licht. Auch hier musste endlich Klarheit geschaffen werden. Wie einst Alexander, den man allenthalben den Großen nannte, die Perser, die Vorläufer der Parther, besiegt hatte, würde auch er, Marcus Antonius, ihr Reich dem römischen einverleiben, seinen Sohn auf den parthischen Thron setzen und auf diese Weise die ganze zivilisierte Welt unter die Herrschaft Roms bringen. Und ein Platz in den Annalen der Geschichte wäre ihm damit für alle Zeiten gewiss.

„Was wird wohl dein launischer Schwager dazu sagen, dass wir unsere Nachkommen in die Nähe der Götter rücken?", gab Kleopatra ihrem Geliebten zu bedenken. „Nichts", beruhigte sie Marcus Antonius. „Er wird nichts sagen, weil er gar nichts einwenden kann. Trachtet er doch selbst danach, als lebendiges Abbild des Gottes Apollo zu erscheinen, des Gottes des klaren Verstandes. Neulich soll er sogar ein Bankett zu Ehren der römischen Staatsgötter gegeben haben."

„Davon habe ich gehört", bemerkte Kleopatra interessiert. „Aber ich kann mir darunter nichts vorstellen."

„Nun, ganz einfach", belehrte sie Marcus Antonius. „Er hat Freunde und Bekannte zu einem Festmahl eingeladen, zu dem alle als Götter verkleidet erscheinen mussten. Nur im Kostüm Apollos durfte niemand kommen. Das hatte sich Octavian für sich vorbehalten. Es soll übrigens so üppig gegessen und getrunken worden sein, dass Unzufriedene die Absperrrungen durchbrochen und auf dem Palatin randaliert haben. Viele Römer hungerten, beklagten sie sich, weil Sextus Pompeius immer dreister den Seeweg blockiere. Und die Führungsschicht habe nichts Besseres zu tun, als sich derartiger Verschwendung hinzugeben. Freunde hat sich Octavian, der doch auf seinen Ruf, äußerst bescheiden und vorbildhaft zu leben, so sehr bedacht ist, nicht gemacht, und selbst die Götter sollen sich von dem falschen Apollo abgewandt haben. Dabei leidet er doch ständig am Magen, wie man weiß, und darf nur geringe Mengen ganz bestimmter Nahrungsmittel zu sich nehmen. Hauptsächlich ernährt er sich von getrockneten Feigen und altbackenem Brot."

„Das sind ja interessante Neuigkeiten." Kleopatra lächelte. Es passte gut in ihre Pläne, wenn sich Octavian beim Volk unbeliebt machte. Schadenfroh fuhr auch Marcus Antonius fort: „Die Quiriten haben für meinen Schwager bereits einen neuen Namen erfunden, ‚Apollo, den Peiniger', nennen sie ihn, und viele Bürger sind davon überzeugt, dass die Götter bei diesem Gelage alles Getreide verspeist haben, sodass für sie nichts mehr übrig geblieben sei."

„Ganz offensichtlich wollte dein Widerpart auch ein wenig teilhaben an der göttlichen Herrlichkeit, nachdem du hier im Osten als Dionysos verehrt wirst", überlegte sie. „Aber wie es scheint, ist er damit bei seinen Quiriten auf keine allzu große Gegenliebe gestoßen. Sie sind eben doch anders, diese Römer."

Ganz bewusst ließ sich Octavian als Apollo, Gott des Lichts und des klaren Verstandes, der Strenge und der harmonischen Ordnung feiern. Er wusste natürlich, dass für die Bewohner des östlichen Römerreiches sein Kollege Dionysos war, die Gottheit, die für weinselige Ausschweifung, Verschwendung und Hemmungslosigkeit stand. Freilich hatte auch Apollo im Osten seine Anhänger. Vor den Toren Antiochias stand im berühmten Hain der Daphne auch sein Tempel, reich ausgestattet mit Votivgaben, Schätzen und dem großen Kultbild des Gottes, das kein Geringerer als der Bildhauer Bryxias gefertigt hatte. Scharen von Pilgern zogen von der quirligen Metropole das ganze Jahr über dorthin, und viele Fremde kamen, um den Ort zu besuchen, der sich bei den Völkern der Welt eines gewissen Rufes erfreute. Unter den Augen des strengen Apollo, der gnädig über manches hinwegsah, war der Heilige Hain eine Stätte des Vergnügens und der lockeren Moral und damit auch bei römischen Besuchern sehr beliebt. Immer wieder zog es Antonius und Kleopatra dorthin. Oft kamen sie in auffälliger Verkleidung, um, von keinem erkannt, ihre Vergnügungssucht auszuleben.

Der Winter war noch nicht zu Ende, da war Kleopatra erneut schwanger. Und diesmal wusste Antonius um den Zustand seiner ägyptischen Frau.

Der Feldzug

Noch hatte sich der Staub, den die von Antiochia abziehenden Truppen aufgewirbelt hatten, nicht ganz gelegt, als auch Senmut zum Aufbruch mahnte. Er würde diesen Aufenthalt im Osten in bitterer Erinnerung behalten, auch wenn für Ägypten mehr erreicht worden war, als er sich je hätte träumen lassen. Aber um welchen Preis! Dabei dachte er nicht an die Schiffe, die seine Königin dem Römer versprochen hatte, und auch nicht an das Geld, das sie diesem für seinen Krieg zur Verfügung stellen wollte. Er dachte nur daran, dass seine schlimmsten Befürchtungen wahr geworden waren, dass sich Kleopatra erneut diesem Antonius hingegeben hatte. Zum Glück war der eitle Römer vor wenigen Tagen abgereist und auch sie würden in Kürze die Heimreise antreten. Dann wäre das Antiochia-Abenteuer endlich Geschichte.

Am Deck des Schiffes, das sie Richtung Alexandria trug, zog die Königin Bilanz. Es hatte sich, abgesehen von dem persönlichen Vergnügen, das sie genossen hatte, durchaus gelohnt, dass sie sich zuletzt doch aufgerafft hatte, Marcus Antonius in Antiochia zu besuchen. Kein ptolemäischer König vor ihr hatte auf ein größeres, einflussreicheres Ägypten geblickt. Sie hatte sich nicht nur wichtige Handelswege vom *Mare Internum* bis zu den Wassern des Indischen Ozeans erschlossen. Auch die ihrem Reich zugeschlagenen benachbarten Gebiete versprachen reichen Gewinn. Der Palmenhain von Jericho etwa, wo angeblich die besten Datteln der Welt wuchsen, die Balsamsträucher, deren aromatische Harze zur Herstellung teurer Parfums und wertvoller Salben benötigt wurden, das kostbare Erdpech aus dem Toten Meer, das nicht nur bei den noch immer beliebten Einbalsamierungen Verstorbener, sondern auch im Schiffsbau unverzichtbar war: All diese Kostbarkeiten gehörten nun ihr und es war nicht verwunderlich, dass der eine oder andere Herrscher neidisch auf ihren Erfolg blickte. Als Steckling wanderte der Balsamstrauch, auf den Judäa bisher ein Monopol gehabt hatte, an den Nil, und das Harz wurde dort bald in großen Mengen produziert.

Auch die Hügel der annektierten Provinzen versprachen Gewinn, was man freilich nicht auf den ersten Blick sah. Da waren Kiefern- und Eichenwälder und da waren vor allem die begehrten Zedern des Libanongebirges mit ihrem harten Holz, das das Material für den Schiffsbau lieferte, für jene Flotte, die die Königin Marcus Antonius versprochen hatte, und auch für Handels- und Transportschiffe, von denen Ägypten, das seine Handelsbeziehungen dermaßen erweitert hatte, jetzt kaum genug haben konnte. Gleich nach der Ankunft in Alexandria würde sie die Anfertigung der Kriegsschiffe zur Verstärkung der römischen Flotte in Auftrag geben. Dass die Ägypter Meister des Schiffsbaus waren, hatten sie mehr als einmal bewiesen. In wenigen Wochen würde sie dem römischen Feldherrn den Vollzug melden können.

Als Verlierer der von Marcus Antonius vorgenommenen Landverteilung fühlte sich vor allem der jüdische König Herodes, dem mit dem Verlust von Datteln, Balsam und Erdpech wichtige Einnahmequellen und Grundlagen seines Reichtums wegbrachen. Aber er war fest davon überzeugt, dass die Zeit für ihn arbeitete. Er verachtete Kleopatra, aber er war kein Narr. Er wusste, dass es galt, den Schein zu wahren und gute Miene zum bösen Spiel zu machen. Also bot er der Königin „in aller Freundschaft" an, die Gewinnung des Erdpechs für sie zu verwalten, und Kleopatra ging auf seinen Vorschlag bereitwillig ein. Sie wusste, dass er es nicht wagen würde, sie zu betrügen, und sein Angebot ersparte es ihr, eigene Leute in Judäa einzusetzen und zu bezahlen.

Überhaupt dieses Judäa! Immer gab es dort Unruhen. Den Juden konnte man es nie recht machen. Mit nichts und niemandem waren sie zufrieden. Augenblicklich stritten sie wieder einmal um die Vergabe des Hohepriesteramts, das bis vor wenigen Jahren die Hasmonäerkönige in Personalunion innegehabt hatten. Herodes konnte es nicht bekleiden, denn nach den strengen jüdischen Gesetzen war er kein Jude, nicht einmal ein halber, da er keine jüdische Mutter hatte. Doch nur ein richtiger Jude durfte Jahwe dienen. Aber die schöne Königstochter Mariamne, seine Ehefrau, hatte einen Bruder, Aristobul, jünger als sie und ihr wie aus dem Gesicht geschnitten. Aristobuls einziger Nachteil war seine Jugend, ein Umstand, der sich allerdings von Tag zu Tag zu seinen Gunsten änderte.

Die Mutter der Geschwister hieß Alexandra und war Kleopatra in langer Freundschaft verbunden. Wann hatte Kleopatra Alexandra eigentlich kennen gelernt? Sie erinnerte sich nicht mehr genau daran. Eines Tages war ein Bote der stolzen Jüdin in Alexandria eingetroffen, um ihr einen Brief und die Grüße seiner Herrin zu überbringen. Schon die ersten Worte des umfangreichen Schreibens hatten auf den Charakter einer hochgeborenen Frau hingewiesen, einer Aristokratin, die sich nicht nur in den üblichen Höflichkeitsfloskeln erging. Zwischen den Zeilen hatte Alexandra Klage über den unliebsamen Schwiegersohn geführt, Herodes, der ihr die Tochter geraubt hatte, das schönste ihrer Kinder, und sich als König der Juden aufspiele, wo er doch, wie jedermann wisse, nur der Sohn eines elenden Konvertiten sei. Nicht nur das hatte Kleopatra sofort für die Fremde eingenommen. Alexandra hatte auch auf ihre königliche Abstammung hingewiesen. Es bedurfte nicht mehr, Kleopatra davon zu überzeugen, dass sie es mit einer Seelenverwandten zu tun hatte, die ihr ebenbürtig war an Blut und Geburt. Und sie hatte nicht gezögert, sie nach Ägypten einzuladen. Es würde sich gewiss lohnen, eine solche Frau persönlich kennen zu lernen.

Nur wenige Wochen später war die Jüdin mit großem Gefolge und reichen Geschenken am Königshof von Alexandria erschienen und die beiden Frauen waren sich freudestrahlend in die

Arme gefallen. Keine Spur von Fremdheit. Im Gegenteil! Bald hatte sich zwischen ihnen eine innige Freundschaft entwickelt, ja eine tiefe Zuneigung, die weit über bloße Sympathie hinausging. Mit dem Versprechen, sich bald wiederzusehen, hatten die Frauen schließlich schweren Herzens voneinander Abschied genommen und sich ein baldiges Wiedersehen versprochen. Seitdem riss der Briefverkehr zwischen ihnen nicht ab. Besonders Kleopatra profitierte davon. Denn Alexandra berichtete bereitwillig, was immer sich im Königshaus von Judäa zutrug.

Sie war es nun, die die Königin bat, sich für die Kandidatur ihres Sohnes Aristobul für das höchste Priesteramt einzusetzen. Gern würde sie auch ihre Kinder zu einem Besuch an den Nil schicken, damit sich die Freundin ein eigenes Bild von ihnen machen könne. Kleopatra brauchte nicht lange zu überlegen. Sie wollte auf keinen Fall, dass Mariamne, der der Ruf einzigartiger Schönheit vorauseilte, zu ihr nach Alexandria kam. Was wäre, wenn Marcus Antonius plötzlich auftauchte, der, wie sie soeben wieder erfahren hatte, schönen Frauen noch immer zugetan war? Was, wenn er den Reizen der Jüdin erliegen und womöglich seine Schenkungen an sie, die Vertreterin Ägyptens, rückgängig machen würde? Sie dankte also der langjährigen Freundin für das Angebot. Aber es sei nicht nötig, ihre, wie sie gehört habe, zarte Tochter den Strapazen einer Reise nach Alexandria auszusetzen. Der junge Mann und sie selbst, Alexandra, seien aber herzlich willkommen. Als Königin gäbe sie ihr Wort, dass Aristobul der nächste Hohepriester würde, ehe der Mond zweimal wechselte.

In einem weiteren Brief beklagte sich Alexandra, ihre Kinder und sie würden in Jerusalem gefangen gehalten. Ihr Schwiegersohn sorge dafür, dass sie die Stadt nicht verlassen könnten, ja nicht einmal ihr Haus, in dem überall Wachen aufgestellt seien. Aber Kleopatra zeigte sich zuversichtlich, dass die kluge und erfahrene Frau einen Weg fände, ihrem Gefängnis zu entkommen. In der Tat wurden einige Tage später zwei Särge aus einem der Stadttore getragen. Aber kaum hatten die Träger mit ihrer seltsamen Fracht das freie Feld vor Jerusalem erreicht, als sie von Herodes' berittener Leibwache gestellt wurden. Der König, der um die Beliebtheit des Hasmonäersprosses wusste, wagte allerdings nicht, Alexandra und ihren Sohn für das kühne Unternehmen zu bestrafen. Er hob sich seine Rache für eine spätere Gelegenheit auf.

Doch er tobte, dass sich die Ägypterin so schamlos in die inneren Angelegenheiten Judäas einmischte, wusste aber auch, dass er gegen die Königin machtlos war. Der schöne Jüngling wurde also in sein Amt eingeführt, Glück brachte es ihm nicht. Kaum waren einige Monate vergangen, da musste Herodes nach Alexandria „tiefbetrübt" mitteilen, dass sich ein schreckliches Unglück ereignet hatte: Der junge Diener des Herrn war bei einem Badeunfall ertrunken. Natürlich verschwieg er, dass er dabei kräftig nachgeholfen hatte.

Er fand noch andere Wege, seinem Groll auf Ägyptens Königin Luft zu machen. Alle Welt sollte nun erfahren, dass Kleopatra versucht hatte, auch ihn zu verführen, allerdings ohne Erfolg. Eines Tages, so verkündete er, würde er sich für jedes ihm widerfahrene Unrecht bitter rächen, auch wenn nicht zu befürchten war, dass Marcus Antonius noch auf weitere Wünsche Kleopatras einging, die am liebsten ganz Judäa eingesteckt und Herodes in die Wüste geschickt hätte. Aber Antonius war bei aller Verliebtheit nicht dumm. So wenig wie mit der Herrscherin Ägyptens durfte er es sich mit Herodes verderben, nicht nur mit Rücksicht auf ihre jahrelange Freundschaft, sondern auch, weil er auf seine Unterstützung angewiesen war. Der König der Juden galt als einer der reichsten Männer der Welt, wenn auch niemand genau wusste, aus welchen Quellen sich sein schier unermessliches Vermögen speiste.

Nicht nur Kleopatras unmittelbar betroffene Nachbarn, die ihr weite Gebiete hatten abtreten müssen, auch die römische Führungsschicht wunderte sich über die eigenmächtigen Schenkungen des Generals. Handelte es sich doch um Teile von Provinzen, die zum Römerreich gehörten. Zwar stand Kleopatra loyal zu Rom, aber sie war doch eine weitgehend von der Weltmacht unabhängige Herrscherin. Schon wurden in der Hauptstadt Stimmen laut, der vor Liebe blinde Triumvir verschleudere römisches Staatsgut, und es fehle wohl nicht mehr viel, ihn als Verräter an der römischen Sache und damit als Staatsfeind zu betrachten.

Indes genoss Kleopatra den ungeheuren Machtzuwachs. Die Oberhoheit über einst römisches Gebiet stärkte noch einmal ihr nahezu unerschütterliches Selbstbewusstsein und um aller Welt ihre neue Stellung kundzutun, ließ sie noch in Antiochia Münzen prägen, die sie und Marcus Antonius in trauter Eintracht zeigten, sie diesmal nicht als Reinkarnation der Göttin Isis, sondern im Gewand der römischen Matrone, was ihren Triumph noch unterstreichen sollte. Auch die Beinamen ihrer Kinder Helios und Selene setzte sie geschickt zu Propagandazwecken ein. Niemand erinnerte sich, dass eine Frau je höher gestiegen und mächtiger gewesen wäre.

„Ich teile deine Ansicht, Königin, dass Marcus Antonius, koste es, was es wolle, mit seinem Feldzug gegen die Parther erfolgreich sein muss", meinte Senmut, der um eine Unterredung mit Kleopatra gebeten hatte. „Dabei geht es nicht nur darum, einen der hartnäckigsten Feinde Roms für immer unschädlich zu machen. Ein glänzender Sieg im Osten würde auch Octavians Erfolge in den westlichen Teilen des Römerreiches in den Schatten stellen, Marcus Antonius' Ansehen in Rom festigen – und seine Schenkungen in einem anderen Licht erscheinen lassen. Du weißt, dass er sich mit ihnen bei seinen Standesgenossen nicht besonders beliebt gemacht hat."

„Selbst wenn ich nicht genügend Fantasie hätte, es mir vorzustellen, hätten es mir meine römischen Spitzel längst berichtet. Die Stimmung am Tiber ist derzeit nicht allzu ägyptenfreundlich, um es vorsichtig auszudrücken, aber das wird sich sicherlich ändern, sobald Marcus Antonius siegreich aus dem Osten zurückkehrt.

Wir sollten die Sache nicht überbewerten. Etwas anderes würde ich gern erfahren. Ist dir bekannt, wie Marcus Antonius mit seinem Unternehmen vorwärts kommt?"

„Nun, es heißt, alles verliefe planmäßig. Mehr als das. Die Armee, die er befehlige, sei größer als alles, was man bisher gesehen habe, über 60.000 Fußsoldaten, dazu Reiterei und Tausende von Hilfskräften. Der Ruf dieses gewaltigen Aufgebots Bewaffneter erschrecke sogar die fernen Inder und ließe ganz Asien erzittern."

Kleopatra nahm die Nachricht mit Genugtuung zur Kenntnis. „Genauso ist es mir auch berichtet worden. Es wird in dem unwegsamen Gelände Kleinasiens nicht leicht sein, mit mehr als 300 schwerfälligen Ochsenkarren, Rammböcken und allerhand Belagerungsgerät vorwärts zu kommen. Ich kenne Marcus Antonius und weiß um seine Ungeduld. Hoffentlich gelingt es ihm, einen kühlen Kopf zu bewahren. Der kleinste Fehler könnte sich verhängnisvoll auswirken. Auf jeden Fall", fügte sie gut gelaunt hinzu, „werde ich schon einmal beginnen, die Sprache der Parther zu lernen. Es hat sich schon immer als vorteilhaft erwiesen, wenn man seine Feinde versteht."

In der Tat ging der Feldzug dem General zu langsam voran. Von einem *„veni, vidi, vici"*, mit dem einst sein Freund Caesar Rom in Erstaunen versetzt hatte, konnte keine Rede sein. Und auch seine Hoffnung, allein die geballte Kraft der Anzahl seiner Soldaten würde den Feind zur Aufgabe zwingen, trog. Er ließ deshalb den hindernden Tross mit starker Bewachung zurück und rückte nur mit seinen Soldaten zur königlichen Residenz Phraaspa vor, einer reichen Stadt, wo prall gefüllte Schatzkammern Aussicht auf reiche Beute boten. Sie würde sicherlich ohne viel Blutvergießen kapitulieren. Aber Marcus Antonius sah sich getäuscht. Die Bürger Phraaspas schlossen eilig die Tore und bereiteten sich auf eine lange Belagerung vor. Jetzt erwies es sich als verhängnisvoll, dass der römische Heerführer sein Belagerungsgerät nicht mitgebracht hatte.

Der parthische König war inzwischen nicht untätig geblieben. Antonius' Männer waren noch damit beschäftigt, vor Phraaspa einen hohen Erdwall aufzuschütten, um über diese Rampe in die hartnäckig verteidigte Stadt einzudringen, als ein Reiter angaloppiert kam, der berichtete, Phraates greife den zurückgelassenen Tross an. Marcus Antonius blieb nichts anderes übrig, als die Belagerung abzubrechen und seinen bedrängten Leuten zu Hilfe zu eilen.

Der Anblick, der sich ihm bot, als er das Lager erreichte, ließ ihm das Blut in den Adern gefrieren. Über dem ausgedehnten Lagerfeld herrschte gespenstische Stille. Kein menschlicher Laut war zu hören, nicht einmal das Wiehern von Pferden oder das Brüllen von Ochsen war zu vernehmen. Vorsichtig näherte er sich den verlassenen Zelten. Die Ebene war mit grauenhaft verstümmelten Leichen übersät, abgeschlachtetes Menschenvieh mit schreckgeweiteten Augen, die Gesichter im Todeskampf grässlich verzerrt. Überall erschlagene Tiere, Pferde, Ochsen, auch Ziegen und Schafe, die die Römer in riesigen Herden auf ihren Feldzügen als lebende Vorratskammern mitzuführen pflegten, zerstört das wertvolle Kriegsgerät, Rammbock und Belagerungsmaschinen, ja selbst die Schwerter verschwunden, die die Parther den sterbenden oder schon toten Römern weggenommen hatten. Eine Handvoll Überlebender sah Marcus Antonius vorwurfsvoll an: „Du kommst zu spät, Feldherr. Artavasdes, der armenische König, auf dessen Reiterei und Bogenschützen wir vertraut haben, hat uns verraten", hauchte einer der Männer im Todeskampf. „Kaum hatten die armenischen Heerführer die Parther von ferne gesehen, als er schon zum Rückzug ..." Der Mann verstummte, neigte den Kopf zur Seite und starb.

Besonders die Feigheit des Verbündeten stachelte Marcus Antonius' Zorn heftig an. Er befahl, die Toten zu einem riesigen Scheiterhaufen aufzuschichten, und bald brannte ein beachtlicher Teil seiner Armee, deren unübersehbare Stärke kürzlich noch Angst und Schrecken verbreitet hatte, lichterloh. Eine dunkle Rauchsäule stieg anklagend zum Himmel und verkündete meilenweit, dass die Römer auch nur Menschen und keine unbesiegbaren Heroen waren. Marcus Antonius habe, so hieß es, offensichtlich das Glück verlassen und es stünde kaum zu erwarten, dass er sich von diesem Schicksalsschlag jemals wieder ganz erholte.

Zurück vor den Mauern Phraaspas, setzte er die Belagerung mit dem Mut der Verzweiflung fort. Aber es erwies sich, dass die Nahrungsmittel im Römerlager knapp wurden, und einige Offiziere an Marcus Antonius' Führungsqualitäten zu zweifeln begannen. Der hier war kein Caesar, der mit kühlem Kopf immer die richtigen Entscheidungen traf. Der hier vertraute zu sehr seinen Gefühlen, die, wie jedermann wusste, die schlechtesten Ratgeber waren. Trügerisch waren sie und hielten den Menschen nur allzu oft zum Narren.

Nur langsam setzte sich die Einsicht durch, dass Marcus Antonius den Parther unterschätzt hatte. In geringem Abstand zum Römerlager ließ Phraates nun sein eigenes aufschlagen, als wolle er den Römern zeigen, wie wenig er sich vor ihnen fürchtete. Er blockierte die Nachschubwege für Marcus Antonius' Armee. Schwer gepanzerte Reiter, deren bloßes Erscheinen die Römer in Angst und Schrecken versetzte, galoppierten in geringem Abstand an den römischen Linien vorbei und verspotteten die Eingeschlossenen. So konnte es nicht weitergehen. Man musste jetzt allen Mut zusammennehmen und jede über Jahrhunderte gewonnene Erfahrung einsetzen, um sich aus dieser misslichen Lage zu befreien. Einer ganzen Welt hatte Rom seinen Willen aufgezwungen. Sollte es jetzt an diesen Wilden scheitern?

Da kam Marcus Antonius eine Kriegslist zu Hilfe. Trotz aller Verluste waren seine Streitkräfte noch immer stärker als die des Feindes, die jedoch das vertraute Terrain auf ihrer Seite und die Römer beinahe umzingelt hatten. Er gab also vor, sich zurückzuziehen, und befahl, die Zelte abzubrechen und das Lager scheinbar aufzulösen. In großem Bogen marschierte er auf die parthischen

Linien zu. Als sich seine Fußsoldaten auf der Höhe des Feindes befanden, griff seine Reiterei an. Die überraschten Parther flohen. Marcus Antonius ließ sie über weite Strecken verfolgen. Aber eingeholt werden konnten sie nicht. Entmutigt zogen sich die Römer daraufhin in ihr Lager zurück.

Immer wieder verließen hungrige Römer die Befestigung, um nach Nahrung Ausschau zu halten. Aber kaum einer kehrte zurück. Die Moral der Truppen sank. Auch wer bisher noch treu zu seinem Feldherrn gehalten hatte, begann jetzt, an seinen Fähigkeiten zu zweifeln. Wollte er sie alle ins Unglück stürzen? Berittene Parther tauchten in der Nähe auf, um die Tapferkeit der römischen Soldaten zu loben und den Führungsstil Marcus Antonius' zu verspotten. Selbst der treueste Mann war bald davon überzeugt, dass dieser Krieg nicht zu gewinnen war.

In der Tat zog sich der Feldzug hin. Beide Seiten verzeichneten inzwischen hohe Verluste. Längst war der Herbst angebrochen. Es begann zu regnen und der Winter stand unmittelbar vor der Tür. Unmöglich, die Kämpfe fortzusetzen, und für eine Wiederaufnahme im nächsten Frühjahr reichten die verbliebenen Kräfte nicht aus. Obwohl sich die Parther in der besseren Position befanden, war Phraates mit Friedensverhandlungen einverstanden. Er war so stark, dass er alle Bedingungen, die der Römer stellte, ablehnen konnte. Am wenigsten dachte er daran, die Legionsadler zurückzugeben, die Crassus einige Jahrzehnte zuvor an einen von Phraates' Vorgängern verloren hatte.

„Warum sollte ich deinem Herrn entgegenkommen?", fragte er Marcus Antonius' Gesandten, ohne eine Antwort zu erwarten. „Ihr Römer bildet euch ein, ihr seid von den Göttern ausersehen, die Welt zu retten. Ich sage dir und bitte dich, das auch deinem Feldherrn auszurichten, euer römischer Friede, wie ihr ihn so hochtrabend nennt, ist eine Farce. Keiner will ihn, keiner braucht ihn. In Wirklichkeit geht es euch doch nur darum, eure Macht zu erweitern, von der freilich nur die römische Führungsschicht profitiert. Dein Herr soll sich einmal unter den Bürgern seines Reiches umhören, vielleicht auch nur unter denen Roms. Wie nie zuvor lechzt der einfache Mann nach Frieden, nach einem Ende des ewigen Blutvergießens. Aber eure Führer sind taub und blind. Die Rechnung für ihr Verhalten wird kommen. Ich sehe Rom an Bedeutung verlieren", fuhr er nach einer Weile des Nachdenkens fort, „sehe das Reich schrumpfen und langsam untergehen. Aus seinen Ruinen wird Gras wachsen und Parthien wird noch immer ein mächtiges Reich sein, in dem jeder auf seine Weise leben und selig werden kann. Richte deinem Herrn aus, Phraates, König der Könige, gewährt den Römern Frieden! Aber er lässt sich keine Bedingungen stellen. Sie mögen ihr Lager auflösen und abziehen. Sag ihm das, Fremder! Wachen!", rief er einigen vor dem Audienzsaal postierten Männern zu. „Begleitet den römischen Gesandten hinaus! Der Mann hat freies Geleit."

„Phraates hat es gerade nötig, sich über die Absichten Roms auszulassen!" Antonius war wütend wie nie. Was bildete sich dieser selbst ernannte „König der Könige" überhaupt ein? War er denn besser als die Römer, die doch nur einen göttlichen Auftrag erfüllten, wenn sie aller Welt die *Pax Romana* anboten? Der Parther war doch machtgieriger als alles, was bisher im Dienste Roms unterwegs gewesen war. Hatte er nicht seinen eigenen Vater und 30 seiner Brüder ermordet, um auf den Thron zu gelangen? Durfte ein solcher Mann Rom Machthunger vorwerfen? Doch Marcus Antonius mochte sich aufregen, so viel er wollte: Phraates saß am längeren Hebel. Er konnte die Bedingungen diktieren. Und er war sich dessen durchaus bewusst.

„Wie so oft scheinst du besser unterrichtet zu sein als ich, deine Königin". Ein wenig verärgert hatte Kleopatra Senmut rufen lassen, um ihn über den Fortgang des römischen Unternehmens zu befragen. Sie weigerte sich beharrlich, von Krieg zu sprechen, denn obgleich sie schon um einige Andeutungen über Missgeschicke, die ihren Geliebten getroffen hatten, wusste, glaubte sie noch immer an seinen endgültigen Sieg.

„Es sieht leider nicht gut aus, Herrin." Senmut musste bei der Wahrheit bleiben, auch wenn er sich vorstellen konnte, wie sehr sie schmerzte. „Wenn ich es bisher vorgezogen habe zu schweigen, so doch nur, um dich nicht unnötig aufzuregen, und in der Hoffnung, die Sache ließe sich für uns noch zum Guten wenden. Aber es scheint, dass alles verloren ist. Ich habe einen Kriegsberichterstatter mitgebracht. Er kann dir Genaueres sagen, denn er kommt geradewegs aus der Schlacht. Er wartet draußen vor der Tür."

Kleopatra befahl, den Mann unverzüglich hereinzuholen. Und ohne die übliche Etikette zu wahren, sprudelte es aus dem dürren Menschen, dem man die Entbehrungen und Anstrengungen des langen Ritts ansah, geradezu heraus, wobei aus seinen Augen das Grauen schaute, dessen Zeugen sie geworden waren.

„Der große Antonius", begann er so schnell, dass sich die Worte überschlugen und Kleopatra ihn aufforderte, sich zu fassen. „Der große Antonius sah alle Hoffnung dahinschwinden. Tagelang schloss er sich in sein Feldherrnzelt ein und es hieß sogar, man habe den starken Mann mit Tränen in den Augen gesehen. Er war nicht einmal in der Lage, zu seinen Leuten zu sprechen, geschweige denn, ihnen ein wenig Mut zu machen. Ihm, der sonst mit wenigen, aber umso leidenschaftlicheren Worten eine ganze Armee hinter sich bringen konnte, hatte es im wahrsten Sinne des Wortes die Sprache verschlagen. Trotz seiner unendlichen Traurigkeit – wir machten uns schon Sorgen, er täte sich womöglich noch etwas an – wollte er wenigstens einen geordneten Rückzug antreten und die Männer, die ihm geblieben waren, unversehrt in ihre Heimat zurückführen. Aber auch das war ihm verwehrt."

Erst auf die Bitte, in seinem Bericht fortzufahren, seufzte der Fremde: „Wir begannen also in aller Eile, das Lager aufzulösen und zogen nordwärts. In den ersten zwei Tagen trafen wir auf keinerlei Widerstand und freuten uns schon über die geglückte

Rettung. Am Abend des zweiten Tages floss der Wein und das erste Mal seit langem kehrte wieder so etwas wie verhaltene Fröhlichkeit bei unseren Truppen ein. Bald wären wir dank der weisen Umsicht unseres Feldherrn wieder zu Hause. Nein, wenn auch manches für immer verloren war und jeder von uns den Tod mindestens eines Freundes oder Kameraden zu beklagen hatte, so hatte sich zuletzt doch noch alles zum Guten gewendet - mit Hilfe unseres Fleisch gewordenen Dionysos, dem wir an diesem Abend zuprosteten, den wir als Retter und Erlöser feierten. Doch dem Schicksal gefiel unsere Freude nicht.

Der Feldherr hatte für unseren Rückzug eine kurze Route gewählt, um der parthischen Gefahr und den traumatischen Erlebnissen möglichst rasch zu entkommen. Er hatte nicht damit gerechnet, dass die Parther seine Überlegungen durchschauten. Am dritten Tag geriet die römische Armee in überschwemmtes, schlammiges Gebiet. Der König der Könige hatte befohlen, einen Damm zu zerstören, um die Römer aufzuhalten. Verzweifelt kämpften sich unsere Truppen in dem sumpfigen Gelände vorwärts, von allen Seiten von parthischen Bogenschützen angegriffen. Auch die nächsten Tage brachten keine Erleichterung. Der verschlagene Phraates wollte Blut sehen, Römerblut. Nicht einmal die, die in auswegloser Lage die Seiten wechselten und zu den Parthern überliefen, fanden vor seinen Augen Gnade. Alle Deserteure fielen unter den feindlichen Geschossen. Hunger und Durst schwächten die, die sich an Antonius' Seite mühevoll weiterkämpften. Erst als er befahl, die Schildkröte zu formieren und sich so in Sicherheit zu bringen, besserte sich die Lage ein wenig.

Die Römer sind bekannt dafür, schnell aus ihren Fehlern zu lernen", fuhr er mühsam fort. „Wir mieden jetzt weit einsehbare Ebenen, quälten uns durch hügeliges Gelände, überquerten unter schwierigsten Bedingungen Berge, Bäche und Flüsse und verloren dennoch Tausende unserer tapfersten Soldaten. Immer wieder kam es bei unseren Leuten zu Querelen, zu Prügeleien, Plünderung und

Mord. Sogar Antonius' eigenes Gepäck war vor Dieben nicht sicher. Nach etwa drei Wochen, die wir hungrig, durstig und wegen der Eiseskälte halb erfroren zurückgelegt hatten, gelangten unsere Truppen endlich an einen breiten Fluss. Wie von Geisterhand gelenkt, hörten auf einmal die feindlichen Angriffe auf. Phraates ließ Marcus Antonius wissen, die Römer hätten sich so tapfer geschlagen, dass er ihnen nunmehr gestatte, den Fluss unbehelligt zu überqueren. Einige Tage später erreichten wir völlig erschöpft Armenien. Endlich waren wir in Sicherheit."

Der Mann brach ab. Seine Augen füllten sich mit Tränen. Es sah aus, als zöge die ganze unglaubliche Geschichte, das ganze Unglück noch einmal an ihm vorbei. „Keiner kann sich diesen Moment des Glücks vorstellen, große Königin. Harte Männer, die, das Schicksal preisend, auf die Knie fielen und den Boden küssten. Die einander umarmten und sich gratulierten. Die endlich ihren Feldherrn priesen, der sie zuletzt doch mit so viel Umsicht aus der parthischen Hölle geführt hatte. Ein zum Tode Verurteilter, dem der Strick des Henkers schon um den Hals liegt, der aber im letzten Augenblick noch begnadigt wird, kann sich kaum glücklicher fühlen. Und dennoch: Noch in Jahrhunderten werden die Geschichtsbücher von dieser Niederlage berichten, von diesem Scheitern, das nicht weniger schändlich ist, als es das des Crassus war." Der Mann schlug, jetzt schluchzend, die Hände vors Gesicht. Er schämte sich vor der Königin seiner Tränen. Dann brach er bewusstlos zusammen.

Kleopatra befahl, ihn auf ein Lager zu betten. Sobald er sich erholt habe, möge man ihm reichlich zu essen geben und den üblichen Botenlohn. Dann zog sie sich schweigend in ihr Schlafgemach zurück – wie immer, wenn sie nachdenken musste und allein sein wollte.

Im Ansehen seiner Soldaten stieg der Antonier mittlerweile beinahe zur Legende auf. Zwar hatte er nicht eines seiner Ziele erreicht. Die mitgeführten Legionen und die Hilfstruppen waren geschwächt, der Tross zerstört oder ganz verloren. Mit nur zwei Dritteln seiner einst so stolzen Armee kehrte er heim. Doch die, die ihm bisher gefolgt waren, waren weit davon entfernt, ihn für Niederlage und Demütigung verantwortlich zu machen. Hatte er nicht Mühe und Qual seiner Männer geteilt? Hatte er ihnen nicht den Respekt, den sie ihm entgegengebracht hatten, hundertfach zurückgegeben? Dem Schicksal hatte es nicht gefallen, sie als Sieger vom Schlachtfeld gehen zu lassen. Aber gegen das Schicksal kämpften selbst Götter vergebens.

Ganz anders war die Stimmung in Rom. Es gab viele, die Marcus Antonius für den gescheiterten Feldzug verachteten, und ihre Zahl wuchs beständig. Hatte nicht dieses ganze Unternehmen von Anfang an unter einem ungünstigen Stern gestanden? Und war nicht die eigentlich Schuldige an der Katastrophe jene Circe, die, mit welchen Mitteln auch immer, diesen an sich untadeligen Römer in ihre Netze verstrickt hatte? Nur um möglichst schnell an den Nil zurück zu kehren, hatte er, Marcus Antonius, alle Vorsichtsmaßnahmen außer Acht gelassen, war blind vorwärts gestürmt wie der Ochs ins Schlachthaus und hatte damit Rom eine der schändlichsten Niederlagen seiner vielhundertjährigen Geschichte zugefügt. Aber er würde sich vor ihnen zu verantworten haben, sobald er römischen Boden beträte.

Marcus Antonius führte seine Truppen weiter nach Westen – trotz Eiseskälte und heftigsten Schneegestöbers, das noch einmal Tausende seiner Männer das Leben kostete. Als sie in Syrien angekommen waren, ließ er sie dort im Winterquartier zurück. Er selbst ritt in ein kleines Küstenstädtchen namens Leuke Kome. Er hoffte, Kleopatra wiederzutreffen, die er dorthin bestellt hatte. Als er angekommen war, war der Hafen jedoch leer. Kein ägyptisches Schiff war zu sehen. Nur ein paar alte Fischerboote dümpelten müßig am Strand vor sich hin. Und auch die nächsten Wochen fand sich von der Königin keine Spur. Was war geschehen? Ließ sie ihn gerade jetzt, da er nach der beschämenden Demütigung ihres Trostes mehr denn je bedurfte, im Stich, jetzt, da sie mit seiner Hilfe in derartige Höhen gestiegen war? Haushoch peitschten die Wellen gegen die verschmutzten Kaimauern. Tag für Tag sah man den Römer im Hafen herumlaufen, halb wahnsinnig vor Enttäuschung und Schmerz; wartend, lauernd, rufend stierte er in die raue See, als wolle er sie mit den Augen bis auf den Grund aufmischen. Aber niemand nahm sich seiner Verzweiflung an.

Untröstlich gab er sich endlich ganz unheldenhaft seinem tiefen Schmerz hin und ertränkte seinen Kummer in Amphoren von Wein. Hatte ihn die große Königin, groß von seinen Gnaden, aus ihrem Herzen verbannt, weil sie, die stolze Frau, Demütigung und Schande nicht ertrug?

Der langsame Abstieg

„Liebste Livia", stotterte Octavian, streckte die Arme aus und hauchte seiner Frau je einen Kuss auf beide Wangen. „Was führt dich so unverhofft hierher?"

Noch vor ihrer skandalumwitterten Hochzeit hatten die Verlobten die Privatgemächer ihrer beiden Häuser auf dem Palatin durch einen unterirdischen Gang miteinander verbinden lassen, sodass sie unbeobachtet von neugierigen Blicken und ohne den Argwohn der vor den Wohnräumen postierten Wachen zu erregen, einander besuchen konnten, wann immer sie wollten. Es kam dennoch selten vor, dass Livia ihren Gatten überraschte. Doch wenn sie kam, genoss sie umso mehr seine offensichtliche Verlegenheit. Es bereitete ihr Genugtuung, ihn, der ansonsten kaum wagte, das Wort an sie zu richten, wenn er es nicht zuvor schriftlich festgelegt hatte, so verwirrt zu sehen. War es doch ihre kleine Rache für manche Kränkung, die ihr durch ihn immer wieder zugefügt wurde: Für die heimlichen Treffen mit seiner Schwester Octavia zum Beispiel, von denen sie doch stets erfuhr, oder das eine oder andere Liebesabenteuer und den Geruch fremder Betten, den er in ihr gemeinsames Schlafgemach trug. Freilich war auch ihr bekannt, dass in Rom ‚Ehefrau' ein Titel der Ehre war und nichts mit Sinneslust zu tun hatte. Aber es war doch erst ein paar Jahre her, da hatte er ihr unter Anrufung aller Himmlischen als Zeugen immerwährende Liebe und Treue geschworen. Zwar kam er auch seiner Pflicht als Ehemann pünktlich nach, da konnte sie sich nicht beklagen. Leider waren ihre bisherigen Bemühungen ohne den ersehnten Erfolg geblieben. Der neue so inständig beschworene Erbe ließ auf sich warten.

„Ich wollte nicht versäumen, zu denen zu gehören, die dir als erste zu deinen Erfolgen Glück wünschen. Die Götter meinen es gut mit uns, mein Gemahl. Und ich habe bereits veranlasst, sowohl Jupiter, Juno und Minerva auf dem Capitol als auch unserem besonderen Schutzgeist Apollo reiche Opfer darzubringen. Ich hoffe, ich habe da in deinem Sinn gehandelt." Octavian erwiderte nichts, nickte aber dankend und ein kleines Lächeln umspielte seinen schmallippigen Mund. Dann berichtete Livia stolz, was ihr in den letzten Monaten zugetragen worden war, als wäre Octavian nicht selbst dabei gewesen oder hätte nicht zumindest davon gehört.

Wer in jenen Tagen am politischen Geschehen interessiert war, konnte sich über Langeweile nicht beklagen. Selten boten die Ereignisse, die gewollten und die beiläufigen, so reichlichen Gesprächsstoff. Auf den Plätzen der Stadt standen die Menschen laut redend und wild gestikulierend beisammen und auf dem Forum traten Redner auf, die in leidenschaftlichen Worten die Menge auf sich und ihre Meinung aufmerksam machten. Selbst die Tierhetzen, die Gladiatorenkämpfe und die Aufführungen im Zirkus nahmen in diesen Tagen die Gemüter nicht so gefangen wie die Spielchen auf der Bühne der Politik, von der ihrer aller Zukunft abhing. „Bürgerkrieg? Nein! Wir haben genug geblutet. Wann werden das unsere Mächtigen endlich begreifen? Aber habt ihr es auch gehört?"

Da war Octavians glänzender Sieg über Sextus Pompeius. Immer fester hatte der Sohn des großen Pompeius, der sich in den Augen seiner römischen Zeitgenossen in nichts von einem gewöhnlichen Seeräuber unterschied, Rom in den Würgegriff genommen und die Versorgung der Hauptstadt mit ihren nahezu eine Million zählenden Einwohnern gefährdet. Sizilien, das war schon lange die Kornkammer des Römerreiches und vor allem die seiner Hauptstadt gewesen, und gerade diese fruchtbare Insel hatte der freche Räuber unter seine Kontrolle gebracht. Aber nicht mit ihm, nicht mit Octavian! Dabei hatte es lange Zeit für ihn und seinen Feldherrn Agrippa hoffnungslos ausgesehen.

In einer gewaltigen Seeschlacht hatte Sextus Pompeius die Streitmacht Octavians bezwungen, und viele hatten schon geglaubt, er sei der künftige Herr über Rom. Denn die Niederlage war so verheerend gewesen, dass Octavian sogar daran gedacht hatte, sich das Leben zu nehmen. Nur sein Intimus Marcus Vipsanius Agrippa hatte einen kühlen Kopf behalten: „Du hast eine Schlacht verloren, mein Freund, aber nicht den Krieg. Die Götter stehen auf unserer Seite. Ich spüre es. Das nächste Gefecht werden wir für uns entscheiden, das verspreche ich dir. Du darfst nicht vergessen, dass auch unser Gegner geschwächt ist. So allmählich laufen auch seine besten Leute zu uns über. Sie ahnen genau wie ich, dass sich das wohlmeinende Schicksal von ihm abgewandt hat."

Der Mond war angeschwollen und geschwunden, hatte zugenommen und wieder abgenommen. Nur wenige Monate nach der Niederlage in den trüben Tagen des beginnenden Herbstes hatte sich Agrippa die Möglichkeit geboten, seinen schönen Worten Taten folgen zu lassen. Allzu leichtsinnig hatte sich der Seekönig in seinem Ruhm gesonnt, hatte den ihm wie eine reife Frucht zugefallenen Sieg genossen und, den Kopf von Herrscherträumen vernebelt, von seinem feierlichen Einzug in Rom gefaselt. Aber er hatte Agrippas festen Willen unterschätzt. Was sich Octavians Freund einmal in den Kopf gesetzt hatte, führte er mit eiserner Hand durch. Völlig unerwartet war er mit einer gewaltigen Anzahl von Kriegsschiffen vor Nauchlochus erschienen, einem Kap auf der Insel Sizilien, und hatte den überraschten Träumer zum Kampf aufgefordert. In einer der blutigsten Seeschlachten, die Rom bis dahin geführt hatte, war Sextus' Flotte bezwungen und völlig vernichtet worden. Ihrem Anführer war nichts geblieben, als zu fliehen. Octavian aber hatte aufgeatmet. Demonstrativ hatte er sich zum Tempel des Janus begeben, des zweigesichtigen Gottes, der nach vorn und zurück schaute, und dessen Tore geschlossen. Alle Welt hatte wissen sollen, dass das Zeitalter der Bürgerkriege, die Rom fast 100 lange Jahre in Atem gehalten hatten, vorbei war.

Doch es erwies sich, dass das Schließen des Heiligtums nicht mehr als ein symbolischer Akt war, ein Wunschtraum von Frieden, der sich nicht erfüllte. Noch war der Kampf um Rom nicht ausgefochten. Noch stand nicht fest, wer aus dem Ringen um die Alleinherrschaft als Sieger hervorgehen würde. Nur so viel war gewiss: Auch ein Reich wie das römische hatte keinen Platz für mehrere Caesaren. Nur die Herrschaft des Einen, des Besten, konnte auf Dauer – so die Meinung vieler, denen das Schicksal Roms am Herzen lag – Stadt und Reich vor Unheil bewahren. An die so oft beschworene *res publica* glaubte fast keiner mehr.

In all den Unstimmigkeiten zwischen Marcus Antonius und Octavian, die von Tag zu Tag immer bedrohlichere Ausmaße annahmen, hatte man Lepidus vergessen, den dritten Triumvirn, der mit seiner Abschiebung in den Norden Afrikas immer weniger zufrieden war. Was konnten die anderen, was nicht auch er könnte? Hatte man nicht ausgemacht, die Macht im Römerreich gleichmäßig zu verteilen? Er hatte sich also zurückgemeldet und Ansprüche geltend gemacht. Er denke nicht länger daran, Octavian die Vorherrschaft im Westen des Imperiums kampflos zu überlassen. Sollte es also wieder Krieg geben, wo der doch gerade erst für beendet erklärt worden war? Man durfte gespannt sein, wie ernst es Octavian mit der Schließung des Janus-Tempels in Wirklichkeit war.

„Ja, ist er denn verrückt geworden?" Livia wurde blass und sank auf einen Schemel nieder, der im Triclinium zum Auftragen der Speisen bereit stand. Sie war gerade dabei, ihr bescheidenes Mahl einzunehmen, Feigen und ein Stück trockenes Brot, ein karges Gericht für die Herrin des Palatins, wie es auch ihrem Gatten genügte. „Zum Glück hat er es mir nicht vorher angekündigt", fuhr sie fort. „Ich wäre sonst sicherlich tausend Tode gestorben. Und du bist ganz sicher?", vergewisserte sie sich noch einmal bei dem Boten, den ihr Gatte geschickt hatte.

„So sicher, wie sich ein Mensch nur sein kann, Herrin. Ich habe es mit eigenen Augen gesehen und glaube mir, unser Herr Octavian hat sich damit noch mehr Sympathien erworben. Es scheint, als flögen ihm die Herzen nur so zu. Viele munkeln schon, er sei wohl der geborene Herrscher für die gebeutelte Roma, denn er habe die Götter auf seiner Seite. Nun, ließ er uns wissen, es käme für ihn nicht in Frage, erneut das Schwert zu bemühen, ehe er nicht alles versucht habe, die Sache auf friedliche Weise zu bereinigen. Wir sahen uns an, konnten wir uns doch nicht vorstellen, was seine geheimnisvollen Worte bedeuteten. Dann plötzlich stand er vor uns, hoch zu Ross - ich muss sagen, ich habe ihn nie zuvor auf einem Pferd gesehen - und ritt unbewaffnet in das Lager des Lepidus, und glaube mir, hohe Frau, uns blieb für Augenblicke das Herz stehen. Eine knisternde Spannung lag in der Luft, als er mit wohl gesetzten Worten begann, Lepidus' Legionen zu einem Seitenwechsel zu überreden. Schon nach wenigen Minuten liefen ihm die Männer geschlossen zu und als Lepidus, von dem Lärm aufgeschreckt, neugierig aus seinem Feldherrnzelt blickte, fand er sich von allen seinen Leuten verlassen. Octavian trat auf ihn zu und erklärte ihn für abgesetzt, was jener erstaunt, aber ohne Widerrede zur Kenntnis nahm. Und bei allen Vorbehalten, die man gegen ihn haben mag: Lepidus scheint zu wissen, wann er verloren hat. Ohne weitere Aufforderung überreichte er Octavian sein Schwert. Für einen kurzen Augenblick wirkte er sogar erleichtert, dass die große Bürde von ihm genommen war. Er behält übrigens das Amt des *Pontifex Maximus,* das ja, wie du weißt, auf Lebenszeit übertragen ist und das dein Gatte ihm auch nicht weggenommen hat. Das möge die Zeit für ihn erledigen, sagte Octavian zu uns. Gegen den obersten Priester habe er nichts. Von ihm drohe Rom keine Gefahr."

„Ich danke dir für deinen ausführlichen Bericht", meinte Livia erleichtert. Dann rief sie ihren Schatzmeister und bat ihn, den Mann reichlich zu belohnen. „Wer hätte das gedacht?", überlegte sie laut, als sich die beiden Männer entfernt hatten. „So leicht kann man sich täuschen. Ich werde ein kleines Fest zu seiner Heimkehr ausrichten. Es muss doch gefeiert werden, dass es jetzt nur noch zwei Machthaber im Römerreich gibt. Und doch noch einen zu viel. Aber auch das wird sich ändern. Unsere Pläne scheinen aufzugehen."

Die Nachricht von Octavians Erfolgen, die sich gleich einem Lauffeuer bis in den hintersten Winkel des Imperiums verbreitete, kam auch Marcus Antonius zu Ohren und verstärkte seine Schwermut und Depression. Dazu kam, dass im syrischen Winterquartier die Stimmung umgeschlagen war. Hatten die Heimkehrer noch vor wenigen Wochen ihrem „umsichtigen" Feldherrn zugejubelt, fühlte er sich zunehmend von ihnen getadelt. Warum hatte er ihnen nicht gestattet, im sicheren Armenien zu überwintern? Musste er sie unbedingt nach Syrien führen und dabei in Kauf nehmen, dass durch Kälte, Hunger und Durst noch einmal Tausende ihr Leben verloren? War er dieser ägyptischen Frau wirklich so verfallen, dass er sie so schnell wie möglich wiedersehen musste, weil er ohne sie nicht sein konnte? Hatte er deshalb ihrer aller Leben aufs Spiel gesetzt? Nur wenige glaubten noch, dass er sie aus purer Fürsorge aus Armenien weggebracht hatte, weil er dem dortigen König Artavasdes nicht traute, der ja erst kürzlich seine Unzuverlässigkeit bewiesen hatte, als die römische Nachhut in Bedrängnis geraten und vom parthischen Feind völlig aufgerieben worden war. Niemand wusste eine befriedigende Antwort auf all diese Fragen. Nur Marcus Antonius selbst hätte alles aufklären können. Aber statt sich um seine erschöpften Soldaten zu kümmern, wie man es von einem verantwortungsbewussten Feldherrn erwartete, jagte er viele Meilen von Syrien entfernt einem Phantom nach, von dem niemand wusste, ob es je wieder menschliche Gestalt annähme, nicht einmal der Verblendete selbst. Das konnte niemand verstehen.

Mehr denn je hatte Antonius Grund, um seine eigene Zukunft zu bangen. Hatte nicht Octavian gerade Lepidus fallen lassen, ohne Gewissensbisse zu haben? Würde der rücksichtslose Aufsteiger auch versuchen, ihn aus dem Bündnis zu drängen, und ihn zwingen, sich ins Privatleben zurückzuziehen? Aber er würde es diesem Verräter nicht leicht machen, würde den Römern schon zeigen, wer der geeignetere Herrscher war. Doch dazu brauchte er seine Verbündete Kleopatra. Und sollten wider Erwarten alle Stricke, die ihn an Rom banden, reißen, so wäre er erst recht auf die Zusammenarbeit mit der Königin angewiesen, die ja bereits einmal, wenn sicherlich auch nur scherzhaft, von einem eigenen Reich im Osten gesprochen hatte, das sie gemeinsam regieren könnten. Es ging also nicht mehr nur um Rom. Es ging um ihn, es ging um sie und es ging um Ägypten.

Wieder einmal lag die Königin im Wochenbett. Sie hatte ihrem römischen Gatten einen weiteren Sohn geboren, dem sie, die Zustimmung des Vaters voraussetzend, den Namen Ptolemaios Philadelphos gab. Derjenige ihrer Vorfahren, der vor Generationen diesen Beinamen getragen hatte, hatte das Ptolemäerreich zu einer danach nicht mehr erreichten Hochblüte geführt und so sollte „Philadelphos“ allen Zeitgenossen einmal mehr vor Augen führen, welche Ziele sie verfolgte und dass sie mit ihren Wünschen noch nicht am Ende war.

Die Tage der Ruhe gaben ihr Gelegenheit, über Antonius, sein Scheitern und ihre eigene Rolle in diesem Spiel um die Macht – denn was sollte der sich anbahnende Konflikt mit Octavian anderes sein? – nachzudenken. Er hatte sie nach Leuke Kome gerufen, aber sie war seinem Wunsch noch nicht gefolgt. Nun, sie hätte, wenn sie denn ginge, eine gute Ausrede: Hätte sie sein Kind vielleicht auf hoher See gebären sollen? Doch jetzt, da sie daran war, sich von den Strapazen der späten Schwangerschaft und der Geburt zu erholen, würde sie sich entscheiden müssen, ob sie Marcus Antonius weiterhin unterstützte oder ihn fallen ließ. Senmut. Sie würde Senmut um Rat bitten – und dann handeln, wie sie es für richtig hielt.

Dass Antonius in dem großen Kampf gegen die Parther, die einmal mehr den Kriegsschauplatz unbesiegt verlassen hatten, so kläglich gescheitert war, war eine Katastrophe. Sie hatte versucht, mithilfe der beiden mächtigsten Römer ihrer Zeit, mit Caesar und Marcus Antonius, ihre hochgesteckten Ziele zu erreichen. Caesar war gewissermaßen vor ihren Augen ermordet worden und Marcus Antonius' Stern sank. Das war ihr nicht verborgen geblieben. Aber da gab es einen weiteren Römer, der zu den größten Hoffnungen berechtigte: Octavian. Ob sie versuchen sollte, auch ihn mit den ihr eigenen Mitteln zu überzeugen? Er war viele Jahre jünger als sie und wenn es auch hieß, dass er dieser Livia nicht allzu treu war, so war doch auch bekannt, dass er sich seine Gespielinnen stets in Kreisen suchte, deren Angehörige seiner Ehe und seiner Stellung nicht schaden konnten. Und sie kam zu dem Schluss, dass sich dieser Octavian, der zudem als Verstandesmensch und äußerst gefühlskalt galt, niemals auf ein Abenteuer mit ihr einlassen würde. Wenn es überhaupt für sie und ihr Reich eine Zukunft gäbe, dann läge diese ausschließlich bei Marcus Antonius. Also reiste sie nach Phönikien, um ihrem Geliebten Geld und Bekleidung für seine Männer zu bringen und ihn über die schlimmen Erfahrungen der letzten Monate hinwegzutrösten.

Es war nicht schwer, den von ihrem Zögern enttäuschten Mann davon zu überzeugen, dass es Zeit gebraucht hatte, alle von ihm gewünschten Versorgungsgüter zu beschaffen und die Beschwernisse von Schwangerschaft und Geburt zu überwinden. Er glaubte ihr gern, dass eine Entbindung in ihrem Alter keine Kleinigkeit war, und er verstand ihren Wunsch, keine weiteren Kinder zu gebären. Sah er doch die ersten Fältchen, die sich ihr um Mund und Augen gebildet hatten, fein noch wie Sonnenstrahlen, das erschlaffende Fleisch ihrer Arme, die schwindenden Lippen und den müden Körper, der seine besten Tage hinter sich hatte. Aber das Altern der einst so anziehenden Ägypterin störte ihn nicht. Hätte er je gedacht, dass es ihm nichts ausmachen würde, eine

Frau neben sich im Bett zu haben, deren Bauch sich zu wölben begann, deren Brüste erschlafften, deren Gesicht Mühen und Sorgen widerspiegelte? Erstaunt stellte er fest, dass er sie mit jedem grauen Haar, das sich auf ihrem Kopf zeigte und das sie nun nicht mehr ausriss, mehr liebte. Und ihm war, als sähe er im langsamen Verfall seiner Partnerin das Spiegelbild seiner selbst.

Auch Octavian hatte durch seinen Feldherrn Agrippa vor der Küste Siziliens im Kampf gegen Sextus Pompeius nur einen halben Sieg errungen. Der Hauptfeind war geflohen und es blieb abzuwarten, ob er wieder genügend Anhänger um sich scharen und Rom erneut herausfordern könnte. Noch immer verfügte der Name Pompeius in der zivilisierten Welt über einen hervorragenden Klang. Zudem stand die Auseinandersetzung mit Marcus Antonius um die Alleinherrschaft im Römerreich noch an. Es konnte nicht angehen, dass einer über Stadt und Reich mitbestimmen sollte, der römisches Staatsgebiet verschenkte, ohne sich um die Zustimmung des heimischen Senats zu kümmern und sich am liebsten weitab von der Hauptstadt des Reiches aufhielt. Zudem war dieser eine auch noch im Kampf gegen den Erzfeind des Imperiums so kläglich gescheitert, weil ihm private Belange wichtiger waren als das Staatswohl. So einer gehörte nach Auffassung vieler Stadtrömer weg. Und die Zahl der Kritiker wuchs beständig.

Der Sieg über Sextus Pompeius brachte Octavian nicht den militärischen Ruhm, der nach allgemeiner Ansicht zu einem römischen Führer gehörte. Glücklicherweise erhoben sich gerade einige Stämme in Illyrien, die die Grenzen Italiens bedrohten – für Octavian ein mehr als willkommener Anlass, seinem Widerpart im Osten die vertraglich zugesicherten 20.000 Soldaten zu verweigern. Sie würden jetzt, ließ er Marcus Antonius wissen, zur Verteidigung des italischen Mutterlandes gebraucht.

Wieder einmal erwies sich Octavian als Meister diplomatischen Geschicks. Er stimmte keineswegs in die sich verbreitende Kritik am fehlgeschlagenen Feldzug Marcus Antonius' ein, sondern bemühte sich, die Schlappe, die Rom hatte hinnehmen müssen, schön zu reden. Immerhin, ließ er verbreiten, sei doch der Feldherr mit der Eroberung der Mederstadt Phraaspa, die nach weiterer Belagerung doch noch geglückt war, so siegreich gewesen, hatte dieser doch selbst nach Rom von Erfolgen berichtet und Münzen schlagen lassen, die Beutestücke zeigten. Zähneknirschend stimmten die Senatoren Octavians Vorschlag zu, neben ihm, Octavian, auch Marcus Antonius zu ehren. Und so wurden die Statuen beider Triumvirn auf dem Forum und im Tempel der Concordia aufgestellt und beiden wurde auf Octavians Betreiben hin gestattet, gemeinsam mit ihren Frauen und Kindern bei einem Festmahl in diesem Heiligtum der kürzlich errungenen Siege feierlich zu gedenken. Die Einladung war ein geschickter Schachzug Octavians, seinen Gegner unter Druck zu setzen. Würde er nun endlich Kleopatra verlassen und sich zu seiner Ehefrau Octavia und damit zu Rom bekennen? Der Aufsteiger sah keine bessere Gelegenheit, die Öffentlichkeit einmal mehr auf Marcus Antonius' Fehlverhalten aufmerksam zu machen und ihn bei seinen römischen Zeitgenossen in Misskredit zu bringen. Er wusste nur zu gut, dass der Antonier der Aufforderung, in Rom zu erscheinen, nicht folgen würde.

Die eigentlich Leidtragende der ganzen Geschichte war Octavia. Ihr kann kaum verborgen geblieben sein, dass sie ihr ehrgeiziger Bruder nur als willfähriges Werkzeug missbrauchte, doch sie ließ sich nichts anmerken. Als sich ihr treuloser Gatte auf dem Weg zu Kleopatra befand, überwinterte sie in Athen. Sie wollte dort auf ihn warten, wenn er von seinem Feldzug zurückkäme. Noch war sie davon überzeugt, dass er wieder zu ihr und ihren beiden gemeinsamen Töchtern zurückkehren würde. Alle bösen Zungen würde sie Lügen strafen. Doch als ihr bewusst wurde, dass sie sich getäuscht hatte, dass Marcus Antonius nicht im Traum daran dachte, die Ehe mit ihr fortzusetzen oder zumindest nicht gleich, reiste sie Ende des Jahres 717 *a.u.c.* enttäuscht nach Rom zurück, um nur wenige Monate später erneut in Athen zu erscheinen. Sie kam nicht mit leeren Händen, sondern brachte Proviant und Bekleidung für Marcus Antonius' Armee mit, dazu 70 Kriegsschiffe, den Rest jener 120, die ihr Gatte vor einiger Zeit ihrem Bruder überlassen hatte. Aber sie hatte nur 2.000 Soldaten von den 20.000 dabei, die Antonius ursprünglich zugesichert worden waren.

Der General tobte vor Wut. Den Verstoß gegen den Vertrag und die Abspeisung mit einem Bruchteil dessen, was ihm zugesagt worden war, empfand er als Hohn, als Beleidigung und persönlichen Affront, und das gerade jetzt, wo er, wie Octavian wusste, so dringend auf Verstärkung angewiesen war. Denn noch hatte er den Kampf gegen die Parther nicht aufgegeben und es war auch nicht abzusehen, ob Phraates nicht bald in Syrien oder gar an der phönikischen Küste auftauchen würde. Auf die Schiffe hätte er verzichten können. Parthien war keine Seemacht, die es auf dem Wasser zu bekämpfen galt, und im Übrigen hatte ihm Kleopatra genügend Kriegsschiffe zur Verfügung gestellt, deren Technik obendrein neuesten Standes war - anders als die der Römer, die sich seit Jahrhunderten kaum verändert hatte. Doch Soldaten wären nötig gewesen, um die entstandenen Lücken zu füllen und noch einmal gegen den gefährlichsten Feind Roms zu ziehen.

Ganz allmählich trübte sich auch Marcus Antonius' Verhältnis zu seiner römischen Frau. War sie ihrem Bruder nicht wie aus dem Gesicht geschnitten, wenn sich die Charaktere der Geschwister, soweit er das beurteilen konnte, auch in mancher Hinsicht unterschieden? Octavia war aufrichtig, sie war anständig und hätte niemals einen ihr Nahestehenden verraten. Eigentlich konnte er sich über diese Frau nicht beklagen. Und doch: Er hatte genug von den ständigen Intrigen ihres Bruders, die dieser gegen Antonius spann (für die sie freilich nichts konnte), er hatte genug von ihrer viel gepriesenen Wohlanständigkeit, von ihrem schüchternen Getue, den leidenschaftslosen Nächten - nie hatte sie sich ihm nackt gezeigt - und davon, wie sie alles, einem Opferlamm gleich, das man zur Schlachtbank führte, geduldig ertrug. Er hatte genug von ihrem frommen Gesicht, das ihn mit jeder Faser an den unzuverlässigen Bruder und das unselige Bündnis erinnerte. Er konnte das alles nicht länger ertragen. Also schrieb er ihr einen Brief von Syrien aus nach Athen, sie möge ihm Truppen und Material überlassen und nach Rom zurückkehren. Keinesfalls dürfe sie zu ihm nach Syrien kommen, da er einen neuerlichen Feldzug plane und die Lage zu gefährlich sei. Und wie es einer gehorsamen römischen Ehefrau anstand, kehrte Octavia ohne zu klagen nach Rom zurück.

Mit dieser Entwicklung der Dinge zeigten sich zwei nur mittelbar Beteiligte äußerst zufrieden: Kleopatra, die mit allen ihr zur Verfügung stehenden Mitteln Marcus Antonius beschworen hatte, zu ihr und nicht zu Octavia zurückzukehren. Und Octavian, der seine Quiriten mehr und mehr davon überzeugte, dass Antonius ein Verräter an der römischen Sache war, und der nicht davor zurückschreckte, Octavia als geduldiges Werkzeug für sein schmutziges Spiel mit Antonius und Kleopatra weiterhin zu missbrauchen.

War es für die Königin nicht schwer gewesen, die Verzeihung ihres Geliebten für das verspätete Eintreffen in Leuke Kome zu erlangen, so machte sie es ihm umgekehrt nicht leicht, bei ihr wieder die Stellung einzunehmen, die er vor seinem Zug in den Osten innegehabt hatte. In ihren Augen war seine bloße Überlegung, vielleicht zu seiner Frau zurückzukehren, bereits Verrat bei allem, was sie für ihn getan hatte. War ihr nicht schon genug angetan worden? Von Octavian, als er Antonius gezwungen hatte, Octavia zu heiraten, wo doch schon damals bekannt gewesen war, dass er in Ägypten in einer festen Beziehung lebte? Und auch von Antonius selbst, dass er sich dem Willen seines Gegners so klaglos gebeugt hatte. Gewiss, damals in Antiochia, bevor er zu dem großen Partherfeldzug aufgebrochen war, hatte sie sich rasch wieder auf ihn eingelassen, obwohl er bereits verheiratet war, aber die Lage war auch eine ganz andere gewesen. Seine Stellung und der erwartete Ruhm nach einem großartigen Sieg hatten zu den größten Hoffnungen berechtigt, hatten ihn im Hochgefühl der kommenden Ereignisse zu einem großzügigen, leicht verführbaren Mann gemacht. Es wäre ihrerseits eine Dummheit gewesen, die günstige Stimmung nicht auszunutzen. Was spielte es da schon für eine Rolle, wenn er, fern von ihrem Hof, zu einer anderen Frau ins Bett gestiegen war, zumal ihm nur über diese seine Stellung gesichert schien? Da waren ihre Gebietsansprüche, die sich nur über ihn verwirklichen ließen, und da war die öffentliche Anerkennung seiner Kinder Alexander Helios und Kleopatra Selene gewesen, die sie von ihm erwartet hatte. Doch jetzt war er ein gebrochener Mann und es bestand die Möglichkeit, dass er sich von seiner Niederlage nie mehr erholte. Was aber wollte sie mit einem Partner, dessen Einfluss in der Welt schwand? Was konnte er ihr noch bieten?

Nächtelang sah man Marcus Antonius, den einst so stolzen General, vor der Tür zu Kleopatras Gemächern kauern, das Gesicht tränenüberströmt. Über Wochen hörte die kleine Stadt Leuke Kome ihn wie einen getretenen Hund nachts um Einlass winseln, gespenstisch, unheimlich, die Stimme eines, der dem Wahnsinn nahe ist. Kleopatra blieb hart. Sie warf ihm vor, schon der flüchtige Gedanke, sein römisches Leben wieder aufzunehmen, fern von ihr, sei ein unbeschreiblicher Affront gegen sie und ihre Kinder gewesen, und sie sehe sich nicht in der Lage, so einfach darüber hinwegzugehen. Sie müsse sich genau überlegen, wie die Sache für sie weiterginge. Doch dann dachte sie an die Schiffe, die sie ihm mitgebracht hatte, an Geld und Versorgung und auch daran, dass allein diese Geste schon der erste Schritt zur Versöhnung gewesen war. Und es böte sich vielleicht jetzt die letzte Gelegenheit, ihren Herrschaftsbereich endgültig abzurunden. Also öffnete sie ihm die Tür und empfing ihn in dem Gewand, das sie, die Königin, einst bei ihrer ersten Begegnung in Tarsos getragen hatte. Und Antonius verstand.

Mit gespieltem Mitleid hieß Octavian die gedemütigte Schwester in Rom willkommen. In Wirklichkeit konnte er sich keine bessere Werbung für seine Sache vorstellen. Marcus Antonius hatte Octavia weggeschickt, um sich wieder ganz und gar seiner exotischen Hure zu widmen, und das sollte möglichst bald die ganze Stadt erfahren. Jeder bewunderte die sanfte, untadelige Frau, die ihr Schicksal traurig annahm und sich so liebevoll um ihre Kinder kümmerte, und nicht nur um die beiden Töchter, die Antonius mit ihr gezeugt hatte. Auch denen aus der Ehe mit Fulvia versuchte sie, Vater und Mutter zu ersetzen. Und je tiefer die Römer mit der Verlassenen fühlten, desto mehr begannen sie, Marcus Antonius zu hassen, der dieser edlen Frau derartiges Unrecht zufügte. Vergeblich versuchten Bruder Octavian und dessen Freund Agrippa Octavia dazu zu bewegen, wenigstens aus Marcus Antonius' Haus auszuziehen, aber sie bestand darauf zu bleiben. Eines Tages, dessen sei sie gewiss, würde der untreue Gatte reumütig zu ihr zurückkehren und dann solle er keineswegs auf ein verwaistes Heim treffen. Noch sei sie nach dem Gesetz ja seine Frau und daran werde sich Zeit ihres Lebens auch nichts ändern.

Octavian dachte nach. Wie konnte man der Welt noch deutlicher vorführen, in welches Unrecht sich sein Widerpart gesetzt hatte, als er Octavia die Rückkehr nach Rom befahl, um für Kleopatra frei zu sein? Er musste nicht lange überlegen. In feierlicher Zeremonie verlieh er der Schwester die *sacrosanctitas*, die Unantastbarkeit der Person, die sie in den höchsten Rang, den eine Frau in Rom erreichen konnte, erhob. Sie hatte jetzt die Stellung einer Vestalin, jener höchsten Priesterinnen, die im Vesta-Tempel auf dem Forum das heilige Feuer hüteten und für das Wohlergehen des Staates verantwortlich waren. Damit gehörte auch Octavia zu den Frauen mit den größten Rechten in Rom. Doch hätte Octavian diesen Schritt nicht wagen können, ohne seiner eifersüchtigen Ehefrau den gleichen Status einzuräumen.

Es war vor allem die römische Adelsschicht, die sich über Marcus Antonius' Verhalten einer untadeligen Römerin gegenüber empörte. Die Zahl seiner einflussreichen Anhänger in der Stadt schwand. Und für die, die sich eigentlich aus der Sache heraushalten wollten, wurde es immer schwieriger, unparteiisch zu bleiben.

Auch die Meinung über Kleopatra, die in den Augen vieler die eigentlich Schuldige an der ganzen Aufregung war, schlug um. Vor neun Jahren war sie in Rom im Gartenpalast Caesars zu Gast gewesen und hatte dort viele bedeutende Römer empfangen. Daran mochte sich jetzt kaum noch jemand erinnern.

Nachdem Marcus Antonius Kleopatras Gunst mit größter Anstrengung zurückgewonnen hatte, begab er sich in das syrische Winterquartier, um den Rest seiner einst so stolzen Armee zu versorgen. Dann segelte er mit seiner ägyptischen Frau nach Alexandria, um sich nie wieder von ihr zu trennen.

Wünsche und kein Ende

Bald nach dem Tod des jungen Hohepriesters Aristobul erreichte die Königin ein Brief ihrer jüdischen Freundin Alexandra, in dem sich diese bitter über den Schwiegersohn Herodes beklagte:

„Alexandra, die Hasmonäerin, grüßt ihre große königliche Freundin Kleopatra vom Nil. Mögen Dir die Götter Griechenlands und Ägyptens Gesundheit und ein langes Leben verleihen!

Sicherlich ist Dir längst, verehrte Kleopatra, zu Ohren gekommen, dass mein geliebter Sohn Aristobul nicht mehr unter uns Lebenden weilt. Mein Herz blutet vor Trauer und Schmerz. Man hat Dir und dem großem Marcus Antonius berichtet, Aristobul sei bei einem Badeunfall ums Leben gekommen. Aber das, hohe Königin, ist nicht einmal die halbe Wahrheit. Wenn ich Aristobuls Freunden, die bis zu seinem Tod zugegen waren (und es gut mit ihm meinten, wenn sie das Unglück auch nicht verhindern konnten), glauben darf, hat sich alles ganz anders zugetragen, als es Herodes uns und euch glauben machen will. Doch ich will mit der traurigen Geschichte von vorne beginnen.

Dank Deiner Fürsprache bei Marcus Antonius, liebste Kleopatra, hat sich mein Schwiegersohn Herodes tatsächlich dazu herabgelassen, meinem Sohn Aristobul das Amt des Hohepriesters zu übertragen. Ich weiß, wie sehr er sich davor fürchtete, der Jüngling, der, wie Dir bekannt ist, dem vornehmsten Geschlecht ganz Judäas entstammte, könne sich den Thron seiner Vorfahren, auf den er kraft seiner hohen Geburt mehr Recht als ein dahergelaufener Idumäer gehabt hätte, zurückerobern und Herodes in die Wüste jagen. Noch immer sind die Anhänger des Hasmonäerhauses zahlreich und kaum einer der Einflussreichen des Judentums sympathisiert mit dem Nichtjuden auf dem Thron Israels. Du hättest ihn sehen müssen, meinen Sohn! In seinen kostbaren glitzernden Gewändern schritt er durch die Tempelhöfe, als hätte er Zeit seines jungen Lebens nichts anderes getan. Zahllose bewundernde Blicke folgten ihm und Begeisterungsrufe begleiteten ihn. Die Juden hatten ihn tatsächlich zu ihrem heimlichen König erkoren. Schön, schlank und groß gewachsen, wie er war, schien er dem Volk als Symbol vergangenen Glanzes, als letzter Sprössling der Makkabäer, die einst die Juden von der Fremdherrschaft befreit hatten. Die Woge der Sympathie, die Aristobul entgegen schlug, war mehr, als Herodes, der allenthalben als willfähriger Römling gilt, ertragen konnte.

Doch Aristobul hatte gar nicht die Absicht, Herodes, der immerhin sein Schwager ist, zu verdrängen. Wusste er doch, dass er als Hohepriester und Mittler zwischen Gott und den Menschen einem weltlichen König nicht nachstand. Entsprechend beliebt war der Jüngling auch beim jüdischen Volk, was Herodes, dem man noch immer mit Argwohn und Misstrauen begegnet, ein Dorn im Auge gewesen sein muss.

Um des lieben Friedens willen habe ich trotzdem mit dem König Frieden geschlossen und ihm versichert, mich künftig ganz seinen Wünschen zu fügen. Wenn ich bisher, teilte ich ihm mit, gegen seine Interessen verstoßen habe, so möge er es mir nicht nachtragen. Das sei, wenn überhaupt, nur aus Rücksicht auf meine Familie geschehen, um deren Stellung ich gebangt habe. Doch sei mir inzwischen klar geworden, dass er uns nichts Böses wolle.

Das Laubhüttenfest kam und Jerusalem geriet, wie immer bei unseren religiösen Feiern, ganz außer Rand und Band. Selten zuvor hatte ich meine Zeitgenossen so ausgelassen gesehen. Die Stadt war mit Pilgern brechend voll. In rauschenden Feiern tanzten unsere Bürger mit den Fremden durch die festlich geschmückten und bei Nacht taghell erleuchteten Straßen. Wie nie zuvor feierte das Volk. Um diesen Erfolg für die Organisatoren des Festes noch abzurunden, lud ich acht Tage nach Beendigung der Feierlichkeiten den Hof zu einem Gastmahl in meinen Sommerpalast in Jericho ein. Bekannte und Verwandte folgten nahezu geschlossen meiner Einladung und nach dem Trubel in Jerusalem versprach die Nachfeier ein ruhiges und besinnliches Familien- und Freundestreffen zu werden. Wie Du weißt, gibt es in den herrlichen Parkanlagen meines Sommersitzes am Jordan große Schwimmbassins, die zur Abkühlung und zur Erholung dienen. Die Hitze jener Tage war erdrückend, selbst für uns, die wir doch stehende Luft und hohe Temperaturen von Jerusalem her gewohnt sind.

Herodes hatte meinen arglosen Sohn mit auf einen Spaziergang genommen, der sie an einem der Badeteiche vorbeiführte. Viele junge Leute des Hofstaates tummelten sich in dem erfrischenden Wasser. Aristobul möge doch auch an der allgemeinen Belustigung teilnehmen und seinem Körper eine Abkühlung gönnen, schlug Herodes meinem Sohn vor. Aber Aristobul soll Bedenken geäußert haben: Es gezieme sich nicht für einen Mann seines Ranges, sich vor anderen nackt zu zeigen, habe er dem König geantwortet. Wenn schon, wolle er den Einbruch der Dunkelheit abwarten und dann ein erfrischendes Bad nehmen. Als es dämmerte, sei er dann tatsächlich ins Wasser gesprungen. Darauf aber hätten die Freunde des Königs nur gewartet. Alles begann scheinbar harmlos: Das gegenseitige Bespritzen, das Nachsetzen und Stoßen und schließlich das Untertauchen, wie man es von jungen Leuten kennt. Mein Sohn sei allerdings so lange getaucht worden, bis er tot war.

Herodes unterließ nichts, das Ganze wie einen bedauerlichen Unfall aussehen zu lassen. Oh ja, seine „Trauer" war groß! Mit überwältigendem Pomp wurde mein Junge, der nur ein halbes Jahr lang der Hohepriester gewesen war, beigesetzt, wobei der König laut weinte (und peinlich darauf achtete, dass es jedermann sah). Nur Mariamne, die ihrem Bruder in besonderer Liebe zugetan war, hatte das schmutzige Spiel von Anfang an durchschaut. Ohne Rücksicht auf ihre ohnehin nicht glückliche Ehe stieß sie noch am

Grab des Getöteten gegen ihren Gatten die übelsten Flüche, die heftigsten Beschuldigungen und Verwünschungen aus. Ungeniert nannte sie ihn in aller Öffentlichkeit einen gemeinen Verbrecher.

Mir schnürte das Unglück, das über meine Familie gekommen war, das Herz zu. Eine Zeitlang glaubte ich, selbst sterben zu müssen, denn Aristobul war nicht nur mein Jüngster, er war mir auch von all meinen Kindern das liebste. Ich weiß, was du mir sagen willst, geliebte Freundin: Eine Mutter sollte in ihren Gefühlen keinen Unterschied machen, aber der Junge war alles, was sich Eltern nur wünschen können. Er war klug und von gewinnendem Wesen, freundlich zu jedermann und von angenehmem Äußeren. Auf geheimnisvolle Weise hatte die Natur Schönheit und Geist in diesem Menschenkind vereint und ich will die Mutter sehen, die darauf nicht stolz gewesen wäre. Ich lobe ihn, obwohl ich seine Mutter bin und es sich für mich eigentlich nicht gehört.

Du weißt selbst, verehrte Freundin, wie die Geschichte weiterging. Marcus Antonius lud meinen Schwiegersohn nach Laodikeia an der syrischen Küste vor, wo dieser Rechenschaft über den unnatürlichen Tod Aristobuls ablegen sollte. Aber zur Verantwortung gezogen wurde Herodes nicht. Immerhin habe er sich, wie mir zuverlässig berichtet wurde, mit gemischten Gefühlen auf den Weg gemacht, nicht wissend, was ihn erwartete. Und bald drangen Gerüchte nach Judäa, die ich, ich verhehle es nicht, mit Genugtuung vernahm: Marcus Antonius, hieß es, sei mit dem König streng ins Gericht gegangen, habe ihn gar foltern und hinrichten lassen. Doch bald stellte sich heraus, dass dies nicht mehr als eine Wunschvorstellung unsererseits war. Es war für den verschlagenen Herodes wahrscheinlich nicht schwer, Marcus Antonius von seiner „Unschuld" zu überzeugen, und vielleicht hat ja auch ein wenig Geld als Beweis nachgeholfen. Doch verzeih! Ich möchte Deinen römischen Gatten keineswegs der Bestechlichkeit verdächtigen.

Wie dem auch sei: Das Blut meines Sohnes schreit nach Rache, Auge um Auge, Zahn um Zahn, wie es uns der Allerhöchste lehrt. Und so bitte ich Dich, geliebte Kleopatra, Dich für mich und meine Familie bei Deinem römischen Gemahl einzusetzen, damit uns Gerechtigkeit widerfährt und unsere Seelen zur Ruhe kommen. Auch wenn sich Herodes die Hände vermutlich nicht selbst schmutzig gemacht hat, so ist er doch für das Unrecht voll verantwortlich. Er verfügt über genügend Handlanger, die nur allzu bereit sind, jede Untat für ihn zu begehen.

Ich wünsche Dir Gesundheit und ein langes Leben und grüße Dich von ganzem Herzen.

Deine Freundin Alexandra."

Die trauernde Mutter konnte nicht wissen, dass Kleopatra bei dem Gespräch, das Marcus Antonius mit Herodes in Laodikeia führte, anwesend war. Der Tod eines jüdischen Priesterknaben interessierte den Römer nicht, so wenig, wie es Familienstreitigkeiten innerhalb des jüdischen Königshauses taten. Herodes war der richtige Mann, um das stets aufmüpfige Judäa in Schach zu halten, und der einzige Garant dafür, dass der Frieden in diesem Teil der Welt im Sinne Roms gewahrt blieb. Im Übrigen war auch in Rom selbst politischer Mord schon immer ein legitimes Mittel zur Erhaltung der Macht gewesen. Aus der Unterredung, die allenfalls für Außenstehende den Anschein eines Verhörs hatte, ging der König der Juden deshalb eher gestärkt hervor, zumal er sich auch noch bereit erklärte, seinen Freund und Gönner ein Stück weit in den Osten zu begleiten, wo einmal mehr Kampfhandlungen gegen die Parther anstanden.

Für Kleopatra aber war die Sache noch lange nicht erledigt. Sie saß zwar während der langen Gespräche an der Seite ihres römischen Geliebten, aber sie schwieg, das Gesicht versteinert, die Miene eisig, ohne den fremden König auch nur eines Blickes zu würdigen. Da stand er also, jener Mann, der es gewagt hatte, sie zurückzuweisen, wenn die Kränkung auch schon einige Jahre zurücklag. Aber eine Frau vergaß so etwas nie. Da stand er also, der angeblich so gewiefte, selbstbewusste Mann, dessen Reichtum Legende war und der sich König der Juden nannte und von seinen Untertanen verachtet wurde, als gewöhnlicher Bittsteller, doch keineswegs mit der Miene, die man von einem reuigen Sünder erwartete. Nein, beharrte er, nachdem ihm Marcus Antonius das Wort erteilt hatte, er bereue nichts. Was habe er sich denn zuschulden kommen lassen? Mit kaum zu überbietender Forschheit wiederholte er seine Behauptung, Aristobul sei das bedauerliche Opfer eines Badeunfalls geworden. Man werde doch nicht ihm, einem von Rom eingesetzten König, unterstellen, dass er den Hohepriester des jüdischen Volkes, *seines* Volkes, habe töten lassen, mit dessen Schwester er obendrein verheiratet sei. Schon weil er sie bis zum Wahnsinn liebe, hätte er ihr niemals so einen Schmerz zufügen können, habe er doch um die tiefe Zuneigung, die das Geschwisterpaar verbunden habe, gewusst. Und von einer geplanten Verschwörung der beiden, von der jetzt in ganz Judäa geredet werde, sei ihm nichts bekannt gewesen. Böswillige Zungen hätten diese Gerüchte erfunden, um dem Königshaus zu schaden. Warum auch hätten Mariamne und Aristobul unzufrieden sein sollen? Mit der Heirat habe er schließlich die schöne Jüdin zu seiner Königin gemacht und ihr damit ihre angeborene Stellung zurückgegeben. Und Aristobul habe als Hohepriester trotz seiner Jugend in kürzester Zeit ein Ansehen genossen, das ihm als Throninhaber mit all der Strenge, die dieses Amt nun einmal erfordere, niemals zuteil geworden wäre. Nein, nein, alles sei gut gewesen, und wenn einer unter dem frühen Tod des Jünglings gelitten habe und leide, dann doch wohl er, Herodes, der jetzt einen nahezu unbekannten Fremden, auf den er sich vielleicht nicht einmal verlassen könne, in das hohe Amt berufen müsse. Zudem sei Blut bekanntlich dicker als Wasser und schon aus diesem Grund hätte er Aristobul kein Haar gekrümmt.

Tief gerührt nahm Marcus Antonius die Erklärungen seines Freundes mit tränenden Augen entgegen, sprach ihn von aller

Schuld frei, kam mit ausgestreckten Armen auf ihn zu und fiel ihm um den Hals. Er dürfe auch weiterhin der Gunst Roms gewiss sein, bemerkte Antonius. Dann bat er Herodes, mit ihm ein festliches Mahl einzunehmen, um auch die letzten Unstimmigkeiten zu beseitigen, und zu berichten, was sich seit ihrem letzten Treffen ereignet hatte. Dabei ließ der Römer immer wieder durchblicken, dass sich an seinen Kriegsplänen gegen die Parther nichts geändert habe, ja, dass er entschlossener sei denn je, diese Gefahr für den Bestand des Römertums auszumerzen. Und er gab Herodes das Gefühl, dass dessen Engagement nach wie vor zu den wichtigsten Stützen bei diesem Vorhaben gehörte.

Kaum hatte sich der jüdische König in die ihm zugewiesenen Gemächer zurückgezogen, begann Kleopatra, ihrem Geliebten die heftigsten Vorwürfe zu machen. Aber ihre untrügliche Menschenkenntnis sagte ihr, dass der ihr verhasste Judäer in keinem Punkt die Wahrheit gesprochen hatte. Er war ein Machtmensch, darin war er ihr sehr ähnlich. Hatte nicht auch sie Bruder und Schwester und so manchen von deren Sympathisanten aus dem Weg geräumt, um ungestört auf dem Thron sitzen zu können? Sie wusste, sie konnte die Versöhnung zwischen ihrem römischen Gatten und dem König nicht rückgängig machen, zumal Marcus Antonius immer wieder darauf verwies, wie sehr er Herodes' Hilfe in einem neuerlichen Bemühen gegen die Parther benötigte. Aber wenn sie alles hinnehmen sollte, ohne Antonius die Freundschaft zu kündigen, musste auch für sie etwas herausspringen. Ganz Judäa konnte er ihr nicht schenken, mochte ihr auch schon lange der Sinn nach dem fruchtbaren Land stehen. Doch vielleicht könnte sie Antonius wenigstens Gaza abschwatzen, den einzigen Zugang Judäas zum Meer, was bedeutete, dass das Reich des ehrgeizigen Herodes zum Binnenland degradiert würde.

„Weißt du eigentlich, was du da von mir verlangst?", polterte Marcus Antonius und Kleopatra hatte ihn selten so wütend gesehen. Aufgebracht durchschritt er das Zimmer, in dem sie ihn aufgesucht hatte, und warf mit gezielten Fußtritten Tische und Stühle um. Einen Augenblick lang fürchtete sie, er könne die Hand auch gegen sie erheben. Aber so schnell ihn sein Zorn übermannt hatte, so schnell verschwand er auch wieder. „Ganz Judäa Ägypten einverleiben, das, meine Liebe, solltest du dir gleich aus dem Kopf schlagen. Herodes ist mein Freund und diese Freundschaft bedeutet mir viel." „Und ich bin deine Frau", entgegnete Kleopatra kalt. „Bedeute ich dir etwa nichts? Willst du mir sagen, dass dir die Freundschaft eines Nichtswürdigen über die Liebe einer Frau geht, die dir drei Kinder geschenkt hat?" „Wofür ich dir bis an mein Lebensende dankbar sein werde", bemerkte der General, trat auf die Königin zu und nahm ihre Hände zärtlich in die seinen. „Wir müssen vernünftig sein, meine Schöne", versuchte er sie zu besänftigen. „Nach dem Sieg über die Parther werden wir weitersehen. Und: Herodes ist kein Nichtswürdiger. Du vergisst, dass er der von Rom eingesetzte König der Juden und uns treu ergeben ist. Wenn du ihn beleidigst, beleidigst du Rom. Gaza", überlegte er, „meinetwegen. Du sollst Gaza haben, wenn dir so viel daran liegt. Aber dann bitte ich dich, keine weiteren Wünsche mehr zu äußern. Wir müssen uns auf die derzeit wichtigeren Probleme konzentrieren."

Ebenso wie ihr römischer Verbündeter und Liebhaber wusste Kleopatra, dass eine Wiederaufnahme der Kampfhandlungen gegen die Parther und ein Sieg unabdingbar waren, sollte es für sie beide eine gemeinsame Zukunft geben. Doch dem Beginn einer neuerlichen Offensive stand ein großes Hindernis im Wege, das es zunächst zu beseitigen galt.

Nach Agrippas Sieg über Pompeius' Flotte vor Sizilien war der selbsternannte Seekönig, der letzte Republikaner, in den Osten geflohen, zuletzt nach Kleinasien, wo es ihm gelang, aus den ihm verbliebenen Anhängern eine kleine Streitmacht von knapp drei

Legionen zu erstellen. Offensichtlich wusste der Geschlagene nicht recht, wie es jetzt weitergehen sollte. Er hatte von den Meinungsverschiedenheiten, die sich zwischen Marcus Antonius und Octavian aufgebaut hatten, gehört und gedachte zunächst, sich diese zu Nutze zu machen. Eine Annäherung an den ihm verfeindeten Octavian, der immer ungenierter die *res publica* mit Füßen trat, kam nicht in Frage, aber vielleicht eine Verständigung mit Marcus Antonius, der wie er unter dem Aufsteiger litt und Interesse haben musste, diesen in die Schranken zu weisen und die Republik zu retten. Also schickte er Gesandte an den Hof von Alexandria, brachte aber nicht den Mut auf, selbst dort zu erscheinen. Konnte man wissen, wie sich Marcus Antonius verhalten würde? Ob er sich nicht in all den Jahren verändert hätte? Wie sein großer Vorgänger Gaius Iulius Caesar war auch der General dafür bekannt, dass er nie einen Freund im Stich ließ und Verträge peinlich genau beachtete. Aber gab es sie überhaupt noch, die vor Jahren geschlossene Freundschaft mit Octavian? Durfte man erwarten, dass sich Marcus Antonius in realistischer Einschätzung seiner Lage gegen das Bündnis mit Octavian und für ihn, den allseits geschmähten „Seeräuber", entscheiden würde? Was er insgeheim befürchtet hatte, trat ein. In völliger Verblendung weigerte sich Antonius, mit ihm zu verhandeln, und ließ ihm ausrichten, er begebe sich nicht auf das Niveau eines Verräters und Staatsfeindes. Wie gut, bemerkte Pompeius gegenüber Vertrauten, dass er in Erwartung der Absage vorausschauend insgeheim auch den Parthern Gespräche angeboten habe. Vielleicht würden die ihm ja helfen, als starker Mann nach Rom zurückzukehren und von der *res publica* zu retten, was noch zu retten war. Im Gegenzug könnte man Phraates, dem „König der Könige", wie er sich nannte, ja einen zehn oder zwanzig Jahre währenden Waffenstillstand anbieten.

Pompeius' Vertrauensleute erbleichten. Viele, die bisher zu ihm gehalten hatten, wandten sich nun angewidert ab. Mit einem

Verräter, der zu Verhandlungen mit Roms gefährlichstem Feind bereit war, wollten sie nichts zu tun haben.

In der Begeisterung über seine Idee, die Hilfe der Parther in die Überlegungen einzubeziehen, hatte der Seekönig nicht bedacht, dass Kleopatras Spitzel auch und vor allem den römischen Osten kontrollierten. Die Unterhändler, die er nach Parthien geschickt hatte, wurden abgefangen und waren unter der Folter nur allzu bereit, alle Geheimnisse auszuplaudern. Antonius reagierte sofort. Er sandte seinen Feldherrn Marcus Titius mit einem ansehnlichen Truppenkontingent aus, den Verräter festzunehmen; eine ehrenvolle Aufgabe für einen ehrgeizigen Mann, die ihm bei günstigem Verlauf nicht nur Ruhm einbringen, sondern auch einen Platz in den Annalen sichern würde, galt es doch, einen römischen Staatsfeind unschädlich zu machen. Sextus Pompeius, der inzwischen mit einer spärlichen Streitmacht landeinwärts gezogen war, wurde aufgegriffen und in die Hafenstadt Milet gebracht, wo er als Gefangener Marcus Antonius' auf sein weiteres Schicksal wartete.

„Verrate mir, meine Königin, warum du mich gar so sehr liebst!", wollte Antonius von Kleopatra wissen, mit der er sich auf ihrem breiten Prunkbett räkelte. „Verrate mir zuerst *du*, warum *du* mich gar so sehr liebst!", gab sie lächelnd zurück und ihr Blick zeigte dem Römer, dass sie durchaus eine Antwort erwartete.

Ja, er liebte sie tatsächlich und er begehrte sie nicht nur wegen ihrer Stellung als Königin, die ihm für seine politischen und militärischen Erfolge so nützlich war. Auch als Frau faszinierte sie alle seine Sinne wie an jenem Tag, als sie, die pure Verführung, in Tarsos angekommen war. Da war, zumindest in seinen Augen, noch immer ihr aufrechter Gang, die Art, wie sie sich bewegte, ihre leicht rauchige Stimme und der volllippige Mund, der so viele Sprachen beherrschte. Es war ihr wacher Geist, der ihn anzog, es waren die sehnsuchtsvollen, ja schmachtenden Blicke, die sie ihm bei jeder Gelegenheit zuwarf, und ihr pechschwarzes glänzendes Haar (von dem er längst wusste, dass es gefärbt war). Sie hielt ihren Körper schlank. Immer wieder fiel ihm auf, wie sehr sie sich bei den üppigen Mahlen zurückhielt, die sie tagtäglich auftischen ließ, um ihn und seinen schier unersättlichen Appetit zu erfreuen. Ihre Haut war noch glatt und zart, wenn man nicht aus nächster Nähe hinsah, und man flüsterte im Palast, sie halte in den königlichen Ställen eine ganze Anzahl von Eselinnen, in deren Milch sie regelmäßig bade, um sich ihre Schönheit möglichst lange zu erhalten.

„Ach, Senmut", seufzte sie den Mann an, der längst zu ihrem Vertrauten, ja, einem wahren Freund geworden war und ihr ein wenig sogar Merit ersetzte. „Ich muss so oft daran denken, wie ich wohl als alte Frau aussehen werde und ob er mich dann noch genauso begehren wird. Manchmal, lieber Freund, manchmal wünsche ich mir, ich dürfte jung sterben, und ich beneide ein wenig die, die vom Schicksal vor der Zeit in die Unterwelt geschickt werden und die Beschwernisse und Enttäuschungen des Alters nicht kennen lernen müssen." Wieder einmal waren ihr Tränen in die Augen getreten und sie wischte sie schnell weg, weil sie Antonius' festen Schritt auf dem Gang vernahm. Doch achtete sie peinlich darauf, dass ihm ihr Schmerz nicht entging.

Obwohl es Senmut einen Stich versetzte, dass Antonius kam und für ihn, den Diener, die immer selteneren Augenblicke, die er allein mit der Königin verbringen durfte, schon wieder vorbei waren, fasste er sich ein Herz. Mit „Auf ein Wort, Herr!", bat er den Römer in ein kleines Nebengemach. „Wenn du gestattest, würde ich gern kurz mit dir reden."

Antonius mochte diesen Senmut nicht, er konnte nicht einmal sagen, warum, aber er wusste, wie tüchtig dieser Mann war und wie unverzichtbar als Berater und Verwalter für die Königin. „Wenn es denn sein muss", murrte er und folgte dem um so viel jüngeren Mann in eine kleine Kammer, in der sich Kleopatra anzukleiden pflegte und die ganz vom Duft ihres schweren Parfums durchdrungen war. Für einen Augenblick verschlug es den beiden Männern den Atem und Marcus Antonius begriff zum ersten Mal, was seine ptolemäische Geliebte diesem Menschen, der da fast schüchtern und mit bittenden Augen vor ihm stand, bedeutete und welch große Sorgen er sich um Kleopatras Wohlergehen machte. Er hatte selbstredend von ihren heißen Liebesnächten mit den schönen Sklaven gehört, aber dem keine große Bedeutung beigemessen. Mochte sie ihren Spaß haben, auch er hatte ja den seinen. Ihrer Beziehung schadete das nicht. Dass außer ihm selbst jemand wagen würde, der Königin mehr als ein billiger Zeitvertreib zu sein, das war ihm noch nie in den Sinn gekommen. Und doch sah er jetzt in dieses ebenmäßig geschnittene Männergesicht mit den hohen Wangenknochen, der schmalen Nase und der olivbraunen Haut, die sich makellos über Stirn und Wangen spannte, betrachtete nicht ohne Wohlgefallen den schlanken und doch so muskulösen Leib und die gepflegten Hände mit den feingliedrigen Fingern, und eine Welle der Eifersucht stieg in ihm auf. Er dachte an seine eigenen Züge, die ein ausschweifendes Leben widerspiegelten, die tiefen Furchen, die die Zeit in sein Gesicht gegraben hatte, und an den aufgedunsenen Bauch, der keck über dünnen Beinen schaukelte, und fragte sich, wie denn eine Kleopatra, der Schönheit über alles ging, eine solche Gestalt lieben konnte.

„Du wolltest mich sprechen, Senmut", wandte er sich an den Untergebenen, der eine knappe Verbeugung andeutete. „Verzeih', Herr! Aber im Palast und wahrscheinlich auch darüber hinaus wird viel geredet und du solltest wissen, denke ich, was nicht nur beim Gesinde unter vorgehaltener Hand geflüstert wird." Marcus Antonius bedeutete dem Ägypter fortzufahren, da dieser schwieg, um die Reaktion des Römers abzuwarten. „Nun, sie sagen, du seist unserer Herrin gegenüber hartherzig und gefühllos. Ich weiß natürlich, dass das nicht der Fall ist, doch sie meinen, du zerstörest unsere Königin, die sich doch nur dir allein widme, nur für dich lebe und immer für dich da sei." Senmut hielt erneut inne. Eine tiefe Traurigkeit, die Antonius nicht entging, trübte seinen Blick. „Du habest, heißt es, Octavia nur aus politischer Berechnung geheiratet, um ihrem Bruder zu gefallen, und dennoch werde sie vor aller Welt deine Ehefrau genannt, während sie, die doch deine wahre Frau ist, von allen nur als deine Geliebte bezeichnet werde. Und es sei unwürdig für eine Frau, die über so viele Menschen herrsche und die die Götter Griechenlands und Ägyptens auf ihrer Seite habe, nur als erotisches Bettverhältnis gehandelt zu werden."

Antonius sagte nichts. Er schien nachzudenken. Dann schlug er Senmut auf die Schulter. „Ich danke dir für deine Ehrlichkeit, mein Freund", überwand er sich. „Nicht jeder hätte gewagt, so zu mir zu sprechen. Ich werde mir überlegen, was zu tun ist. Und ich wäre dir dankbar, wenn du deine Ohren auch weiterhin offen halten könntest. Es geht doch um das Wohl der Frau, für die wir beide unser Leben gäben, nicht wahr?", fügte er noch hinzu und bemerkte, dass Senmut Schamesröte ins Gesicht stieg.

Die Tage in dem finsteren Loch, in das man Sextus Pompeius in Milet gesperrt hatte, wurden dem Gefangenen lang. Er, der es gewohnt war, die Dinge selbst in die Hand zu nehmen und diejenigen, die gefrevelt hatten, zu bestrafen, war hier zur Untätigkeit verdammt. Was würde sein Vater dazu sagen? Würde er, der große Pompeius, billigen, dass sein Sohn untätig hier herumlungerte? Nach wenigen Tagen war er entschlossen, diesem unwürdigen Zustand ein Ende zu bereiten. Antonius konnte doch bei aller Loyalität Octavian gegenüber nicht so verbohrt sein, dass er nicht erkannte, welch perfides Spiel jener mit ihm trieb und was die wirklichen Ziele dieses in seinen Augen tückischen Betrügers waren. Er musste, koste es, was es wolle, noch einmal versuchen, dem betrogenen General, der sich gerade daran machte, den größten Fehler seines Lebens zu begehen, die Augen zu öffnen. Also rief er seinen *ab epistulis* in das Verlies und diktierte ihm einen

Brief, der mit einem Eilboten nach Alexandria befördert werden sollte.

„Ave, General Antonius! Die Götter Roms mögen Dich beschützen und Dir Gesundheit verleihen. Dein Gefangener Sextus Pompeius grüßt Dich!

Ich weiß nicht, welches Schicksal Du für mich vorgesehen hast, und auch die Wahrsager, die ich in meine unfreiwillige Verbannung geholt habe, konnten sich auf meine Zukunftsaussichten nicht festlegen. Was auch immer Du gegen mich zu unternehmen gedenkst, ich werde es klaglos ertragen. Denn es geht hier nicht um mich, verehrter Antonius, und, verzeih' mir meine Offenheit, auch nicht um Dich. Sind wir doch nicht mehr als zwei unbedeutende Rädchen in der Weltgeschichte und das große Rad wird sich weiterdrehen, auch dann, wenn es uns nicht mehr gibt.

Du hast mich gefangen nehmen lassen, weil Du mich für einen Verräter an der römischen Sache hältst. Nun, das ist Dein gutes Recht. Doch ich will versuchen, Dir zu erklären, dass ich das nicht bin. Rom befindet sich im Augenblick in den Fängen eines reißenden Wolfs, der zwar im Schafspelz daherkommt, aber eben doch ein Wolf ist. Allenthalben ist schon im Reich von der verlorenen *res publica* die Rede, davon, dass Octavian nach der Alleinherrschaft strebt und dabei so geschickt den Schein wahrt, dass ihm das niemand zum Vorwurf machen kann. Nur die, die hinter die Kulissen schauen, wittern die auf dem falschen Antlitz lauernde Gefahr.

Dieser zu begegnen, verehrter Antonius, war und ist mein einziges Bestreben. Nur deshalb habe ich mich gegen Octavian und, was mit besonders leid tut, lange Zeit auch gegen Dich gestellt. Doch mittlerweile weiß ich, Du bist im Gegensatz zu Deinem Widerpart ein ehrlicher und großzügiger Mann, und ich bin fest davon überzeugt, dass Du mir verzeihst. In Deinen Händen wäre unsere Republik weit besser aufgehoben als in den schmutzigen, blutverschmierten Fingern dieses jungen Verbrechers.

Hochverehrter Antonius, noch verfüge ich über eine ansehnliche Zahl von Anhängern und auch Deine Sympathisanten in Rom sind zahlreich. Ich biete Dir meine Unterstützung, ja meine Freundschaft an, wenn Du bereit bist, Dich von Octavian loszusagen und gemeinsam mit mir Rom in eine friedliche Zukunft zu führen. Ich weiß, dass ich mich im Augenblick Dir gegenüber in einer schlechteren Position befinde (was Du allerdings ändern kannst). Aber ich appelliere an Deinen klaren Verstand und Dein fühlendes Herz: Ergreife die Möglichkeit, die uns das Schicksal bietet, rette Dich, rette mich und rette Rom!

Es grüßt Dich Dein ergebener
Sextus Pompeius"

Mit Tränen in den Augen hatte Antonius das Siegel des edlen Römers gebrochen, die beschwörenden Zeilen wieder und wieder gelesen und sich dann ganz in seinen Kummer zurückgezogen. Er kannte Pompeius aus Rom, als sie noch beide nebeneinander im Senat gesessen hatten. Er wusste um den im Grunde edlen Charakter, der diesen Menschen auszeichnete und der sich nur vorübergehend verirrt hatte, und dennoch war er ratlos. Sollte er dem Drängen nachgeben und den ohnehin brüchigen Vertrag mit Octavian ganz aufkündigen? Hatte sein römischer Gegner das nicht längst getan? Auch Kleopatra, der er seine Herzensnot klagte, riet, sich Sextus' Vorschläge gut zu überlegen. „Ganz von der Hand zu weisen sind sie sicherlich nicht. Du hast selbst bemerkt, wie sehr sich Octavian dir gegenüber verändert hat. Ich will gar nicht davon reden, dass er mich ständig beleidigt", gab sie zu bedenken. „Eine neue Circe nennt er mich, eine orientalische Hexe, die nichts Besseres zu tun habe, als einen an sich untadeligen Römer in ihre Netze zu spannen. Als zögest du nicht freiwillig ein Leben an meiner Seite dem langweiligen an der deiner Gattin Octavia vor!"

„Es könnte gut gehen mit diesem Pompeier", überlegte Antonius. „Immerhin ist er ein Sohn des großen Pompeius, der einst beim Volk in höchstem Ansehen stand und an den sich noch viele Römer dankbar erinnern. Und doch: Ginge ich auf sein Angebot ein, bedeutete das, dass ich mich mit dem im Augenblick meist gehassten inneren Feind Roms einließe – geradezu Wasser auf die Mühlen meines römischen Gegners und all derer, die sich mit ihm solidarisieren. Denn das Volk, das politische Zusammenhänge kaum durchschaut, wäre doch, von Octavians Propagandamaschinerie unterstützt, bald der Ansicht, ich sei nicht besser als der geschmähte ‚Seekönig' und habe wie er den Tod verdient." Kleopatra zuckte zusammen und sah Antonius verständnislos an. „Ja, Geliebte. Ich sehe keine andere Möglichkeit. Ich werde Sextus hinrichten lassen, so leid es mir um ihn tut. Daran führt kein Weg vorbei. Denn nur dadurch werde ich mir die Sympathien meiner Quiriten dauerhaft sichern und Octavian beschwichtigen können." Kleopatra dachte, dass ihr römischer Gemahl gerade dabei war, einen der größten Fehler seines Lebens zu begehen, aber sie sagte nichts.

Die Nachricht von der bevorstehenden Hinrichtung des letzten Generals aus dem Bürgerkrieg zwischen Pompeius Magnus und Caesar verbreitete sich wie ein Lauffeuer im ganzen Reich. Doch nicht mit dem Todeskandidaten empfanden viele Mitleid, würde sich sein Schicksal doch bald erfüllt haben. Sie bedauerten Marcus Antonius, der, wie sie meinten, die vielleicht letzte Gelegenheit vertan habe, sich von Octavian zu befreien und eine feste Stellung in der römischen Führungsschicht zu sichern. Wer weiß, was dem Aufsteiger noch einfiele, Caesars altem Freund und Weggefährten das Leben schwer zu machen?

Sextus Pompeius war von dem Todesurteil nicht allzu überrascht. Eigentlich hatte er nichts anderes erwartet. Sein Appell an Marcus Antonius war ein letzter, verzweifelter Versuch gewesen, für sich und ihn, gegen den er keinen Groll hegte, die Zukunft zu sichern und die oft so leidenschaftlich beschworene *res publica* zu retten. Aber ihrer beider Schicksal hatte es anders bestimmt.

Stolz erhobenen Hauptes, die Götter des römischen Staatshimmels als Zeugen für seine lauteren Absichten anrufend, bestieg Sextus das Schafott, wo der Scharfrichter bereits auf ihn wartete. Bevor er den Kopf auf den Holzblock legte und das Beil auf ihn niederfuhr, wandte er sich noch einmal an die Menge, die neugierig den Richtplatz umstand. „Richtet dem großen Marcus Antonius aus, dass ich ihm nichts nachtrage. Jeder muss tun, was er für richtig hält. Wir hätten gemeinsam herrschen können, aber er hat mein Angebot vertan und die Treue zu einem Verräter vorgezogen. Der Tag wird kommen, an dem er seine Entscheidung bitter bereuen wird."

Im Osten

Der Ärger mit Sextus Pompeius, seine Ergreifung und Verurteilung kosteten Antonius viel Zeit und als er sich wieder auf den weiteren geplanten Feldzug gegen die Parther besann, war das Jahr 718 *a.u.c.* bereits so weit fortgeschritten, dass an einen Krieg nicht mehr zu denken war. Also musste die leidige Angelegenheit auf das nächste Frühjahr verschoben werden. In Rom löste die Behandlung von Pompeius eine Welle der Entrüstung aus, hatte doch Antonius hier eigenmächtig gehandelt, ohne sich mit seinem Triumviratskollegen oder dem Senat abzusprechen.

Seit der schändlichen Niederlage und Artavasdes' Verrat waren Monate vergangen. Marcus Antonius' Leute hatten sich inzwischen in Syrien eingerichtet und von den Strapazen der vergangenen Niederlage einigermaßen erholt. Sie genossen das müßige Leben fern des Schlachtfelds und ihr Kommandant hatte Mühe, sie wieder auf ihre eigentlichen Aufgaben einzuschwören. Er wollte zunächst gegen den König Armeniens vorgehen. Es kam für ihn nicht in Frage, einen, der sich zunächst mit Rom verbündet, es dann aber schmählich im Stich gelassen hatte, ungeschoren davonkommen zu lassen, zumal Gerüchte aufkamen, Artavasdes hätte auch daran gedacht, mit Sextus Pompeius gemeinsame Sache zu machen.

Kleopatra beobachtete die Entwicklung mit großer Sorge. „Gestatte mir, mein Gemahl", wandte sie sich an ihren römischen Liebhaber, „dass auch ich meine Meinung zu deinen Plänen äußere. Du weißt, dass ich deine Absicht, gegen König Phraates wieder Krieg zu führen, unterstütze. Aber ich bitte dich, darüber nachzudenken, ob es nicht ratsam wäre, zunächst deine Stellung in Rom selbst zu festigen. Es ist im Grunde gegen meine ganz persönlichen Interessen, wenn ich dir empfehle, dich zuerst der Treue der Anhänger zu versichern, die dir dort geblieben sind. Noch sind es, wie mir meine Agenten zuverlässig berichten, einige, die zu dir halten und sich von Octavian nicht blenden lassen. Aber es werden täglich weniger."

„Sie werden sich schon wieder zu mir bekennen, da bin ich mir sicher", erwiderte Antonius. „Wenn ich erst im Osten gesiegt haben werde, wird die Stimmung in Rom ganz schnell umschlagen, denn sie werden erkennen, dass ich Caesars wahrer Nachfolger bin und nicht diese Memme, die sich ständig hinter dem Rücken eines Agrippa verkriecht."

„Die Römer vergessen schnell, Marcus", beharrte Kleopatra. „Sie leben für den Augenblick und denken nicht viel über Vergangenes nach. Und sie lieben, was sie gerade sehen. Dich, mein Geliebter, haben sie längst aus den Augen verloren. Du bist für sie nur noch ein Phantom, ein Schemen, an den sie sich kaum erinnern. Octavian aber ist präsent. Schau, mein Lieber", näherte sie sich dem scheinbar so sorglosen Mann, „es fällt mir nicht leicht, dir zu raten, dich zunächst nach Rom zu begeben. Du hast dort eine rechtmäßig angetraute Ehefrau und du hast Kinder. Wie leicht könntest du dich wieder ihnen zuwenden und mich und unsere Kleinen vergessen. Und ich könnte es dir noch nicht einmal verübeln. Würdest du in Rom bleiben und wieder wie ein Römer leben, hättest du alle Sympathien der Öffentlichkeit auf deiner Seite. Einen Octavian bräuchtest du dann nicht mehr zu fürchten. Und dennoch rate ich dir, nach Rom zu reisen, und ich halte trotz aller Bedenken für meine eigenen Interessen an meiner Empfehlung fest. Denn ich will nichts anderes, als dass du glücklich bist."

Antonius nahm die Königin in den Arm: „Willst du mich etwa loswerden?", scherzte er und drückte sie fest an sich. „Aber im Ernst, du musst dir keine Gedanken machen. Ägypten ist schon lange mein Zuhause und ich sehe keinen Grund, jetzt nach Rom zu gehen. Du darfst meine Quiriten nicht unterschätzen. Sie wissen ganz genau, bei wem ihr Vorteil liegt, und dieser junge Einfaltspinsel auf dem Palatin ist doch für mich, den gestandenen Feldherrn, keine ernsthafte Bedrohung. Eine Episode, meine Liebe. Mehr nicht. Sie wird vorübergehen wie alles vorübergeht. Aber ich darf jetzt keine Zeit mehr verlieren."

Also zog er mit seinem Heer einmal mehr Richtung Osten. Aber es war keine stattliche Streitmacht, die er da ins Landesinnere von Kleinasien führte. Octavian hatte ihm untersagt, im Mutterland Italien Truppen auszuheben und war ihm auch die restlichen 18.000 Soldaten, die ursprünglich in Antonius' Lager wechseln sollten, schuldig geblieben. Es war eine Schrumpfarmee, der der General vorstand. Und dennoch wurde Artavasdes in Windeseile besiegt. Allerdings verbreitete sich schnell das Gerücht, der Armenier sei gar nicht in offener Feldschlacht geschlagen worden - die jeder römischen Streitmacht zur Ehre gereicht hätte -, sondern auf eine plumpe List hereingefallen. Doch konnte niemand über die Vorgänge Genaues sagen. Nur so viel stand fest:

Die Königin hatte sich zuletzt doch noch entschlossen, Antonius' Drängen nachzugeben und ihn bis an den Euphrat zu begleiten. Dort trennte sich das Paar. Kleopatra kehrte an den Nil zurück, ihr Lebensgefährte marschierte in Armenien ein und gelangte in Kürze bis vor die Tore der Hauptstadt Artaxata. Er hoffte, bereits jetzt die Kämpfe durch Verhandlungen beenden zu können, und forderte den armenischen König auf, die Festungen zu übergeben und die Schätze des Landes auszuhändigen. Aber Artavasdes ließ sich auf nichts ein. Unterstützt von seinem Heer, das ihm treu ergeben war, setzte der König seinem ältesten Sohn Artaxes die Krone auf. Dieser leistete den Römern zunächst erbitterten Widerstand. Doch als er erkannte, dass er gegen die römische Übermacht nichts ausrichten konnte, floh er zu den Parthern. Für Marcus Antonius war es jetzt leicht, Artavasdes, dessen Frau und die beiden jüngeren Söhne des Königs gefangen zu nehmen und nach Alexandria zu bringen. Auch reichlich Beute schaffte er in die Hauptstadt am Nil.

Kleopatra wollte die Zeit von Antonius' Abwesenheit sinnvoll nutzen. Sie pflegte Kontakte, die sie in all den Jahren, in denen sie nun Königin war, geknüpft hatte oder die noch aus der Regierungszeit ihres Vaters stammten. Sie baute wirtschaftliche Beziehungen aus und bereitete sich auf die Rolle der großen Königin vor, die sie nach Antonius' Rückkehr und Neuordnung der östlichen Welt zu spielen gedachte. Versonnen lächelnd saß sie im ummauerten Palastgarten, eine noch immer anziehende Frau mit großen Zukunftsplänen, und sog den für ihr Land so typischen Geruch ein, den der Südwind von den Ausläufern der Wüste nach Alexandria trug. Den Duft von Fladenbrot, das sie über offenem Feuer rösteten, den beißenden Gestank verbrannten Kameldungs, mit dem sie ihre einfachen Kochstellen heizten, die saure Ausdünstung von Ziegen, die ihr ebenso vertraut war wie der süßliche Geruch der Pferde und Esel aus den Palastställen. Auch das Müffeln der Schafe, das der dicken Wolle entstieg. Das war Ägypten, das war ihr Land, das sie liebte und das ihr von einer höheren Macht anvertraut worden war.

Aber auch Bilder solcher Art stiegen vor ihr auf: Bauern, die ihre Felder bestellten, in gemächlichem Trott hinter dem von Ochsen gezogenen Pflug einherschreitend, Stolz und eine Spur von Trotz auf den sonnenverbrannten Gesichtern. Die ihre Tiere züchteten, Esel, Kamele und die schwerfälligen Wasserbüffel, die sie an den verzweigten Nilarmen hüteten, Menschen, Tag für Tag vor sich hin dösend, ganz in schwarze Gewänder gehüllt, damit sie die gleißende Sonne nicht noch mehr versengte. Sie fühlte den Dampf feuchter Erde. Und schmeckte den ätzenden Odem von Zwiebeln und Knoblauch, der den einfachen Lehmhütten entströmte. Auch Karawanen tauchten vor ihren Augen auf, schwer mit den Schätzen fremder Länder beladen, die durch das Sandmeer gezogen kamen, wie die alten Völker die große Wüste nannten, ihre Lasten in den geräumigen Hallen inmitten der Hauptstadt abluden und Alexandrias Reichtum mehrten. Einmal mehr spürte sie den Hauch der Jahrhunderte, der seit undenklichen Zeiten über ihr Land wehte und noch sein würde, wenn ihre Knochen längst zu Staub zerfallen, die Berge abgetragen und die Meere ausgetrocknet wären.

Sie beschloss, von Sehnsucht getrieben, sich auf eine Erkundungsreise durch ihr Reich zu begeben. Sie besuchte die ihr längst vertrauten Stätten am Orontes, schwelgte in Erinnerungen, betete in den weltberühmten Heiligtümern und suchte ihr untergebene Stammesfürsten auf, um überall nach dem Rechten zu sehen. Ihre Reise führte sie zuletzt in das benachbarte Judäa, wo Herodes, den seine Untertanen Charod nannten, noch immer über den Verlust weiterer Gebiete seines kleinen Königreichs schmollte. Kühl und distanziert empfing er den hohen Gast. Ihm gefiel diese Frau nicht, die ihm in so mancher Hinsicht ähnelte. Ein „Männer mordendes Ungeheuer“ nannte er sie im Kreis seiner Vertrauten und wusste doch, dass er gute Miene zum bösen Spiel machen musste, wollte er das Judenreich, sich und sein Volk vor weiterem Schaden bewahren. Wozu war sie gekommen? War sie noch immer nicht zufrieden? In diese Frau war sein Freund, der oft so leichtsinnige Marcus Antonius, vernarrt. In gewisser Weise konnte er ihn sogar verstehen. War nicht auch er, Herodes, seiner Mariamne so verfallen, dass er für sie nicht einmal vor Mord zurückschreckte? Kleopatras Wunsch, das Reich der Juden vollständig zu vernichten, war offensichtlich und wer konnte schon voraussagen, wie Antonius, Freundschaft hin oder her, auf ihre weiteren Forderungen eingehen würde, wenn er erst in Parthien gesiegt hätte und seiner, Herodes', Unterstützung nicht mehr bedurfte. Also bemühte er sich um Freundlichkeit, beschloss, auf die Vorwürfe, man sei ihr nicht in dem von ihr gewünschtem Maße nachgekommen, zu schweigen und gewährte ihr die bei den Juden übliche Gastfreundschaft. Aber jeder konnte die Spannung spüren, die über dem Treffen lag.

„Er lebt wie ein Barbar, nicht wie ein gesitteter Mensch", stellte sie Senmut gegenüber fest, nachdem sie den Gästeflügel des Antonia-Palasts in Jerusalem bezogen hatten. „Dies ist eine Festung, keine menschliche Behausung, schon gar nicht für Leute königlichen Geschlechts. Ich werde das ändern, Senmut, sobald ich Herrin auch über dieses gottverdammte Judäa sein werde", drohte sie und sah sich missbilligend um. „Im Grunde ist Jerusalem eine Perle und ich werde ihr noch die passende Krone aufsetzen, das verspreche ich dir. Vorerst freilich müssen wir uns einrichten, so gut es eben geht."

In der Tat handelte es sich bei dem königlichen Palast von Jerusalem um eine Burg, die finster und drohend in der Nähe des Tempelberges von einem Hügel in den klaren Himmel wuchs und in den Festungsgürtel, der Jerusalem wie eine Eisenklammer umschloss, eingebettet war. Herodes wohnte nur selten dort. Er hatte sich in Caesarea, der heimlichen Hauptstadt des Judenreiches, wie er sie vor Vertrauten hinter vorgehaltener Hand nannte, einen prunkvollen Palast errichten lassen, eine weitläufige Anlage im griechisch-römischen Stil mit Blick auf das Meer, die den Vergleich mit dem Königspalast von Alexandria nicht scheute. Kolonnaden, Säulenhallen, Galerien und prächtig ausgeschmückte Säle standen Bewohnern und Gästen zur Verfügung. Herrliche Gärten mit ausladenden Bäumen, edlen Sträuchern, bunten Blumenbeeten und aufwändigen Wasserspielen luden zu Spaziergängen ein. Die besten Baumeister und Gartenkünstler Griechenlands hatten sich in diesem Anwesen verewigt.

Nur an hohen jüdischen Festtagen oder wenn es die politische Lage erforderte, etwa bei drohenden Unruhen, die meistens von Jerusalem und der dort ansässigen Priesterschaft ausgingen, pflegte er seine Luxusresidenz zu verlassen und sich nach Jerusalem zu begeben. Herodes hatte sich nie etwas vorgemacht. Er wusste um seine Unbeliebtheit bei seinen Untertanen und auch, dass sie ihn, den Sohn eines Konvertiten, nie als ihresgleichen ansehen würden. Er hatte deshalb die Festung, in dem seine hasmonäischen Vorgänger über das Schicksal Judäas entschieden hatten, ausbauen, ihre Mauern verstärken und ihre Wachen verdoppeln lassen. Zuletzt hatte er ihr zu Ehren seines römischen Freundes den Namen „Antonia" gegeben. Gewiss, die Burg entbehrte auch für seinen Geschmack jeglichen Komforts und eine Freude für das Auge war sie auch nicht. Aber sie erfüllte ihren Zweck. Mit ihren geheimen unterirdischen Gängen, die unter den Stadtmauern ins Freie führten, den nahezu unauffindbaren Verstecken und den wehrhaften Mauern bot sie dem König und seiner Familie bei drohender Gefahr ausreichend Schutz. Von ihren hohen Türmen und Zinnen überblickten seine Späher die gesamte Stadt, vor allem den Tempelberg, auf dem sich vor Herodes' Augen bereits jenes Heiligtum erhob, das er dem Gott seines Volkes aus eigenen Mitteln zu errichten gedachte und das einst, soweit es nach ihm ging, die gesamte zivilisierte Welt in Staunen versetzen würde. In der Antonia bewahrte er auch das Gewand des Hohepriesters auf, das er nur zu den besonderen religiösen Festen, etwa dem Versöhnungstag, hervorholte, um der Geistlichkeit zu zeigen, wer der Herr im Lande war. Die Burg Antonia symbolisierte die Kontinuität der Königsmacht.

„Ist es dir nicht auch aufgefallen?", wollte die Königin von ihrem Begleiter wissen. „In dieser Familie, an diesem Hof misstraut jeder jedem. Schweigend, als hätte man ihnen allen die Zunge ausgerissen, den Blick gesenkt, schleichen die Sklaven durch die düsteren Gänge. Herodes lässt seine Schwiegermutter, meine Freundin Alexandra, nicht aus den Augen, sodass wir kaum ein privates Wort miteinander sprechen können. Und auch sie macht aus ihrer Abneigung gegen den ungeliebten, ja ihr verhassten König, der Aristobul auf dem Gewissen hat, keinen Hehl."

Senmut stimmte Kleopatra zu. „Du hast recht, Königin. Könnten wir uns nicht auf das geheiligte Gastrecht verlassen, müsste man fast um sein Leben fürchten. Ich versuche zwar, mir nichts anmerken zu lassen. Sooft ich jemandem von diesem Hof begegne, mache ich einen Umweg. Und dennoch zittere ich. Hinter jeder Ecke, in jedem dunklen Winkel sehe ich Gefahr. Wie sehr sehne ich mich nach unserem heiteren Alexandria zurück!"

Kleopatra huschte ein belustigtes Lächeln über das Gesicht. Einige Augenblicke lang weidete sie sich an der offensichtlichen Angst, die ihren Gefährten befallen hatte. Dann beschloss sie, ihn noch ein wenig mehr zu beunruhigen. „Du hast es doch auch gehört, Senmut?", hauchte sie und bat ihn näher zu sich. „Es wird geflüstert, der König habe gerade erst seinen Onkel Joseph hinrichten lassen, weil er ihn in Verdacht hatte, zu Mariamne, die er von seinen Ehefrauen besonders liebte, eine heimliche unerlaubte Beziehung unterhalten zu haben. Beweisen konnte er nichts und es scheint auch nichts dran gewesen zu sein an dieser unappetitlichen Bettgeschichte, wie mir Mariamnes Mutter Alexandra versicherte. Doch leider, sagte sie, sei ihr Schwiegersohn oft unbeherrscht und strafe ohne Grund, wenn er manchen voreiligen Schritt auch hinterher bereue. Was natürlich in diesem Fall nichts nütze, denn der allseits beliebte Joseph, der immerhin eine Art Vertrauensstellung innegehabt hatte, sei tot und von den Toten sei bekanntlich noch keiner zurückgekehrt. Aber oft suche sein Geist, der keinen Frieden fände, nachts die düsteren Räume heim. Dann sei über den grauen Zinnen Wehklagen zu vernehmen, durch die Fluchten der einsamen Gänge ziehe ein kühler Hauch und Josephs Schatten haste durch die Burg, treppauf, treppab, treppauf, treppab und flehe, den ihm zugefügten frühen Tod zu rächen."

Senmut lief ein heftiger Schauder über den Rücken. Er sah sich vorsichtig um und fragte Kleopatra, ob sie seine Dienste noch benötige und atmete auf, als sie ihm sagte, sie komme allein zurecht. Er habe die Erlaubnis, sich in seine Gemächer zurückzuziehen. Lächelnd und kopfschüttelnd sah sie ihrem Untergebenen nach, der sich gewiss nicht durch herausragende Tapferkeit auszeichnete.

Die Königin ließ sich zwar von einem riesigen Hofstaat begleiten, schon um ihre Stellung und ihren Machtanspruch zu demonstrieren. Aber sie legte auch Wert auf jüdisches Personal, aus dem sich bei geschickter Fragestellung und mit mancher Münze so einiges herauskriegen ließ. So dauerte es nicht lange, bis sie über die Verhältnisse, Gewohnheiten und Geschichten dieses Hofes bestens informiert war, noch weit über ihre eigenen Beobachtungen hinaus.

Irgendwann in diesen Tagen beschloss sie, einen neuerlichen Verführungsversuch zu wagen. Wer etwas erreichen wollte, musste gelegentlich auch über seinen eigenen Schatten springen, sagte sie sich. Sie könnte ja, wäre Herodes auf ihre Liebeskünste erst einmal eingegangen, behaupten, der König habe ihr Gewalt angetan, was Marcus Antonius sicherlich nicht gefiele. Ob sie dann endlich ans Ziel ihrer Wünsche gelangte? Vorausschauend hatte sie aus Alexandria einige Kräuterfrauen mitgebracht, die sie beauftragte, Liebestränke zu mischen. Mit deren Hilfe wollte sie den widerspenstigen König ihren Wünschen gefügig machen.

Aber Herodes durchschaute nur zu gut den perfiden Plan. Noch vorsichtiger als sonst nahm er während Kleopatras Aufenthalt nur Speisen und Getränke von seinem Lieblingskoch an und auch diese erst, nachdem sie sein Kammerdiener, ein äußerst zuverlässiger und ihm treu ergebener Mann, vorgekostet hatte. Er vermied es, mit der Königin allein in einem Raum zu sein. Bei ihren Unterredungen waren stets mehrere Angehörige seines Beraterstabes zugegen. Doch ihre Annährungsversuche wurden so offensichtlich und lästig, dass er bald nicht mehr wusste, wie er sich ihnen entziehen sollte. In seiner Not bat er einige Freunde zu sich. Wie er sich denn gegen die Avancen der Königin schützen solle, wollte er von ihnen wissen. Es klang wie ein verzweifelter Hilferuf. Er verabscheue diese Frau, meinte er, wie ihm alle Frauen zuwider seien, die sich ohne Not Männern so offensichtlich an den Hals warfen. Auch kenne er ganz genau ihre wahre Absicht. Sie begehre ihn nicht als Mann, sondern hoffe, auf dem Umweg über sein Lager an das jüdische Königreich zu gelangen. „Ich habe mir überlegt, meine Freunde, Kleopatra töten zu lassen. Freilich müsste ihre Beseitigung wie ein bedauerlicher Unfall aussehen, damit Antonius nach seiner Rückkehr keinen Verdacht schöpft. Die Gelegenheit ist so günstig wie nie, meine Herren, denn Kleopatra befindet sich im Augenblick auf jüdischem Hoheitsgebiet." Herodes hielt inne und sah sich um. Er hatte seinen Vorschlag ganz leise angebracht, denn auch hier mochten die Wände Augen und Ohren haben. „Ich könnte mir sogar vorstellen", fuhr er ebenso leise fort, „dass wir mit ihrer Beseitigung Marcus Antonius einen großen Gefallen täten. Er könnte ohne Gewissensbisse nach Rom zurückkehren und dort die Leitung der Staatsgeschäfte übernehmen. Noch ist es dafür nicht zu spät. Im Übrigen kann er unmöglich an einer Frau interessiert sein, die ihn betrügt, kaum dass er ihr den Rücken kehrt, und ihn sicherlich fallen ließe, sollte er gegen Parthien nicht erfolgreich sein, was ja immerhin im Bereich des Möglichen liegt. Und natürlich würden wir uns mit ihrer Beseitigung auch das Wohlwollen Roms sichern."

Unter den wenigen Männern, die Herodes in seine Pläne einweihte, entstand Gemurmel und Unruhe. „Gestatte mir, Herr, dazu meine Meinung zu äußern!", meldete sich Zacharias, ein alter Schriftgelehrter mit langem weißem Bart, der am Hofe für seine Sehergabe geschätzt war. „Ich rate dringend davon ab. Du könntest nicht nur dich, sondern uns alle und dein Reich in große Schwierigkeiten bringen. Wir wissen nicht, wie Antonius reagieren würde. Er und Kleopatra sind schon lange ein Paar und leben wie Eheleute zusammen. Sie haben gemeinsame Kinder. Sollte auch nur der geringste Verdacht aufkommen, dass beim Tod der Königin nicht alles mit rechten Dingen zugegangen und sie in Wirklichkeit ein Opfer von Verrat und Gewalt geworden ist, könnte das seine Rachsucht erst recht anfachen." Dann wären nicht nur, meinte er, Herodes und seine Familie bedroht, sondern auch das durch Kleopatras Launen freilich stark gestutzte Judäa.

Die anderen Männer stimmten dieser Ansicht zu. „Übe dich in Geduld, mein König!", fuhr der alte Mann fort. „Es wird kommen der Tag, an dem der Herr das Judenreich, das er uns in seiner unendlichen Güte als ewige Bleibe verheißen hat, rächt. Ich sehe Kleopatras Thron stürzen, ehe das Jahr sich viermal wendet, und ich sehe Judäa wachsen, weit über die Grenzen zur Zeit König Davids hinaus, und Jerusalem, unsere vielgeliebte Hauptstadt, sehe ich einen rühmlichen Platz einnehmen unter den bedeutenden Metropolen der Welt. Leuchten wird sie ihr wie ein neu aufgegangener Stern." Und es war nicht er, der da sprach. Es sprach aus ihm mit fester, Ehrfurcht gebietender Stimme, die die kleine Gemeinschaft verstummen ließ. Und bald war man davon überzeugt, der Allerhöchste selbst habe die Zunge des weisen Alten geführt.

Also übte sich der König weiter im Austausch unverbindlicher Höflichkeiten gegenüber dem ungebetenen Gast. Er überhäufte Kleopatra mit Geschenken und atmete auf, als ihm die Königin zu verstehen gab, sie werde sich jetzt wieder in ihr Reich am Nil zurückziehen. Überglücklich gab ihr Herodes bis zur Grenze das Geleit.

Das zweite Mal innerhalb von zwei Jahren erwartete Kleopatra ihren Lebensgefährten von einem Feldzug gegen die Parther zurück. Doch anders als damals würde er diesmal als Sieger in Alexandria einziehen, wenn er auch nicht den erhofften großen Triumph über die Parther würde vermelden können. Einmal mehr kam Parthien ungeschoren davon.

Kleopatra und die Hauptstadt ihres Reiches empfingen den strahlenden Helden mit offenen Armen. Marcus Antonius genoss die Aufmerksamkeit, die ihm allenthalben entgegengebracht wurde. Keine Spur von jener düsteren Stimmung, die ihn vor zwei Jahren befallen hatte, als er, ein gebrochener Mann, an der Küste Kleinasiens auf seine säumige Königin wartete und befürchten musste, von ihr im Stich gelassen zu werden. Er beschloss, die

Alexandriner für ihre Hilfe und den freundlichen Empfang zu belohnen und einen Triumphzug zu veranstalten, ein Fest, wie es die Stadt noch nie erlebt hatte. Noch viele Generationen sollten dieser Veranstaltung bewundernd gedenken. Demonstration seiner Macht, Siegesfeier und Unterhaltung der Massen sollte der Umzug sein, der sich über Tage durch die Straßen und breiten Alleen der ägyptischen Hauptstadt wälzte und selbst den letzten Skeptiker ins Freie lockte.

Golden glänzten die Säulen der Tempel und Portiken in der aufgehenden Sonne. Die Morgenröte streute ein rosenfarbenes Licht auf die Fassaden der Paläste. Tausende Alexandriner waren früh aufgestanden und säumten erwartungsvoll die Straßen. Niemand wollte etwas versäumen, denn ein jeder gedachte, das, was er heute zu sehen bekam, noch seinen Kindeskindern zu berichten. Lachend, schwatzend, wild gestikulierend und voll Vorfreude standen sie gespannt am Straßenrand. Dann verstummte plötzlich die Menge. Denn eine gewaltige Prozession näherte sich vom Kanopischen Tor her, der erste Teil des Zuges, in dem die armenische Königsfamilie, in herrschaftliche fremdländische Gewänder gekleidet, mitgeführt wurde. Ihr folgten, zu Tode ermattet, zahllose Kriegsgefangene in Ketten. Dazwischen stellten Festwagen die Beutestücke zur Schau: Gold, Edelsteine, Möbel mit eingelegtem Elfenbein, kostbares Geschirr und herrliche Gewänder, deren Stickereien wie himmlische Gestirne in der aufsteigenden Sonne funkelten. War denn nicht noch gestern von einem eher bescheidenen Sieg die Rede gewesen? Was dem staunenden Volk hier vorgeführt wurde, war alles andere als das. Es war überwältigend und eindrucksvoller als alles, was man selbst im luxusverwöhnten Ägypten bislang gesehen hatte. Modelle des armenischen Königspalasts tauchten auf, neben dem sich der Alexandrias fast bescheiden ausnahm. Nachbauten vieler Städte des besiegten Landes schlugen die Aufmerksamkeit der Zuschauer in ihren Bann. Und schließlich erschien Antonius, auf den schon jeder gewartet hatte, stolzer noch, als man ihn kannte, zur Statue erstarrt, kein Mensch mehr, ein Gott, auf goldenem Streitwagen, wie er zu Dionysos gehörte, das Gesicht mit Mennige rot gefärbt, hinter ihm ein Staatssklave, der ihm Luft zufächelte und ihn immerfort ermahnte, er möge daran denken, dass er nur Mensch und kein Gott war. Mit Efeu war der Sieger bekränzt, ein safrangelbes, golddurchwirktes Gewand umhüllte seinen Körper, seine bloßen Füße steckten in halbhohen Schnürstiefeln und in der Hand hielt er den Thyrsos, den heiligen Stab des allseits verehrten Gottes. Er war der Fleisch gewordene Schutzgeist des Ostens, Befreier und Erlöser, und das Volk jubelte ihm, bunte Tücher schwenkend, begeistert zu. Auch die römischen Truppen, die ihm nach Ägypten gefolgt waren, stimmten in die Glückwünsche der Gratulanten ein. Blumengebinde flogen ihm zu. Und die Menschen begannen, vor Freude auf den Straßen zu tanzen.

Inmitten der Stadt, auf dem Platz vor dem großen Serapis-Tempel, erwartete die Königin den strahlenden Sieger, umringt von ihrem Volk, das eine der seltenen Gelegenheiten wahrnahm, seiner Herrscherin von Angesicht zu Angesicht zu begegnen. Ihr Thron, den die leuchtende Sonne in flüssiges Gold tauchte, stand erhaben auf einem silbernen Podest, sodass sie von jedermann gesehen werden konnte. Neben ihr, ebenfalls auf einem goldenen Sessel, saß ihr Sohn und Mitregent Caesarion. Zu den Füßen der beiden Herrscher kauerten, von dem ungewohnten Tumult ein wenig erschreckt, Alexander Helios, Kleopatra Selene und der kleine Prinz Ptolemaios. Gefesselt in goldenen Ketten wurde König Artavasdes vor Kleopatra geführt, aber er weigerte sich, sich vor der Königin niederzuwerfen, wie man es ihm befohlen hatte. Sie brachten ihn weg. Von seinem Stolz hatte er nichts verloren und Kleopatra tat, als schenke sie dem peinlichen Zwischenfall keine Beachtung. Sie forderte das Volk mit einer unmissverständlichen Geste auf, in seinem Feiern fortzufahren, und ordnete an, Geschenke, Münzen und Lebensmittel an die Alexandriner zu verteilen.

Längst war der römische Feldherr kein Römer mehr, keiner, der die Weltmacht im fernen Land repräsentierte. Er hatte sich zum Gott und Beschützer des Ostens verwandelt, der den Menschen Erlösung brachte und Sieg und Triumph schlechthin verkörperte. Diese Gottheit war den Ägyptern vertraut, deren Herrscher sich seit Generationen mit ihr identifizierten, und erst jetzt lebte für viele Einwohner das alte, von Alexander gegründete Ptolemäerreich glänzender und aufsehenerregender wieder auf. Marcus Antonius, von der römischen Führungsschicht mehr und mehr geschmäht, hatte seine eigentliche Bestimmung gefunden. In seiner überzogenen Selbstdarstellung sah er nicht, dass sich über dem Westen Wolkenberge vor die Sonne türmten und den Himmel verdüsterten. Die Ahnung eines bevorstehenden Krieges wehte über Stadt und Land.

Mit einiger Verwunderung, ja verärgert, wurde in Rom die Nachricht von der großen Siegesfeier vernommen. Und die Empörung über Marcus Antonius' Kühnheit ergriff nicht nur die führende Schicht. Allenthalben schimpften die Römer, dass man sie nicht nur um ein gewaltiges Spektakel gebracht hatte. Auch um die Beute aus einem von Rom und mit dessen Mitteln geführten Krieg waren sie betrogen worden, da diese den Bewohnern Alexandrias geschenkt worden war. So etwas hatte es in der vielhundertjährigen Geschichte der Stadt noch nie gegeben. Da wagte es einer, seinen Sieg nicht wie üblich am Nabel der Welt mit einem Triumphzug zu feiern und zum geheiligten Jupitertempel auf dem Capitol zu ziehen, sondern verlegte das ganze Schauspiel in die Hauptstadt Ägyptens, in die die wenigsten Römer auch nur einen Fuß gesetzt hatten. Und das nur, um sein Bettverhältnis zu ehren. Eine Ungeheuerlichkeit, ein Sakrileg, das geradezu nach Vergeltung schrie. Wenn Marcus Antonius bisher noch auf eine gewisse Nachsicht bei den einfachen Leuten gestoßen war, so hatte er jetzt alle Sympathien vertan. Wahrscheinlich, so redeten die Städter, war das, was die dort auf dem Palatin und im Senat von ihm verbreiteten, doch nicht ganz von der Hand zu weisen, und der früher so geschätzte General war entweder verrückt geworden, ein Verräter oder, was schlimmer als jedes Verbrechen war, er war dumm.

Mit der Schenkung der armenischen Beute an die Alexandriner wollte Antonius Ägypten für seine Hilfe im vergangenen Feldzug danken. Aber auch und vor allem Kleopatra war er zu Dank verpflichtet.

Das weitläufige Gymnasion von Alexandria mit seinen schattigen Säulengängen, eines der prächtigsten Gebäude der bekannten Welt und Symbol für den Herrschaftsanspruch des ptolemäischen Geschlechts, wurde Schauplatz einer weiteren öffentlichen Veranstaltung, die nur wenige Tage nach den Triumphalfeiern stattfand. Wieder wurden Tausende Zeugen eines unvergesslichen Erlebnisses. Bürger, Soldaten, der gesamte Hofstaat und Vertreter fremder Länder fanden sich ein. Inmitten der weitläufigen Platzanlage erhob sich, für alle gut einsehbar, eine mit Silber überzogene Plattform. Darauf standen sechs Thronsessel, zwei große, deren Gold in der gleißenden Sonne strahlte. Die vier kleineren waren bescheidener gestaltet. Posaunen ertönten und ließen die Gäste verstummen. Dann schritt in feierlichem Zug die Königsfamilie auf die Platzmitte zu, Kleopatra am Arm Marcus Antonius', einen Schritt hinter ihnen Caesarion und als letzte drei Kinder, deren Anblick die Umstehenden zu Tränen rührte. Alexander Helios hatte seine Zwillingsschwester an die Hand genommen, und Ptolemaios Philadelphos wurde von seiner Kinderfrau, einer beleibten dunkelhäutigen Sklavin mit schweren Brüsten und ausladendem Hinterteil, geführt. Ein jeder spürte die Spannung, die in der Luft lag, als die Hauptdarsteller dieser fast unwirklichen Szene das Podest bestiegen und sich auf den bereit gestellten Sitzen niederließen, die Erwachsenen auf den großen, die Kinder auf den kleinen.

Wie einige Tage zuvor bei den öffentlichen Siegesfeiern trug Antonius wieder das safrangelbe golddurchwirkte Gewand, das ihn als die Inkarnation des Gottes Dionysos auswies. Die größte Aufmerksamkeit aber zog Kleopatra auf sich. Im Kleid der Isis war sie erschienen, schwarz wie die Nacht, eine funkelnde Krone auf dem königlichen Haupt. Der 13 Jahre alte Caesarion ließ sich auf einem kleineren Thron nieder, um anzuzeigen, dass seine Mutter über ihm stand, und noch immer die eigentliche Regentin war. Der kleine Alexander Helios steckte im vollen Ornat des medischen Königs und trug Tiara und einen weißen Turban, der mit einer Pfauenfeder geschmückt war und an die hohe Königskrone des altpersischen Herrschers erinnerte. Ein mit Silberfäden durchwirktes Gewand und ein schmaler Silberreif im lockigen Haar schmückten Prinzessin Kleopatra Selene, die mit dem Mondlicht zu wetteifern schien. Ein makedonisches Prachtgewand schien den Kleinsten, Philadelphos, ein zartes Knäblein von zwei Jahren, fast zu erdrücken. Er trug Stiefel, einen kurzen Mantel und einen wollenen Hut, der von einem Diadem gehalten wurde.

Gespannt wartete ein jeder auf die Erklärung, die Antonius gleich geben würde, denn er hatte bereits die Rechte erhoben, um der Versammlung Ruhe zu gebieten. Was er jetzt zu sagen gedenke, verkündete er, sage er zu Ehren Caesars, seines gemeuchelten Freundes, der unter die Götter des römischen Staatshimmels aufgerückt war. Was dann folgte, verschlug den Anwesenden die Sprache.

„Dich Kleopatra, hohe Königin vom Nil", wandte er sich an seine Geliebte, „ernenne ich kraft der mir verliehenen Stellung gemeinsam mit deinem Sohn und Mitregenten Caesarion zur Herrscherin über Zypern, Libyen und Koilesyrien, verleihe dir und unseren Söhnen den Titel Könige der Könige. Meinem Sohn Alexander spreche ich Armenien und Medien zu, sowie Parthien, das ich demnächst erobern werde. Mein Jüngster erhält Phönikien, Syrien und Kilikien. Für meine Tochter Kleopatra Selene habe ich den Königsthron der Cyrenaika vorgesehen."

Ein jeder fragte sich, was er mit dieser Thronverleihung bezweckte. Wollte er etwa das makedonische Großreich eines Alexander wiedererrichten, das einst bis an die Grenzen des fernen Indien reichte? Am meisten verwunderte die verblüfften Zuhörer, dass Antonius auch über Parthien verfügte, das er noch gar nicht erobert hatte. Seine römischen Offiziere steckten die Köpfe zusammen. Canidius, einer seiner besten Freunde, wandte sich an einen anderen Legionskommandanten: „Der Feldherr muss verrückt geworden sein", tadelte er. „Das werden die in Rom niemals zulassen." „Aber sein Status als Triumvir verleiht ihm doch eine enorme Macht", wandte der andere ein. „Gewiss", so wieder Canidius, „aber die hat er zum Wohle Roms einzusetzen und nicht dazu, römisches Staatsgebiet an seine ägyptische Konkubine zu verschleudern. Ich befürchte, damit hat er alle Brücken hinter sich abgebrochen."

Auch Canidius wusste, dass sein Freund immer mehr den Osten als Bühne seiner Selbstdarstellung und Basis seiner Macht einsetzte. Hier wurde er anerkannt. Hier erfuhr er die Achtung, die ihm das überhebliche und an republikanischen Traditionen klebende Rom nie zugestanden hatte. Hier war er der König, der er zu Hause nie hätte sein dürfen, denn die Bewohner des Ostens kannten keine andere Staatsform als die der Monarchie.

Nur langsam sickerte die Nachricht von diesen ungeheuerlichen Geschehnissen nach Rom. Sie erreichte zuerst Marcus Antonius' Freunde, die glaubten, er habe nun endgültig den Verstand verloren, und versuchten, die Berichte zurückzuhalten. Aber nichts wurde so schnell gelüftet wie ein gut gehütetes Geheimnis und es dauerte nicht lange, bis Octavian von der Geschichte erfuhr. Von Marcus Antonius' Verrat sprach er im Senat (und verschwieg, dass dieser ihm äußerst gelegen kam). „Ein Triumphzug, meine Herren", wandte er sich an die versammelten Väter, „hat in Rom stattzufinden. Das weiß doch bei uns jedes Kind. In Rom", wiederholte er und sah sich, Zustimmung heischend, unter den Stadträten um, „das nicht nur Mittelpunkt des Imperiums, sondern der Welt ist und dem allein - allein, sage ich - Ehren, Kriegsgefangene und Beute zustehen. Meine Herren, die Sache ist doch die: Marcus Antonius, unser Marcus Antonius, ist an sich ein rechtschaffener Mann. Aber er ist in die Fänge einer raffinierten Hexe geraten, die nicht nur dafür sorgt, dass er seine rechtmäßige Ehefrau, meine Schwester Octavia, ständig betrügt, sondern auch Rom verrät, unser Rom, dessen Wohl uns doch allen so sehr am Herzen liegt." Frenetischer Beifall wurde Octavian gespendet, gefolgt von stehenden Ovationen. Einige Senatoren geleiteten ihn sogar zu seinem Platz.

Wenige Tage später schrieb er seinem Schwager einen Brief, der dem Kapitän eines Schnellseglers anvertraut wurde. Er beschwor Antonius, sich zu mäßigen und in sein römisches Leben, zu seiner rechtmäßigen Gattin und seinen Kindern zurückzukehren. Noch sei es nicht zu spät. Noch könne Schlimmeres verhindert werden, ein weiterer Konflikt, der unausweichlich sei, sofern Antonius sein Verhalten nicht ändere. Denn die Empörung in Rom wachse, niemand ließe sich länger an der Nase herumführen, und er, Octavian, sehe sich bald außer Stande, der aufgeheizten Stimmung Herr zu werden. Am meisten aber störte Octavian Antonius' Liebesbeziehung zu Kleopatra.

„Warum", antwortete der General postwendend, „hast du dich mir gegenüber so verändert? Nur, weil ich mit der Königin schlafe? Sie ist doch meine Frau. Ist sie es denn erst seit gestern und nicht schon seit vielen Jahren? Und du, mein Freund, treibst du es etwa nur mit deiner Ehefrau Drusilla? Wenn du diesen Brief liest, schläfst du doch auch mit Tertulla oder Terentilla, mit Rufilla, Salvia Titisania oder wie sie alle heißen. Kommt es denn darauf an, mit wem man seine Lust befriedigt?"

Marcus Antonius wusste, dass dieser Brief eine offensichtliche Beleidigung seines Schwagers war, der in Rom gerade versuchte, die Moral seiner Zeitgenossen (aber freilich nicht die eigene) zu heben, und der dafür entsprechende Sittengesetze erließ. Er war eine Katastrophe, der berüchtigte Tropfen, der das Fass zum Überlaufen brachte.

Rom hielt den Atem an. Was würde geschehen?

Verrückte Spiele

Einmal mehr wollte Kleopatra ihren römischen Gefährten übertreffen und ihm zeigen, was wahrer Luxus ist. „Wollen wir wetten?", fragte sie ihn. Der Frage war ein heftiger Meinungsaustausch vorangegangen, ob es möglich sei, zehn Millionen Sesterzen für eine einzige Mahlzeit auszugeben.

Bis hinauf nach Rom waren die Berichte über die aufwändigen Bankette gelangt, die inzwischen am Hof von Alexandria beinahe alltäglich geworden waren. Und auch darüber schüttelten die Römer missbilligend die Köpfe. War es denn notwendig, dass die Herrschenden am Nil so sehr prassten, während sich doch ein Großteil des Volkes mit Getreidebrei, Zwiebelgerichten und Knoblauch begnügen musste und kaum einer in seinem Leben je einen Fleischtopf gesehen hatte? Nicht einmal von kostenlosen Getreidezuwendungen oder öffentlichen Speisungen, wie sie in Rom üblich waren, hatte man von Ägypten je gehört. Wie sympathisch war da doch ein Octavian, der nicht nur anderen Mäßigung predigte, sondern sie seinen Untertanen selbst vorlebte! Er gab sich, wie er gern unters Volk streuen ließ, mit getrockneten Feigen und einem Kanten Brot zufrieden. Und Abgesandte der Bürgerschaft Roms, die kürzlich bei ihm auf dem Palatin erschienen waren, um sich über die gestiegenen Weinpreise zu beschweren, beschied er, sein Freund und Wegbegleiter Marcus Vipsanius Agrippa sorge gerade mit dem Bau einiger Wasserleitungen dafür, dass niemand Durst zu leiden brauche. Sprach's und leerte einen Becher des erfrischenden und dazu noch kostenlosen Getränks in einem Zug.

„Bei aller Liebe, meine Schöne", entgegnete Marcus Antonius, „was sollte man denn noch alles auftischen, um dafür zehn Millionen Sesterzen ausgeben zu können?" „Die Wette habe ich schon gewonnen", freute sich die Königin und klatschte in die Hände. Sogleich erschien ein Sklave, der ein silbernes Tablett vor sich hertrug. Darauf befand sich ein kleines Gefäß, wie es für die Aufbewahrung von Salben verwendet wurde. Es enthielt eine scharfe Essigessenz. Auch ein paar Ohrringe lagen bereit, in die zwei sündhaft teure Perlen eingefasst waren. Als Kleopatra den kleinen Tiegel öffnete, stieg ihr der Essigdunst in die Nase und ihre Augen füllten sich mit Tränen. Noch ehe sich Antonius versah, hatte sie die Perle des einen Ohrrings aus der Fassung gebrochen und in das kleine Salbengefäß geworfen. Ein leichtes Zischen war zu vernehmen und von dem kostbaren Schmuckstein war nichts mehr zu sehen. Als sie sich daran machte, auch die zweite Perle in die ätzende Flüssigkeit zu werfen, ergriff Antonius' Freund Lucius Plancus, der Privatsekretär des Römers, der zum Schiedsrichter ernannt worden war, Kleopatras Hand. „Antonius muss sich geschlagen geben", verkündete er, „er hat die Wette verloren. Aber es ist nicht nötig, weiterhin derartige Verschwendung zu betreiben."

Offenbar gehörte Plancus an diesem Hof zu den wenigen Vernünftigen, die sich noch eine klare Sicht der Dinge bewahrt hatten und voraussahen, dass solcher Unfug irgendwann in eine Katastrophe münden musste. Bei einer anderen Gelegenheit hatte Plancus auf Geheiß seines Herrn während eines Festgelages zur Unterhaltung der Gäste auf den Knien zu tanzen – nackt und mit blau angemaltem Körper, an dem ein Fischschwanz befestigt war. Er hatte den Meeresgott Glaukos dargestellt. Aber Plancus war es allmählich leid, zum Vergnügen der überspannten Herrschaft den Hofnarren zu spielen. Schließlich war er Römer und hatte als solcher seine Würde zu wahren. Bald darauf kehrte er nach Rom zurück. Begierig nahm man dort seine Geschichten auf und es gab kaum eine angesehene Familie, die ihn nicht in ihren Salon eingeladen hätte, um den neuesten Klatsch aus Ägypten aus erster Hand zu erfahren. Nirgendwo machte er aus seiner Abscheu gegen die verfallenden Sitten am Hof Alexandrias einen Hehl. So hatte sich Marcus Antonius in Plancus-Glaukos leichtfertig einen weiteren gefährlichen Gegner geschaffen.

Vor den noch immer leidenschaftlichen Umarmungen ihres römischen Geliebten, der trotz fortgeschrittener Jahre seinem diesbezüglichen Ruf treu geblieben war, wenn er seine Sinne auch fast nur noch auf die Königin richtete, hatte sich Kleopatra in das Geviert ihres kleinen Palastgartens zurückgezogen, der nur über ihre Gemächer zu erreichen war. Wann immer sie sich dorthin begab, wusste der General, dass sie allein zu sein wünschte. Es war Mittagszeit. Mit sengender Kraft durchglühte die im Zenit stehende Sommersonne den bemalten honiggelben Stein des Säulengangs, der den beschaulichen Ort gleich einer schützenden Hand umschloss. Die Mauern warfen kurze Schatten. Kleopatra ließ sich auf einer Ruhebank nieder und beobachtete aufmerksam die Wasserspiele, deren Nass heute nur tröpfelte. Es war, als wollten die Brunnen versiegen. Sie würde den Wassermeister beauftragen müssen, nach dem Rechten zu sehen. Auch die Vögel des Himmels waren verstummt. In weiten Kreisen umflogen sie in Scharen das Areal des Palasts bis zum nahen Meeresufer hin. Es schien, als trauere die Natur. Rosen und Papyrusstauden ließen die Köpfe hängen. Hatten sich vielleicht sogar die Götter von Ägypten abgewandt? Noch heute würde sie selbst ein Opfer darbringen, später, wenn sich die Hitze des Tages ein wenig gelegt hätte. Plötzlich schoss ihr durch den Kopf, dass es vielleicht angebracht wäre, nach dem Baufortschritt ihrer Grabburg zu sehen und die Handwerker anzutreiben, denn, wenn ihre Wahrsager recht behielten, bliebe ihr nicht mehr allzu viel Zeit. Und das war gut so. Sie war müde geworden. Das Reich lastete schwer auf ihr. Aber das durfte natürlich niemand wissen. Tag für Tag musste sie der Welt die starke Frau vorspielen, die Visionärin, Gestalterin der ägyptischen Zukunft. Dabei wusste sie doch genau, dass es die für ihr Land nicht mehr gab. Nur sie wusste, dass Caesarion, ihr vielgeliebter Sohn und jugendlicher Mitregent, ihren Untergang nicht überleben würde. Und er, Marcus Antonius, vor den Göttern ihr Gemahl, würde noch vor ihr gehen, würde sie und seine Kinder schutzlos zurücklassen in den Fängen dieses einen, dieses Ungeheuers, der im fernen Rom nur darauf lauerte, das Geschlecht der Ptolemäer zu vernichten und Ägypten seinem Reich einzuverleiben.

All das sah sie in sich stets wiederholenden Träumen. Und es gab nichts, was sie dagegen tun könnte. Ohnmächtig würde sie zusehen müssen, wie alles verdarb. Caesar, wenn Caesar noch lebte! Wie anders war er doch gewesen als ihr Marcus Antonius, wie entschlossen, zielstrebig, ausdauernd und zäh! Freilich hatte sie ihn nie geliebt, wie sie Marcus liebte. Aber sind nicht Achtung und Bewunderung beständiger als Liebe, jenes meist flüchtige Gefühl, das nur die Sinne und den Verstand vernebelt? Von einer Krankheit mochte man genesen, sofern man gute Ärzte fände. Die Trauer begleitete einen erbarmungslos bis in den Tod. Und sie trauerte, die Götter allein wussten es. Trauerte um ihn, der bei ihr war, seit jenen fernen Tagen, als ihr wahres Leben begonnen hatte, der ihr die Herrschaft in den Schoß gelegt hatte wie eine überreife Frucht. Nie würde sie jenen Männern verzeihen, die für das Verbrechen, seine Ermordung, verantwortlich waren. Man musste eben begreifen, dass man über den Tod eines geschätzten Menschen nie hinwegkommen kann, sagte sie sich.

Kleopatra sah zum mittäglichen Himmel empor. Noch immer lautlos und fast ein wenig gespenstisch kreisten jetzt gewaltige Vögel über ihrem Haus, Unglücksboten, wie sie meinte, Tiere, die sie zuvor nie gesehen hatte, ausladend die Schwingen, kräftig der Flügelschlag, scharf die Schnäbel und geschliffenen Dolchen gleich die Krallen. Ihr schwindelte. Der Rauch ferner Herdfeuer kringelte sich in der sonnenschwangeren Luft. Der Geruch warmer Tierleiber waberte über dem Palast, zog Richtung Meer. Schwerfällig ging der Pflug hinter Ochsen und Kuh. In den nahen Tempeln murmelten die Priester ihre immer gleichen Litaneien: Amun, Amun und wieder Amun. Und das Heer der Unfreien sang seine Lieder in einer Sprache, die sie nicht verstand. Das war ihr Ägypten, das Erbe ihrer Vorfahren, das ihr auferlegt worden war, ihr Leben, ihre Bestimmung, ihr Tod. Wie lange noch? Seufzend erhob sich die Königin und zupfte ihr leichtes Gewand zurecht. Dann warf sie den Kopf in den Nacken und betrat den Palast, die weiten, düsteren Korridore, in die das Sonnenlicht nur mühsam sickerte. Eine angenehme Kühle umfing sie. Aber auch das: Ein Reich der Schatten, voll Düsternis, Kälte und Einsamkeit. Sie begab sich müde an ihr Schreibpult. Ruß, Öllichter, Papyrusblätter und Schreibrohr lagen bereit. Sollte sie Senmut rufen und ihm diktieren, wovon ihr Kopf voll und ihr Herz schwer waren? Nein, sie war die Königin. Sie allein würde der Nachwelt hinterlassen, was ihr Leben ausgemacht hatte. Sie würde selbst alles aufschreiben. Und sich erinnernd und schreibend ginge sie in den Tod.

Der Tag schien unendlich lang gewesen zu sein, war, von ihr unbemerkt, in eine klare Nacht übergegangen. Irgendwann hatte die Königin ihren Arbeitsplatz verlassen und war an das geöffnete Fenster getreten. Draußen lag alles still. Die schmale Sichel des Mondes warf ein fahles Licht. Gespenstisch die Schatten. Sterne funkelten. Es kam seit langem immer seltener vor, dass sie am nächtlichen Himmel zu sehen waren. Der Rauch der offenen Herdfeuer ihrer wachsenden Untertanenschar – Ägypten war wegen seines Reichtums längst bei seinen Nachbarn ein beliebtes Einwanderungsland geworden – verhinderte die Sicht. Schwer legte sich der Duft verblühender Rosen auf Kleopatras Gemüt. Es klopfte, aber die Königin reagierte nicht. Nichts führte mehr in die Welt dieser Verstummten. Erst als Caesarion die Hände auf ihre Schultern legte, zuckte sie zusammen. Nur widerwillig kehrte ihr

Geist in die Welt der Wirklichkeit zurück. „Große Mutter", sprach er sie leise an, wie man Verrückte anspricht, um sie nicht zu erschrecken. „Mutter, was betrübt dich?"

Sein Blick glitt an ihrer schlanken Gestalt hinab. Sie trug ein Gewand aus smaragdgrüner Seide, das die Farben ihrer Augen widerspiegelte und schwer an ihrem Körper hinabfloss, als habe der Nil sein angestammtes Flussbett verlassen und seine Königin liebevoll umfangen. Das dunkle Haar hatte sie im Nacken zu einem dicken Knoten geschlungen. Niemals war ihm bewusst geworden, wie schön seine Mutter war. Das alte Familiengeschmeide, das sie ansonsten nur bei festlichen oder offiziellen Anlässen trug, glänzte an ihrem Hals und ihre Ohren schmückten die herrlichsten Edelsteine, die er je in diesem Palast gesehen hatte. Eine unbestimmte Angst ergriff ihn. Hatte sich die Königin bewusst so herausgeputzt, um …? Er mochte den Gedanken nicht weiter spinnen. Nein, niemals würde sie so sang- und klanglos gehen und sie alle ihrem Schicksal überlassen. Kleopatra war eine Kämpferin, die sich nicht so leicht geschlagen gab. Vielleicht frönte sie nur einer vorübergehenden Laune. Wer kannte schon die Herzen der Frauen?

„Caesarion, mein Sohn!" Kleopatra erwachte. „Was führt dich zu so später Stunde zu mir?" Erstaunt betrachtete sie die schlanke Gestalt ihres Jungen und wusste plötzlich, dass er kein Kind mehr war. Der „König der Könige" war, von ihr unbemerkt, ein ihr ebenbürtiger Partner geworden. Mit Wohlgefallen sah sie zu ihm auf. In dicken Kringeln legte sich das volle Haar um die blasse Stirn, und aus den schwarzbraunen Augen blickte sie sein Vater liebevoll an. Warum war ihr die verblüffende Ähnlichkeit mit Caesar nicht viel früher aufgefallen? Sie war wahrscheinlich eine schlechte Mutter. Nie hatte sie für ihre vier Kinder wirkliches Interesse aufgebracht, ja nicht einmal mütterliche Gefühle entwickelt. Dazu war keine Zeit gewesen. Sie hatte sie immer nur benutzt, um sich beim Volk beliebt zu machen, um die Nachfolge zu sichern oder einen Mann durch Blutsbande an sich zu fesseln, was ihr bei Caesar nicht einmal gelungen war. Er war noch vor Caesarions Geburt eigene Wege gegangen, hatte seine Ziele verfolgt, hartnäckig und rücksichtslos, um sie schließlich mit seinem Sohn allein zu lassen, dem einzigen legitimen Kind, das er der Nachwelt hinterließ.

„Es ist so", stotterte der junge Mann ganz unköniglich, „dass mich seit langem der Schlaf flieht, als hätten mich die Götter der Nacht vergessen", klagte der Junge, fiel vor der großen Königin auf die Knie und umfing mit beiden Armen ihren Schoß. Liebevoll streichelte Kleopatra ihrem Ältesten über das aschblonde Haar. Wann hatte sie das zuletzt getan? Sie erinnerte sich nicht. „Steh auf, mein Kind, ich bitte dich! Wir wollen uns setzen." Damit zog sie ihn auf ihr Prunkbett, das nahezu den gesamten Raum ausfüllte. „Und nun erzähle mir, was dich bedrückt! Und vergiss, dass ich deine Königin bin! Heute Nacht will ich nur deine Mutter sein, deine dich liebende Mutter", fügte sie etwas leiser hinzu. Als der Junge zu ihr aufblickte, glänzten Tränen in seinen schönen Augen.

Inmitten noch immer zahlreicher Bewunderer verbrachte Marcus Antonius eine feuchtfröhliche Nacht. Ab und zu zog er die Gesellschaft von Männern der seiner ägyptischen Frau vor, die ihn zunehmend tadelnden Blicken aussetzte, wenn er zu tief in den Becher schaute oder seine Witze zu derb waren. Was war nur los mit Kleopatra? Früher konnten seine Späße nicht schlüpfrig, sein Becher nie voll genug sein. Seit einiger Zeit aber schien sie an seinem Humor und seinen Späßen keinen rechten Gefallen mehr zu finden. Dabei hatte sich doch, wie er meinte, alles zum Guten gewendet. Seit er seinem römischen Widerpart, diesem Möchtegern-Herrscher, die Leviten gelesen und ihm jenen unmissverständlichen Brief geschrieben hatte, der von Rechtfertigungen und Vorhaltungen überquoll, ließ ihn Octavian in Ruhe. Seine Worte hatten also offensichtlich ihre Wirkung nicht verfehlt. Jedenfalls schien sich der grüne Jüngling beruhigt und auf seine eigene verdorbene Moral besonnen zu haben. Ja, so musste man mit jemandem reden, der nur diese Sprache verstand. Die Nachrichten, die Antonius aus Rom erreichten, waren eindeutiger Natur: Octavian war verstummt.

„Meine Späher berichten mir“, verkündete er triumphierend vor der angetrunkenen Männerrunde, „dass unser lieber Octavius seiner tugendhaften Livia längst überdrüssig ist. Es war also keineswegs aus der Luft gegriffen, was ich ihm so unverblümt vorwarf. Zeit jedenfalls, ihm einmal gehörig die Meinung zu sagen. Es heißt sogar, sie, die ihm doch bislang noch nicht einmal den heiß ersehnten Erben geboren hat, führe ihm selbst die Gespielinnen zu. Er bevorzuge ausschließlich junges Fleisch, das er nackt seinen Freunden zur Begutachtung vorstelle, um sich dann deren Urteil anzuschließen.“

„Hört, hört!“, riefen Antonius' Freunde unter lautem Gelächter. „Er braucht also nicht nur einen Agrippa, um die blutigen Schlachten im Feld zu schlagen, sondern auch einen Schiedsrichter für die, die er im Bett auszufechten gedenkt. Und das ist der Mann, der dem Imperium vorstehen will?“, lachten sie. Einer der Männer, dem ein besonderes schauspielerisches Talent nachgesagt wurde, imitierte Octavian in Sprache, Bewegung und Gestik, nahm einen der Gefährten an der Hand und führte ihn vor den grölenden Trinkern im Kreis herum, wobei er eindringlich darum bat, doch bitte die Vorzüge dieser potentiellen Bettgenossin zu beurteilen, die festen Brüste etwa, die weißen Schenkel und die einladende Scham. Ob denn diese Schöne würdig sei, wollte er von der fröhlichen Runde wissen, mit ihm, dem Herrn der römischen Welt, das Lager zu teilen und ihn des Nachts zu beglücken? Jubelnd stimmten alle zu und bemerkten, solange Octavian eine solche Frau zu seiner Gefährtin wähle, drohe dem Römerreich keine Gefahr. „Und was sagt Drusilla dazu?“, wollte einer der Gäste wissen. „Drusilla? Nun“, meinte Antonius, „sie verschließt vor der besonderen Vorliebe ihres Mannes die Augen, rühmt sich selbst tugendhafter Gattentreue und führt im Übrigen das Leben einer untadeligen römischen Matrone.“ Spinnen und Weben gehörten zu ihren bevorzugten Beschäftigungen - womit sie auf altrömische Tugenden hinweisen wolle - was ihrem Herrn und Meister besonders gefiele. Trage er doch ausschließlich Gewänder, die unter ihrer Anleitung in seinem Haus gefertigt würden. Selbstredend halte sie auch die gesamte Weiblichkeit ihres Haushalts zu diesen römischen Kardinaltugenden an, sogar die kleine Julia, das zarte Kind, das unter der Knute der strengen Stiefmutter nichts zu lachen habe und bereits spinnen müsse, bis ihm die kleinen Fingerchen bluteten. „Wenn mich in Rom jemand dauert, dann ist es dieses unschuldige Geschöpf“, fuhr Antonius fort, der plötzlich ernst geworden war. „Wer Livia Drusilla zur Stiefmutter hat, braucht keinen anderen Feind.“

Hätte Marcus Antonius geahnt, wie gefährlich sich die Stimmung in Rom gegen ihn entwickelte, er hätte keine ruhige Minute mehr gehabt. Seine Späher irrten, wenn sie aus der Hauptstadt des Imperiums nichts für ihn Negatives zu berichten wussten, oder sie waren unfähig, die Ruhe vor dem Sturm richtig zu deuten. Umso mächtiger brach die scheinbar so heile Welt über Antonius' nichts ahnendem Haupt zusammen und es war ein Schlag, von dem er sich nicht mehr erholen sollte.

Vor zwei oder drei Jahren hatte er, ganz im Einklang mit der römischen Tradition, eine Abschrift seines Testaments den Vestalischen Jungfrauen zur Aufbewahrung in deren Haus auf dem Forum Romanum im Herzen Roms übergeben, wie das viele Große des Römerreiches vor ihm getan hatten. Wutentbrannt über die zahlreichen Verfehlungen, die Marcus Antonius in seinem kürzlich an Octavian gesandten Brief als Erster beim Namen genannt hatte, sann dieser auf Rache. Nicht dass er sich öffentlich über die Beschuldigungen, mit denen ihn sein Gegner überzogen hatte, ausgelassen oder sich gar zu rechtfertigen gesucht hätte. Hätte er es denn überzeugend tun können? Was Antonius ihm vorgehalten hatte, entsprach Wort für Wort der Wahrheit und es gab genügend Römer, die über ihn, Octavian, und seinen unsittlichen Lebenswandel Bescheid wussten und sich bei jeder sich bietenden Gelegenheit darüber lustig machten, wie sehr ihm daran gelegen war, seine Zeitgenossen zu Anstand und Moral anzuhalten, sich selbst aber in sittlichen Dingen jegliche Freiheit herausnahm. Hätte er sich gewehrt, er hätte sich nur lächerlich gemacht. Aber es gab einen anderen Weg, Marcus Antonius bei den Römern weiter zu verunglimpfen.

Ohne sich um überkommenes Recht zu kümmern, ohne die jahrhundertealten *mores maiorum*, die geheiligte Vätersitte, zu respektieren, drang Octavian gewaltsam in das Haus der Vestalinnen ein, jener frommen Priesterinnen, die in dem kleinen Rundtempel auf dem Forum das heilige Feuer hüteten und für das staatliche Wohlergehen verantwortlich waren. Keinem Mann, den *Pontifex Maximus* ausgenommen, war es nach uraltem, ungeschriebenem Gesetz gestattet, die Wohnstätte der Jungfrauen zu betreten, aber in seinem Zorn dachte Octavian nicht daran, sich an diese überlieferten Regeln zu halten. Mit Hilfe seiner Liktoren, die den erschrockenen Frauen das blanke Eisen vor die Brust hielten, verschaffte er sich Zutritt zu den heiligen Gemächern, missachtete den Protest der Oberpriesterin, die sich ihm entgegen stellte und ihn vor dem Zorn der Götter warnte, und zwang sie, ihm Marcus Antonius' Testament auszuhändigen. Der General, so belehrte er die weise Frau, sei ein Verräter an der römischen Sache und genieße als solcher nicht den Schutz irgendwelcher veralteter Gesetze. Um das eigene Leben und das ihrer Mitschwestern fürchtend, da ihr Octavian zum Äußersten entschlossen schien, kam sie seinem Befehl schließlich händeringend nach. „Ich werde für dich zu den Göttern beten, Octavian", bemerkte sie. „Möge dir diese Schuld vergeben sein! Mögen sie dir dieses Unrecht nachsehen!" Aber Octavian tat den frommen Wunsch der besorgten Frau nur mit einem unwirschen Kopfschütteln ab. „Lass den Zorn der Götter meine Sorge sein, Weib!“, zischte er. „Und hüte deine vorlaute Zunge! Auch als Dienerin der Vesta bist du nicht unangreifbar. Wie wäre es, wenn ich verbreitete, du habest versucht, mich zu verführen? Du weißt doch, was mit derjenigen Vestalin geschieht, die das Gelübde der Keuschheit bricht? Und wem werden sie eher glauben? Einer alten, im Dienst der Göttin verdorrten Vettel oder ihrem Führer, der nur das Beste für seine Quiriten will?“ Die Oberpriesterin erbleichte und zog sich rasch in die hinteren Räume ihres Zuhauses zurück. „Armes Rom“, murmelte sie, „das sich in den Fängen eines solchen Ungeheuers befindet. Das Reich, das so einer führt, braucht wahrlich keinen äußeren Feind.“

„Geliebte Mutter“, begann Caesarion, der neben Kleopatra auf dem ausladenden Prunkbett Platz genommen hatte, dessen weinrote Decken und Seidenkissen im Schein der Fackeln changierten. „Ich erinnere mich, dass du mir vor vielen Jahren – ich war damals noch ein Kind und habe deine Worte kaum verstanden – die Vorstellungen der beiden Kulturen unseres Reiches, die der Griechen und die der Ägypter, vom Weiterleben nach dem Tod erklärt hast. Ich habe mich inzwischen viel damit beschäftigt, ohne zu einem Ergebnis gekommen zu sein. Ich wüsste nun gern, was du selbst denkst. Wir sind Griechen, Mutter. Der große Alexander ist unser Ahne und er neigte gewiss dazu, die Frage auf griechische Art zu beantworten. Die Ungewissheit quält mich, sie lässt mich nachts keinen Schlaf finden und raubt mir sogar die Freude sonnenheller Tage. Nur du, große Mutter, die du seit fernem Anbeginn meine beste Lehrmeisterin bist, kannst meine Qual beenden und meine Seele wieder Ruhe finden lassen. Und es eilt, Mutter, ich fühle den Tod nahen. Ja, er hat bereits seine Hand nach mir ausgestreckt. Nein, versuche nicht, mich davon zu überzeugen, dass ich noch jung bin und das ganze Leben noch vor mir hätte“, kam er Kleopatra zuvor, die gerade zu reden angesetzt hatte. „Du weißt ebenso gut wie ich, Mutter, dass unsere Tage gezählt sind. Marcus Antonius, mag er uns auch jetzt noch beschützen, ist bereits ein toter Mann. Er wird bald diesem, wie heißt er noch, mein Verwandter in Rom? Ja, richtig, diesem Octavian unterliegen, der uns kaum am Leben lassen kann. Bitte sage nicht, dass ich mich irre! Ich habe mit dem Leben abgeschlossen und werde, wie es sich für Caesars Sohn gehört, mit Würde in die andere Welt überwechseln, so wie er mit Würde gestorben ist. Nicht, dass es einem jungen Menschen wie mir leicht fiele, den Tatsachen ins Auge zu sehen. Auch ich habe das Leben geliebt, um seinen Verlust manche Träne geweint und in vielen Nächten mit mir gerungen. Aber was vermag der Mensch gegen das Schicksal auszurichten, dem selbst die Götter unterworfen sind? Von allen Fragen, die sich in meine Seele bohrten, ist die geblieben: Was kommt danach? Sag es mir, Mutter, sag es mir, wenn ich dein Sohn bin, den du vorgibst zu lieben!"

Kleopatra schwieg. Voller Sorge sah sie die Verzweiflung dieses Kindes, das ihr Erstgeborener war, Fleisch von seinem Fleische und Geist von ihrem Geist. Wie gern hätte sie ihm geholfen! Wem, wenn nicht ihm! Aber was sollte sie sagen, wie seiner jungen gequälten Seele Trost spenden? Wusste sie doch selbst nicht, woran sie glauben sollte: An das ewige Leben, wie es die alten Ägypter sahen, eine Ewigkeit, auf die nur derjenige Anspruch hatte, dessen Körper sorgfältig konserviert und dessen Seele in Zeit und Raum entlassen worden war? Oder an das Reich der flüchtigen Schatten, das dem, der auf Erden gut gewesen war, ein erträgliches Dasein in der Unterwelt versprach? Was aber war gut, was war böse? Würde man ihr, wenn es soweit wäre, ankreiden, dass sie alle vernichtet hatte, die ihrer Thronbesteigung und ihrem Machtanspruch im Wege gestanden hatten? Würde man ihre guten Taten dagegen abwägen und als zu leicht befinden? Sie griff liebevoll in die vollen Locken, die Caesarions noch unschuldige Stirn umkränzten und musste plötzlich lächeln. Sein Vater hätte ihn um diesen Haarschopf beneidet. Ihn hatten die Sorgen des Lebens frühzeitig seiner Haarpracht beraubt. Und sie wusste, wie sehr seine Eitelkeit darunter gelitten hatte. Stets hatte er versucht, diesen vermeintlichen Makel unter einem Diadem zu verbergen. Doch gleich wurde sie wieder ernst.

„Mein Sohn", begann sie vorsichtig und nahm seine schlanken weißen Hände in die ihren. „Wir dürfen uns nicht zu sehr sorgen um Dinge, auf die wir keinen Einfluss haben. Wer kann schon zuverlässig sagen, was sein wird? Auch ich kann es nicht. Aus dem Reich der Toten, ich habe es schon öfter gesagt, ist noch keiner zurückgekehrt. Wir müssen versuchen, uns dem Leben zu stellen. Und auch dem Tod, der wie die Geburt zum Leben gehört; eine Tatsache, die wir nur allzu gern verdrängen. Auch ich habe viel nachgedacht und natürlich weiß ich, weiß es nur zu gut, dass unsere Tage gezählt sind. Unmöglich kann uns der in Rom am Leben lassen, wenn er erst einmal Marcus Antonius bezwungen hat. Aber noch ist es nicht soweit. Noch sollten wir jeden Tag genießen, als ob es der letzte wäre." Die Königin verstummte und sah den Jungen traurig an. „So leid es mir für uns tut, mein Sohn, mehr kann auch ich dir nicht mitgeben auf diesen steinigen Weg, der vor uns liegt. Oder doch noch eins: Vielleicht werden wir ja in unseren Taten weiterleben, in dem, was wir in unserem Leben, und sei es auch noch so kurz gewesen oder uns selbst noch so unbedeutend erschienen, bewirkt haben. Vielleicht wird ja unser Andenken daran gemessen werden. Vielleicht ist das, was unsere ägyptischen Vorfahren das Weiterleben nach dem Tod nannten, ja die Erinnerung, die uns Nachgeborene zollen werden. Damit, mein kleiner Caesar, sollten wir uns bescheiden. Meinst du nicht auch?"

„Also wirst du weiterleben, Mutter. Denn deiner werden die Menschen noch in vielen Jahrhunderten gedenken, der großen Königin vom Nil, die ihr Reich zusammengehalten und gemehrt, die sich bemüht hat, allen Menschen eine vorbildliche Herrscherin und eine liebevolle Mutter zu sein. Aber was habe ich der Welt gegeben? Wäre sie ohne mich etwa ärmer gewesen? Haben Menschen wie ich also umsonst gelebt?"

„Kein Leben ist ohne Sinn, Caesarion", entgegnete Kleopatra ernst. „Du vergisst, dass die Welt eine andere geworden wäre, hätte es den oder jenen nicht gegeben. Doch lass uns jetzt schlafen gehen! Es ist nicht die Zeit, sich mit diesen letzten Dingen jetzt zu beschäftigen. Wir wollen uns für heute damit begnügen, die nahe Zukunft zu gestalten. Ich wünsche dir eine gute Nacht."

Der junge Mann umfing die schlanke Gestalt seiner Mutter und umarmte sie, als müsse er sich an ihr festhalten. Und sie spürte, dass er am ganzen Körper zitterte wie ein Opfertier, das das Beil des Schlächters bereits über seinem Schädel spürt.

Nur zu gut verstanden die römischen Aristokraten die allgemeine Furcht. Seit mehr als 100 Jahren sprachen die Wahrsager kaum von etwas anderem: Der Osten werde am Ende die Herrschaft über die Welt antreten. Ein großer Erlöser werde dort erscheinen, die Römer in die Sklaverei führen und den Untergang ihres Reiches besiegeln. Wer sonst könnte mit diesen düsteren Vorhersagen gemeint sein als die ägyptische Königin, die durch Marcus Antonius' Gebietsschenkungen derart mächtig geworden war? Besaß sie nicht bereits einen Großteil des römischen Ostreiches? Ja, es war sogar die Schrift eines persischen Weisen aufgetaucht, die aus sicherer Quelle zu wissen vorgab, die Macht Roms werde nach heftigem Ringen von einem Erlöser aus dem Osten übernommen werden. Bei Todesstrafe wurde in Rom die Verbreitung dieser deprimierenden Vorhersage verboten.

Tröstlicheres wussten da die Sibyllinischen Bücher zu berichten. Zwar konnten auch sie nur voraussagen, die Herrschaft Roms werde nicht ewig währen, doch sei die Veränderung so fern, dass sich noch viele Generationen lang niemand deswegen ernsthafte Sorgen machen müsse. In rätselhaften Schriften, die die unterschiedlichsten Interpretationen zuließen, war auch von einer geheimnisvollen, heilbringenden Frau die Rede, einer Witwe, die als neuen Gatten einen Löwen erwählte. Wer aber konnte das sein wenn nicht Kleopatra, die nach der Beseitigung ihres Brudergemahls Ptolemaios XIV. Witwe geworden war und Marcus Antonius zum Gemahl erkoren hatte, der Herkules zu seinem Ahnherrn zählte? Das Symbol des alten Heroen aber war kein geringeres Tier als der Löwe. Wie man es auch immer drehte und wendete: Stets war es die Königin Ägyptens, die dem Römerreich gefährlich wurde, und es galt, ihrem unverblümten Machtstreben, ihrem geheimen Wunsch, Rom zu beherrschen, einen Riegel vorzuschieben. Und dafür war seinen Regierenden jedes Mittel recht.

Der Tumult in der Kurie war groß. Kein Wort zur Ordnung, kein Zwischenruf vermochte die aufgebrachte Stimmung zu beruhigen. Also war er wirklich zum Staatsfeind geworden, dieser Marcus Antonius. Wer hätte das gedacht! Doch nein, nicht er! Ein bedauerliches Opfer war er, der einer skrupellosen Circe auf den Leim gegangen war. Verzaubert hatte sie ihn, hatte ihn seines freien Willens beraubt. Und wer würde darunter zu leiden haben, wieder einmal? Der einfache Mann in Rom. Schon gebrauche sie bei jeder sich bietenden Gelegenheit die bedenkliche Schwurformel: „So wahr ich bald auf dem Capitol Recht sprechen werde".

Nur noch Vereinzelte ergriffen Marcus Antonius' Partei. „Aber meine Herren", meldete sich einer der letzten ihm verbliebenen Freunde zu Wort. „Wozu die ganze Aufregung? Steht denn in diesem Testament etwas Neues, etwas, was wir nicht längst wüssten oder doch zumindest ahnten? Dass er neben seiner ägyptischen Ehefrau begraben werden will? Ich bitte euch, meine Herren! Welcher gute Ehemann wünscht sich das nicht? Und ein solcher ist er ja wohl, wenn vielleicht auch nur nach ägyptischem Recht. Worüber empört ihr euch? Dass er sich in Ägypten nach Art der Landeskinder kleidet? Wer wollte ihm verdenken, dass er die unbequeme römische Toga meidet bei den Temperaturen, die mitunter am Nil herrschen und einem selbst an Wintertagen den Schweiß aus den Poren treiben? Wer von uns hat nicht schon bei dieser oder jener Gelegenheit das offizielle Gewand der Römer verflucht, das seinen Träger oft mehr behindert als schmückt? Dass er wie viele Ägypter ständig einen Dolch mit sich führt? Aber das zeigt doch nur, dass er den Menschen dort noch immer misstraut, dass er sich auch nach Jahren immer noch nicht sicher fühlt. Ein unwiderlegbarer Beweis dafür, dass es auf Alexandrias Straßen gefährlicher ist als in Rom, wo niemand mit einer Waffe herumlaufen muss, um sein Leben zu schützen. Meine Herren, wo bleibt euer klarer Verstand? Ist es nicht verwerflicher, das Testament eines noch Lebenden gegen Recht und Gesetz an sich zu reißen, um ihn vor aller Öffentlichkeit zu verunglimpfen? Ist uns die Achtung vor den überkommenen *mores maiorum* völlig abhanden gekommen? Glaubt ein Octavian denn, er könne sich alles erlauben, könne sich ungestraft über jeglichen Brauch hinwegsetzen?"

Der Mann verstummte, denn am Eingang der Kurie des Pompeius erschienen einige Prätorianer, die im Stechschritt auf ihn zuhielten. Augenblicklich herrschte bei den versammelten Vätern Ruhe. Kein Laut war mehr zu hören. Ein jeder wartete gespannt, was nun geschehen würde. Aber die Wachen griffen nicht zu. Sie zeigten nur Präsenz. Da zog es Marcus Antonius' Freund vor, die Versammlung zu verlassen – nicht ohne Octavian und seinen verbohrten Anhängern noch einen verächtlichen Blick zuzuwerfen. Am nächsten Morgen schiffte er sich nach Ägypten ein.

„Du weißt, dass ich nie im Traum daran gedacht habe, mit dir in Rom zu herrschen. Ein eigenes Reich im Osten gründen und dort gemeinsam regieren, vielleicht. Aber auch das habe ich mir längst aus dem Kopf geschlagen. Ich liebe Marcus Antonius um seiner selbst willen. Ich liebe ihn, weil er zu den wenigen Menschen gehört, die mich nicht langweilen, ich liebe seinen Humor, seine Andersartigkeit. Und ich werde zu ihm halten, bis in den Tod."

Ergriffen von ihren Worten, nahm Marcus Antonius Kleopatras Hände. Womit hatte er diese Frau verdient? „Auch du, Geliebte, darfst meines tiefsten und innigsten Gefühls sicher sein. Es ist

Unrecht, dass mich Octavian über meinen Wunsch, neben dir in Alexandria begraben zu werden, in aller Öffentlichkeit tadelt und als unrömisch und dekadent bezeichnet. Ich bin Römer, und ich werde es immer bleiben. Daran ändert auch die Tatsache nichts, dass ich in Ägypten lebe und hier meine letzte Ruhestätte haben möchte. Ich will es doch nur deinetwegen, weil ich mir ein Leben ohne dich an meiner Seite ebenso wenig vorstellen kann, wie den Tod. Es ist Unrecht von ihm, dass er dich als Hexe und böse Zauberin beleidigt, die mich in ihre Netze gespannt habe. Er ist ein böser Mensch, der mir fast leid tut. Der Tag wird kommen", orakelte er, „an dem er für alle seine Verbrechen zahlen wird. Ich sehe Octavian, einen verbitterten, alten Mann. Die Götter haben ihm alles genommen, Kinder, Enkel. Niemand ist übrig geblieben, ihn zu beweinen, niemand, an dem sich sein einsames Herz erfreuen könnte. An seiner Seite nur jene verknöcherte Livia, eingefallen, runzlig, alt und verbraucht. Und lauernd auf ihres Gatten baldigen Tod. Denn längst hat sie Tiberius, ihren verhätschelten Sohn, auf den begehrten Thron gehoben, noch immer nicht erkennend, dass mit seiner Erhöhung ihr Niedergang begann. Ohne Liebe, ohne den Beistand eines Sohnes oder Freundes wird Octavian ins Reich der kalten Schatten wechseln. Und ich werde ihn dort erwarten und zur Rede stellen, eine ständige Mahnung an das, was er uns angetan hat. Denn längst haben die Götter unseren Untergang beschlossen, geliebte Kleopatra, auch du weißt es. Aber selbst die Götter werden nicht verhindern können, dass ich hier nicht sang- und klanglos verschwinde. Der Tod ist stärker als wir. Alles muss vergehen. Das liegt in der Natur. Aber wir sollten uns nicht zum Sklaven unseres Schicksal machen lassen."

Machtdemonstration

Die Alexandriner hatten den Regen wie einen alten Freund begrüßt, der sie lange nicht mehr besucht hatte. In den frühen Nachmittagsstunden war über ihrer Stadt ein so heftiges Gewitter niedergegangen, dass die Straßen knöcheltief überflutet waren. Und noch immer stand das Wasser und schien Mühe zu haben, in den von Sonne und Hitze festgebackenen Boden einzudringen. Langsam nur versickerte das kostbare Nass.

Im Freudentaumel hatten sie ihre Kleider abgelegt und ihre bronzefarbenen Körper dem kühlenden Segen ausgesetzt, den die Götter geschickt hatten, damit Mensch und Vieh die mörderische Hitze leichter ertrugen, die sie schon über Wochen plagte und das öffentliche Leben nahezu lahmlegte. Die Natur atmete auf. Die Luft war jetzt klar und rein. Am westlichen Horizont glühte die untergehende Sonne, eine blutrote Scheibe, die die Welt in flüssiges Gold tauchte, ehe sie in den nächtlichen Gefilden versank. Noch immer bestaunte Marcus Antonius das Wunder dieses Sonnenuntergangs, der es hier schneller als im fernen Rom Nacht werden ließ. Fast ohne erkennbaren Übergang wechselten in Ägypten Licht und Finsternis.

„Du stimmst mir sicherlich zu, meine Königin, dass genug der Worte gesprochen sind. Ich werde auf Octavians Unverschämtheiten nicht mehr eingehen. Ginge es nach mir, könnten er und ich in Frieden nebeneinander leben. Aber ihm scheint an Verträgen und Freundschaft nichts mehr zu liegen. Ich habe also beschlossen, meine Legionen, die an den Ufern des Euphrat noch immer auf ihren Einsatz in einem Feldzug gegen die Parther warten, ins östliche *Mare Internum* zu verlegen. Denn wenn unser Streit so weitergeht – und allem Anschein nach wird sich Octavians unversöhnliche Haltung mir gegenüber nicht ändern –, wäre es töricht, gegen einen äußeren Feind zu kämpfen, während mir ein innerer in den Rücken fallen könnte. Die Parther stellen im Augenblick keine ernsthafte Gefahr dar. Sie verhalten sich im Gegenteil eher ruhig. Vielleicht haben sie ja gerade genug eigene Probleme und sind froh, sich nicht auch noch mit uns Römern beschäftigen zu müssen."

„Ich kann dir nur zustimmen, mein Gemahl", erwiderte Kleopatra, „und ich würde sogar noch einen Schritt weitergehen. Ich schlage vor, dass auch wir uns an die Küste Kleinasiens begeben, nach Ephesus, im Schutz von 200 ägyptischen Kriegsschiffen, die uns begleiten und sich dort mit deiner Seestreitmacht vereinigen sollen, sofern es nötig würde. Auch ich zweifle nicht daran, dass Octavian den bösen Worten bald noch bösere Taten folgen lassen könnte. Nur von dort aus werden wir uns gegen militärische Angriffe angemessen verteidigen können. Ich habe, um ehrlich zu sein, die ständigen Anfeindungen und Verleumdungen deines Triumviratskollegen satt. Soll er doch kommen mitsamt seinem Agrippa, um sich mit Gewalt zu holen, was wir nicht freiwillig aufzugeben bereit sind. Das Schicksal möge entscheiden, wer von uns der Stärkere ist. Nur ihm werden wir uns beugen."

Wenige Wochen später traf das hohe Paar, begleitet von den ranghöchsten ägyptischen Offizieren und Marcus Antonius' Freunden, die mittlerweile bis fast auf den letzten Mann aus Rom geflohen waren, in der glanzvollen Metropole ein, mit der sich für alle die unterschiedlichsten Erinnerungen verbanden. Antonius' Leute gedachten der unbeschwerten Tage, die sie des Öfteren hier verbracht hatten, der schönen, stolzen Frauen, die in ihren pastellfarbenen Gewändern und turmartigen Frisuren durch die belebten Straßen flaniert waren und den neugierigen Männern lüsterne Blicke zugeworfen hatten. Sie erinnerten sich an gepflegte Unterhaltung, Abwechslung und manches Abenteuer, das die Stadt ihren Besuchern geboten hatte. Antonius und Kleopatra schien Ephesus an Prunk noch reicher geworden zu sein, als sie es in Erinnerung hatten. Die Bibliothek war auf die doppelte Größe angewachsen. Gelehrte und Studierende, Stapel von Büchern unter den Armen, gingen dort in Scharen ein und aus. Das Theater, das den hinter der Siedlung liegenden Hang hinaufkroch, zog mittlerweile die bekanntesten Schauspieler der Welt an. Dies wiederum lockte Liebhaber der darstellenden Kunst aus den fernsten Gegenden des Imperiums an. Neue, prachtvolle Paläste aus weißem Marmor glänzten in der Sonne und unter exotischen Bäumen versteckten sich die Villen der Wohlhabenden und Reichen. Weitläufig dehnten sich die öffentlichen Parkanlagen, blumengeschmückt und mit plätschernden Wasserspielen bestückt. Und aus zahlreichen Bädern klang fröhliches Lachen. Auch der Hafen der Stadt hatte sich vorteilhaft verändert: Er war ausgebaut worden und die große Zahl der Handels-, Passagier- und Kriegsschiffe, die hier ankerten, verriet, dass sich Ephesus zu einer der bedeutendsten und reichsten Kaufmannsstädte des Ostens entwickelt hatte.

Als gewöhnliche Bürger verkleidet schlenderten Antonius und Kleopatra Hand in Hand über den Markt, kosteten hier von den köstlichsten Früchten, die die Händler feilboten, naschten da und dort von buntem Naschwerk und vergaßen ein paar Stunden, weshalb sie überhaupt hierher, an die Ostküste des Mittelmeeres, gekommen waren.

„Ich fürchte, Marcus", wandte sich Kleopatra an den Geliebten, „diese Stadt wird, wenn wir nicht auf der Hut sind, unserem schönen Alexandria noch den Rang ablaufen."

„Ephesus ist sehr römisch geworden", entgegnete Antonius und sah sich bewundernd um. „Aber man kann es doch nicht mit Alexandria oder Rom vergleichen. Die Hauptstädte unserer Reiche sind seriöser und um vieles ernster als diese frohsinnige Metropole, in die die Menschen hauptsächlich kommen, um sich von den Sorgen des Alltags abzulenken oder der Großen Mutter ihre Aufwartung zu machen. Die Hauptstadt deines Reiches wird im Bewusstsein der Welt immer mit herausragender Gelehrsamkeit verbunden bleiben, mit der einzigartigen Bibliothek, die du, nachdem sie Caesars Truppen niedergebrannt haben, gerade wieder aufbaust und die, wie jedermann weiß, nahezu das gesamte Wissen der Menschheit beherbergt. Noch in Jahrhunderten wird man der Universität Alexandrias gedenken, die nicht nur im medizinischen Bereich so vielen Menschen geholfen hat, von Krankheit und Siechtum geheilt zu werden, die Freunde der Weisheit anlockt und deren Besuch für jeden, der sich in der Redekunst vervollkommnen will, ebenso unerlässlich ist. In einem Atemzug mit Athens weltberühmter Hochschule wird man sie nennen und es werden junge Menschen aus vielen Ländern der Erde kommen, um sich dort in die Geheimnisse von Heilkunde und Redekunst und die Lehre der Weisheit einführen zu lassen. Dein Leibarzt Olympos Athenagoras", fuhr er fort, „im gesamten Osten und auch in Rom hoch angesehen, versteht sich, wohl als einziger Sachverständiger überhaupt, auf die Einbalsamierung von Toten, obwohl das Wissen darüber, wie wir glaubten, schon vor Jahrhunderten verloren gegangen sei. Dioskurides, der wie kein anderer die Kunst des Heilens beherrscht, hat sogar eine viel beachtete Abhandlung über die Beulenpest verfasst, die in Folge der Hungersnöte in deinen ersten Regierungsjahren ausbrach. Und haben wir nicht auch die bedeutendsten Künstler an unseren Hof geholt, damit sie Bildwerke schaffen, von denen die Menschen noch in Jahrhunderten reden werden? Ich denke da vor allem an Avianus Evander, um den uns sogar unsere römischen Gegner beneiden."

„Du siehst, geliebte Kleopatra", tröstete Antonius die Königin und nahm sie liebevoll in den Arm, „es besteht kein Grund, um die Bedeutung unserer Stadt zu fürchten. Lass uns die Tage hier einfach ruhig genießen, frei von den Pflichten und Sorgen des Alltags. Wir wetteifern weder mit Ephesus noch mit Rom oder irgendeiner anderen Stadt der zivilisierten Welt. Eine jede hat ihre Vorzüge, an denen wir uns erfreuen sollten."

Die bunten Marktstände und das fröhliche Treiben zogen immer wieder Kleopatras Blicke auf sich. Sie genoss es, so unerkannt und scheinbar unbeschwert durch die Straßen zu schlendern, an der Hand des geliebten Mannes, keine Königin, eine einfache Bürgerfrau, die sich am Anblick der vielfältigen Waren, an den bewundernden Blicken, die ihnen folgten, und an der Freundlichkeit der Händler ergötzte. Niemand erkannte sie. Hier war sie nur eine von vielen, die gekommen waren, der Stadt und ihrem berühmten Artemis-Tempel ihre Aufwartung zu machen und deren Schönheit zu bewundern. Die freundlichen Worte der Tuchhändler luden sie ein, die ausgelegten Waren zu begutachten. Das Gezwitscher bunt gefiederter Vögel, die in ihren Käfigen auf Käufer warteten, erfüllte die Luft. Sachkundig befühlte sie Stoffe aus wertvollem Seidenbrokat, die Muster aus fein gesponnenen Gold- und Silberfäden kunstvoll gewirkt; sie griff in schwere Seide, die in den unterschiedlichsten Farben schimmerte, im Blau des Lapislazuli, des Steins, den schon ihre ägyptischen Vorgänger geschätzt und in ihren Kronjuwelen verarbeitet hatten, im Rot der Purpurschnecke, das besonders kostbar war, im Gold der strahlenden Sonne, das die Färber aus seltenen Blüten gewannen, und schließlich in dem feurigen Grün, das der Farbe ihrer Lieblingsedelsteine, der Smaragde, glich. Als sie an einer Schänke vorbeikamen, stieg ihnen der Duft von Zwiebeln, Knoblauch, gebratenem Fleisch und frisch gebackenem Brot in die Nase, und Kleopatra glaubte, nie etwas Köstlicheres gerochen zu haben. Keine noch so raffinierte Speise ihrer Palastküchen verbreitete einen ähnlich appetitanregenden Geruch.

Ihre Augen bettelten Antonius an, der sofort verstand. „Warum eigentlich nicht?“, meinte er und gab den als normale Bürger verkleideten Leibwächtern, die ihnen bisher unauffällig gefolgt waren, ein Zeichen, draußen zu warten, was diese mit schreckgeweiteten Augen vernahmen. Dann betrat das hohe Paar die Taverne, deren Gastraum mit grob gezimmerten Tischen und Bänken bestückt war, und ließ sich auf einer alten Holzbank neben dem Tresen nieder. Der Wirt hatte alle Hände voll zu tun, denn seine Schänke war bis auf den letzten Platz besetzt, und von überall her riefen die Gäste nach Wein, Fleisch und Brot, und er und eine junge Frau mit stämmigen Armen, die seine Tochter sein mochte, hetzten zwischen der Küche und der Wirtsstube hin und her, sodass dem feisten Mann Schweißperlen auf der Stirn standen. Trotz der vielen Arbeit trat er fast unterwürfig auf Marcus Antonius und Kleopatra zu, verbeugte sich und fragte nach ihrem Begehr. Als Wirt verfügte er über eine untrügliche Menschenkenntnis und hatte einen Blick für den, den er vor sich hatte.

„Ich habe selten so gut gegessen", gestand die Königin, nachdem sie wieder ins Freie getreten waren. „Ich hätte nicht gedacht, dass sich der gewöhnliche Bürger mit den einfachen Mitteln, die ihm zur Verfügung stehen, so schmackhaft ernähren kann. Ich danke dir, dass du mich begleitet hast. Es kann auch einem Herrscher nicht schaden zu erfahren, wie seine Untertanen leben und womit sie zurechtkommen müssen." „Und wie sie nach Knoblauch zu riechen, dass es den Partner geradezu umhaut", lachte Antonius und legte einen Arm um Kleopatras Schulter.

Zwei jungen Verliebten gleich schlenderte das alternde Paar weiter vor die Tore der Stadt. Bald fand es sich am Tempel der Artemis wieder. Scharen von Pilgern, darunter viele junge Frauen, drängten sich in dessen Vorhalle vor kleinen Verkaufsständen, die die unterschiedlichsten Andenken und Opfergaben anboten. Kleine Öllämpchen, wie sie in römischen Haushalten benutzt wurden, Fläschchen mit billigen Duftwässern, deren Aroma Vorübergehenden den Atem nahm, Wachsfigürchen und Kinderspielzeug, Würfel, aus Knochen gefertigt, und Püppchen, deren Gesichter dem der Göttin erstaunlich ähnelten. Aber auch das konnte man erwerben: handgroße Abbilder der Artemis, die zu Hause als Erinnerung an die Pilgerfahrt manchen Raum schmücken würden, und Opfergaben, Weihrauch, Gold und Edelsteine, die man der Göttin darzubringen gedachte. Es war für jeden Besucher etwas dabei. Antonius musste nicht lange überlegen: Er kaufte eine Handvoll Smaragde, von denen er die Hälfte der Geliebten in die Hand drückte. Die andere Hälfte war für Artemis bestimmt. „Mögen sie dich stets an diese gemeinsame Reise erinnern, Kleopatra", meinte er und die Königin glaubte, ihn noch nie so ernst gesehen zu haben.

Zumindest für sie war Ephesus, war dieses Gotteshaus mit den unterschiedlichsten Erinnerungen verbunden. Sie gedachte der fernen Zeit, als sie mit ihrem Vater durch die Straßen der Stadt gewandelt war, staunend über so viel buntes Treiben und die Pracht, als sie auch mit ihm, der auf die Rückgabe seines Thrones hoffte, hierher gekommen war, zur Großen Mutter, und an das, was danach geschah. All das war Jahrzehnte her. Doch noch immer war sie sich nicht sicher, noch nicht hinter das große Geheimnis gekommen, das sich mit ihrem damaligen Aufenthalt in diesem Heiligtum verband. Hatte sie wirklich alles erlebt, oder war sie einem Traum aufgesessen, der so lebhaft gewesen war, dass sich Wirklichkeit und Fantasie auf seltsame Weise vermischten? War es hier geschehen, dass sie, ein unschuldiges Kind noch, den Tempel betrat und ihn als Frau wieder verließ? Sie wusste es nicht. Konnte es sein, dass das Heiligtum in all den Jahren noch gewaltiger, noch prächtiger geworden war? Trog die Erinnerung gar? Honiggelb schimmerten seine Wände in der milden Abendsonne. Sie waren über und über mit Szenen aus der griechischen Mythologie und den Heldengeschichten bemalt und mit kunstvollen Reliefs geschmückt; Mauern, an denen Generationen von Künstlern und Handwerkern ihre Spuren hinterlassen hatten, Menschenwerk, von den Göttern selbst inspiriert und schöner noch als alles, was die Tempel ihres Reiches dem Besucher zu bieten hatten.

Das Haus der Göttin umstanden Säulen, auf die in dicker Schicht Gold und Silber aufgetragen waren, die das Licht einfingen, brachen und an den Betrachter vielfach zurückgaben.

Als der Zug der Pilger die flachen Stufen zum Tempeltor hinaufstieg, erschauderte die Königin. Hatte nicht hier, unmittelbar vor dem Eingang, ihre Schwester Arsinoë gelegen, blutüberströmt, auf königliches Geheiß von Antonius' Leuten heimtückisch niedergestreckt? Nur für die Dauer eines Wimpernschlags dachte Kleopatra daran, dass es möglicherweise unrecht gewesen war, ihre Hand gegen die Blutsverwandte zu erheben. Aber hätte Arsinoë gezögert, sie, Kleopatra, aus dem Weg zu räumen, im umgekehrten Fall? Rasch fing sich die Königin wieder und kehrte zu ihrer majestätischen Haltung zurück. Man durfte nicht zu viel nachdenken, vor allem nicht über Dinge, die sich nicht ungeschehen machen ließen. Ehrfürchtig, fast ein wenig scheu, betrat sie den Raum, in dem sie, in geheimnisvoll diffuses Licht gehüllt, das Standbild der Göttin, das rätselhafteste aller Kultbilder, die sie kannte, empfing. Als „Vielbrüstige" beteten die einen Artemis an. Andere waren fest davon überzeugt, ihr Körper werde von zahlreichen Stierhoden geschmückt. Welcher Deutung man sich auch anschließen mochte, das Erscheinungsbild der Gottheit, darin waren sich alle einig, wies auf verschwenderische Fruchtbarkeit hin.

Fülle, Wohlstand und Macht: Sie sprachen auch aus dem bunten Gewand, der edlen Robe, die die Statue trug. Mit goldenen Fäden hatten die fleißigen Hände der Tempelfrauen darauf die Tierkreiszeichen gestickt. Der Saum war mit schimmernden Perlen besetzt, und auf dem Diadem, das das Abbild der Göttin trug, funkelten seltene Edelsteine.

Mit ausgebreiteten Armen umfing Artemis jeden, der sich ihr ehrerbietig näherte. Überwältigt von so viel Glanz sank die Königin auf die Knie. In zwei riesigen Kohlebecken knisterte eine verhaltene Glut, die den kühlen Raum in wohlige Wärme tauchte. Die Wachskerzen auf den Kandelabern waren nahezu abgebrannt und spendeten nur schwaches Licht. Schwerer Weihrauchduft, Jasmin und Myrrhe und ein Aroma, das Kleopatra nicht zuordnen konnte, schwängerten die Luft. „Artemis-Kybele", betete die

Königin inbrünstig, „du Große Mutter, Tochter des Himmels und der Erde, die du so alt und erhaben bist wie die Zeit selbst." Dann bat sie die Göttin, ihr und ihrem Gatten für alles, was sie in naher Zukunft erwartete, den Segen des Himmels zu gewähren. Und ihr war, als husche ein spöttisches Lächeln über Artemis' Gesicht.

Ein Murren ging durch die schier endlosen Reihen von Antonius' Soldaten. Nicht weniger als 16 Legionen, an die 80.000 Mann, hatte Caesars einst so gefeierter General auf sich eingeschworen und auf den Docks lagen mittlerweile 800 Kriegsschiffe, um für eine möglicherweise notwendig werdende Auseinandersetzung mit Octavians Streitkräften gerüstet zu sein. In den hafennahen Lagerhallen stapelten sich die Versorgungsgüter, die für einen Einsatz benötigt wurden, und Händler aus aller Herren Länder fielen einem Schwarm Heuschrecken gleich in Ephesus ein, ein gutes Geschäft und satte Gewinne witternd, waren sie es doch, die aus kriegerischen Ereignissen den größten Nutzen zogen.

Nur die Soldaten zeigten sich äußerst unzufrieden. Sie liebten ihren Feldherrn, gewiss. Und es gab unter ihnen kaum einen, der nicht bereit gewesen wäre, für den General sein Leben einzusetzen. Doch warum nur missachtete er ihre Ängste? Wieder hatte er die Königin als Begleiterin mitgebracht, dieses verruchte Weib, wo doch auch er wissen musste, dass eine Frau im Kriegseinsatz nur Niederlage und Unglück verhieß. Hatte er denn aus vergangenen Fehlern gar nichts gelernt? Dazu kam Kleopatras offensichtlich herablassende Art, das „Monarchengehabe", wie sie es nannten, das sie nicht gewohnt waren. Seit Jahrhunderten, seitdem ihre Vorväter den etruskischen König Tarquinius Superbus mit Schimpf und Schande davongejagt hatten, war Rom eine Republik und sie waren stolz darauf.

Tatsächlich hatte Kleopatra, der der Unmut von Antonius' Männern nicht entgangen war, die sie allenthalben mit finsterer Miene verfolgten, einen Augenblick lang daran gedacht, einen eventuell anstehenden Krieg ihrem Gatten zu überlassen und in ihr Reich am Nil zurückzukehren. Und Antonius selbst hatte sie beschworen, sich nach Alexandria zurückzubegeben. Krieg, hatte er gesagt, sei nichts für die zarten Nerven einer Frau. Es sei überhaupt zu gefährlich, unbewaffnet dem Geschehen aus nächster Nähe zuzusehen. Er wisse sie lieber in ihrem Palast in Sicherheit. „Zwar ist der Krieg noch nicht erklärt", meinte er, „und ich habe die Hoffnung noch nicht aufgegeben, dass Octavian einlenkt und es nicht auf ein Kräftemessen ankommen lässt. Haben nicht lange genug Römer gegen Römer gekämpft? Auch er kann eigentlich kein Interesse daran haben, schon wieder römisches Blut zu vergießen. Seine Quiriten würden ihm kaum vergeben, wenn er einen neuerlichen Bürgerkrieg vom Zaun bräche. Aber die Aussichten, unsere Meinungsverschiedenheiten mit friedlichen Mitteln auszutragen, stehen nicht allzu gut. Die Anwesenheit unserer Streitkräfte hier in Ephesus ist, wie du weißt, mehr als eine Vorsichtsmaßnahme. Sie ist eine Warnung an Octavian und will sagen, dass wir nicht bereit sind, sein schlechtes Benehmen weiterhin gelassen hinzunehmen. Wir sind gerüstet, für alle Fälle. Ich bin davon überzeugt, dass ihm seine Spitzel, die er sicherlich auch hierher gesandt hat, längst nach Rom berichtet haben, was ihn erwartet, sollte er die Waffen gegen uns erheben. Und dennoch fürchte ich das Schlimmste."

Auch Antonius' Berater mochten die Königin beschwören, auf ihren Gemahl zu hören. Aber sie dachte nicht daran, sich vom „Kriegsschauplatz", wie sie Ephesus inzwischen nannte, auch nur einen Schritt weit zu entfernen. Niemals würde sie sich vertreiben lassen. „Ihr Römer mit eurem Aberglauben", wetterte sie. „Da rühmt ihr euch, eine halbe Welt in die Knie gezwungen zu haben, und fürchtet euch vor jeder Maus, die euch über den Weg läuft. Ein seltsames Völkchen! Könnt ihr euch nicht einmal wie normale, mit Verstand ausgestattete Menschen verhalten? Jagt man etwa jemanden, der so viel zum Gelingen eines Feldzugs beigetragen hat, so einfach davon, auch wenn dieser Jemand eine Frau ist? Was habt ihr nur gegen das weibliche Geschlecht? Fürchtet ihr es vielleicht? Ja, glaubst du denn, Marcus, meine Ägypter, die ich dir in so großer Zahl zur Verfügung gestellt habe, meine Landstreitkräfte, die Reiterei, die Schiffsbesatzungen, glaubst du denn, sie hätten Verständnis dafür, dass zwar du deine Leute persönlich befehligen und moralisch unterstützen kannst, ich aber wie ein unmündiges Schulkind nach Hause geschickt werde?" Aber auch das sah sie, ohne es auszusprechen: Den nach einem Debakel seelisch völlig am Boden liegenden Antonius, wie sie ihn nach dem gescheiterten Partherfeldzug erlebt hatte, den gebrochenen Mann, der ihres Zuspruchs so dringend bedurfte. Und hatte sie nicht schon von Caesar gelernt, dass ein Anführer immer dort zu sein hatte, wo seine Leute waren? Freilich konnte sie ihren Männern nicht mit dem Schwert in der Hand beistehen. Aber sie vermochte sie aufzurichten und sie immer wieder daran zu erinnern, dass sie für die Freiheit Ägyptens ihr Leben wagten. Und das war, davon war sie überzeugt, keineswegs der geringste Beitrag, den sie zum Gelingen des Unternehmens leisten konnte.

In ihrem Umfeld hatte sie einen einflussreichen Unterstützer, der nicht nur ein enger Freund ihres Gatten, sondern auch einer ihrer treuesten Bewunderer war. Sein Name war Canidius Crassus. In einem unbeobachteten Augenblick nahm er Antonius zur Seite. „Auf ein Wort, Feldherr! Verzeihe, wenn ich mich einmische! Aber ich halte es für äußerst unklug, einer Frau, die so viel zu den Kriegskosten beigetragen hat, die uns eine derartige Anzahl von Schiffen samt Besatzung zur Verfügung stellt, zu verweigern, das Geschehen persönlich zu verfolgen. Auch ihre Leute hätten kaum Verständnis dafür, dass wir ausgerechnet sie nach Hause schicken. Sie scheint mir nicht weniger intelligent und erfahren zu sein als die meisten deiner Generäle. Seit vielen Jahren regiert sie nun schon erfolgreich das Land am Nil und sie hat von dir, lieber Antonius, viel gelernt. Und glaube ja nicht, die Königin hätte mir irgendeinen Vorteil versprochen, wenn ich für sie eintrete! Höre dich bei deinen Offizieren um und du wirst staunen, wie groß ihre Anhängerschaft noch immer ist! Nur die einfachen Soldaten murren. Aber das sollte uns nicht kümmern. Lass es dir durch den Kopf gehen, ich bitte dich darum! Und ich spreche auch für die anderen."

Es war Canidius' leidenschaftliche Rede, die Antonius schließlich umstimmte. Im Grunde war er sogar froh, die Geliebte auch weiterhin an seiner Seite zu haben. Mochte das Schicksal seinen Lauf nehmen. Der Ausgang der leidigen Geschichte würde in jedem Fall auch ihrer beider Zukunft entscheiden.

Octavians Spitzel waren, wie es Antonius vermutet hatte, fleißiger denn je. Nicht nur von der gewaltigen Armee, die im Osten seiner harrte, wussten sie ihm zu berichten. Auch von einer Kriegsflotte, deren Anzahl schwerster Schiffe kaum überschaubar war, sprachen sie. „Wie viele?", wollte Octavian wissen. „Dreihundert, fünfhundert, wer könnte sie zählen?", meinten die Späher. Zudem kamen Gerüchte auf, Kleopatra rüste zum letzten Gefecht, ehe sie triumphierend in Rom einzuziehen gedenke.

War nicht schon das äußere Erscheinungsbild der Königin ein ganz anderes geworden? Für jeden sichtbar, hatte sie, wie eine in Antiochia geprägte und weit verbreitete Münze bestätigte, die einstige Grazie und Schlichtheit abgelegt. Sie zeigte sich jetzt in priesterlicher Hoheit. Aus der eher bescheidenen, von Roms Gnaden abhängigen Frau war eine selbstbewusste Herrscherin geworden. Ihr Gesicht hatte einen harten, fast drohenden Ausdruck angenommen. Und ihr Haar, das sich einst in weichen Wellen um den Kopf geschmiegt hatte und im Nacken zu einem dicken Knoten gewunden gewesen war, stand jetzt in wilden Locken über der nicht sonderlich hohen Stirn. Alexandrinische Porträts hatten noch eine sanfte, sensible Frau gezeigt. Jetzt ließen ihre Konterfeis den unbeugsamen Willen zur Macht ahnen. Sogar das traditionelle griechische Gewand hatte sie abgelegt, das sich gefällig durch

Schlichtheit ausgezeichnet hatte. Sie hatte es durch eine fürstliche Robe ersetzt, die so reich mit Edelsteinen und Perlen besetzt war, dass sie steif vom mageren Körper abstand. Auch an Haupt, Hals und Ohren der Königin schimmerten kostbare Perlen. Sie galten neuerdings als Luxus schlechthin, zählten zu den erlesensten Juwelen und galten als Symbole für Reichtum und Macht. Nur die wohlhabendsten Bürger des Imperiums konnten sie sich leisten. Die Perlen wurden aus dem fernen Indien importiert, wo sich tagtäglich Hunderte unerschrockener Taucher in die Tiefen des Meeres stürzten, um die Kostbarkeiten ans Tageslicht zu holen.

Und fand ihr Palast in Alexandria auf der Welt seinesgleichen? In aufwändigen Mosaiken, geschaffen von den namhaftesten Künstlern, war dort die gesamte Geschichte des alten Reiches am Nil dargestellt, angefangen von der Zeit der Pyramiden über den Ketzerkönig Echnaton, der eine einzige Gottheit, die Sonne Ra, angebetet hatte, vom Tal der Könige bis zu Alexander dem Großen, der drei Jahrhunderte zuvor den Grundstein für die neue Hauptstadt Ägyptens gelegt und ihr seinen Namen gegeben hatte, Alexandria. Man sah den Nil und die unterschiedlichsten Landschaften Ägyptens, das fruchtbare Flusstal mit dem gewaltigen Delta, das sich in das *Mare Internum* fächerte, die Dünen des Sandmeeres, die Schroffen der Berge, grüne Oasen und die vielfältigen Ansichten der Hauptstadt und ihres Palasts. Auch Reliefs von der Königsfamilie waren zu sehen, Marcus Antonius mit seiner Frau, umgeben von einer fröhlichen Kinderschar. Dann wieder zogen auf bunten Wandgemälden die Götter Ägyptens und Griechenlands am aufmerksamen Betrachter vorüber. Wo die Wände keine Gemälde aufwiesen, glänzten polierter Alabaster, edler Porphyr und blauer Achat. Nur wenige, dafür aber umso wertvollere Möbel schmückten die stattlichen Räume und allenthalben schlug dem Besucher der Duft von Weihrauch und wohlriechender Essenz entgegen.

War das etwa die Heimstatt einer Rom untergeordneten Fürstin? Kaum jemand hatte bisher Alexandria oder den Königspalast mit eigenen Augen gesehen. Aber die Erzählungen von denen, die vom Hof Ägyptens nach Rom zurückgekehrt waren, regten die Fantasie derart an, dass Kleopatras Zuhause in Pracht und Ausdehnung Dimensionen annahm, die alles bisher Gesehene weit übertrafen. Niemand in Rom konnte Vergleichbares sein Eigen nennen. Ja, sein gegenwärtiger Herr, Octavian, lebte überaus bescheiden in dem alten Haus auf dem Palatin. Sein Arbeitszimmer, hieß es, sei so klein, dass darin gerade ein Schreibpult, das Regal für die Pergamentrollen und ein Ruhesessel Platz fänden, und das kaum größere Schlafgemach fülle ganz und gar Octavians einfache Bettstatt. Bescheiden waren auch die Wand- und Deckendekorationen: ein paar bunte Gemälde und ein wenig Stuck.

So stellten sich die Römer den wahren Herrscher vor: Nicht als den, der aus seiner Stellung nur für die eigene Person Nutzen zog und sich ein Leben in Ausschweifung und Luxus gönnte, sondern als verantwortungsbewussten Diener des Staates, als Ersten unter Gleichen, der zunächst für das Wohlergehen seiner Untertanen sorgte und erst dann eigene Bedürfnisse befriedigte. Und Octavian war genau der Mann, der dieser Vorstellung entsprach.

Doch mussten selbst die schärfsten Kritiker der Königin zugeben, dass der Hof von Alexandria nicht nur eine Stätte müßigen Wohllebens war. Gewiss, es gab Gelage, die sich ein rechtschaffener Römer für seine Regierenden nicht vorstellen konnte. Aber auch im Königshaus von Alexandria wurde auf Kulturelles, auf Gelehrsamkeit und feine Sitte größter Wert gelegt. Gemäß der Tradition gebildeter Römer lag auch Marcus Antonius der Hellenismus sehr am Herzen. Nicht nur, dass er sich oft nach Art griechischer Beamter kleidete. Er besuchte auch viele Veranstaltungen in den Tempeln und öffentlichen Schulen und wohnte Vorlesungen an der Universität bei, wo er sich mit Gelehrten traf und durchaus sachkundige Gespräche führte. Und die Königin stand ihm keineswegs nach. Ihr wurde ein geradezu sinnliches Verhältnis zur Literatur nachgesagt und auch die Philosophie hatte es ihr angetan. Schriftsteller ihrer Zeit schrieben ihr wissenschaftliche Dialoge mit großen Philosophen zu, bei denen sie den Hauptpart spielte. An ihrem Hof verkehrte etwa Philostratos, der zu den angesehensten Weisen gehörte. Auch Nikolaos von Damaskus, eine auf dem Gebiet der Weisheitslehre gleichermaßen herausragende Persönlichkeit, erfreute sich der königlichen Gunst. Ihn hatte Kleopatra gar als Lehrer ihrer Kinder in höfische Dienste genommen.

War sie wirklich die gefährliche Barbarin, die sich angeblich nur danach sehnte, bald auf dem Capitol in Rom zu Gericht zu sitzen? Zweifel waren angebracht. Aber die Römer waren von ihrer Obrigkeit inzwischen derart aufgehetzt worden, dass niemand mehr die Wirklichkeit vorurteilsfrei sah.

Unter den zahlreichen Klientelfürsten, die Marcus Antonius ihre Unterstützung anboten, war auch sein langjähriger Freund Herodes, der König der Juden, der zugleich Kleopatras größter Feind war. Noch immer hatte sie nicht vergessen, dass er sie einst abgewiesen hatte, doch noch schlimmer war die Tatsache, dass Marcus Antonius ihrem innigsten Wunsch, auch das Ägypten benachbarte Judäa ihrem Herrschaftsbereich einzugliedern, nicht nachgekommen war. Auf jeden Fall wollte sie Herodes nicht sehen. Er musste also davon abgehalten werden, mit seinen Truppen vor Ephesus zu erscheinen. Dabei kam ihr der Zufall zu Hilfe. Schon über längere Zeit hatten die Nabatäer Kleopatra die Pacht vorenthalten, für deren Erhebung Herodes zuständig war. Er möge sich endlich darum kümmern und das Geld nötigenfalls mit Waffengewalt eintreiben, ließ sie ihm durch Antonius ausrichten. Auf diese Weise hoffte sie, den ihr verhassten Juden loszuwerden.

Alles war geregelt. Das Heer war gerüstet. Die Schiffe lagen zum Auslaufen bereit. Noch einmal wollten Antonius und Kleopatra das Leben in vollen Zügen genießen. Aber nicht in Ephesus, wo alles an einen möglicherweise nahen Krieg erinnerte. Der Hofstaat segelte zur benachbarten Insel Samos, auf der Frohsinn und Lebenslust zu Hause waren.

Die letzten Tage

Im Haus des Lebens im großen Amun-Tempel zu Alexandria herrschte geschäftiges Treiben. Ärzte und Krankenpfleger, Diener und Sklaven hetzten zwischen den Räumen hin und her. Züchtig gekleidete Frauen fegten sorgfältig die mit gestampftem Nilschlamm belegten Böden, legten neue Schilfmatten aus und bestreuten sie mit fein gehäckseltem Stroh. Weihrauch und allerhand wohlriechende Essenzen wurden verströmt. Die einfachen Bettgestelle, die bis auf den letzten Platz den größten Saal füllten, waren mit frischen Leinentüchern bedeckt. Jahrhundertelange Erfahrung hatte die Heilkundigen gelehrt, dass ein Patient noch so robust sein und ein Arzt sich noch so sehr bemühen konnte; wenn man nicht auf peinliche Sauberkeit achtete, war alle ärztliche Kunst umsonst. Deshalb mussten Verbandsmaterial in Lauge gekocht und Messer, Zangen, Pinzetten und Skalpelle über offenem Feuer gereinigt werden. Die wandhohen Fenster waren mit dicken Vorhängen verdeckt. Kranke und Verletzte sollten vor allzu grellem Sonnenlicht geschützt werden. Kohlebecken standen bereit. Die Nächte am Rande des Sandmeeres konnten selbst im Sommer empfindlich kalt werden …

Die Verantwortlichen gaben ihr Bestes, denn der gute Ruf der gesamten ägyptischen Ärzteschaft stand auf dem Spiel, war sie doch für ihre spektakulären Heilerfolge berühmt. Selbst Schädelöffnungen beherrschte sie mit Bravour. Ob sich in den Köpfen von Verletzten Splitter befanden oder das eine oder andere bösartige Gewächs: Die erfahrensten Ärzte im Haus des Lebens nahmen sich der Elenden an.

Jungen Männern, die die Heilkunde studierten, fiel die Aufgabe zu, den Patienten mit schmalen geschliffenen Messern die Schädel kahl zu schaben. Dann wurde der Kopf sorgfältig gereinigt und mit einer betäubenden Lösung eingerieben. Deren Rezept war streng geheim. Wer es weitergab, riskierte, mit dem Tod bestraft zu werden. Ein erfahrener Chirurgus schnitt danach die Kopfhaut auf, schob sie auseinander und bohrte mit einem scharfen Werkzeug in die Schädeldecke ein Loch, bis er die grau-weiße Hirnmasse offen liegen sah. Während des gesamten Eingriffs war der Kopf des Patienten fest in ein eigens gefertigtes und zuvor angepasstes Holzgestell eingespannt, das dieser, selbst wenn ihm die Kräfte eines ausgewachsenen Löwen erwuchsen, nicht zu verrücken vermochte.

Das abgesplitterte Knochenstück oder die bösartige Geschwulst wurde entfernt. Manchmal war es nötig, Silberplatten in die Schädeldecke einzusetzen, um das Bohrloch zu schließen. Oft heilten aber die offenen Stellen dank den Umschlägen mit dem Sud heilkräftiger Kräuter von selbst. Die wenigsten Patienten überstanden die schmerzhafte Prozedur bei vollem Bewusstsein. Die meisten fielen schon nach wenigen Augenblicken in einen gnädigen Schlaf. War die Operation erfolgreich, konnten die Geheilten schon nach einigen Tagen ihrer gewohnten Arbeit wieder nachgehen. Nur Vereinzelte überlebten die Behandlung nicht. Es waren die erfahrensten Ärzte des Nilreiches, denen Schädelöffnungen vorbehalten blieben. Sie schöpften ihr Wissen aus der Überlieferung der Alten, die solche Eingriffe schon vor Jahrhunderten sogar im Königshaus erfolgreich vorgenommen hatten.

Und doch war der Erfolg vieler Behandlungen nicht sicher. Nur die bescheidensten Heiler räumten ein, dass sie im Grunde nichts wussten, dass es zuletzt das Schicksal bestimmte, ob ein Patient verloren war oder genas. Aussicht, wieder gesund zu werden, hatte ohnehin nur der, den die Natur mit einer starken Veranlagung ausgestattet hatte. *„Natura sanat"*, wussten die Römer, *„medicus curat"*. Und da gaben ihnen die Ägypter recht.

Auch die Verwalter der Friedhöfe hatten in diesen Tagen viel zu tun. Wer immer es sich von den ägyptischen Soldaten leisten konnte, kaufte sich, oft belächelt von seinen griechischen Kollegen, in Alexandrias Totenstadt ein Grab, aufwändige unterirdische Gemächer mit den traditionellen Wandmalereien die einen, schmucklose, düstere Kammern die anderen.

Im Haus der Toten, das nahe der Begräbnisstätten westlich der Hauptstadt lag, herrschte ebenfalls Hochbetrieb. Hier bereiteten sich die Einbalsamierer auf gewinnträchtige Aufträge vor. Das Geschäft würde bald blühen wie selten zuvor. Davon waren sie fest überzeugt. Überall sprach man nur noch vom bevorstehenden Krieg zwischen Antonius und Octavian, und wo auch immer die Entscheidung ausgefochten werden und wie sie auch ausgehen mochte, wer auf ägyptischer Seite fallen oder auch nur verletzt werden würde, wünschte sicherlich, in seine Heimat zurückzukehren. Es gab kaum einen Ägypter, der sich nicht vom schakalköpfigen Anubis ins Reich der Toten begleiten lassen wollte. In Alexandria konnte man zudem die besten Voraussetzungen für eine Heilung finden, nur hier bestand Aussicht auf ein ewiges Leben in einer anderen besseren Welt. Künstler, Handwerker, Wahrsager und Heiler, darunter auch mancher Scharlatan, strömten in die Stadt, die nicht nur die Hauptstadt des alten Reiches am Nil, sondern auch dem Meer am nächsten war, sodass man die ankommenden Verwundeten und Toten keinem langen Transport über Land aussetzen musste, sollte die Auseinandersetzung nicht ohnehin auf ägyptischem Boden ausgetragen werden. Aber damit rechnete eigentlich niemand. Hatten doch Marcus Antonius und Kleopatra Alexandria bereits vorausschauend verlassen und außer einer kleinen Schutztruppe ihre gesamten Streitkräfte nach Kleinasien mitgenommen. Und das war gut so. Auf diese Weise bliebe Ägypten von Verwüstung und Zerstörung verschont und könnte doch aus dem Konflikt reichen Nutzen ziehen.

Noch einmal wollten sie das Leben in vollen Zügen genießen, ehe der jetzt offensichtlich doch unvermeidbare Krieg beginnen sollte, ehe einmal mehr Römer Römerblut vergießen sollten. Froh gelaunt, die Sorge um die womöglich bevorstehende Auseinandersetzung verdrängend – noch wollte Antonius an einen nahen Krieg nicht so recht glauben –, segelte er mit Kleopatra auf die an Ephesus benachbarte Insel Samos, wo sie ein paar unbeschwerte Tage zu verbringen hofften. Mit ihnen kamen viele Künstler, Sänger, Musiker und Schauspieler über das Meer. Bald erfüllten der Klang von Flöten und verschiedenen Saiteninstrumenten und die Fröhlichkeit feiernder Menschen das kunstgesegnete Eiland. Chöre wetteiferten miteinander um die Gunst eines kritischen Publikums. Städte des Ostens schickten Ochsen, die der Allgemeinheit geopfert wurden. Auch Präsente vieler Könige, die einander zu übertrumpfen suchten, trafen auf Samos ein.

Die zahlreichen Veranstaltungen sollten indes nicht nur das Volk und seine Führer unterhalten. In erster Linie dienten sie der Hebung der Moral und der Ehrung der Götter, an deren Existenz die Menschen immer wieder erinnert werden mussten. Die Himmlischen durften nicht durch Nachlässigkeit beleidigt werden. Unter der Schirmherrschaft des Dionysos, der beliebtesten Gottheit im griechischen Raum des Römerreiches, der in Gestalt des Antonius derzeit unter den Menschen weilte, hatten sich die an dem Fest beteiligten Künstler zu einem Verband zusammengeschlossen, wie es ihre Vorgänger bereits vor Jahrhunderten unter Alexander dem Großen getan hatten. Alle vier Jahre wurden zu Ehren des Gottes der Fröhlichkeit und des frohen Lebensgenusses in Alexandria und im gesamten westlichen Kleinasien Prozessionen abgehalten. Und diesmal auch auf Samos.

Dem hohen Paar war, als beginge es sein letztes großes gemeinsames Fest. Eine seltsam gedrückte Stimmung, Melancholie, Schwermut und eine unendliche Traurigkeit, lag über den Veranstaltungen, die Marcus Antonius und Kleopatra besuchten, die sie sich aber nicht anmerken lassen durften. Nur wenn die Inselbewohner unter sich waren, vermisste man nicht die übliche

Fröhlichkeit. Im Gegenteil. Die Einheimischen wunderten sich: Wenn ihre Gäste so viel Geld für Festspiele ausgeben konnten (die im Grunde niemand brauchte), obwohl sie sich doch auf einen sicherlich kostspieligen Krieg vorbereiteten, was würden sie erst für ihre Siegesfeier aufbringen? Und wer zweifelte ernsthaft daran, dass die vereinten Streitkräfte von Antonius und Kleopatra aus jener Auseinandersetzung siegreich hervorgehen würden? Die Inselbewohner von Samos durften hoffen, dass diese Siegesfeier, eingedenk der schönen Tage, die die Gäste hier verbrachten, auch hier stattfinden und ihrer Heimat damit weiteren Ruhm und ein noch höheres Ansehen bescheren würde. Doch wer konnte in dieser Hinsicht schon sichere Vorhersagen treffen? Das Schicksal war wankelmütig, das wusste jedes Kind, und unberechenbar waren auch die Launen der Herrschenden, die heute das planten, es morgen wieder verwarfen, die handelten und es unterließen, wie ihnen gerade der Sinn stand.

Immerhin war Samos berühmt für seinen hervorragenden Wein, der süß und köstlich durch die Kehle rann und den sogar die Vornehmsten Roms als Tischgetränk schätzten, und für die Fröhlichkeit seiner Menschen, die keinen Fremden abwiesen, sondern bereitwillig bei sich aufnahmen und an ihrem Leben teilhaben ließen, wie es die den Göttern gefällige Gastfreundschaft gebot. Hatte man doch schon gehört, dass kein Geringerer als Göttervater Zeus selbst, als Bettler verkleidet, 'mal an diese, 'mal an jene Tür klopfte und um Einlass bat, um seine Kinder auf die Probe zu stellen. Und wehe dem, der es wagte, einen Gott abzuweisen!

Die schönen Tage von Samos waren vorüber, der Ernst des Lebens war zurückgekehrt. Antonius und Kleopatra beschlossen, nach Athen überzusetzen und auch ihre Streitkräfte aufs griechische Festland zu verlegen. Hier hatte sich vor Jahr und Tag das Schicksal Roms schon zweimal entschieden. Bei Pharsalos hatte Gaius Iulius Caesar die überlegene Armee des Pompeius Magnus geschlagen und damit das Ende des einstigen Freundes besiegelt. Und nur wenige Jahre später hatten sich die jetzigen Gegner, damals noch in scheinbar trauter Eintracht, den Caesar-Mördern entgegen gestellt, um sie zu vernichten. Griechenland schien der richtige Austragungsort zu sein für einen Zwist, der in den Augen vieler Reichsbewohner ebenso töricht wie überflüssig war.

„Woran denkst du, Geliebter?", wollte die Königin wissen. „Du bist seit einigen Tagen so schweigsam." Marcus Antonius grübelte weiter vor sich hin. Es war, als hätte er Kleopatras Frage nicht gehört. Dabei war sie es, die Grund hatte, verzweifelt zu sein. Sie hatte ihm bislang nichts davon erzählt und sie würde auch weiterhin schweigen. Es war besser so. Er würde alles noch früh genug erfahren …

Die Nacht war fortgeschritten im kleinasiatischen Ephesus, eine sternenklare Nacht, in der die Königin beschloss, einen Blick in die Zukunft zu wagen. Marcus Antonius schlief fest. Von ihrem eigenen Gemach aus hörte sie ihn schnarchen. Sie öffnete leise die Tür. Friedlich lag er da, das von Wohlleben und Ausschweifung feiste Gesicht vom fahlen Mondlicht beschienen. In diesem Augenblick wusste sie es schon. Es hätte keiner Bestätigung mehr bedurft. Vor ihr lag die bleiche Gestalt eines Toten …

Nur in Begleitung Senmuts und eines taubstummen Sklaven, der über die Kräfte eines ausgewachsenen Bären verfügte, machte sie sich auf den Weg über Ebenen und Hügel, durch ausgetrocknete Bachläufe und enge Felsschluchten. Dann endlich stand sie vor ihm, den die Inselbewohner beinahe wie einen Heiligen verehrten. Seinen Namen kannte sie nicht. Aber sie hatte gehört, dass er seit vielen Jahren als Einsiedler in jener Höhle lebte, vor der er jetzt saß, ein großes dunkles Loch, als hätte Mutter Erde ihren Schoß geöffnet, um alle, die sie geboren hatte, wieder aufzunehmen. Man hatte ihr gesagt, dass der Weg zu ihm ein beschwerlicher sei, gepflastert von Ungemach und Gefahr, und mit gequältem Gesicht sah sie auf ihre blutenden Füße hinab und stimmte der Warnung zu. Und dennoch war sie froh, weder Räubern in die Hände gefallen noch ein Opfer wilder Tiere oder der scharfen Schroffen geworden zu sein.

Die Luft war heiß, fast schwül, obwohl der fünfte Monat gerade erst begonnen hatte. Der Winter hatte sich diesmal gnädig gezeigt, mild war er gewesen, um einem zeitigen Frühjahr Platz zu machen. Auch die Nacht brachte keine Abkühlung. Die Einheimischen deuteten die Zeichen der Natur als Vorboten eines unerträglich werdenden Sommers, der ihre Insel sicherlich einmal mehr verdorren ließe. Schon begann Eos am östlichen Horizont, ihr rosenfarbenes Licht zu streuen.

Der Mann, dem der Ruf eines sich niemals irrenden Weisen vorausging, war nackt bis auf ein schmales Lendentuch, das seine Scham bedeckte. Kleopatra sah einen ausgemergelten Körper, an dem die Rippen wie riesige Geschwüre hervortraten. Der eisgraue Bart hing ihm bis zum Bauchnabel herab. Dafür war sein Schädel fast kahl. Obwohl er so dünn war und so weit abseits jeglicher menschlicher Siedlung hauste, machte er einen gepflegten Eindruck. Die schlanken, feingliedrigen Hände wiesen auf ein Leben ohne schwere körperliche Arbeit hin. Das markante Gesicht mit den tiefen Falten wurde von lebhaften Augen beherrscht. Wie alt er wohl war? Und hatte nicht so, wenn Kleopatra den überlieferten Bildnissen glauben konnte, kein Geringerer als der griechische Philosoph Sokrates ausgesehen, der berühmteste Weise, den der Neid der Stadtväter Athens in den vorzeitigen Tod getrieben hatte? *„Ich weiß, dass ich nichts weiß."* Das Orakel von Delphi hatte ihn für diese Bescheidenheit zum weisesten aller Menschen erklärt.

Der Mann vor ihr war aufgesprungen und hatte sich kurz verneigt. Wer sich in seine Augen vertiefte, hätte ihn beinahe für einen Jüngling gehalten. Kaum vorstellbar, was ihm die Leute nachsagten: Dass er blind war und doch mehr als andere sah.

„Ich grüße dich, Königin vom Nil!" Nochmals verneigte sich der Alte. „Wie kannst du wissen, wer ich bin, ehrwürdiger Mann?", fragte Kleopatra interessiert. „Ich habe dir meinen Besuch nicht angekündigt. Aber hab Dank für deine Freundlichkeit und sei auch du auf das herzlichste gegrüßt." Doch statt einer Antwort erhielt die Königin nur ein geheimnisvolles Lächeln. Dann bat der Seher seine Gäste, neben ihm auf den ausgebreiteten Schilfmatten Platz zu nehmen. Er schien sie bereits erwartet zu haben.

„Ich habe dein Schicksal befragt, Königin vom Nil", begann er, und Kleopatra entging die Traurigkeit nicht, die in seiner Stimme lag. „Wünschest du, ohne deine Begleiter zu sprechen?" Dabei deutete er mit dem Kopf leicht in die Richtung, in der Senmut und der stumme Sklave standen.

„Ich habe vor Senmut keine Geheimnisse", antwortete sie. „Er ist sozusagen mein zweites Ich. Mein Schicksal ist auch das seinige, wie er dir sicherlich bestätigen wird." Senmut nickte geschmeichelt. Was immer der Alte über ihrer beider Zukunft voraussagen mochte, fest stand schon jetzt, dass dieser Tag, an dem er die geliebte Frau für sich allein hatte und mit ihr sogar ein Geheimnis teilte, der glücklichste seines Lebens sein würde.

„Dein Begleiter, den du Senmut nennst – es ist nicht sein richtiger Name, wenn ich nicht irre –, ist der Mann, der dich am meisten schätzt. Was euch verbindet, geht weit über das übliche Maß menschlicher Beziehungen hinaus. Dennoch ist nicht er es, mit dem du zusammen bist. Jedes Kind zwischen Parthien und dem fernen Rom weiß, dass die große Königin vom Nil den Römer Marcus Antonius liebt und er nach ägyptischem Recht auch ihr Gemahl ist, Vater von dreien ihrer Kinder, und dass er ein Freund Iulius Caesars war." Kleopatra staunte über das Wissen des Alten, der, wie sie gehört hatte, fast sein ganzes Leben in dieser Einöde fern aller menschlichen Behausungen verbracht hatte. Hatten die Götter ihm wirklich das zweite Gesicht verliehen? Für die Dauer eines Wimpernschlags war er ihr unheimlich und sie zweifelte daran, dass es klug gewesen war, hierher zu kommen. Musste man denn unbedingt wissen, was morgen geschah? Würde man es nicht früh genug erfahren? Am besten, sie ginge wieder, überlegte sie, so unwissend, wie sie gekommen war. Und doch waren da die düsteren Ahnungen, die nach Gewissheit schrien. Rasch fing sie sich wieder und konzentrierte ihre Aufmerksamkeit auf ihn, der wie in Trance zu sprechen begann.

„Alles ist im Fluss“, hörte sie ihn murmeln, „ist von der Natur zum Verfall und zum Untergang bestimmt. Was liegt daran, ob du 40 Jahre alt wirst oder nur vier? Den Schluss bestimmt doch derjenige, der einst das Gesamtspiel einrichtete und es nach seinem Willen beendet. So scheide denn freundlich von hier, denn auch er, der dich entlässt, ist freundlich.“ Verwirrter als zuvor starrte Kleopatra den Eremiten an. Ich wollte doch keine Lehrstunde in Philosophie, dachte sie.

„Ich kenne deine Gedanken, hohe Frau“, wandte sich der alte Mann wieder an sie, und seine gebrochenen und doch so lebhaften Augen sahen sie mitleidig an. „Ich wollte dich ein wenig trösten, Kleopatra. Sagen muss ich dir nichts. Du weißt selbst, dass euch die Götter längst angeschaut haben. Und wen die Götter anschauen, den schicken sie ins Verderben.“

„Wir wollen Marcus Antonius nichts von unserem Ausflug erzählen“, bettelte sie und warf Senmut einen jener Blicke zu, die sein Blut in Wallung brachten. „Er hat es im Augenblick schon schwer genug“, fuhr sie fort. „Mein Mund sei versiegelt wie die Gräber der alten Herrscher, meine Königin“, verneigte sich Senmut und schritt daraufhin schweigend und in tiefe Gedanken versunken neben Kleopatra her. Sie sprachen nie mehr darüber.

„... nach ägyptischem Recht sogar dein Gemahl.“ Gleich glühenden Kohlen brannten die Worte des Alten in Kleopatras Seele. Er hatte ja recht. In all den Jahren, in denen Marcus nun schon mit ihr zusammenlebte und sie mit Ländern, Reichtümern und Titeln, aber auch persönlichen Geschenken wie kostbarem Geschmeide und prächtigen Kleidern so reich bedacht hatte, dass seine römischen Standesgenossen glaubten, ihm daraus einen Strick drehen zu können, hatte sie den Gedanken daran immer wieder verdrängt: In Rom lebte seine Frau, die vielbewunderte Octavia, die ihm in rechtsgültiger Ehe angetraut war, gemeinsam mit ihren beiden Töchtern und den Kindern, die sie und er aus früheren Beziehungen hatten. Und sie alle lebten in seltener Eintracht in seinem Stadthaus, in Erwartung der Heimkehr des Gatten die eine, auf eine baldige Rückkunft des Vaters hoffend die anderen. Daran musste sich etwas ändern. Sie, Kleopatra, würde nicht länger mitspielen. Sie war es doch, die sich entschlossen hatte, sein Schicksal zu teilen bis zuletzt. Und deshalb wollte sie auch fortan die einzige Frau in seinem Leben sein.

„Du weißt, dass ich dir jeden Wunsch erfülle, meine Königin. Sofern es mir möglich ist", fügte er leiser hinzu.

„Gerade das sollte dir möglich sein, Marcus", beharrte Kleopatra.

Die hohen Gäste hatten sich gerade in ihrem Palast in Athen eingerichtet und auch die Streitkräfte, die ihnen bis auf den letzten Mann gefolgt waren, hatten ihren Platz gefunden. Ein jeder wunderte sich, dass die Heerführer nicht angewiesen worden waren, nach Italien überzusetzen, aber Marcus Antonius wagte nicht, seine ägyptische Gattin dem Zorn der dortigen Bewohner auszusetzen, die ja von der römischen Staatsführung bis zur Schmerzgrenze gegen die „Barbarin" aufgehetzt worden waren. Er hätte seine ägyptische Frau auch nicht in Griechenland zurücklassen und allein weitermarschieren können. Sie selbst hätte dafür nach gutem Zureden vielleicht noch Verständnis aufgebracht. Aber wie sollte er ihren Leuten erklären, dass die Ägypterin auf italischem Boden unerwünscht war? Auch sollte nicht schon wieder ein Bürgerkrieg über das Mutterland des Reiches Tod und Verderben bringen. Es war sicherlich besser, in Griechenland zu bleiben.

Schon immer waren die Athener den Ptolemäern freundlich gesinnt gewesen, was auf Gegenseitigkeit beruhte. Besonders Kleopatra hatte der Stadt, die sie von einer Reise aus ihrer Jugendzeit her kannte, manche Vergünstigung gewährt und so hatte Athen allen Grund, der Königin dankbar zu sein. Aber der Aufenthalt barg auch schmerzliche Erinnerungen für Kleopatra. Hier hatte sie einst Nefer zurücklassen müssen, die geliebte Freundin, die ihr Leben für eine ihrer, Kleopatras, Launen verloren hatte. Mochte sie draußen vor der Stadtgrenze in Frieden ruhen! Hier hatte aber auch ihr Gemahl mit seiner rechtmäßigen römischen Ehefrau manch schöne Stunde verbracht und man sagte, er sei damals leidenschaftlich in die sanfte Römerin verliebt gewesen, während sie sich doch in Alexandria die Augen ausgeweint hatte. Noch heute waren die Athener voll des Lobes für Octavia, was man überall spüren konnte. Aber auch sie wussten sich der den Griechen mitunter eigenen Verschlagenheit anzupassen, hatten sie doch vor Kurzem erst Octavia zugejubelt, und nun feierten sie Kleopatra. Sie bereiteten den Gästen einen triumphalen Empfang und errichteten Kleopatra sogar auf der Akropolis, dem Berg, der den Göttern gehörte, eine Statue, die sie im Gewand der Göttin Isis zeigte. Alles sollte vergessen sein. Nur die Gegenwart zählte.

Indessen machte sich Octavian in Italien unbeliebt. Während Antonius dort reichliche Bestechungsgelder verteilte, sodass seine Anhängerschaft vorübergehend wuchs, musste sein Gegenspieler eine Art Kriegssteuer einführen, um die Vorbereitungen finanzieren zu können. Doch war seine Propaganda derart übermächtig, dass schon bald wieder Kleopatra und Antonius als die wahren Bösewichte und Kriegstreiber dastanden und die Unzufriedenheit über die Sonderausgaben verstummte.

Womöglich hätte Marcus Antonius gut daran getan, die Stimmung gegen Octavian auszunutzen. Noch hätte sein Gegner einem Angriff des vereinigten Heeres, einer weit überlegenen Streitmacht, kaum standhalten können. Noch war er mit den Vorbereitungen zu sehr beschäftigt. Aber wie schon so oft, beachtete Antonius den Wink des Schicksals auch diesmal nicht und ließ die

Gelegenheit ungenutzt verstreichen. Er ahnte nicht, dass ihn sein Zögern zuletzt Stellung und Leben kosten sollte.

In jenen Tagen versuchten auch namhafte Römer, ihren Standesgenossen davon zu überzeugen, sich von seiner ägyptischen Geliebten loszusagen. So kam etwa Gaius Geminius über das Meer, der Marcus Antonius davon überzeugen sollte, dass es das Beste wäre, Kleopatra an den Nil zurückzuschicken. Die Königin hielt ihn indessen für einen Agenten Octavias, behandelte ihn ohne den einem offiziellen Boten der römischen Staatsmacht gebührenden Respekt und drohte ihm gar die Folter an. Zu Tode erschreckt, floh der Mann und kehrte nach Rom zurück, wo er pikante Details von der Tafel der Ägypterin ausplauderte und über die ungezügelte Ess- und Trinklust an ihrem Hof berichtete.

„Gerade das sollte dir möglich sein, mein Gemahl." Kleopatra wiederholte ihre Forderung, Marcus Antonius möge ihr seine ungeteilte Zuneigung erweisen und sich von Octavia scheiden lassen. Er musste nicht lange überlegen. War ihm nicht längst alles zuwider, was ihn an den verhassten Bruder seiner römischen Frau erinnerte? So ging er noch über Kleopatras Wunsch hinaus. Er schickte Octavia nicht nur den Scheidebrief, er wies sie auch aus seinem römischen Haus, das sie immer noch mit seinen Kindern bewohnte. Es kam ihm im Grunde nicht darauf an, sie zu treffen, da er gegen sie keinen Groll hegte. Die Aktion richtete sich gegen Octavian und sie verfehlte ihre Wirkung nicht.

Wutentbrannt verkündete dieser im Senat, was sich Marcus Antonius neuerdings geleistet hatte, wobei er selbst die intimsten Dinge aussprach. Als er seine leidenschaftliche Rede beendet hatte, waren alle Senatsmitglieder davon überzeugt, der Antonier habe nun endgültig den Verstand verloren. Es konnte nicht anders sein: Kleopatra hatte ihn verhext. Wer, wenn nicht sie, hätte den an sich edlen Römer zu solch einer Verfehlung treiben können? In seltener Eintracht wurde sie nun zum Staatsfeind erklärt und gegen Staatsfeinde musste notfalls mit Gewalt vorgegangen werden.

Hier bot sich für Octavian eine gute Gelegenheit, seine schauspielerischen Fähigkeiten zu beweisen. Seine Empörung war vorgetäuscht. Marcus Antonius hätte ihm, ob es die Schwester nun schmerzte oder nicht, keinen größeren Gefallen erweisen können. Die ganze Stadt nahm Anteil am Schicksal der allseits verehrten Römerin, die Opfer einer orientalischen Circe geworden war, und die ganze Stadt drängte nun den durch die schändliche Behandlung der Schwester beleidigten Bruder, gegen den Frevler und seine Zauberin vorzugehen. Die Zeichen der Zeit standen für Octavian günstig wie nie. Er würde aber vorsichtshalber noch Orakel, Eingeweidebeschauer und Auguren befragen, ehe er gegen Antonius und die Ägypterin die Waffen erhob.

Lag es an Athen und an den mit dieser Stadt verbundenen Erinnerungen, dass Kleopatras Misstrauen auch nach Marcus Antonius' Scheidung von Octavia nicht vollständig beseitigt war, ja vielleicht sogar gesteigert wurde, als Antyllos eintraf, Antonius' Ältester, Sohn aus der Ehe mit Fulvia, der das Hohelied auf seine Stiefmutter sang? Er war ein aufgeweckter Knabe und was er zu berichten wusste, konnte der Königin nicht gefallen: Octavia, so meinte er seinem Vater gegenüber, sei zu ihm und seinen Geschwistern allezeit freundlich gewesen und habe ihnen durchaus die früh verstorbene Mutter ersetzt. Nie habe sie zwischen ihnen und den eigenen Kindern einen Unterschied gemacht. Antyllos' Bericht wog umso mehr, als dass er noch immer Marcus Antonius' Haupterbe war, und Kleopatra entgingen die stolzen Blicke nicht, mit denen der Vater den Bericht des Sohnes anhörte.

Der Junge war für seine geringe Zahl an Jahren äußerst redegewandt (was wohl auf seine Mutter zurückging). Ein ansehnlicher Knabe war er nicht. Kleopatra betrachtete ihn interessiert. Mochte vielleicht so seine Mutter ausgesehen haben? Sein kleiner Kopf saß auf einem dürren Hals, das schmale Gesicht war übersät mit Sommersprossen und der Körper war so mager, dass man glauben konnte, der Junge litte an der Auszehrung. Die Verlobung mit

Julia, der Tochter Octavians, die ein wenig jünger als er und ihm bereits im Alter von zwei Jahren versprochen worden war, hatte der Brautvater gelöst. War sie doch erfolgt, um die Familienbande zu festigen, die jetzt, mit der offiziellen Trennung von Octavia, unrettbar zerrissen waren.

Es sprach sich schnell herum, dass Octavia auch diese letzte Demütigung gelassen hinnahm. Schweigend zog sie aus Antonius' Stadtpalast aus und ging mit ihrer Kinderschar in das Haus ihres verstorbenen ersten Gatten, des noch allseits hoch verehrten Senators Marcellus, zurück.

Noch war der Krieg nicht erklärt. Noch standen sich die zerstrittenen Parteien feindsinnig und in Wartehaltung gegenüber. Doch waren alle Versuche, die Zwistigkeiten auf diplomatischem Weg aus der Welt zu schaffen, gescheitert. Was sollte nun werden? Nach dem Sieg über Sextus Pompeius fünf Jahre zuvor hatte Octavian großspurig verkündet, die Bürgerkriege gehörten nun endgültig der Vergangenheit an, ein Versprechen, das er, wie er wusste, als verantwortungsvoller Staatsführer nicht brechen konnte, ohne seine Untertanen zu verärgern. Seine Quiriten hätten solche Spielchen nicht verstanden. Offiziell durfte also nicht gegen Antonius vorgegangen werden. Der Staatsfeind hieß Kleopatra. Die eingeschriebenen Väter hatten das bereits richtig erkannt. Sie wurde nun auch von ihm zur Wurzel allen Übels erklärt.

Hatte sie nicht Antonius mit ihrem verderblichen Luxus umgarnt und damit römischen Idealen entfremdet? Hatte sie sich nicht durch allerlei Hexenwerk römisches Staatsgebiet unter den Nagel gerissen, Länder, die einst mit so viel Römerblut erobert worden waren? Hatte ihr nicht Antonius die Bibliothek von Pergamon geschenkt, gewissermaßen als Ausgleich dafür, dass ihre eigene in Alexandria bei Caesars Einzug auf ungeklärte Weise in Flammen aufgegangen war? Hatte er nicht ein Bankett mit vielen wichtigen Gästen verlassen, um ihr die Füße zu massieren? Und er las Liebesbriefe der Königin, während er zu Gericht saß, Briefe, die sie ihm auf Tafeln aus Onyx oder wertvollem Kristall geschrieben hatte. Und einmal hatte er sogar Furnius stehen lassen, den großen und derzeit angesehensten Redner Roms, um sie, die gerade in einer Sänfte über die Agora getragen wurde, zu begleiten. War es nicht mehr als unwürdig für einen gestandenen Römer, sich wie ein verliebter Schuljunge zu gebärden? War denn Rom vor ihren wilden Horden überhaupt noch sicher? In all den römischen Salons war wieder einmal nur von ihr die Rede, der orientalischen Zauberin, die Rom zerstören und sie alle bald in devote Untertanen verwandeln würde, wenn man ihr nicht Einhalt gebot.

Die römische Staatsführung wusste nur zu gut, dass nicht alles an den über Antonius und Kleopatra verbreiteten Geschichten der Wahrheit entsprach. Doch das gemeine Volk glaubte auch Unwahres allzu gern. Es gab kaum etwas, das man den beiden nicht zutraute. Welch großer Unterschied bestand doch zwischen Octavian und seinem in Ägypten lebenden Widerpart! Der eine lebte in Luxus und wilder Beziehung. Der andere übte sich in Bescheidenheit und traditioneller Moral. Während sich Octavian als verantwortungsbewusster Römer bemühte, die Hauptstadt des Weltreiches, Rom, die Stadt, die er aus Ziegeln erbaut vorgefunden hatte, in eine aus Marmor zu verwandeln, verschleuderte Marcus Antonius römisches Staatsgebiet ohne Rücksicht auf die, mit deren Blut es einst erobert worden war. Er begehrte eine Grabstätte im fernen Ägypten, während am Rande des Marsfelds nahe dem Tiber gerade die gewaltige Grabburg des Aufsteigers entstand.

Octavian unterließ nichts, die Ressentiments zu schüren und seinen Gegner vorzuführen. Schon seit langer Zeit hatte Antonius Ahnenforscher beauftragt, seine Herkunft zu erkunden, und diese führten das antoninische Geschlecht schließlich auf Herkules zurück, den göttlichen Heroen, den man stets mit Löwenfell und Keule abgebildet sah. Neuerdings tauchten überall in Rom Bildnisse des vorgeschichtlichen Helden auf, der die Attribute seiner

Kraft an Omphale abgegeben hatte, die Königin des Ostens, die ihn verhext hatte. In Frauenkleider gehüllt, half der neue Herkules seiner Geliebten beim Wolle Spinnen. Eine mehr als deutliche Anspielung auf Antonius und Kleopatra, die selbst der dümmste Römer verstand.

Sogar die zahlreichen Dichter und Künstler Roms fielen in die Schmähungen der Königin und ihres römischen Geliebten ein. Als Hure bezeichneten sie die einen. Andere malten nachts ihr Konterfei mit grässlich verzerrten Zügen auf Mauern und Hauswände. *„Quo usque tandem, Cleopatra?"*, stand dort geschrieben. Die Zeit war reif für eine Entscheidung.

Die römische Welt hielt den Atem an.

„Und gen Troja wird wieder ziehen ein neuer Achilleus ..."

Sie hatten keine Möglichkeit mehr gesehen, Antonius' Interessen im Senat durchzusetzen. Niemand hatte ihnen zugehört. Ihre Argumente waren im allgemeinen Tumult untergegangen. So flohen die beiden Konsuln, die letzten Anhänger des Generals in der Hauptstadt, Hals über Kopf nach Athen.

„Kannst du dir vorstellen, Kommandant, weshalb unser Feldherr jetzt nicht zuschlägt?", wollte einer der Truppenführer aus Marcus Antonius' Armee von Sosius wissen, dem Befehlshaber der Flotte, der aber auch für einen Teil der Landstreitkräfte zuständig war.

„Er ist schon immer ein Zauderer gewesen", erhielt der Mann zur Antwort. „Neben ihm nimmt sich ein Cunctator Maximus geradezu wie ein Schnellläufer aus. Doch im Ernst! Es scheint fast, als lege er es darauf an, das Schicksal herauszufordern, sein und unser aller Ende heraufzubeschwören. Dabei sind wir so stark, wie leicht könnten wir Octavian und seine verfluchte Bande besiegen! Aber ich fürchte, unsere Niederlage ist bereits besiegelt, obwohl uns doch alle mit Antonius befreundeten Fürsten des Ostens ihre Unterstützung zugesagt haben."

„Nun", meinte der Truppenführer, „es wird uns wohl nichts anders übrig bleiben als abzuwarten. Aber ich fürchte, es werden noch viele von uns die Seiten wechseln. Auch wenn sie Antonius einen persönlichen Treueid geschworen haben. Er wird in Rom nur noch als Privatmann geführt. Aus der Liste der beiden Konsuln für das nächste Jahr ist er gestrichen und auch die Stellung eines Triumvirn hat er auf Octavians Veranlassung verloren. Einem Privatmann gegenüber ist man aber, wie jeder weiß, zu nichts verpflichtet."

„Nicht einmal dazu, ein gegebenes Versprechen zu halten", stimmte sein Gesprächspartner nüchtern zu und entfernte sich kopfschüttelnd.

Während Octavian im Westen noch damit beschäftigt war, mehr oder weniger Freiwillige für seinen großen Kampf gegen die orientalische Zauberin zu gewinnen, hatte Antonius entlang der Westküste Griechenlands und darüber hinaus zahlreiche gut befestigte Stützpunkte errichtet, von der Insel Korkyra im Norden bis zu den heißen Gestaden Afrikas. Gemeinsam mit seiner ägyptischen Frau begab er sich von Athen nach Patrae, einer Stadt der römischen Provinz Makedonien, die nach der Zerstörung Korinths durch die Römer vor mehr als hundert Jahren einige Bedeutung erlangt hatte. Dort richtete er sein Hauptquartier ein und harrte der Dinge, die da kommen würden. Noch immer hoffte er, dass Octavian nicht wagen würde, einen erneuten Bürgerkrieg zu entfachen. Er war doch ein vernünftiger Mensch. Und wer auch nur über einen Funken Verstand verfügte, musste einsehen, dass ein Kräftemessen mit Waffen Rom nur schwächen würde. Daran konnte doch auch ein Octavian kein Interesse haben.

Indessen fühlten sich führende Offiziere durch Antonius' zögerliche Taktik derart vor den Kopf gestoßen, dass sie beschlossen, ins feindliche Lager überzulaufen. Ein gewisser Dellius gehörte dazu, einst ein enger Vertrauter in Antonius' Stab. Er rechtfertigte seine Flucht damit, Kleopatra habe versucht, ihn zu vergiften. Noch lachte Antonius über die Deserteure. Aber bald musste er erkennen, dass mit jedem Truppenführer, der ihn verließ, auch ein Teil seiner Hoffnung schwand, im Falle eines Falles Octavian besiegen und zur Kapitulation zwingen zu können.

Widerlich war das Schauspiel, das jener inzwischen seinen Quiriten bot. Noch einmal forderte er seinen Gegner auf, die ausländische Konkubine zu verstoßen und nach Hause, nach Rom, zurückzukehren. Er wusste nur zu gut, dass Antonius dieser Aufforderung niemals folgen würde. Dann erklärte er Kleopatra den Krieg. Hierzu ließ er ein altes Ritual wieder aufleben, das in Rom seit Zeiten nicht mehr vollzogen worden war.

Düster lag er da, der kleine Tempel der strengen Kriegsgöttin Bellona draußen auf dem Marsfeld. Immer und immer wieder lechzte die Nimmersatte nach Blut. Die feierliche Prozession, der Octavian mit den Priestern der *Fetiales* voranschritt, zog mit einer schier unüberschaubaren Menschenmenge vor die Tore der Stadt. Unverständliches Murmeln begleitete sie. Niemand wollte bei dem großen Ereignis fehlen, das sich für Rom möglicherweise zu schicksalhafter Tragweite entwickeln konnte. Dabei zeigte sich Octavian im vollen militärischen Ornat. Jedermann sollte sehen, wie ernst es ihm mit dieser Handlung war und wie sehr er selbst nach seinem Sieg die *mores maiorum* zu beachten gedachte. In der Hand trug er eine Lanze. In seiner Rolle als oberster Priester der *Fetiales* schnitt er vor den Toren des Tempels einem Opfertier die Kehle durch. Dann tauchte er die Lanzenspitze in das warme Blut, das dem Hals des Tieres entströmte, und schleuderte die Waffe über eine niedrige Säule in ein Geviert, das im Boden eingezeichnet war und als Feindesland galt, diesmal als der Boden Ägyptens. Tief grub sich das Geschoss in den weichen Untergrund und ein Raunen ging durch die Menge. Jeder wusste, was das bedeutete. Rom hatte soeben Kleopatra, der Königin Ägyptens, den Krieg erklärt.

Nicht alle Römer waren mit der Entwicklung der politischen Lage einverstanden. Schon warnten angesehene Dichter vor einer Eskalation der Gewalt. „Wohin, wohin, Unselige, treibt ihr?", war morgens auf den alten Mauern, auf Wänden und an Anschlagbrettern zu lesen, geschrieben von Geisterhand, ein Menetekel, das sich bleischwer über die Gemüter legte und nichts Gutes verhieß.

Außer Antonius selbst war in seinem Lager niemand von der offiziellen Kriegserklärung überrascht. Doch was hatte sich Octavian nur dabei gedacht? War der Kerl jetzt von allen guten Geistern verlassen? Seine Kassen waren noch immer leer, wie man Antonius berichtet hatte, seine Truppen noch nicht über das Ionische Meer gesetzt, seine Schiffe befanden sich noch im Hafen von Brundisium. Das Jahr war aber schon fortgeschritten. Das konnte doch auch ihm nicht entgangen sein. Der Herbst schickte ja schon seine Vorboten und ein jeder fragte sich, wie es die römische Führungsspitze denn bewerkstelligen wolle, noch jetzt, vor Einsetzen des Winters, Soldaten und Kriegsgerät über die mehr und mehr aufgewühlte See zu schaffen. Noch einmal rieten Marcus Antonius' Berater eindringlich, dem westlichen Staatslenker zuvorzukommen, nach Italien überzusetzen und einen Blitzangriff zu wagen. Aber auch jetzt wollte Antonius davon nichts wissen. Er wog sich in Sicherheit. Gleich einer hochgerüsteten Mauer würden seine Männer jeden Angriff abwehren. Mochten sie in ihren sicheren Stellungen ruhig überwintern! Es hatte ja keine Eile, sich in den Kampf zu stürzen. Im Gegenteil! Erholt und hoch motiviert würde es ihnen im nächsten Frühjahr, sobald die Feldzugsaison eröffnet wäre, ausgeruht umso leichter fallen, ihm zum verdienten Sieg zu verhelfen. Und siegen würde er. So viel stand fest. Wenn es nur eine winzige Gerechtigkeit des Schicksals gab, musste der Erfolg auf seiner Seite sein. Denn es war ja nicht er, der den Krieg vom Zaun gebrochen hatte. Er war ihm geradezu aufgedrängt worden. Inzwischen ließ er siegessicher Münzen prägen und sandte weiterhin enorme Bestechungsgelder nach Italien, um seine dortigen Helfer zu unterstützen und noch Unentschlossene zu überzeugen, sich ihm anzuschließen. Die Zeichen, die gegen ihn sprachen, beachtete er nicht.

Sosius ließ sich bei ihm melden. „Herr", begann er zögernd, „deine Vertrauensseligkeit in allen Ehren. Aber hast du nicht auch von den ungewöhnlichen Vorfällen gehört, die sich in letzter Zeit ereignet haben? Und von den Vorzeichen, die Schlimmes ahnen lassen?"

Antonius verneinte. „Ich habe auf Omina und dumme Geschichten noch nie viel gegeben", gestand er.

„Das solltest du aber, Herr. Und dir anhören, was geschehen ist." Mehr aus Höflichkeit als aus wirklichem Interesse forderte Antonius den getreuen Seemann auf zu berichten.

„Nun", tat Sosius geheimnisvoll, „ich habe gehört, dass ein Affe in den Tempel der Demeter gelangte und dort ein heilloses Durcheinander anrichtete, ehe man ihn einfangen konnte. Kein Mensch kann sich erklären, wie er hineinkam. Die Tempeldienerinnen schworen einen heiligen Eid, dass sie ihn nicht mitgebracht hätten, und die Tore des Heiligtums sind nicht nur verschlossen, sie sind auch Tag und Nacht streng bewacht."

„Und was soll daran so schlimm sein?", fragte Antonius. „Affen sind lebhafte Tiere, jedes Kind weiß es, und sie sind in letzter Zeit als Spielgefährten im ganzen Reich besonders bei Kindern beliebt. Dass sie mitunter für erheblichen Wirbel sorgen können, erscheint mir nur natürlich."

„Es ist nicht alles, Herr", fuhr Sosius, fast beleidigt, dass sein Herr so wenig beeindruckt war, fort. „Eine Eule, heißt es, flog zunächst in den Tempel der Concordia auf dem Forum, dann in fast alle anderen Heiligtümer, die sich in der Nähe befinden. Auch wurde Jupiters Wagen zerstört, der, wie du weißt, im Circus Maximus sicher verwahrt und streng bewacht wird. Am meisten aber gibt der Lichtstrahl zu bedenken, ein flammendes Rot, das über dem westlichen Horizont aufging, in den Himmel stieg, jetzt bereits ein loderndes Feuer, und über das Meer Richtung Griechenland zog."

„Aber das ist doch großartig", spottete Antonius. „Das kann doch nur heißen, dass die Macht, von Italien kommend, auf uns übergehen wird. Also, kein Grund zur Besorgnis, mein Freund", versuchte Antonius den Flottenkommandanten zu beruhigen.

Aber Sosius hatte noch mehr auf dem Herzen. „Da gibt es noch etwas, edler Antonius, das mir Sorgen bereitet. Du erinnerst dich gewiss an Pisaurum, die Stadt am Meer, die du vor einigen Jahren besiedelt hast." Antonius nickte. „Wie sollte ich mich nicht erinnern? Die Bewohner haben mir damals zum Dank eines der schönsten Feste meines Lebens bereitet. Mein Körper mag zwar inzwischen einige Schwächen aufweisen, aber mein Kopf ist noch immer klar", gab er Sosius zu bedenken.

„Nun." Sosius' Lippen begannen zu zittern. „Pisaurum ist nicht mehr. Die Erde hat sich unter der Stadt aufgetan und sie mitsamt ihren Einwohnern verschlungen. Aus den Marmorstatuen, die dir zu Ehren bei Alba aufgestellt wurden, fließt Schweiß, den man immer wegwischt, der aber in dicken Perlen immer wieder austritt, sooft man auch versucht, den Stein zu trocknen. Und denke bitte an das Heiligtum des Herkules, den du dir zum Ahnen erkoren hast, das während deiner Anwesenheit vom Blitz getroffen und zerstört wurde! Oder an die Statue des Dionysos in Athen, die ohne erklärbaren Grund hinunter ins Theater stürzte!"

Antonius schwieg. Dazu konnte er nichts sagen. Sein Freund hatte ja recht. Ob sich die Götter vielleicht doch gegen ihn gewandt hatten?

„Was mir aber als besondere Warnung des Schicksals erscheint", beendete Sosius seinen Besuch, „ist das Kriegsspiel von Kindern, die auf dem Marsfeld in zwei Gruppen gegen einander antraten. Zwei Tage lang kämpften sie verbissen, bis schließlich die Gruppe, die für deine Armee stand, unterlag."

„Nun", so Antonius, „ich schätze, das wird Octavian überaus gefreut und die Moral seines Haufens gestärkt haben. Aber es waren Kinder, mein lieber Sosius. Römische Kinder. Bei den Kindern Alexandrias hätte meine Gruppe vermutlich gewonnen. Was ich damit sagen will: Du glaubst doch nicht etwa, dass die Hetzjagd, die Octavian in Rom gegen mich betreibt, gerade an Kindern spurlos vorübergegangen ist? Kinder reagieren bekanntlich äußerst empfindlich. Natürlich musste ich bei ihrem Spiel verlieren, böse, wie ich in ihren Augen nun einmal bin. Oder hast du etwas anderes erwartet?", lachte er.

Jetzt war es der Besucher, der darauf keine Antwort wusste. Er nickte, diesmal wirklich gekränkt, wünschte Antonius noch einen angenehmen Tag und ging. Seinem Feldherrn war nicht mehr zu helfen.

Antonius wurde indessen die Zeit lang. Obwohl er wusste, dass an ein Herannahen des Feindes bei der aufgewühlten See nicht zu denken war – es war ja hinreichend bekannt, wie sehr sich sein Gegner vor jeder Kampfhandlung und erst recht vor den Unbilden der entfesselten Natur fürchtete –, hielt er täglich Ausschau Richtung Westen, um das Heranrücken der feindlichen Schiffe und ihrer „Ladung" als Erster zu erblicken. Aber nichts geschah. Es traf nur eine Nachricht von Octavian ein, die ein Schnellsegler über das Meer gebracht hatte: Er forderte Antonius auf, keine Zeit mehr zu verlieren, sondern unverzüglich nach Italien überzusetzen. Er selbst werde seine Truppen eine Tagesreise vom Meer entfernt zurückziehen, um Antonius Gelegenheit zu geben, seine Kräfte zu sammeln.

„Das könnte ihm so passen", empörte sich Antonius seiner ägyptischen Frau gegenüber. „Er will mich nach Italien locken, um mich als gewissenlosen Eindringling erscheinen zu lassen, obwohl er ganz genau weiß, dass ich niemals eine Entscheidung auf dem Boden des Mutterlandes unseres Imperiums herbeiführen würde. Er ist ein gemeiner Hund und hinterhältig dazu. Hält er mich etwa für so einfältig, dass ich seine Propaganda gegen mich noch unterstütze? Warum kommt er nicht hierher? Traut er sich etwa nicht? Es ist doch er, der, koste es, was es wolle, nach der alleinigen Führung im Römerreich strebt. Ich werde ihm anbieten, uns im Zweikampf zu messen. Das könnte viel Blutvergießen verhindern. Was meinst du dazu?"

„Er wird auf deinen Vorschlag nicht eingehen, geliebter Antonius. Du weißt doch, dass man ihn noch nie mit einer Waffe in der Hand gesehen hat und dass er sich immer in die Büsche schlägt, wenn ein Kampf bevorsteht. Und du willst doch nicht, dass er Marcus Vipsanius Agrippa als Vertreter schickt. Nicht, dass dir ein Agrippa grundsätzlich überlegen wäre! Aber bedenke, er ist viel jünger als du und weniger verbraucht! Und er konnte inzwischen einige Erfahrungen im Kampf sammeln."

„Ich will mich mit Octavian messen, nicht mit einer Marionette, meine liebe Kleopatra. Lehnt er meinen Vorschlag ab, umso besser! Dann werden seine Quiriten schon merken, was für einen Feigling sie zu ihrem Führer machen wollen."

Eine Antwort auf Marcus Antonius' Forderung kam in der Tat nicht, dafür aber eine beunruhigende Nachricht. Octavian hatte offensichtlich seine Verzögerungstaktik aufgegeben. Völlig überraschend tauchten seine Schiffe unter dem Kommando des hervorragenden Agrippa trotz der winterlichen Witterung im Süden Griechenlands auf und nahmen die Stadt Methone ein, einen wichtigen Stützpunkt für die Versorgung von Antonius' Streitkräften, da dort ab dem nächsten Frühjahr die Getreidelieferungen aus Ägypten erwartet wurden. Hatte Octavian Antonius etwa nur nach Italien locken wollen, um in Griechenland freie Hand zu haben und es leichter einnehmen zu können? So schlecht mochte Antonius von seinem Gegner doch nicht denken. Er begriff aber nicht, was die Eroberung Methones bedeutete. Sein immer noch fester Glaube an den baldigen Sieg machte ihn blind für das, was sich da gerade abspielte. Weitere Berichte, die ihn in den nächsten Tagen erreichten, sprachen von erfolgreichen Aktionen der Truppen Octavians entlang der gesamten Küste. Die Insel Korkyra war bereits gefallen und am nördlichen Ufer des Meeres tauchten gleich Geistern aus dem Nebel Transportschiffe auf, die eine gefährliche Fracht geladen hatten. An die 100.000 Fußsoldaten und Reiter entstiegen ihren prallen Bäuchen und sie alle machten sich auf den Weg nach Süden, an den Golf von Ambracia, wo sich Marcus Antonius' Armee, noch nichts ahnend, im Winterlager räkelte.

Octavians Überraschungsangriff war gelungen. Von den unerwarteten Ereignissen völlig verstört, gaben Antonius, Kleopatra und ihre Generäle an die noch im Süden Griechenlands wartenden Truppen fahrige Anweisung, sich unverzüglich auf den Weg zum Golf von Ambracia zu machen, um die dortigen Einheiten zu verstärken. Die Erfolge, die Octavian so scheinbar mühelos erzielte, waren indes überwältigend. Die Kunde von seinem Glück sprach sich auch bei den Soldaten der vereinigten Streitkräfte von Antonius und Kleopatra herum. Viele schlugen sich auf die Gegenseite und schwächten damit die Angegriffenen. Auch die Stadt Toryne war inzwischen gefallen, worüber sich Kleopatra lustig machte. „Was ist schon dabei", fragte sie einige Truppenführer, „wenn Octavian auf Toryne sitzt?" Sie spielte damit auf die Mehrdeutigkeit an, die dieser Name im griechischen Sprachgebrauch hatte. „Toryne" hieß auch „Rührlöffel" und „Penis", und so hatte sie mit ihrer Bemerkung die Lacher auf ihrer Seite. Noch ahnte sie nicht, dass dies der letzte Scherz war, den sie sich auf Kosten des ehrgeizigen Römers machte. Bald würde sie nichts mehr zu lachen haben.

Langsam erwachte der Frühling. Die Wiesen überzogen sich mit einem weichen Grün, die Luft wurde lau. Allenthalben trieben Bäume und Sträucher die ersten Blüten hervor. Die Natur hüllte sich in einen bezaubernden weiß-rosa Schleier. Vögel sangen und eine strahlende Sonne kündigte das Nahen des Sommers an. Wie im Rausch waren Octavians Männer weiter gestürmt, besessen von der Aussicht auf einen baldigen Sieg, hatten nichts, was sich ihnen in den Weg stellte, unerobert gelassen. Selbst den letzten Winkel suchten sie heim. Jede Familie hatte Tote zu beklagen. Zuletzt hatten sie, von Antonius' Leuten unbemerkt, den Hügel eingenommen, der sich über der schilfbestandenen Lagune von Ambracia erhob. Schon befanden sich weite Teile des Golfes unter ihrer Kontrolle. Antonius' Flotte und Landtruppen waren vom Meer abgeschnitten. Und noch mächtigere Feinde schienen sich gegen Antonius verschworen zu haben. Früher als sonst nahte mit Riesenschritten der Sommer. Tagsüber glühte der Himmel. Riesige Vögel erschienen am Firmament, wild flatternde Schwärme, die sich von den schwindenden Gewässern leichte Beute versprachen. Wolken von Mücken tanzten über Antonius' Militärlager, brachten

Malaria und langsamen Tod. Darmkrankheiten breiteten sich aus und schwächten zusätzlich die ohnehin entmutigten Legionen.

Endlich kamen auch die letzten Verbände von Antonius' Einheiten im Hauptlager nahe der Stadt Actium an. Ihr erster Blick fiel auf den Tempelbezirk, der auf sie und die kleine Siedlung herabsah. Manchen Soldaten beschlich eine düstere Vorahnung. Octavian hatte sich, wie unschwer zu erkennen war, gut vorbereitet. Er hatte eilig Erdwälle aufschütten lassen, die vom Hügel bis hinunter zum Meer verliefen. Sollten die Antonianer im Kampf unterliegen, wäre ihnen jeder Fluchtweg abgeschnitten. Noch einmal wechselten viele aus Antonius' Lager die Seiten, aber diesen Fahnenflüchtigen folgte kein Lachen des Feldherrn mehr. Er hatte endlich erkannt, dass es ein Fehler gewesen war, so lange zu zögern, und dass es um ihrer aller Zukunft möglicherweise doch nicht so gut bestellt wäre, wie er angenommen hatte. Hatte er seinen Gegner unterschätzt? Besorgt verfolgte er, wie dieser Tag für Tag seine Truppen zur Schau stellte, als wolle er ihn provozieren, wie er Antonius verspottete und zum Kampf herausforderte. Über Nacht war wie von Geisterhand am Strand für Apollo ein Altar errichtet worden, den Gott der Klarheit und des wachen Verstandes, den sich, wie allseits bekannt war, Octavian als Schutzgottheit erkoren hatte. Wo war Dionysos geblieben, Antonius' Schirmherr, der Gott, der den freundlichen Genuss des Lebens versprach? Es schien fast, als hätte er sich von seinem glühendsten Verehrer für immer verabschiedet.

Endlich war Antonius bereit, den Tatsachen ins Auge zu sehen. Er musste sich dem Gegner stellen und den Kampf eröffnen. Es gelang ihm, von Octavian nicht behindert, die Meerenge zu überqueren und unweit der Niederlassung des feindlichen Heeres sein eigenes Lager aufzuschlagen. Dann schickte er seine Reiterei aus, um den Feind von beiden Seiten in die Zange zu nehmen. Doch diese musste bald feststellen, dass sie gegen Octavian nichts ausrichten konnte, da dessen Stellungen zu gut befestigt waren.

Verzweifelt versuchten auch Antonius' Legionen, den von den feindlichen Soldaten besetzten Hügel einzunehmen. Vergeblich. Die Moral seiner Truppen sank, zumal auch die Versorgung immer schlechter wurde. Octavians fähigster General, sein Freund Agrippa, fing alle Versorgungsgüter ab, besonders das so dringend benötigte Getreide, dessen Mangel unter Soldaten schon manchen Aufstand ausgelöst hatte. Hunger drohte. Und mit dem Sommer stieg die Hitze erbarmungslos an.

Antonius' Lage wurde immer hoffnungsloser: Rückschläge bei Actium. Die Insel Leukos in feindlicher Hand. Patrae und das erst von Caesar wieder aufgebaute Korinth gefallen. Und Marcus Antonius' Flottenkommandant, der tüchtige Sosius, besiegt und die von ihm befehligten Schiffe zerstört. Es waren Horrornachrichten, die Antonius nach und nach zermürbten. Mit Kleopatra sprach er kaum noch. Seine ganze Aufmerksamkeit konzentrierte sich auf diesen scheußlichen Krieg, der nur noch zu gewinnen war, wenn ein Wunder geschähe. Mit einem letzten Funken Hoffnung begab er sich in den Norden, um neue Verbündete zu suchen. Doch ehe er auf dem Rückweg sein noch sicheres Lager erreichte, wurde er von Octavians Reitern abgefangen und nur unter größter Anstrengung gelang ihm die Flucht.

Es war eine alte Weisheit, dass sich die Menschen eher der aufgehenden als der sinkenden Sonne zuwendeten. Selbst der letzte Legionär hatte jetzt begriffen, wessen Sonne gerade unterging. Täglich wechselten hohe Offiziere mit den von ihnen befehligten Truppenteilen die Seiten und liefen zu Octavian über. Schon lange sah Antonius derartigem Verrat nicht mehr gelassen zu. Wer von den Fahnenflüchtigen ergriffen werden konnte, hatte grausamste Strafen zu erwarten. Und da machte Antonius nicht einmal vor den angesehensten Senatoren halt.

Niemand wusste, wie es weitergehen sollte. Uneinigkeit herrschte unter den Offizieren seines Stabs und Antonius beschloss, das neben Octavian errichtete Lager aufzugeben. Heimlich löste der

General nachts seine Verschanzungen auf und schlich sich mitsamt seinen Truppen, Dieben gleich, auf die andere Seite der Meerenge, wo ohnehin seine Hauptstreitmacht lagerte. Doch war er hier von der Getreidezufuhr völlig abgeschnitten, sodass er in seiner Not Städte und Dörfer in der Nachbarschaft anweisen musste, mit Lebensmitteln beladene Wagen, Maultiere und Lastenträger über die steilen Wege an den Golf von Ambracia zu schicken. Die Einwohner dieser Siedlungen waren empört. Ihr Zorn wurde grenzenlos. Sie vergaßen schnell die Wohltaten, die ihnen noch vor Kurzem der Fleisch gewordene Dionysos erwiesen hatte. Nur zögerlich kamen sie seinen Befehlen nach und mussten sogar mit der Peitsche zum Gehorsam angehalten werden.

Immer höher loderten indes die Scheiterhaufen, genährt von den Leibern der Verstorbenen und Gefallenen. Allenthalben schwängerte der Geruch verbrannten Fleisches die Luft. Über weite Entfernungen sah man nachts den Feuerschein, der Antonius' Lager in ein gespenstisches Licht tauchte. Ruhr und Malaria rafften mehr Menschen dahin, als es die feindlichen Truppen vermochten. Antonius befiel wieder eine tiefe Depression, die ihn zur Untätigkeit zwang. Wieder einmal ergriff jene seltsame Schwermut von ihm Besitz, die ihn einst nach dem gescheiterten Feldzug gegen die Parther beinahe in den Selbstmord getrieben hatte. Doch diesmal war Kleopatra zur Stelle. Als hätte sie geahnt, wie sich die Sache für ihren Gemahl entwickeln würde, hatte sie in Ephesus darauf bestanden, ihn nach Griechenland zu begleiten, und jetzt erwies sich, dass sie richtig gehandelt hatte. Doch wie sollte sie Antonius helfen? Ihrem Ermunterungsversuch hatte er keine Beachtung geschenkt und seine Männer würden ihr, einer Frau und dazu noch einer Fremden, niemals gehorchen. Seine Männer! Die, die er über Jahre gefördert, ausgezeichnet, mit Lob und Ehren überhäuft hatte: Sie sollten jetzt Gelegenheit erhalten, ihre Dankbarkeit zu zeigen und für ihren kranken Feldherrn einzutreten. In leidenschaftlicher Rede wandte sie sich an die Generäle. Es sei eine Schande, meinte sie, untätig herumzusitzen. Jeder könne doch erkennen, wie schlecht es Antonius gehe und dass er nicht in der Lage sei, Entscheidungen von möglicherweise schicksalhafter Tragweite zu treffen. Sie hätten jetzt Gelegenheit, nicht nur zu beweisen, was er sie gelehrt hätte, sondern auch ihre Loyalität und Treue zu zeigen. Es müsse endlich etwas unternommen werden, denn der Sommer sei schon zu weit fortgeschritten, als dass man noch länger warten dürfe. Jeder versäumte Tag würde nur Octavian in die Hände spielen. Wäre es nicht am besten, eine Entscheidung dieser leidigen Auseinandersetzung zur See zu suchen?

Heftig widersprach Canidius diesem Vorschlag. Man möge doch bedenken, dass Octavians Flotte über sehr viel größere Erfahrung als die des Feldherrn verfüge. Schließlich habe sie sich im Seekrieg gegen Sextus Pompeius bewährt. Antonius hingegen sei zweifellos zu Lande der Stärkere. Es wäre doch ein Unding, ja grenze geradezu an Selbstmord, Truppen, die für eine Feldschlacht hervorragend ausgebildet und ausgerüstet seien, auf Schiffe zu verladen und gegen einen Feind zu hetzen, von dem man ganz genau wisse, dass er auf diesem Gebiet nahezu unschlagbar sei. Nein, wenn schon eine Entscheidung herbeigeführt werden müsse, dann doch bitte auf dem Schlachtfeld.

Beide Vorschläge wurden im Kriegsrat abgewogen, bald der eine, bald der andere favorisiert. Doch schließlich einigten sich die Herren auf eine Seeschlacht. Es erschien ihnen zu unwahrscheinlich, sich gegen Octavians Armee durchsetzen zu können, der noch immer gelassen von dem Berg aus, der auf die Bucht von Ambracia herabblickte, die feindlichen Aktionen beobachtete. Nein, meinte er genüsslich seinen Leuten gegenüber, auch Antonius' Männern könne nicht entgangen sein, dass seine „Festung" nahezu uneinnehmbar sei und schon gar nicht von Soldaten erobert werden könne, deren Motivation auf einen Tiefpunkt gesunken sei, was doch schon die Vielzahl der Überläufer beweise.

Ohne jeden Sinn mussten derweil Antonius' Soldaten die Vorbereitungen für die bevorstehende Seeschlacht erscheinen. Krankheit und Fahnenflucht hatten seine einst so stolze Streitmacht erheblich geschwächt. Es gab nicht mehr genügend Ruderer für die gewaltige Anzahl der Kriegsschiffe, die er an die Westküste Griechenlands geführt hatte. Also verteilte man die noch vorhandenen Männer und verbrannte die Schiffe, für die keine Besatzung mehr gestellt werden konnte. Sie sollten dem Feind nicht in die Hände fallen.

Mit allerhand Vorahnungen und auf das Schlimmste gefasst, schlitterten die Männer über glitschige Holzbohlen an Bord. Unverständnis machte sich breit. Warum nur ließ sie der General nicht wie gewohnt auf festem Boden kämpfen, wo sie entweder siegen oder ehrenhaft dem Tod entgegensehen würden? Weshalb sollte sich ihrer aller Schicksal auf diesen wankenden Gefährten entscheiden, wo ihnen ein nasses Grab drohte und sie womöglich noch ein willkommenes Futter für raubgierige Fische würden, die sich schon jetzt in wilden Schwärmen den Schiffen näherten, als hätte sich die Aussicht auf leichte Beute bereits im gesamten östlichen *Mare Internum* herumgesprochen? Und was war das? Weshalb ließen Marcus Antonius und Kleopatra auf ihr eigenes Flaggschiff, das durch seine prächtige Ausstattung und Bemalung aus der Menge der Schiffe herausstach, die Kriegskasse, Kostbarkeiten, Götterstatuen und all die Luxusgegenstände, auf die die Königin auch in Kriegszeiten nicht hatte verzichten wollen, verfrachten? Es hatte geradezu den Anschein, als bereiteten sie für den Fall der drohenden Niederlage ihre eigene Flucht vor.

Schon erfüllten Trompetensignale die Bucht, kündigten den Beginn der Kampfhandlungen an. Doch noch einmal gab das Schicksal den Streithähnen Gelegenheit, ihre Dummheit zu überdenken. Ein so heftiger Sturm kündigte sich an, dass Marcus Antonius den Befehl zum Rückzug geben musste, um das Leben seiner Leute nicht unnötig zu gefährden. Widerwillig verließen die Soldaten die Schiffe. Einmal mehr wurde die Entscheidung verschoben.

Drei Tage lang tobten die Elemente, peitschte der Regen, tosten Gewitter über Actium hinweg. Die Nerven der Männer lagen blank. Doch alle Warnungen der Natur fruchteten nicht. Der vierte Tag der erzwungenen Ruhepause brach an. Über den Bergen ging eine verräterische Sonne auf. Das Meer lag gespenstisch ruhig vor ihnen. Noch mürrischer als sie an Land gegangen waren, bestiegen Marcus Antonius' Leute nun endgültig die wartenden Galeeren.

Antonius' Schiffe waren mit allen technischen Errungenschaften ausgestattet, große, schwere Ungetüme mit bronzenen Beschlägen und riesigem Sporn. Auf einigen hatten findige Ingenieure hohe Holztürme errichten lassen, von denen Pfeile und Speere auf den Feind geschickt wurden. Katapulte sollten die sich nähernden Angreifer mit tödlichem Steinhagel empfangen. Mit riesigen Enterhaken ließen sich Schiffe kapern, deren Rumpf man rammen und auf deren Deck man kämpfen konnte, als hätte man festen Boden unter den Füßen. Dagegen wirkten Octavians Kriegsschiffe klein und zerbrechlich, fast wie Spielzeug aus dem Kinderzimmer.

Unter Aufbietung aller Kräfte gelang es der königlichen Galeere, dicht gefolgt vom Rest der Flotte, durch einen schmalen Durchgang den Golf von Ambracia zu verlassen und das offene Meer zu erreichen. Aufrecht und scheinbar ohne das geringste Anzeichen von Furcht, mit einer Miene, die keine andere Deutung zuließ, stand Kleopatra aufrecht an Deck. Niemand sah ihr die Sorgen an, die sie seit einiger Zeit plagten. Auch sie wurde von Unheil kündenden Vorzeichen heimgesucht und von Träumen, die sich Nacht für Nacht wiederholten und ihr den Schlaf raubten. Da hatten Schwalben auf ihrem Flaggschiff genistet, aber andere Vögel waren raubgierig über sie hergefallen und hatten alle Jungen getötet. Aus Bienenwaben tröpfelten Milch und Blut, und die Statuen auf der Akropolis, die sie und ihren römischen Gemahl als Götter verehrten, waren, vom Blitz getroffen, ins Theater des Dionysos gestürzt und zerbrochen. Und was der Morgen, der so ruhig begonnen hatte, versprach, hielt der Tag nicht. Wind kam plötzlich auf, wuchs sich zum Sturm aus, türmte Wellen auf und hinderte die Königin daran, den Verlauf der Schlacht zu beobachten.

Auch Octavian machte sich vom Deck seines Schiffes aus ein Bild. Er hatte geplant, seinen Gegner und dessen ägyptische Konkubine aus der schützenden Bucht zu locken und auf der Flucht zu verfolgen. Aber Agrippa beurteilte die Lage anders. Niemals würde es seinen Spielzeugschiffen gelingen, Antonius' solide Galeeren einzuholen. Man musste die Sache überdenken, zumal Antonius im Augenblick keine Anstalten machte, den Kriegsschauplatz zu verlassen. Beide Seiten blieben zwar in Angriffsstellung, warteten aber ab. Vor dem großen Kampf war es die letzte Pause, die die Himmlischen den Kriegsgegnern gewährten.

Octavian bewegte sich als Erster. Bald bildete seine in zwei Flügel geteilte Flotte einen Halbkreis und es war unschwer zu erkennen, was er im Schilde führte: Antonius' Schiffe sollten eingekesselt werden. Nun blieb auch ihm nichts anderes übrig, als entsprechend zu reagieren. Jetzt gab es kein Zurück mehr. Die Dinge hatten ihre eigene Dynamik entwickelt.

Bald erscholl großer Jubel von allen Schiffen, drang zur Küste und kehrte als Echo von den Bergen hundertfach wieder. Steine flogen. Pfeile zischten durch die vom Schlachtenlärm erfüllte Luft. Es stellte sich heraus, dass Octavians Galeeren einen entscheidenden Vorteil aufwiesen. Sie waren wegen ihrer geringeren Größe und des leichteren Gewichts wendiger als Marcus Antonius' Riesenschiffe und so hatten sie den meisten Angriffen rasch ausweichen können, keinen großen Schaden genommen und die Kampfart selbst bestimmt. So ging Agrippa dazu über, die gegnerischen Ungetüme mit drei oder vier seiner Leichtgefährte gleichzeitig ins Visier zu nehmen, und bald nahm die Seeschlacht die Formen eines Kampfes zu Lande an. Agrippa vermied es, mit den Schnäbeln seiner Schiffe den Rumpf der feindlichen zu rammen. Sie wären nur abgebrochen und hätten den dicken, mit Bronzeplatten verstärkten Bäuchen kaum schaden können. Die sich gegenseitig angreifenden Mannschaften kämpften mit Schilden und Speeren, feuerten jeweils Geschosse auf den Gegner und Marcus Antonius' Soldaten schleuderten von den hohen hölzernen Türmen Steine auf die Angreifer hinab. Der Vorteil lag bald auf der einen, bald auf der anderen Seite. Aber es zeigte sich endlich, dass Agrippas Leute über die größere Erfahrung und mehr Ausdauer verfügten.

Schon färbte sich das Meer rot vom vergossenen Blut. Schreie der Verletzten durchschnitten den Schlachtenlärm. Zahllose Leichen, grässlich verstümmelt, arm-, bein- oder sogar kopflos, trieben in den Fluten. Die Schatten der ersten Haie erschienen unter der Wasseroberfläche. Ertrinkende versuchten verzweifelt, sich an schwimmenden Balken und losgelösten Brettern festzuhalten, und riefen in Todesnot um Hilfe. Aber niemand kümmerte sich um sie. Ein jeder war damit beschäftigt, die eigene Haut zu retten. Dann herrschte plötzlich für die Dauer eines Wimpernschlags eine unheimliche Stille. Die Kämpfenden blickten gespannt in Richtung des Flaggschiffs der Königin. Dort wurden weiße Segel gesetzt, die sich im Wind blähten. Ehe man begriffen hatte, was hier vor sich ging, hatte die königliche Galeere, den günstigen Wind im Rücken, die Flucht ergriffen, dicht gefolgt von den Gefährten, die die Mitglieder ihres Hofstaates ebenfalls in Sicherheit bringen sollten. Kaum hatte Marcus Antonius erkannt, dass seine Gemahlin den Kriegsschauplatz verließ, befahl auch er, die Segel aufzuziehen. Die für seine Sache kämpfenden Männer im Stich lassend, eilte er Kleopatra nach. In seinen Truppen aber brach heftige Panik aus. Manche Besatzung warf alles von Bord, was ihr Schiff beschwerte und tat es Antonius gleich. Mit Genugtuung verfolgte Octavian von seinem Aussichtspunkt auf dem Berg über dem Golf das schändliche Schauspiel. Es tat ihm nur Leid, dass er Kleopatras Schiff unmöglich folgen und es mit allen seinen Schätzen versenken konnte. Denn die hatte er seinen Truppen als Beute versprochen.

Umso mehr hatten nun diejenigen zu leiden, die geblieben waren. Ein wahrer Feuerregen prasselte auf sie herab. Pech, glühende Kohle, brennende Fackeln, die an Lanzen gebunden waren, wurden in solchen Mengen auf Antonius' Schiffe geschleudert, dass die Besatzungen die Brände nicht mehr löschen konnten. Ohnmächtig mussten sie zusehen, wie die einst stolze Flotte vernichtet wurde.

Unzählige Männer fanden einen grausamen Tod. Vor allem Ruderer erstickten in dem aufsteigenden Rauch, von denen beneidet, die noch nicht sterben durften. Soldaten wankten über die Decks, schreiende, kreischende, Antonius verfluchende lodernde Fackeln, vom Schicksal aufgespart für einen langsamen Tod. Wer dem Schlachten entkommen wollte und noch die Kraft dazu besaß, sprang ins Meer, wo der Feind, mit Keulen und Stangen bewaffnet, schon auf ihn wartete. Haie erschienen jetzt in Scharen, angelockt vom vielen Blut, um Ertrinkende mit ihren scharfen Kiefern zu zerreißen. Und es gab Soldaten, die sich gegenseitig umbrachten oder Selbstmord begingen, um einem solchen Ende zuvorzukommen.

Als stiege er von gewaltigen Scheiterhaufen auf, verdunkelte schwarzer Rauch den Himmel, raubte die Sicht und hüllte die Fliehenden ein, sodass ihnen niemand folgen konnte. Als wäre das Schicksal ihnen noch immer gnädig.

Es gab keinen Zweifel: Octavian hatte einen fulminanten Sieg errungen. Griechenland befand sich nun in seiner Hand. Und der Weg nach Asien war frei. Es war an der Zeit, den Tempel seines Schutzgottes Apollo aufzusuchen, der seit mehr als sechs Jahrhunderten den Berg über Actium krönte. Seine Statue und seinen Kult würde Octavian nach Rom mitnehmen, so schwor er. Ihm würde er für diesen Erfolg zeitlebens danken.

Alles war nach Wunsch verlaufen. Und dennoch war es zu früh, sich in Siegerlaune zurückzulehnen. Noch war Ägypten nicht in römischer Hand. Und es würde schwierig werden, auch diesen Klientelstaat dem Imperium Romanum einzuverleiben, zumal Antonius und Kleopatra noch am Leben waren.

Zurück in Ägypten

Zu ungelenk war Antonius' gewaltiges Schlachtschiff, als dass es die viel schnellere Prunkgaleere der Königin hätte einholen können. So entschloss sich der General, auf eine kleine Pantere umzusteigen. Es war ein lebensgefährliches Unterfangen, das Hinabklettern auf einer Strickleiter bei voller Fahrt auf hoher See, die noch dazu vom Sturm aufgewühlt war. Aber mit Hilfe seiner und der ägyptischen Matrosen gelang es Antonius, das kleine Schiff zu erreichen. Er hatte allen Mut zusammennehmen müssen und den Blick in die Tiefe vermieden, die ihm als schlechtes Omen für seine nahe Zukunft erschien.

Mit bangem Herzen verfolgte die Königin vom Deck ihrer Galeere aus die wilde Verfolgungsjagd und stellte mit Entsetzen fest, dass Marcus Vipsanius Agrippa ihrem Gatten nachgesetzt hatte und ihm bereits dicht auf den Fersen war. Eilig befragte sie ihre Berater, was zu tun sei. Sie, die um Kleopatras Sicherheit fürchteten, rieten dringend davon ab, Rücksicht zu nehmen. Wenn Antonius Agrippa in die Hände fallen sollte, dann sei das eben Schicksal, meinten sie. Und gegen dieses kämpften bekanntlich selbst die Götter vergebens. „Eine Sache unter Römern, erhabene Königin. Damit haben wir nichts zu schaffen." Sie empfahlen, so schnell wie möglich das Weite zu suchen. Doch entgegen allen Warnungen ordnete Kleopatra an, die Geschwindigkeit zu drosseln und dem Gatten damit ein weniger gefährliches Umsteigen auf ihr Prunkschiff zu ermöglichen.

Als Antonius über die herabgelassene Strickleiter geklettert war und an Bord kam, erwartete ihn niemand. Die Frau, die er am meisten liebte und für die er seine Pflicht als Römer vernachlässigt und seine Leute im Stich gelassen hatte, war nirgends zu sehen.

Seine Enttäuschung war maßlos. Verachtete sie ihn so sehr, dass sie seinen Anblick nicht mehr ertragen konnte? Schluchzend glitt er zu Boden und verbarg sein tränenüberströmtes Gesicht in den Händen. Er hatte einen Fehler gemacht, gewiss. Und Strafe hatte er verdient. „Gerecht", flüsterte er, „es ist nur gerecht." Dann verfiel er wieder in jene Lethargie, in die ihn vor Jahren auch der gescheiterte Partherfeldzug gestürzt hatte. Er raffte sich auf und schleppte sich in den vorderen Teil des Schiffes, wo er sich erneut schluchzend zu Boden fallen ließ. Was sollte nun geschehen? Es gab keinen Zweifel mehr, dass seine Sache verloren war. Nur dieses erbärmliche Leben hatte er retten können. Doch wofür? Ob es gar ein Fehler gewesen war, sich so sehr auf Kleopatra zu verlassen? Durfte man Frauen überhaupt trauen? War ihre Liebe doch nicht so tief gewesen, dass sie bereit gewesen wäre, die sich abzeichnende Niederlage, sein Schicksal, zu teilen? Drei lange Tage verbrachte er am Bug des königlichen Gefährts, grübelte, machte Pläne, die er im nächsten Augenblick wieder verwarf, und zerfloss in Selbstmitleid, als er plötzlich über sich einen Schatten wahrnahm.

„Glaubst du nicht, edler Antonius, es stünde dir gut an", meinte einer seiner Soldaten, „dich wenigstens noch um die zu sorgen, die dir bis hierher gefolgt sind? Die meisten deiner Männer sind zum Feind übergelaufen und so wäre es umso wichtiger, dich um die zu kümmern, die dir geblieben sind. Unten liegen deine Schiffe oder das, was von ihnen übrig ist, und die Kapitäne warten auf Anweisung, wie sie sich gegenüber den Verfolgern, die uns bereits auflauern, verhalten sollen. Sollen sie sich verteidigen oder gleich geschlagen geben? Sag es mir, edler Antonius!"

Da besann sich Caesars einst so vielgerühmter General. Hatten die Götter vielleicht doch noch ein Einsehen mit ihm? Und wie dankte er es ihnen? Mit dem letzten Rest Ehrgefühl, nicht ohne sich für seine feige Flucht zu schämen, bat er seine Leute, die Schiffe zu drehen, die Angriffe zu parieren und Agrippas Männer dahin zurückzuschlagen, woher sie gekommen waren.

Erst als sie in Tainaron an der Südspitze der Peloponnes anlegten, fand er Gelegenheit, sich mit Kleopatra auszusprechen. Aber war dieses Tainaron nicht ein schauriger Ort? Befand sich dort nicht seit Menschengedenken in einer Höhle der Eingang zur Unterwelt, zum finsteren Reich der Toten? Vor allem Antonius wurde die Befürchtung nicht los, dass das Anlegen ausgerechnet an diesem Küstenstrich nichts Gutes verhieß.

Nicht nur ihn hatten seine Freunde drängen müssen, das Gespräch mit der Königin zu suchen. Er war gekränkt, in seiner Eitelkeit verletzt, dass ihn diese Frau so schmählich im Stich gelassen hatte. Dass sie sich wieder einmal verweigert hatte, als er ihrer am meisten bedurft hätte. Dazu schämte er sich zutiefst für sein offensichtliches Versagen. Auch Kleopatra ging nicht aus freien Stücken auf den Gatten zu. Ihre Berater und ihre Dienerinnen hatten sie mit vielen schönen Worten und heißen Tränen beschworen, Antonius wenigstens anzuhören. Aber sie war lange stur geblieben. Was verband sie noch mit einem Mann, der seine Pflichten vergaß, auch wenn es ihretwegen geschehen war? Er hatte sie enttäuscht. Wieder kam ihr Gaius Julius Caesar in den Sinn, der niemals die Seinen derart verraten hätte.

Im bescheidensten ihrer Gewänder, sackartig und aus grobem Leinen gefertigt, ungeschminkt und mit wirrem Haar trat sie dem Gatten entgegen, der über das Aussehen seiner Königin erschrak. War das die Frau, vor deren Schönheit vor wenigen Tagen noch manche Göttin vor Neid erblasst wäre? War das die Frau, die ihn vor noch nicht allzu langer Zeit in Tarsus in verführerischster Aufmachung begegnet war und sein Herz auf der Stelle entflammt und sein Begehren entfacht hatte? Ihm war, als wäre das erst gestern geschehen. Und doch! Eine Woge des Mitleids überrollte ihn, Tränen traten ihm in die Augen. Aber er weinte nicht nur um sie, auch um sich trauerte er und ihrer beider vergeudetes, verlorenes Leben. Alles war umsonst gewesen, umsonst. Und auch Kleopatra wurde plötzlich von heftigen Krämpfen geschüttelt. Schweigend fielen sich die Unglücklichen in die Arme und küssten sich mit dem letzten Rest von Leidenschaft, der ihnen geblieben war.

„Unser Schicksal hat sich bei Actium entschieden“, stellte Antonius nüchtern fest. „Und es ist alles andere, als ein günstiges Omen, dass wir ausgerechnet hier gelandet sind“, vollendete er den Gedanken.

„Was auch immer die Himmlischen mit uns vorhaben, geliebter Gemahl, ich verspreche dir, dass uns nichts mehr trennen wird. Wir werden gemeinsam siegen oder untergehen.“

„An einen Sieg ist wohl nicht mehr zu denken“, erwiderte Antonius, „Aber es ist keine Schande, Kleopatra, sich einem Römer geschlagen zu geben. Wir hatten eine schöne Zeit, nun ist sie abgelaufen. Alles, was wir jetzt noch tun können, ist, das Ende so lange wie möglich hinauszuzögern und unser Leben teuer zu verkaufen. Wir werden es ihm nicht leichtmachen, diesem Octavian.“ Erneut küssten sie sich. Dann berief Antonius seinen Beraterstab ein.

Es waren, wie sich bald herausstellte, nur wenige Transportschiffe, die die große Schlacht bei Actium überstanden hatten und deren Besatzungen mit dem Leben davongekommen waren. „Wie viele Tote?“, wollte der General wissen. „Mehr als 5.000, Herr“, meldete einer der Offiziere. „Aber die meisten unserer Männer sind zu Octavian übergelaufen, nachdem sie begriffen hatten, dass du geflohen warst. Nicht nur die, die in der Seeschlacht eingesetzt waren. Die Landtruppen, die im Lager geblieben waren, haben nahezu geschlossen die Seiten gewechselt, alles in allem 19 Legionen und etwa 12.000 Reiter.“

Antonius erbleichte über diesen erschreckenden Nachrichten. Auch Kleopatra schluckte. Sah es wirklich so schlecht aus, schlimmer, als sie geahnt hatten? Und weshalb, ging es der Königin durch den Kopf, sandte ihr Gemahl seine Freunde nach Korinth, um dort Octavian seine Unterwerfung anzubieten? Mochte sich ihr depressiver Gemahl seinen düsteren Stimmungen hingeben und die Waffen strecken, sie würde weiterkämpfen. So schnell gab die Königin Ägyptens nicht auf. Schließlich war sie die Herrscherin über ein eigenes unabhängiges Reich und sie hatte Kinder, die sie dereinst auf dem Thron ablösen sollten. Bislang hatte sie schon vielen Widrigkeiten getrotzt. Warum sollte sie nicht auch dieser Herausforderung die Stirn bieten, selbst wenn die Lage hoffnungslos erschien? Wenn sie sich nur ein wenig zurechtmachte, konnte sie sicherlich noch manchen Mann für sich einnehmen, war sie doch noch immer eine anziehende Frau. Vielleicht ließe sich ja auch ein Octavian von ihr einwickeln, erst Caesar, dann sein General und zuletzt sein Erbe. Bei diesem Gedanken musste sie lächeln. Alles war möglich. Man musste es nur versuchen. Man durfte nicht vorzeitig aufgeben. Aber sie brauchte ihre Alexandriner, ihre Ägypter, die ihr den Rücken stärken sollten. Es galt, so schnell wie möglich nach Hause zurückzukehren und dort noch vor dem Eintreffen der Nachricht von Antonius' Niederlage anzukommen. Nur der vor Selbstmitleid triefende Gemahl war ein Problem. Keinesfalls durfte er sie jetzt nach Ägypten begleiten und womöglich ihre Pläne durchkreuzen. Kurzerhand setzte sie ihn nahe der Grenze zu Libyen ab mit dem Auftrag, dort Truppen zu sammeln. Sie selbst hetzte ihre Flotte nach Alexandria.

Schon viele Meilen vor der Hauptstadt ihres Reiches wurde sie von Heimatgefühlen übermannt. Da war das Wasser, das sich in Küstennähe braun gefärbt hatte. Die Nilschwemme hatte gerade ihren Höhepunkt erreicht und fruchtbaren Schlamm weit hinaus ins Meer getragen. Der vertraute Geruch von brennendem Kameldung schwängerte die Luft und aus dem dunstigen Schleier über der Küste schälte sich allmählich der Leuchtturm von Pharos, als wolle er sie das letzte Stück des Weges begleiten. Kleopatra schöpfte neuen Mut. Und mit ihr schien sich die königliche Dienerschaft aus ihrer Starre zu lösen. Die jungen Sklavinnen bekränzten sich mit Blumengewinden, Musik war zu hören und ein ferner, fast unwirklich klingender und doch so vertrauter Gesang. Wieder daheim! Kleopatra atmete auf. In freudiger Erwartung befahl sie ihren Dienerinnen, sie für die Ankunft an Land und für ihr Volk zurechtzumachen.

Schier grenzenlos war der Jubel der wartenden Menge, als die bunt bemalten, mit Blumengirlanden, Tüchern und Fahnen geschmückten Schiffe der königlichen Flotte am Kai anlegten, als Kleopatra selbst auf Deck erschien, um ihre Landeskinder zu begrüßen. Nichts am Auftreten der Königin deutete auf ein fehl geschlagenes Unternehmen hin. Im Gegenteil! Stolz erhobenen Hauptes und erhaben wie je, sah die Königin aller Könige auf ihr Volk hinab, unbeweglich wie eine Statue der Göttin Isis, ja Isis selbst in verkörperter Gestalt, die den Eindruck vermittelte, alles sei gut gegangen, Kleopatra und ihr römischer Gemahl hätten den Krieg gegen Octavian gewonnen. Noch lauter jubelte das Volk, schwenkte Tücher und hieß die Herrscherin in ihrem Reich am Nil willkommen.

Zumindest in den oberen Kreisen der ägyptischen Gesellschaft sprach sich aber bald herum, dass der Schein trog. Man hatte sich schon gewundert, wo denn Antonius gebelieben war, der stolze Sieger, der doch sicherlich neben seiner Frau die Huldigungen des Volkes entgegengenommen hätte, wenn alles gut gegangen wäre. Nein, man ließ sich nicht täuschen. Da mochte sich Kleopatra Dümmere suchen. Unzufriedenheit breitete sich aus, auch herbe Kritik am Verhalten der Königin wurde laut. War sie überhaupt noch zu halten? Doch es gelang ihr, den Unmut im Keim zu ersticken. Ihre Spitzel nannten Namen, ihre Helfer brachten Unzufriedene zum Schweigen. Ägypten roch bald nach Blut. Der königliche Besitz mehrte sich, da das Vermögen Ermordeter und Hingerichteter eingezogen wurde. Kleopatra brauchte Geld. Und sie schreckte nicht einmal davor zurück, die Heiligtümer ihrer Schätze zu berauben. Sie ließ den armenischen König Artavasdes, ihren Gefangenen, hinrichten und seinen Kopf den Medern schicken. Was versprach sie sich davon? Wollte sie auf diese Weise die Meder dazu bringen, ihr unter die Arme zu greifen?

Derweil bemühte sich Antonius vergeblich, in Libyen Truppen zu rekrutieren. Der dortige Kommandant weigerte sich sogar, ihn zu empfangen. Der einst so gefürchtete General war der Verzweiflung nahe. Hatte es in Rom nicht schon vor Jahrhunderten geheißen: Wehe den Besiegten? Es war noch nicht lange her, da hatte die Welt vor seinem Namen gezittert. Jetzt wagte es ein unbedeutender Provinzgouverneur, ihn derart zu beleidigen und sogar seinen Stellvertreter, den er als Vorhut vorausgeschickt hatte, zu töten. Das war ungeheuerlich! Aber was konnte er dagegen tun? Wieder flüchtete er sich in seine Depression und versuchte, sich das Leben zu nehmen. Hätte es Kleopatra nicht leichter ohne ihn? Er konnte seiner Königin nicht mehr helfen. Er war ein gebrochener Mann und ihr nur noch eine Last.

Doch die Aufmerksamkeit seiner Freunde, die ihn nicht aus den Augen ließen, verhinderte, dass er sein Leben wegwarf. Sie nahmen ihn mit nach Alexandria und hofften, dort werde sich seine Stimmung heben. War es doch die Stadt, in der er seine größten Triumphe gefeiert hatte, den Siegeszug durch die prächtigen Straßen, den öffentlichen Auftritt, bei dem er seiner Gemahlin und ihren Kindern den Osten des Römerreiches zu Füßen gelegt und sie zu Königen der Könige ernannt hatte. Aber Antonius kehrte zunächst nicht in den Palast und in das luxuriöse Leben mit Kleopatra zurück. Er wandte sich von der Welt ab und ließ sich in aller Eile auf der Insel Pharos nahe dem Tempel des Poseidon ein eigenes Haus bauen, eine königliche Villa, in die er sich zurückzog und misstrauisch auf seine Umgebung herabsah. Er verbreitete, er habe endlich seinen Frieden gefunden. Er strebe jetzt dem Philosophen Timon nach, dem wie ihm selbst die gesamte Menschheit verhasst gewesen sei. Und doch schielte er entgegen aller Beteuerungen nur allzu gern auf Kleopatras weitläufige Palastanlage, die sich schemenhaft am Horizont abzeichnete.

Einmal mehr verglich die Königin ihren römischen Gemahl mit Gaius Iulius Caesar. Niemals hätte der aufgegeben. Bis zum bitteren Ende hätte ein Caesar gekämpft und sich nicht hinter einer wie auch immer gearteten Schwermut verkrochen. Er hätte Bündnisse geschlossen und mit seinem Charisma viele Menschen an sich gebunden. Von Antonius war hingegen nichts mehr zu erwarten. Er entwickelte sich für sie und ihre Pläne zu einer immer schwereren Last. Vergessen war das Versprechen, das sie ihm vor Tainaron gegeben hatte. Sie musste sich von ihm lossagen, um ihr eigenes Überleben und das ihrer Kinder zu sichern. Es musste ein Weg gefunden werden, mit Octavian wenigstens einen Kompromiss zu schließen, oder, sofern dies nicht gelänge, eine Möglichkeit zur Flucht vorzubereiten.

Auf keinen Fall aber wollte sie diesem impertinenten Römer lebend in die Hände fallen. Mit einem letzten Funken Hoffnung rief sie die treuesten ihrer Berater zu sich.

Man einigte sich, Octavian ein Friedensangebot zu unterbreiten. Reiche Bestechungsgelder sollten ihn zum Einlenken überreden. Ohne ihren römischen Gemahl davon in Kenntnis zu setzen, sandte Kleopatra Boten aus, die Octavian wertvolle Geschenke überbrachten: ein goldenes Zepter, eine goldene Krone und den Thron Ägyptens, Symbole, dass sie ihm ihr Reich anbot. Würde er mit ihr Mitleid haben und die Gaben annehmen? Octavian zögerte nicht, den guten Willen der Königin anzuerkennen. Aber er verlangte im Gegenzug von ihr, ihre Streitkräfte zu entlassen und ihre Souveränität aufzugeben. Erst dann werde er mit Bestimmtheit sagen können, was er mit ihr vorhabe. In einem privaten Begleitbrief ließ er sie wissen, es bestünde durchaus die Möglichkeit, sie zu begnadigen, wenn sie Antonius tötete …

Nicht nur Kleopatra versuchte zu verhandeln. Auch Antonius war endlich aus seiner Lethargie erwacht. Auch er wandte sich an Octavian und erinnerte an gemeinsame Streiche, die sie als junge Männer in Rom ausgeheckt, an Abenteuer, die sie miteinander bestanden hatten. Er bot seinem Gegner sogar an, sich zu töten, falls dafür Kleopatra verschont bliebe. Aber Octavian machte sich nicht einmal die Mühe zu antworten. Auch nicht auf Antonius' Angebot, fortan als Privatmann in Athen zu leben. Solche Vorschläge zeigten doch nur, dass der Mann am Ende war. In einem letzten verzweifelten Versuch sandte Antonius schließlich seinen ältesten Sohn Antyllos mit einer Unmenge Gold zu Octavian, der sich über das großzügige Geschenk freute und den jungen Überbringer ohne Antwort seinem Vater zurückschickte.

Kleopatra allerdings hielt der listige Römer mit Versprechungen und Drohungen hin. Einmal schickte er einen Gesandten an den Hof von Alexandria, einen Freigelassenen namens Thyrsos, der für seine Redegewandtheit berühmt war. Octavian hatte ihn bewusst ausgewählt, denn Thyrsos hieß auch der mit Efeu und Weinlaub umkränzte Stab des Gottes Dionysos, der wiederum Antonius' Schutzgottheit war. Antonius erfuhr von dieser Mission, zumal Thyrsos mit Kleopatra weitaus längere Gespräche führte, als es anderen Unterhändlern gestattet war. Er wurde eifersüchtig, ließ den Mann ergreifen und verprügeln und schickte ihn mit der Bemerkung seinem Herrn zurück, dass er ihn, Marcus Antonius, durch seine Hochmütigkeit gereizt habe, sodass er zu bestrafen gewesen sei.

Konnte Kleopatra Octavians Versprechen trauen? Konnte sie sich selbst noch trauen? Was war von dem Angebot zu halten, sie anständig zu behandeln, wenn sie Antonius töten oder verbannen ließe? Es war sicherlich angebracht, so überlegte sie, sich einen Fluchtweg offen zu halten, falls Octavian nicht zu seinem Angebot stünde. Ganz im Osten ihres Reiches wollte sie ihre Flotte stationieren, die im Falle des Scheiterns der Verhandlungen über Land gezogen und im Roten Meer wieder zu Wasser gelassen werden sollte, ausgestattet mit reichlichen Mitteln und einer schlagkräftigen Armee. Andernorts würde sie sich dann niederlassen und ein neues Reich gründen. Denn auf keinen Fall wollte sie von Octavian ergriffen, wie einst ihre Schwester Arsinoë nach Rom verschleppt und anschließend versklavt oder gar *summo gaudio plebis Romanae* öffentlich hingerichtet werden.

Die Fluchtpläne der Königin, mochten sie auch noch so fein und geheim gesponnen sein, blieben nicht unentdeckt. Allenthalben sprach man bald in Ägypten und auch in Octavians Lager davon, teils mitleidig, teils schadenfroh, und es kamen sogar noch andere Gerüchte auf. Traf es etwa zu, dass sich Kleopatra mancherlei Wässerchen bringen ließ, dass sie ihre Giftmischer beauftragte, an zum Tode Verurteilen auszuprobieren, welches am schnellsten wirkte und die geringsten Schmerzen verursachte, dass sie alle möglichen Tiere testete und bald feststellte, dass einzig der Biss der ägyptischen Kobra, der Uräusschlange, die Todeskandidaten in einen starren, schlafähnlichen Zustand versetzte, ohne schmerzhafte Krämpfe zu verursachen? Als das Gerede zu ihr in den Palast drang, rang es ihr nur ein müdes Lächeln ab. „Was glauben diese Leute eigentlich?", meinte sie Senmut gengenüber. „Jeder Königshof ist seit Jahrhunderten mit der Wirkung von Giften vertraut. Hätte ausgerechnet ich es nötig, noch lange zu experimentieren?"

Einmal mehr wurde das Gymnasion von Alexandria Schauplatz eines öffentlichen Auftritts. Antonius war seiner selbstverordneten Einsamkeit überdrüssig geworden. Reumütig kehrte er in den Palast zurück. Noch einmal wollte er das Leben in vollen Zügen genießen und ein Fest feiern, von dem die Alexandriner noch ihren Kindern und Kindeskindern erzählen sollten. Sein ältester Sohn Antyllos, den er mit der längst verstorbenen Fulvia gezeugt hatte, und Caesarion, Kleopatras Spross von Gaius Iulius Caesar, wurden mündig, was es mit prunkvollen Banketten und Trinkgelagen, mit Musik und Tanz zu feiern galt. Aber Antonius konnte das Gefühl nicht verdrängen, dass es sich hier um seine letzte große Festlichkeit handelte. Eine eigenartig gedrückte Stimmung lastete auf der Festgesellschaft und ließ keine rechte Freude aufkommen. Todesahnung machte sich bei dem Gastgeber und seinen Freunden breit. Sie, die einst gemeinsam Luxus und Wohlleben gefrönt hatten, verband nun das bevorstehende gemeinsame Ende. 53 Jahre war der General nun alt und Kleopatra richtete auch ihm ein letztes Mal eine Geburtstagsfeier aus, die eines Königs würdig war.

Auch die Fröhlichkeit, die den Bewohnern der Stadt verordnet worden war, blieb nur leerer Schein. Beunruhigende Gerüchte machten die Runde und erstickten jedes Lachen. Spätestens im nächsten Frühjahr, wenn Rom die Feldzugsaison wieder eröffnete, würde Octavian mit seiner Streitmacht über das Meer eilen und seine Legionen gegen Alexandria führen. Noch war der Frühling nicht in Sicht, da wurden die bösen Ahnungen schon Gewissheit. Von Syrien kommend und von Octavian angeführt, näherte sich ein gewaltiges römisches Heer der ägyptischen Hauptstadt. Allenthalben hörte man den Gleichschritt gut gerüsteter und hoch motivierter Soldaten, Pferdegetrappel und das Rattern eisenbeschlagener Wagenräder. Eine zweite Streitmacht kam von Libyen her, an ihrer Spitze der bewährte Feldherr Cornelius Gallus. Schwere Geschütze fuhren die Römer auf, um einem der Ihren den Todesstoß zu versetzen. Vor den Toren der Stadt schlugen sie ihr gewaltiges Lager auf. Tag für Tag hörte man Befehle, konnte man ihren Reiterübungen zusehen, vernahm man Spott und Hohn, mit denen die Übermütigen das bedrängte Alexandria überzogen. Angst und Schrecken nahmen zu.

Die drohende Gefahr zwang Marcus Antonius zum Handeln. Er hoffte, wenigstens Gallus' Soldaten aufhalten zu können, denn viele von ihnen hatten einst ihm gedient, hatten ihm Gefolgschaft und Treue geschworen. Sicherlich würden sie sich jetzt daran erinnern. Mit einem ansehnlichen Heer von Fußsoldaten und Berittenen rückte er in Küstennähe gen Westen, begleitet von der alexandrinischen Kriegsflotte. Doch noch ehe er an seine ehemaligen Weg- und Kampfgefährten das Wort richten konnte, hatte Gallus seine Trompeter angewiesen, kräftig in ihre Instrumente zu blasen. Niemand konnte auch nur eines der Worte verstehen, die Antonius an Gallus' Leute richtete. Also ging Antonius zum Überraschungsangriff über. Bald musste er sich jedoch der feindlichen Übermacht geschlagen geben. Seine Niederlage zu Land und zu Wasser war vernichtend. Vorausschauend hatte Gallus im Hafenbecken unter der Wasseroberfläche Eisenketten anbringen lassen und als sich die Schiffe der Ägypter an den vermeintlich sicheren Ort zurückzogen, ließ er mit Hilfe von Maschinen die Ketten anziehen, sodass sich die Schiffe nicht mehr bewegen konnten. Zu spät hatten die Ägypter bemerkt, dass sie in eine Falle geraten waren. Vom Land aus hatte der Römer nun leichtes Spiel. Einige der Meeresungetüme setzte er in Brand, andere wurden von seinen Leuten versenkt.

Enttäuscht kehrte Antonius mit seiner Kavallerie nach Alexandria zurück. Dort stellte sich ihm Octavians Reiterei entgegen und noch einmal schien das Glück auf Antonius' Seite zu sein. Es gelang ihm, Octavians Reiter in die Flucht zu schlagen. Von diesem überraschenden Erfolg ermutigt, ließ er Pfeile in Octavians Lager schießen. An ihnen waren Zettel angebracht, die jedem Soldaten, der jetzt die Seiten wechselte, 6.000 Sesterzen Belohnung versprachen. Aber niemand kam der Einladung nach, so verlockend sie auch klingen mochte. Selbst der dümmste Legionär hatte längst begriffen, dass Antonius' Sache verloren und der General nicht zu retten war.

Er nahm sich nicht einmal die Zeit, die Spuren des letzten Kampfes zu beseitigen. Schweiß und Blut hatten seine Tunika getränkt. So trat er der Königin gegenüber, einen Soldaten im Schlepptau, den er Kleopatra als besonders tapferen Kämpfer vorstellte. Die Königin lobte den Mann und beschenkte ihn mit einem goldenen Brustpanzer und einem funkelndem Helm. Dankend nahm der Geehrte an. Noch in derselben Nacht meldete er sich im Lager Octavians …

Berauscht von seinem kürzlichen Erfolg, nicht ahnend, dass ihn das Schicksal wieder einmal nur genarrt hatte, schöpfte Antonius neuen Mut. Wie schon vor Actium einige Monate zuvor forderte er seinen Gegner zum Zweikampf. Es sollte damit eine weitere Schlacht vermieden, neuerliches Blutvergießen von Römern durch

Römer verhindert und die Sache endgültig entschieden werden. Doch wie schon vor Actium lehnte Octavian auch diesmal ab. Er wusste nur zu gut, wer einen Zweikampf für sich entscheiden würde. Auch Antonius hätte wissen müssen, wie sein Gegner auf ein solches Angebot reagieren würde. Aber er war jetzt wild entschlossen, die leidige Auseinandersetzung zu beenden.

Auch wenn er unterliegen sollte: Ein ehrenhafter Tod war dieser ewigen Ungewissheit vorzuziehen und, er hatte es seiner ägyptischen Frau schon einmal gesagt, es war keine Schande, von einem Römer besiegt zu werden. Im Augenblick aber galt es, alle vorhandenen Kräfte noch einmal zu mobilisieren und Kleopatras uneingeschränktes Vertrauen zurückzugewinnen. Denn Antonius konnte sich des Eindrucks nicht erwehren, dass sie längst eigene Pläne verfolgte und sich zusehends von ihm abwandte.

Schwer lastete die nächtliche Schwüle auf dem königlichen Palast, in dem die Lichter längst erloschen waren. Unruhig warf sich Marcus Antonius auf seinem Lager hin und her. Schon lange schlief er nicht mehr mit der Königin, die ihm auch am vergangenen Abend hatte ausrichten lassen, sie bedürfe dringend der Ruhe und wünsche ihm eine gute Nacht. Die junge Sklavin, die er in sein Bett geholt hatte, hatte ihm keine Freude zu bereiten vermocht und er hatte sie ungnädig wieder weggeschickt. Jetzt war er allein. Schlief er? Wachte er? Er konnte es nicht sagen. Eine gespenstische Ruhe lag über der Stadt. Doch als er ans Fenster trat, um einen Blick auf den klaren Sternenhimmel zu werfen, war ihm plötzlich, als hörte er Gesang, eine feine Melodie, die sich, begleitet von mehreren Musikinstrumenten, in die Lüfte schwang, eine zarte, ihm wohlbekannte Weise, die anschwoll und verebbte, wieder lauter wurde und sich schließlich zu einem himmlischen Jubelgesang auswuchs. Freudenschreie waren zu hören, wie man sie sonst nur bei den Bacchanalien vernahm. Dann schälte sich vor seinen staunenden Augen eine lärmende Prozession aus dem Dunkel der Nacht, ein

Zug feierlich gekleideter Menschen, der sich durch die breiten Straßen wälzte und sich auf das äußere Tor zubewegte, bis er ins Lager des Feindes gelangte, wo Festgesang und Freudensprünge ihren Höhepunkt erreichten und endlich erstarben. Entsetzt weitete Antonius die traummüden Augen. Hatte ihm vielleicht Dionysos, sein guter Geist, eine Warnung zukommen lassen? Hatte er sich gar von ihm abgewandt? Antonius schüttelte die Bilder ab wie einen bösen Traum und beschloss, ins Bett zurück zu kriechen. Aber Schlaf fand er in dieser Nacht keinen mehr.

Müde erhob er sich am nächsten Morgen von seinem Lager. Die Kapitäne der Flotte und die Anführer seiner Truppen waren bereits schwer beschäftigt. Schon legten die ägyptischen Schiffe ab, die repariert oder neu gebaut worden waren, um sich in den ihnen bekannten heimischen Gewässern auf das letzte Gefecht vorzubereiten. Schon in der Hafeneinfahrt erwartete Octavians Flotte den mächtigen Feind, noch ehe dieser das offene Meer erreicht hatte. Doch in diesem Augenblick erhoben sich wie auf ein verabredetes Zeichen hin die Ruder auf allen Schiffen, die in Antonius' Diensten standen, und hielten auf Octavians Flotte zu, ohne die Geschwindigkeit zu drosseln. Und Octavians Ruderknechte taten es denen des Antonius gleich. Stürmischer Jubel brach aus, als sich die beiden Seestreitkräfte vereinten. Antonius traute seinen Augen nicht. Was ging hier vor? Erst als die Nachricht eintraf, auch seine Reiterei sei zum Feind übergelaufen, begriff er langsam, was sich da abspielte. Konnte es sein, dass Kleopatra ihn an die Männer verraten hatte, gegen die er für sie sein Leben und seine Ehre als Römer aufs Spiel gesetzt hatte? War es denkbar, dass sich seine königliche Gemahlin hinter seinem Rücken mit dem Feind verständigt und die Flotte angestiftet hatte zu desertieren? Ihm blieb nur seine Infanterie, aber sie war zu schwach, um die feindliche Übermacht zu überwinden. In wilder Panik ergriff er die Flucht und mit seinen Soldaten gelangte auch ihr Feldherr zurück nach Alexandria, wo er vergeblich Ausschau nach seiner unberechenbaren Gemahlin hielt.

Bis(s) in den Tod

Kleopatra war nirgends zu finden. Wohin Antonius in seiner Not auch eilte, keine Spur von der Königin. Ungehört verhallte sein Rufen in den hohen Mauern. Es war zum Verzweifeln. Ob sie sich etwa auch ...? Nein, daran durfte er nicht einmal denken. Sie war doch noch immer seine Frau. Bei allen Fehlern, die in der jüngsten Vergangenheit geschehen waren, würde sie doch niemals soweit gehen, ihn an Octavian zu verraten. Seine Soldaten, seine Flotte, die meisten seiner Freunde, ja sogar Dionysos, der Gott, dem er Zeit seines Lebens so aufopferungsvoll gedient hatte, alle hatten ihn im Stich gelassen und forderten jetzt sogar seinen Tod. Aber nicht Kleopatra, deren Stolz es schon verbot, vor einem Octavian zu Kreuze zu kriechen. Noch bewahrte die Erinnerung die Wärme ihrer Haut, das Spiel von Sonne und Schatten auf ihrem olivfarbenen Gesicht. Doch jeder, den er im Palast nach dem Verbleib der Herrin fragte, sah sich nur ängstlich um und ergriff erschaudernd die Flucht. „Hast du es auch bemerkt?", hallte es in den altehrwürdigen Mauern wider. „Er trägt das Zeichen des Todes schon auf der Stirn." Antonius vernahm die Worte ohne große Verwunderung. Denn er wusste, dass sich sein Schicksal schon bald erfüllen würde.

Ein gutes Jahr war seit der Niederlage vor Actium vergangen, aber er hatte entgegen den Befürchtungen seiner Gegner die Zeit nicht genutzt. Nur gelegentlich hatte ihn das Schicksal noch einmal genarrt, als wolle es sich über ihn lustig machen. Er hatte dem Drängen des Feindes keinen großen Widerstand mehr zu bieten vermocht, dafür aber öfter noch einmal das Leben in all seiner Fülle gekostet und mit seiner großen königlichen Gemahlin den Rausch eines verschwenderischen, doch bereits entfliehenden Glücks genossen, da über allen Lustbarkeiten schon der Schatten des nahen Todes lag. Kühne Zukunftspläne hatten sie geschmiedet, an die er aber selbst nicht mehr glaubte. Oft hatten sie sich auch einer verzweifelten Todessehnsucht hingegeben. So musste sich Sextus Pompeius, der Seekönig, ein halbes Jahrzehnt zuvor gefühlt haben, von allen verlassen. Was bedeutete ihm noch dieses unsinnige Leben?

Langsam verabschiedete sich der ägyptische Sommer. Die Nilschwelle lag Monate zurück. Die meisten Felder waren abgeerntet. Hie und da sah man einen schwitzenden Bauern hinter dem von Ochsen gezogenen Pflug einherschreiten, dicht gefolgt von Ibissen, die in der aufgebrochenen Erde nach Nahrung suchten. Vor einigen Tagen hatte sich die Königin mit den treuesten Dienerinnen in ihre Grabburg zurückgezogen, einen gewaltigen Bau nach dem Vorbild der Grabstätte, die sich vor Zeiten König Mausolos an der nicht allzu fernen Küste Kleinasiens hatte errichten lassen. Kleopatras Ruhestatt befand sich in Sichtnähe des Palasts. Mit ihrem Bau war vor Jahren begonnen worden, aber sie war noch nicht ganz fertiggestellt. Immer wieder hatte die Königin neue Wünsche geäußert, Änderungen vornehmen lassen und an der Ausstattung gefeilt. Schließlich wollte sie auch im anderen Leben auf keinen Luxus verzichten. Aus festem Mauerwerk gefügt, glich die Grabanlage einer uneinnehmbaren Festung. Gewaltige Türen, die sich über zwei Stockwerke erstreckten, führten ins Innere. Waren sie einmal mit Bolzen und Riegeln verschlossen, konnten sie nur von innen unter größter Kraftaufbietung geöffnet werden. Zum ersten Mal seit vielen Monden fühlte sich Kleopatra wieder sicher. Weder dem Feind noch ihrem Ehegemahl würde es gelingen, in diese Festung einzudringen. Und sie hatte vorgesorgt: Allen Reichtum des königlichen Palasts und ihres Landes hatte sie hierher bringen lassen, Gold, Silber, Edelsteine, Perlen und anderes wertvolles Geschmeide, Truhen mit Münzen, ihre prachtvollsten Gewänder und Kunstwerke, das gesamte Erbe ihrer Vorfahren und den für Notzeiten gesammelten Staatsschatz, dazu Feuerholz und Elfenbein. Auch Zimt, eines der teuersten Gewürze, das aus den Weiten Asiens nach Ägypten kam, fehlte in der königlichen Sammlung nicht. Sie genoss das Schimmern und Funkeln, wenn sie die zahllosen Fackeln anzünden ließ, und sie wusste, dass es allein in ihrer Macht stand, mit ihrem Leben auch den gehäuften Reichtum ihres Landes zu vernichten. Hatte sie doch ihre Dienerschaft angewiesen, auch Pech in mächtigen Gefäßen in ihr Grabmal zu schaffen, um im Notfall ein Feuer zu entfachen, wie es die Alexandriner noch nicht gesehen hatten. Aber noch gab es ja einen winzigen Funken Hoffnung …

Sie ließ Senmut rufen, ihren Vertrauten und einen der wenigen Männer, die sie hatten hierher begleiten dürfen. „Du bist mir immer ein treuer Freund und guter Ratgeber gewesen, mein lieber Senmut", begann sie. „Und ich bin mir sicher, dass du auch in unserer jetzigen Lage meine Absicht billigst. Tag und Nacht habe ich mir Gedanken gemacht und eine Liste von Forderungen aufgestellt, die du Octavian überbringen sollst. Die Königin Ägyptens soll ihm nicht so leicht in die Hände fallen. Du brauchst dich übrigens nicht zu fürchten", fuhr sie nach einer Weile fort. „Die Römer sind, zumindest in dieser Hinsicht, sehr zivilisiert. Sie pflegen Boten niemals schlecht zu behandeln. Du wirst also unversehrt zu mir zurückkommen. Und auch für Antonius habe ich eine Botschaft", sagte sie weiter. „Ich will ihn glauben lassen, dass ich tot bin. Nur so wird er bereit sein, auch seinem Leben ein Ende zu setzen. Octavian fordert seinen Tod, ehe er überhaupt zu weiteren Verhandlungen mit mir bereit ist. Du hältst mich hoffentlich nicht für treulos und undankbar. Wir hatten eine schöne Zeit, mein römischer Gemahl und ich. Aber jetzt muss ich an mein Reich und die Zukunft meiner Kinder denken." Damit entließ sie ihn. Senmut nickte verständnisvoll und machte sich sogleich auf den Weg.

Antonius wollte sich nicht aus der Welt der Lebenden davonschleichen, ohne sich von seinen Freunden, den wenigen, die ihm geblieben waren, zu verabschieden. Er wagte nicht daran zu denken, was mit ihnen geschehen würde, wenn er selbst nicht mehr wäre, und doch hoffte er, Octavian würde Treue zu schätzen wissen, wie es Römerart war, auch wenn diese nicht ihm gegolten hatte. Ohne jede Hoffnung, dass sich an seiner Lage doch noch etwas zum Guten wenden könnte, und in der Gewissheit, dass sich auch Kleopatra von ihm abgewandt und den Freitod gesucht hatte, schleppte er sich zu dem kleinen Kreis erlauchter Römer, die sich gerade anschickten, ein makabres Fest vorzubereiten. Als Antonius zu ihnen stieß, sahen sie erstaunt auf. In freudiger Erregung bekundeten sie ihm ihre Überraschung und baten ihn, Platz zu nehmen. „Sei gegrüßt, edler Feldherr!" Hatte es doch schon vor Tagen geheißen, er sei tot, gefallen von eigener Hand oder ermordet auf Geheiß der machtgierigen Königin, die sich, wie man ebenfalls gehört hatte, längst mit dem Feind verständigt und ihr Überleben, auch als Herrscherin Ägyptens, gesichert habe. Zu Tode erschöpft, als hätten die Erinnyen ihn gejagt, ließ sich Antonius inmitten seiner Getreuen nieder. Noch einmal wanderte im Kreise der kleinen Gesellschaft der Becher. Auf die Zukunft angesprochen, antwortete Antonius, wer wisse schon, was der nächste Tag bringe. Wo würden all seine Lieben dann stehen? Die, mit denen er manches Feldlager geteilt, manche Schlacht geschlagen und manchen Sieg gefeiert hatte. Bei ihm? Bei einem anderen, vielleicht sogar bei Octavian, während er selbst womöglich schon tot sei?

Die unheilschwangere Feier dauerte die ganze Nacht. Keiner von Antonius' letzten Anhängern verließ das Totenfest. Wer ihn bis hierher begleitet hatte, ging mit ihm bereitwillig in den Untergang.

Schon erwachte das fahle Licht des beginnenden Morgens am östlichen Horizont. Aufgedunsen vom Alkohol glänzte Antonius' Gesicht. „Mein Waffendiener Eros möge kommen!", befahl der General. Als der junge Mann erschienen war, zögernd, wie es schien, forderte Antonius den Jungen auf, ihn zu töten. Er reichte ihm sein Schwert und bezeichnete genau die Stelle, an der ein Stich nach

Aussage seiner Ärzte tödlich sein musste. Aber Eros sank auf die Knie. Er sehe sich nicht in der Lage, dem Wunsch des Feldherrn zu entsprechen. Diesmal nicht. Zum ersten Mal müsse er den Gehorsam verweigern. Doch Antonius bestand auf der Ausführung seines Befehls. Da richtete Eros die Waffe gegen sich selbst ...

„Seltsam", stellte Marcus Antonius fest, der den Sterbenden auffing. „Dein himmlischer Namensvetter hat mir immer treu gedient. Aber du hast mir gezeigt, was ich zu tun habe, immerhin." Ein eisiges Lächeln überzog sein Gesicht. Er befreite den Toten von dem bluttriefenden Schwert und stieß es sich, noch ehe seine Gefährten eingreifen konnten, mit der letzten ihm verbliebenen Kraft in den Unterleib. Doch der Stoß war zu schwach. Ein Schwall dunklen Blutes schoss aus der Wunde. Er, der im ehrenhaften Kampf Mann gegen Mann manche Blessur davongetragen hatte, ohne mit der Wimper zu zucken, krümmte sich jetzt jammernd vor Schmerzen. Er flehte die Umstehenden an, diesem erbärmlichen Zustand ein Ende zu bereiten. Er winselte um die Gnade eines raschen Todes, wie andere um ihr Leben bettelten. Aber niemand eilte ihm zu Hilfe. Die einen wagten nicht, Hand an den Mann zu legen, der einer der größten seiner Zeit gewesen war. Andere ekelte der unwürdige Anblick des gefallenen Römers und sie wandten sich voll Entsetzen und Abscheu von der grausigen Szene ab.

Niemand vermochte später zu sagen, wie lange Antonius in seinem Blute lag, dahindämmernd zwischen Leben und Tod. Kleopatra war es schließlich, die sich des blutüberströmten Unglücklichen erbarmte. Sie wusste, wann sie verloren hatte. Octavian war nicht Caesar und er war auch nicht Marcus Antonius. Umsonst ihre Tränen, umsonst der demütigende Bittgang in den vom Sieger bezogenen Palast. Er hatte sich von ihren verführerischen Gewändern, von all dem Prunk und Geschmeide, mit denen sie sich umgeben hatte, nicht blenden lassen. Wort für Wort hatte er mit klarem Verstand jedes ihrer Argumente widerlegt und sie für den verdammten Krieg und das sinnlos vergossene Blut so vieler

Römer verantwortlich gemacht. Auch dieser letzte Versuch, das Königtum für sich und ihre Kinder zu retten, war fehlgeschlagen. Es kam jetzt nur noch darauf an, ihr Leben so teuer wie möglich zu verkaufen. Deshalb hatte sie sich hierher zurückgezogen, in diese auch für die Römer uneinnehmbare Festung, in der sie tapfer den Tod erwarten wollte.

Spät, gestand sie Senmut, habe sie zu ihren Gefühlen für Antonius zurückgefunden. Zu spät? Nein, sie hatte von dem Unglück des Geliebten gehört. Man möge dem Hofbeamten Diomedes Anweisung geben, den Sterbenden zu ihr zu bringen. Klein, armselig und tödlich getroffen erschien er am Fuße ihrer Burg, kauernd in einem Korb, und sie selbst half bei der Bedienung des Seils, das ihn, vorbei an dem geschlossenen Untergeschoss des Bauwerks, in ihre letzte Wohnung emporzog. Sie erschrak heftig, als sie den blutüberströmten Körper erblickte. Mit brechenden Augen lag er vor ihr, der einst so strahlende Held, der ihr für Jahre den Thron gesichert und sie zur Königin der Könige ernannt hatte. Der ihr die Reichtümer des Judenstaates verschafft und dafür die Entfremdung von seinem Freund Herodes in Kauf genommen hatte. Die Erinnerung daran erschien ihr wie ein Traum aus einer anderen besseren Zeit. Mitleid kam in ihr auf. Noch glaubte sie, seinen behaarten Körper unter ihren neugierig wandernden Fingerspitzen zu fühlen, die noch immer festen Muskeln, die Narben, die er in vielen Schlachten empfangen hatte, und die vertraute Wärme, die seine Brust ausstrahlte. In wilder Leidenschaft, überwältigt von der Endgültigkeit ihres Seins, warf sie sich über ihren Mann, zerriss sie sich ihre Kleider, zerkratzte sie sich die Brust, beschmierte sie sich Gesicht und Körper mit dem Blut des Geliebten, mit dem sie Tisch und Bett geteilt hatte, mit dem sie in vielen Jahren eins geworden war. Ihren Gemahl nannte sie ihn, ihren König und Herrn. Wie konnte sie weiterleben ohne ihn? Da schlug Marcus Antonius die schon für immer geschlossen geglaubten Augen auf und ein tiefer Seufzer entrang sich seiner gequälten

Brust: „Ich rate dir, geliebte Kleopatra“, flüsterte er kaum hörbar, „mit Octavian Frieden zu schließen und mich nicht zu sehr zu beweinen. Ich bin groß und glücklich gewesen, und, ich habe es schon mehrfach gesagt, es ist keine Schande, von einem Römer besiegt zu werden.“ Noch einmal schmiegte er sich an den Busen der Königin. Und mit den Worten *„de mortuis nil nisi bene“* hauchte er seine Seele aus.

Mit tränennassem Blick sah Kleopatra Senmut an, der soeben ins Sterbezimmer getreten war. „Dieser hier“, begann sie nicht ohne einen gewissen Stolz, „war groß und erhaben. Niemals wird sich ein Octavian rühmen können, er habe Marcus Antonius überwunden. Mein Gemahl erlag sich selbst.“

Jubel brach aus im Lager der Römer. Octavian standen Tränen in den Augen. War es endlich soweit? Doch diejenigen, die behaupteten, sein Herz sei doch nicht so verhärtet, wie es gelegentlich den Anschein hatte, man könne doch sehen, wie sehr er um den einstigen Schwager, Weggefährten und Mitregenten litt, irrten. Nur vor den intimsten Freunden machte der brillante Schauspieler aus seiner Genugtuung keinen Hehl. Das Problem Marcus Antonius habe sich gewissermaßen von selbst gelöst, freute er sich. Doch was, bat er sie um Rat, solle nun mit Kleopatra geschehen? Und wie solle er die Schätze Ägyptens in die Hände bekommen, wo doch jedermann wisse, dass sie diese in ihr Grabmal mitgenommen und gedroht habe, sie zu verbrennen, falls man ihr zu nahe käme? Auf jeden Fall, meinten seine Berater, sei die Königin als diesen krönende Trophäe im Triumphzug mitzuführen, den Rom dem Bezwinger Ägyptens bereiten würde. Danach könne man immer noch entscheiden, ob man Kleopatra hinrichte, verbanne, fern jeglicher politischer Betätigung unter strenger Aufsicht als gewöhnliche Bürgerin weiterleben lasse oder sie gar in die Sklaverei verkaufe, wobei sich für sie sicherlich ein spektakulärer Preis erzielen ließe. Agrippa gab allerdings zu bedenken, dass es in Rom ganz und gar unüblich sei, eine hochgestellte Frau mit dem Tod zu bestrafen. Und sie stelle, ihrer Macht entblößt, ohnehin keine ernsthafte Gefahr mehr dar, allenfalls eine gewisse Last, mit der die Römer aber sicherlich fertig würden. Octavian versprach, sich alle Vorschläge durch den Kopf gehen zu lassen.

„Er irrt, wenn er glaubt, mich in Rom im Triumphzug seinem Pöbel vorführen zu können. Ich bin nicht Arsinoë." Senmut stimmte seiner Königin zu. „Ich werde ihm nicht lebend in die Hände fallen. So viel steht fest. Nicht ich, nicht die Königin vom Nil, die ich noch immer bin. Mit meiner Leiche mag er machen, was er will. Von meinen Vätern habe ich dieses Reich geerbt", fuhr sie mit düsterer Stimme fort und sprengte mit beiden Händen einige Tropfen Wasser auf den Boden. „Meinen Vätern gebe ich es nun zurück. Es wird nach mir keinen ptolemäischen Herrscher mehr geben. Die Götter haben es mir vorhergesagt. Meine Kinder wird es in alle Winde zerstreuen, und kein Geschichtsschreiber wird ihrer je freundlich gedenken. Nur Caesarion … Mich schaudert, wenn ich an sein Schicksal denke." Kleopatra schlug die Hände vor ihr Gesicht. „Und ich kann ihm nicht einmal helfen. Ich kann", verzweifelte sie, „nichts mehr für ihn tun."

Stille herrschte in dem von wenigen Kandelabern erhellten fensterlosen Raum, in dem Marcus Antonius, von seinem Blut gereinigt und in glänzender Feldherrnuniform, aufgebahrt lag. Wer ihn sah, konnte meinen, der General schliefe nur. Schweigend trat Kleopatra an die Bahre des Toten. Schweigend betrachtete sie den leblosen Körper, der sich über Jahre mit dem ihren vermählt hatte, mit ihm eins geworden war. Dann badete sie in der lauwarmen Milch von Eselinnen, wie sie es gewohnt war, und ließ sich an einem kleinen goldenen Tisch nieder, auf dem die beiden Dienerinnen, die diese letzte Zuflucht mit ihr teilten, ein opulentes Frühstück vorbereitet hatten. Ruhig, ohne Eile, als sei der Feind noch fern, kostete sie von den edlen Speisen, zwang sie sich ein dünnes Lächeln ab. Dann erhob sie sich langsam und bedeutete den Sklavinnen, abzuräumen und ihr das goldene Gewand anzulegen, das auf der Totenbahre zu Antonius' Füßen bereit lag. Geschickte Hände richteten ihr Haar, flochten es zu dünnen Zöpfen und legten ihr den kostbaren Familienschmuck an, das prächtige Geschmeide aus Smaragden, deren Farbe der ihrer Augen glich. Die Doppelkrone, die sie als Königin Unter- und Oberägyptens auswies, setzte sie sich selbst aufs Haupt. Sie ließ sich einen Spiegel bringen. Ja, alles war so, wie sie es sich wünschte. Octavian oder wer auch immer sie finden würde, möge in ihr vor allem die Königin erblicken. Dann nickte sie einer ihrer Sklavinnen zu, die sogleich wie ein Schatten aus der düsteren Totenkammer schlüpfte. Sie kehrte bald zurück, einen Korb mit frischen Feigen über dem Arm. Ein Bauer hatte ihn, wie verabredet, gebracht. Ohne den Argwohn der römischen Wachen zu erregen, die Tag und Nacht vor der Grabstätte aufgestellt waren, war er ins Innere der düsteren Festung gelangt ...

„Auf gewisse Weise hat sie uns in der Hand", befürchtete erneut Octavian, der seinen Freund Agrippa zu einer weiteren Unterredung gebeten hatte. „Wir wissen ja, dass sie alle Reichtümer ihres Landes in ihre Zuflucht mitgenommen hat und dazu eine Menge Brennholz, um sich und ihre Schätze zu vernichten, wenn wir auf ihre Forderungen nicht eingehen. Ich brauche dir nicht zu sagen, was das bedeutet. Die Beute aus diesem Krieg würde gerade genügen, um die Kosten zu decken, die er Rom verursacht hat. Du weißt selbst, dass ich ihren Bedingungen niemals entsprechen könnte. Sie verlangt die Herrschaft über ihr Reich, den Schutz Roms und die Souveränität Ägyptens. Unmöglich, ihr entgegen zu kommen. Sie wird", jammerte er, „alles verbrennen, womit wir uns schadlos halten könnten, und die Römer werden uns dafür hassen."

„Das werden wir zu verhindern wissen", beruhigte ihn der Freund. „Ich werde meine besten Männer mit Gewalt in das Grabmal eindringen und die verrückte Frau festnehmen lassen. Keine

Angst. Wir haben schon andere Gefahren gemeistert. Wir werden einen Weg finden, die ägyptischen Wachen zu überwinden. Geld hat schon manchen überzeugt, von einem Befehl abzurücken, Geld oder notfalls das Schwert, das römische, versteht sich, das allen anderen Waffen überlegen ist. Verlass dich also auf mich! Ich gebe dir mein Wort, dass alles geschehen soll, die Schätze dieses Landes für Rom zu retten. Für Kleopatra kann ich allerdings nicht garantieren."

Nur wenige Stunden später erklommen drei Legionäre mit Hilfe einer großen Leiter, die in aller Eile gezimmert worden war, den Oberstock des stark befestigten Gebäudes - die Wachen hatten sie lautlos beseitigt - und drangen in ein Nebengemach des königlichen Sterbezimmers ein. Weiter kamen sie nicht. In weiser Voraussicht hatte Kleopatra befohlen, die Türen um jeden Preis geschlossen zu halten. Die Römer klopften, trommelten und drohten, Kleopatras Kinder zu töten, um ihren Widerstand zu brechen. Aber die Königin hatte für alles nur noch ein verächtliches Lächeln. Nach ihrem Tod, der nun nicht mehr auf sich warten ließe, so befahl sie, mochte den Eindringlingen geöffnet werden, doch erst, nachdem ein Feuer entfacht worden war …

Andächtig umfing Kleopatra das Gefäß, das ihr den Tod brachte, fast wie man einen lange ersehnten Geliebten umfängt. Sanft lächelnd griff sie hinein und zuckte für einen Augenblick zusammen. „Ich sterbe als Königin mit dem Anspruch auf Unsterblichkeit, den mir der Biss der Uräusschlange verleiht", hauchte sie mit schon brechender Stimme den leise weinenden Dienerinnen zu, die sich über sie beugten. „Tut, wie ich euch geheißen habe, und lebt wohl!"

Schluchzend betteten die Frauen die Tote auf ein goldenes Lager und suchten daraufhin selbst den Tod. Sie wollten nicht weiterleben ohne Kleopatra, ihre geliebte Königin.

Nur eine der beiden Frauen war schon tot, als sich die Türen wie von selbst öffneten und die römischen Soldaten ungehindert in das Totenzimmer gelangten. „Was hat deine Herrin getan?", fauchte einer der Männer die sterbende Sklavin an, während ein anderer bemüht war, mit seinen Soldatenstiefeln das Feuer auszutreten, das mitten im Raum angezündet worden war. „Meine Königin hat getan, was einer Frau, die von so vielen Königen abstammt, geziemt", antwortete das Mädchen selbstbewusst, riss sich aus der Umklammerung des Legionärs und warf sich mit letzter Kraft auf den leblosen Körper Kleopatras.

„Sie hat mit ihrem Freitod für uns alle die günstigste Lösung getroffen", stellte Octavian nüchtern fest. „Die Entscheidung über ihr Schicksal wäre sicherlich eine der schwersten meiner bisherigen Regentschaft geworden. Lasst uns also feiern, meine Freunde! Ach ja", fuhr er nach einer Weile fort. „Ich gestehe beiden, Antonius und seiner Kleopatra, die Ehre eines gemeinsamen Grabes zu, wie es Antonius in seinem Testament gewünscht hat. Als Lebende konnten sie mir schaden. Von den Toten habe ich nichts zu befürchten. Man möge ihnen zudem ein königliches Begräbnis zukommen lassen. Auch sollen die Leichen und die Bildsäulen nicht geschändet werden. Niemand soll sagen können, ein Octavian habe keine Ehrfurcht vor einem ihm unterlegenen Römer." Er verschwieg geflissentlich, dass er sich diese Großzügigkeit von einem reichen Alexandriner mit 2.000 Talenten Silber bezahlen ließ.

„Es ist gut", bemerkte er seinem Busenfreund Agrippa gegenüber, „dass wir ihnen ein gemeinsames Grab gestatten, meinst du nicht auch?" „Überhaupt, wenn diese Ehre, wie du es nennst, so viel einbringt", erwiderte dieser lachend. „Das tut nichts zur Sache", fuhr Octavian fort. „Es war nicht nur das Silber, das meine Entscheidung beeinflusst hat. Ich kenne doch die menschliche Natur. Ein Grab in Ägypten neben dieser exotischen Hexe brandmarkt Caesars einst so beliebten General für alle Zeiten als unrömisch, ja entartet, und die Römer werden ihn dafür verachten. Mich hingegen, mein lieber Agrippa, werden sie lieben, wenn mir, so es denn dem Willen der unsterblichen Götter entspricht, noch Jahre bleiben werden, den Ruch des blutigen Rächers und skrupellosen Usurpators abzuwaschen. Aber da bin ich ganz zuversichtlich. Das Schicksal hat mich mit diesem Sieg zum Alleinherrscher des Imperiums bestimmt und damit auch dich in höchste Höhen erhoben. Denn ohne dich, mein Freund, ohne dein beherztes und selbstloses Eingreifen, wäre mir der Sieg niemals zugefallen. Ich werde dir dafür ein Leben lang dankbar sein." Damit umarmte er den verdutzten Mann, der derartige Gefühlsausbrüche von Caesars Sohn nicht gewohnt war.

Feiner Regen fiel, als man Antonius und Kleopatra zu Grabe trug, noch ehe sich die Nachricht von dem traurigen Ende der Königin und ihres römischen Gemahls in Alexandria herumgesprochen hatte. In aller Eile wurde das Grab geschlossen und versiegelt. Der Ort der Bestattung sollte geheim bleiben, denn Octavian wünschte nicht, dass er sich zu einer Pilgerstätte für trauernde Ägypter entwickelte. So erfuhren diese erst nach Tagen vom Tod ihrer Königin und der Übernahme des Reiches durch Rom, das längst zur Weltmacht aufgestiegen war und sich mit der Einvernahme Ägyptens endgültig das Tor zum Orient geöffnet hatte. Und Dunkelheit legte sich über die einst so fröhliche Hauptstadt.

Kleopatra und ihr römischer Gemahl blieben indes unvergessen. Als wären sie noch am Leben, sprach man noch Jahrzehnte später von dem berühmten Herrscherpaar, von den glänzenden Festen, die es ausgerichtet, und von der Lebensfreude, die es seinen Untertanen so reichlich geschenkt hatte.

„Sie wird ewig leben", sagten die Alten sanft lächelnd voraus. „Trotz oder gerade wegen Rom, das sie zu vernichten suchte, ihr dadurch aber zur Unsterblichkeit verhalf. In Liedern wird man sie besingen, in Gedichten preisen. Rom wird längst vergangen sein, seine Hügel abgetragen und der Tiber ausgetrocknet, und unserer Königin werden die Völker noch immer gedenken und der Nil wird ihren Namen forttragen in alle Zeit. Hörst du es schon? Kleopatra. Kleopatra."

Was noch zu sagen bliebe

Wie es die Alten des Pharaonenreiches vorhergesagt hatten, war die Geschichte Kleopatras mit ihrem Selbstmord nicht zu Ende. Im Gegenteil! Ihre Legende begann bereits, nachdem die Nachricht von ihrem Freitod nach Rom gelangt war. Der glorreiche Ausgang der Seeschlacht bei Actium und die Vernichtung des für Octavian gefährlichen Staatsfeindes Marcus Antonius verblassten vor dem Tod der fremden Frau, dem *fatale monstrum*, wie sie noch vor Kurzem der römische Pöbel in Nachahmung seiner Führer genannt hatte. *„Nunc est bibendum"*, freute sich Horaz in seinen Oden (I, 37, 29 ff). Aber auch *non humilis mulier*, kein gemeines Weib, war zu hören. Selbst der Hass ihrer Feinde konnte nicht umhin, ihren Mut zu bewundern, der dem einer echten Römerin nicht nachstand. Über Jahrhunderte hat die noch im Tode stolze Königin Künstler und Poeten in hohem Maß inspiriert. Und bis auf den heutigen Tag geistert sie in unserer Fantasie als die wahre Siegerin jener welthistorischen Epoche, die die Geschichte des Abendlandes entscheidend prägte, eine Erbin, die sich wie nur wenige eines großen Ahnen würdig erwies.

Auf welche Weise genau Kleopatra ums Leben kam, ist nicht überliefert und von der Forschung auch nicht eindeutig geklärt. Selbst Plutarch, der berühmte Geschichtsschreiber, der den Ereignissen so viel näher stand als wir, bemerkte, niemand wisse, was wirklich geschehen war. Der Tod durch das Gift der Uräusschlange, der ägyptischen Kobra, wie sie auch genannt wird, ist jedoch wahrscheinlich. Denn nur er gewährleistete, dass die Königin den Anspruch auf Unsterblichkeit erwarb, den ihr der Biss des Tieres nach dem Glauben der Alten verhieß. Eine Schlange wurde von den römischen Legionären, die in das Totenzimmer eingedrungen waren, allerdings nicht gefunden. Doch mag Octavian selbst vom Tod durch Schlangengift ausgegangen sein. Angeblich bestellte er sogar Schlangenbeschwörer, die die Wunde aussaugen und Kleopatra wiederbeleben sollten. Der überragende Schauspieler gab sich nach außen hin tief betroffen. Er bewundere aufs höchste den edlen Geist dieser Frau, ließ er verbreiten, doch in Wirklichkeit dankte er dem Schicksal, das ihm eine der schwersten Entscheidungen seiner bisherigen Laufbahn auf so bequeme Weise abgenommen hatte. Er wusste natürlich auch, dass er noch nicht am Ziel seiner Wünsche angelangt war.

Denn noch gab es Männer, die ihm seinen Anspruch auf die Alleinherrschaft im Römerreich streitig machen konnten. Da war Areios, der Philosoph, der jetzt an der Universität von Alexandria lehrte, aber einst Octavians Lieblingslehrer gewesen war. Er zeigte seinem Schützling die Schönheiten der Stadt und beschwor ihn, diese ihretwegen zu schonen. Denn, so meinte er, was hätten die Römer von einem Trümmerfeld und Tausenden toten Bewohnern, deren Abschlachten doch nur die Ressentiments gegen Rom schürte. Er möge sich die sprichwörtliche Milde seines Vaters Caesar zu Herzen nehmen. Ihm verdankte Alexandria also seine Rettung. Doch jene, die Antonius bis zuletzt die Treue gehalten hatten, sollten nicht davonkommen. Octavian, ein wenig ratlos, was mit ihnen zu geschehen habe, bat Areios um Rat. „Viele Caesaren sind keine gute Sache“, bemerkte der Freund der Weisheit. Damit bestärkte er seinen Schüler in der Absicht, die Nachkommen und die Freunde seiner Gegner ebenfalls auszurotten.

Erst vor Kurzem hatten Antyllos, Antonius’ Ältester aus der Ehe mit Fulvia, und Caesarion die Männertoga empfangen, das römische Zeichen des erwachsenen und mündigen Bürgers. Als Antonius’ Erstgeborener hätte zumindest Antyllos Anspruch auf eine Führungsrolle im römischen Staat gehabt, die Octavian als Erbe Caesars wie selbstverständlich für sich einforderte. Der junge Mann ahnte die Gefahr, die ihm auf Grund seiner hohen

Geburt drohte, und suchte sein Heil in der Flucht. Sich an das Standbild des vergöttlichten Caesar klammernd, glaubte er schon an Rettung. Doch Octavians Schergen achteten überkommene Spielregeln nicht. Sie zerrten ihn von dem unsicheren Asyl weg und schlugen ihm, sein Flehen missachtend, den Kopf ab. Der gleichaltrige Caesarion teilte sein Schicksal. Denn auch er stellte, solange er lebte, für Octavian eine unberechenbare Gefahr dar. Ausgerechnet sein griechischer Lehrer lieferte den Jüngling an dessen Henkersknechte aus.

Und was geschah mit seinen Halbgeschwistern, den Kindern, die aus der Verbindung von Antonius und Kleopatra hervorgegangen waren? Es heißt, sie wurden wie Verwandte behandelt und nach Rom in das Haus von Octavia verbracht, mit der Antonius früher verheiratet gewesen war. Kleopatra Selene diente später als Werkzeug von Octavians imperialer Politik. Er verheiratete sie mit dem nubischen Prinzen Juba, einem als hervorragend geltenden Mann, an dessen Seite sie zur Königin Mauretaniens aufstieg. Als sie starb, nach römischer Zeitrechnung wohl im Jahre 748 *a.u.c.*, trat angeblich eine Mondfinsternis ein. „In schwarzer Nacht verbarg er seinen Kummer, denn er hatte mitansehen müssen, wie seine Namensvetterin, Königin Selene, in den Hades hinabstieg, ihres Lebens beraubt. Er, der früher ihrer Schönheit sein Licht geliehen hatte, hüllte sie jetzt in Dunkelheit." So hielt es Krinogaras, ein Dichter aus Milet, auf ihrer Grabinschrift fest. Ihr Sohn Ptolemaios, der Letzte seines Stammes, wurde ein Opfer der Launen Kaiser Caligulas. Was mit ihren Brüdern geschah, ist ungewiss. Mit Kleopatra Selene und einem Bild ihrer verstorbenen Mutter krönten jedenfalls auch sie den Triumphzug, den Rom dem Bezwinger Ägyptens nach alter Tradition ausrichtete.

Aber es gab noch weitere Verlierer. Es galt, noch mit den wenigen verbliebenen Anhängern des Antonius abzurechnen. Männer, die ihm bis zuletzt die Treue gehalten hatten, verloren nun ihr Leben. Der sicherlich Tragischste von allen war Canidius, der mit dem Leben auch seinen Ruf als ehrenhafter Römer einbüßte. Es wurde verbreitet, er habe nicht nur auf der falschen Seite gestanden, sondern auch vor Actium seine Legionen feige im Stich gelassen und sei deshalb ohne Tapferkeit gestorben. Die Geschichtsschreibung der damaligen Zeit sorgte dafür, dass die Menschen das stets in Erinnerung behielten.

„Ägypten habe ich dem Imperium des römischen Volkes hinzugefügt", prahlte Octavian, längst zum Augustus, dem Erhabenen und in Ehrfurcht zu Verehrenden, aufgestiegen, am Ende seines Leben in einem „Tatenbericht" *(res gestae)*, den er der Welt als Vermächtnis hinterließ. Er versuchte damit die Tatsache zu verschleiern, dass das alte Pharaonenreich keineswegs in den Status einer römischen Provinz aufgerückt war, sondern kaiserliches Kronland wurde, das er und seine Nachfolger eifersüchtig bewachten. Keinem Römer konsularischen Ranges war es fortan gestattet, Ägypten ohne die Genehmigung des Princeps zu betreten. Mit dem ihm eigenen Scharfsinn hatte Octavian die Bedeutung des Nillandes für Rom und die Stellung seines Führers erkannt. Dort lag nicht nur das Tor zum Osten. Wer immer Ägypten in Händen hielt, konnte leicht die Hauptstadt in die Knie zwingen. Denn wahrscheinlich hätte das Versiegen der afrikanischen Kornkammer Roms Untergang bedeutet. Hungersnöte und Volksaufstände wären die unausbleiblichen Folgen gewesen. Der Mangel an Nahrungsnachschub war immer einer jener zermürbenden Albträume, an denen nahezu jeder römische Kaiser litt.

So wurde Ägypten auch von einem Präfekten regiert, der nur dem Kaiser verantwortlich war. Römische Beamte kontrollierten nach seinen strengen Anweisungen den Ablauf des Produktionsprozesses, von der Austeilung des Saatguts bis zur Lagerung der Ernten in den staatlichen Kornspeichern. Wie der Nil seit Menschengedenken den Lebensnerv des Landes versinnbildlichte, entwickelte sich dieses selbst zum Lebensnerv der römischen Welt.

Was blieb für Octavian in Afrika noch zu tun? Ein jeder hätte es ihm übel angerechnet, hätte er versäumt, dem großen Makedonen, der in der Welt längst zum Überhelden aufgestiegen war, einen Besuch abzustatten. Mochte auch Alexanders sterbliche Hülle längst bei den unterirdischen Schatten weilen und das, was sich da, in Wachs und Honig gebettet, dem Auge des neugierigen Betrachters zeigte, vielleicht nur eine optische Täuschung sein, so war sein Geist doch überall lebendig. Allenthalben erstarrten die Menschen vor Ehrfurcht, wenn sein Name fiel. Der Mythos Alexander beschäftigte die Gemüter und diente den Zielen aller Eroberer als Rechtfertigung. So durfte auch der neue Caesar die Alexanderstadt nicht verlassen, ohne ihrem Gründer die gebotene Reverenz erwiesen zu haben. Mit einem Goldkranz und einem Blumengebinde, die er sich als Geschenke und besondere Ehrung des Toten ausgedacht hatte, näherte er sich dem Feldherrn, der nach seinem Verständnis unrömisch, ja fast ein Barbar gewesen war - und auf den dennoch nahezu jede Nation geistigen Anspruch erhob. Als man Octavian vorschlug, auch die Gräber der anderen Ptolemäer zu besuchen, antwortete er, er sei gekommen, einen König zu sehen, keine Leichen.

Den Rest des Jahres 30 v. Chr. und den darauffolgenden Winter nutzte Octavian, um die Verhältnisse im Osten des Römerreiches zu regeln. Denn während der innerrömischen Zwistigkeiten war er sträflich vernachlässigt worden, waren dortige Fürsten ermutigt worden, den Aufstand gegen Rom zu proben.

Dann, im Jahr 29 v. Chr., kehrte er endgültig nach Italien zurück. Seine Herrschaft, die nach dem unergründlichen Ratschluss des Schicksals bis zum Jahr 14 christlicher Zeitrechnung währte, sollte niemals mehr ernstlich gefährdet werden.

Doch das ist bereits eine andere Geschichte.

Danksagung

Allen, die zum Gelingen meines Buches beigetragen haben, gebührt mein herzlicher Dank. Meinen Kindern, Herrn Dr. Günter Ebersold und Herrn Alexander Blocko für die ermunternde Unterstützung und manchen wertvollen Hinweis.
Mein besonderer Dank gilt dem Lektorat, Vera Kühn und Sabrina Claus, und wie immer Frau Daniela Sechtig vom acabus Verlag für die Realisierung des Buchprojekts.

Buchen, Frühjahr 2015
Ute Schall

Die Autorin

Ute Schall wurde 1947 in Buchen/ Odenwald geboren. Nach dem Studium der Rechtspflege veröffentlicht sie seit 1980 zahlreiche Essays über althistorische, vornehmlich altrömische Themen. Seit jungen Jahren hat Ute Schall großes Interesse an Geschichte, vor allem an der Antike. Seit vielen Jahren macht sie Führungen durch die vor- und frühgeschichtliche Abteilung des Bezirksmuseums Buchen.
Ab 1979 unternahm sie ausgedehnte Reisen in die klassischen Mittelmeerländer und leitete Führungen zu antiken Stätten. Als Gastdozentin der Volkshochschule Buchen hält sie zahlreiche Vorträge und gibt Seminare über antike und frühchristliche Geschichte. Sie hat zudem einen Lehrauftrag als Dozentin für römische Geschichte an der Frauenakademie Buchen. Von Ute Schall sind bereits mehrere Bücher über römische Geschichte erschienen, u.a. „Marc Aurel“, „Die Frauen im alten Rom“, „Die Juden im Römischen Reich“; außerdem „Herodes“, „Domitian“, „Agrippina“ und „So starben die römischen Kaiser“ im acabus Verlag.